KEN FOLLETT

KEN FOLLETT

EL TERCER GEMELO

Traducción de María Vidal

grijalbo
grijalbo mondadori

Título original:
THE THIRD TWIN
Traducido de la edición original de Crown Publishers, Inc.,
Nueva York, 1996
Cubierta: Jordi Solé

Primera edición
ISBN: 84-253-3065-3 (tela)
ISBN: 84-253-3121-8 (rústica)
Depósito legal: B. 1.307-1997
Impreso en Hurope, S. L., Recared, 2, Barcelona

A mis hijastros:
Jann Turner, Kim Turner y Adam Broer
con cariño

Agradecimientos

Estoy profundamente agradecido a las siguientes personas, por la amable ayuda que me prestaron en las tareas de documentación para *El tercer gemelo*:

Del Departamento de Policía de la ciudad de Baltimore: teniente Frederic Tabor, teniente Larry Leeson, sargento Sue Young, detective Alexis Russell, detective Aaron Stewart, detective Andrea Nolan, detective Leonard Douglas;

Del Departamento de Policía del condado de Baltimore: sargento David Moxely y detective Karen Gentry;

Cheryl Alston, comisario del Tribunal; Barbara Baer Waxman, juez; Mark Cohen, ayudante del fiscal del Estado;

Carole Kimmell, ayudante técnico sanitario del Hospital Mercy; profesor Trish VanZandt y sus colegas de la Universidad John Hopkins; señora Bonnie Ariano, directora ejecutiva del Centro de Agresión Sexual y Violencia Doméstica, de Baltimore;

De la Universidad de Minnesota: profesor Thomas Bouchard, profesor Matthew McGue, profesor David Lykken;

Del Pentágono: teniente coronel Letwich, capitán Regenor;

De Fort Detrick, en Frederick (Maryland): señora Eileen Mitchell, señor Chuck Dasey, coronel David Franz;

Del Laboratorio de Ciencia Forense de la Policía Metropolitana: Peter D. Martin;

Expertos en informática: Wade Chambers, Rob Cook y Alan Gold;

Y de manera especial al investigador profesional Dan Starer, de Investigación para Escritores, de Nueva York, quien me puso en contacto con la mayoría de las personas citadas anteriormente.

También estoy muy reconocido a mis editores: Suzanne Baboneau, Marjorie Chapman y Ann Patty; a los amigos y familiares que leyeron los borradores del libro y me transmitieron sus comentarios, incluidos Barbara Follett, Emanuele Follett, Katya Follett, Jann Turner, Kim Turner, John Evans, George Brennan y Ken Burrows; a los agentes Amy Berkower, Bob Bookman y —sobre todo— a mi más antiguo colaborador y crítico más agudo, Al Zuckerman.

DOMINGO

1

Una oleada de calor se extendía sobre Baltimore como un sudario. Cien mil aspersores refrescaban con su rocío el césped que alfombraba los exuberantes barrios residenciales, pero los vecinos ricachones permanecían dentro de sus casas con el aire acondicionado al máximo de su potencia refrigeradora. En la avenida del Norte, alicaídas busconas no se movían de la sombra y sudaban bajo los postizos y pelucas, mientras en las esquinas los mozalbetes trapicheaban la droga que extraían de los bolsillos de sus holgados pantalones cortos. Septiembre estaba en las últimas, pero el otoño parecía encontrarse muy lejos.

Un oxidado Datsun de color blanco, con el cristal de uno de los faros sujeto con dos tiras cruzadas de cinta aislante, atravesó el barrio de trabajadores blancos situado al norte del centro urbano. El coche carecía de aire acondicionado y el conductor llevaba bajado el cristal de las ventanillas. Era un individuo bien parecido, de veintidós años, ataviado con pantalones vaqueros, camiseta blanca de manga corta y una gorra roja de béisbol en cuya parte frontal figuraba la palabra SEGURIDAD en letras blancas. A causa del sudor, la tapicería de plástico resbalaba bajo sus muslos, pero el hombre no estaba dispuesto a permitir que eso le jorobase. Estaba de buen humor. La radio del automóvil sintonizaba la 92Q, «¡Veinte improvisaciones seguidas!». En el asiento del copiloto había una carpeta abierta. El hombre la echaba un vistazo de vez en cuando para aprenderse de memoria, con vistas a la prueba del día siguiente, las voces técnicas de una página mecanografiada. Le resultaba fácil aprender, en cuestión de minutos habría asimilado aquel material.

En un semáforo, una rubia al volante de un Porsche se detuvo junto a él. El conductor del Datsun le dedicó una sonrisa y ponderó:

—¡Bonito coche!

La dama desvió la vista, sin decir palabra, pero el hombre creyó vislumbrar un conato de sonrisa en la comisura de la boca femenina. Era harto probable que tras las enormes gafas de sol la señora le doblase la edad: ocurría así con la mayor parte de las mujeres que circulaban en Porsche.

—Le echo una carrera hasta el próximo semáforo —desafió el hombre.

La mujer dejó oír el musical cascabeleo de una risa matizada de coquetería un segundo antes de poner la primera con una mano fina y elegante y arrancar como un cohete.

El conductor del Datsun se encogió de hombros. Sólo estaba probando suerte.

Rodó hacia las proximidades del arbolado campus de la Universidad Jones Fall, un colegio mayor miembro de la Ivy League, la liga intercolegial de equipos deportivos universitarios, mucho más pijo y fastuoso que el colegio al que había asistido él. Al pasar por delante de la imponente puerta de acceso, se cruzó con un grupo de ocho o diez muchachas que trotaban a paso ligero, vestidas con prendas de ejercicio: pantalones cortos muy ceñidos, zapatillas Nike, sudadas camisetas de manga corta y un peto sobre ellas. Supuso que se trataba de un equipo de hockey sobre hierba en pleno entrenamiento y la imponente moza que iba al frente era sin duda la capitana, que las ponía en forma para la temporada.

Entraron en el campus y, de súbito, el hombre se sintió agobiado, hundido en la ciénaga de una fantasía tan impetuosa y emocionante que apenas le quedó capacidad visual para conducir. Se las imaginó en el vestuario —la regordeta enjabonándose en la ducha, la pelirroja secándose con la toalla la larga cabellera color cobre, la negra calzándose unas braguitas de encaje blanco, el marimacho de la capitana mariposeando por allí en cueros vivos, exhibiendo su musculatura— en el preciso instante en que sucedía algo que las aterrorizaba. El pánico se apoderó repentinamente de ellas, desorbitaron los ojos y prorrumpieron en histéricos sollozos y chillidos, al borde del ataque de nervios. La gordita fue a parar al suelo y allí se quedó, sumida en desconsolado llanto, mientras las demás la pisaban, desentendidas de su apuro, con un único y desesperado propósito: ocultarse, encontrar la puerta de salida, huir de lo que las empavorecía.

El hombre frenó al borde de la carretera y puso el automóvil en punto muerto. Respiraba entrecortadamente y percibió el martilleo de los latidos del corazón. Aquella era la mejor visión que había tenido jamás. Pero le faltaba un detalle. ¿Qué era lo que asustaba a las chicas? El hombre efectuó un minucioso reconocimiento por los reinos de su fértil imaginación y se le hizo la boca agua de deseo al dar con lo que buscaba: fuego. Se había declarado un incendio y las llamas aterraban a las mozas. Tosían y se asfixiaban en medio de la humareda, iban de un lado para otro, medio desnudas y frenéticas.

—¡Dios mío! —susurró el hombre, con la mirada perdida al frente, mientras veía la escena como una película que se proyectase sobre el parabrisas del Datsun.

Se calmó al cabo de un rato. La fiebre del deseo continuaba alta, pero la fantasía ya no resultaba suficiente: era como la idea de una cerveza cuando la sed le volvía loco. Se levantó los faldones de la camiseta y se secó el sudor de la frente. Se daba perfecta cuenta de que debía olvidarse de aquella quimera y reanudar la marcha; pero era demasiado maravillosa. Llevaba implícita un peligro terrible —le condenarían a varios años de cárcel en el caso de que le cogieran—, pero el peligro nunca le impidió hacer lo que se le antojaba en la vida. Trató de resistir la tentación, aunque sólo durante un segundo.

—Quiero intentarlo —murmuró. Hizo dar media vuelta al coche, franqueó la gran puerta y entró en el campus.

Había estado allí antes. El recinto de la universidad se extendía sobre una superficie de cuarenta hectáreas de espacio de césped, jardines y florestas. La mayoría de sus edificios eran de ladrillo rojo, con algunas construcciones de hormigón y cristal, todos ellos conectados entre sí mediante una maraña de estrechas carreteras flanqueadas por numerosos parquímetros.

El equipo de hockey había desaparecido, pero el automovilista encontró el gimnasio sin dificultad: era un edificio bajo, situado a continuación de una pista de atletismo, y tenía frente a la fachada la estatua de un discóbolo. Detuvo el coche ante un contador de aparcamiento, pero no introdujo ninguna moneda; nunca echaba monedas en los parquímetros. De pie en la escalinata del gimnasio, la musculosa capitana del equipo de hockey hablaba con un tipo con una sudadera desgarrada. El intruso subió las escaleras con paso rápido, dedicó a la capitana una sonrisa al pasar junto a la pareja y atravesó la entrada del edificio.

Hormigueaban por el vestíbulo multitud de jóvenes de ambos sexos, que iban de aquí para allá en pantalón corto, con cinta en la cabeza, la raqueta en la mano, algunos, y la bolsa de deportes colgada del hombro, prácticamente todos. Era indudable que la mayor parte de los equipos de la universidad se entrenaban el domingo. En medio del vestíbulo, un guardia de seguridad comprobaba desde detrás de su escritorio las tarjetas de los estudiantes; pero en aquel momento un nutrido grupo de corredores pasó por delante del vigilante, unos agitaron la tarjeta, otros se olvidaron de hacerlo y el guardia de seguridad se encogió de hombros y continuó su lectura de *La zona muerta*.

El extraño dio media vuelta y disimuló contemplando la colección de copas de plata expuestas en una vitrina, trofeos ganados por los atletas de la Jones Falls. Instantes después irrumpía en el vestíbulo un equipo de fútbol, diez hombres y una mujer fornida, calzados con botas de tacos, y el intruso se apresuró a mezclarse con el grupo. Cruzó la pieza como si formara parte del conjunto y descendió con ellos por la amplia escalera que llevaba al sótano. Los futbolistas iban tan entusiasmados discutiendo los lances del partido, celebrando con risotadas un gol de suerte y manifestando su indignación por una falta que les pitaron injustamente, que no repararon en el entrometido.

Éste caminaba con andar despreocupado, pero los ojos no perdían detalle. Al pie de la escalera había un pequeño zaguán con una máquina de Coca Cola y un teléfono público bajo una cubierta acústica. La mujer del equipo de fútbol se alejó por el largo pasillo, presumiblemente hacia el vestuario femenino, que con toda probabilidad lo habría añadido al final un arquitecto al que, allá por las fechas en las que el término «educación mixta» debía representar un concepto escabroso, ni por asomo se le pasaría por la cabeza la idea de que pululasen muchas jóvenes por la Jones Falls.

El intruso descolgó el teléfono y simuló buscarse en el bolsillo una moneda. Los futbolistas masculinos entraron en su vestuario. El hombre observó que la mujer empujaba una puerta y desaparecía. Seguramente aquel era el vestuario de las mujeres. Allí estarían todas, pensó el individuo, excitado, desnudas, duchándose, frotándose con la toalla. Tenerlas tan al alcance de la mano le provocó un calentón. Se enjugó la frente con el borde inferior de la camiseta. Lo único que tenía que hacer para rematar su fantasía era darles un susto de muerte, aterrorizarlas.

Hizo un esfuerzo para tranquilizarse. No era cosa de estropearlo todo dejándose llevar por la precipitación. Necesitaba unos minutos para planearlo todo bien.

Una vez se perdieron de vista los miembros masculinos del equipo de fútbol, el invasor echó a andar por el pasillo, en pos de la mujer. Había tres puertas en el corredor, una a cada lado y otra en la pared del fondo. La mujer había entrado por la de la derecha. Al probar la del fondo descubrió que daba a una habitación de grandes proporciones, polvorienta y llena de máquinas voluminosas; supuso que se trataba de calderas y filtros para la piscina. Entró en el cuarto y cerró tras de sí. Un zumbido eléctrico, leve y uniforme, ronroneaba en el aire. Se imaginó a una de aquellas mozas delirante de pavor, en ropa íntima —nada más que el sujetador y las bragas con estampado de flores—, tendida en el suelo, mirándole con ojos aterrados mientras él se desabrochaba el cinturón. Saboreó la imagen durante unos segundos, mientras sonreía para sus adentros. Tenía a aquel pimpollo apenas a unos metros. En aquel momento, la chica puede que estuviera pensando en cómo iba a pasar la velada: quizás había quedado con el novio y tenía intención de dejarle llegar a todo aquella noche; o acaso fuese una estudiante novata de primer año, tímida y solitaria, sin otra cosa que hacer la noche del domingo más que mirar el episodio de *Columbo*; o tal vez tuviera que entregar al día siguiente un ejercicio y proyectaba pasarse la noche dándole a su redacción hasta acabarlo. Nada de eso, muñeca. Ha sonado la hora de la pesadilla.

No era la primera vez que hacía esa clase de cosas, aunque nunca a tal escala. Que recordara, siempre le había encantado asustar a las chicas. En el instituto nada le gustaba más que encontrarse a solas con una muchachita, aislarla en un rincón más bien apartado y aterrorizarla hasta que rompía a llorar e imploraba clemencia. Ese era el motivo por el que se veía obligado a cambiar de colegio continuamente. A veces salía con alguna moza, sólo para ser como los demás alumnos y tener a alguien con quien entrar en el bar cogido del brazo. Si le parecía que la chavala en cuestión esperaba que se propasara, la complacía, pero eso siempre le pareció algo más bien inútil.

Todo el mundo tenía un capricho especial, se figuraba: a algunos hombres les gustaba vestir a las mujeres, otros disfrutaban obligando a la compañera a vestirse de cuero y a que les pisara con tacones de aguja. Conoció a un fulano que opinaba que la parte más sensual de una mujer eran los pies: para que se le empinara no tenía más que situarse estratégicamente en la sección de zapatería de unos grandes almacenes y dedicarse a observarlas cuando se ponían y quitaban piezas de calzado.

El miedo era su capricho, su aberración. Lo que hacía temblar de pánico a una mujer. Sin miedo, no había excitación.

Al examinar metódicamente el lugar observó que fija en la pared había una escala que ascendía hasta una trampilla de hierro que se cerraba por dentro. Trepó rápidamente por la escala, descorrió los pestillos del cerrojo y levantó la trampilla. Sus ojos tropezaron con los neumáticos de un Chrysler New Yorker estacionado en un aparcamiento. Se orientó: sin duda estaba en la parte de atrás del edificio. Cerró de nuevo la trampilla y bajó.

Abandonó el cuarto de máquinas de la piscina. Cuando marchaba por el pasillo, una mujer que iba en dirección contraria le dirigió una mirada hostil. Una angustia momentánea se apoderó de él: la mujer podía preguntarle qué diablos estaba haciendo por las proximidades del vestuario femenino. Ponerse a discutir no entraba en el guión. Aquel punto podía tirar por tierra todo su plan. Pero los ojos de la mujer subieron hasta la gorra, tropezaron con la palabra SEGURIDAD y desviaron la mirada. La mujer, por fin, entró en el vestuario.

El intruso sonrió. Había comprado la gorra en una tienda de recuerdos; pagó por ella ocho dólares y noventa y nueve centavos. La gente estaba acostumbrada a ver guardias de seguridad vestidos con vaqueros en conciertos de rock, detectives que parecían criminales hasta que sacaban a relucir su placa, policías de aeropuerto embutidos en suéter; era demasiada pejiguera solicitar la credencial a todo capullo que le daba por presentarse como guardia de seguridad.

Probó la puerta situada enfrente de la del vestuario de mujeres. Daba a un almacenillo. El hombre accionó el interruptor de la luz y cerró la puerta a su espalda. En los estantes se amontonaban piezas de equipos de gimnasia anticuados y ajados: enormes balones medicinales de color negro, raídas colchonetas de goma, mazas de gimnasia, mohosos guantes de boxeo y sillas plegables de madera astillada. También había un potro con el tapizado reventado y una pata rota. El cuarto apestaba a cerrado. Una gran tubería plateada cruzaba el techo y el hombre supuso que proporcionaría ventilación al vestuario del otro lado del pasillo.

Alzó la mano y probó las tuercas que fijaban la tubería a lo que parecía ser un ventilador. No pudo hacerlas girar con los dedos, pero en el Datsun llevaba una llave inglesa. Si lograba separar la tubería, el ventilador tomaría e impulsaría aire del almacenillo en vez del exterior del edificio.

Encendería su fogata justo debajo del ventilador. Se agenciaría una lata de gasolina, echaría un poco de combustible en una botella de Perrier vacía y volvería con ella, con la llave inglesa, unos cuantos fósforos y varios periódicos que utilizaría a guisa de astillas para encender la lumbre.

El fuego prendería con rapidez y originaría gran cantidad de humo. Él se cubriría boca y nariz con un trapo húmedo y aguardaría hasta que la humareda llenase el almacenillo. Entonces separaría el tubo del ventilador. El conducto atraería el humo y lo llevaría al vestuario de mujeres. Al principio, nadie lo notaría. Después, una o dos olfatearía el aire y preguntaría: «¿Alguien está fumando?». Él abriría la puerta del almacenillo y dejaría que el corredor se llenase de humo. Cuando las chicas comprendiesen que algo grave ocurría, abrirían la puerta del vestuario, pensarían que todo el edificio estaba en llamas y cundiría el pánico general.

Entonces él entraría en el vestuario. Habría allí un mar de sostenes y bragas, senos, nalgas y vello púbico al aire. Algunas saldrían corriendo de las duchas, desnudas y empapadas, tantearían en busca de toallas; otras intentarían recuperar sus ropas; la mayor parte de ellas tratarían de ganar la puerta, medio cegadas por el humo. Chillidos, sollozos y gritos de miedo sonarían por doquier. Él continuaría fingiendo ser un guardia de seguridad y les ordenaría a voces: «¡No perdáis tiempo en vestiros! ¡Es una emergencia! ¡Fuera! ¡Todo el edificio está ardiendo! ¡Rápido! ¡Rápido!». Les daría cachetes en las posaderas, las empujaría de un lado a otro, les quitaría la ropa de las manos, las magrearía a placer. Las chicas comprenderían que algo no encajaba, pero casi todas estarían demasiado nerviosas para discernir qué podía ser. Si la fortachona de la capitana del equipo de hockey andaba todavía por allí era posible que tuviese suficiente presencia de ánimo para plantarle cara a él, pero entonces se la quitaría de en medio con un puñetazo bien dado.

Se daría una vuelta por el vestuario y elegiría a su víctima principal. Sería una chica preciosa y con aspecto vulnerable. La agarraría por un brazo, al tiempo que le diría: «Por aquí, haz el favor. Soy de seguridad». La sacaría al pasillo, para conducirla luego en la dirección equivocada: hacia la sala de máquinas de la piscina. Una vez allí dentro, cuando la chavala creyera estar a salvo, él la abofetearía, le sacudiría un directo en el estómago y la arrojaría contra el suelo de cemento. La contemplaría mientras la chica rodaba sobre sí misma, se sentaba, jadeando, sollozando y mirándole con los ojos saturados de terror.

Entonces él sonreiría y se desabrocharía el cinturón.

2

La señora Ferrami dijo:

—Quiero irme a casa.

—No te preocupes, mamá —le tranquilizó su hija Jeannie—, vamos a sacarte de aquí antes de lo que crees.

Patty, la hermana menor de Jeannie disparó a ésta una mirada que significaba: «¿Cómo rayos supones que vamos a hacer tal cosa?».

La Residencia Bella Vista del Ocaso era lo máximo que podía sufragar el seguro sanitario y en ella todo era pura fachada. La habitación contenía dos camas de hospital, otros tantos armarios, un sofá y un televisor. Las paredes estaban pintadas de color seta turbia y el suelo era de baldosas de plástico, de un tono crema surcado por vetas anaranjadas. La ventana tenía reja, pero no cortinas, y daba a una gasolinera. Había una jofaina en un rincón y los aseos estaban en el pasillo.

—Quiero irme a casa —repitió la madre.

—Pero, mamá —dijo Patty—, siempre te estás olvidando de las cosas, ya no puedes cuidar de ti misma.

—Claro que puedo, no te atrevas a hablarme de ese modo.

Jeannie se mordió el labio. Contempló la ruina humana en que había degenerado su madre y le entraron ganas de llorar. La señora tenía facciones enérgicas: negras cejas, ojos oscuros, nariz recta, boca amplia y sólido mentón. Los mismos rasgos se repetían en Jeannie y Patty, aunque la madre era de constitución menuda y ellas altas como el padre. Las tres tenían un carácter resuelto, tal como sugería su apariencia: «formidable» era la palabra con la que se solía calificar a las mujeres Ferrami. Pero la madre ya no volvería a ser formidable. Padecía el mal de Alzheimer.

No contaba aún sesenta años. Jeannie, que tenía veintinueve, y Patty, que andaba por los veintiséis, confiaron en que hubiera podido cuidar de sí misma durante algunos años más, pero esa esperanza saltó hecha añicos aquella misma madrugada, a las cinco, cuando un agente de policía de Washington telefoneó para notificar que había encontrado a su madre en la calle

Dieciocho. La mujer vagaba sin rumbo, sólo cubría su cuerpo un camisón sucio, lloriqueaba y decía que no se acordaba de dónde vivía.

Jeannie se puso al volante de su automóvil y, en aquella tranquila mañana de domingo, se dirigió a Washington, distante una hora de Baltimore. Recogió a su madre en la comisaría, la llevó a casa, la bañó, la vistió y luego llamó a Patty. Juntas, las dos hermanas tramitaron el ingreso de la señora Ferrami en el asilo de Bella Vista. La institución estaba en la ciudad de Columbia, entre Washington y Baltimore. Tía Rosa había pasado allí sus años de decadencia. Tía Rosa tenía la misma póliza de seguro sanitario que la madre.

—No me gusta este sitio —dijo la señora Ferrami.

—A nosotras tampoco —manifestó Jeannie—, pero en estos momentos es todo lo que podemos permitirnos.

Intentó que su voz sonara natural y razonable, pero lo cierto es que le salió un tono áspero.

Patty le disparó una mirada de reproche.

—Vamos, mamá, hemos vivido en sitios peores —puso vaselina.

Era verdad. Cuando su padre fue a la cárcel por segunda vez, la madre y las dos jóvenes vivieron en una habitación, con un hornillo encima del aparador y el grifo del agua en el pasillo. Fueron los años en que la asistencia social les ayudó a sobrevivir. Pero la madre fue una leona en la adversidad. En cuanto Jeannie y Patty empezaron a ir a la escuela, encontró una mujer de edad a la que no le importaba echar un vistazo a las chicas cuando volvían a casa, se buscó un empleo —había sido peluquera, y aún se mantenía en buena forma, aunque su estilo resultase algo pasado de moda— y no tardó en trasladarse con las chicas a un pisito de dos habitaciones situado en Adams-Morgan, que entonces era un respetable barrio de clase obrera.

Les preparaba tostadas para desayunar, enviaba a Jeannie y a Patty al colegio impecables con su vestidito limpio y después se peinaba y maquillaba —trabajando en un salón de belleza, una tenía que ir presentable— y siempre dejaba la cocina como los chorros del oro, con una bandeja de galletas encima de la mesa para cuando las niñas volviesen de la escuela. Los domingos hacían la colada y limpiaban a fondo el pisito entre las tres. Mamá siempre había sido tan capaz, tan segura, tan infatigable que a una le destrozaba el corazón ver en la cama a aquella mujer olvidadiza y quejumbrosa.

En aquel momento, la anciana frunció las cejas, como si algo la desorientara, y dijo:

—¿Por qué llevas ese aro en la nariz, Jeannie?

Jeannie se llevó los dedos a la fina banda de plata y esbozó una triste sonrisa.

—Mamá, me perforé la ventana de la nariz cuando era niña. ¿No te acuerdas de que te pusiste como una furia? Creí que ibas a echarme a la calle.

—Se me olvidan las cosas —reconoció la mujer.

—Pues yo sí que me acuerdo —intervino Patty—. Pensé que aquello tuyo era la mayor hazaña de todos los tiempos. Claro que yo tenía once años y tú catorce; para mí, todo lo que hacías era audaz, elegante e inteligente.

—Quizá lo fuese —dijo Jeannie con burlona jactancia.

Patty rió entre dientes.

—Lo de la chaqueta naranja seguro que no lo fue.

—¡Oh, Dios santo, aquella chaqueta! Mamá acabó quemándola después de que durmiese con ella puesta en un edificio abandonado y se me llenara de pulgas.

—De eso me acuerdo —terció la madre de pronto—. ¡Pulgas! ¡Una hija mía!

Se mostraba indignadísima aún, quince años después.

De repente, la atmósfera se tornó más desenfadada. Aquellas reminiscencias llevaron a la memoria de las tres el recuerdo de lo unidas que habían estado. Era un buen momento para despedirse.

—Será mejor que me retire —dijo Jeannie, al tiempo que se ponía en pie.

—Yo también tengo que marcharme —se sumó Patty—. He de hacer la cena.

Sin embargo, ninguna de las dos hizo el menor intento de dirigirse a la puerta. Jeannie tuvo la sensación de que abandonaba a su madre, de que la dejaba desamparada en un momento de necesidad. Allí, nadie la apreciaba. Debería contar con una familia que la atendiese. Jeannie y Patty deberían quedarse a su lado, cocinar para ella, plancharle el camisón y ponerle en la tele su programa favorito.

—¿Cuándo volveréis a visitarme? —quiso saber la madre.

Jeannie titubeó. Deseaba decir: «Mañana te traeré el desayuno y estaré contigo todo el día». Pero eso era imposible: la esperaba una semana tremenda de trabajo. El sentimiento de culpa la anegó. «¿Cómo puedo ser tan cruel?»

Patty la rescató, le echó el cable de:

—Yo vendré mañana y traeré a los críos para que te vean, eso te gustará.

Pero la madre no estaba dispuesta a dejar que Jeannie se marchase tan de rositas.

—¿Vendrás tú también, Jeannie?

Jeannie apenas podía hablar.

—Tan pronto como pueda. —Sofocada por la pena que la asfixiaba, se inclinó sobre la cama y besó a su madre—. Te quiero, mamá. Procura tenerlo presente.

En el momento en que estuvieron en el lado exterior de la puerta, Patty rompió a llorar.

Jeannie también estuvo a punto de estallar en lágrimas, pero era la hermana mayor y hacía mucho tiempo que había adoptado la costumbre de dominar sus emociones mientras cuidaba de Patty. Pasó un brazo alrededor de los hombros de su hermana en tanto avanzaban por el aséptico pasillo. Patty no era débil, pero se sometía más a las circunstancias que Jeannie, la cual era combativa, tenaz y lanzada. La madre siempre criticaba a Jeannie y comentaba que, en carácter, debería parecerse más a Patty.

—Me gustaría tenerla en casa conmigo, pero no puedo —se lamentó Patty, apesadumbrada.

Jeannie asintió. Patty estaba casada con un carpintero llamado Zip. Vivían en una casita adosada de dos habitaciones. El segundo dormitorio lo compartían los tres chicos. Davey contaba seis años, Mel cuatro y Tom dos. No había sitio para la abuela.

Jeannie era soltera. Como profesora auxiliar en la Universidad Jones Falls ganaba treinta mil dólares al año —suponía que una barbaridad menos que el marido de Patty— y acababa de firmar la primera hipoteca sobre un piso de dos habitaciones recién adquirido y amueblado a crédito. Una de las habitaciones era sala de estar con cocina incorporada en un rincón, la otra era el dormitorio, con armario empotrado y baño minúsculo. Si le cedía la cama a su madre, ella tendría que dormir todas las noches en el sofá; y en casa no quedaría nadie para cuidar durante el día a una mujer con la enfermedad de Alzheimer.

—Yo tampoco puedo encargarme de ella —dijo.

Patty mostró su rabia a través de las lágrimas.

—¿Entonces por qué le dijiste que la sacaríamos pronto de aquí? ¡No podemos!

Salieron al tórrido calor de la calle.

—Iré mañana al banco y pediré un crédito. La ingresaremos en una residencia mejor y pagaré la diferencia. Lo que le falte al seguro sanitario.

—¿Y cómo devolverás el préstamo? —Patty fue a lo práctico.

—Me las arreglaré para que me asciendan a profesora adjunta, después obtendré plaza de catedrática, me encargarán la preparación de un libro de texto y conseguiré que tres multinacionales me contraten como asesora.

Patty sonrió a través de las lágrimas.

—Yo te creo, ¿pero te creerá el banco?

Patty siempre había tenido una fe ciega en Jeannie. Patty nunca había sido ambiciosa. En el colegio siempre estuvo por debajo del nivel medio, se casó a los diecinueve años y se dispuso alumbrar y criar hijos sin dar señales de lamentarlo. Jeannie era el revés de la moneda. Primera de la clase y gran figura de todos los equipos deportivos, fue campeona de tenis y había cursado todos los estudios gracias a becas deportivas. Fuera lo que fuese lo que dijera que iba a hacer, Patty nunca dudaba de que lo cumpliría.

Pero Patty también tenía razón, el banco no le concedería otro préstamo tan inmediatamente después de haberle financiado la compra del piso. Y Jeannie acababa de estrenarse en el cargo de profesora auxiliar: transcurrirían tres años antes de que consideraran la posibilidad de ascenderla. Cuando llegaban a la zona de aparcamiento, Jeannie dijo, a la desesperada:

—Está bien, venderé el coche.

Adoraba su automóvil. Era un Mercedes 230C de veinte años de antigüedad, un sedán rojo de dos puertas con asientos de cuero negro. Lo había comprado ocho años atrás con los cinco mil dólares que obtuvo al ganar el torneo de tenis del Mayfair Lites College. Cosa que ocurrió antes de que ser dueño de un viejo Mercedes se pusiera de moda y fuese el no va más de la elegancia.

—Probablemente vale ahora el doble de lo que pagué por él —dijo.

—Pero tendrás que comprarte otro coche —observó Patty, aún despiadamente realista.

—Tienes razón —suspiró Jeannie—. En fin, siempre me queda el recurso de dar clases particulares. Va contra las reglas de la UJF, pero es muy posible que me gane mis buenos cuarenta dólares a la hora enseñando estadísticas correctivas, en clases individuales, a estudiantes ricos que suspendieron el examen en otras universidades. Tal vez saque trescientos dólares semanales; libres de impuestos si no los declaro. —Miró a los ojos a su hermana—. ¿Tú puedes aportar algo?

Patty desvió la vista.

—No lo sé.

—Zip gana más que yo.

—Me matará por decírtelo, pero podremos contribuir con unos setenta y cinco u ochenta a la semana. —Patty añadió por último—: Le pincharé un poco para que pida un aumento de sueldo. Es un poco cobardica a la hora de hacerlo, pero me consta que se lo merece, y el jefe le aprecia.

Jeannie empezó a sentirse algo más optimista, aunque la perspectiva de pasarse los domingos dando clases a estudiantes que no habían logrado superar el examen de licenciatura le resultaba deprimente.

—Con cuatrocientos dólares semanales extra podremos conseguirle a mamá una habitación con cuarto de baño propio.

—En cuyo caso podría tener cerca algunas de sus cosas, adornos y quizás unos cuantos muebles de su piso.

—Preguntaremos por ahí, a ver si alguien sabe de algún lugar bonito.

—De acuerdo. —Patty parecía preocupada—. La enfermedad de mamá es hereditaria, ¿no? Vi algo de eso en la tele.

Jeannie asintió.

—Hay un defecto en el gen AD3, estrechamente relacionado con el inicio del mal de Alzheimer.

Jeannie recordaba que se localizaba en el cromosoma 14q24.3, pero eso sería chino para Patty.

—¿Significa eso que tú y yo acabaremos igual que mamá?

—Significa que existen muchas probabilidades de que sea así.

Permanecieron en silencio durante un momento. La idea de perder las facultades mentales era algo demasiado funesto para hablar de ello.

—Me alegro de haber tenido a mis hijos siendo muy joven —dijo Patty—. Serán lo bastante mayorcitos para cuidarse por sí mismos cuando me suceda eso a mí.

Jeannie captó un punto de reproche. Lo mismo que la madre, Patty consideraba que había algo reprobable en el hecho de haber cumplido los veintinueve y no tener hijos.

—El hecho de que hayan descubierto el gen es también esperanzador. Eso significa que para cuando nosotras tengamos la edad que tiene ahora mamá, puede que estén en condiciones de inyectarnos una versión alterada de nuestro propio ADN que no tenga el gen fatal.

—Mencionaron eso en la televisión. Tecnología de recombinación del ADN, ¿verdad?

Jeannie sonrió a su hermana.

—Verdad.

—Ya ves que no soy tan tonta.

—Nunca he dicho que lo fueras.

—La cuestión es —articuló Patty pensativamente— que nuestro ADN nos hace lo que somos, de forma que si yo cambio mi ADN, ¿me convierte eso en una persona distinta?

—No es sólo el ADN lo que te hace ser como eres. También influye tu educación, el ambiente en que te has criado. En eso me ocupo.

—¿Qué tal tu nuevo trabajo?

—Es emocionante. Se trata de mi gran oportunidad, Patty. Un sinfín de personas leyeron mi artículo sobre la criminalidad y las posibilidades de que se encuentre en nuestros genes.

Publicado el año anterior, mientras ella estaba en la Universidad de Minnesota, el artículo llevaba el nombre del profesor que lo había supervisado encima del de Jeannie, pero el trabajo lo había realizado la muchacha.

—No llegué a determinar si decías que la criminalidad se hereda o no.

—Identifiqué cuatro rasgos que conducen a la conducta criminal: impulsividad, intrepidez, agresividad e hiperactividad. Pero mi teoría consiste en que ciertos sistemas de educación infantil neutralizan esos rasgos y convierten a criminales potenciales en buenos ciudadanos.

—¿Cómo puedes demostrar una cosa como esa?

—Mediante el estudio de gemelos que se criaron separados. Los gemelos univitelinos tienen el mismo ADN. Y cuando los adoptan al nacer o los separan por algún otro motivo, se educan de manera distinta. Así que hay parejas de gemelos en las que uno de ellos es un delincuente y el otro una persona normal. De forma que analizo la manera en que se educaron y las diferencias existentes entre los comportamientos educativos de los respectivos padres.

—Tu trabajo es realmente importante —dijo Patty.

—Eso creo.

—Tenemos que averiguar por qué hoy en día se pervierten tantos estadounidenses.

Jeannie asintió con la cabeza. Eso era, en pocas palabras.

Patty se dirigió a su vehículo, una vieja ranchera Ford, con la parte de atrás llena de trastos de los chicos, chatarra de llamativos colorines: un triciclo, un cochecito de niño plegable, un surtido de raquetas y pelotas y un gran camión de juguete con una rueda rota.

—Dales un besazo a los chicos de mi parte, ¿vale? —dijo Jeannie.

—Gracias. Te llamaré mañana, después de visitar a mamá.

Jeannie sacó las llaves, vaciló, se acercó luego a Patty y le dio un abrazo.

—Te quiero, hermanita.

—Yo también —repuso Patty.

Jeannie subió a su automóvil y arrancó.

Se sentía irritada e inquieta, con el ánimo rebosante de sentimientos encontrados, pendientes, respecto a su madre, a Patty y al padre que no estaba con ellas. Salió a la 170 y condujo a excesiva velocidad, cambiando de carril entre el tráfico. Se preguntó qué iba a hacer con el resto del día, pero en seguida recordó que se suponía iba a jugar al tenis a las seis y luego ir a tomar pizza y cerveza con un grupo de estudiantes licenciados y profesores jóvenes del departamento de psicología de la Jones Falls. Su primera idea fue cancelar todo el programa de la velada. Pero tampoco le apetecía ni tanto así quedarse en casa calentándose los cascos. Iría a jugar al tenis, decidió: el ejercicio le haría sentirse mejor. Después se dejaría caer por el bar de Andy, pasaría allí cosa de una hora y se retiraría temprano.

Pero las cosas no salieron así.

Su rival en el partido de tenis era Jack Budgen, el bibliotecario jefe de la universidad. Había jugado una vez en Wimbledon y, aunque tenía ya cincuenta años y estaba calvo, aún conservaba buena parte de su antigua destreza y estaba en buenas condiciones físicas. La cumbre de su carrera la alcanzó cuando ocupó una plaza en el equipo de tenis de Estados Unidos, allá por la época en que era estudiante en busca de la licenciatura. Con todo, Jeannie era más fuerte y más rápida que Jack.

Jugaban en una de las pistas de arcilla roja del campus de la Jones Falls. Eran dos tenistas bastante igualados y el partido atrajo una pequeña multitud de espectadores. No existían normas relativas a la forma de vestir, pero Jeannie siempre llevaba pantalones cortos blancos y polo del mismo color. Tenía el pelo largo y moreno, nada sedoso y liso como Patty, sino rizado y bastante rebelde, por lo que se lo recogía bajo una gorra de visera.

El servicio de Jeannie era dinamita y su mate cruzado de revés a dos manos resultaba verdaderamente asesino. Respecto al servicio, Jack poco podía hacer, pero al cabo de unos juegos tuvo buen cuidado en impedir en lo posible que Jeannie utilizase el mate de revés. El hombre recurrió a la astucia, se dedicó a reservar energías y dejar que Jeannie cometiese errores. La muchacha jugaba con excesiva agresividad, incurría en dobles faltas al sacar e iba a la red con precipitación. En un día normal, Jeannie se daba perfecta cuenta, podía vencerle; pero aquella tarde su concentración se había dispersado y no pensaba las jugadas. Ganaron un juego cada uno, en el tercero se pusieron cinco a cuatro a favor de Jack, con el servicio en poder de la muchacha; tendría que conservarlo para seguir en el partido.

Hubo dos empates, luego Jack ganó un punto y la ventaja fue suya. La pelota de saque de Jeannie se estrelló contra la red y de la pequeña multitud de espectadores se elevó un grito sofocado pero audible. En vez de ampararse en un segundo servicio más lento y seguro, como es normal, Jeannie tiró por la ventana toda precaución y sacó como si se tratara de un primer servicio. La raqueta de Jack conectó con la pelota y devolvió el saque sobre el revés de Jeannie. Ésta conectó un mate y corrió hacia la red. Pero Jack no estaba desequilibrado como había fingido y respondió con un globo perfecto, que pasó por encima de Jeannie y al aterrizar justo sobre la línea de fondo le dio la victoria en el partido.

Jeannie se quedó mirando la pelota, con los brazos en jarras, furiosa consigo misma. Aunque llevaba varios años sin jugar en serio, conservaba un inquebrantable espíritu competitivo que hacía que le resultase muy duro perder. Calmó sus sentimientos y puso una sonrisa en su rostro. Dio media vuelta.

—¡Bonito golpe! —gritó.

Se llegó a la red, tendió la mano y una ráfaga de aplausos surgió de los espectadores.

Se le acercó un joven.

—¡Vaya, ha sido un partido estupendo! —acompañó el elogio con una amplia sonrisa.

Un rápido vistazo permitió a Jeannie evaluarlo. Era el típico cachas: alto y atlético, de cabello rizado, que llevaba muy corto, y bonitos ojos azules. Avanzaba hacia ella manifestando todo el interés del mundo.

Pero Jeannie no estaba de humor.

—Gracias —dijo, cortante.

El galán volvió a sonreír; la suya era una sonrisa tranquila y confiada que venía a decir que casi todas las mozas a las que se la dedicaba se sentían felices de que él les dirigiera la palabra, al margen de si lo que les dijese merecía o no la pena.

—Verás, yo también juego un poco al tenis, y se me ha ocurrido que...

—Si sólo juegas un poco al tenis, lo más probable es que no estés en mi división —le interrumpió Jeannie, y pasó por su lado, desdeñosa.

Oyó que, a su espalda, el chico preguntaba en tono de buen humor:

—¿Debo entender, pues, que no existe la más remota posibilidad de que disfrutemos de una cena romántica, seguida de una noche de loca pasión?

Jeannie no pudo por menos de sonreír, aunque sólo fuera por la insistencia del chico, y comprendió que había sido más brusca de lo necesario. Volvió la cabeza y habló por encima del hombro, sin detener el paso.

—Ni la más remota, pero gracias por la proposición —dijo.

Abandonó las pistas y se encaminó al vestuario. Se preguntó qué estaría haciendo su madre en aquel momento. A aquella hora ya habría cenado: eran las siete y media y en tales instituciones servían temprano las comidas. Seguramente, estaría viendo la tele en el salón. Tal vez habría trabado amistad con alguien, con alguna mujer de su misma edad que soportaría las lagunas de amnesia y mostraría interés por las fotos de sus nietos. Mamá había tenido montones de amigas —compañeras del salón de belleza, algunas clientas, vecinas, personas que conoció durante veinticinco años—, pero era difícil para ellas mantener esa amistad cuando mamá olvidaba continuamente quiénes diablos eran.

Cuando pasaba por delante del campo de hockey sobre hierba se dio de manos a boca con Lisa Hoxton. Lisa era la primera amiga de verdad que había hecho desde su llegada a Jones Falls un mes antes. Era ayudante en el laboratorio de psicología. Estaba licenciada en ciencias, pero no quería dedicarse a la enseñanza académica. Como Jeannie, procedía de una escala social pobre y le intimidaba un poco la eminencia arrogante que pertenecer a la Ivy League confería a Jones Falls. Jeannie y Lisa simpatizaron automáticamente.

—Un chico intentó enrollarse conmigo hace un momento —sonrió Jeannie.

—¿Qué tal era?

—Se parecía a Brad Pitt, pero más alto.

—¿Le preguntaste si tenía otro amigo de su edad? —dijo Lisa. Ella contaba veinticuatro años.

—No. —Jeannie miró por encima del hombro, pero el muchacho no estaba a la vista—. Continúa andando, por si acaso me sigue.

—¿Tan malo sería?

—Venga ya.

—De los que tienes que huir es de los rastreros horripilantes.

—¡Cierra el pico!

—Podías haberle dado mi número de teléfono.

—Lo que debí haber hecho es anotarle en un papel tu talla de sujetador, con eso le habría dejado sin habla.

Lisa tenía un busto realmente voluminoso.

La muchacha se detuvo en seco. Durante unos segundos, Jeannie pensó que se había pasado y ofendido a Lisa. Empezó a darle forma mental a una disculpa. Pero Lisa exclamó:

—¡Qué gran idea! «Uso la treinta y seis D, para más información, llame a este número de teléfono.» Es un rato sutil, desde luego.

—No es más que envidia por mi parte, siempre deseé tener un buen parachoques —reconoció Jeannie, y ambas se echaron a reír—. Pero es cierto, pedí a Dios que me concediera un tetamen como es debido. Prácticamente fui la última chica de la clase a la que le vino la regla, era de lo más embarazoso.

—No me digas que te ponías de rodillas junto a la cama y rezabas: «Por favor, Dios de mi alma, haz que me crezcan las tetas».

—La verdad es que a quien rezaba era a la Virgen María. Suponía que era asunto de mujeres. Y no decía tetas, naturalmente.

—¿Qué decías? ¿Pechos?

—No, me figuraba que a la Virgen Santa no se le podía decir pechos.

—¿Cómo los llamabas, pues?

—Globos.

Lisa soltó la carcajada.

—No sé de dónde saqué la palabra, debía de habérsela oído a algunos hombres que estuvieran hablando de ello. Me pareció un eufemismo bastante educado. Esto nunca se lo he contado a nadie en toda mi vida.

Lisa miró hacia atrás.

—Bueno, no veo ningún chico guapo lanzado en nuestra persecución. Me parece que hemos despistado a Brad Pitt.

—Buena cosa. Es exactamente mi tipo: apuesto, sexualmente atractivo, presuntuoso y absolutamente indigno de confianza.

—¿Cómo sabes que no es de fiar? Sólo lo tuviste frente a ti veinte segundos.

—Todos los hombres son indignos de confianza.

—Es probable que tengas razón. ¿Piensas dejarte ver esta noche por el Andy's?

—Sí, pasaré allí cosa de una hora. Primero tengo que ducharme.

Llevaba el polo empapado de sudor.

—Yo también. —Lisa vestía pantalones cortos y calzaba zapatillas de deporte—. He estado entrenándome con el equipo de hockey. ¿Por qué sólo una hora?

—He tenido un día pesadísimo. —El partido había distraído a Jeannie, pero el agotamiento reapareció en aquel instante y provocó en ella una mueca dolorida—. He tenido que ingresar a mi madre en una residencia geriátrica.

—¡Oh, Jeannie, cuánto lo siento!

Jeannie le contó la historia mientras entraban en el edificio del gimnasio y descendían por la escalera del sótano. En el vestuario, Jeannie vio al paso la imagen de ambas reflejada en el espejo. Eran físicamente tan distintas que casi parecían actrices de un número cómico. Lisa tenía una estatura inferior a la talla media, Jeannie medía casi metro ochenta y cinco. Lisa era rubia y curvilínea, mientras que Jeannie era morena y musculosa. Lisa tenía una carita preciosa, salpicada de pecas a través de la coqueta naricilla y boca en forma de arco. La mayoría calificaba a Jeannie de impresionante, a algunos hombres les parecía guapa, pero nadie la había llamado nunca bonita.

Cuando se desprendían de las sudadas prendas deportivas, Lisa inquirió:

—¿Qué hay de tu padre? Nunca hablas de él.

Jeannie suspiró. Era la pregunta que había aprendido a temer, incluso siendo niña; pero que surgía invariablemente, tarde o temprano. Durante muchos años mintió explicando que su padre estaba muerto, había desaparecido o se encontraba trabajando en Arabia Saudí. Últimamente, sin embargo, confesaba la verdad.

—Mi padre está en la cárcel —dijo.

—Oh, Dios. No debí preguntar.

—No ocurre nada. Se ha pasado en la cárcel la mayor parte de mi vida. Esta es la tercera condena que cumple.

—¿A cuánto le sentenciaron?

—Ni me acuerdo. Carece de importancia. Cuando salga, seguirá sin servir para nada. Nunca se preocupó de cuidar de nosotras y no va a empezar a hacerlo ahora.

—¿Nunca tuvo un empleo normal?

—Sólo cuando deseaba preparar un golpe. Se contrataba como conserje, portero o guarda de seguridad y trabajaba ocho o quince días, mientras estudiaba el terreno antes de cometer allí el robo.

Lisa le dirigió una mirada penetrante.

—¿Por eso te interesa tanto la genética de la criminalidad?

—Puede.

—Probablemente no. —Lisa hizo un gesto como si apartara aquello a un lado—. De todas formas, no me gusta nada el psicoanálisis de aficionados.

Entraron en las duchas. Jeannie se lo tomó con calma, tardó más porque se lavaba la cabeza. Agradecía la amistad de Lisa. Ésta llevaba poco más de un año en Jones Falls cuando al principio del semestre llegó Jeannie, a la que enseñó el lugar. A Jeannie le encantaba colaborar con Lisa en el laboratorio, porque Lisa era una muchacha en la que se podía confiar. También le gustaba alternar con ella a la salida del trabajo, porque se podía hablar con la muchacha de todo, sin temor a que se escandalizase.

Jeannie se estaba aplicando un acondicionador en el pelo cuando oyó ruidos extraños. Se detuvo y aguzó el oído. Sonaba como chillidos de miedo. Un helado ramalazo de angustia atravesó su cuerpo, de pies a cabeza, haciéndola estremecer. De pronto, se sintió muy vulnerable: desnuda, mojada, clandestina. Vaciló, luego se aclaró el pelo rápidamente y salió de la ducha para ver qué estaba ocurriendo.

En cuanto salió de debajo del agua olió a quemado. No vio llamas, pero las densas nubes de humo negrogrisáceo casi llegaban al techo. Parecía salir de los ventiladores. Se había declarado un incendio.

Sintió miedo. Nunca se había visto implicada en un incendio.

Las que estaban dotadas de sangre fría agarraban sus bolsas y se dirigían a la puerta. Otras se entregaban a la histeria, se chillaban unas a otras con voz asustada y corrían de un lado para otro, sin rumbo. Un imbécil de seguridad, con la cara y la nariz cubiertas por un pañuelo moteado, las asustó todavía más al entrar en el vestuario, empujarlas y darles órdenes a voces.

Jeannie comprendió que no debía entretenerse allí el tiempo necesario para vestirse, pero tampoco podía decidirse a salir del edificio completamente desnuda. El miedo circulaba por sus venas como agua helada, pero se tranquilizó mediante un esfuerzo de voluntad. Encontró su taquilla. Lisa no estaba a la vista. Cogió sus ropas, se puso los vaqueros y se pasó la camiseta de manga corta por la cabeza.

Lo hizo todo en contados segundos, pero en ese espacio de tiempo la sala se quedó vacía de personas y llena de humo. Ya no veía la puerta y empezó a toser. La aterró la idea de que le fuese imposible respirar. Sé dónde está la puerta, todo lo que tengo que hacer es conservar la calma, se dijo. Llevaba en el bolsillo de los vaqueros las llaves y el dinero. Cogió la raqueta de tenis. Contuvo la respiración, mientras atravesaba el vestuario con paso rápido, rumbo a la salida.

La densa humareda colmaba el pasillo y los ojos de Jeannie empezaron a lagrimear, acabando de cegarla. Deseó entonces haber salido desnuda y ganado así unos segundos preciosos. Los pantalones vaqueros no le ayudaban a respirar ni a ver nada en medio de aquella niebla de vapores y humos. Y si una está muerta, maldito si importa el que se encuentre desnuda.

Apoyó una mano temblorosa en la pared, a fin de orientarse mientras se apresuraba pasillo adelante, aún con la respiración contenida. Pensó que podía tropezar con otras mujeres, pero al parecer todas las demás se le habían adelantado. Al acabarse la pared, Jeannie supo que había llegado al pequeño vestíbulo, aunque no podía ver nada excepto nubes de humo. La escalera debía de estar delante. Cruzó el vestíbulo y chocó con la máquina de Coca Cola. ¿La escalera quedaba a la izquierda o a la derecha? A la izquierda, supuso. Avanzó en esa dirección, entonces topó con la puerta del vestuario de los hombres y comprendió que había optado por la dirección equivocada.

Ya no podía contener la respiración por más tiempo. Aspiró aire con un gemido. Tragaba más humo que oxígeno y eso la hizo toser convulsivamente. Retrocedió tambaleándose a lo largo de la pared, agitada dolorosamente por los accesos de tos, con las fosas nasales ardiendo y los ojos llenos de lágrimas, casi incapaz de verse las manos aunque se las pusiera delante de las narices. Con todo su ser anhelando una bocanada de aire a la que durante veintinueve años no había dado importancia. Siguió por la pared hasta la máquina de Coca Cola y la rodeó. Comprendió que había encontrado la escalera en el momento en que tropezó con el primer peldaño. Se le escapó la raqueta de la mano y la perdió de vista. Era una raqueta especial —con ella había ganado el Mayfair Lites Challenge—, pero la dejó abandonada y gateó escaleras arriba a cuatro patas.

Al llegar al espacioso vestíbulo de la planta baja comprobó que gran parte del humo se había disipado súbitamente. Vio las puertas del edificio, abiertas de par en par. Un guardia de seguridad estaba en la entrada, por la parte exterior; le hacía señas y le gritaba:

—¡Venga!

Sin dejar de toser, media ahogada, Jeannie cruzó el vestíbulo dando traspiés y salió al bendito aire libre.

Permaneció en la escalinata dos o tres minutos, doblada sobre sí misma, aspirando bocanadas de aire y expulsando el humo de sus pulmones. Cuando por fin la respiración alcanzó la normalidad oyó la sirena de un vehículo de emergencia que ululaba a lo lejos. Volvió la cabeza y buscó a Lisa con la mirada, pero no la localizó por parte alguna.

Seguramente ya habría salido. Estremecida todavía, Jeannie avanzó entre la muchedumbre, escudriñando los rostros. Ahora que se encontraban fuera de peligro, todo el mundo emitía risas nerviosas. Casi todos los estudiantes iban más o menos desnudos, por lo que reinaba una atmósfera curiosamente íntima. Las chicas que se las habían arreglado para salvar sus bolsas prestaban prendas de ropa a las compañeras menos afortunadas. Mujeres desnudas agradecían las sucias y sudadas camisetas que les dejaban sus amigas. Varias personas se cubrían sólo con toallas.

Lisa no estaba entre la multitud. Dominada por una creciente angustia, Jeannie volvió hasta el guardia de seguridad de la puerta.

—Temo que mi amiga pueda haberse quedado ahí dentro —dijo. Captó la vibración del miedo que matizaba su propia voz.

—No seré yo quien entre a buscarla —dijo el guardia rápidamente.

—Un hombre valiente —saltó Jeannie. No estaba segura de haber deseado que lo hiciera, pero tampoco esperaba que aquel individuo fuera tan completamente inútil.

Apareció el resentimiento en la expresión del guardia.

—Ese trabajo les corresponde a ellos —señaló el coche de bomberos que se acercaba por la carretera.

Jeannie empezaba a temer de veras por la vida de Lisa, pero no sabía qué hacer. Observó, saturada de impotencia, a los bomberos, que se apeaban del vehículo y se ponían las máscaras respiratorias. Le pareció que se movían tan despacio que le entraron ganas de sacudirlos y gritarles: «¡Rápido! ¡Rápido!». Llegó otro coche de bomberos y después un vehículo de la policía con la banda azul y plata del Departamento de Policía de Baltimore.

Mientras los bomberos arrastraban la manguera hacia el interior del edificio, un oficial abordó e interrogó al guardia del vestíbulo:

—¿Dónde cree que empezó?

—En el vestuario de mujeres —le contestó el guardia.

—¿Y dónde está eso, exactamente?

—En el sótano, al fondo.

—¿Cuántas salidas tiene el sótano?

—Sólo una, la escalera que sube hasta el vestíbulo principal, que está ahí mismo.

Un empleado de mantenimiento que andaba por allí cerca le contradijo:

—Hay una escalerilla en la sala de máquinas de la piscina. Da a una trampilla de acceso situada en la parte trasera del edificio.

Jeannie captó la atención del oficial de bomberos.

—Creo que es posible que una persona esté aún ahí dentro —dijo.

—¿Hombre o mujer?

—Mujer. Veinticuatro años, rubia, baja de estatura.

—Si está ahí, la encontraremos.

Jeannie se tranquilizó durante un momento. Pero en seguida se dio cuenta de que no habían prometido encontrarla viva.

Al individuo de seguridad que estuvo en el vestuario no se le veía por parte alguna. Jeannie se dirigió al jefe de bomberos:

—Hay otro guardia de seguridad en el edificio. No lo veo por ninguna parte. Un hombre alto.

—El único guardia de seguridad del edificio soy yo. No hay ningún otro —intervino el guardia del vestíbulo.

—Bueno, el que yo digo llevaba una gorra con la palabra SEGURIDAD escrita en ella y ordenaba a la gente que evacuara el edificio.

—Me importa un rábano lo que llevase escrito en la gorra...

—¡Oh, vamos, por san Pedro, deje de discutir! —saltó Jeannie—. ¡Tal vez me lo imaginé, pero si no es así, su vida puede estar en peligro!

Cerca de ellos, escuchándoles, había una muchacha con las vueltas del pantalón caqui arremangadas.

—Yo vi a ese tipo, un guarro asqueroso —dijo—. Me metió mano.

—Tranquilas —aconsejó el jefe de bomberos—, los encontraremos a todos. Gracias por su colaboración.

Se alejó.

Jeannie fulminó con la mirada al guardia del vestíbulo. Se daba cuenta de que el oficial de bomberos no le había hecho a ella demasiado caso porque había gritado al guardia. Se retiró, contrariada. ¿Qué iba a hacer ahora? Los hombres del servicio contra incendios entraban en el gimnasio con sus cascos y sus botazas. Ella iba descalza y se cubría con una camiseta de manga corta. Si intentaba entrar allí, la echarían inmediatamente. Apretó los puños con fuerza, consternada. «¡Piensa, piensa! ¿En qué otro sitio puede estar Lisa?»

El gimnasio se encontraba contiguo al edificio de Psicología Ruth W. Acorn, bautizado así en honor de la esposa de un benefactor, pero al que todo el personal llamaba la Loquería. ¿Era posible que Lisa se hubiese refugiado allí? Quizás estuviesen cerradas las puertas los domingos, pero también era probable que Lisa tuviera llave. Cabía la posibilidad de que se hubiese apresurado a entrar allí en busca de una bata de laboratorio con la que cubrirse o simplemente para sentarse a su mesa en tanto se recuperaba. Jeannie decidió ir a comprobarlo. Cualquier cosa era mejor que seguir allí de pie, cruzada de brazos.

Atravesó en cuatro zancadas el césped, hacia la entrada principal de la Loquería y echó un vistazo a través de los cristales de la puerta. No había nadie en el vestíbulo. Se sacó del bolsillo la tarjeta de plástico que hacía las veces de llave y la introdujo en la ranura del lector de tarjetas. Se abrió la puerta. Corrió hacia la escalera, al tiempo que llamaba:

—¡Lisa! ¿Estás ahí?

El laboratorio se encontraba desierto. La silla de Lisa cuidadosamente colocada debajo del escritorio y la pantalla del ordenador apagada. Jeannie fue a echar una mirada en los servicios de mujeres, en el fondo del pasillo. Nada.

—¡Maldita sea! —exclamó, frenética—. ¿Dónde diablos te has metido?

Jadeante, se apresuró a salir de nuevo de Psicología. Decidió rodear el edificio del gimnasio, por si acaso Lisa se encontrara sentada en el suelo, en algún punto, recobrando el aliento. Dobló la esquina y cruzó un patio lleno de enormes cubos de basura. En la parte posterior había un pequeño aparcamiento. Divisó una figura que corría por el camino, alejándose. Era alguien demasiado alto para tratarse de Lisa y, además, Jeannie casi tuvo la seguridad de que era un hombre. Se le ocurrió que tal vez fuese el guardia de seguridad que echaban de menos, pero la figura torció por la esquina de la Unión de Estudiantes y se perdió de vista antes de que Jeannie tuviese la certeza de ello.

Continuó rodeando el edificio del gimnasio. En el otro extremo había una pista de atletismo, desierta en aquel momento. Siguió completando el círculo y llegó a la entrada frontal.

La multitud era más numerosa que antes y había más coches de bomberos, camiones bomba y vehículos patrulla de la policía. Pero no veía a Lisa. Estaba prácticamente segura de que aún se encontraba en el edificio incendiado. Una especie de hado fatal serpenteó por el ánimo de Jeannie, que se resistió a aceptarlo. «¡No puedes permitir que esto suceda!»

Localizó al jefe de bomberos con el que había hablado antes. Lo cogió por un brazo.

—Tengo la casi absoluta certeza de que Lisa Hoxton está ahí dentro —manifestó, apremiante—. Por aquí fuera he mirado en todas partes y no la encuentro.

El hombre le dirigió una dura mirada y, finalmente, decidió que era de fiar. Sin responderle, se acercó a los labios el transmisor-receptor.

—Buscad a una joven blanca que se cree está dentro del edificio, llamada Lisa, repito, Lisa.

—Gracias —dijo Jeannie.

Tras una seca inclinación de cabeza, el bombero se alejó de la muchacha.

Jeannie se alegró de que la hubiera hecho caso, pero aún no se sentía tranquila. Lisa podía verse atrapada allí dentro, encerrada en un lavabo o rodeada por las llamas, sin que nadie oyera sus gritos desesperados; o acaso se hubiera caído, se hubiera dado un golpe en la cabeza que la dejara inconsciente o hubiera perdido el sentido a causa del humo y yaciera en el suelo mientras el fuego crepitaba, acercándosele poco a poco, segundo a segundo.

Jeannie recordó que el hombre de mantenimiento había dicho que existía otra entrada al sótano. No la había visto cuando dio la vuelta al edificio del gimnasio por primera vez. Decidió examinar otra vez el terreno. Volvió a la parte posterior del edificio.

Lo encontró en seguida. Aquella entrada se abría en el suelo, cerca del muro del gimnasio y un Chrysler New Yorker de color gris medio la ocultaba. La tapa de la trampilla estaba fuera de su sitio, apoyada en la pared del edificio. Jeannie se arrodilló junto a la abertura rectangular y bajó la vista hacia el interior.

Una escalerilla descendía hacia una habitación sucia, iluminada por unos tubos fluorescentes. Jeannie distinguió diversa maquinaria y muchas tuberías. Flotaban en el aire tenues jirones de humo, nada de nubes densas; el cuarto debía de estar aislado del resto del sótano. A pesar de ello, no faltaba cierto olor a humo, lo que le recordó cómo había tosido y cómo se medio asfixió mientras tanteaba a ciegas en busca de la escalera. Notó que ese recuerdo le aceleraba el ritmo del corazón.

—¿Hay alguien ahí? —preguntó a voces.

Le pareció oír un leve ruido, pero no podía estar segura. Aumentó el volumen de su voz.

—¡Hola!

No hubo respuesta.

Titubeó. Lo razonable sería volver a la parte delantera del gimnasio y avisar a uno de los bomberos, pero eso podría llevar demasiado tiempo, en especial si al hombre del servicio contra incendios le daba por interrogarla. La alternativa era descender por la escalerilla y echar un vistazo.

La idea de entrar de nuevo en el edificio hizo que le temblaran las piernas. Aún tenía el pecho resentido a causa de los violentos espasmos de la tos que provocó el humo. Pero quizás Lisa estuviera allí abajo, imposibilitada para moverse, atrapada bajo la madera que le hubiese caído encima, o simplemente desvanecida. Tenía que hacer un reconocimiento de aquel cuarto.

Hizo acopio de valor y puso un pie en la escala. Notó que se le doblaban las rodillas y en un tris estuvo de caerse. Vaciló. Al cabo de un momento se sintió más fuerte y bajó otro peldaño. Un poco de humo se le aferró entonces a la garganta y Jeannie subió de nuevo hasta la calle.

Cuando dejó de toser volvió a intentarlo.

Bajó un escalón, luego otro. Se dijo que, si el humo la hacía toser de nuevo, saldría otra vez a la calle. El tercer escalón ya le resultó más fácil, y a partir de ahí descendió con más rapidez y acabó plantándose de un salto en el suelo de hormigón.

Se encontró en una sala bastante grande sembrada de bombas y filtros, presumiblemente de la piscina. El olor a humo era fuerte, pero podía respirar con cierta normalidad.

Vio a Lisa instantáneamente, y eso le provocó un grito sofocado.

Estaba caída de costado, encogida sobre sí misma, en posición fetal, desnuda. En el muslo se apreciaba una mancha con todos los visos de ser de sangre. No se movía.

Durante unos segundos Jeannie se quedó rígida de miedo.

Hizo un esfuerzo para recuperar el dominio de sí.

—¡Lisa! —gritó. Percibió el tono agudo que ponía la histeria en su voz y respiró hondo para mantener la calma. «¡Por favor, Dios mío, que no le haya pasado nada grave!» Atravesó el cuarto entre la maraña de tubos y se arrodilló junto a su amiga—. ¿Lisa?

Lisa abrió los ojos.

—Gracias a Dios —murmuró Jeannie—. Pensé que habías muerto.

Despacio, Lisa se sentó. No se atrevía a mirar a Jeannie. Tenía los labios magullados.

—Me... me violó —dijo.

El alivio que había experimentado Jeannie al ver viva a Lisa se transformó en un angustioso sentimiento de horror que le oprimía el corazón.

—¡Dios mío! ¿Aquí?

Lisa asintió con la cabeza.

—Me dijo que la salida era por aquí.

Jeannie cerró los párpados. Comprendía el dolor y la humillación de Lisa, la pesadumbre producida por verse atropellada, violada, mancillada. Las lágrimas afluyeron a sus ojos, pero las obligó a retroceder. Durante un momento se sintió demasiado débil y asqueada para pronunciar palabra. Luego trató de recobrarse.

—¿Quién fue?

—Un tipo de seguridad.

—¿Con la cara cubierta por un pañuelo con pintas?

—Se lo quitó. —Lisa apartó la mirada—. No paraba de sonreír.

Encajaba. La chica de los pantalones caqui había dicho que un guardia de seguridad le había metido mano. El guardia de seguridad del vestíbulo declaró que en el edificio no había más personal de seguridad que él.

—No era ningún guardia de seguridad —dijo Jeannie. Le había visto alejarse a paso ligero pocos minutos antes. Una oleada de rabia se abatió sobre ella ante el pensamiento de que aquel individuo hubiera cometido aquella atrocidad allí mismo, en el campus, en el edificio del gimnasio, donde todo el mundo se consideraba lo suficientemente seguro como para quitarse la ropa y ducharse. Le temblaron las manos y deseó con toda el alma coger a aquel individuo y estrangularle.

Oyó ruidos bastante fuertes: hombres que gritaban, pasos resonantes y el siseo de los chorros de agua. Los bomberos abrían sus mangueras a pleno caudal.

—Atiende, aquí corremos peligro —dijo en tono acuciante—. Hemos de salir del edificio.

La voz de Lisa sonó apagada y monótona.

—No tengo ropa.

«¡Podríamos morir aquí!»

—No te preocupes por la ropa, ahí fuera todo el mundo anda medio desnudo. —Jeannie exploró el cuarto rápidamente con la vista y vio las bragas y el sujetador de encaje rojo de Lisa; formaban un confuso y sucio montón debajo de un tanque. Se apresuró a recoger las prendas.

—Ponte tu ropa interior. Está sucia, pero es mejor que nada.

Lisa continuó sentada en el suelo, con la mirada perdida.

Jeannie combatió el sentimiento de pánico que la amenazaba. ¿Qué podía hacer si Lisa se negaba a moverse? Probablemente tendría fuerzas para levantarla, ¿pero podría trasladarla hasta la escalerilla? Alzó la voz:

—¡Vamos, levántate!

Agarró a Lisa por las manos, tiró de ella y la obligó a ponerse en pie.

Por fin, Lisa la miró a los ojos.

—Fue horrible, Jeannie —dijo.

Jeannie le echó los brazos al cuello y la apretó con fuerza contra sí.

—Lo siento, Lisa. No sabes cuánto lo siento.

El humo empezaba a hacerse más denso, a pesar de la gruesa puerta. En el ánimo de Jeannie, el temor sustituyó a la compasión.

—Hemos de salir de aquí... el edificio está ardiendo. ¡Por el amor de Dios, ponte eso!

Lisa acabó por decidirse a entrar en acción. Se puso las bragas y se abrochó el sostén. Jeannie la tomó de la mano y la condujo hasta la escalerilla de la pared, luego le indicó que subiera primero. Cuando Jeannie se disponía a seguirla, la puerta se vino abajo y un bombero irrumpió en el cuarto entre una nube de humo. El agua se arremolinaba alrededor de sus botas. Pareció llevarse un susto al ver a las dos mujeres.

—Estamos bien, vamos a salir por aquí —le gritó Jeannie. Luego subió por la escalerilla, en pos de Lisa.

Instantes después estaban fuera, al aire libre.

Jeannie se sentía débil de puro alivio: había conseguido sacar a Lisa del fuego. Pero ahora Lisa necesitaba ayuda. Jeannie le pasó el brazo por los hombros y la condujo hacia la fachada del edificio. Camiones de bomberos y coches patrulla de la policía aparcados por todas partes al otro lado de la calzada. La mayor parte de las mujeres habían encontrado algo con lo que cubrir su desnudez y, con sus prendas íntimas de color rojo, Lisa destacaba lo suyo entre aquel gentío.

—¿Le sobra a alguien un par de pantalones o cualquier otra cosa? —mendigó Jeannie mientras avanzaban entre la gente. Todos habían prestado ya las prendas que les sobraban. Jeannie hubiese cedido su sudadera a Lisa, pero no llevaba sujetador debajo.

Por último, un hombre alto y negro se quitó la camisa y se la dio a Lisa.

—Quisiera que me la devolvieses, es una Ralph Lauren —dijo—. Soy Mitchell Waterfield, del departamento de matemáticas.

—Me acordaré —prometió Jeannie, agradecida.

Lisa se puso la camisa. Ella era bajita y le llegaba a las rodillas.

Jeannie se dio cuenta de que empezaba a tener la pesadilla bajo control. Condujo a Lisa hacia los vehículos de emergencia. Tres agentes permanecían recostados en un coche patrulla, mano sobre mano. Jeannie se dirigió al de más edad, un blanco bastante gordo, con bigote gris.

—Esta mujer se llama Lisa Hoxton. La han violado.

Esperaba que la noticia de que se había cometido un delito grave los electrizase, pero la reacción de los policías fue de una displicencia sorprendente. Tardaron unos cuantos segundos en digerir la noticia y Jeannie se disponía a manifestar su impaciencia, cuando el agente del bigote se apartó de encima del capó y dijo:

—¿Dónde ocurrió eso?

—En el sótano del edificio incendiado, en el cuarto de máquinas de la piscina, situado en la parte de atrás.

Uno de los otros, un joven de color, observó:

—Esos bomberos deben de estar ahora cargándose todas las pruebas con sus mangueras, sargento.

—Tienes razón —respuso el hombre de edad—. Será mejor que te acerques allá abajo, Lenny, y pongas a buen recaudo la escena del crimen. —Lenny se alejó presuroso. El sargento se volvió hacia Lisa y le preguntó—: ¿Conoce al hombre que lo hizo, señora Hoxton?

Lisa denegó con la cabeza.

—Es un individuo blanco, alto, con una gorra de béisbol roja en cuya parte delantera lleva la palabra SEGURIDAD. Le vi en el vestuario de mujeres poco después de que se declarase el incendio y me parece que también le vi huir corriendo poco antes de encontrar a Lisa —explicó Jeannie.

El sargento introdujo la mano en el automóvil y sacó el micrófono de la radio.

—Si es lo bastante tonto como para seguir llevando esa gorra, lo cogeremos —dijo. Se dirigió al tercer policía—. McHenty, lleva a la víctima al hospital.

McHenty era un joven blanco con gafas. Se dirigió a Lisa:

—¿Quiere ocupar el asiento delantero o prefiere ir detrás?

Lisa no respondió, pero su expresión no podía ser más aprensiva. Jeannie le ayudó.

—Siéntate delante. No querrás parecer una sospechosa.

Por su rostro cruzó un gesto de terror, y habló por fin:

—¿No vas a venir conmigo?

—Lo haré, si quieres —respondió Jeannie tranquilizadoramente—. Claro que también puedo acercarme a mi piso, coger algunas prendas de ropa para ti y reunirme contigo en el hospital.

Lisa miró a McHenty con cara de preocupación.

—Todo irá bien, Lisa —aseguró Jeannie.

McHenty mantuvo abierta la portezuela del coche para que subiera Lisa.

—¿A qué hospital la lleva?

—Santa Teresa.

El agente se puso al volante.

—Me tendrás allí dentro de unos minutos —Gritó Jeannie a través del cristal de la ventanilla, mientras el coche salía disparado.

Se dirigió a paso ligero al aparcamiento de la facultad; lamentaba ya no haber ido con Lisa. Cuando se separó de ella su semblante expresaba un miedo y una angustia profundos. Naturalmente, necesitaba ropas limpias, pero acaso su necesidad más urgente fuera tener a su lado una mujer que le cogiese la mano y le proporcionara confianza. Problamente lo último que deseaba era quedarse a solas con un macho armado de pistola. Mientras subía a su coche, Jeannie tuvo la sensación de que acababa de jorobarlo todo.

—¡Jesús, qué día! —exclamó, al tiempo que abandonaba a toda marcha la zona de aparcamiento.

Vivía a escasa distancia del campus. Su apartamento estaba en el último piso de una casita adosada. Dedicó unos minutos a pensar en las prendas que le caerían bien a la pequeña, pero rellena figura de Lisa. Seleccionó un polo que a ella le venía grande y unos pantalones de chándal con cintura elástica. La ropa interior era más difícil. Encontró un par de holgados calzones, pero ninguno de sus sostenes le serviría. Lisa tendría que pasarse sin sujetador. Añadió unas zapatillas de deporte, lo metió todo en una bolsa de lona y salió del piso a todo correr.

Mientras conducía rumbo al hospital su talante empezó a cambiar. Desde que se declaró el incendio se había concentrado en lo que se debía hacer: ahora empezó a sentirse indignada. Lisa era una muchacha feliz, locuaz y simpática, pero la conmoción y el horror de lo sucedido la habían transformado en una especie de cadáver viviente, en un ser al que le aterraba subir sola a un coche de la policía.

Al avanzar por una calle comercial, Jeannie empezó a buscar con la mirada, inconscientemente, al individuo de la gorra roja, en tanto imaginaba que, caso de verlo, subiría a la acera y lo atropellaría. A decir verdad, sin embargo, no lo reconocería. Desde luego, se habría quitado el pañuelo de la cara y probablemente también la gorra. ¿Qué más llevaba? La desconcertó darse cuenta de que casi no lo recordaba. Alguna especie de camiseta de manga corta, pensó, con vaqueros azules o quizá pantalones cortos. De todas formas, se habría cambiado ya de ropa, lo mismo que hizo ella.

En realidad, podía ser cualquiera de los hombres blancos que circulaban por la calle: el repartidor de pizzas, con su chaqueta colorada; el caballero calvo que iba a la iglesia acompañado de su esposa, cada uno con su cantoral bajo el brazo; el apuesto hombre de la barba cargado con un estuche de guitarra; incluso el agente de policía que hablaba a un vagabundo en la puerta de la licorería. Nada podía hacer Jeannie con toda su rabia, de modo que se limitó a apretar el volante con tal fuerza que los nudillos se le tornaron blancos.

Santa Teresa era un gigantesco hospital del extrarradio cerca del límite norte de la ciudad. Jeannie dejó el coche en el aparcamiento y se encaminó al servicio de urgencias. Lisa ya estaba en una cama, con la bata del hospital puesta y la mirada perdida en el espacio. Un televisor, con el sonido apagado, retransmitía la ceremonia de entrega de los premios Emmy: centenares de famosos de Hollywood en elegantes trajes de gala bebían champán y se felicitaban unos a otros. McHenty estaba sentado a la cabecera de la cama con un cuaderno de notas sobre las rodillas.

Jeannie se descargó de la bolsa de lona.

—Aquí tienes tu ropa. ¿Cómo van las cosas?

Lisa continuó inexpresiva y silenciosa. Jeannie supuso que aún estaba conmocionada. Ella, Jeannie, trataba de prescindir de sus sentimientos, de mantener el dominio sobre sí misma. Pero en algún punto tendría que dar vía libre a su cólera. Tarde o temprano se produciría el estallido.

—Debo tomar nota de los detalles fundamentales del caso, señorita... —dijo el policía—. ¿Nos dispensa unos minutos?

—Oh, claro que sí —respondió Jeannie en tono de disculpa. Luego echó una mirada a Lisa y dudó. Unos minutos antes se había maldecido por dejar a Lisa sola con un hombre. Ahora estaba a punto de volver a hacerlo. Dijo—: Por otra parte, quizá Lisa prefiera que me quede.

Vio confirmada su intuición cuando Lisa efectuó una casi imperceptible inclinación de cabeza. Jeannie se sentó en la cama y cogió la mano de Lisa.

McHenty pareció irritado, pero se abstuvo de discutir.

—Le estaba preguntando a la señorita Hoxton qué clase de resistencia opuso a la agresión —dijo—. ¿Gritó usted, Lisa?

—Una vez, cuando me arrojó contra el suelo —respondió la muchacha—. Luego, él empuñó el cuchillo.

La voz de McHenty era normal y tenía la vista sobre el cuaderno de notas mientras hablaba.

—¿Forcejeó con él?

Lisa dijo que no con la cabeza.

—Tuve miedo de que me hiriese con el cuchillo.

—Así que en realidad no opuso la menor resistencia después del primer grito.

Lisa volvió a denegar con la cabeza y empezó a llorar. Jeannie le apretó la mano. Deseó preguntarle a McHenty: «¿Qué infiernos se supone que debía hacer?». Pero guardó silencio. Aquel día ya se mostró un tanto grosera con el chico que se parecía a Brad Pitt, pronunció una observación maliciosa acerca del tetamen de Lisa y se dirigió con muy malos modos al guardia de seguridad del gimnasio. Sabía que no era aconsejable ganarse la malquerencia de los representantes de la autoridad y estaba decidida a no convertir en enemigo suyo a aquel agente de policía, que lo único que estaba haciendo era intentar cumplir con su deber.

—Poco antes de que la penetrase —continuó McHenty—, ¿empleó la fuerza para obligarla a separar las piernas?

Jeannie dio un respingo. ¿Es que no tenían agentes femeninas para formular aquella clase de preguntas?

—Me tocó el muslo con la punta del cuchillo —articuló Lisa.

—¿La cortó?

—No.

—Así que usted abrió las piernas voluntariamente.

Intervino Jeanie:

—Si un sospechoso encañona con su arma a un agente, por regla general ustedes le abaten a tiro limpio, ¿no? ¿Diría usted que lo hicieron voluntariamente?

McHenty la obsequió con una mirada furiosa.

—Por favor, déjeme esto a mí. —Volvió al cabeza hacia Lisa—. ¿Está usted herida?

—Estoy sangrando, sí.

—¿Consecuencia del coito forzado?

—Sí.

—Exactamente, ¿dónde tiene la herida?

Jeannie no pudo contenerse más.

—¿Por qué no deja que eso lo establezca el médico?

McHenty la contempló como si fuera imbécil.

—Tengo que redactar el informe preliminar.

—Digamos entonces que padece heridas internas como resultado de la violación.

—Soy yo quien dirige este interrogatorio.

—Y soy yo quien le dice que se largue, señor —replicó Jeannie, mientras se esforzaba en dominar la imperiosa necesidad de chillarle—. Mi amiga está profundamente atribulada, tiene un tremendo susto encima y no creo que le haga falta describir sus heridas internas, para que usted las anote, cuando de un momento a otro la va a examinar un médico.

McHenty pareció indignado, pero prosiguió con su interrogativo:

—He observado que llevaba usted prendas interiores de color rojo. ¿Cree que eso tuvo alguna influencia para que ocurriera lo que sucedió?

Lisa miró para otro lado, llenos de lágrimas los ojos.

—Si denuncio el robo de mi Mercedes de color rojo —planteó Jeannie—, ¿me preguntaría usted si he provocado ese robo al conducir un automóvil atractivo?

McHenty pasó por alto la pregunta.

—¿Cree haber conocido con anterioridad al autor de la agresión, Lisa?

—No.

—Pero, sin duda, el humo no le permitió a usted verle con claridad. Y el agresor se cubría la cara con un pañuelo de alguna clase.

—Al principio estaba prácticamente ciega. Pero no había mucho humo en el cuarto donde... donde lo hizo. Le vi. —Asintió con la cabeza, para sí—. Le vi.

—Eso significa que si volviera a verle le reconocería.

Lisa se estremeció.

—Oh, sí.

—Pero no le había visto antes, en algún bar o sitio por el estilo.

—No.

—¿Suele ir a bares, Lisa?

—Claro.

—¿A bares de solteros, esa clase de establecimientos?

A Jeannie le hervía la sangre.

—¿Qué diablos de pregunta es esa?

—La clase de pregunta que formulan los abogados —dijo McHenty.

—A Lisa no la están juzgando en un tribunal... ¡no es el delincuente, sino la víctima!

—¿Es usted virgen, Lisa?

Jeannie se levantó.

—Vale, ya basta. No puedo creer que esto esté sucediendo. No es posible que tenga derecho a formular estas preguntas que atentan contra la intimidad.

—Trato de establecer su credibilidad —alzó la voz McHenty.

—¿Una hora después de que la hayan violado? ¡Olvídelo!

—Cumplo con mi deber...

—No creo que conozca su deber. No creo que sepa usted una mierda de su trabajo, McHenty.

Antes de que el agente tuviese tiempo de contestar, un médico entró en el cuarto sin llamar. Era joven y parecía acosado y cansado.

—¿Esta es la violación?

—Esta es la señora Lisa Hoxton —repuso Jeannie en tono gélido—. Sí, la han violado.

—Necesitaré hacer un frotis vaginal.

No tenía el menor encanto personal, pero al menos proporcionaba la excusa precisa para desembarazarse de McHenty. Jeannie miró al agente. Estaba allí plantado, como si considerase que tenía que supervisar la operación de oprimir el hisopo de algodón para la toma de la secreción vaginal.

—Antes de que empiece, doctor —dijo Jeannie—, tal vez el patrullero McHenty crea conveniente retirarse.

El médico hizo una pausa y miró a McHenty. El policía se encogió de hombros y salió de la habitación.

Con brusco ademán, el médico apartó la sábana que cubría a Lisa.

—Levántese la bata y separe las piernas —ordenó.

Lisa estalló en lágrimas.

Jeannie apenas podía creerlo. ¿Qué pasaba con aquellos hombres?

—Perdone, señor... —se dirigió al médico.

El hombre la fulminó con la mirada, impaciente.

—¿Tiene algún problema?

—¿No podría usted intentar ser un poquito más considerado?

Enrojeció el médico.

—Este hospital está lleno de personas que sufren lesiones traumáticas y enfermedades que amenazan su vida —dijo—. En este preciso momento hay tres niños en urgencias víctimas de un accidente automovilístico... Están a punto de morir. ¿Y usted se queja porque no soy lo bastante considerado con una joven que se fue a la cama con el hombre que no debía?

Jeannie se quedó helada.

—¿Que se fue a la cama con el hombre que no debía? —repitió.

Lisa se incorporó en la cama.

—Quiero irme a casa —dijo.

—Esa parece una idea infernalmente buena —opinó Jeannie. Abrió la cremallera de la bolsa de lona y procedió a poner prendas de ropa encima de la cama.

El pasmo se apoderó momentáneamente del médico. Después dijo en tono rabioso:

—Hagan lo que les parezca —y abandonó la estancia.

Jeannie y Lisa intercambiaron una mirada.

—No puedo creer que esto haya sucedido —silabeó Jeannie.

—Gracias a Dios que se han marchado —dijo Lisa, y bajó de la cama.

Jeannie la ayudó a quitarse la bata del hospital. Lisa se puso rápidamente la ropa limpia y se calzó las zapatillas.

—Te llevaré a casa —declaró Jeannie.

—¿Te importaría dormir en mi piso? —pidió Lisa—. No quiero estar sola esta noche.

—Claro. Te haré compañía de mil amores.

McHenty las esperaba fuera. Daba la impresión de haber perdido parte de su confianza en sí mismo. Tal vez había comprendido que llevó fatal el interrogatorio.

—Aún faltan unas cuantas preguntas más —apuntó.

—Nos vamos —Jeannie habló en voz baja y tranquila—. Lisa está demasiado trastornada en este momento como para contestar preguntas.

El agente casi estaba asustado.

—Tiene que hacerlo —dijo—. Ha presentado una denuncia.

—No me violaron —dijo Lisa—. Todo fue un error. Sólo quiero irme a casa ahora mismo.

—¿Se da cuenta de que hacer una falsa alegación constituye un delito?

—Mire, esta mujer no es ninguna criminal —terció Jeannie en tono irritado—... Es la víctima de un crimen. Si su jefe le pregunta por qué retiramos la denuncia, dígale que se debe a que ha sido acosada brutalmente por el patrullero McHenty del Departamento de Policía de Baltimore. Ahora la voy a llevar a su casa. Disculpe, por favor.

Pasó el brazo por encima de los hombros de Lisa y la condujo hacia la salida, tras pasar junto al agente.

Cuando salían, oyeron al hombre murmurar:

—¿Qué es lo que hice?

3

Berrington Jones miró a sus dos viejos amigos.

—No puedo creer que seamos nosotros tres —dijo—. Vamos a cumplir los sesenta dentro de nada. Ninguno ha ganado nunca más de doscientos mil dólares al año. Ahora nos ofrecen sesenta millones *a cada uno*... ¡y estamos aquí sentados hablando de rechazar la oferta!

—Nunca estuvimos en esto por dinero —declaró Preston Barck.

—Aún sigo sin entenderlo —dijo el senador Jim Proust—. Si soy propietario de la tercera parte de una compañía que vale ciento ochenta millones de dólares, ¿cómo es que voy por ahí conduciendo un Crown Victoria de tres años de antigüedad?

Los tres hombres poseían una pequeña empresa particular de biotecnología, la Genetico, S. A. Preston llevaba los asuntos administrativos y comerciales cotidianos de la misma; Jim se dedicaba a la política, y Berrington era una autoridad académica. A bordo de un avión en vuelo a San Francisco había conocido al director ejecutivo de Landsmann, una corporación farmacéutica alemana, y consiguió que se interesase por la empresa hasta el punto de presentar una oferta de compra. Y ahora tenía que convencer a sus socios para que la aceptaran. Cosa que le estaba resultando más ardua de lo que había previsto.

Se encontraban reunidos en el estudio de una casa de Roland Park, barrio opulento de Baltimore. La casa pertenecía a la Universidad Jones Falls, que la prestaba temporalmente a profesores visitantes. Berrington, titular de cátedra en Berkeley (California) y en Harvard, así como en Jones Falls, ocupaba la vivienda durante las seis semanas que pasaba en Baltimore. Pocos objetos personales suyos había en la habitación: un ordenador portátil, una fotografía de su ex esposa y su hijo, y un montón de ejemplares nuevos de su último libro: *Heredar el futuro: la transformación de Norteamérica mediante la ingeniería genética.* Un televisior con el sonido desconectado mostraba las imágenes de la ceremonia de los Emmy.

Preston era delgado y serio. Aunque se trataba de uno de los más extraordinarios científicos de su generación, tenía todo el aspecto de un tenedor de libros.

—Las clínicas siempre han dado dinero —dijo Preston. La Genetico poseía tres clínicas de fertilidad especializadas en concepción *in vitro* (niños probeta), un procedimiento que se hizo posible gracias a la investigación pionera realizada por Preston durante el decenio de los setenta—. La fecundación es el terreno de la medicina de mayor desarrollo en Estados Unidos. La Genetico será la vía por la que la Landsmann irrumpirá en este nuevo e inmenso mercado. Quieren que abramos anualmente cinco nuevas clínicas durante los próximos diez años.

Jim Proust era un hombre calvo, bronceado por el sol, con una nariz enorme y gafas de gruesos cristales. Su enérgico y poco agraciado rostro era todo un regalo para los caricaturistas políticos. Berrington y él eran amigos y colegas desde hacía veinticinco años.

—¿Cómo es que nunca vemos un centavo? —preguntó Jim.

—Siempre estamos invirtiendo en investigación.

La Genetico tenía sus propios laboratorios y, por otra parte, también acordaba contratos de investigación con departamentos de biología y psicología de diversas universidades. Berrington se encargaba de los contactos de la empresa con el mundo académico.

—No me explico por qué vosotros dos sois incapaces de ver que ésta es nuestra gran oportunidad —reprochó Berrington, sulfurado.

Jim señaló el televisor.

—Dale volumen al sonido, Berry... Ahí apareces tú.

Los Emmy habían dado paso al programa *Larry King en directo*, y Berrington era el personaje invitado. Odiaba a Larry King —aquel hombre era un progresista teñido de rojo, en su opinión—, pero el programa constituía la oportunidad de dirigirse a millones de estadounidenses.

Contempló la imagen con ojo analítico y le encantó lo que veía. En realidad, era hombre de menguada estatura, pero la televisión lograba que todos midiesen lo mismo. Su traje era de buen corte, la camisa azul celeste hacía juego con sus ojos y la corbata color rojo borgoña no resultaba chillona en la pantalla. Como era supercrítico, pensó que su cabellera plateada era demasiado pulcra, casi como si la llevase crepada: corría el riesgo de parecer un telepredicador.

King, que lucía aquellos tirantes que eran como sus señas de identidad, estaba de un talante agresivo, y su voz de timbre grave resonaba desafiante.

—Profesor, ha vuelto usted a desatar la polémica con su último libro, pero el público opina que eso no es ciencia, sino política. ¿Qué tiene que responder a tal dictamen popular?

Berrington se sintió gratificado al comprobar que su voz tenía un tono suave y razonable al contestar:

—Lo que trato de exponer es que las decisiones políticas deben fundamentarse en ciencia sólida y consistente, Larry. Si a la Naturaleza se la deja obrar por sí misma, favorece a los genes buenos y extermina a los malos. Nuestra política del bienestar actúa en contra de la selección natural. Así es como estamos creando una generación de estadounidenses de segunda categoría.

Jim tomó un sorbo de whisky y encomió:

—Buena frase... Una generación de estadounidenses de segunda categoría. Toda una cita.

En el televisor, Larry King preguntaba:

—Si impone usted su criterio, ¿qué ocurre con los hijos de los pobres? Se mueren de hambre, ¿no?

En la pantalla, el semblante de Berrington adoptó una expresión solemne.

—Mi padre murió en 1942, cuando un submarino japonés hundió el portaaviones *Wasp* en Guadalcanal. Yo tenía seis años. Mi madre tuvo que luchar y sacrificarse mucho para criarme y enviarme al colegio. Soy un hijo de la pobreza, Larry.

Lo cual se acercaba bastante a la verdad. Su padre, un brillante ingeniero, dejó a su madre una pequeña renta, lo suficiente como para que la mujer no se viera obligada a trabajar ni a volver a casarse. La madre llevó a Berrington a colegios particulares caros y luego a Harvard... pero le había costado un esfuerzo tremendo.

—Das una imagen estupenda, Berry... —dijo Preston—, con excepción, quizás, de ese corte de pelo estilo Oeste rural.

Barck, que a sus cincuenta y cinco años era el más joven del trío, llevaba su pelo negro muy corto y aplastado contra el cráneo como una boina calada.

Berrington emitió un gruñido irritado. Había tenido la misma idea, pero le fastidiaba oírla expresada en labios de otro. Se sirvió un poco de whisky. Bebían Sprinbank, de pura malta.

—Filosóficamente hablando —decía Larry King en la pantalla—, ¿en qué difieren sus puntos de vista de, pongamos, los de los nazis?

Berrington accionó el botón correspondiente al control remoto y el televisor se apagó.

—Llevo diez años haciendo esto —dijo—. Tres libros, un millón de nauseabundas entrevistas televisadas a continuación, ¿y de qué ha servido? De nada. Todo sigue igual.

—Todo no sigue igual —señaló Preston—. Produces genética y tienes un programa en marcha. Lo que te pasa es que eres un impaciente.

—¿Impaciente? —replicó Berrington, en tono irritado—. ¡Apuesta a que soy un impaciente! Cumpliré los sesenta dentro de quince días. ¡No dispongo ya de mucho tiempo!

—Tiene razón, Preston —intervino Jim—. ¿Ya no te acuerdas de cuando éramos jóvenes? Ahora miramos a nuestro alrededor y vemos que Estados Unidos se está yendo al centro del infierno: derechos civiles para los negros, los mexicanos invadiendo nuestro país a raudales, los mejores colegios inundados por hijos de comunistas judíos, nuestros chicos fumando marihuana y dando esquinazo al servicio militar. Y, muchacho, ¡tenemos razón! ¡Mira cómo han cambiado las cosas desde nuestra juventud! Ni en nuestras peores pesadillas hubiéramos imaginado nunca que las drogas ilegales se convertirían en una de las más importantes industrias estadounidenses y que a una tercera parte de los niños que nacen en este país los alumbran madres acogidas al seguro de enfermedad. Y nosotros somos las únicas personas con agallas para plantar cara a los problemas... nosotros y unas cuantas personas que piensan como nosotros. Todos los demás cierran los ojos y esperan que las cosas mejoren solas.

No han cambiado, pensó Berrington. Preston siempre prudente y pusilánime, Jim ampulosamente seguro de sí. Los conocía desde tanto tiempo atrás que miraba sus defectos con cariño, la mayor parte de las veces, por lo menos. Y estaba acostumbrado a desempeñar el papel de moderador encargado de conducirlos por el correcto término medio.

—¿En qué punto estamos con los alemanes, Preston? —preguntó—. Ponnos al día.

—Muy cerca de cerrar el trato —dijo Preston—. Quieren anunciar la adquisición en una conferencia de prensa dentro de ocho días a partir de mañana.

—¿De mañana en ocho días? —el nerviosismo vibraba en la voz de Berrington—. ¡Eso es estupendo!

Preston meneó la cabeza.

—Debo confesaros que aún tengo mis dudas.

Berrington produjo un ruido exasperado.

—Hemos de pasar por un proceso llamado revelación, una especie de auditoría. Tenemos que abrir nuestros libros a los contables de Landsmann y explicarles cuanto pueda afectar a nuestros beneficios futuros, como deudores susceptibles de quebrar o pleitos pendientes.

—No tenemos nada de eso, creo —dijo Jim.

Preston le descargó una mirada de mal agüero.

—Todos sabemos que esta empresa tiene secretos.

Hubo un momentáneo silencio en la estancia. Al final, Jim expuso:

—Rayos, eso ocurrió hace mucho tiempo.

—¿Y qué? La evidencia de lo que hicimos nos acompaña por dondequiera que vamos.

—Pero la Landsmann no tiene modo alguno de descubrir aquello... especialmente en una semana.

Preston se encogió de hombros, como si dijera: «Quién sabe».

—Tenemos que correr el riesgo —manifestó Berrington con firmeza—.

La inyección de capital que nos proporcionará la Landsmann nos permitirá acelerar nuestro programa de investigación. En un par de años estaremos en condiciones de ofrecer a los blancos estadounidenses ricos que acudan a nuestras clínicas un niño perfecto, producto de la ingeniería genética.

—¿Pero qué importará eso? —alegó Preston—. Los pobres seguirán criando hijos más deprisa que los ricos.

—Estás pasando por alto la plataforma política de Jim —recordó Berrington.

—Un impuesto fijo del diez por ciento sobre la renta e inyecciones anticonceptivas obligatorias para las mujeres a cuenta de la asistencia social —dijo Jim.

—Piensa en ello, Preston —recomendó Berrington—. Niños perfectos para las clases medias y esterilización para los pobres. Iniciaremos otra vez el apropiado equilibrio racial de Estados Unidos. Ese ha sido siempre nuestro objetivo, incluso desde los primeros días.

—Entonces éramos muy idealistas —comentó Preston.

—¡Teníamos razón! —dijo Berrington.

—Sí, teníamos razón. Pero a medida que me he ido haciendo viejo he pensado cada vez con más frecuencia que el mundo probablemente se las arreglará para salir adelante aunque no se consiga cumplir todo lo que planeábamos cuando teníamos veinticinco años.

Esa forma de hablar podría sabotear grandes empresas.

—Pero podemos cumplir lo que planeamos —afirmó Berrington—. Estamos a punto de agarrar con la mano todas las cosas por las que hemos trabajado durante los últimos treinta años. Los peligros que corrimos en aquellas fechas iniciales, todos los años de investigación, el dinero que invertimos... todo va a dar sus frutos ahora. ¡Que no te dé un ataque de nervios en este punto, Preston!

—A mis nervios no les pasa nada, me limito a señalar problemas prácticos reales —expresó Preston, malhumorado—. Jim puede proponer su plataforma política, pero eso no significa que se vaya a llevar a cabo.

—Ahí es donde entra la Landsmann —dijo Jim—. El efectivo que recibiremos a cambio de nuestras acciones de la compañía nos lanzará hacia nuestro objetivo máximo, el más importante de todos.

—¿Qué significa eso? —Preston parecía desconcertado, pero Berrington estaba enterado de lo que seguía y sonrió.

—La Casa Blanca —dijo Jim—. Voy a presentar mi candidatura para la presidencia.

4

Pocos minutos antes de la medianoche, Steve Logan aparcó su viejo y herrumbroso Datsun en la calle Lexington del barrio de Hollins Market de Baltimore, al oeste del centro urbano. Iba a pasar la noche con su primo Ricky Menzies, que cursaba la carrera de medicina en la universidad de Maryland, en Baltimore. El domicilio de Ricky era un cuarto en un enorme y viejo edificio habitado por estudiantes.

Ricky era el más disoluto libertino que conocía Steve. Le gustaba beber, bailar y asistir a fiestas, actividades a las que también eran muy aficionados sus amigos. Steve había esperado con anticipada ilusión pasar la noche con Ricky. Pero lo malo que tenían los libertinos disolutos es que eran inherentemente informales. En el último minuto, a Ricky se le presentó una cita de las que ahora se llaman calientes y Steve tuvo que pasarse la primera parte de la velada solo.

Se apeó del coche, cargado con una pequeña bolsa de deportes en la que llevaba ropa limpia para cambiarse al día siguiente. La noche era cálida. Cerró el coche y echó a andar hacia la esquina. Un grupo de chavales, cuatro o cinco muchachos y una chica, todos negros, remoloneaban delante de una tienda de vídeos. Fumaban cigarrillos. Steve no estaba nervioso, aunque era blanco; con su coche viejo y sus pantalones azules descoloridos, parecía estar en aquel barrio como en su hábitat natural. Además, era cosa de cinco centímetros más alto que el más crecido del grupo. Al pasar junto a los mozos, uno ofreció en voz baja, pero perfectamente audible:

—¿Quieres marcarte unos porritos, te molan unas papelinas de coca?

Steve dijo que no con la cabeza, sin reducir el ritmo de su pasos.

Una mujer muy alta, de color, caminaba hacia él, vestida para matar con microminifalda y zapatos de aguja, cabellera apilada hacia las alturas, carmín bermellón y sombra de ojos azul. Le fue imposible no clavar en ella su mirada. Al acercársele, la hembra dijo:

—¡Hola, guapo! —con profunda voz masculina.

Steve comprendió que era un hombre, sonrió y siguió adelante.

Oyó a los chicos de la esquina saludar con festiva familiaridad al travestido.

—¡Eh, Dorothy!

—Hola, muchachos.

Segundos después, Steve oyó chirriar de neumáticos y volvió la cabeza. Un coche blanco de la policía con su banda azul y plata se detenía en la esquina. Unos cuantos miembros del grupo de muchachos desaparecieron engullidos por la oscuridad de las calles contiguas; otros permanecieron donde estaban. Dos patrulleros negros se apearon del coche, sin prisas. Steve se dio media vuelta para ver de qué iba aquello. Cuando la mirada de uno de los agentes cayó sobre el hombre llamado Dorothy, el policía soltó un salivazo que fue a estrellarse en la puntera del zapato rojo de alto tacón.

Steve se sobresaltó. Era un acto gratuito e innecesario. Sin embargo, Dorothy continuó andando como si nada.

—Que te den por culo —murmuró.

El comentario fue apenas audible, pero el patrullero tenía un oído agudo. Agarró a Dorothy por un brazo y lo proyectó contra la luna del escaparate de la tienda de vídeos. Dorothy se tambaleó encima de sus tacones de aguja.

—No se te ocurra nunca hablarme a mí así, pedazo de mierda —dijo el agente.

Steve se indignó. ¿Por los clavos de Cristo, qué esperaba aquel fulano si andaba por ahí escupiendo a la gente?

Un timbre de alarma empezó a sonar en la parte posterior de su cerebro. «No busques camorra, Steve.»

El compañero del agente estaba apoyado en el vehículo, en plan de mero espectador, con expresión impasible.

—¿Qué pasa contigo, hermano? —silabeó Dorothy seductoramente—. ¿Acaso te altero la sangre?

El patrullero le asestó un puñetazo en el estómago. Era un tipo corpulento, el policía, y puso en el golpe todo el peso de su cuerpo. Dorothy se dobló sobre sí mismo, sin resuello, abierta de par en par la boca.

«Al diablo con todo», se dijo Steve, y echó a andar hacia la esquina.

«¿Qué rayos estás haciendo, Steve?»

Dorothy continuaba jadeando, doblada por la cintura.

—Buenas noches, agente —dijo Steve.

El policía le lanzó un vistazo.

—Piérdete, hijoputa —ordenó.

—Ni hablar —contestó Steve.

—¿Qué has dicho?

—He dicho que de eso, nada, agente. Deje en paz a este hombre.

«Márchate, Steve, maldito inflagaitas, lárgate.»

El desafío de su actitud envalentonó un poco a los chicos.

—Sí, tiene razón —dijo un mozalbete alto y delgado, de cabeza rapada—. No hay motivo para que le jodas así a Dorothy, no ha violado ninguna ley.

El polizonte apuntó al muchacho con un dedo índice agresivo.

—Si estás loco por que te empapele por tráfico de droga, no tienes más que seguir hablándome así.

El rapaz bajó los ojos.

—Pero la cuestión es que el joven ha dicho una verdad —insistió Steve—. Dorothy no ha quebrantado ninguna ley.

El policía se acercó a Steve. «No le sacudas, hagas lo que hagas, no le toques. Acuérdate de Tip Hendricks.»

—¿Estás ciego? —preguntó el policía.

—¿Qué quiere decir?

Terció el otro agente:

—Eh, Lenny, ¿a quién le importa un carajo? Olvídalo.

Parecía sentirse violento.

Lenny no le hizo caso y dirigió la palabra a Steve:

—¿Es que no lo entiendes? Eres el único blanco de la fotografía. Este no es tu sitio.

—Pero acabo de ser testigo de un delito.

El agente se irguió muy cerca de Steve, demasiado cerca para que éste pudiera sentirse cómodo.

—¿Quieres dar un garbeo hasta la comisaría? ¿O prefieres irte ahora mismo a tomar por culo de una puta vez?

Steve no deseaba ni mucho menos que le llevasen a la comisaría. A los agentes les era muy fácil plantarle un poco de droga en los bolsillos, o arrearle una tunda y decir que se resistió a la detención. Steve asistía a una escuela de derecho: si le declaraban convicto de un delito nunca podría ejercer. Se arrepintió de la postura que había adoptado. No merecía la pena arrojar por la borda toda su carrera sólo porque un patrullero la tomaba con un travestido.

Pero era una injusticia. Ahora se estaba intimidando a dos personas, a Dorothy y a Steve. Era el agente el que violaba la ley. Steve no podía retirarse de allí como si tal cosa.

Pero adoptó un tono conciliador:

—No quiero follones, Lenny —dijo—. ¿Por qué no deja que Dorothy se vaya y olvidamos que usted le agredió?

—¿Me estás amenazando, capullo?

«Un directo al plexo solar y una izquierdaderecha a la cara. Una por el dinero, dos por la escenita. El polizonte se derrumbará como un jaco con una pata rota.»

—Sólo hacía una sugerencia amistosa.

El agente parecía estar deseando armar jaleo. A Steve no se le ocurría ninguna forma de evitar el enfrentamiento. Deseó que Dorothy hiciese mutis silenciosamente, mientras Lenny le daba la espalda; pero el travestido seguía plantado allí: contemplaba la escena, se frotaba con una mano el dolorido estómago y disfrutaba de la furia del polizonte.

Intervino entonces la suerte. Cobró vida sonora la radio del coche patrulla. Los dos agentes se pusieron rígidos, todo oídos. Steve no logró desentrañar el significado de la mezcla de palabras y números de código, pero el compañero de Lenny dijo:

—Agente en apuros. Vámonos de aquí.

Lenny vaciló, aún fulminando a Steve con la vista, pero a Steve le pareció captar un toque de alivio en los ojos del policía. Quizás a él también le rescataban de una situación comprometida. Pero en el tono del patrullero sólo había malevolencia:

—Recuérdame —le dijo a Steve—. Porque yo me acordaré de ti.

Subió al vehículo, cerró la portezuela de golpe y el coche arrancó a toda velocidad.

Los chicos aplaudieron y se mofaron a gritos.

—¡Ufff! —pronunció Steve, agradecido—. Ha sido algo espeluznante.

«También fue estúpido. Sabes perfectamente cómo podía haber acabado la cosa. Sabes lo que eres.»

En aquel momento apareció su primo Ricky.

—¿Qué ha pasado? —preguntó, con la mirada puesta en el coche patrulla que desaparecía en la distancia.

Se acercó Dorothy y puso las manos sobre los hombros de Steve.

—Héroe mío —dijo en plan insinuante—. Mi John Wayne.

Steve se sintió incómodo.

—Eh, vamos...

—En cualquier momento que te apetezca aventurarte por la senda del frenesí salvaje, John Wayne, acude a mí. Te llevaré gratis.

—Gracias..., a pesar de todo.

—Te besaría, pero ya veo que eres vergonzoso, así que sólo te diré adiós.

Agitó en el aire sus dedos de uñas lacadas de rojo y se alejó.

—Adiós, Dorothy.

Ricky y Steve se marcharon en dirección contraria.

—Veo que ya has hecho amistades en la vecindad —comentó Ricky.

Steve soltó una carcajada en la que había más alivio que otra cosa.

—Casi me meto en un lío grave de veras —explicó—. Un agente tonto del culo le arreó un puñetazo a ese tipo de la minifalda y yo fui lo bastante idiota como para intentar pararle los pies.

Ricky estaba atónito.

—Tuviste suerte de encontrarte aquí.

—Ya lo sé.

Llegaron a casa de Ricky y entraron. Olía a queso, o acaso se tratara de leche agria. Había pintadas en las paredes de color verde. Rodearon las bicicletas encadenadas que había en el vestíbulo y echaron escaleras arriba.

—Es que me volví loco, nada más —dijo Steve—. ¿Por qué tenía que asestarle un puñetazo en la boca del estómago? Si al pobre fulano le gusta llevar minifalda y embadurnarse de maquillaje, ¿a quién le importa?

—Tienes razón.

—¿Y por qué tenía Lenny que quedar impune, sólo porque lleva uniforme? Los policías deberían dar ejemplo, precisamente por su posición de privilegio.

—Cuando las ranas críen pelo.

—Esa es una de las cosas por las que quiero ser abogado. Para impedir que esta clase de mierda siga ocurriendo. ¿Tienes tú algún héroe, alguien a quien te gustaría parecerte, ser como él?

—Casanova, quizás.

—Ralph Nader. Es abogado. Ese es mi personaje modelo. Se enfrentó a las empresas más poderosas de Estados Unidos... ¡y venció!

Ricky se echó a reír, pasó los brazos en torno a los hombros de Steve y ambos entraron en su cuarto.

—Mi primo el idealista.

—Ah, rayos.

—¿Quieres un poco de café?

—Claro.

El cuarto de Ricky era pequeño y estaba amueblado a base de trastos viejos. Sólo tenía una cama, un escritorio destartalado, un sofá hundido y un televisor enorme. En la pared, el cartel de un desnudo con los nombres de todos los huesos del esqueleto humano, desde los parietales de la cabeza hasta las falanges distales de los dedos de los pies. Había aire acondicionado, pero al parecer no estaba en marcha.

Steve se sentó en el sofá.

—¿Qué tal tu cita?

—No tan ardiente como se anunciaba. —Ricky puso agua en la cafetera—. Melissa es mona, sí, pero yo no estaría en casa tan temprano si la zagala estuviese tan loquita por mí como se me había hecho creer. Y tú, ¿qué tal?

—Anduve por el campus de la Jones Falls. Hay bastante clase por allí. También encontré a una chica. —Se animó al recordarlo—. La vi jugar al tenis. Era una moza impresionante... alta, fuerte, un rato bien formada. Tenía un servicio que era como el disparo de un jodido lanzagranadas, te lo juro.

—Es la primera vez que oigo que alguien se cuelga por una chica a causa de su forma de jugar al tenis —sonrió Ricky—. ¿Es guapa de cara?

—Bueno, tiene un rostro enérgico de verdad. —Steve podía verla en aquel momento—. Ojos castaño oscuro, cejas negras, masa de pelo moreno... y aquel primoroso arito de plata que le perforaba la aleta izquierda de la nariz.

—No bromeas. Algo extraordinario, ¿eh?

—Tú lo has dicho.

—¿Cómo se llama?

—No lo sé. —La sonrisa de Steve era triste—. Pasó por mi lado y me mandó a hacer gárgaras, sin alterar el paso. Es probable que no vuelva a verla en la vida.

Ricky sirvió café.

—Quizás eso sea lo mejor... Sales en serio con una chica, ¿no?

—Algo así. —Steve se había sentido un poco culpable al verse tan atraído por la jugadora de tenis—. Se llama Celine. Estudiamos juntos.

Steve asistía a las clases de un colegio de Washington, D.C.

—¿Te has acostado con ella?

—No.

—¿Por qué no?

—Creo que no he llegado a ese nivel de compromiso.

Ricky pareció sorprenderse.

—Ese es un idioma que no sé hablar. ¿Tienes que considerarte comprometido con una chavala antes de follártela?

Steve se sintió violento.

—Eso es lo que pienso, ya lo sabes.

—¿Siempre has pensado así?

—No. Cuando estaba en el instituto llegaba hasta donde las chicas me permitían llegar, era como una especie de competición o algo por el estilo. Hacía lo mío con cualquier guayabo bonito que se quitara las bragas... pero eso era entonces, ahora es ahora, y ya no soy ningún mocoso. Creo.

—¿Cuántos años tienes?, ¿veintidós?

—Exacto.

—Yo tengo veinticinco y sospecho que no soy tan maduro como tú.

Steve detectó cierta nota de resentimiento.

—¡Eh, nada de críticas! ¿Vale?

—Está bien. —Ricky no parecía ofendido en absoluto—. Así, ¿qué hiciste después de que te mandara a paseo?

—Me fui a un bar de Charles Village y me tomé un par de cervezas con una hamburguesa.

—Eso me recuerda que... tengo hambre. ¿Quieres comer algo?

—¿Qué tienes?

Ricky abrió una alacena.

—¿Boo Berry, Rice Krispies o Count Chocula?

—Ah, chico, Count Chocula suena de maravilla.

Ricky puso tazones y leche encima de la mesa y ambos hicieron los honores al «banquetazo».

Al terminar, limpiaron los tazones de cereales y se dispusieron a acostarse. Steve se tendió en el sofá, en calzoncillos: hacía demasiado calor para echarse encima una manta. Ricky se quedó con la cama. Antes de irse a dormir, preguntó a Steve:

—Entonces, ¿qué vas a hacer en Jones Falls?

—Me han pedido que participe en un estudio. He de someterme a pruebas psicológicas y todo eso.

—¿Por qué tú precisamente?

—No lo sé. Dijeron que yo era un caso especial y que me lo explicarían todo cuando estuviese allí.

—¿Qué te indujo a aceptar? Parece algo así como una pérdida de tiempo.

Steve tenía una razón especial, pero no iba a contársela a Ricky. En su respuesta sólo hubo una parte de verdad.

—Curiosidad, supongo. Quiero decir, ¿tú nunca te haces preguntas acerta de ti mismo? Como ¿qué clase de persona soy y qué quiero hacer en la vida?

—Quiero ser un cirujano de primera y ganar un millón de pavos al año haciendo implantes de pecho. Supongo que soy un alma sencilla.

—¿Y no te preguntas el porqué de todo eso?

Ricky se echó a reír.

—No, Steve, no. Pero tú sí. Siempre has sido un pensador. Incluso cuando éramos chavales solías darle vueltas y vueltas en la cabeza al asunto de Dios y demás.

Era cierto. Alrededor de los trece años de edad, Steve pasó por una fase de religiosidad. Visitó varias iglesias distintas, una sinagoga y una mezquita, e interrogó a una serie de confundidos clérigos acerca de sus creencias. El asunto dejó perplejos a sus padres, despreocupados agnósticos ambos.

—Pero siempre has sido un poco raro —continuó Ricky—. No he conocido a nadie que sacara unas notas tan altas en los exámenes del instituto sin ni siquiera romper a sudar.

Eso también era verdad. Steve asimilaba las lecciones con rapidez y alcanzaba los primeros puestos de la clase sin esforzarse nada, salvo cuando los otros chicos empezaban a tomarle el pelo y él cometía errores deliberadamente para hacerse notar menos.

Pero existía otro motivo que justificaba la curiosidad hacia su propia psicología. Ricky lo ignoraba. En el colegio nadie conocía ese motivo. Sólo los padres de Steve lo conocían.

Steve casi había matado a una persona.

Contaba entonces quince años, ya era bastante alto, aunque delgado. Era el capitán del equipo de baloncesto. Aquel año, el Instituto Hillsfield alcanzó las semifinales del campeonato urbano. Jugaban contra un equipo de adolescentes callejeros, que no reparaban en brusquedades, de una escuela de barrio bajo de Washington. El jugador encargado de marcar a Steve, y viceversa, era un chico llamado Tip Hendricks que se pasó todo el partido haciéndole personales y burlándole. Tip era bueno, pero empleaba sus habilidades preferentemente para hacer trampas. Y cada vez que se la daba con queso a Steve, le dedicaba una sonrisa, como diciéndole: «¡Has vuelto a picar, pringao!», lo cual puso furioso a Steve. Con todo eso, jugó muy mal, su equipo perdió y se volatilizaron todas las posibilidades de seguir optando al trofeo.

Para colmo de mala suerte, Steve se tropezó con Tip en el aparcamiento donde los autobuses esperaban a los equipos para trasladarlos de vuelta al centro docente. La fatalidad quiso que uno de los conductores estuviese cambiando una rueda y tuviese la caja de herramientas abierta en el suelo.

Steve hizo como si no viera a Tip, pero éste arrojó hacia Steve la colilla de su cigarrillo, que fue a aterrizar en la cazadora que llevaba.

Aquella maldita cazadora significaba mucho para Steve. La había comprado el día anterior, con los ahorros conseguidos trabajando los sábados en un McDonald's. Era una cazadora preciosa, de cuero suave, color mantequilla, y ahora lucía una marca de quemadura en la parte derecha de la pechera, donde era imposible no verla. Había quedado inservible. De modo que Steve le sacudió.

Tip respondió con ferocidad, lanzando patadas y topetazos con la cabeza, pero la rabia embargaba a Steve de tal modo que le hacía poco menos que insensible a los golpes de Tip. Éste tenía la cara cubierta de sangre cuando sus ojos cayeron sobre la caja de herramientas del conductor del autobús y cogió una barra de hierro. Golpeó con ella dos veces a Steve en la cara. Fueron golpes realmente dolorosos y una ira ciega se apoderó de Steve. Arrancó la herramienta de las manos de Tip... y después de eso ya no pudo recordar nada más, hasta que se encontró en pie sobre el cuerpo de Tip, con la ensangrentada barra de hierro en la mano, mientras alguien exclamaba:

—Jesucristo Todopoderoso, creo que está muerto.

Tip no estaba muerto, aunque murió dos años después, asesinado por un importador de marihuana jamaicano al que debía ochenta y cinco dólares. Pero Steve había deseado matarle, había intentado matarle. No tenía excusa: descargó el primer golpe, y aunque fue Tip quien cogió la herramienta de hierro, Steve la había utilizado salvajemente.

Condenaron a Steve a seis meses de cárcel, pero la sentencia quedó en suspenso. Concluido el juicio fue a otro colegio y aprobó los exámenes como de costumbre. Al ser menor de edad en el momento de la pelea, su expediente criminal permaneció secreto, no se le reveló a nadie, por lo que nada le impidió ingresar en la escuela de Derecho. Sus padres consideraban que aquello fue una pesadilla que ya había acabado. Pero Steve tenía sus dudas. Se daba perfecta cuenta de que sólo la suerte y la resistencia del cuerpo humano le habían salvado de un juicio por asesinato. Tip Hendricks era un ser humano y Steve casi le había matado por una cazadora. Mientras escuchaba la respiración uniforme y tranquila de Ricky, que dormía en el otro lado del cuarto, Steve yacía despierto en el sofá y pensaba: ¿qué soy?

LUNES

5

—¿Conociste alguna vez a un hombre con el que quisieras casarte? —preguntó Lisa.

Tomaban café instantáneo sentadas a la mesa en el apartamento de Lisa. En el piso, a su alrededor, todo era bonito, a tono con Lisa: grabados de flores, adornos de porcelana y un osito de felpa con corbata de lazo de lunares.

Lisa iba a tomarse el día libre, pero Jeannie iba vestida para trabajar, con falda marinera y blusa blanca de algodón. Era un día importante y la tensión la tenía sobre ascuas. Llegaba al laboratorio, para someterse a una jornada de pruebas, el primero de los sujetos seleccionados. ¿Iba a confirmar su teoría o iba a fallarle en toda regla? Al final de la jornada ¿iba a verse ensalzada o tendría que revisar y evaluar de nuevo sus ideas?

Sin embargo, no deseaba ponerse en camino hacia el trabajo hasta el último momento posible. Lisa aún tenía el ánimo muy frágil. Jeannie imaginaba que lo mejor que podía hacer era permanecer sentada con ella y charlar de hombres y de sexo como siempre hacían, ayudándola así a volver a la senda de la normalidad. Le hubiera gustado quedarse allí toda la mañana, pero le era imposible. Lamentaba de veras que Lisa no estuviese con ella en el laboratorio, echándole una mano, pero eso no podía ser.

—Sí, conocí a uno —contestó Jeannie a la pregunta—. Hubo un chico con el que deseé casarme. Se llamaba Will Temple. Era antropólogo. Todavía lo es.

Jeannie aún podía verle mentalmente: un tiarrón corpulento, de barba rubia, con vaqueros azules y jersey de pescador, que circulaba por los pasillos de la universidad con una bicicleta que tenía un cambio de marchas de diez velocidades.

—Ya lo has citado otras veces —dijo Lisa—. ¿Cómo era?

—Formidable. —Jeannie suspiró—. Me hacía reír, cuidaba de mí cuando caía enferma, se planchaba sus propias camisas y tenía la capacidad sexual de un caballo.

Lisa no sonrió.

—¿Qué fue mal?

Jeannie estaba en plan audaz, pero todavia le dolía aquel recuerdo.

—Me dejó por Georgina Tinkerton Ross. —A guisa de explicación, añadió—: De los Tinkerton Ross de Pittsburgh.

—¿Qué clase de chica era?

Lo último que Jeannie deseaba era rememorar a Georgina. Sin embargo se trataba de sacar del cerebro de Lisa la violación, de modo que se obligó a dar vida verbal a sus reminiscencias.

—Era perfecta —dijo, y no le hizo mucha gracia el amargo sarcasmo que percibió en su propia voz—. Rubia como el trigo, figura de reloj de arena, gusto impecable en jerseys de cachemir y en zapatos de piel de cocodrilo. Ni pizca de cerebro, pero podrida de dinero.

—¿Cuándo ocurrió todo eso?

—Will y yo vivimos juntos un año mientras yo hacía el doctorado. —En su recuerdo, aquella había sido la época más feliz de su vida—. Will se trasladó cuando yo estaba escribiendo sobre si la criminalidad está latente en los genes. —«Magníficamente calculado, Will. Quisiera poder odiarte más aún»—. Berrington me ofreció entonces un empleo en la Jones Falls y me lancé de cabeza.

—Los hombres son unos canallas.

—Will no es ningún canalla. Es un chico estupendo. Se enamoró de otra, eso es todo. Creo que se equivocó en su elección. No fue como si él y yo estuviésemos casados o algo así. No rompió ninguna promesa. Ni siquiera me fue nunca infiel, salvo un par de veces antes, me dijo—. Jeannie comprendió que estaba repitiendo las propias palabras de autojustificación de Will—. No sé, tal vez era un canalla después de todo.

—Quizás deberíamos volver a la época victoriana, cuando un hombre que besaba a una mujer se consideraba prometido. Al menos, las chicas conocían el terreno que pisaban.

En aquellos momentos, la perspectiva de Lisa respecto a las relaciones con el sexo opuesto estaba un tanto distorsionada, pero Jeannie no lo dijo. Le preguntó, en cambio:

—¿Qué me dices de ti? ¿Encontraste alguna vez un hombre con el que te hubiera gustado casarte?

—Nunca. Ni uno.

—Tú y yo tenemos mucha categoría. No te preocupes, cuando el señor Adecuado aparezca será un hombre maravilloso.

Sonó el telefonillo de la entrada y ambas se sobresaltaron. Lisa dio un respingo y tropezó con la mesa. Un jarro de porcelana fue a estrellarse contra el suelo y se hizo añicos.

—¡Maldita sea! —exclamó Lisa.

Aún tenía los nervios de punta.

—Recogeré los trozos —se brindó Jeannie en tono tranquilizador—. Ve a ver quién está en la puerta.

Lisa cogió el telefonillo. Una arruga de preocupación surcó su rostro mientras examinaba la imagen del monitor.

—Está bien, supongo —articuló, dubitativa, y apretó el botón que abría la puerta del edificio.

—¿Quién es? —preguntó Jeannie.

—Una detective de la Unidad de Delitos Sexuales.

Jeannie ya se había temido que enviaran a alguien con la embajada de inducir a Lisa a colaborar en la investigación. Estaba firmemente decidida a que no sucediera así. Sólo le faltaba a Lisa que la acosaran con preguntas indiscretas.

—¿Por qué no le has dicho que se fuera a tomar viento?

—Tal vez porque es negra.

—¿Te estás quedando conmigo?

Lisa denegó con la cabeza.

Muy listos, pensó Jeannie mientras recogía en el hueco de la mano los trozos de porcelana. Los polis sabían que Lisa y ella eran hostiles. De haber enviado un detective blanco y varón no hubiera pasado del umbral de la puerta. De modo que encargaron la operación a una mujer de color, sabedores de que las muchachas blancas de clase media le franquearían el paso y se mostrarían corteses con ella. Bueno, si intentaba pasarse de la raya con Lisa, la echarían de allí sin contemplaciones, lo mismo que si fuera un hombre blanco, pensó Jeannie.

La detective resultó ser una mujer rechoncha, de alrededor de cuarenta años, elegantemente vestida con blusa color crema y multicolor pañuelo de seda. Llevaba una cartera de mano.

—Soy la sargento Michelle Delaware —se presentó—. Los compañeros me llaman Mish.

Jeannie se preguntó qué llevaría en la cartera. Normalmente, los detectives llevan armas, no documentos.

—Soy la doctora Jean Ferrami —dijo Jeannie. Siempre sacaba a relucir su título al presentarse a alguien con quien suponía iba a tener trifulca—. Ella es Lisa Hoxton.

—Señora Hoxton —dijo la detective—, quiero manifestarle en primer lugar que lamento infinito lo que le sucedió ayer. A mi unidad llega un caso de violación diario, por término medio, y cada uno de ellos representa una tragedia terrible y un trauma lacerante para la víctima. Sé que se siente usted muy herida y lo comprendo.

Uff, pensó Jeannie, esto es distinto a lo de ayer.

—Trato de superarlo —respondió Lisa, desafiante, aunque la delataron las lágrimas que afluyeron a sus ojos.

—¿Puedo sentarme?

—Faltaría más.

La detective tomó asiento ante la mesa de la cocina.

—Su actitud no se parece en nada a la del patrullero —comentó Jeannie, mirándola atentamente.

Mish asintió con la cabeza.

—Lamento profundamente la actitud de McHenty y el modo en que las trató. Al igual que todos los agentes recibió la formación oportuna acerca del modo de atender a las víctimas de una violación, pero parece haber olvidado todo lo que le enseñaron. Me siento mortificada en nombre de todo el departamento de policía.

—Fue como si me violaran otra vez —se quejó Lisa lastimeramente.

—No creo que eso vuelva a repetirse —dijo Mish, y un deje de cólera se le deslizó en la voz—. Así es como muchos casos de violación van a parar al archivo con la nota de «Infundado». No es porque las mujeres mientan al presentar la denuncia. Es porque el sistema las trata tan brutalmente que deciden retirarla.

—No me cuesta ningún trabajo creerlo —afirmó Jeannie. Se recomendó ir con cuidado: Mish podía hablar como una monjita, pero no dejaba de ser un miembro de la policía.

Mish sacó una tarjeta de la cartera.

—Aquí tiene el número de un centro voluntario de asistencia a víctimas de violación y malos tratos infantiles —informó—. Tarde o temprano, toda víctima necesita consejo.

Lisa miró la tarjeta, pero respondió:

—En este momento, lo único que deseo es olvidarlo.

Mish asintió con la cabeza.

—Hágame caso, guarde la tarjeta en un cajón. Sus sentimientos pasarán por ciertos ciclos y es muy probable que llegue la hora en que esté preparada para buscar ayuda.

—Muy bien.

Jeannie decidió que Mish se había ganado un poco de cortesía.

—¿Le apetece un poco de café? —ofreció.

—Me encantaría tomar una taza.

—Lo prepararé.

Jeannie se levantó y llenó la cafetera eléctrica.

—¿Trabajan juntas? —preguntó Mish.

—Sí —respondió Jeannie—. Estudiamos gemelos.

—¿Gemelos?

—Estimamos sus similitudes y diferencias, e intentamos determinar cuánto es producto de la herencia y cuánto se debe al modo en que los educaron.

—¿Cuál es su función en esa tarea, Lisa?

—Mi trabajo consiste en localizar gemelos para que los científicos los estudien.

—¿Cómo desarrolla esa búsqueda?

—Empiezo a partir de los certificados de nacimiento, que constituyen información de dominio público en casi todos los estados. Aproximadamente un uno por ciento del total de nacimientos es de gemelos, de forma que encuentro una pareja de ellos cada cien partidas de nacimiento que reviso. El certificado da la fecha y lugar de nacimiento. Sacamos una copia y luego seguimos la pista a los gemelos.

—¿Cómo?

—Tenemos en un CDROM todas las guías telefónicas de Estados Unidos. También podemos consultar los registros de permisos de conducir y las referencias de las agencias de créditos.

—¿Encuentran siempre a los gemelos?

—¡No, por Dios! Nuestro índice de éxito depende de su edad. Localizamos el noventa por ciento, aproximadamente, de los de diez años, pero sólo el cincuenta por ciento de los que cumplieron los ochenta. Las personas de edad son las que con más probabilidad se han mudado de domicilio varias veces, han cambiado de nombre o han fallecido.

Mish miró a Jeannie.

—Y luego usted los estudia.

—Mi especialidad —dijo Jeannie— son los gemelos univitelinos que se criaron separados. Son mucho más difíciles de encontrar.

Depositó la cafetera encima de la mesa y sirvió a Mish un café. Si la detective tenía intención de presionar a Lisa, se lo estaba tomando con calma.

Tras sorber un poco de café, Mish preguntó a Lisa:

—¿Tomó algún medicamento en el hospital?

—No, no estuve allí mucho tiempo.

—Debieron facilitarle la píldora contraceptiva del día siguiente. Usted no quiere quedar embarazada, ¿verdad?

Lisa se estremeció.

—Claro que no. Me estaba estrujando el cerebro preguntándome qué podía hacer respecto a eso.

—Acuda a su médico de cabecera. Él se la proporcionará, a menos que tenga alguna objeción de tipo religioso... Hay médicos católicos para los que representa un problema. En ese caso el centro voluntario le recomendará una alternativa.

—Es estupendo hablar con alguien que conoce el paño —dijo Lisa.

—El incendio no fue ningún accidente —continuó Mish—. He hablado con el jefe de bomberos. Alguien encendió fuego en un almacén próximo al vestuario... y desenroscó los tornillos de las tuberías de ventilación para asegurarse de que el humo iba directamente al vestuario. Ahora bien, a los violadores no les interesa en realidad el sexo: es la emoción del peligro, el miedo, lo que les impulsa. Creo, pues, que el fuego era parte de alguna fantasía de ese tipo.

A Jeannie no se le había ocurrido esa posibilidad:

—Dí por supuesto que ese canalla no era más que un oportunista que se aprovechó del incendio.

Mish negó con la cabeza.

—El violador que sale con una chica sí que es oportunista: se encuentra con que la moza está drogada o ebria y no puede oponer resistencia. Pero los individuos que violan a desconocidas son distintos. Lo preparan mentalmente. Fantasean y trazan un plan para llevar a la práctica esa fantasía. Pueden ser astutos. Lo que los hace más aterradores.

La indignación de Jeannie aumentó.

—Estuve a punto de perder la vida en ese incendio —dijo.

—¿Tengo razón al pensar que no había visto nunca a ese hombre? —preguntó Mish a Lisa—. ¿Era un completo desconocido para usted?

—Creo que le había visto cosa de una hora antes —respondió Lisa—. Cuando iba corriendo con el equipo de hockey, un automóvil se detuvo por allí y el conductor se nos quedó mirando. Tengo el pálpito de que era él.

—¿Qué clase de coche?

—Viejo, eso sí que lo sé. Blanco, con mucho óxido encima. Tal vez un Datsun.

Jeannie creyó que Mish anotaría aquellos datos, pero la detective continuó con la conversación.

—Mi impresión es que se trata de un pervertido inteligente y absolutamente despiadado capaz de hacer lo que sea con tal de disfrutar de la emoción, del miedo que eso le produce.

—Deberían encerrarlo para el resto de su vida —comentó Jeannie amargamente.

Mish jugó su baza.

—Pero no lo encerrarán. Está libre. Y repetirá su hazaña.

—¿Cómo puede estar segura de ello? —se mostró escéptica Jeannie.

—La mayoría de los violadores son violadores en serie. La única excepción es el violador oportunista que sale con una chica y aprovecha la ocasión si se le presenta, el que he mencionado antes: ese tipo de muchacho sólo comete su delito una vez. Pero los individuos que violan a desconocidas reinciden y reinciden... hasta que los detienen. —Mish miró a Lisa—. En el plazo de siete a diez días, el hombre que la forzó a usted habrá sometido a otra mujer a la misma tortura... a menos que le atrapemos antes.

—¡Oh, Dios mío! —exclamó Lisa.

Jeannie comprendió entonces adónde quería ir a parar Mish. Como Jeannie había supuesto, la detective iba a intentar convencer a Lisa para que la ayudase en la investigación. Jeannie aún seguía decidida a impedir que Mish intimidase o presionara a Lisa. Pero resultaba difícil buscarle tres pies al gato a las cosas que la detective estaba diciendo.

—Necesitamos una muestra del ADN del violador —dijo Mish.

Lisa hizo una mueca de desagrado.

—Quiere decir de su esperma.

—Sí.

Lisa sacudió la cabeza.

—Me he duchado, me he bañado y me he lavado a fondo. Espero por Dios que dentro de mí no quede nada de ese tipo.

Mish insistió reposadamente.

—De cuarenta y ocho a setenta y dos horas después de la violación, se conservan rastros en el cuerpo. Necesitamos efectuar un frotis vaginal, un peinado de vello púbico y una analítica.

—El médico que vimos ayer en el Santa Teresa era un auténtico majadero —dijo Jeannie.

Mish movió verticalmente la cabeza.

—A los médicos no les gusta nada atender a las víctimas de violación. Si tienen que comparecer en los tribunales pierden tiempo y dinero. Pero a ustedes nunca debieron llevarlas al Santa Teresa. Ese fue uno de los muchos errores de McHenty. En esta ciudad hay tres hospitales con la designación de Centros de Agresiones Sexuales, y el Santa Teresa no es ninguno de ellos.

—¿Adónde quiere que vaya? —dijo Lisa.

—El Hospital Mercy tiene un servicio de Examen Forense de Agresiones Sexuales. La llamamos unidad EFAS.

Jeannie miró a Lisa y asintió. El Mercy era el gran hospital del centro urbano.

—Le atenderá una enfermera experta en el reconocimiento de agresiones sexuales, un ayudante técnico sanitario que siempre será una mujer —continuó Mish—. Está especialmente adiestrada en el examen de pruebas, cosa que no ocurre en el caso del médico que le atendió ayer... éste seguramente hubiera malogrado las pruebas que hubiese encontrado.

Era evidente que los médicos no inspiraban mucho respeto a Mish.

La detective abrió su cartera. Jeannie se inclinó hacia delante, curiosa. Dentro había un ordenador portátil. Mish alzó la tapa y presionó el pulsador de encendido.

—Tenemos un programa llamado TEIF, Técnica Electrónica de Identificación Facial. Nos gustan los acrónimos. —Esbozó una sonrisa torcida—. A decir verdad, lo creó un detective de Scotland Yard. Nos permite reunir los rasgos y formar un retrato del agresor sin recurrir a los servicios de un dibujante.

Se quedó mirando a Lisa con expectación.

Lisa proyectó los ojos sobre Jeannie.

—¿Qué opinas?

—No te dejes presionar —dijo Jeannie—. Decide por ti misma. Tienes perfecto derecho. Reflexiona y haz lo que consideres oportuno y con lo que te sientas a gusto.

Mish lanzó a Jeannie una mirada feroz, plena de hostilidad.

—No se la presiona —dijo a Lisa—. Si desean que me vaya, es como si ya estuviese fuera de aquí. Pero quiero que sepan una cosa. Deseo coger a ese violador y necesito su ayuda. Sin usted, no tengo ni la más remota posibilidad.

Jeannie se perdió en el infinito de la admiración. Mish había controlado y dominado el curso de la conversación desde que entró en el piso y, sin embargo, lo había hecho sin avasallar ni manipular. La detective sabía lo que llevaba entre manos y lo que deseaba.

—No sé —dudó Lisa.

—¿Por qué no echa un vistazo a este programa informático? —sugirió Mish—. Si le altera el ánimo, lo dejamos y en paz. Si no le afecta, al menos tendré una imagen del sujeto tras el que voy. Luego, cuando hayamos terminado, decide usted si quiere ir o no al Mercy.

Lisa volvió a titubear; al cabo de unos segundos dijo:

—Vale.

—Recuerda —terció Jeannie— que puedes suspenderlo en el momento en que empiece a trastornarte.

Lisa asintió con la cabeza.

—Empezaremos —dijo Mish— con un esbozo aproximado de su rostro. No se parecerá mucho, pero será una base. Después iremos perfeccionando los detalles. Necesito que se concentre a fondo en la cara del agresor y me haga una descripción general. Tómese el tiempo que le haga falta.

Lisa cerró los ojos.

—Es un hombre blanco, aproximadamente de mi edad. Pelo corto, sin un color particular. Ojos claros, azules, me parece. Nariz recta...

Mish accionaba un ratón. Jeannie se levantó y fue a situarse detrás de la detective de forma que pudiera ver la pantalla. Era un programa Windows. En la esquina superior derecha había un rostro dividido en ocho secciones. A medida que Lisa iba citando rasgos, Mish llevaba el cursor a un sector del rostro, pulsaba el botón del ratón y se desplegaba un menú; luego corregía las partes del menú de acuerdo con los comentarios de Lisa: pelo corto, ojos claros, nariz recta.

—Mentón más bien cuadrado —continuó Lisa—, sin barba ni bigote... ¿Qué tal?

Mish volvió a hacer clic y en la parte principal de la pantalla apareció el rostro completo. Representaba un hombre blanco, en la treintena, de facciones regulares: podía tratarse de uno entre mil individuos. Mish dio la vuelta al ordenador para que Lisa pudiera ver la pantalla.

—Ahora vamos a ir cambiando esta cara poco a poco. Primero se la iré mostrando con una serie de frentes y nacimientos del pelo distintos. No diga más que sí o no. ¿Preparada?

—Claro.

Mish pulsó el ratón. Cambió el rostro de la pantalla y la línea del nacimiento del pelo retrocedió súbitamente.

—No —dijo Lisa.

Mish hizo clic de nuevo. La cara presentó esta vez un flequillo recto como el de un anticuado corte de pelo estilo Beatle.

—No.

El siguiente fue un pelo ondulado y Lisa comentó:

—Éste se parece más, pero creo que llevaba raya.

El que apareció a continuación era un pelo rizado.

—Mejor que el anterior —dijo Lisa—. Pero el pelo es demasiado oscuro.

—Cuando los hayamos repasado todos, volveremos a los que le parecieron y elegiremos el mejor. Una vez tengamos la cara completa procederemos a perfeccionar las facciones retocándolas convenientemente: oscureciendo o aclarando el pelo, desplazando la raya, rejuveneciendo o envejeciendo todo el rostro.

Jeannie se sentía fascinada, pero aquello iba a durar una hora o más y ella tenía trabajo.

—He de irme —dijo—. ¿Estás bien, Lisa?

—Estupendamente —respondió Lisa, y Jeannie comprendió que era verdad.

Tal vez eso fuese lo mejor, que Lisa se comprometiera activamente en aquella caza del hombre. Lanzó una mirada a Mish y captó en su expresión un centelleo de triunfo. ¿Me equivoqué, pensó Jeannie, en mi hostilidad hacia Mish y en mi actitud defensiva respecto a Lisa? Desde luego, Mish era simpática. Siempre tenía a punto la palabra precisa. De todas formas, su prioridad no era ayudar a Lisa, sino atrapar al violador. Lisa seguía necesitando una verdadera amiga, alguien cuya preocupación primordial fuera ella, Lisa.

—Luego te llamo —le prometió Jeannie.

Lisa la abrazó.

—Nunca te agradeceré bastante el que te quedaras conmigo —dijo.

Mish tendió la mano a Jeannie.

—Celebro haberla conocido —dijo.

Jeannie le estrechó la mano.

—Buena suerte —deseó—. Confío en que lo detenga.

—Yo también —repuso Mish.

6

Steve estacionó el coche en la extensa zona de aparcamiento destinada a estudiantes, sita en la esquina sur de las cuarenta hectáreas del campus de la Jones Falls. Faltaban apenas unos minutos para las diez de la mañana y el campus era un hormiguero de alumnos vestidos con veraniegas prendas ligeras, camino de la primera clase del día. Mientras cruzaba los terrenos de la universidad, Steve buscó con la mirada a la jugadora de tenis. Las probabilidades de localizarla eran mínimas, lo sabía, pero no pudo por menos de ir escudriñando a toda chica alta y morena que se ponía al alcance de su vista, para comprobar si llevaba un aro en la nariz.

El Pabellón de Psicología Ruth W. Acorn era un moderno edificio de cuatro plantas construido del mismo ladrillo rojo que las otras facultades de la universidad, más antiguas y tradicionales. Steve dio su nombre en el vestíbulo, donde le remitieron al laboratorio.

Durante las tres horas siguientes le sometieron a muchas más pruebas de las que pudo imaginar que fuera posible. Le pesaron, le midieron y le tomaron las huellas dactilares. Científicos, médicos y estudiantes le fotografiaron las orejas, comprobaron la fuerza que desarrollaba su mano al cerrar los puños y evaluaron sus reflejos ante el sobresalto que pudiera producirle la presentación inesperada de imágenes de víctimas calcinadas y cuerpos mutilados. Contestó a preguntas referentes a sus aficiones durante el tiempo libre, creencias religiosas, novias y aspiraciones profesionales. Tuvo que declarar si podía reparar el timbre de una puerta, si se consideraba atildado, si pegaría a sus hijos y si determinada música le sugería cuadros o dibujos de colores cambiantes. Pero nadie le informó del motivo por el que le habían seleccionado para aquel estudio.

No era el único sujeto. En el laboratorio se encontraban dos niñas y un hombre de mediana edad que llevaba botas de vaquero, pantalones tejanos azules y camisa del Oeste. Al mediodía los reunieron a todos en un salón con sofás y televisor, donde almorzaron a base de pizza y Coca Cola. Steve se dio cuenta entonces de que en realidad eran dos los hombres de edad mediana calzados con botas de vaquero: un par de gemelos que vestían exactamente igual.

Se presentó y pudo enterarse de que los vaqueros eran Benny y Arnold y las niñas Sue y Elizabeth.

—¿Ustedes dos siempre visten lo mismo uno y otro? —preguntó Steve a los hombres, mientras comían.

Los mellizos intercambiaron una mirada y luego Benny dijo:

—No lo sé. Acabamos de conocernos.

—¿Son ustedes gemelos y acaban de conocerse?

—Nos adoptaron de recién nacidos... familias distintas.

—¿Y eso de que vistan del mismo modo es una casualidad?

—Así parece, ¿no?

—Y los dos somos carpinteros —añadió Arnold—, fumamos Camel Light y tenemos dos hijos, chico y chica.

—Las dos niñas se llaman Caroline, pero mi hijo es John y el suyo Richard —explicó Benny.

—Yo quería que se llamase John —dijo Arnold—, pero mi esposa se empeñó en que le pusiéramos Richard.

—¡Fantástico! —exclamó Steve—. Pero no pueden haber heredado la preferencia por el Camel Light.

—Quién sabe.

Una de las chicas, Elizabeth, preguntó a Steve:

—¿Dónde está tu hermano gemelo?

—No tengo —respondió Steve—. ¿Eso es lo que estudian aquí, gemelos?

—Sí. —La niña añadió en tono de orgullo—: Sue y yo somos bivitelinas.

Steve enarcó las cejas. La niña aparentaba unos once años.

—Me temo que no conozco esa palabra. ¿Qué significa?

—Que no somos idénticas. Somos mellizas fraternas, bivitelinas. —Señaló a Benny y Arnold—. Ellos son monozigóticos. Tienen el mismo ADN. Por eso son tan iguales.

—Pareces saber un montón del asunto —comentó Steve—. Me dejas de piedra.

—Ya hemos estado aquí otras veces —dijo la niña.

Se abrió la puerta a espaldas de Steve. Elizabeth alzó la mirada y saludó:

—¡Hola, doctora Ferrami!

Al volver la cabeza, Steve vio a la jugadora de tenis.

Ocultaba su cuerpo musculoso bajo una bata blanca de laboratorio que le llegaba a las rodillas, pero entró en la habitación caminando como una atleta. Aún conservaba el aire de intensa concentración que tanto le había impresionado en las pistas de tenis. Steve se la quedó mirando, sin apenas dar crédito a su buena suerte.

La mujer correspondió al saludo de las niñas y se presentó a los demás. Cuando estrechó la mano de Steve repitió el apretón.

—¡Así que eres Steve Logan! —articuló.

—Jugaste un partido espléndido —alabó él.

—Pero perdí.

La doctora Ferrami se sentó. Su espesa cabellera oscura le caía suelta sobre los hombros y Steve observó, a la implacable luz del laboratorio, que tenía un par de hebras grises. En vez del aro de plata, ahora llevaba en la nariz un liso tachón de oro. Se había maquillado y los afeites se encargaban de que sus ojos oscuros resultasen todavía más fascinantes.

Agradeció a todos el que pusieran su tiempo al servicio de la investigación científica y les preguntó si las pizzas eran sabrosas. Al cabo de unos minutos de intercambiar lugares comunes envió a las niñas y a los vaqueros a los departamentos donde se iniciarían las pruebas de la tarde.

Tomó asiento cerca de Steve, el cual tuvo la impresión, sin saber por qué, de que la doctora se sentía un poco violenta. Era casi como si se dispusiera a darle una mala noticia.

—A estas alturas, te estarás preguntando a qué viene todo esto —dijo la mujer.

—Supongo que me seleccionaron porque en el colegio me las arreglé bastante bien.

—No —respondió ella—. Es cierto que en el instituto alcanzaste puntuaciones altas en todas las pruebas de inteligencia. En realidad, tus resultados en la escuela están por debajo de tus aptitudes. Tu cociente intelectual es desproporcionado. Lo más probable es que figurases entre los primeros de la clase sin tener que esforzarte lo más mínimo, ¿me equivoco?

—No. ¿Y no estoy aquí por eso?

—No. El proyecto que desarrollamos consiste en averiguar hasta qué punto la herencia genética predetermina la formación del carácter de una persona. —Su incomodidad anterior se desvaneció al animarse con su tema—. ¿Es el ADN lo que decide si somos inteligentes, agresivos, románticos o atléticos? ¿O es nuestra educación? Si ambos ejercen su particular ascendiente, ¿en qué modo se influyen el uno al otro?

—Una polémica antigua —dijo Steve. En la facultad había seguido un curso de filosofía y aquel debate le hechizaba—. ¿Soy como soy porque nací como nací? ¿O soy producto de la educación recibida y el medio ambiente en que me crié? —Recordó el lema que resumía la controversia—: ¿Naturaleza o educación?

La doctora asintió con la cabeza y su larga cabellera onduló gravemente como el oleaje de un océano.

—Pero nosotros tratamos de resolver la cuestión de un modo estrictamente científico —dijo—. Verás, los gemelos univitelinos tienen los mismos genes... exactamente los mismos. Los gemelos fraternos no, pero normalmente se han criado en el mismo medio. Estudiamos ambas clases y los comparamos con los gemelos que se han educado por separado, estimando sus similitudes.

Steve se preguntaba en qué podía afectarle aquello. También se preguntaba cuántos años tendría Jeannie. El día anterior, al verla en la pista de tenis con el pelo recogido y oculto bajo la gorra, dio por supuesto que sería de su misma edad; pero ahora le calculaba una edad próxima a la treintena. Eso no cambiaba sus sentimientos hacia ella, pero era la primera vez que se sentía atraído por alguien tan mayor.

—Si el entorno era lo más importante, los gemelos que se criaran juntos serían más parecidos, y los que se educaran separados serían completamente distintos, al margen de si se trataba de gemelos monovitelinos o fraternos. La verdad es que nos hemos encontrado con lo contrario. Los gemelos idénticos se parecen, los haya criado quien los haya criado. Realmente, los gemelos idénticos educados por separado son más semejantes que los fraternos que se criaron juntos.

—¿Benny y Arnold representan el primer caso?

—Exacto. Ya has visto lo igualitos que son, a pesar de que se criaron en hogares distintos. Eso es típico. Este departamento ha estudiado más de un centenar de parejas de gemelos univitelinos que se educaron por separado. De esas doscientas personas, dos eran poetas con obra publicada, una pareja de gemelos. Otras dos se dedicaban profesionalmente a tareas relacionadas con animales domésticos (una era adiestradora y la otra criadora de perros), igualmente una pareja de gemelos. Hemos tenido dos músicos (un profesor de piano y un guitarrista), también pareja de gemelos. Pero éstos son los ejemplos más gráficos. Como has visto esta mañana, efectuamos mediciones científicas de personalidad, cocientes intelectuales y diversas dimensiones físicas, las cuales muestran a menudo las mismas pautas: los gemelos idénticos son extraordinariamente similares, al margen de su crianza.

—Mientras que Sue y Elizabeth parecen muy distintas.

—Exacto. Sin embargo, tienen los mismos padres, el mismo hogar, van al mismo colegio, han tenido la misma dieta alimenticia toda la vida, y así sucesivamente. Supongo que Sue ha guardado silencio durante todo el almuerzo, en tanto Elizabeth te ha contado la historia de su vida.

—En realidad, lo que ha hecho ha sido explicarme la palabra «monozigótico».

La doctora Ferrami se echó a reír, con lo que mostró una dentadura perfectamente blanca y el centelleo rosado de la punta de la lengua. Steve se sintió exageradamente complacido por haber provocado su alegría.

—Pero todavía no me has aclarado qué pinto yo en esto —dijo.

La mujer volvió a dar la impresión de sentirse violenta.

—Es un poco difícil —confesó—. Esto no había sucedido antes.

Steve lo comprendió de pronto. Saltaba a la vista, pero era tan sorprendente que hasta entonces no se le había ocurrido.

—¿Creen que tengo un gemelo cuya existencia ignoro? —preguntó, incrédulo.

—No se me ha ocurrido ningún modo de explicártelo de forma gradual —reconoció Jeannie, evidentemente mortificada—. Sí, eso creemos.

—Formidable.

Steve se sentía aturdido: era duro de asumir.

—Lo lamento de verdad.

—No tienes por qué disculparte, supongo.

—Pero ahí está. Normalmente, las personas saben que son gemelos antes de venir a vernos. Sin embargo, he iniciado una nueva forma de reclutar sujetos para este estudio y tú eres el primero. A decir, el hecho de que no sepas que tienes un hermano gemelo constituye una tremenda reivindicación de mi sistema. Pero no había previsto el detalle de lo difícil que es dar a alguien una noticia tan sorprendente.

—Siempre deseé tener un hermano —dijo Steve. Era hijo único, nacido cuando sus padres tenían treinta y ocho o treinta y nueve años—. ¿Es un hermano varón?

—Sí. Sois idénticos.

—Un hermano gemelo idéntico —articuló Steve—. ¿Pero cómo ha podido suceder sin que yo lo supiera?

Jeannie parecía desazonada.

—Un momento, a ver si lo adivino —murmuró Steve—. Puede que me adoptaran.

La doctora asintió.

En el cerebro de Steve surgió una idea aún más inesperada: tal vez papá y mamá no fueran sus padres.

—O puede que el adoptado fuese mi hermano gemelo.

—Sí.

—O que lo fuésemos los dos, como Benny y Arnold.

—O los dos —repitió la mujer en tono solemne. Tenía fija en Steve la intensa mirada de sus ojos oscuros.

Pese a la confusión que reinaba en su cabeza, Steve no podía por menos que recrearse en la idea de lo adorable que era la muchacha. Deseaba que le estuviese mirando así toda la vida.

—Según mi experiencia —dijo Jeannie—, incluso aunque un sujeto ignore que es miembro de una pareja de gemelos, lo normal es que sepa que lo adoptaron. Con todo, yo debería suponer que podíais ser diferentes.

—Me cuesta trabajo creerlo —silabeó Steve en tono dolorido—. No puedo creer que mis padres me hayan ocultado la adopción, que la hayan mantenido en secreto para mí. No es su estilo.

—Háblame de tus padres.

Steve se daba cuenta de que le inducía a hablar para ayudarle a superar el choque, pero eso estaba bien. Hizo acopio de sus pensamientos.

—Mamá es una persona excepcional. Seguro que la conoces, aunque sólo sea de oídas, se llama Lorraine Logan.

—¿La del consultorio sentimental?

—La misma. Cuatrocientos periódicos publican su columna y es autora de seis *bestsellers* sobre salud femenina. Es rica y famosa, y se lo merece.

—¿Por qué lo dices?

—Realmente se preocupa por las personas que la escriben. Contesta a miles de cartas. Ya sabes, las personas que escriben desean básicamente que mi madre agite su varita mágica... que consiga que se disipen los embarazos no deseados, que los hijos abandonen la droga, que los hombres insultantes y brutales se transformen en maridos amables y bondadosos. Ella siempre les proporciona la información que necesitan y les aconseja sobre la decisión que deben adoptar, confiar en sus sentimientos y no permitir que nadie abuse de ellas. Es una buena filosofía.

—¿Y tu padre?

—Papá es más bien corriente y moliente, supongo. Está en el ejército, trabaja en el Pentágono, es coronel. Relaciones públicas, redacta discursos para generales, esa clase de cosas.

—¿Fanático de la disciplina?

Steve sonrió.

—Tiene un sentido del deber altamente desarrollado. Pero no es un hombre violento. Presenció algo de acción en Asia, antes de que yo viniera al mundo, pero nunca la puso en práctica en casa.

—¿Tú necesitas disciplina?

Steve soltó la carcajada.

—He sido el alumno más rebelde de la clase, de todo el colegio. Constantemente metido en follones.

—¿Por qué?

—Por quebrantar las normas. Irrumpir al galope en el vestíbulo. Llevar calcetines rojos. Mascar chicle en clase. Besar a Wendy Prasker detrás del anaquel de biología en la biblioteca del colegio cuando yo tenía trece años.

—¿Por qué?

—Porque era una auténtica preciosidad.

Jeannie volvió a echarse a reír.

—Quiero decir que por qué rompías todas las reglas.

Steve meneó la cabeza.

—Ser obediente me resultaba imposible. Mi norma era hacer lo que me daba la gana. Las reglas me parecían memeces y eso me aburría. Me hubieran expulsado del colegio, pero mis notas eran de lo mejorcito y generalmente era el capitán de uno u otro equipo deportivo: fútbol, baloncesto, béisbol, atletismo. No me entiendo. ¿Acaso soy un bicho raro?

—Todo el mundo es raro en un sentido o en otro.

—Supongo que sí. ¿Por qué llevas ese adorno en la nariz?

Jeannie enarcó sus cejas morenas como si dijera: «Aquí soy yo quien hace las preguntas», pero a pesar de todo, respondió.

—Cuando tenía catorce años o así pasé por la fase *punk*: pelo verde, medias rotas, con tomates y carreras, todo eso. La perforación de la nariz fue parte de ello.

—Si lo hubieses dejado, el agujero se habría cerrado y curado solo.

—Ya lo sé. Sospecho que lo mantuve abierto ahí porque considero que la respetabilidad absoluta es un coñazo mortal.

Steve sonrió. Pensó: Dios mío, me gusta esta moza, aunque sea demasiado mayor para mí. Su mente regresó luego a lo que la doctora le había contado poco antes.

—¿Qué te hace estar tan segura de que tengo un hermano gemelo?

—He desarrollado un programa informático que investiga archivos médicos y bases de datos en busca de parejas de mellizos. Los gemelos univitelinos tienen ondas cerebrales, electrocardiogramas, dibujos de la dermis de los dedos y dentaduras similares. Exploré el banco de datos de radiografías dentales de una compañía de seguros médicos y encontré alguien cuyas medidas de las piezas dentales y formas de arco son iguales que las tuyas.

—Lo cual no parece concluyente.

—Tal vez no, aunque esa persona hasta tiene las cavidades en los mismos lugares que tú.

—¿Quién es, pues?

—Se llama Dennis Pinker.

—¿Dónde está ahora?

—En Richmond, Virginia.

—Te has entrevistado con él.

—Voy a Richmond mañana por la mañana. Le someteré a muchas de estas mismas pruebas y le tomaré una muestra de sangre para poder comparar su ADN con el tuyo. Entonces estaremos seguros.

Steve frunció el ceño.

—¿Estás interesada en una zona particular, dentro del terreno de la genética?

—Sí. Estoy especializada en criminalidad y en si es o no hereditaria.

Steve asintió con la cabeza.

—Comprendo. ¿Qué hizo ese muchacho?

—¿Perdón?

—¿Qué hizo Dennis Pinker?

—No sé qué quieres decir.

—Vas a ir a verle, en vez de convocarlo aquí, de modo que es evidente que está en la cárcel.

Jeannie se ruborizó ligeramente, como si la acabasen de coger en un renuncio. Con las mejillas coloradas parecía más provocativa que nunca.

—Sí, tienes razón —concedió.

—Por qué está en la cárcel?

Jeannie titubeó.

—Asesinato.

—¡Jesús! —Steve volvió la cabeza, mientras trataba de asimilarlo—. ¡No sólo tengo un hermano gemelo idéntico, sino que encima es un asesino! ¡Por Jesucristo!

—Lo siento —se disculpó la doctora—. He llevado todo esto lo que se dice fatal. Eres el primer sujeto de estas condiciones que he estudiado.

—¡Vaya! Vine con la esperanza de aprender algo acerca de mí, pero me he enterado de mucho más de lo que deseaba saber.

Jeannie ignoraba, y nunca se enteraría, de que él estuvo a punto de matar a un chico llamado Tip Hendricks.

—Eres muy importante para mí.

—¿Ah, sí?

—La cuestión es si la criminalidad se hereda o no. Publiqué un artículo en el que señalaba que cierto tipo de personalidad es hereditaria, una combinación de impulsividad, temeridad, agresividad e hiperactividad, pero aventuraba que el hecho de que tales personas se conviertan en criminales dependía de la forma en que sus padres las hubiesen tratado. Para demostrar mi teoría he de encontrar parejas de gemelos idénticos, uno de los cuales sea un delincuente y el otro un ciudadano decente, cumplidor de la ley. Dennis y tú sois mi primera pareja, y sois perfectos: él está en la cárcel y tú, perdóname, eres el joven estadounidense ideal en todos los aspectos. Si he de serte sincera, estoy tan nerviosa que apenas puedo permanecer quieta aquí sentada.

La idea de que aquella mujer estuviera demasiado nerviosa para permanecer quieta allí sentada hizo que Steve también se sintiera nervioso. Miró para otro lado, temeroso de que le aflorase al rostro la lujuria. Pero lo que le había dicho era dolorosamente alarmante. Tenía el mismo ADN que un asesino. ¿En qué podía convertirle?

Se abrió la puerta a espaldas de Steve y la doctora levantó la vista.

—Hola, Berry —saludó—. Steve, me gustaría que conocieses al profesor Berrington Jones, director del proyecto de estudio de gemelos de la Universidad Jones Falls.

El profesor era un hombre de corta estatura, en los años finales de la cincuentena, apuesto y de lisa cabellera plateada. Vestía un a todas luces caro y elegante traje de *tweed* irlandés moteado de gris y corbata de lazo roja con pintas blancas. Su aspecto era tan pulcro como si acabara de salir de una sombrerera. Steve le había visto en televisión varias veces, siempre hablando de la forma en que Estados Unidos se estaba yendo al infierno. A Steve no le gustaban los puntos de vista de aquel hombre, pero la educación que le impartieron le obligaba a la cortesía, de modo que se levantó y estrechó la mano del profesor Berrington Jones.

Éste dio un respingo hacia atrás como si viera a un fantasma.

—¡Santo Dios! —exclamó, y se puso pálido.

—¡Berry! ¿Qué ocurre? —preguntó la doctora Ferrami.

—¿Hice algo malo? —dijo Steve.

El profesor guardó silencio durante unos segundos. Luego pareció recuperarse.

—Lo siento, no es nada —balbució, pero aún parecía estremecido hasta lo más profundo—. Es que, de súbito, me ha venido a la cabeza algo... algo que tenía olvidado, un error de lo más espantoso. Os ruego me disculpéis... —Se dirigió a la puerta, sin dejar de pedir disculpas en tono de murmullo—. Perdonadme, excusadme.

Salió.

Jeannie se encogió de hombros y extendió las manos en gesto de impotencia.

—Me ha dejado de una pieza —comentó.

7

Berrington se sentó ante su escritorio, jadeante.

Tenía un despacho de recodo, doble, aunque por lo demás era lo que se dice monacal: suelo con baldosas de plástico, paredes blancas, archivadores funcionales, librerías baratas. No se esperaba que el personal académico disfrutase de despachos lujosos. El protector de pantalla de su ordenador mostraba el lento giro de la trenza de ADN retorcida en forma de doble hélice. Encima de la mesa escritorio, fotografías del propio Berrington acompañado de Geraldo Rivera, Newt Gingrich y Rush Limbaugh. La ventana que daba al edificio del gimnasio estaba cerrada a causa del incendio del día anterior. Al otro lado de la calle, dos muchachos utilizaban la pista de tenis, a pesar del calor.

Berrington se frotó los ojos.

—¡Maldición, maldición, maldición! —repitió en tono saturado de disgusto.

Había convencido a Jeannie Ferrami para que fuese allí. El artículo que la doctora escribió sobre criminalidad había abierto nuevos caminos al concentrarse en los componentes de la personalidad delincuente. Era una cuestión de vital importancia para el proyecto de la Genetico. Berrington deseaba que la doctora continuase su tarea bajo su égida, bajo la protección del propio Berrington, que había inducido a la Jones Falls para que emplease a la joven y había realizado las gestiones oportunas para que le investigación se financiase mediante una beca de la Genetico.

Con la ayuda de Berrington, Jeannie Ferrami podía hacer grandes cosas y la circunstancia de que la joven procediera de una clase social baja haría que sus logros resultasen aún más impresionantes. Las primeras cuatro semanas de Jeannie en la Jones Falls confirmaron el parecer inicial de Berrington. Aterrizó, se lanzó a la carrera y el proyecto dio con ella un tremendo salto hacia adelante. Resultaba simpática a la mayor parte del personal... aunque también podía ser corrosiva: una técnica de laboratorio que se recogía el pelo en cola de caballo y que creyó que podía salir del paso con una chapuza cumplida de cualquier manera tuvo que aguantar un rapapolvo de los que hacen sangre cuando, en su segundo día de trabajo, Jeannie la cogió por banda y le puso los puntos sobre las íes.

El propio Berrington se sentía completamente anonadado. La muchacha era tan estupenda físicamente como asombrosa intelectualmente. Berrington se sentía entre la espada constituida por la necesidad de animarla y guiarla paternalmente y la pared representada por el impulso apremiante de seducirla.

¡Y ahora esto!

Cuando recobró el aliento, descolgó el teléfono y llamó a Preston Barck. Preston era su mejor viejo amigo: se conocieron en el Instituto Tecnológico de Massachussets, durante el decenio de los sesenta, cuando Berrington hacía su doctorado en psicología y Preston era un sobresaliente joven embriólogo. A ambos los consideraban unos tipos raros, en aquella época de estilos de vida llamativos y excéntricos, ya que llevaban el pelo corto y vestían trajes clásicos de lana. No tardaron en descubrir que eran espíritus afines en toda clase de cosas: el jazz moderno no pasaba de ser un engañabobos, la marihuana el primer paso por la carretera que conducía a la heroína, el único político honesto en Estados Unidos era Barry Goldwater. Su amistad resultó mucho más firme y robusta que sus matrimonios. Berrington ya había dejado de preocuparse de si Preston le caía bien o no: Preston simplemente estaba allí, como el Canadá.

En aquel momento, Preston estaría en la sede de la Genetico, un conjunto de primorosos edificios, no muy altos, que dominaban un campo de golf del condado de Baltimore, al norte de la ciudad. La secretaria dijo que Preston estaba reunido, pero Berrington insistió en que le pasara con él, a pesar de todo.

—Buenos, días, Berry... ¿qué ocurre?

—¿Con quién estás?

—Con Lee Ho, uno de los jefes de contabilidad de la Landsmann. Estamos repasando ya los últimos detalles de la declaración de auditoría de la Genetico.

—Mándalo a hacer puñetas.

La voz se desvaneció al apartarse Preston de la cara el auricular telefónico.

—Lo siento, Lee, esto va a ser un poco largo. Luego te aviso y seguimos. —Hubo una pausa y, por último, habló de nuevo por el micrófono. Su voz sonó malhumorada—. Ese hombre es la mano derecha de Michael Madigan y acabo de ponerle de patitas en el pasillo. Madigan es el director ejecutivo de la Landsmann, por si se te ha olvidado. Si sigues aún tan entusiasmado acerca de esta operación como estabas anoche, será mejor que no...

Berrington perdió la paciencia y le interrumpió.

—Steve Logan está aquí.

Un momento de aturdido silencio.

—¿En Jones Falls?

—Aquí mismo, en el edificio de psicología.

Preston olvidó automáticamente a Lee Ho.

—¡Por Jesucristo! ¿Cómo es eso?

—Es uno de los sujetos, lo están sometiendo a diversas pruebas en el laboratorio.

La voz de Preston se elevó una octava.

—¿Cómo diablos ha ocurrido una cosa así?

—No tengo ni idea. Me tropecé con él hace cinco minutos. Ya puedes imaginarte mi sorpresa.

—¿Lo reconociste?

—Claro que lo reconocí.

—¿Por qué le están haciendo esas pruebas?

—Forman parte de nuestra investigación sobre gemelos.

—¿Gemelos? —chilló Preston—. ¿Gemelos? ¿Y quién es el otro condenado gemelo?

—Aún no lo sé. Verás, tarde o temprano tenía que suceder algo como esto.

—¡Pero precisamente ahora! Vamos a tener que despedirnos de la operación con la Landsmann.

—¡Rayos, no! No voy a permitir que aproveches esto como excusa para empezar a tambalearte ante la venta, Preston. —Berrington empezó a arrepentirse de haber hecho aquella llamada. Pero necesitaba compartir el susto con alguien. Y a Preston, tan astuto él, bien podía ocurrírsele alguna estrategia—. Lo único que tenemos que hacer es dar con algún modo de controlar la situación.

—¿Quién llevó a Steve Logan a la universidad?

—El nuevo profesor asociado, Ferrami.

—¿El tipo que escribió aquel formidable artículo sobre criminalidad?

—Sí, salvo que no es un tipo, sino una mujer. Una mujer muy atractiva, dicho sea de paso...

—Por mí como si fuera la mismísima maldita Sharon Stone, me da lo mismo...

—Doy por supuesto que ha sido ella quien ha reclutado a Steve para el estudio. Estaba con él cuando fui a verla. De todas formas, lo comprobaré.

—Esa es la clave, Berry. —Preston había empezado a tranquilizarse y se concentraba en la solución, no en el problema—. Averigua quién lo ha reclutado. A partir de ahí calcularemos la cantidad de peligro que pueda acecharnos.

—La convocaré aquí ahora mismo.

—Llámame en cuanto sepas algo, ¿de acuerdo?

—Desde luego.

Berrington colgó.

Sin embargo, no llamó a Jeannie en seguida. Continuó sentado, reflexionando.

Encima del escritorio había una foto en blanco y negro del padre de Berrington, rutilante con su gorra y su blanco uniforme naval de subteniente. Berrington contaba seis años cuando hundieron el *Wasp*. Como todos los niños de Estados Unidos, había odiado a los japoneses y con la imaginación los había matado a docenas. Y su papá era un héroe invencible, alto y gallardo, valiente, hercúleo y victorioso. Aún podía sentir la furia abrumadora que se apoderó de él al enterarse de que los japoneses habían matado a su papá. Rezó a Dios pidiéndole que prolongase la guerra el tiempo suficiente para que él creciera, ingresara en la Armada y matase a un millón de japoneses y así vengar a su padre.

No llegó a matar uno solo. Pero nunca contrató a ningún empleado nipón, nunca admitió ningún estudiante japonés en la escuela y nunca ofreció a ningún japonés plaza de psicólogo.

Un sinfín de hombres, ante un problema, se preguntan qué habría hecho su padre para afrontarlo. Los amigos se lo habían confesado: fue un privilegio que él nunca tendría. Había sido demasiado joven para conocer a su padre. Ignoraba de manera absoluta qué hubiera hecho el subteniente Jones en una crisis. En realidad, él nunca había tenido padre, sólo un superhéroe.

Interrogaría a Jeannie Ferrami acerca de sus métodos de reclutamiento. Luego, decidió, la invitaría a comer.

Llamó a Jeannie por el teléfono interior. La doctora descolgó inmediatamente. Berrington bajó la voz y habló en el tono que Vivvie, su ex esposa, solía calificar de aterciopelado.

—Jeannie, aquí Berry —dijo.

La doctora Ferrami fue al grano, cosa característica de ella.

—¿Qué infiernos pasa? —preguntó.

—¿Puedo hablar contigo un minuto, por favor?

—Faltaría más.

—¿Te importaría venir a mi despacho?

—Ahora mismo me tienes allí.

Jeannie colgó.

Mientras llegaba la muchacha, Berrington entretuvo la espera preguntándose a cuántas mujeres se había llevado a la cama. Sería demasiado largo recordarlas una por una, pero tal vez pudiera hacer científicamente un cálculo aproximado. Desde luego, fueron más de una y también más de diez. ¿Más de cien? Eso vendría a ser algo así como dos coma cinco por año desde que cumplió los diecinueve: ciertamente se había cepillado a algunas más. ¿Un millar? ¿Veinticinco al año, una nueva cada quince días durante cuarenta años? No, no había llegado a tanto. Durante los diez años que duró su matrimonio con Vivvie Ellington no debió de tener más de quince o veinte relaciones adúlteras en total. Pero después se sacó la espina. O sea, que los ligues copulativos estarían entonces entre los cien y los mil. Pero no iba a llevarse a Jeannie al picadero. Iba a averiguar cómo diablos había entrado la muchacha en contacto con Steve Logan.

Jeannie llamó a la puerta y entró. Llevaba una bata blanca sobre la falda y la blusa. A Berrington le gustaba que las jóvenes se pusieran aquellas batas como si fuesen vestidos, sin nada debajo salvo la ropa interior. Le parecía sexualmente provocativo.

—Has sido muy amable al venir —dijo. Le acercó una silla y luego trasladó su propio sillón alrededor de la mesa para sentarse frente a Jeannie sin que los separara la barrera del escritorio.

Lo primero que pensaba hacer era darle a Jeannie una explicación más o menos convincente sobre su comportamiento cuando le presentó a Steve Logan. No sería fácil engañar a la muchacha. Lamentó no haber pensado más en la excusa, en vez de dedicarse a calcular el número de sus conquistas.

Tomó asiento y dedicó a Jeannie la sonrisa más encantadora de su repertorio.

—Debo presentarte disculpas por mi extraño comportamiento —dijo—. Estaba descargando unos archivos que me transferían desde la Universidad de Sydney, Australia. —Señaló con un gesto el ordenador—. Y en el preciso instante en que ibas a presentarme a ese joven me acordé repentinamente de que acababa de dejar en marcha la computadora y que se me había olvidado desconectar la línea telefónica. Me sentí como un idiota, ni más ni menos, pero me porté como un grosero.

La explicación estaba prendida con alfileres, pero la muchacha pareció darla por buena.

—Es un alivio —manifestó con toda sinceridad—. Creí que te había ofendido en algo.

Hasta entonces, todo iba bien.

—Precisamente iba a verte para hablar de tu trabajo —continuó Berrington con toda naturalidad—. Desde luego, has hecho un despegue magnífico. Apenas llevas aquí un mes y ya tienes en marcha el proyecto. Enhorabuena.

Jeannie asintió.

—Durante el verano, antes de empezar oficialmente —explicó—, conversé largo y tendido con Herb y Frank. —Herb Dickson era el jefe del departamento y Frank Demidenko un profesor titular—. Establecimos previamente, por anticipado, todos los aspectos prácticos.

—Háblame un poco más del asunto. ¿Ha surgido algún problema? ¿Algo en lo que pueda ayudarte?

—El mayor problema es conseguir elementos para las pruebas —dijo la doctora—. Porque nuestros sujetos son voluntarios, la mayoría de ellos como Steve Logan, respetables estadounidenses de clase media que consideran que el buen ciudadano tiene la obligación de apoyar toda investigación científica. No se presentan muchos proxenetas ni traficantes callejeros de drogas.

—Detalle que nuestros críticos progresistas no han dejado de señalar.

—Por otra parte, no es posible profundizar mucho en el estudio de la agresividad y la criminalidad examinando familias de estadounidenses medios cumplidores de la ley. Lo que significa que era absolutamente imprescindible para mí resolver el problema del reclutamiento de sujetos.

—¿Y lo has resuelto?

—Creo que sí. Se me ocurrió que los inmensos bancos de datos de las compañías de seguros y las agencias gubernamentales albergan hoy en día los informes médicos e historiales clínicos de millones de personas. Eso incluye la clase de datos que empleamos para determinar si los gemelos son idénticos o fraternos: ondas cerebrales, electrocardiogramas, etcétera. Un buen sistema para identificar gemelos sería, por ejemplo, buscar parejas de electrocardiogramas similares, si pudiéramos hacerlo. Y si la base de datos fuera lo bastante considerable, los miembros de algunas de esas parejas se habrían criado separadamente. Y ahí está el detalle: es posible que los miembros de algunas de esas parejas ni siquiera sepan que tienen un hermano gemelo.

—Extraordinario —comentó Berrington—. Sencillo, pero original e ingenioso.

Lo decía con toda sinceridad. Los gemelos idénticos educados por separado eran muy importantes para la investigación genética, y los científicos recorrían grandes distancias para reclutarlos. Hasta entonces, el principal sistema para dar con ellos había sido a través de los medios de comunicación: los sujetos leían en las revistas artículos sobre el estudio de gemelos y se presentaban voluntariamente para tomar parte en tales estudios. Como Jeannie acababa de decir, ese proceso aportaba una muestra constituida de forma predominante por individuos respetables, de clase media, lo que en términos generales representaba una desventaja y un problema grave para el estudio de la criminalidad.

Pero, para Berrington, personalmente, era una catástrofe. Miró a Jeannie a los ojos y se esforzó en disimular la consternación que le abrumaba. Era peor de lo que temía. La noche anterior, sin ir más lejos, Preston Barck había dicho: «Todos sabemos que esta empresa tiene secretos». Jim Proust respondió que nadie podía descubrirlos. No contaba con Jeannie Ferrami.

Berrington se agarró a un clavo ardiendo.

—Encontrar partidas similares en un banco de datos no es tan fácil como parece.

—Cierto. Las imágenes de Graphic ocupan espacios de una barbaridad de megabites. Examinar tales registros es infinitamente más difícil que hacer una revisión de tu tesis doctoral.

—Creo que es todo un problema de diseño de lógica. ¿Qué hiciste tú, pues?

—Preparé mi propio programa.

Berrington mostró su sorpresa.

—¿Hiciste eso?

—Claro. Tengo un máster en ciencia informática por Princeton, como sabes. Durante mi estancia en Minnesota trabajé con mi profesor en programas de red neurálgica tipo para reconocimiento de patrones.

¿Es posible que sea tan lista?

—¿Cómo funciona eso?

—Emplea lógica difusa para acelerar el emparejamiento de patrones. Las parejas que buscamos tienen similitudes, pero no son totalmente iguales. Ejemplo: las radiografías de dentaduras idénticas, tomadas por técnicos distintos y con aparatos diferentes, no coinciden exactamente. Pero el ojo humano puede verlas como si fuera así, y cuando se examinan, digitalizan y almacenan electrónicamente, un ordenador equipado con lógica difusa puede reconocerlas como equivalentes.

—Supongo que necesitarías un ordenador de las proporciones del Empire State Building.

—Ideé un sistema para abreviar el proceso de emparejamiento de patrones examinando una pequeña parte de la imagen digitalizada. Piensa una cosa: para reconocer a un amigo no te hace falta examinar todo su cuerpo... con la cara tienes bastante. Los entusiastas de los automóviles son capaces de identificar la mayoría de los modelos corrientes con sólo ver la fotografía de uno de sus faros. Mi hermana puede darte el título de cualquier disco de Madonna con sólo escucharlo diez segundos.

—Eso deja la puerta abierta al error.

Jeannie se encogió de hombros.

—Al no explorar la imagen completa, uno se arriesga a pasar por alto algunas parejas, sí. Pero supuse que se podía acortar radicalmente el proceso de búsqueda con sólo un pequeño margen de error. Es una cuestión de estadística y probabilidades.

Todos los psicólogos estudiaban las estadísticas, naturalmente.

—¿Pero cómo es posible que el mismo programa sirva para explorar radiografías, electrocardiogramas y huellas dactilares?

—Reconoce patrones electrónicos. Prescinde de lo que representan.

—¿Y tu programa funciona?

—Parece que sí. Obtuve el correspondiente permiso para probarlo en la base de datos de los archivos de una importante compañía de seguros médicos. Me proporcionó varios centenares de parejas. Pero, naturalmente, sólo me interesan los gemelos a los que se educó por separado.

—¿Cómo hiciste la selección?

—Eliminé todas las parejas con el mismo apellido, así como a todas las mujeres casadas, puesto que la mayoría de ellas habían tomado el apellido del esposo. El resto son gemelos sin ningún motivo aparente para tener apellido distinto.

Ingenioso, pensó Berrington. Se debatía entre la admiración hacia Jeannie y el miedo a lo que pudiese averiguar.

—¿Cuántos quedaron?

—Tres parejas... lo que resulta un tanto decepcionante. Esperaba algunas más. En un caso, uno de los gemelos había cambiado su apellido por razones religiosas: al hacerse musulmán adoptó un nombre árabe. Otra pareja había desaparecido sin dejar rastro. Por suerte, la tercera pareja corresponde exactamente al modelo que estaba buscando: Steve Logan es un ciudadano respetuoso de la ley y Dennis Pinker es un asesino.

Berrington lo sabía. Una noche, a hora avanzada, Dennis Pinker había cortado el suministro eléctrico de un cine, en plena proyección de la película *Viernes, 13*. En medio del pánico subsiguiente procedió a magrear a varias mujeres. Una muchacha trató al parecer de resistirse y la mató.

Así que Jeannie había encontrado a Dennis. Cristo, pensó Berrington, es peligrosa. Podría estropearlo todo: la operación de venta, la carrera política de Jim, la Genetico, incluso el prestigio académico de Berrington. El miedo le puso furioso: ¿cómo era posible que su propia protegida amenazase el fruto de tantos esfuerzos, el objetivo por el que tanto había trabajado? Pero ¿cómo iba a saber lo que sucedería? No tuvo forma de adivinarlo.

La circunstancia de que ella estuviese allí, en la Jones Falls, era una suerte, ya que le permitió enterarse a tiempo de lo que Jeannie llevaba entre manos. Sin embargo, Berrington no veía ninguna salida. Claro que un incendio podía destruir los archivos de Jeannie o la propia Jeannie podía sufrir un accidente de automóvil que acabara con su vida. Pero eso era fantasía.

¿Sería posible socavar la fe de la muchacha en su programa informático?

—¿Sabía Logan que era hijo adoptado? —preguntó con velada malignidad.

—No. —Una arruga de preocupación surcó la frente de Jeannie—. Sabemos que las familias suelen mentir respecto a la adopción, es algo que hacen con frecuencia, pero él cree que su madre le hubiera dicho la verdad. Sin embargo, puede haber otra explicación. Supongamos que, por algún motivo, no les fuera posible efectuar la adopción por los canales corrientes y tuvieron que comprar un niño. En tal caso muy bien podían haber mentido.

—O supongamos que tu sistema tiene fallos —sugirió Berrington—. Por sí mismo, el hecho de que dos muchachos posean dentaduras idénticas no garantiza que sean gemelos.

—No creo que mi sistema falle —replicó Jeannie como el rayo—. Pero me preocupa eso de tener que decir a docenas de personas que es posible que sean hijos adoptados. Ni siquiera estoy segura de tener derecho a invadir su vida de esa forma. Empiezo a darme cuenta de la magnitud del problema.

Berrington consultó su reloj.

—Se me ha echado el tiempo encima, pero me encantará tratar este asunto un poco más extensamente. ¿Tienes compromiso para cenar?

—¿Esta noche?

—Sí.

Berrington observó que titubeaba. Ya habían cenado juntos una vez, en el Congreso Internacional de Estudios sobre Gemelos, donde se conocieron. Después de que Jeannie ingresara en la UJF, también tomaron copas una vez en el bar del Club de la Facultad, en el propio campus. Una tarde se encontraron casualmente en la calle comercial de Charles Village y Berrington le enseñó el Museo de Arte de Baltimore. Jeannie no estaba enamorada de él, ni mucho menos, pero en las tres ocasiones aludidas tuvo ocasión de comprobar que le encantaba su compañía. Además, era su mentor: a ella le resultaba difícil declinar la invitación.

—Bueno —accedió.

—¿Que te parece Hamptons, en el Hotel Harbor Court? Lo tengo por el mejor restaurante de Baltimore.

Al menos era el más ostentoso.

—Estupendo —dijo Jeannie, al tiempo que se ponía en pie.

—¿Paso a recogerte a las ocho?

—De acuerdo.

Cuando se alejaba de él, Berrington recibió la visita de una repentina visión de la espalda de la muchacha, tersa y musculosa, de sus nalgas y de sus largas, larguísimas piernas. Durante unos segundos, el deseo le dejó la garganta seca. Luego, la puerta se cerró tras Jeannie.

Berrington sacudió la cabeza para librar su cerebro de aquella fantasía lasciva y volvió a telefonear a Preston.

—Es peor de lo que pensaba —manifestó sin preámbulos—. Ha creado un programa que explora las bases de datos clínicos y localiza parejas equiparables. En su primer intento dio con Steven y Dennis.

—¡Mierda!

—Tenemos que decírselo a Jim.

—Hemos de reunirnos los tres y decidir qué vamos a hacer. ¿Te parece bien esta noche?

—Esta noche llevo a Jeannie a cenar.

—¿Crees que eso solucionará el problema?

—No puede agravarlo.

—Me sigue pareciendo que al final vamos a tener que anular el acuerdo con la Landsmann.

—No estoy de acuerdo —dijo Berrington—. Jeannie es inteligente, pero una muchacha sola no va a descubrir toda la historia en una semana.

Sin embargo, una vez hubo colgado se preguntó si debía estar tan seguro de ello.

8

Los estudiantes del Aula de Biología Humana estaban intranquilos. Su concentración dejaba mucho que desear y no paraban de agitarse nerviosos. Jeannie conocía el motivo. También ella estaba un poco alterada. La culpa la tenían el incendio y la violación. Su cómodo mundo académico se había desestabilizado de pronto. La atención de todos vagaba sin rumbo mientras los cerebros volvían una y otra vez hacia lo sucedido.

—Las variaciones observadas en la inteligencia de los seres humanos pueden explicarse mediante tres factores —manifestó Jeannie—. Uno: genes distintos. Dos: entorno diferente. Tres: error de evaluación.

Hizo una pausa. Todos los estudiantes escribían en sus cuadernos.

Jeannie había notado aquel efecto. Cada vez que citaba una lista numerada, escribían. Si hubiese dicho simplemente: «Genes distintos, entorno diferente y error experimental», la mayor parte de los alumnos se habrían abstenido de tomar notas. Desde la primera vez que se percató de aquel síndrome, incluía en sus clases tantas listas numeradas como le era posible.

Era una buena profesora..., algo que la había sorprendido a ella misma. Se daba cuenta de que, en general, sus discípulos distaban mucho de ser brillantes. Ella era impaciente y a veces podía manifestarse un tanto antipática, como lo fue aquella mañana con la sargento Delaware. Pero resultaba buena comunicadora, clara y precisa, y disfrutaba explicando las cosas. No había nada mejor que la sensación estimulante que producía ver que el conocimiento alboreaba en el rostro de un estudiante.

—Podemos expresarlo como una ecuación —dijo; se volvió para escribir en el encerado, con una tiza:

$$Vt=Vg+Ve+Vm$$

—*Vt* representa la variante total, *Vg* el componente genético, *Ve* el del entorno o ambiente, y *Vm* el error de evaluación. —Todos los alumnos anotaron la ecuación—. Esto mismo puede aplicarse a la diferencia mensurable entre los seres humanos, desde su peso y estatura hasta su tendencia a creer en Dios. ¿Puede alguien encontrar un fallo en esto? —Nadie hizo uso de la palabra, de modo que les dio pie para que interviniesen—. La suma puede ser mayor que las partes. ¿Pero por qué?

Uno de los jóvenes se decidió. Normalmente lo hacían los varones; las mujeres eran irritantemente tímidas.

—¿Porque los genes y el entorno actúan uno sobre otro con efecto multiplicador?

—Exactamente. Tus genes te conducen hacia ciertas experiencias medioambientales y te alejan de otras. Los niños con distinto temperamento obtienen de sus padres tratos distintos. Las criaturas que empiezan a andar solas tienen entonces experiencias distintas a las que aún son sedentarias, incluso aunque vivan en el mismo hogar. En una ciudad, los adolescentes atrevidos toman más drogas que los chicos de coro. En la parte derecha de la ecuación debemos añadir el término *Cge*, que significa covariación gen-entorno. —Trazó en la pizarra lo que parecía la hora del reloj Swiss Army que llevaba en la muñeca. Las cuatro menos cinco—. ¿Alguna pregunta?

Para variar fue una mujer la que entonces intervino. Era Donna-Marie Dickson, una enfermera que había vuelto a la universidad a los treinta y tantos años, inteligente, pero algo apocada.

—¿Qué hay de los Osmond?

La clase soltó la carcajada y la mujer se puso como un tomate.

—Explica lo que quieres decir, Donna-Marie —invitó Jeannie sosegadamente—. Es posible que en esta clase haya algunos estudiantes demasiado jóvenes para conocer a los Osmond.

—Era un grupo pop de los años setenta, todos hermanos y hermanas. La familia Osmond constituía un mundo musical. Pero no tenían los mismos genes, no eran gemelos. Parece que el ambiente familiar fue lo que influyó para que se hicieran músicos. Lo mismo que los Jackson Five. —Los jóvenes de la clase volvieron a echarse a reír y Donna-Marie sonrió, medrosa, y añadió—: Estoy confesando mi edad aquí.

—La señora Dickson acaba de señalar un punto importante, y me sorprende que a nadie se le haya ocurrido —dijo Jeannie. No estaba en absoluto sorprendida, pero era preciso levantarle la moral a Donna-Marie—. Los padres carismáticos y que ejercen su tarea con dedicación pueden educar a sus hijos conforme a determinado ideal, al margen de los genes, de igual modo que los padres tiránicos pueden convertir a toda una familia en una pandilla de esquizofrénicos. Pero esos son casos extremos. Un niño mal nutrido será bajo de estatura, aunque sus padres y abuelos sean todos altos. Un niño sobrealimentado será gordo, aunque sus antecesores sean delgados. Pese a todo, cada nuevo estudio tiende a demostrar, de manera más concluyente que el anterior, que el predominio de la herencia genética, más que el entorno o el estilo de educación, es lo que determina la naturaleza del niño.

—Hizo una pausa—. Si no hay más preguntas, tened la bondad de leer a Bouchard y otros, en el número de *Science* del 12 de octubre de 1990, antes del lunes próximo.

Jeannie recogió sus papeles.

Los alumnos empezaron a guardar sus libros. Jeannie se entretuvo unos instantes con objeto de brindar a los alumnos demasiado tímidos para formular preguntas en la clase la oportunidad de hacérselas particularmente, a solas. Los introvertidos a menudo acaban convirtiéndose en grandes científicos.

Fue Donna-Marie la que se le acercó. Tenía cara redonda y rubia cabellera rizada. Jeannie pensaba que debió de ser una buena enfermera, tranquila y eficiente.

—Lamento lo de la pobre Lisa —dijo Donna-Marie—. Lo sucedido fue algo terrible.

—Y la policía lo empeoró aún más —repuso Jeannie—. El agente que la acompañó al hospital era un verdadero patán, francamente.

—Ha tenido que ser espantoso. Pero es posible que atrapen al individuo que lo hizo. Están distribuyendo por todo el campus octavillas con su retrato.

—¡Estupendo! —El retrato del que hablaba Donna-Marie debía de ser producto del programa informático de Mish Delaware—. Cuando la dejé esta mañana Lisa trabajaba en ese retrato con una detective.

—¿Cómo se siente?

—Aún no ha reaccionado..., pero también tiene los nervios de punta.

Donna-Marie asintió.

—Pasan por varias fases, lo he visto antes. La primera fase es de negativa a aceptar la situación. Dicen: «Quiero dejar esto tras de mí y seguir adelante con mi vida». Pero nunca es fácil.

—Lisa debería hablar contigo. Conocer de antemano lo que le espera puede ayudarla.

—En cualquier momento que lo desee —se ofreció Donna-Marie.

Jeannie cruzó el campus en dirección a la Loquería. Aún hacía calor. Se sorprendió a sí misma mirando en torno con aire vigilante, como un vaquero comido por los nervios en una película del Oeste, como si temiera que alguien doblara la esquina de la residencia de los estudiantes de primer curso dispuesto a atacarla. Hasta entonces, el campus de la Jones Falls pareció siempre un oasis de anticuada tranquilidad en el desierto de una ciudad estadounidense moderna. Lo cierto es que la UJF era como una pequeña ciudad, con sus tiendas y sus bancos, sus terrenos deportivos y sus parquímetros, sus bares y sus restaurantes, sus viviendas y sus oficinas. Contaba con una población de cinco mil almas, la mitad de las cuales residían en el campus. Pero se había convertido en un paisaje peligroso. Ese fulano no tiene derecho a hacer esto, pensó Jeannie amargamente; que sienta miedo en mi propio lugar de trabajo. Tal vez el delito causaba siempre el mismo efecto, conseguir que el terreno firme le pareciese a una inseguro bajo sus pies.

Al entrar en su despacho empezó a pensar en Berrington Jones. Era un hombre atractivo, muy atento con las mujeres. Siempre que salió con él había pasado un rato agradable. Además, estaba en deuda con Berrington, ya que le había proporcionado aquel empleo.

Por otra parte, era untuosamente zalamero. Jeannie sospechaba que su actitud hacia las mujeres podía resultar manipuladora. Siempre le recordaba aquel chiste en que un hombre le dice a una mujer: «Háblame de ti. Por ejemplo, ¿qué opinión tienes de mí?».

En algunos aspectos no parecía pertenecer al mundo académico. Pero Jeannie había observado que los auténticos prohombres universitarios ambiciosos carecían notablemente de ese aire distraído que caracteriza al profesor o catedrático típico. Berrington parecía y se comportaba como un hombre poderoso. Durante algunos años su labor científica no había sido importante, pero eso resultaba normal: los brillantes descubrimientos originales, como la doble espiral, los realizaban generalmente personas que aún no habían cumplido los treinta y cinco años. Cuando los científicos se hacen mayores emplean su experiencia y su intuición en ayudar y dirigir a los cerebros más jóvenes y flamantes. Berrington se las arreglaba de maravilla, con sus tres cátedras y su papel de conducto por el que llegaban los fondos para investigación procedentes de la Genetico. No se le respetaba tanto como podía respetársele, sin embargo, porque a otros científicos no les gustaba su compromiso político. La propia Jeannie opinaba que la ciencia era beneficiosa y la política una porquería.

Al principio se creyó la historia de la transferencia de archivos desde Australia, pero al meditar en ello dejó de sentirse tan segura. Cuando Berry miró a Steve Logan vio un fantasma, no una cuenta telefónica.

Muchas familias tenían secretos de paternidad. Una mujer casada podía tener un amante y sólo ella sabría quién era el verdadero padre de su hijo. Una joven podía alumbrar un bebé, pasárselo a su madre y aparentar que ella, la joven, era la hermana mayor del niño, mientras toda la familia conspiraba para mantener el secreto. Los niños los adoptaban vecinos, parientes y amigos que ocultaban la verdad. Era posible que Lorraine Logan no perteneciese a la clase de persona que convierte en oscuro secreto una adopción realizada con todas las de la ley, pero podía tener una docena de otros motivos para mentirle a Steve respecto a su origen. ¿Pero qué relación tendría Berrington en eso? ¿Podía ser el verdadero padre de Steven? La idea provocó una sonrisa en los labios de Jeannie. Berry era apuesto, pero también era lo menos quince centímetros más bajo de estatura que Steven. Aunque cualquier cosa resultaba posible, aquella particular explicación parecía improbable.

A Jeannie le preocupaba tener un misterio entre manos. En todos los demás aspectos, Steven Logan representaba un triunfo para ella. Era un ciudadano respetuoso con la ley y con un hermano gemelo univitelino que era un criminal violento. Steve acreditaba su programa informático de búsqueda y confirmaba su teoría de la criminalidad. Naturalmente, necesitaría otro centenar de pares de gemelos como Steven y Dennis antes de poder hablar de pruebas. Con todo, su programa de búsqueda no podía haber tenido mejor principio.

Iba a ver a Dennis al día siguiente. Si resultaba ser un enano de pelo oscuro, Jeannie comprendería que algo se había torcido de mala manera. Pero si estaba en el buen camino, Dennis sería el doble exacto de Steven Logan.

Le había dejado temblando la revelación de que Steve Logan ignoraba por completo que pudiese ser un hijo adoptado. A ella no le quedaba más remedio que idear algún procedimiento para tratar ese fenómeno. En el futuro, antes de abordar a los gemelos podría entrar en contacto con los padres y comprobar qué y cuánto les contaron a los chicos. Eso retrasaría su trabajo, pero era obligado hacerlo: ella no era quién para revelar secretos de familia.

El problema tenía solución, pero Jeannie no lograba desprenderse de la sensación de zozobra que le ocasionaron las preguntas escépticas de Berrington y la incredulidad de Steven Logan; y empezó a pensar, cargada de ansiedad, en la etapa siguiente de su proyecto. Confiaba en poder utilizar su programa para analizar los archivos de huellas digitales del FBI.

Constituía la fuente perfecta para ella. Más de veintidós millones de personas sospechosas o convictas de crímenes figuraban en tales archivos. Si su programa resultaba, los registros deberían proporcionarle cientos de gemelos, incluidas numerosas parejas cuyos miembros se criaron separadamente. Podría ser un gran salto cuantitativo hacia adelante en su investigación. Pero antes debía obtener el permiso del Bureau.

Su mejor amiga en la escuela había sido Ghita Sumra, una maga de las matemáticas, descendiente de indios asiáticos, que ahora desempeñaba un alto puesto directivo en el departamento de información tecnológica del FBI. Trabajaba en Washington, pero vivía en Baltimore. Ghita ya había accedido en principio a pedir a sus patronos que prestasen a Jeannie la colaboración que pudieran. Prometió informar de la decisión a finales de aquella semana, pero Jeannie deseaba apremiarla un poco. Marcó su número de teléfono.

Aunque Ghita había nacido en Washington, su voz conservaba un leve acento del subcontinente indio en la suavidad del tono y la rotundidad precisa de sus vocales.

—¡Hola, Jeannie! ¿Qué tal tu fin de semana? —se interesó.

—Atroz —respondió Jeannie—. A mi madre le fallaron por fin las neuronas y la tuve que ingresar en una residencia.

—No sabes cómo lo siento. ¿Qué hizo?

—Se olvidó de que estaba en plena noche, se levantó, no se acordó de vestirse, salió a comprar un cartón de leche y se olvidó de dónde vivía.

—¿Qué ocurrió?

—La encontró la policía. Por suerte llevaba en el bolso un cheque mío y consiguieron localizarme.

—¿Cómo lo ves?

Una pregunta femenina. Los hombres —Jack Budgen, Berrington Jones— le hubieran preguntado qué iba a hacer. Era preciso ser mujer para preguntar cómo lo veía.

—Mal —respondió Jeannie—. Si he de cuidar de mi madre, ¿quién va a cuidar de mí?

—¿En qué clase de residencia está?

—Barata. Es todo lo que cubre su seguro. Tengo que sacarla de allí en cuanto encuentre el dinero que me hace falta para pagarle algo mejor. —Percibió el silencio preñado de aprensión que se produjo en el otro extremo de la línea y comprendió que Ghita estaba pensando que aquellas palabras eran el preámbulo de un sablazo. Se apresuró a añadir—: Voy a dar algunas clases particulares los fines de semana. ¿Hablaste ya a tu jefe de mi propuesta?

—Desde luego.

Jeannie contuvo la respiración.

—Aquí todo el mundo se ha interesado en tu programa —dijo Ghita.

Eso no era ni sí ni no.

—¿No tenéis sistemas de exploración informática?

—Sí, pero tu aparato investigador es mucho más rápido que cualquiera de los que tenemos. Están hablando de comprarte los derechos del programa.

—Fantástico. Quizá no necesite dar clases particulares los fines de semana, después de todo.

Ghita dejó oír su risa.

—Antes de que descorches la botella de champán, hay que asegurarse de que el programa realmente funciona.

—¿Cuánto vamos a tener que esperar?

—Lo probaremos de noche, porque el uso normal de la base de datos tiene entonces el mínimo de interferencias. Tendré que esperar a una noche tranquila. Dentro de una semana, dos a lo sumo.

—¿No podría ser antes?

—¿Tanta prisa corre?

Sí, corría tanta prisa, pero Jeannie no estaba nada dispuesta a confiar a Ghita sus preocupaciones.

—Sólo estoy impaciente —se evadió.

—Lo conseguiré lo antes posible, no te inquietes. ¿Puedes transferirme el programa por modem?

—Claro. ¿Pero no crees que debería estar allí para pasarlo?

—No, no lo creo —la voz de Ghita incluía una sonrisa.

—Naturalmente, tú entiendes mucho más que yo de esa clase de material.

—Lo enviamos desde aquí. —Ghita leyó la dirección del correo electrónico y Jeannie la anotó—. Te mandaré los resultados por el mismo sistema.

—Gracias. Oye, Ghita...

—¿Qué?

—¿Me va a hacer falta un refugio tributario?

—Fuera de aquí.

Ghita soltó una carcajada y colgó.

Jeannie oprimió el pulsador del ratón sobre America Online y accedió a Internet. Mientras transfería su programa al FBI sonó una llamada en la puerta y entró Steven Logan.

La muchacha le lanzó una mirada valorativa. Le había dado unas noticias inquietantes y el rostro de Steve las acusaba; pero era joven y resistente, de modo que el golpe no le había derribado. Era psicológicamente muy estable. De haber pertenecido al tipo criminal —como presumiblemente lo era su hermano, Dennis— a esas alturas ya habría provocado una pelea con alguien.

—¿Qué tal te fue? —le preguntó.

Steve cerró la puerta a su espalda, con el talón.

—Asunto concluido —dijo—. Me he sometido a todas las pruebas, he completado todos los exámenes y he rellenado todos los cuestionarios que el ingenio de la raza humana ha sido capaz de imaginar.

—Entonces eres libre de volver a casa.

—Pensaba quedarme en Baltimore esta noche. La verdad es que me preguntaba si te importaría cenar conmigo.

Jeannie se vio pillada por sorpresa.

—¿Con qué objeto? —preguntó, con brusca descortesía.

La pregunta le desconcertó.

—Bueno, pues... porque..., no me cabe duda de que me gustaría conocer más cosas acerca de tu investigación.

—¡Ah! Bien, por desgracia, ya tengo un compromiso para cenar.

Steve pareció muy decepcionado.

—¿Crees que soy demasiado joven?

—¿Demasiado joven para qué?

—Para salir contigo.

Eso la sorprendió.

—No sabía que me estabas pidiendo una cita —confesó.

Steve pareció sentirse violento.

—Pareces lenta de reflejos.

—Lo siento. —Era lenta. Lo había conocido ayer, en las pistas de tenis. Pero se había pasado el día pensando en Steve sólo como sujeto de su estudio. Sin embargo, ahora que lo meditaba más a fondo, efectivamente era demasiado joven para salir con ella. Tenía veintidós años, un estudiante; ella era siete años mayor que él, una diferencia enorme.

—¿Cuántos años tiene el hombre con el que vas a salir?

—Cincuenta y nueve o sesenta, algo así.

—Formidable. Te gustan los viejos.

A Jeannie le entraron ganas de mandarlo a paseo. Pero pensó que, después de todo lo que le había hecho pasar, le debía alguna compensación. El ordenador produjo un timbrazo para informarle de que había concluido la transferencia del programa.

—Estoy aquí todo el día —dijo—. ¿Te gustaría tomar una copa conmigo en el Club de la Facultad?

Steve se animó automáticamente.

—De mil amores, me encantaría. ¿Voy vestido adecuadamente?

Llevaba pantalones caqui y camisa azul de hilo.

—Mucho mejor que la mayoría de los profesores que suelen frecuentarlo —sonrió Jeannie. Salió del programa y apagó el ordenador.

—He llamado a mi madre —explicó Steven—. Le he contado tu teoría.

—¿Se enfadó?

—Se echó a reír. Dijo que ni yo era adoptado ni tenía ningún hermano gemelo que hubiesen dado en adopción.

—Qué extraño.

Para Jeannie no dejaba de ser un alivio que la familia Logan se lo tomase con tanta calma. Por otra parte, el escepticismo que anidaba en el fondo de su mente aportó la alarmante sugerencia de que, al fin y al cabo, quizás Steven y Dennis no fuesen gemelos.

—¿Sabes...? —Jeannie vaciló. Ya le había dicho bastantes cosas inesperadas para un día. Pero se lanzó—: Hay otra modo posible de que Dennis y tú seáis gemelos.

—Sé lo que estás pensando —dijo Steve—. Cambio de recién nacidos en el hospital.

Captaba las cosas rápido. Por la mañana había observado en más de una ocasión lo deprisa que sacaba conclusiones.

—Exacto —confirmó—. La madre número uno da a luz gemelos idénticos, las madres números dos y tres alumbran un varón cada una. Los dos gemelos se entregan a las madres dos y tres, mientras sus hijos pasan a la madre número uno. Cuando los niños crecen, la madre número uno colige que ha tenido gemelos fraternos que se parecen extraordinariamente poco.

—Y si las madres dos y tres no llegan a conocerse, nadie se percata nunca del asombroso parecido de los niños dos y tres.

—Es el viejo argumento de los autores de folletín —reconoció Jeannie—. Pero no es imposible.

—¿Hay algún libro sobre este tema de los gemelos? Me gustaría saber algo más acerca del asunto.

—Sí, aquí tengo uno... —Repasó la librería—. No, está en casa.

—¿Dónde vives?

—Ahí al lado.

—Puedes invitarme a esa copa en tu casa.

La muchacha titubeó. Se dijo que aquel era el gemelo normal, no el psicópata.

—Desde hoy, sabes mucho de mí —comentó Steve—. Y siento curiosidad por tu persona. Me gustaría ver cómo vives.

Jeannie se encogió de hombros.

—Claro, ¿por qué no? Vamos.

Eran las cinco de la tarde y el día empezaba a refrescar cuando salieron de la Loquería. Steve emitió un silbido al ver el Mercedes rojo.

—¡Vaya coche guapo!

—Hace ocho años que lo tengo —dijo Jeannie—. Lo adoro.

—El mío está en el aparcamiento. Me situaré detrás de ti y le daré un toque con los faros para avisarte.

Se alejó. Jeannie subió al Mercedes y encendió el motor. Al cabo de unos minutos vio reflejarse en el retrovisor el centelleo de los faros de Steve. Salió del aparcamiento, rumbo a la carretera.

Cuando abandonaba el campus observó que un coche patrulla de la policía se colocaba en la estela del coche de Steve. Echó una ojeada al cuentaquilómetros y redujo la velocidad a menos de cincuenta por hora.

Parecía que Steven Logan se estaba encaprichando de ella. Aunque Jeannie no correspondiese a tal sentimiento, no dejaba de complacerla. Era halagador haberse ganado el corazón de un jovencito macizo y guaperas.

Durante todo el trayecto hasta el domicilio de Jeannie, Steve se mantuvo pegado a su cola. Ella detuvo el coche delante de la casa y él aparcó inmediatamente detrás.

Como en muchas calles de Baltimore, había un pórtico en línea corrida, un porche comunal que se prolongaba a lo largo de toda la hilera de casas, donde los vecinos se sentaban a tomar el fresco en los días anteriores al aire acondicionado. Jeannie cruzó el pórtico, se detuvo ante la puerta y empezó a buscar las llaves.

Dos agentes salieron del coche patrulla como si los expulsara un estallido; empuñaban sus armas de reglamento. Adoptaron posiciones de disparo, extendidos rígidamente los brazos, con los revólveres apuntando a Jeannie y Steve.

A la mujer le dio un vuelco el corazón.

—¡Joder...! —exclamó Steve.

—¡Policía! —ordenó a voz en cuello uno de los hombres—. ¡Quietos!

Jeannie y Steve levantaron los brazos.

Pero los policías no se relajaron.

—¡Al suelo, hijos de puta! —chilló uno de ellos—. ¡Boca abajo, las manos a la espalda!

Jeannie y Steve se tendieron de cara al suelo.

El agente se les acercó con las mismas precauciones que si ambos fueran dos bombas de relojería.

—¿No cree que sería mejor que nos explicase a qué viene todo esto? —sugirió Jeannie.

—Usted puede levantarse, señora —permitió uno de los agentes.

—Por Dios, gracias. —Jeannie se puso en pie. Le latía el corazón aceleradamente, pero todo indicaba que los polizontes habían cometido un error estúpido.

—Ahora que ya me han dejado medio muerta del susto, ¿pueden decirme qué infiernos está pasando?

Siguieron sin dar explicaciones. Mantuvieron las armas apuntadas sobre Steve. Uno de ellos se arrodilló junto al muchacho y, con rápido y experto movimiento, le puso las esposas.

—Quedas arrestado, soplapollas —dijo el policía.

—Soy mujer de mentalidad abierta —aseguró Jeannie—, ¿pero considera imprescindible emplear ese lenguaje soez? —Nadie la hizo maldito caso. Lo intentó de nuevo—: De todas formas, ¿qué se supone que ha hecho este chico?

Un Dodge Colt azul claro frenó chirriante detrás del coche patrulla de la policía. Dos personas se apearon de él. Una era Mish Delaware, la detective de la Unidad de Delitos Sexuales. Llevaba la misma falda y la misma blusa que vistiera por la mañana, pero se había puesto encima una chaqueta de algodón que sólo en parte ocultaba el arma enfundada en la cadera.

—Habéis perdido el culo para venir —comentó uno de los patrulleros.

—Estábamos en el barrio —replicó Mish Delaware. Miró a Steve, tendido en el suelo, y ordenó—: Levántalo.

El agente agarró a Steve por un brazo y le ayudó a ponerse en pie.

—Es él, desde luego —dijo Mish—. Este es el pájaro que violó a Lisa Hoxton.

—¿Steve? —articuló Jeannie en tono incrédulo. «Jesús, he estado a punto de llevarlo a mi piso.»

—¿Violado? —preguntó Steve.

—El agente localizó su coche cuando salía del campus —informó Mish.

Jeannie se fijó bien por primera vez en el automóvil de Steve. Era un Datsun castaño, de unos quince años de antigüedad. Lisa había creído ver al violador al volante de un viejo Datsun blanco.

Su sobresalto y alarma iniciales empezaban a ceder ante la recapacitación racional. La policía le consideraba sospechoso: eso no le convertía en culpable. ¿Cuál era la prueba?

—Si vais a detener a todo hombre que veáis conduciendo un Datsun herrumbroso...

Mish tendió a Jeannie una hoja de papel. Era una octavilla con el retrato en blanco y negro de un hombre, una imagen generada por ordenador. Jeannie la contempló. El retrato guardaba cierto parecido con el rostro de Steve.

—Puede que sea él y puede que no lo sea —manifestó Jeannie.

—¿Qué estás haciendo en su compañía?

—Es un sujeto de mis investigaciones. Le sometimos a determinadas pruebas en el laboratorio. ¡No puedo creer que sea el violador!

Sus pruebas demostraban que Steven tenía la personalidad heredada de un delincuente en potencia..., pero también demostraban que no había desarrollado las inclinaciones de un verdadero criminal.

—¿Puedes dar cuenta de tus movimientos entre las siete y las ocho de la tarde de ayer? —se dirigió Mish a Steven.

—Bueno, estuve en la UJF —respondió Steven.

—¿Qué hiciste?

—No gran cosa. Tenía pensado salir con mi primo Ricky, pero él canceló el encuentro. Me vine aquí para orientarme acerca del punto donde tenía que presentarme esta mañana. No tenía otra cosa que hacer.

Hasta a Jeannie le pareció bastante pobre aquella explicación. Pensó, abatida, que tal vez fuese Steve el violador. Pero, si lo era, toda la teoría de la doctora Jeannie Ferrami se vendría abajo.

—¿Cómo mataste el tiempo? —preguntó Mish.

—Miré el tenis un rato. Después me fui a un bar de Charles Village y pasé allí un par de horas. Me perdí el gran incendio.

—¿Puede alguien confirmar lo que dices?

—Bueno, intercambié unas palabras con la doctora Ferrami, aunque en aquel momento no sabía que era ella.

Mish se encaró con Jeannie. Ésta vio hostilidad en los ojos de la detective y recordó el conato de enfrentamiento de aquella mañana, cuando Mish trataba de convencer a Lisa para que colaborase.

—Fue después de mi partido de tenis —dijo Jeannie—, minutos antes de que el fuego se declarase.

—De modo que no puedes precisarnos dónde estaba en el momento en que se produjo la violación —determinó Mish.

—No, pero yo puedo añadir algo más —terció Jeannie—. Me he pasado todo el día sometiendo a este hombre a tests psicológicos, y su perfil psicológico no es el de un violador.

La expresión de Mish denotó menosprecio.

—Eso no es ninguna evidencia.

—Ni esto tampoco —subralló Jeannie que aún tenía la octavilla en la mano .

Hizo una pelota con el papel y la dejó caer en la acera.

Mish hizo una seña con la cabeza a los agentes.

—Adelante.

—Aguardad un momento —dijo Steve con voz clara y tranquila.

Los patrulleros vacilaron.

—Jeannie, estos tipos me tienen sin cuidado, pero quiero decirte que yo no lo hice y que nunca haría una cosa de esa clase.

Jeannie le creyó. Se preguntó por qué. ¿Sólo porque necesitaba que fuese inocente en beneficio de su teoría? No: contaba con las pruebas psicológicas demostrativas de que el muchacho no presentaba ninguna de las características asociadas con los delincuentes. Pero había algo más: su intuición. Se sentía a salvo con él. Steve no ofreció ningún indicio peligroso. Escuchó cuando ella hablaba, en ningún momento trató de amilanarla, no la tocó inapropiadamente, no manifestó enojo ni hostilidad. Le gustaban las mujeres y las respetaba. No era un violador.

—¿Quieres que avise a alguien? —se brindó—. ¿A tus padres?

—No —declinó él en tono resuelto—. Se preocuparían. Y todo esto habrá acabado en cuestión de horas. Se lo contaré entonces.

—¿No te estarán esperando esta noche?

—Les advertí que era posible que volviera a quedarme con Ricky.

—En fin, si tan seguro estás... —articuló Jeannie, dubitativa.

—Segurísimo.

—Venga ya —dijo Mish con impaciencia.

—¿A qué viene tanta prisa? —saltó Jeannie—. ¿Te queda alguna otra persona inocente por arrestar?

Mish la fulminó con la mirada.

—¿Y tú tienes alguna cosa más que decirme?

—¿Qué viene ahora?

—Habrá una rueda de reconocimiento. Dejaremos que sea Lisa Hoxton quien decida si éste es el hombre que la forzó. —Con irónica deferencia, Mish añadió—: ¿Le parece a usted bien, doctora Ferrami?

—Por mí, de acuerdo —repuso Jeannie.

9

Condujeron a Steve al cuartelillo en el Dodge Colt azul claro. La mujer iba al volante y el otro policía, un corpulento y bigotudo hombre blanco, ocupaba el asiento contiguo, encogido en la estrechez del pequeño vehículo. Nadie despegó los labios.

Steve hervía de rabia resentida. ¿Por qué infiernos tenía que ir en aquel incómodo coche, con las muñecas esposadas, cuando debía estar sentado en el piso de Jeannie Ferrami con una bebida fría en la mano? Lo mejor que podían hacer era acabar aquel desdichado asunto cuanto antes, ni más ni menos.

La comisaría de policía era un edificio de granito gris, en el barrio canalla de Baltimore, entre bares de *top less* y establecimientos porno. Ascendieron por una rampa y aparcaron en un garaje interior. Estaba repleto de coches patrulla y compactos utilitarios como el Dodge Colt.

Subieron a Steve en un ascensor y lo llevaron a una habitación de paredes amarillas y carente de ventanas. Le quitaron las esposas y lo dejaron allí solo. Dio por supuesto que habían cerrado con llave la puerta: no lo comprobó.

Había una mesa y dos sillas de plástico duro. Encima de la mesa, un cenicero con dos colillas de cigarrillo con filtro, una de ellas manchada de carmín. La puerta tenía una hoja de cristal opaco: Steve no podía ver el exterior, pero supuso que los polizontes sí podían ver el interior del cuarto.

Al mirar el cenicero le entraron ganas de fumar. Sería algo que hacer en aquella celda amarilla. Pero tuvo que conformarse con pasearse de un extremo a otro de la habitación.

Se dijo que no era posible que se encontrase en apuros. Se las había arreglado para echar un vistazo al retrato de la octavilla, y aunque la imagen era más o menos como él, no era él. Sin duda se parecía al violador, pero cuando estuviese alineado en la rueda de reconocimiento con otros varios jóvenes, la víctima no le señalaría a él. Después de todo, aquella pobre mujer habría mirado largo y tendido al hijo de mala madre que lo hizo; el rostro del violador estaría grabado a fuego en la memoria de la víctima. No se equivocaría.

Pero los polis no tenían derecho a hacerle esperar encerrado allí. De acuerdo con que debían eliminarle como sospechoso, pero no podían tenerlo allí toda la noche. Él era un ciudadano que respetaba la ley.

Se esforzó en ver el lado positivo. Estaba contemplando un primer plano del sistema judicial estadounidense. Sería su propio abogado: sería un buen ejercicio práctico. Cuando actuase en el futuro representando a un cliente acusado de algún delito, conocería de primera mano lo que iba a pasar el reo durante el periodo de custodia en manos de la policía.

En una ocasión ya había visto el interior de una comisaría, pero aquello había sido muy distinto. Entonces sólo contaba dieciséis años. Se había presentado a la policía acompañado de uno de sus profesores. Se confesó autor del crimen inmediatamente después de cometido y refirió a las autoridades sinceramente todo lo que había pasado. Los agentes pudieron ver sus heridas: era evidente que la pelea no había sido unilateral. Acudieron sus padres y se lo llevaron a casa.

Fue el momento más vergonzoso de su vida. Cuando su madre y su padre entraron en aquella sala, Steve deseó estar muerto. Papá parecía mortificado, como si estuviese sufriendo una gran humillación; la expresión de mamá era de profundo sufrimiento; ambos se mostraban desconcertados y heridos. En aquel instante, lo que él no pudo hacer fue estallar en lágrimas, y aún sentía en la garganta un nudo que le asfixiaba cada vez que aquella escena acudía a su memoria.

Pero esta vez era distinto. Esta vez era inocente.

Entró la mujer detective con una carpeta de cartulina. Se había quitado la chaqueta, pero aún llevaba el arma al cinto. Era una atractiva mujer negra que andaría por los cuarenta años, tirando a robusta y con aire de aquí mando yo.

Steve la miró aliviado.

—Gracias a Dios —dijo Steve.

—¿Por qué?

—Porque al fin sucede algo. Malditas las ganas que tengo de pasarme aquí toda la noche.

—¿Quieres sentarte, por favor?

Steve se sentó.

—Soy la sargento Michelle Delaware. —Sacó de la carpeta una hoja de papel y la puso encima de la mesa—. ¿Tu nombre y dirección completos?

Steve se los dio y la detective los anotó en el formulario.

—¿Edad?

—Veintidós años.

—¿Estudios?

—Soy titulado superior.

La mujer lo escribió en el impreso y se lo pasó a Steve a través de la mesa. Su encabezamiento decía:

DEPARTAMENTO DE POLICÍA
BALTIMORE (MARYLAND)

EXPOSICIÓN DE DERECHOS
FORMULARIO 69

Le rogamos lea las cinco frases del formulario y, a continuación, ponga sus iniciales en los espacios habilitados al lado de cada frase.

La sargento le pasó una pluma.

Steve leyó el impreso y puso las primeras iniciales.

—Tienes que leerlo en voz alta —aleccionó la mujer.

Steve meditó unos segundos.

—¿Para que te convenzas de que sé leer? —preguntó.

—No. Para que más adelante no simules ser analfabeto y alegues que no se te informó de tus derechos.

Aquella era la clase de cosa que no le enseñaban a uno en la escuela de leyes.

—Por la presente —leyó Steve en voz alta— se le notifica que: Primero: tiene derecho a guardar silencio. —Steve escribió SL en el espacio que quedaba al final de la línea y luego siguió leyendo las frases y poniendo sus iniciales al final de cada una de ellas—. Segundo: lo que diga o escriba puede utilizarse en su contra ante un tribunal de justicia. Tercero: tiene derecho a hablar con un abogado en cualquier momento, antes de cualquier interrogatorio, antes de responder a cualquier pregunta o en el curso de cualquier interrogatorio. Cuarto: si desea contar con los servicios de un abogado y no puede permitirse contratarlo, no se le formulará ninguna pregunta y se solicitará al tribunal el nombramiento de un abogado de oficio para que le represente. Quinto: si accede a responder a las preguntas, puede dejar de hacerlo en cualquier momento y pedir un abogado, y no se le formulará ninguna pregunta más.

—Ahora firme aquí, por favor. —La sargento Delaware indicó el impreso—. Aquí y aquí.

El primer espacio destinado a la firma estaba debajo de la frase:

HE LEÍDO LA EXPOSICIÓN DE MIS DERECHOS,
QUE HE ENTENDIDO POR COMPLETO

Firma

Steve firmó.

—Y ahí debajo —dijo la detective.

Estoy dispuesto a responder voluntariamente a las preguntas y no deseo tener abogado en este momento. Mi decisión de responder a las preguntas sin que un abogado esté presente la tomo libre y voluntariamente.

Firma

Steve firmó y dijo:

—¿Cómo rayos consiguen que los culpables firmen esto?

Mish Delaware no contestó. Puso su nombre y estampó su firma en el impreso.

Guardó el formulario en la carpeta y miró a Steve.

—Estás en un buen aprieto, Steve —dijo—. Pero pareces un chico normal. ¿Por qué no me cuentas lo que sucedió?

—No puedo —repuso Steve—. No estaba allí. Supongo que me parezco al sinvergüenza que lo hizo.

La detective se echó hacia atrás en el asiento, cruzó las piernas y le sonrió amistosamente.

—Conozco a los hombres —confesó en tono íntimo—. Tienen sus arrebatos.

Si no fuese un enterado, pensó Steve, leería su lenguaje corporal y pensaría que se me iba a echar encima.

—Te explicaré lo que creo —continuó ella—. Eres un hombre atractivo, la chica se quedó encandilada.

—En la vida he visto a esa mujer, sargento.

Mish Delaware no se dio por enterada. Se inclinó por encima de la mesa y cubrió con su mano la de Steve.

—Creo incluso que te provocó.

Steve miró la mano de la detective. Tenía buenas uñas, manicuradas, no demasiado largas, pintadas de un tono clarocontraste con el color de sus manos. Pero había arrugas en ellas: la mujer rebasaba los cuarenta, quizá llegase a los cuarenta y cinco.

La detective habló en tono de conspiración, como si estuviera diciéndole: «Esto va a quedar entre tú y yo».

—Te pidió guerra, así que se la diste. ¿Me equivoco?

—¿Qué infiernos le ha hecho pensar tal cosa? —replicó Steve en tono irritado.

—Sé cómo son las chicas. Te puso a cien y luego, en el último momento, cambió de idea. Pero era demasiado tarde. Un hombre no puede frenar en seco, así como así, un hombre de verdad, no.

—Eh, un momento, ya lo capto —dijo Steve—. El sospechoso se muestra de acuerdo contigo, imagina que está haciendo lo mejor, lo más beneficioso para él; pero en realidad lo que está es reconociendo que hubo coito, y entonces la mitad de tu trabajo ya está cumplido.

La sargento Delaware se recostó en la silla, con cara de fastidio, y Steve comprendió que su suposición había sido acertada.

La mujer se levantó.

—Está bien, espabilado, acompáñame.

—¿Adónde vamos?

—A las celdas.

—Un momento. ¿Cuándo se va a celebrar la rueda de reconocimiento?

—En cuanto demos con la víctima y la traigamos a la comisaría.

—No podéis retenerme aquí indefinidamente sin ponerme a disposición judicial.

—Podemos retenerte veinticuatro horas sin procedimiento judicial alguno, así que punto en boca y en marcha.

Le llevó abajo en un ascensor y luego cruzaron una puerta y entraron en un vestíbulo pintado de color naranja oscuro. Un aviso en la pared recordaba a los agentes la obligación de mantener esposados a los sospechosos mientras procedían a registrarlos. El carcelero, un policía negro de unos cincuenta y tantos años, permanecía de pie tras un alto mostrador.

—¡Eh, Spike! —saludó la sargento Delaware—. Te traigo un listillo universitario para ti solo.

El guardia sonrió.

—Si es tan listo, ¿cómo es que está aquí?

Rieron a coro. Steve tomó nota mental de abstenerse en el futuro de intentar enmendar la plana a los polis. Era un defecto suyo: también se había ganado la enemistad de los profesores tratando de dárselas de listo. A nadie le cae bien un sabelotodo.

El agente llamado Spike era un tipo menudo, enjuto y fuerte, de pelo gris y bigotito. Adoptaba un aire descaradillo, jovial, pero la expresión de sus ojos era fría. Abrió una puerta de acero.

—¿Vas a pasar a las celdas, Mish? —preguntó—. Si es así, debo pedirte que nos dejes examinar tu arma.

—No voy a entrar, de momento he acabado con él —repuso la sargento—. Más tarde tendrá una rueda de reconocimiento.

Dio media vuelta y se fue.

—Por aquí, muchacho —indicó a Steve el carcelero.

Steve cruzó la puerta.

Estaba en el bloque de celdas. El piso y las paredes tenían el mismo color fangoso. Steve calculaba que el ascensor se detuvo en la segunda planta, pero no había ventanas, y tuvo la impresión de encontrarse en una cueva subterránea profunda y que le costaría una eternidad ascender de nuevo a la superficie.

En una pequeña antesala había un escritorio y una cámara fotográfica en un soporte. Spike cogió un impreso de un casillero. Steve lo leyó al revés y vio que su encabezamiento rezaba:

DEPARTAMENTO DE POLICÍA
BALTIMORE (MARYLAND)

INFORME DE ACTIVIDAD DE PRISIONERO
FORMULARIO 92/12

El hombre quitó el capuchón a un bolígrafo y empezó a rellenar el impreso.

Cuando hubo terminado, señaló un punto en el suelo y dijo:

—Ponte ahí.

Steve se colocó frente a la cámara. Spike pulsó un botón y se produjo un destello.

—Vuélvete y colócate de perfil.

Otro destello del flash.

Acto seguido, Spike tomó una tarjeta cuadriculada impresa en tinta rosa y con el membrete:

BURÓ FEDERAL DE INVESTIGACIÓN,
DEPARTAMENTO DE JUSTICIA DE ESTADOS UNIDOS
WASHINGTON, D.C. 20537

Spike entintó los dedos de Steve en un tampón y los oprimió sobre las cuadrículas de la tarjeta marcadas: *1. PULGAR DERECHO*, *2. ÍNDICE DERECHO*, y así sucesivamente. Steve observó que, aunque era bajito, Spike tenía unas manazas enormes, de venas prominentes. Al tiempo que cumplía su tarea, Spike dijo en tono de conversación normal:

—Tenemos un nuevo Servicio Central de Ficheros sobre la cárcel municipal, en la avenida Greenmount, y allí disponen de una computadora que toma las huellas dactilares sin tinta. Es como una fotocopiadora gigante: no tienes más que apretar la mano contra el cristal. Pero aquí seguimos haciéndolo a la antigua usanza.

Steve se dio cuenta de que empezaba a sentirse avergonzado, a pesar de que no había cometido ningún delito. Se debía en parte a aquel entorno siniestro, pero sobre todo a la sensación de impotencia. Desde que los agentes saltaron fuera del coche patrulla, delante de la casa de Jeannie, había ido de un lado para otro como un trozo de carne, sin ningún control sobre su propia persona. Eso rebajaba velozmente la autoestima de un hombre hasta ponerla a la altura del barro.

Después de tomarle las huellas dactilares le permitieron lavarse las manos.

—Permíteme que te muestre tu *suite* —dijo Spike en plan simpático.

Condujo a Steve por un pasillo con celdas a derecha e izquierda. Cada celda era un tosco cubículo. En el lado que daba al pasillo no había pared, sólo barrotes, por lo que hasta el último centímetro cuadrado de la celda era visible desde el exterior. A través de los barrotes, Steve observó que cada uno de aquellos calabozos tenía una litera metálica fijada a la pared, así como un lavabo y una taza de retrete de acero inoxidable. Las paredes y las literas eran de color naranja oscuro y estaban cubiertas de pintadas. Las tazas de los retretes carecían de tapadera. En tres o cuatro celdas vio hombres tendidos apáticamente en las literas, pero la mayoría de éstas se encontraban libres.

—El lunes es un día tranquilo aquí, en el Holiday Inn de la calle Lafayette —bromeó Spike.

Steve no se hubiera reído ni aunque le fuese la vida en ello.

Spike se detuvo delante de una celda vacía. Steve echó un vistazo al interior mientras el celador abría la puerta. Ni tanto así de intimidad. Comprendió que si tenía que usar el retrete no iba a quedarle más remedio que hacerlo a la vista de todo el que, hombre o mujer, pasara en aquel momento por el corredor. De un modo u otro, aquello era más humillante que cualquier otra cosa.

Spike abrió una puerta en el enrejado e hizo pasar a Steve a la celda. La puerta se cerró de golpe y Spike echó la llave.

Steve se sentó en la litera.

—¡Dios todopoderoso, qué lugar! —exclamó.

—Te acostumbrarás a él —dijo Spike alentadoramente, y se retiró.

Al cabo de un minuto volvía cargado con un envase de polietileno.

—Me queda una cena —ofreció—. Pollo frito. ¿Quieres un poco?

Steve miró el paquete, luego dirigió la vista hacia el retrete y denegó con la cabeza.

—De todas formas, muchas gracias. Pero me parece que no tengo apetito.

10

Berrington pidió champán.

Después de la jornada de prueba que había vivido, a Jeannie le hubiese gustado más un trago de Stolichnaya con hielo, pero beber licor fuerte no era el mejor sistema para impresionar al jefe, de modo que se guardó para sí aquel deseo.

Champán significaba devaneo romántico. En las ocasiones anteriores en que alternaron socialmente, Berrington se había mostrado más encantador que conquistador. ¿Acaso iba ahora a insinuársele? Tal idea hizo que Jeannie se sintiera incómoda. No había conocido un solo hombre que se tomase por las buenas unas calabazas. Y aquel hombre era su jefe.

Jeannie tampoco le habló de Steve. Estuvo a punto de hacerlo varias veces en el transcurso de la cena, pero algo la contuvo. Si, contra todas sus expectativas, resultaba que, al final, Steve era un delincuente, su teoría iba a empezar a tambalearse. Pero no le gustaba adelantar malas noticias. Antes de que eso quedara demostrado, ella no tenía por qué dudar. Aparte de que albergaba la absoluta certeza de que al final iba a quedar claro que la detención de Steve fue un espantoso error.

Había hablado con Lisa.

—¡Han arrestado a Brad Pitt! —le dijo.

A Lisa le horrorizó pensar que aquel hombre había pasado toda la jornada en la Loquería, su lugar de trabajo, y que Jeannie estuvo a punto de llevarlo a su casa. Jeannie le había explicado que estaba segura de que Steve no era el agresor. Después comprendió que probablemente se equivocó al hacer aquella llamada; podía interpretarse como interferencia con una testigo. No es que cambiase mucho las cosas. Lisa examinaría una hilera de hombres blancos jóvenes y reconocería o no reconocería al individuo que la había violado. No se trataba de la clase de asunto en el que Lisa pudiera cometer una equivocación así como así.

Jeannie también habló con su madre. Patty había ido a verla, con sus tres hijos, y mamá se animó mucho al contarle la forma en que los niños corretearon por los pasillos de la residencia. Afortunadamente, parecía no acordarse ya de que había ingresado en Bella Vista sólo el día anterior. Hablaba como si llevase varios años en el hogar para ancianos y reprochó a Jeannie el que no la visitara más a menudo. Después de la conversación, ésta se sintió un poco mejor en lo que se refería a su madre.

—¿Qué tal la lubina? —con su pregunta, Berrington interrumpió el hilo de los pensamiento de Jeannie.

—Deliciosa. Finísima.

El hombre se alisó las cejas con la yema del índice de la mano derecha. Por alguna razón el gesto le pareció a Jeannie algo así como una felicitación que Berrington se dedicaba a sí mismo.

—Ahora voy a hacerte una pregunta a la que debes responder sinceramente.

Berrington sonrió, para que ella no le tomara demasiado en serio.

—Conforme.

—¿Quieres postre?

—Sí. ¿Crees que soy la clase de mujer capaz de fingir en una cuestión como esa?

Él sacudió negativamente la cabeza.

—Supongo que no hay mucho de que fingir.

—Es probable que no lo suficiente. A mí me han acusado de poco diplomática.

—¿Es tu peor defecto?

—Seguramente me iría mejor si pensara un poco las cosas. ¿Cuál es tu peor defecto?

Berrington contestó sin vacilar.

—Enamorarme.

—¿Eso es un defecto?

—Si uno lo hace con demasiada frecuencia, sí.

—O si se enamora de más de una persona al mismo tiempo, supongo.

—Tal vez debería escribir a Lorraine Logan y pedirle consejo.

Jeannie se echó a reír, pero no deseaba que la conversación derivase hacia Steven.

—¿Cuál es tu pintor favorito? —cambió de tema.

—A ver si lo adivinas.

Berrington era un patriota, así que se figuró que también debería ser un sentimental.

—¿Norman Rockwell?

—¡Por Dios, no! —pareció sinceramente horrorizado—. ¡Un vulgar ilustrador! No, si pudiera permitirme el lujo de coleccionar pintura, compraría impresionistas norteamericanos. Paisajes invernales de John Henry Twachtman. Me encantaría poseer *El puente blanco*. ¿Qué me dices de ti?

—Ahora te toca a ti adivinarlo.

Berrington reflexionó unos segundos.

—Joan Miró.

—¿Por qué?

—Imagino que te gustan los fogonazos de colores vivos.

Jeannie asintió.

—Muy perspicaz. Pero no del todo certero. Miró es demasiado turbulento. Prefiero a Mondrian.

—Ah, sí, claro. Las líneas rectas.

—Exactamente. Eres bueno en esto.

Berrington se encogió de hombros y Jeannie comprendió que probablemente jugaría a las adivinanzas con muchas mujeres.

La muchacha hundió la cucharilla en el sorbete de mango. Decididamente aquél no era asunto de una simple cena. Pronto tendría que adoptar una decisión firme acerca de cómo iba a ser y a desarrollarse su relación con Berrington.

Hacía año y medio que no besaba a un hombre. Desde que Will Temple se alejó de ella, ni siquiera había salido con nadie hasta aquella noche. No estaba enamorada de Will: había dejado de quererle. Pero Jeannie era cautelosa.

Sin embargo, como continuara viviendo como una monja acabaría volviéndose loca. Echaba de menos tener en la cama con ella a alguien velludo; echaba de menos los olores masculinos —el de la grasa de bicicleta, el de las sudadas camisetas de fútbol y el del whisky— y sobre todo echaba de menos el sexo. Cuando las feministas radicales decían que el pene era el enemigo, Jeannie deseaba responder: «Habla por ti, hermana».

Alzó la mirada hacia Berrington, que comía con delicados ademanes manzanas caramelizadas. Le gustaba aquel sujeto, a pesar de sus nauseabundas ideas políticas. Era listo —los hombres de la doctora Ferrami tenían que ser inteligentes— y tenía modales de triunfador. Le respetaba por sus trabajos científicos. Era esbelto y bien parecido, probablemente también sería un amante experto y hábil, y poseía unos bonitos ojos azules.

A pesar de todo, era demasiado viejo. A ella le gustaban los hombres maduros, pero no tan maduros.

¿Cómo podía rechazarlo sin tirar por la borda su propio futuro profesional? Quizás el mejor procedimiento consistiera en simular que interpretaba sus atenciones como algo paternal y bondadoso. Eso tal vez le permitiera evitar la desagradable medida de rechazarlo lisa y llanamente.

Jeannie tomó un sorbo de champán. El camarero aguardaba para volver a llenarle la copa y ella no estaba muy segura acerca de cuánto había bebido ya, pero se sentía alegre y no tenía que conducir.

Pidieron café. Jeannie, un exprés doble para que la serenase un poco. Cuando Berrington hubo pagado la cuenta, tomaron el ascensor hacia el aparcamiento y subieron al plateado Lincoln Town *Car* de Berrington.

Berrington condujo el vehículo a lo largo de la línea del puerto y luego desembocó en la autopista de Jones Falls.

—Ahí está la cárcel municipal —indicó el edificio, semejante a una fortaleza, que ocupaba una manzana de la ciudad—. La escoria de la Tierra está ahí.

Jeannie pensó que era posible que Steve se encontrase dentro.

¿Cómo podía habérsele ocurrido la posibilidad de acostarse con Berrington? No sentía el menor asomo de afecto por él. Le avergonzó haber jugueteado siquiera con la idea. Cuando el hombre detuvo el coche junto al bordillo, delante de la casa, Jeannie dijo en tono firme y decidido:

—Bueno, Berry, gracias por esta encantadora velada.

¿La estrecharía la mano, pensó la muchacha, o intentaría besarla? En este último caso, ella le ofrecería la mejilla.

Pero Berrington no hizo ni una cosa ni otra.

—Tengo el teléfono de casa estropeado y necesito hacer una llamada antes de irme a la cama —dijo—. ¿Puedo utilizar el tuyo?

Difícilmente podía ella decir: «Rayos, no, haz un alto en el primer teléfono público que encuentres por el camino». Parecía que no iba a tener más remedio que afrontar algo más que la insinuación.

—Claro —dijo, tras contener un suspiro—. Sube.

Se preguntó si podría evitar ofrecerle un café.

Se apeó de un salto del coche y cruzó el pórtico en primer lugar. La puerta de la fachada se abría a un pequeño vestíbulo con otras dos puertas. Una era la del piso de la planta baja, habitado por el señor Oliver, un estibador jubilado. La otra, la de Jeannie, daba a una escalera que conducía al apartamento del primer piso.

Jeannie frunció el entrecejo, desconcertada. Su puerta estaba abierta.

La franqueó y encabezó la marcha escaleras arriba. Había luz en el piso. Curioso: antes de marcharse había apagado la luz.

La escalera llevaba directamente a la sala de estar. Entró en el cuarto y soltó un grito.

Él estaba de pie ante el frigorífico, con una botella de vodka en la mano. Iba sin afeitar, desaliñado y parecía un poco bebido.

Detrás de Jeannie, Berrington preguntó:

—¿Qué ocurre?

—Necesitarías un sistema de seguridad más eficaz, Jeannie —comentó el intruso—. No me costó ni diez segundos dar con el truco de tu cerradura.

—¿Quién diablos es? —preguntó Berrington.

Jeannie dijo en tono sobresaltado:

—¿Cuándo saliste de la cárcel, papá?

11

El cuarto de reconocimiento y la sección de celdas estaban en la misma planta.

En la antesala había otros seis hombres de aproximadamente la misma edad y constitución física que Steve. Evitaron su mirada y se abstuvieron de dirigirle la palabra. Le trataban como si fuese un criminal. Quiso decirles: «Eh, chicos, estoy en el mismo bando que vosotros, no soy ningún violador, soy inocente»

Todos tuvieron que quitarse el reloj y la bisutería y ponerse una especie de bata de papel blanco encima de la ropa de calle. Mientras se preparaban entró en la estancia un joven vestido con traje y preguntó:

—Por favor, ¿quién de vosotros es el sospechoso?

—Ese soy yo —dijo Steve.

—Pues yo soy Lew Tanner, el defensor de oficio —se presentó el hombre—. Estoy aquí para comprobar que la rueda de reconocimiento se realiza correctamente. ¿Alguna pregunta?

—¿Cuánto tiempo tardaré en salir de aquí, después de eso? —quiso saber Steve.

—Dando por sentado que no seas el elegido en la rueda de reconocimiento, un par de horas.

—¡Dos horas! —exclamó Steve, indignado—. ¿Tengo que volver a esa jodida celda?

—Me temo que sí.

—¡Por Dios!

—Les pediré que tramiten tu libertad lo antes posible —dijo Lew—. ¿Algo más?

—No, gracias.

—Muy bien.

Salió.

Un celador hizo pasar a los siete hombres a través de la puerta que daba a un estrado. Había un telón de fondo con una escala graduada que mostraba la estatura y la posición de los hombres, numerados de uno a diez. La luz de un potente foco se proyectó sobre ellos, y una cortina separó el estrado del resto de la sala. Los hombres no podían ver nada a través de aquella pantalla, pero sí llegaba a sus oídos lo que ocurría al otro lado de la misma.

Durante unos minutos sólo se produjo rumor de pasos y el murmullo de alguna que otra voz en tono bajo. Todas las voces eran masculinas. Luego Steve distinguió el sonido inconfundible de unos pasos de mujer. Al cabo de unos instantes se oyó una voz masculina, que sonaba como si estuviese leyendo algo de una tarjeta o repitiéndolo tras habérselo aprendido de memoria.

—De pie ante usted hay siete personas. Sólo las conocerá por el número. Si alguno de esos individuos le ha hecho algo a usted o ha hecho algo en presencia de usted, quiero que pronuncie su número y nada más que su número. Si desea que algunos de ellos digan determinadas palabras específicas, les pediremos que digan esas palabras. Si quiere que den media vuelta o se coloquen de perfil, lo harán todos en grupo. ¿Reconoce entre ellos a alguno que le haya hecho a usted algo o que haya hecho algo en presencia de usted?

Silencio. Los nervios de Steve se tensaron como cuerdas de guitarra, aunque estaba seguro de que no se citaría su número.

Una voz femenina dijo muy bajo:

—Llevaba la cabeza cubierta.

A Steve le sonó como la voz de una mujer educada, de clase media y de su misma edad, más o menos.

—Tenemos sombreros —dijo la voz masculina—. ¿Quiere usted que se pongan sombrero?

—Era más bien una gorra. Una gorra de béisbol.

Steve percibió angustia y tensión en la voz femenina, pero también determinación. Ni asomo de falsedad. Parecía la clase de mujer que diría la verdad, por muy atribulada que estuviese. Se sintió un poco mejor.

—Dave, mira a ver si hay gorras de béisbol en ese armario.

Hubo una pausa de varios minutos. Steve apretó los dientes con impaciencia. Una voz musitó:

—Santo Dios, no sabía que tuviésemos aquí todo este material... gafas, bigotes...

—Nada de murmuraciones, Dave —reprochó el primer hombre—. Esto es un procedimiento legal.

Finalmente, un detective entró en el estrado por una parte lateral y tendió una gorra de béisbol a cada uno de los integrantes de la rueda de reconocimiento. Todos se la pusieron y el detective se retiró.

Del otro lado de la cortina llegó el llanto de una mujer.

La voz masculina repitió la fórmula verbal empleada antes:

—¿Reconoce entre ellos a alguno que le haya hecho a usted algo o que haya hecho algo en presencia de usted? Si es así, pronuncie su número y nada más que su número.

—El número cuatro —dijo la mujer, con un sollozo en la voz.
Steve volvió la cabeza y miró el telón de fondo.
El número cuatro era él.
—¡No! —gritó—. ¡Eso no puede ser verdad! ¡No era yo!
—Número cuatro, ¿ha oído eso? —habló la voz masculina.
—Claro que lo he oído, ¡pero yo no lo hice!
Los demás hombres de la hilera de reconocimiento abandonaban ya el estrado.
—¡Por el amor de Cristo! —Steve se quedó mirando la opaca cortina, extendidos los brazos en gesto de súplica—. ¿Cómo puede haberme señalado a mí? ¡Ni siquiera sé qué aspecto tiene usted!
La voz del otro lado aconsejó:
—No diga nada, señora, por favor. Muchas gracias por su colaboración. La salida es por aquí.
—¡Tiene que haber alguna equivocación! ¿No lo comprenden? —chilló Steve.
Apareció el carcelero.
—Todo ha terminado, hijo, vamos —instó.
La mirada de Steve se clavó en él. Por unos segundos estuvo tentado de romperle los dientes a aquel hombrecillo y mandárselos garganta abajo.
Spike observó la expresión de sus ojos y endureció el gesto.
—Tengamos la fiesta en paz —aconsejó—. No tienes escapatoria.
Su mano se cerró en torno al brazo de Steve, que tuvo la impresión de que le apretaba un cepo de acero. Era inútil protestar.
Steve se sentía como si le hubieran sacudido por la espalda con una cachiporra. Aquel golpe le había llegado de la nada. Se le hundieron los hombros y una furia estéril se apoderó de él.
—¿Cómo ocurrió esto? —articuló—. ¿Cómo es posible?

12

—¿Papá? —se sorprendió Berrington.

Jeannie deseó haberse mordido la lengua. Decir: «¿Cuándo saliste de la cárcel, papá?», fue lo más estúpido que pudo habérsele ocurrido. Apenas unos minutos antes Berrington había calificado a los moradores de la cárcel municipal de escoria de la Tierra.

Se sentía mortificada. Ya era bastante grave que su jefe se enterara de que su padre era un ladrón profesional. Pero que Berrington lo conociese personalmente resultaba incluso peor. Posiblemente, a consecuencia de una caída el intruso tenía el rostro magullado, además de cubierto por una barba de varios días. Sus ropas estaban sucias y despedía un leve pero desagradable olor. Jeannie sintió tal bochorno que no pudo mirar a Berrington a la cara.

Hubo un tiempo, muchos años atrás, en que no se avergonzaba de él. Por el contrario, su padre hacía que los de sus amigas le pareciesen aburridos y pelmas. Era un hombre guapo y al que le encantaba divertirse, que solía volver de sus viajes con traje nuevo y los bolsillos llenos de dinero. Entonces iban al cine, estrenaban vestidos, se tomaban helados de frutas y mamá se compraba un camisón bonito y se ponía a régimen. Pero él volvía a marcharse y, a la edad de nueve años, Jeannie se enteró del motivo. Se lo dijo Tammy Fontane. Jeannie no olvidaría nunca aquella conversación.

—Tu vestido es una birria —había dicho Tammy.

—Más birria es tu nariz —replicó Jeannie vivamente, y las otras niñas se apresuraron a meter la cuchara.

—Tu mamá te compra vestidos que son algo así como verdaderos adefesios.

—Tu mamá es gorda.

—Tu papá está en la cárcel.

—No es verdad.

—Sí.

—¡No!

—He oído que papá se lo decía a mamá. Estaba leyendo el periódico. «Aquí dice que han vuelto a meter otra vez en la cárcel a Pete Ferrami», dijo.

—Mentira, mentira, alza el rabo y tira —había cantado Jeannie, pero en el fondo de su corazón creyó a Tammy. Aquello lo explicaba todo: la súbita prosperidad económica, la igualmente repentina desaparición, las prolongadas ausencias.

Jeannie nunca volvió a mantener otro intercambio de provocaciones verbales con las compañeras de clase. Cualquiera podía hacerla callar con sólo citar a su padre. A los nueve años, eso era como estar lisiada de por vida. Cada vez que en el colegio se extraviaba algo, Jeannie tenía la impresión de que todos la miraban acusadoramente. Nunca consiguió desterrar de su ánimo aquella sensación de culpabilidad. Si alguna mujer echaba un vistazo al interior de su bolso y comentaba: «Maldita sea, creí que llevaba un billete de diez dólares», Jeannie se ponía como la grana. Se convirtió en una persona obsesivamente honrada: recorría kilómetro y medio para devolver un bolígrafo barato, le aterraba la idea de que, si lo conservaba, su dueño dijera que ella era una ladrona como su padre.

Y ahora su padre estaba allí, de pie ante Berrington, su jefe, sucio, sin afeitar y probablemente sin un centavo.

—Aquí, el profesor Berrington Jones —dijo Jeannie—. Berry, te presento a mi padre, Pete Ferrami.

Berrington se mostró amable. Estrechó la mano de papá.

—Celebro conocerle, señor Ferrami —dijo—. Su hija es una mujer muy especial.

—¿Verdad que sí? —repuso el padre, con una sonrisa complacida.

—Bueno, Berry, ya conoces el secreto de la familia —dijo Jeannie en tono resignado—. Enviaron a papá a la cárcel el mismo día en que me licencié *cum laude* por Princeton. Se ha pasado en prisión los últimos ocho años.

—Pudieron ser quince —añadió Pete Ferrami—. Íbamos armados en aquel golpe.

—Gracias por compartir con nosotros ese dato, papá. Seguro que impresiona a mi jefe.

El padre pareció dolido y desconcertado y, a pesar de su resentimiento, Jeannie sintió un ramalazo de compasión por él. A Pete Ferrami su punto flaco le hería tanto como a su familia. Era uno de sus defectos naturales. El fabuloso sistema de reproducción de la raza humana —el profundamente complejo mecanismo del ADN que Jeannie estudiaba— estaba programado para operar de forma que cada individuo fuese un poco distinto a los demás. Era como una fotocopiadora con un error de fabricación. A veces, el resultado era bueno: un Einstein, un Louis Armstrong, un Andrew Carnegie. Y a veces producía un Pete Ferrami.

Jeannie debía desembarazarse de Berrington en seguida.

—Si quieres hacer esa llamada, Berry, puedes utilizar el teléfono del dormitorio.

—Ah, la haré luego —dijo Berrington.

«A Dios gracias.»

—Muy bien, gracias por una velada tan estupenda.

Jeannie tendió la mano para estrechar la de Berrington.

—Fue un placer. Buenas noches.

Estrechó desmañadamente la mano de Jeannie y se fue. Jeannie se encaró con su padre.

—¿Qué ha pasado?

—Me soltaron antes de tiempo por buena conducta. Estoy libre. Y, naturalmente, mi primer deseo fue venir a ver a mi hijita.

—Inmediatamente después de una borrachera de tres días.

Era de una hipocresía tan diáfana que resultaba insultante. Jeannie sintió crecer en su interior la cólera que tan bien conocía. ¿Por qué no podía tener un padre como el de otras personas?

—Vamos, sé buena —pidió Pete Ferrami.

La rabia se transformó en tristeza. Nunca había tenido un verdadero padre y jamás lo tendría.

—Dame esa botella —ordenó—. Haré café.

A regañadientes, el hombre le entregó el vodka y Jeannie lo puso en el frigorífico. Echó agua a la cafetera y la puso al fuego.

—Pareces algo mayor —dijo Pete—. Veo un poco de gris en tu pelo.

—¡Caramba, muchas gracias!

Jeannie sacó tazas, crema y azúcar.

—Tu madre encaneció temprano.

—Siempre creí que fue por culpa tuya.

—He ido a su casa —informó Pete Ferrami en tono de suave indignación—. Ya no vive allí.

—Ahora está en Bella Vista.

—Eso es lo que me dijo su vecina, la señora Mendoza. Ella me dio tu dirección. No me hace ninguna gracia pensar que tu madre está en un sitio como ese.

—¡Sácala de allí entonces! —conminó Jeannie, irritada—. Todavía sigue siendo tu esposa. Consíguete un trabajo y un piso decente y empieza a cuidar de ella.

—Sabes que no puedo hacer eso. Nunca podría.

—Entonces no me critiques a mí por no hacerlo.

El hombre adoptó un tono zalamero.

—No he dicho nada de ti, tesoro. Sólo dije que no me gusta pensar que tu madre está en un asilo de esos, ni más ni menos.

—A mí tampoco me gusta, ni a Patty. Estamos intentando agenciarnos el dinero preciso para sacarla de allí. —Jeannie experimentó una súbita oleada de emoción y tuvo que esforzarse para contener las lágrimas—. Maldita sea, papá, ya es bastante duro todo esto, sin necesidad de tenerte ahí en plan quejica.

—Vale, vale —dijo Pete Ferrami.

Jeannie tragó saliva. «No debería dejarle que me sacara de quicio así.» Cambió de tema.

—¿Qué vas a hacer ahora? ¿Tienes algún plan?

—Pasaré unos días echando un vistazo por ahí.

Lo que significaba que exploraría el terreno en busca de un sitio que robar. Jeannie no dijo nada. Era un ladrón y ella no podía cambiarle.

Pete Ferrami tosió.

—Tal vez pudieras dejarme unos cuantos pavos para tener algo con que empezar.

La petición volvió a sulfurar a Jeannie.

—Te diré lo que voy a hacer —pronunció, tensa la voz—. Te permitiré tomar una ducha y afeitarte mientras te lavo la ropa. Si mantienes las manos apartadas de la botella de vodka, te prepararé unos huevos y te haré unas tostadas. Te prestaré un pijama y podrás dormir en el sofá. Pero no voy a darte ni cinco. Estoy esforzándome desesperadamente en conseguir dinero para que mamá pueda quedarse en algún sitio en el que la traten como un ser humano y no tengo un solo dólar de sobra.

—Está bien, cariño —el hombre adoptó aire de mártir—. Lo comprendo.

Al final, cuando perdió fuerza el confuso torbellino de bochorno, rabia y compasión, Jeannie se encontró con que todo lo que sentía era melancolía. Deseaba con toda el alma que su padre pudiera cuidar de sí mismo, que fuese capaz de permanecer en un sitio más de unas pocas semanas, que le fuera posible conservar un empleo normal, que pudiera ser cariñoso, compasivo y estable. Anhelaba un padre que fuera un padre. Y sabía que nunca, jamás, vería cumplido su deseo. En su corazón había un lugar destinado a un padre, pero ese lugar estaría siempre vacío.

Sonó el teléfono.

Jeannie descolgó.

—¡Diga!

Era Lisa, parecía alterada.

—¡Jeannie, era él!

—¿Quién? ¿Qué?

—Ese chico al que arrestaron cuando estaba contigo. Lo reconocí en la rueda. Es el que me violó. Steve Logan.

—¿Que es el violador? —articuló Jeannie, incrédula—. ¿Estás segura?

—No cabe la menor duda, Jeannie —insistió Lisa—. ¡Oh, Dios mío, fue horrible ver su cara otra vez. Al principio no dije nada, porque parecía distinto, con la cabeza descubierta. Luego el detective hizo que todos se pusieran gorra de béisbol y lo conocí con absoluta certeza.

—No es posible que sea él, Lisa —dijo Jeannie.

—¿Qué quieres decir?

—Sus pruebas demuestran lo contrario. Y pasé algún tiempo con él, tengo un pálpito.

—Pero yo le reconocí —Lisa parecía molesta.

—Estoy atónita. No lo entiendo.

—Esto tira por tierra tu teoría, ¿no es cierto? Tú querías un gemelo que fuese bueno y otro que fuese malo.

—Sí, pero un contraejemplo, una excepción no refuta una teoría.

—Lamento que esto amenace tu proyecto.

—Esa no es la razón por la que digo que no es él —suspiró Jeannie—. Rayos, tal vez lo sea. Ya no sé nada. ¿Dónde estás ahora?

—En casa.

—¿Te encuentras bien?

—Sí, ahora que él está entre rejas, me encuentro estupendamente.

—Parece tan simpático...

—Esos son los peores, me lo dijo Mish. Los que en la superficie parecen perfectamente normales son los más arteros y los más despiadados, y disfrutan haciendo sufrir a las mujeres.

—Dios mío.

—Me voy a la cama, estoy agotada. Sólo quería decírtelo. ¿Qué tal tu velada?

—Así, así. Mañana te lo cuento.

—Sigo queriendo ir contigo a Richmond.

Jeannie quería llevarse a Lisa para que le ayudara en la entrevista a Dennis Pinker.

—¿Te sientes con ánimos?

—Sí, realmente quiero continuar llevando una vida normal. No estoy enferma, no necesito ningún periodo de convalecencia.

—Dennis Pinker será probablemente un doble de Steve Logan.

—Lo sé. Puedo arreglármelas.

—Si estás tan segura...

—Te llamaré temprano.

—De acuerdo. Buenas noches.

Jeannie se dejó caer pesadamente en la silla. ¿Sería posible que la seductora naturaleza de Steve no fuera más que una máscara? Jeannie pensó que en tal caso ella debía de ser un mal juez de personas. Y quizá también una científica igualmente mala: acaso todos los gemelos idénticos resultaban igualmente criminales. Suspiró.

Su propio progenitor delincuente se sentó junto a ella.

—Ese profesor es un tipo agradable, ¡pero seguramente es más viejo que yo! —dijo—. ¿Tienes con él una aventura o qué?

Jeannie arrugó la nariz.

—Al cuarto de baño se va por ahí, papá —dijo.

13

Steve se encontraba de nuevo entre las paredes amarillas de la sala de interrogatorios. En el cenicero seguían las mismas dos colillas de cigarrillo. La habitación no había cambiado, pero él sí. Tres horas antes era un ciudadano respetuoso de la ley, inocente y cuyo delito más grave había sido conducir a noventa y cinco kilómetros por hora en una zona de noventa. Ahora era un violador, arrestado, identificado por la víctima y acusado formalmente. Ahora estaba atrapado por la máquina de la justicia, en la cinta transportadora. Era un criminal. Por mucho y por muy repetidamente que se recordase que no había hecho nada malo, le resultaba imposible sacudirse de encima el complejo de infamia e ignominia.

Un poco antes había visto a la mujer detective, la sargento Delaware. Ahora el otro policía, el hombre, entró en el cuarto, también cargado con una carpeta azul. Era de la misma estatura que Steve, pero mucho más corpulento y ancho de espaldas. Llevaba muy corto el pelo gris acero y lucía bigote de guías en punta. Tomó asiento y sacó un paquete de cigarrillos. Sin pronunciar palabra, sacó un pitillo, lo encendió y dejó caer la cerilla en el cenicero. Luego abrió la carpeta. Dentro había otro formulario más. El encabezamiento de éste rezaba:

TRIBUNAL FEDERAL DE MARYLAND
POR......(CIUDAD/CONDADO)

La mitad superior estaba dividida en dos columnas tituladas DEMANDANTE y ACUSADO. Un poco más abajo decía:

Pliego de cargos

El detective empezó a rellenar el impreso, sin abrir la boca. Tras escribir unas cuantas palabras levantó la hoja blanca de arriba y comprobó cada una de las cuatro hojas para copias con papel carbón: verde, amarillo, rosa y marrón.

Leyéndolo al revés, Steve vio que el nombre de la víctima era Lisa Hoxton.

—¿Cómo es? —preguntó.

El detective le miró.

—El cabrón se calla —dijo. Dio una chupada al cigarrillo y continuó escribiendo.

Steve se sintió denigrado. Aquel hombre se complacía en ultrajarle y él no podía hacer nada para impedirlo. Era otra fase en el proceso destinado a humillarle, de hacerle sentirse insignificante e impotente. Hijo de puta, pensó, me gustaría encontrarte fuera de este edificio, sin esa maldita pistola que llevas.

El detective empezó a especificar las acusaciones. En la casilla número uno anotó la fecha del domingo, luego, «en el gimnasio de la Universidad Jones Falls, Baltimore, (Maryland)». Un poco más abajo escribió: «Violación, primer grado». En la casilla siguiente puso el lugar, repitió la fecha y, a continuación: «Asalto e intento de violación».

Cogió una hoja suplementaria y añadió dos cargos más: «agresión» y «sodomía».

—¿Sodomía? —dijo Steve en tono cargado de sorpresa.

—El cabrón se calla.

Steve estuvo en un tris de asestarle un puñetazo. Esto es deliberado, se dijo. El tipo trata de provocarme. Si le sacudo, tendrá una excusa para llamar a otros tres fulanos que me sujetarán mientras él me muele a patadas. No, no lo hagas.

Cuando hubo terminado de escribir, el detective volvió los dos formularios y los empujó a través de la mesa, hacia Steve.

—Te has metido en un buen lío, Steve. Pegaste, violaste y sodomizaste a una chica...

—No hice nada de eso.

—El cabrón se calla.

Steve se mordió el labio y guardó silencio.

—Eres basura. Eres mierda. Las personas decentes ni siquiera querrán estar en la misma habitación que tú. Has pegado, violado y sodomizado a una muchacha. Sé que no es la primera vez. Llevas haciendo lo mismo una temporada. Eres astuto, lo planeas con anticipación y hasta ahora siempre te salió bien. Pero esta vez te han echado el guante. Tu víctima te ha identificado. Otros testigos te sitúan en las proximidades de la escena del crimen. Dentro de una hora, más o menos, en cuanto el comisario de guardia haya firmado y dé a la sargento Delaware la orden de busca y captura, te llevaremos al hospital Mercy, te haremos un análisis de sangre, te pasaremos el peine por tu vello púbico y demostraremos que tu ADN coincide con el que se encontró en la vagina de la víctima.

—¿Cuánto tardará esa... prueba del ADN?

—El cabrón se calla. Estás atrapado, Steve. ¿Sabes lo que te espera?

Steve guardó silencio.

—La sentencia por una violación en primer grado es cadena perpetua. Vas a ir a la cárcel. ¿Y sabes lo que te va a pasar allí? Vas a comprobar a qué sabe la medicina que estuviste administrando. ¿Un jovencito tan agraciado como tú? Miel sobre hojuelas. Te van a sacudir, violar y sodomizar. Vas a descubrir cómo se sintió Lisa. Sólo que en tu caso será durante años y años y años.

Hizo una pausa, cogió el paquete de tabaco y ofreció un cigarrillo a Steve.

Sorprendido, Steve denegó con la cabeza.

—A propósito, soy el detective Brian Allaston. —Encendió un pitillo—. En realidad no sé por qué te cuento esto, pero hay un modo de que la cosa mejore algo para ti.

Steve enarcó las cejas, curioso. ¿Qué venía ahora?

El detective Allaston se puso en pie, anduvo en torno a la mesa y se sentó en el borde de su superficie, con un pie en el suelo y muy cerca de Steve. Se inclinó hacia delante y habló en voz un poco más baja.

—Deja que te eche una mano. La violación es coito vaginal con empleo o amenaza de empleo de la fuerza, contra la voluntad o sin el consentimiento de la mujer. Para que sea violación en primer grado ha de existir un factor agravante como secuestro, desfiguración o violación por parte de dos o más personas. Las penas por violación en segundo grado son menores. Es decir, que si consigues convencerme de que lo tuyo sólo fue violación en segundo grado, podrías hacerte un inmenso favor.

Steve no dijo nada.

—¿Quieres contarme lo que sucedió?

Por fin, Steve habló:

—El cabrón se calla —dijo.

Allaston entró en acción con celeridad. Quitó la nalga de encima de la mesa, agarró a Steve por la pechera de la camisa, lo levantó de la silla y lo proyectó contra la cenicienta pared del bloque. La cabeza de Steve salió despedida hacia atrás, chocó contra el muro y produjo un angustioso repique. Fue un impacto muy duro. Al detective Allaston le sobraban algunos kilos y su condición física era bastante deficiente: Steve sabía que tumbar a aquel hijoputa sólo le llevaría unos segundos. Pero tenía que controlarse. Todo lo que podía esgrimir era su inocencia. Si golpeaba a un policía, al margen de si éste le había provocado, sería culpable de un delito. Y entonces lo mismo podía rendirse ya. De no contar con aquel sentido de justa indignación que lo mantenía a flote, podría darse por perdido. De modo que permaneció allí derecho, rígido, con los dientes apretados, mientras Allaston lo separaba de la pared y lo volvía a golpear contra ella, dos, tres, cuatro veces.

—Ni se te ocurra hablarme así otra vez, capullo —advirtió Allaston.

La cólera de Steve empezó a diluirse. Allaston ni siquiera le estaba haciendo daño físico. Comprendió que todo aquello era teatro. Allaston interpretaba un papel y lo estaba haciendo fatal. Era el tipo duro, en tanto que Mish era la detective buena. Pero ambos tenían el mismo objetivo: convencer a Steve para que confesara haber violado a una mujer a la que nunca llegó a conocer y que se llamaba Lisa Margaret Hoxton.

—Corta ese mal rollo, detective —dijo Steve—. Ya sé que eres un violento hijo de perra al que le crecen cerdas en las fosas nasales, del mismo modo que sabes también que si estuviéramos en cualquier otro sitio y no llevases al cinto ese pistolón, te iba a sacudir una paliza de muerte, así que vamos a dejar de ponernos a prueba.

Allaston puso cara de sorpresa. Sin duda había supuesto que Steve estaría demasiado asustado para hablar. Le soltó la pechera de la camisa y se encaminó a la puerta.

—Me dijeron que eras un enterado —declaró—. Bueno, permíteme decirte lo que voy a hacer para que tu educación sea un poco más completa. Vas a volver a las celdas y te vas a pasar allí cierto tiempo, pero esta vez vas a tener compañía. Verás, las cuarenta y una celdas vacías de ahí abajo están todas fuera de servicio, así que vas a tener que compartir la tuya con un prójimo llamado Rupert Butcher, conocido por el apodo de *Gordinflas*. Tú te consideras un hijoputa de pronóstico, pero te garantizo que él es mucho peor. Se ha caído de una juerga de alucine que ha durado tres días, así que no veas cómo le duele el coco. Anoche, aproximadamente a la misma hora en que tú te entretenías prendiendo fuego al gimnasio y colándole a la pobre Lisa Hoxton tu asqueroso cipote, *Gordinflas* Butcher apiolaba a su amante por el procedimiento de clavarle repetidamente una horca de jardinero. Disfrutaréis con vuestra mutua compañía. Vamos.

A Steve no le llegaba la camisa al cuerpo. Todo su valor se había derramado como si acabasen de quitar un tapón y se sentía indefenso y vencido. El detective le había humillado pero en ningún momento le amenazó con lesionarle gravemente; pero una noche con un psicópata era algo realmente peligroso. El tal Butcher (*Butcher* significa «carnicero») ya había cometido un asesinato: si sus meninges tenían capacidad para pensar racionalmente comprendería que poco iba a perder cometiendo otro.

—Aguarda un momento —pidió Steve con voz temblona.

Allaston dio media vuelta, muy despacio.

—¿Y bien?

—Si confieso, tendré una celda para mí solo.

En la expresión del detective se hizo patente el alivio.

—Desde luego —su voz se había hecho amistosa de pronto.

El cambio de tono encendió el resentimiento de Steve.

—Pero si no confieso, *Gordinflas* Butcher me asesinará.

Allaston extendió las manos en gesto de impotencia. Steve notó que su miedo se transformaba en odio.

—En ese caso, detective —silabeó—, que te den por culo.

La expresión de sorpresa volvió al rostro de Allaston.

—Hijo de mala madre —insultó—. Veremos si estás tan animado dentro de un par de horas. En marcha.

Llevó a Steve al ascensor y lo acompañó hasta el bloque de celdas. Allí estaba Spike.

—Mete a este borde con *Gordinflas* —le encargó Allaston.

Spike enarcó las cejas.

—Tan mal fue la cosa, ¿eh?

—Sí. Y a propósito... Steve tiene pesadillas.

—¿Ah, sí?

—Si le oyes gritar... no te preocupes, sólo es que está soñando.

—Comprendo —repuso Spike.

Allaston se retiró y Spike condujo a Steve a la celda.

Gordinflas estaba acostado en la litera. Era de la misma estatura que Steve, pero mucho más robusto. Parecía un culturista que hubiera sufrido un accidente automovilístico: el tejido de su ensangrentada camiseta se tensaba sobre los abultados músculos. Yacía tendido de espaldas, con la cabeza hacia el fondo del calabozo y los pies colgando por el extremo del camastro. Abrió los ojos cuando Spike abrió la puerta y entró Steve.

El carcelero cerró de golpe, con estrépito, y echó la llave.

Gordinflas abrió los ojos y echó un vistazo a Steve.

Steve sostuvo la mirada durante un momento.

—Dulces sueños —deseó Spike.

Gordinflas volvió a cerrar los párpados.

Steve se sentó en el suelo, con la espalda apoyada en la pared, y se dedicó a observar al dormido *Gordinflas*.

14

Berrington Jones condujo despacio rumbo a su casa. Se sentía decepcionado y aliviado al mismo tiempo. Como una persona a régimen que se pasa todo el camino hacia la heladería luchando a brazo partido con la tentación y luego se encuentra el local cerrado, Berrington tuvo la sensación de que acababa de librarse de algo que le constaba no debía hacer.

Sin embargo, no se encontraba más cerca que antes de resolver el problema del proyecto de Jeannie y seguía subsistiendo el peligro de que se descubriera el pastel. Quizá debió de dedicar más tiempo a interrogar a Jeannie y menos a pasárselo bien. Enarcó las cejas, perplejo, mientras aparcaba el vehículo y entraba en la casa.

Dentro reinaba el silencio; sin duda, Marianne, el ama de llaves, se había ido a dormir. Pasó al estudio y comprobó el contestador automático. Sólo había un mensaje.

«Profesor, aquí la sargento Delaware de la Unidad de Delitos Sexuales, que llama en la noche del lunes. Le agradezco su colaboración.»

Berrington se encogió de hombros. Apenas se había molestado en confirmar si Lisa trabajaba o no en la Loquería. La cinta prosiguió:

«Como quiera que usted es el patrono de la señora Hoxton y la violación tuvo lugar en el campus, me considero obligada a informarle de que esta tarde hemos arrestado a un hombre. La verdad es que se trataba de una persona a la que durante el día de hoy estuvieron sometiendo a diversas pruebas en sus laboratorios. Se llama Steve Logan.»

—¡Jesús! —estalló Berrington.

«La víctima lo señaló en la rueda de reconocimiento, de modo que estoy segura de que la prueba de ADN confirmará que se trata del violador. Le ruego transmita esta información a cuantos miembros de la universidad considere usted oportuno. Gracias.»

—¡No! —exclamó Berrington. Se dejó caer pesadamente en una silla. Repitió, en tono más bajo—: No.

Luego rompió a llorar.

Se levantó al cabo de un momento, todavía llorando, y cerró la puerta del estudio por temor a que la doncella apareciese por allí. Después regresó al escritorio y enterró la cabeza entre las manos.

Permaneció así un buen rato.

Cuando por fin suspendió el llanto, tomó el teléfono y marcó un número que se sabía de memoria.

—Que no responda el contestador automático, por favor, Dios mío —dijo en voz alta, mientras escuchaba la señal.

—¡Diga! —sonó la voz de un joven.

—Soy yo —dijo Berrington.

—¡Hombre! ¿Cómo estás?

—Desolado.

—¡Oh! —el tono era de culpabilidad.

Si Berrington albergaba alguna duda, aquella nota la barrió definitivamente.

—Cuéntame.

—No trates de quedarte conmigo, por favor. Hablo del domingo por la noche.

El joven suspiró.

—Vale.

—Maldito estúpido. Fuiste al campus, ¿verdad? Lo... —Se dio cuenta de que por teléfono no debía hablar más de la cuenta—. Volviste a las andadas.

—Lo siento...

—¡Lo sientes!

—¿Cómo lo supiste?

—Al principio no se me ocurrió sospechar de ti... pensé que habías abandonado la ciudad. Luego arrestaron a alguien que tiene la misma apariencia que tú.

—¡Vaya! Eso significa que estoy...

—Fuera del anzuelo.

—¡Anda! ¡Qué potra! Escucha...

—¿Qué?

—No irás a decir nada, ¿eh? A la policía o a alguien.

—No, no diré una palabra —dijo Berrington, abatido—. Puedes confiar en mí.

MARTES

15

La ciudad de Richmond tenía un aire de perdido esplendor, y Jeannie pensó que los padres de Dennis Pinker estaban perfectamente a tono con él. Charlotte Pinker, pecosa pelirroja embutida en un susurrante vestido de seda, conservaba el aura de una gran dama de Virginia, a pesar de que vivía en una casa de madera levantada en un solar de reducidas dimensiones. Confesó cincuenta y cinco años, pero Jeannie sospechó que andaba muy cerca de los sesenta. Su esposo, al que siempre se refería llamándole «el comandante», sería aproximadamente de la misma edad, pero se ataviaba con cierto descuido y tenía el aire parsimonioso del hombre que lleva mucho tiempo jubilado. Dirigió un guiño pícaro a Jeannie y Lisa, al tiempo que ofrecía:

—¿No os apetecería un cóctel, muchachas?

Su esposa tenía un refinado acento del sur y hablaba en tono un poco demasiado alto, como si estuviese dirigiendo continuamente la palabra a los asistentes a un mitin.

—¡Por el amor de Dios, comandante, son las diez de la mañana!

El comandante se encogió de hombros.

—Sólo pretendía que esta reunión empezase con buen pie.

—Esto no es ninguna reunión... estas damas están aquí para estudiarnos. Han venido porque nuestro hijo es un asesino.

Jeannie observó que había dicho «nuestro hijo»; pero eso no significaba gran cosa. Aún podía ser un hijo adoptado. Anhelaba desesperadamente hacer preguntas acerca de la ascendencia de Dennis Pinker. Si los Pinker reconocían que el chico era adoptado, quedaría resuelta la mitad del rompecabezas. Pero Jeannie tenía que andar con ojo. Era una cuestión delicada. Si formulaba las preguntas con excesiva brusquedad, era más que probable que le mintieran. Se obligó a esperar la llegada del momento oportuno.

Estaba también sobre ascuas respecto a la apariencia física de Dennis. ¿Sería o no sería el doble de Steve Logan? Miró con impaciencia las fotos colocadas en marcos baratos y distribuidas por la pequeña sala de estar. Todas se habían tomado años atrás. El pequeño Dennis en un cochecito infantil, pedaleando en un triciclo, vestido con equipo de béisbol y estrechando la mano a Mickey Mouse en Disneylandia. No había ningún retrato suyo en el que se le viera de adulto. Sin duda los padres querían recordar al niño inocente, antes de que se convirtiera en un asesino convicto. En consecuencia, Jeannie no se enteró de nada a través de las fotos. Aquel chaval rubio de doce años puede que ahora tuviese exactamente el mismo aspecto que Steve Logan, pero igualmente podía haberse desarrollado como un chico feo, achaparrado y moreno.

Charlotte y el comandante habían rellenado previamente diversos cuestionarios y ahora se trataba de entrevistarlos personalmente a cada uno de ellos durante cosa de una hora. Lisa se llevó al comandante a la cocina y Jeannie se encargó de interrogar a Charlotte.

A Jeannie le costaba concentrarse en las preguntas de rutina. Su mente vagaba de continuo hacia la idea de que Steve se encontraba en la cárcel. Seguía pareciéndole imposible de creer que fuese un violador. Y no sólo porque eso echaría a perder su hipótesis. Le caía bien el muchacho: era inteligente y simpático, y parecía buen chico. También tenía su lado vulnerable: la perplejidad y angustia que le produjo la noticia de que tenía un hermano psicópata le hizo a Jeannie desear echarle los brazos al cuello y consolarle.

Cuando Jeannie preguntó a Charlotte si algún otro miembro de su familia había tenido conflictos con la ley, Charlotte le lanzó una mirada altanera y respondió, arrastrando las sílabas:

—Los hombres de mi familia siempre han sido terriblemente violentos. —Respiró expulsando el aire por las fosas nasales como si lanzase llamaradas—. Soy una Marlowe por nacimiento, y somos una familia de sangre hirviente.

Lo cual sugería que Dennis no era adoptado ni tampoco que su adopción no estuviese reconocida. Jeannie disimuló su decepción. ¿Iba a negar Charlotte que Dennis pudiera tener un hermano gemelo?

Era una pregunta de obligada formulación. Jeannie dijo:

—Señora Pinker, ¿existe alguna posibilidad de que Dennis tenga un hermano gemelo?

—No.

La respuesta fue tajante: ni indignación ni jactancia, sólo exposición de un hecho.

—Está usted segura...

Charlotte se echó a reír.

—Querida mía, ¡eso es algo en lo que difícilmente podría equivocarse una madre!

—Decididamente no es un niño adoptado.

—Llevé a ese chico en mi vientre, y que Dios me perdone.

A Jeannie se le cayó el alma a los pies. Charlotte Pinker podía mentir con la misma facilidad que Lorraine Logan, consideró Jeannie, pero, con todo, no dejaba de ser extraño y preocupante que ambas coincidiesen en negar que sus hijos fueran gemelos.

Al despedirse de los Pinker se sentía pesimista. Albergaba la impresión de que cuando conociese personalmente a Dennis se encontraría con que no guardaba ninguna semejanza física con Steve.

Tenían aparcado en la calle el Ford Aspire que alquilaron. Era un día caluroso. Jeannie llevaba un vestido sin mangas, sobre el que se había puesto una chaqueta para que le confiriese un poco de respeto. El aire acondicionado del Ford expulsó aire tibio. Jeannie se quitó los pantis y colgó la chaqueta en la percha del asiento trasero.

Se puso al volante. Cuando salieron a la autopista y tomaron la dirección de la cárcel, Lisa comentó:

—Realmente me inquieta pensar que señalé en la rueda al individuo que no era.

—También a mí —dijo Jeannie—. Pero sé que no lo hubieras hecho de no tener una certeza absoluta.

—¿Cómo puedes estar tan segura de que me equivoco?

—No estoy segura de nada. Sólo tengo un acusado presentimiento acerca de Steve Logan.

—A mí me parece que deberías comparar ese presentimiento con la certeza de un testigo ocular, y creer a dicho testigo ocular.

—Ya lo sé. ¿Pero viste alguna vez la serie de Alfred Hitchcock? Es en blanco y negro, pero de vez en cuando la reponen por cable.

—Sé lo que vas a decir. Se trata de aquel episodio en el que cuatro testigos presencian un accidente de carretera y cada uno de ellos da una versión del suceso algo distinta.

—¿Te sientes ofendida?

—Debería estarlo —suspiró Lisa—, pero te aprecio demasiado para enfadarme contigo por este asunto.

Jeannie alargó el brazo y apretó la mano de Lisa.

—Gracias.

Se produjo un largo silencio, al cabo del cual dijo Lisa:

—Me fastidian las personas que creen que soy débil.

Jeannie frunció el ceño.

—No creo que seas débil.

—La mayoría de la gente sí que lo cree. Porque soy menuda, tengo una naricilla mona y estoy llena de pecas.

—Bueno, no das la imagen de chica fortachona, eso es cierto.

—Pero soy fuerte. Vivo sola, cuido de mí misma, cumplo con mi trabajo y nadie me folla. Mejor dicho, creía serlo... hasta el domingo. Ahora pienso que la gente tiene razón: soy débil. ¡En absoluto puedo cuidar de mí misma! Cualquier psicópata que pase por la calle puede echarme mano, ponerme un cuchillo delante de los ojos y hacer lo que le plazca con mi cuerpo y dejar su esperma dentro de mí.

Jeannie le lanzó una mirada. El rostro de Lisa estaba blanco de pasión. Jeannie confió en obrar adecuadamente al hacer que Lisa se desfogara.

—No eres débil —aseveró.

—Tú eres dura —replicó Lisa.

—Yo tengo el problema contrario... La gente cree que soy invulnerable. Porque mido metro ochenta y tres, llevo perforada la aleta de la nariz y adopto una actitud malvada, se imaginan que no se me puede hacer daño.

—No tienes una actitud malvada.

—Debo estar en un error.

—¿Quién cree que eres invulnerable? Yo no.

—La mujer que dirige Bella Vista, la residencia donde está mi madre. Me dijo claramente: «Su madre no cumplirá los sesenta y cinco». Así como suena. «Sé que usted prefiere que le sea sincera», añadió. Me quedé con las ganas de soltarle que sólo porque lleve un aro en la nariz no tengo sentimientos.

—Mish Delaware dice que a los violadores no les interesa realmente el sexo. Que disfrutan ejerciendo su poder sobre una mujer, dominándola, asustándola y lastimándola. Eligió a alguien que supuso se asustaría fácilmente.

—¿Quién no se asustaría?

—Sin embargo, no te eligió a ti. Tú probablemente le hubieras zurrado.

—Me gustaría tener la oportunidad de hacerlo.

—De todas formas, tú le habrías plantado cara con más energía que yo y, desde luego, no te habrías sentido tan impotente y aterrada. Así que él no te eligió a ti.

Jeannie vio adónde conducía todo aquello.

—Lisa, eso puede que sea cierto, pero no hace que la violación sea culpa tuya, ¿conforme? No tienes ninguna culpa, ni un ápice. Te viste involucrada: podía haberle pasado a cualquiera.

—Tienes razón —convino Lisa.

Dieciséis kilómetros después de haber abandonado la ciudad se desviaron de la interestatal al llegar un indicador que rezaba: «Penitenciaría Greenwood». Era una prisión anticuada, un conjunto de edificios de piedra gris rodeado por altos muros con alambrada de espino. Dejaron el coche a la sombra de un árbol, en la zona de aparcamiento destinada a los visitantes. Jeannie volvió a ponerse la chaqueta, pero no los pantis.

—¿Estás preparada para esto? —preguntó Jeannie—. Dennis tendrá el mismo aspecto que el individuo que te violó, a menos que mi metodología esté equivocada de medio a medio.

Lisa asintió con gesto grave.

—Estoy lista.

Se abrió la puerta principal para dejar paso a un camión de reparto y ambas entraron sin que nadie les diera el alto. Jeannie sacó la conclusión de que, a pesar de la alambrada de espino, la vigilancia no era nada estricta. Las estaban esperando. Un guardia comprobó sus tarjetas de identificación y las acompañó a través de un patio en el que reinaba un calor de horno y donde un puñado de jóvenes negros jugaban al baloncesto. El edificio de la administración tenía aire acondicionado. Las anunciaron en el despacho del alcaide, John Temoigne. Vestía camisa de manga corta y corbata; en su cenicero había dos colillas de puro. Jeannie le estrechó la mano.

—Soy la doctora Jean Ferrami, de la Universidad Jones Falls.

—¿Cómo estás, Jean?

Evidentemente, Temoigne era el tipo de hombre al que le resulta difícil tratar de usted y dirigirse a una mujer por el apellido. Jeannie se abstuvo deliberadamente de citar el nombre de Lisa.

—Aquí, mi ayudante, la señora Hoxton.

—Hola, encanto.

—En la carta que te escribí ya explicaba en qué consiste nuestro trabajo, alcaide, pero si tienes alguna pregunta, la contestaré con sumo gusto.

Jeannie tuvo que decirlo, aunque le consumía la impaciencia por ver a Dennis Pinker.

—Es preciso que comprendáis que Pinker es un sujeto violento y peligroso —advirtió Temoigne—. ¿Conocéis los detalles de su delito?

—Creo que agredió sexualmente a una mujer en una sala cinematográfica y que la mató cuando ella intentó resistirse.

—Estás muy cerca. Fue en el cine Eldorado, en Greensburg. Proyectaban una película de terror. Pinker bajó al sótano y cortó la corriente eléctrica. A continuación, cuando los espectadores eran presa del pánico en la oscuridad, Pinker se dedicó a sobar a las chicas.

Jeannie intercambió con Lisa una mirada sobrecogida. Se parecía mucho a lo sucedido el domingo en la Universidad Jones Falls. Una maniobra de diversión creó el desconcierto y el pánico y proporcionó al agresor su oportunidad. También había un toque similar de fantasía adolescente en las dos escenas del crimen: manoseo de jóvenes en la sala del cine sumida en la oscuridad y observación de mujeres corriendo desnudas de un lado para otro en el vestuario del gimnasio. Si Steve Logan y Dennis Pinker eran gemelos idénticos, al parecer habían cometido delitos muy semejantes.

—Una mujer cometió la imprudencia de resistírsele —prosiguió Temoigne— y la estranguló.

Jeannie se picó.

—Si te hubieran metido mano a ti, alcaide, ¿hubieras cometido la imprudencia de resistirte?

—Yo no soy una chica —replicó Temoigne con el aire del que pone sobre la mesa el as del triunfo.

Intervino Lisa, diplomática:

—Debemos poner manos a la obra, doctora Ferrami... Nos queda un montón de trabajo por hacer.

—Tienes razón.

—Normalmente —dijo Temoigne—, tendríais que entrevistar al recluso a través de una reja. Habéis solicitado de modo especial estar con él en la misma habitación y desde las alturas me han ordenado que os lo permita. A pesar de todo insisto en que volváis a pensarlo. Ese hombre es un criminal peligroso y violento.

Un estremecimiento de angustia sacudió a Jeannie, pero se mantuvo exteriormente fría.

—Habrá un guardia armado en la estancia durante todo el tiempo que estemos con Dennis.

—Claro que sí. Pero me sentiría mucho más cómodo si hubiese una rejilla de acero entre vosotras y el preso. —Temoigne le dedicó una sonrisa zalamera—. Un hombre ni siquiera tiene que ser un psicópata para que le acose la tentación al verse ante dos jóvenes atractivas.

Jeannie se puso en pie bruscamente.

—Te agradezco tu preocupación, alcaide, de veras. Pero tenemos que cumplir determinados pasos, tales como tomar una muestra de sangre, fotografiar al sujeto y etcétera, cosas que no pueden realizarse a través de los barrotes. Además, ciertas partes de la entrevista tratan de temas íntimos y pensamos que, si una barrera artificial se interpusiera entre nosotras y el sujeto, eso comprometería nuestros resultados.

Temoigne se encogió de hombros.

—Bueno, supongo que sabréis lo que hacéis. —Se levantó—. Os acompañaré al bloque de celdas.

Abandonaron el despacho y cruzaron un patio de tierra batida hacia una especie de bloque de hormigón de dos plantas. Un guardia abrió la puerta de hierro y les franqueó el paso. En el interior reinaba el mismo calor de horno que fuera.

—Robinson se encargará de vosotras a partir de ahora —dijo el alcaide—. Cualquier cosa que necesitéis, chicas, dadme un grito.

—Gracias, alcaide —dijo Jeannie—. Apreciamos tu colaboración.

Robinson era un negro tranquilizadoramente alto, de unos treinta años. Llevaba pistola en una funda abotonada y una porra de aspecto impresionante. Las introdujo en un locutorio de reducidas dimensiones, con una mesa y media docena de sillas amontonadas. Había un cenicero encima de la mesa y un refrigerador de agua en un rincón. El suelo estaba embaldosado en plástico gris y las paredes pintadas de un color similar. No había ventanas.

—Pinker estará aquí dentro de un minuto —dijo Robinson. Ayudó a Jeannie y a Lisa a disponer la mesa y las sillas. Luego se sentaron.

Al cabo de un momento se abrió la puerta.

16

Berrington Jones se reunió con Jim Proust y Preston Barck en el Monóculo, un restaurante próximo al edificio que albergaba los despachos del Senado, en Washington. Era un local donde solían almorzar personas relacionadas con el poder y que estaba lleno de gente que conocían: congresistas, asesores políticos, periodistas, ayudantes de confianza. Berrington había llegado a la conclusión de que era una tontería tratar de ser discreto. Todos eran bastante conocidos, en especial el senador Proust, con su calva y su enorme nariz. De haberse reunido en algún local más o menos disimulado, no faltaría un reportero que los viese y se apresurara a publicar un comentario en plan chismoso preguntando por qué celebraban conciliábulos secretos. Era mejor ir a un sitio en el que varias personas les reconociesen y dieran por supuesto que celebraban una reunión acerca de sus legítimos intereses mutuos.

El objetivo de Berrington consistía en mantener sobre los raíles el trato con la Landsmann. Aquel negocio siempre había sido una aventura arriesgada, y ahora Jeannie Ferrami la había convertido en verdaderamente peligrosa. Pero la disyuntiva era renunciar a sus sueños. A su única oportunidad de hacer dar media vuelta a Norteamérica y situarla de nuevo en el camino de la integridad racial. No suponía demasiado tarde, no del todo. La visión de unos Estados Unidos blancos, cumplidores de la ley, practicantes de la religión y orientados hacia la familia podía convertirse en realidad. Pero ellos se encontraban ya en el cabo de los sesenta años de edad: si perdían aquella, no iban a tener otra oportunidad.

Jim Proust era el gran personaje, estentóreo y jactancioso; pero aunque a menudo hastiaba a Berrington, éste sabía cómo buscarle las vueltas y convencerle. Preston, con sus modales suaves, era mucho más amable, pero también obstinado.

Berrington les llevaba malas noticias, y las expuso en cuanto el camarero hubo tomado nota de lo que deseaban tomar.

—Jeannie Ferrami ha ido hoy a Richmond, a ver a Dennis Pinker.

Jim frunció el entrecejo.

—¿Por qué infiernos no se lo impediste?

La voz de Proust era profunda y áspera, resultado de años y años de aullar órdenes.

Como siempre, la actitud dominante de Jim irritó a Berrington.

—¿Qué se supone que tenía que hacer, atarla?

—Tú eres su jefe, ¿no?

—Estamos en una universidad, Jim, no en el jodido ejército.

—Bajemos el volumen, compañeros —dijo Preston nerviosamente. Llevaba unas gafas de montura negra y delgada: las había estado llevando de ese estilo desde 1959, y Berrington no dejó de observar que ahora volvían a estar de moda—. Sabíamos que esto podía ocurrir en cualquier momento. Propongo que tomemos la iniciativa y lo confesemos todo inmediatamente.

—¿Confesar? —observó Jim, incrédulo—. ¿Acaso se supone que hemos hecho algo malo?

—Puede que la gente lo considere así...

—Permíteme recordarte que cuando la CIA sacó a relucir el informe que inició todo esto, «Nuevos avances de la ciencia soviética», el mismísimo presidente Nixon declaró que era la noticia más alarmante llegada de Moscú desde que los soviéticos dividieron el átomo.

—Puede que el informe no dijese la verdad... —apuntó Preston.

—Pero creímos que era verídico. Y lo que es más importante, nuestro presidente lo dio por bueno. ¿No os acordáis del maldito miedo que nos entró entonces?

Desde luego, Berrington se acordaba. La CIA había dicho que los soviéticos contaban con un programa de procreación de seres humanos. Mediante el mismo planeaban crear científicos perfectos, ajedrecistas perfectos, atletas perfectos... y soldados perfectos. Nixon ordenó a la Unidad de Investigación Clínica del Ejército de Estados Unidos, como se denominaba entonces, que concibiera un programa paralelo y descubriese el modo de engendrar soldados norteamericanos perfectos. A Jim Proust se le encargó la tarea de llevarlo a la práctica.

Recurrió de inmediato a Berrington en busca de ayuda. Unos cuantos años antes, Berrington había dejado estupefactos a todos, en especial a su esposa, Vivvie, al alistarse en el ejército precisamente cuando el sentimiento antibélico hervía entre los hombres de su edad. Fue a trabajar a Fort Detrick, en Frederick (Maryland), donde emprendió una investigación sobre el cansancio en los soldados. A principios de los setenta era la máxima autoridad mundial en características hereditarias del personal castrense, tales como agresividad y resistencia física. Mientras tanto, Preston, que permaneció en Harvard, llevó a cabo una serie de avances en el terreno de la fertilización humana. Berrington le persuadió para que dejase la universidad y pasara a formar parte del gran experimento, junto con él y con Proust.

Había sido el momento más glorioso de Berrington.

—También me acuerdo de lo emocionante que era —dijo—. Estábamos en la primera línea de la ciencia, situando a Estados Unidos en el buen camino, y nuestro presidente nos había pedido que continuáramos trabajando.

Preston jugueteó con su ensalada.

—Los tiempos han cambiado. Ahora ya no constituye ninguna excusa decir: «Lo hice porque el presidente de Estados Unidos me pidió que lo hiciera». Hay hombres que fueron a la cárcel por hacer lo que el presidente les encargó.

—¿Qué tuvo aquello de malo? —preguntó Jim malhumoradamente—. Era secreto, sí. ¿Pero qué hay que confesar, por el amor de Dios?

—Estábamos en la clandestinidad —especificó Preston.

Jim se sonrojó bajo su bronceado.

—Transferimos nuestro proyecto al sector privado.

Eso no dejaba de ser un sofisma, pensó Berrington, aunque se abstuvo de crear polémica expresándolo en voz alta. Aquellos payasos del Comité para la Reelección del Presidente se dejaron atrapar dentro del hotel Watergate y todo Washington corrió asustado. Preston creó la Genetico como empresa particular limitada y Jim aportó suficientes contratos militares tipo «pan y mantequilla» para hacerla financieramente viable. Al cabo de una temporada, las clínicas de fertilidad se convirtieron en un negocio tan lucrativo que sus beneficios sufragaban los gastos del programa de investigación sin necesidad de la ayuda del estamento militar. Berrington regresó al mundo académico y Jim pasó del ejército a la CIA y después ingresó en el Senado.

—Yo no digo que estuviésemos equivocados... —dijo Preston—, aunque algunas de las cosas que hicimos eran contrarias a la ley.

Berrington no deseaba que su dos compañeros adoptasen posiciones concentradas exclusivamente en aquel asunto. Intervino, manifestando en tono tranquilo:

—Lo irónico es que se demostró que era imposible procrear ciudadanos perfectos. Todo el proyecto circulaba por una vía errónea. La procreación natural era demasiado inexacta. Pero fuimos lo bastante inteligentes como para ver las posibilidades de la ingeniería genética.

—En aquellas fechas nadie había oído hablar siquiera de esas malditas palabras —rezongó Jim mientras cortaba un trozo de filete.

Berrington asintió.

—Jim tiene razón, Preston. Debemos estar orgullosos, no avergonzados, de lo que hicimos. Si piensas en ello, te das cuenta de que realizamos un milagro. Nos asignamos la tarea de averiguar si determinados rasgos, como inteligencia y agresividad, son genéticos; acto seguido, llevamos a cabo la identificación de los genes responsables de esos rasgos; y, por último, los convertimos en embriones en tubos de ensayo... ¡y estuvimos a dos dedos del éxito!

Preston se encogió de hombros.

—Toda la comunidad de la biología humana ha estado trabajando con la misma agenda...

—No del todo. Nosotros teníamos nuestro punto de mira bien enfocado y colocábamos nuestras apuestas lo que se dice cuidadosamente.

—Eso es verdad.

Los dos amigos de Berrington, cada uno a su modo particular, se estaban desahogando. Eran muy previsibles, pensó Berrington con afecto: quizá todos los viejos amigos siempre lo son. Jim había vociferado y Preston había gimoteado. Ahora estaban ya lo bastante tranquilos como para echar una mirada objetiva a la situación.

—Esto nos envía de nuevo a Jeannie Ferrami —dijo Berrington—. En cuestión de uno o dos años, esa mujer puede decirnos cómo crear personas agresivas sin que se conviertan en criminales. Las últimas piezas del rompecabezas empiezan a encajar en su sitio. El traspaso a la Landsmann nos brinda la oportunidad de acelerar el programa, así como también la ocasión de implantar a Jim en la Casa Blanca. Este no es el momento de echarnos atrás.

—Todo eso está muy bien —dijo Preston—. ¿Pero qué vamos a hacer? La organización Landsmann tiene un maldito código ético, ya lo sabes.

Berrington se tragó un par de brusquedades.

—Lo primero es meternos en la cabeza la idea de que aquí no tenemos una *crisis*, sólo un problema —dijo—. Y ese problema no es la Landsmann. Sus contables no descubrirán la verdad ni aunque se pasen cien años examinando nuestros libros. Nuestro problema es Jeannie Ferrami. Hemos de impedir que averigüe más detalles, al menos hasta el lunes que viene, cuando firmemos los documentos del traspaso.

—Pero no puedes ordenárselo —articuló Jim sarcásticamente— porque estamos en una universidad, no en el jodido ejército.

Berrington asintió. Ahora los había inducido ya a pensar del modo que quería.

—Cierto —dijo en tono sosegado—. No puedo darle órdenes. Pero hay formas más sutiles de manipular a las personas que las que utilizan los militares, Jim. Si vosotros dos dejáis este asunto en mis manos, arreglaré las cosas con ella.

Preston no estaba muy convencido.

—¿Cómo?

Berrington ya le había dado vueltas en la cabeza a aquella cuestión. No tenía ningún plan, pero sí una idea.

—Creo que hay un problema en torno a la utilización por su parte de bases clínicas de datos. Suscita cuestiones éticas. Me parece que puedo obligarla a suspender esa utilización.

—Sin duda ha debido cubrirse.

—No necesito una razón válida, me basta con un pretexto.

—¿Cómo es la chica? —preguntó Jim.

—Unos treinta años. Alta, muy atlética. Pelo oscuro, un aro en la nariz, conduce un viejo Mercedes rojo. Durante mucho tiempo tuve una opinión muy alta de ella. Anoche me enteré de que hay sangre infecta en la familia. Su padre es un individuo del tipo criminal. Pero la muchacha es también inteligente, luchadora y tenaz.

—¿Casada, divorciada?

—Soltera y sin compromiso.

—¿Perro?

—No. Es guapa. Pero difícil de manipular.

Jim asintió pensativamente.

—Aún contamos con un sinfín de amigos leales en la comunidad del contraespionaje. No costaría mucho conseguir que una moza así desapareciera.

Preston puso cara de susto.

—Nada de violencia, Jim, por el amor de Dios.

Un camarero empezó a llevarse los platos y guardaron silencio hasta que se retiró. Berrington sabía que no le quedaba már remedio que participarles las noticias que la noche anterior le contó la sargento Delaware.

—Hay algo que es preciso que sepáis —dijo, apesadumbrado—. El domingo violaron a una muchacha en el gimnasio. La policía ha detenido a Steve Logan. La víctima lo señaló en una rueda de reconocimiento.

—¿Lo hizo él? —preguntó Jim.

—No.

—¿Sabes quién lo hizo?

Berrington le miró a los ojos.

—Sí, Jim, lo sé.

—¡Oh, mierda! —exclamó Preston.

—Quizás deberíamos hacer que los chicos desaparecieran.

A Berrington se le formó en la garganta un nudo tan tenso que amenazaba con asfixiarle y comprendió que se estaba poniendo rojo. Se inclinó a través de la mesa y apuntó con el dedo índice al rostro de Jim.

—¡Ni se te ocurra volver a decir eso otra vez! —amenazó Berrington, al tiempo que agitaba el índice tan cerca de los ojos de Jim que éste se encogió, acobardado, a pesar de que era un hombre mucho más corpulento que su compañero.

—¡Acabad de una vez con eso, pareja! —siseó Preston—. ¡Vais a llamar la atención de la gente!

Berrington retiró el dedo, pero no había terminado. Si hubiesen estado en un lugar menos público habría echado las manos a la garganta de Jim. Pero se limitó a agarrarle la solapa.

—Dimos la vida a esos chicos. Los trajimos al mundo. Para mal o para bien, son responsabilidad nuestra.

—¡Está bien, está bien! —dijo Jim.

—Entendedme. Si uno de esos chicos sufre el menor daño, te volaré la cabeza, Jim, y que Cristo me perdone.

Se presentó un camarero, con la pregunta:

—¿Los señores va a tomar postre?

Berrington soltó la solapa de Jim.

Jim se alisó la chaqueta del traje con furiosos ademanes.

—¡Maldita sea! —murmuró Berrington—. ¡Maldita sea!

Preston dijo al camarero:

—Tráigame la cuenta, por favor.

17

Steve Logan no había pegado ojo en toda la noche.

Gordinflas Butcher durmió como un tronco, dejando escapar de vez en cuando algún que otro suave ronquido. Sentado en el suelo, sin apartar la vista de su compañero de celda, Steve observaba temerosamente todos sus movimientos, todas las contracciones de su cuerpo, mientras se preguntaba qué sucedería cuando aquel individuo se despertara. ¿Buscaría camorra *Gordinflas*? ¿Intentaría violarle? ¿Le sacudiría una paliza sin más?

Steve tenía buenos motivos para temblar. En la cárcel, las somantas a los reclusos eran el pan nuestro de cada día. Muchos resultaban heridos, unos cuantos morían. A la gente que gozaba de libertad en el exterior aquello le tenía sin cuidado: pensaban que si los presidiarios se tullían o se mataban entre sí quedarían menos malhechores en condiciones de robar y asesinar a los ciudadanos decentes.

Steve no cesaba de decirse, entre temblores, que por nada del mundo debía dar la impresión de víctima. Sabía que al prójimo le iba a resultar fácil equivocarse con él. Tip Hendricks cometió ese error. Steve tenía aire de buena persona. Pese a su corpulencia, cualquiera diría, por su aspecto, que era incapaz de hacer daño a una mosca.

Y ahora tenía que parecer dispuesto a liarse a golpes con quien le provocara, aunque sin dar la nota de pendenciero. Sobre todo, debía evitar que *Gordinflas* viese en él a un universitario de vida sana y decente. Eso le convertiría en blanco perfecto de burlas, golpes accidentales, atropellos y, al final, la somanta. A ser posible tenía que dar la impresión de que era un delincuente endurecido. En el caso de que no lo consiguiera, sería cuestión de desconcertar y confundir a *Gordinflas* enviándole señales que le resultasen poco familiares.

¿Y si nada de eso funcionaba?

Gordinflas era más alto y robusto que Steve y posiblemente fuese también un experto en peleas callejeras. Steve poseía un cuerpo más proporcionado y tal vez se moviera con mayor rapidez, pero llevaba siete años sin pegarse enconadamente con nadie. En un espacio amplio, puede que hubiese mantenido a raya a *Gordinflas* y que hubiera salido sin lesiones graves. Pero allí, en la celda, la lucha sería sangrienta, ganara quien ganase. Si el detective Allaston dijo la verdad, *Gordinflas* había demostrado, en el curso de las últimas veinticuatro horas, tener instinto asesino. ¿Tengo yo instinto asesino?, se preguntó Steve. ¿Existe eso que se llama instinto asesino? Me faltó muy poco para matar a Tip Hendricks. ¿Me convierte eso en alguien como *Gordinflas*?

Al pensar en lo que significaría salir victorioso en una trifulca a brazo partido con *Gordinflas*, Steve se estremeció. Se imaginó al hombretón tendido en el piso de la celda, desangrándose, mientras él, Steve, se erguía sobre él como lo hizo sobre Tip Hendricks, y Spike, el carcelero, exclamaba mientras: «¡Por Jesucristo Todopoderoso, creo que está muerto!». Más bien sería él quien acabase machacado a golpes.

Quizás debería mostrarse pasivo. Puede que se encontrara más seguro y a salvo permaneciendo hecho un ovillo en el suelo y dejando que *Gordinflas* le pateara hasta cansarse. Pero Steve no sabía si le iba a ser posible hacer eso. De modo que permaneció allí sentado, con la garganta seca y el corazón desbocado, con la mirada fija en el dormido psicópata e imaginando peleas, combates que siempre perdía.

Supuso que era un truco que los polis practicaban a menudo. A Spike el carcelero no le parecía nada fuera de lo habitual. Quizás, en vez de zurrar la badana a los detenidos en una sala de interrogatorio, para arrancarles la confesión, su táctica consistía en dejar que otros sospechosos les hicieran ese trabajo. Steve se preguntó cuántas personas confesarían delitos que no cometieron sólo para evitar pasar una noche en una celda con alguien como *Gordinflas*.

No olvidaría aquel trago, se lo juró a sí mismo. Cuando obtuviera el título de abogado y se encargara de la defensa de personas acusadas de crímenes nunca aceptaría como prueba una confesión. Diría: «Una vez me acusaron de un delito que no había cometido, pero que estuve a punto de confesar. Me he visto en tal circunstancia y sé lo que es».

Luego recordó que si le declaraban culpable de aquel crimen lo expulsarían de la facultad de Derecho y jamás defendería a nadie.

Se repitió una y otra vez que no le declararían culpable. La prueba del ADN le libraría de la acusación. Hacia la medianoche le sacaron de la celda, le esposaron y lo condujeron al hospital Mercy, situado a escasas manzanas del cuartelillo de policía. Le extrajeron una muestra de sangre, de la que sacarían su ADN. Steve había preguntado a una enfemera cuánto tardarían en saber el resultado de la analítica y la consternación se apoderó de él cuando se enteró de que no lo tendrían antes de tres días. Regresó a la celda sumido en un abatimiento profundo. Volvieron a alojarle con *Gordinflas*, que, misericordiosamente, continuaba dormido.

Supuso que él podría aguantar despierto veinticuatro horas. Ese era el plazo de tiempo máximo que la ley permitía tenerle retenido sin pasar a disposición judicial. Le arrestaron hacia las seis de la tarde, de modo que tal vez permanecería allí hasta la misma hora del día siguiente. Entonces, si no antes, debían concederle la ocasión de solicitar la fijación de una fianza. Esa sería su oportunidad de salir de allí.

Se estrujó las neuronas tratando de recordar la lección sobre fianza que le habían impartido en la escuela de leyes. «La única cuestión que el tribunal puede considerar es si la persona acusada comparecerá o dejará de comparecer en el juicio», salmodió el profesor Rexam. En aquel momento, a Steve le pareció aquello tan aburrido como un sermón; ahora lo significaba todo. Los detalles empezaron a afluir a su mente. Tomó en cuenta dos factores. Uno era la posible sentencia. El riesgo que se corría al conceder la fianza era mayor si el cargo era grave: existían más probabilidades de fuga en el caso de una acusación de asesinato que en el de una de hurto de poca importancia. Lo mismo se aplicaba si el acusado tenía antecedentes penales y, en consecuencia, se enfrentaba a una larga condena. Steve no tenía antecedentes; aunque una vez estuvo convicto de agresión con agravantes eso ocurrió antes de que hubiese cumplido los dieciocho años y no podía emplearse en su contra. Comparecería ante el tribunal como un hombre sin historial delictivo. Sin embargo, los cargos a los que se enfrentaba eran muy graves.

El segundo factor, recordó, eran los «lazos del prisionero con la comunidad»: familia, hogar y empleo. Un hombre que hubiera vivido durante cinco años en el mismo domicilio, con su esposa e hijos, y que trabajase a la vuelta de la esquina, conseguiría el beneficio de la fianza, en tanto que a otro que no tuviese familia en la ciudad, que hubiera ocupado su piso mes y medio antes y que declarase ser músico en paro lo más probable es que le denegasen la fianza. En ese aspecto, pues, Steve estaba confiado. Vivía con sus padres, estudiaba segundo curso en la facultad de Derecho: tenía mucho que perder si se fugaba.

En teoría, los tribunales no consideraban la posibilidad de que el acusado constituyese un peligro para la comunidad. Eso prejuzgaría su culpabilidad. Sin embargo, en la práctica sí lo hacían. Oficiosamente, a un hombre que se hubiese enzarzado en diversas reyertas a lo largo del tiempo tenía más probabilidades de que le rechazasen la petición de fianza que alguien que hubiese cometido una agresión. Si a Steve le hubiesen acusado de una serie de violaciones, en vez de un incidente aislado, sus oportunidades de conseguir la fianza quedarían reducidas prácticamente a cero.

Pensó que tal como estaban las cosas el resultado podía decantarse en uno u otro sentido. Mientras observaba a *Gordinflas* ensayó con la imaginación discursos cada vez más elocuentes destinados al juez.

Estaba decidido a actuar como su propio abogado. No hizo la llamada telefónica a la que tenía derecho. Deseaba desesperadamente no contar nada de aquello a sus padres hasta estar en condiciones de comunicarles que le habían dejado en libertad. La idea de decirles que estaba en la cárcel era demasiado fuerte como para soportarlo; representaría para ellos un enorme y doloroso sobresalto. Sería reconfortante compartir con ellos aquella prueba, pero cada vez que acudía a su ánimo la tentación de hacerlo recordaba la expresión de sus rostros cuando, siete años atrás, a raíz de la pelea con Tip Hendricks, entraron en la comisaría de policía, y se daba cuenta de que decírselo les lastimaría más de lo que pudiera hacerlo *Gordinflas* Butcher.

En el transcurso de la noche encerraron en las celdas a varios hombres más. Algunos eran apáticos y dóciles, otros manifestaban a voces su inocencia y uno forcejeó con los agentes y como resultado de ello obtuvo una paliza administrada con profesional eficacia.

Hacia las cinco de la mañana las cosas se habían aquietado. Alrededor de las ocho, el sustituto de Spike llevó los desayunos en envases de polietileno procedentes de un restaurante llamado Madre Hubbard. La llegada de la comida despabiló a los reclusos de las otras celdas y el alboroto que armaron despertó a *Gordinflas*.

Steve no se movió de donde estaba, sentado en el suelo, con la mirada perdida en el vacío, pero sin dejar de espiar angustiosamente a *Gordinflas* por el rabillo del ojo. Mostrarse cordial se hubiera considerado síntoma de debilidad, supuso. La actitud que convenía adoptar era la de hostilidad pasiva.

Gordinflas se sentó en la litera, se sustuvo la cabeza con las manos y clavó la mirada en Steve, pero no pronunció palabra. Steve sospechó que le estaba evaluando.

Al cabo de un par de minutos, *Gordinflas* rompió el silencio:

—¿Qué leches estás haciendo aquí?

Steve decoró su rostro con una expresión de obtuso resentimiento y a continuación dejó que sus ojos se deslizaran por el espacio hasta tropezarse con los de *Gordinflas*. Mantuvo allí la mirada durante unos segundos. *Gordinflas* era bien parecido, con un semblante carnoso y mofletudo que denotaba sombría agresividad. Sus ojos sanguinolentos observaron a Steve especulativamente. A Steve le pareció un tipo degradado, un perdedor, aunque peligroso. Apartó la mirada con fingida indiferencia. No respondió a la pregunta. Cuanto más tardase *Gordinflas* en clasificarle, más seguro se encontraría él.

Cuando el carcelero pasó el desayuno por el hueco de los barrotes, Steve no le hizo ni caso.

Gordinflas cogió una bandeja. Se lo engulló todo, la panceta, los huevos y la tostada. Se bebió el café y luego se sentó en la taza del retrete y evacuó ruidosamente, sin sentirse incómodo.

Cuando hubo terminado, se subió los pantalones, se sentó en la litera, miró a Steve y quiso saber:

—¿Por qué te han encerrado aquí, muchacho blanco?

Aquel era el momento de mayor peligro. *Gordinflas* le estaba tanteando, tomándole la medida. Steve tenía que aparentar ser cualquier cosa menos lo que era, un vulnerable estudiante de clase media que no se había visto metido en una pelea desde su adolescencia.

Volvió la cabeza y miró a *Gordinflas* como si lo viese por primera vez. Puso en sus ojos toda la dureza que pudo y dejó transcurrir largos segundos antes de contestar. Procuró no vocalizar correctamente las palabras.

—Un hijo de mala madre empezó a darme la lata hasta que me cabreé y le jodí vivo, pero bien.

Gordinflas sostuvo su mirada. A Steve le resultó imposible determinar si le creía o no. Al cabo de un momento bastante prolongado, *Gordinflas* preguntó:

—¿Asesinato?

—¡A ver!

—Estoy en las mismas condiciones.

Al parecer, *Gordinflas* se había tragado el cuento de Steve. Temerariamente, Steve añadió:

—El hijoputa que andaba buscándome las cosquillas ya no volverá a tocarme los huevos.

—Ya... —dijo *Gordinflas*.

Sucedió un largo silencio. *Gordinflas* parecía meditar. Por último, expresó una duda:

—¿Por qué nos habrán puesto juntos?

—No tienen ninguna puta acusación en firme que cargarme —explicó Steve—. Se figurarán que si la lío y acabo contigo aquí dentro, me habrán pillado.

Gordinflas se sintió herido en su amor propio.

—¿Y si soy yo el que te escabecha?

Steve se encogió de hombros.

—Entonces te habrán pescado a ti.

Gordinflas asintió cachazudamente.

—Sí —convino—. Supongo.

Pareció quedarse sin conversación. Al cabo de un instante volvió a tenderse en el camastro.

Steve aguardó. ¿Se había acabado el asunto?

Pocos minutos después, *Gordinflas* se durmió de nuevo.

Cuando empezó a roncar, Steve se dejó caer pesadamente contra la pared, como si el alivio le debilitase.

Transcurrieron varias horas sin que sucediera nada.

No se presentó nadie para hablar con Steve, nadie le informó de lo que estaba pasando. No había servicio alguno de información donde pudiera obtener noticias. Deseaba saber cuándo tendría ocasión de solicitar la fianza, pero nadie se lo dijo. Intentó entablar conversación con el nuevo carcelero, pero el hombre se limitó a hacer caso omiso de él.

Gordinflas seguía dormido cuando el carcelero llegó y abrió la puerta de la celda. Puso a Steve las esposas en las muñecas y unos grilletes en las piernas, despertó luego a *Gordinflas* y repitió la operación con él. Los encadenaron a otros dos hombres, los hicieron avanzar a todos hasta el extremo del bloque de celdas y los introdujeron en un pequeño despacho.

Dentro había dos mesas escritorio, cada una de ellas con un ordenador y una impresora de láser. Delante de las mesas, hileras de sillas de plástico gris. Una de las mesas estaba ocupada por una mujer negra, de unos treinta años, vestida con elegancia. Alzó la vista hacia ellos, dijo:

—Sentaos, por favor.

Y continuó tecleando con unos dedos que la manicura había trabajado esmeradamente.

Arrastraron los pies a lo largo de la fila de sillas y se sentaron. Steve miró a su alrededor. Era una oficina normal, con sus archivadores metálicos, sus tablones de anuncios, un extintor de incendios y una anticuada arca de caudales. Después de ver las celdas, aquello hasta parecía bonito.

Gordinflas cerró los párpados y pareció quedarse dormido otra vez. De los otros dos hombres, uno se quedó mirando con expresión incrédula su pierna derecha, que llevaba enyesada, mientras el otro sonreía distante, evidentemente sin tener la más remota idea de dónde se encontraba: lo mismo podía estar en las alturas espaciales, como una cometa, que tener la cabeza igual que una espuerta de grillos. O las dos cosas.

Por fin, la mujer apartó los ojos de la pantalla del monitor.

—Diga su nombre —pidió.

Steve era el primero de la fila, así que contestó:

—Steven Logan.

—Señor Logan. Soy la comisaria Williams.

Naturalmente, era una comisaria judicial. Steve recordó entonces aquella parte del curso de un procedimiento criminal. Un comisario era un funcionario de los tribunales, de categoría muy inferior a la de un juez. Se encargaba de las órdenes de prisión y otros trámites legales de menor cuantía. Recordó que tenía atribuciones para conceder fianzas y eso le levantó la moral. Tal vez estaba a punto de salir en libertad.

—Estoy aquí —prosiguió la mujer— para informarle de la acusación formulada contra usted, de la fecha, hora y lugar en que se celebrará el juicio, de si se fijará una fianza o si se le dejará en libertad bajo palabra y, en este caso, bajo qué condiciones.

La mujer hablaba muy deprisa, pero Steve captó la alusión a la fianza que confirmaba su recuerdo. Aquella era la persona a la que debía convencer de que él iba a presentarse ante el tribunal en el momento del juicio. De que se podía confiar en él.

—Comparece ante mí bajo las acusaciones de violación en primer grado, asalto con intento de violación, agresión y sodomía.

El redondo semblante de la comisaria se mantuvo impasible mientras detallaba los graves delitos de que se le acusaba. A continuación, le asignó una fecha para la vista, tres semanas después, y Steve recordó que a todo sospechoso debía fijársele una fecha de juicio que no rebasara los treinta días.

—Por el cargo de violación se enfrenta usted a la condena de cadena perpetua. Por el de asalto con intento de violación, a dos de quince años de privación de libertad. Ambas son felonías.

Steve estaba enterado de lo que significaba felonía: delito mayor, pero se preguntó si *Gordinflas* Butcher lo sabría.

Se acordó de que el violador también había prendido fuego al gimnasio. ¿Por qué no figuraba allí ninguna acusación de incendio premeditado? Quizá porque la policía no contaba con ninguna prueba que le relacionase directamente con el fuego.

La mujer le tendió dos hojas de papel. Una de ellas expresaba que le había sido notificado su derecho a que se le representase, la segunda le informaba acerca del modo de ponerse en contacto con un defensor de oficio. Tuvo que firmar sendas copias de ambas.

La comisaria le formuló una serie de preguntas, a ritmo de tableteo de ametralladora, y tecleó las respuestas en el ordenador.

—Diga su nombre completo. ¿Dónde vive? Y su número de teléfono. ¿Cuánto tiempo lleva viviendo en su actual domicilio? ¿Cuál era su dirección anterior?

Steve empezó a sentirse más esperanzado y dijo a la comisaria que vivía con sus padres, que estaba en su segundo año en la facultad de Derecho y que no tenía antecedentes penales como adulto. Ella le preguntó si consumía habitualmente drogas o alcohol, a lo que Steve pudo responder negativamente, sin faltar a la verdad. El muchacho se preguntó si se le presentaría la oportunidad de exponer alguna clase de apelación de fianza, pero la funcionaria hablaba a toda velocidad y parecía obligada a seguir al pie de la letra un guión preestablecido.

—No encuentro causa probable para la acusación de sodomía —dijo la comisaria Williams. Apartó la vista de la pantalla de su ordenador y le miró—. Eso no significa que no cometiese usted el delito, sino que en el apartado de «causa probable» de la declaración del detective no figura información suficiente para que yo ratifique el cargo.

Steve se preguntó qué induciría a los detectives a incluir aquella acusación. Tal vez esperaban que él la negase indignado y se traicionara diciendo: «Eso es repugnante, me la follé, pero de sodomizarla, nada de nada, ¿por quién me habéis tomado?».

La comisaria siguió adelante:

—A pesar de todo, hay que procesarle por ese cargo.

Steve estaba hecho un lío. ¿De qué servía la resolución de la comisaria si pese a todo iban a procesarle? Y si a un estudiante de leyes que estaba en su segundo año de carrera le resultaba difícil comprender aquello, ¿cómo iba a entenderlo una persona corriente?

—¿Alguna pregunta? —dijo la comisaria.

Steve respiró hondo.

—Deseo solicitar una fianza —empezó—. Soy inocente...

—Señor Logan —le interrumpió la mujer—, está usted ante mí acusado de varios cargos de delitos mayores incluidos en el artículo 638B del reglamento del tribunal. Lo que significa que yo, como comisaria, no estoy capacitada para, en su caso, adoptar una decisión respecto a la fianza. Eso sólo lo puede hacer un juez.

Fue como un puñetazo en pleno rostro. La decepción fue tan intensa que Steve se sintió enfermo. Se la quedó mirando, incrédulo.

—¿A qué viene entonces toda esta farsa? —preguntó Steve en tono furioso.

—En este momento su detención no está acogida a ninguna clase de fianza.

—Así pues, ¿por qué me ha hecho todas esas preguntas y ha alimentado mis esperanzas? —alzó Steve la voz—. ¡Pensé que podía salir de aquí!

La mujer se mostró impasible.

—Los datos que me ha proporcionado relativos a su dirección y demás los comprobará un investigador preproceso, el cual informará al tribunal —dijo sosegadamente—. Mañana se presentará su solicitud de fianza y será el juez quien tome la decisión pertinente.

—¡Me mantienen en una celda con éste! —Steve señaló al dormido *Gordinflas*.

—Las celdas no están bajo mi responsabilidad...

—¡El tipo es un asesino! ¡Si no me ha matado ya es porque no puede mantenerse despierto, esa es la única razón! Ahora me quejo formalmente ante usted, como funcionaria judicial, de que se me está torturando mentalmente y de que mi vida corre peligro.

—Cuando están ocupadas todas las celdas, se han de compartir...

—Todas las celdas no están ocupadas, no tiene usted más que asomarse a la puerta y comprobarlo. La mayoría de ellas están vacías. Me han puesto con él para que me muela a golpes. Y si ese individuo lo hace, emprenderé una acción judicial contra usted, personalmente, comisaria Williams, por permitir que eso suceda.

—Echaré un vistazo. —La comisaria se suavizó un poco—. Ahora le paso estos documentos. —Le entregó el sumario de los cargos, la declaración de causa probable y otros varios papeles—. Tenga la bondad de firmar cada uno de ellos y quédese con una copia.

Frustrado y abatido, Steve tomó el bolígrafo que le ofrecía y firmó los documentos. Mientras lo hacía, el carcelero sacudió a *Gordinflas* hasta despertarlo. Steve devolvió los papeles a la comisaria. Ella los guardó en una carpeta. Luego se encaró con *Gordinflas*.

—Diga su nombre.

Steve enterró la cabeza entre las manos.

18

Jeannie fijó la mirada en la puerta de la sala de entrevistas, que se abría lentamente.

El hombre que entró era el doble exacto de Steve Logan.

Junto a sí, Jeannie oyó el grito sofocado de Lisa.

Dennis Pinker era físicamente tan idéntico a Steve que Jeannie no hubiera sido capaz de distinguir a uno de otro.

El sistema funcionaba, pensó triunfalmente. Se había reivindicado. Aunque los padres negaran con toda la vehemencia del mundo que cualquiera de aquellos dos jóvenes pudiese tener un hermano gemelo, ambos eran tan iguales como dos gotas de agua.

El rizado pelo rubio peinado del mismo modo: lo llevaban muy corto y con raya. Dennis se arremangaba los puños de la camisa del penal de manera idéntica a como lo hacía Steve con los de su camisa azul de hilo. Dennis cerró la puerta tras de sí con el tacón, tal como lo hiciera Steve cuando entró en el despacho de Jeannie en la Loquería. Al sentarse dedicó a la doctora una sonrisa atractiva y juvenil, exactamente igual a las de Steve. Jeannie a duras penas podía creer que aquel muchacho no fuera Steve.

Miró a Lisa. Ésta contemplaba a Dennis con ojos desorbitados, como platos, y una expresión aterrada en su pálido semblante.

—Es él —jadeó.

Dennis miró a Jeannie y aseguró:

—Vas a darme tus braguitas.

La fría seguridad con que lo dijo dejó a Jeannie helada, pero también intelectualmente excitada. Steve jamás hubiera pronunciado una cosa así. Allí estaba, el mismo material genético transformado en dos individuos radicalmente distintos: uno convertido en un encantador universitario, el otro, en un psicópata. ¿Pero la diferencia era sólo superficial?

Robinson, el guardia, advirtió en tono suave:

—Vamos, Pinker, repórtate y sé buen chico, si no quieres verte en un apuro muy serio.

Dennis repitió su sonrisa juvenil, pero sus palabras tenían una inflexión escalofriante.

—Robinson ni siquiera sabrá qué ha ocurrido, pero tú sí —dijo a Jeannie—. Cuando salgas de aquí, sentirás el aire sobre tu culito desnudo.

Jeannie se tranquilizó. Aquello era pura fanfarronada. Ella era inteligente y dura: a Dennis no le resultaría nada fácil atacarla, incluso aunque se encontrara sola. Con un alto y robusto guardia de prisiones cerca, provisto de porra y arma de fuego, estaba perfectamente a salvo.

—¿Te encuentras bien? —le murmuró a Lisa.

Lisa estaba blanca como el papel, pero sus labios apretados trazaban una línea de determinación.

—Me encuentro estupendamente —dijo, torva la voz.

Al igual que sus padres, Dennis había rellenado previamente varios impresos. Lisa empezó ahora con unos cuestionarios más complicados, que no podían cumplimentarse marcando simplemente con una cruz las casillas. Durante la operación, Jeannie pasaba revista a los resultados y comparaba a Dennis con Steve. Las semejanzas eran asombrosas: perfil psicológico, intereses, aficiones y pasatiempos, gustos, habilidades físicas... todo era idéntico. Dennis tenía incluso el mismo cociente intelectual, sorprendentemente alto, del que estaba dotado Steve.

Qué despilfarro, pensó Jeannie. Este joven podría llegar a ser un científico, un cirujano, un ingeniero, un diseñador de programas informáticos. Y en cambio está aquí, vegetando.

La gran diferencia entre Dennis y Steve estribaba en su mundología. Steve era un hombre maduro, cuya capacidad para alternar con la gente superaba el nivel medio, sabía comportarse cuando le presentaban a alguien desconocido, estaba preparado para aceptar a la autoridad legítima, se sentía a gusto entre amigos, le encantaba formar parte de un equipo. Dennis tenía las aptitudes interpersonales de un chiquillo de tres años. Se apoderaba de lo que quería, le costaba trabajo compartir algo con los demás, temía a los desconocidos y cuando no lograba salirse con la suya perdía los estribos y se tornaba violento.

Jeannie se acordaba de cuando tenía tres años. Era su recuerdo más antiguo. Se veía a sí misma asomándose por el borde de la cuna en la que dormía su hermana recién nacida. Patty llevaba un pijamita rosa con flores de color azul claro bordadas en el cuello. Jeannie aún tenía presente la inquina que le había embargado mientras miraba aquel rostro diminuto. Patty le había robado a mamá y a papá. Jeannie deseó con toda el alma matar a aquella intrusa que le arrebató gran parte del cariño y de las atenciones reservadas hasta entonces en exclusiva para Jeannie. Tía Rosa le había dicho: «Quieres mucho a tu hermanita, ¿verdad?», y Jeannie replicó: «La odio, me gustaría que se muriese». Tía Rosa la había abofeteado y Jeannie se sintió doblemente maltratada.

Jeannie creció, lo mismo que lo hizo Steve, pero Dennis no había madurado. ¿Por qué era Steve distinto a Dennis? ¿Le salvó su educación? ¿O la diferencia era sólo aparente? La sociabilidad de Steve, sus aptitudes para alternar con el prójimo ¿no eran más que una máscara que ocultaba al psicópata que había debajo?

Mientras observaba y escuchaba, Jeannie percibió otra diferencia. A ella, Dennis le asustaba. No podía poner el dedo sobre la causa precisa, pero alrededor de Dennis flotaba un aire de amenaza. La doctora tuvo la sensación de que Dennis era capaz de hacer cualquier cosa que se le antojase, sin tener en cuenta para nada las consecuencias de su acto. En ningún momento le transmitió Steve esa sensación.

Jeannie fotografió a Dennis y le tomó primeros planos de ambas orejas. En los gemelos idénticos éstas tienen normalmente altura similar, sobre todo en la unión del lóbulo.

Cuando la sesión fotográfica estaba a punto de concluir, Lisa tomó una muestra de la sangre de Dennis, algo para lo que la habían adiestrado. Jeannie apenas podía esperar a ver la confrontación del ADN. Estaba segura de que Steve y Dennis tenían los mismos genes. Lo que demostraría sin el menor género de duda que eran gemelos univitelinos.

Con gestos rutinarios, Lisa selló el frasco y firmó la etiqueta; luego salió para poner la muestra en el frigorífico portátil que llevaban en el maletero del automóvil. Dejó a Jeannie que terminara sola la entrevista.

Mientras completaba la última serie de preguntas del cuestionario, Jeannie deseó poder tener a Steve y Dennis juntos en el laboratorio durante una semana. Pero eso no iba a ser posible en el caso de muchas de sus parejas de gemelos. En su estudio de delincuentes se encontraría frecuentemente con el problema de que algunos de sus sujetos estaban en la cárcel. Las pruebas más complejas, que necesitaban instrumentos de laboratorio, no se le podrían hacer a Dennis hasta que estuviera fuera de la prisión, si es que salía alguna vez. Jeannie tendría que resignarse. Necesitaría una enorme cantidad de datos adicionales con los que trabajar.

Terminó el último cuestionario.

—Gracias por su paciencia, señor Pinker —dijo.

—Aún no me has dado tus bragas —repuso el presidiario fríamente.

—Vamos, Pinker —dijo Robinson—, has sido bueno toda la tarde, no lo estropees ahora.

Dennis lanzó al guardia una mirada de absoluto desprecio. Luego se dirigió a Jeannie:

—Robinson tiene un pánico cerval a las ratas, ¿no lo sabías, dama psicóloga?

Una súbita angustia se apoderó de Jeannie. Allí había algo que se le escapaba. Procedió a ordenar apresuradamente sus papeles.

Robinson parecía incómodo.

—Odio las ratas, es verdad, pero no me asustan.

—¿Ni siquiera esa tan enorme de color gris que hay en el rincón? —señaló Dennis.

Robinson giró en redondo. No había ninguna rata en el rincón, pero en cuanto Robinson les dio la espalda, Dennis se llevó la mano al bolsillo y sacó un apretado envoltorio. Actuó con tal rapidez que Jeannie ni siquiera sospechó lo que estaba haciendo hasta que fue demasiado tarde. Dennis desplegó un manchado pañuelo de color azul en cuyo interior apareció una gorda rata gris de larga cola rosada. Jeannie se estremeció. No era aprensiva, pero había algo profundamente horripilante en la contemplación de aquella rata amorosamente acogida en el hueco de las manos que habían estrangulado a una mujer.

Antes de que Robison hubiese vuelto de nuevo la cabeza, Dennis ya había soltado la rata.

El roedor corrió a través del cuarto.

—¡Allí, Robinson, allí! —gritó Dennis.

Robinson se revolvió, avistó a la rata y palideció.

—¡Mierda! —rezongó, al tiempo que tiraba de porra.

La rata corrió a lo largo del zócalo, buscando un lugar donde esconderse. Robinson la persiguió, tratando de golpearla con la porra. Ocasionó una serie de señales negras en la pared, pero no alcanzó a la rata.

Un timbre de alarma se disparó en el cerebro de Jeannie mientras observaba a Robinson. Allí había algo que no encajaba, algo que no tenía sentido. Se trataba de una broma. Pero Dennis no tenía nada de bromista, era un pervertido sexual y un asesino. Lo que acababa de hacer no era propio de su personalidad. A menos, comprendió con un temblor de pánico, que se tratara de una maniobra de diversión y Dennis tuviese otro objetivo...

Jeannie notó que algo le tocaba el pelo. Dio media vuelta en la silla y su corazón pareció interrumpir los latidos.

Dennis se había movido y estaba allí de pie, muy cerca de ella. Mantenía ante los ojos de Jeannie lo que parecía un cuchillo de fabricación casera: una cuchara de hojalata cuya pala se había aplanado y afilado hasta terminar en punta.

Jeannie quiso gritar, pero la voz se le estranguló en la garganta. Un segundo antes creía estar completamente a salvo; ahora, un asesino la amenazaba con un cuchillo. ¿Cómo pudo ocurrir aquello con tal rapidez? La sangre parecía haber desaparecido de su cerebro y a duras penas podía pensar.

Dennis la cogió del pelo con la mano izquierda y agitó la punta del cuchillo tan cerca de sus ojos que no pudo enfocar la vista sobre el arma. El recluso se inclinó para hablarle al oído. Dennis olía a sudor y su aliento se proyectó cálido contra la mejilla de Jeannie. La voz era baja hasta el punto de que la doctora casi no podía oírla por encima del ruido que producía Robinson.

—Haz lo que te digo si no quieres que te rebane el globo de los ojos.

Jeannie se disolvió en terror.

—¡Oh, Dios, no, que no me quede ciega! —suplicó.

Oír su propia voz en aquel extraño tono de rendición humillante la hizo recobrar en cierta medida los sentidos. Trató desesperadamente de concentrarlos y pensar. Robinson seguía persiguiendo a la rata: estaba ajeno por completo a lo que tramaba Dennis. Se encontraban en el corazón de una cárcel estatal y ella disponía de un guardia armado; sin embargo, estaba a merced de Dennis. ¡Qué convencida estaba, equivocadamente, unas horas antes, de que podría hacérselas pasar muy negras si la atacaba! Empezó a temblar de miedo.

Dennis le dio un doloroso tirón del pelo, hacia arriba, obligándola a ponerse en pie.

—¡Por favor! —articuló Jeannie. Antes de acabar la frase ya estaba odiándose a sí misma por implorar de aquella forma tan denigrante, pero se sentía demasiado aterrada para interrumpir su súplica—. ¡Haré cualquier cosa!

Notó en su oreja el roce de los labios de Dennis.

—¡Quítate las bragas! —le susurró.

Jeannie se quedó helada. Estaba dispuesta a hacer lo que él quisiera, por vergonzoso que fuese, con tal de escapar. No sabía cómo reaccionar. Trató de localizar a Robinson. El guardia estaba fuera de su campo visual, detrás de ella, pero Jeannie no se atrevió a volver la cabeza porque tenía la punta del cuchillo casi pegada al ojo. Sin embargo, le oía maldecir a la rata y descargar golpes con la porra, por lo que resultaba evidente que aún no se había percatado de lo que estaba haciendo Dennis.

—No tengo mucho tiempo —mumuró Dennis con voz que parecía un soplo de viento gélido—. Si no haces lo que quiero, jamás volverás a ver brillar el sol.

Le creyó. Acababa de concluir el examen psicológico de tres horas al que le había sometido y estaba perfectamente enterada de la clase de individuo que era. Carecía de conciencia, era incapaz de sentir culpabilidad o remordimiento. Si ella no cumplía los deseos de Dennis, éste la mutilaría sin vacilar.

¿Pero qué iba a hacer Dennis después de que ella se quitara las bragas?, pensó desesperadamente. ¿Se daría por satisfecho y apartaría de su cara la hoja del cuchillo? ¿La rajaría de todas formas? ¿O querría algo más?

¿Por qué no podía Robinson matar de una vez a aquella maldita rata?

—¡Rápido! —siseó Dennis.

¿Qué podía ser peor que la ceguera?

—Está bien —gimió Jeannie.

Se agachó torpemente, con Dennis aún agarrándola del pelo y apuntándola con el cuchillo. A tientas, se levantó las faldas de su vestido de hilo y se bajó las minúsculas braguitas blancas de algodón. Se sentía llena de vergüenza, aunque la razón le decía que aquello no era culpa suya. Volvió a bajarse las faldas del vestido apresuradamente y cubrió su desnudez. Luego levantó los pies alternativamente para desprenderse de las bragas y, de una patada, las envió a través del piso de baldosas grises de plástico.

Se sintió espantosamente vulnerable.

Dennis la soltó, recogió las bragas, las oprimió contra su rostro y respiró a través de ellas con los ojos cerrados en éxtasis.

Jeannie le contempló, horrorizada ante aquella intimidad forzosa. Incluso aunque Dennis ni siquiera la tocaba, se estremeció asqueada.

¿Qué pensaba hacer Dennis a continuación?

La porra de Robinson produjo un repugnante chasquido de aplastamiento. Jeannie volvió la cabeza y vio que por fin había alcanzado a la rata. El palo había golpeado la mitad posterior del rollizo cuerpo y las baldosas grises presentaban una mancha roja. El roedor ya no corría pero aún estaba vivo, con los ojos abiertos y la parte delantera moviéndose al ritmo de la respiración. Robinson descargó otro golpe, destrozándole la cabeza. La rata dejó de moverse y una especie de légamo grisáceo rezumó del destrozado cráneo.

La mirada de Jeannie fue de nuevo a Dennis. Vio, sorprendida, que estaba sentado a la mesa, como había estado toda la tarde, como si en ningún momento se hubiera movido. Su rostro era la pura imagen de la inocencia. El cuchillo y las bragas habían desaparecido.

Robinson jadeaba a causa del esfuerzo. Dirigió a Dennis una mirada recelosa y dijo:

—No habrás traído tú aquí ese bicho, ¿verdad, Pinker?

—No, señor —respondió Dennis con engañosa sinceridad.

—Desde luego —continuó Robinson—, si pensara que semejante faena es cosa tuya te haría... —El guardia lanzó a Jeannie una mirada de soslayo y decidió abstenerse de precisar lo que le iba a hacer a Dennis—. Creo que sabes muy bien que me encargaría de que te arrepintieras bien arrepentido de haberlo hecho.

—Sí, señor.

Jeannie comprendió que estaba a salvo. Pero la indignación sucedió inmediatamente al alivio. Miró fijamente a Dennis, ultrajada. ¿Iba a fingir aquel tipo que no había ocurrido nada?

—Bueno —dijo Robinson—, de todas maneras, coge un cubo de agua y limpia a fondo esta sala.

—Al instante, señor.

—Es decir, si la doctora Ferrami ha terminado contigo.

Jeannie trató de decir: «Mientras usted se dedicaba a matar la rata, Dennis me robó las bragas», pero no le salieron las palabras. Parecían muy tontas. Y pudo imaginarse las consecuencias que tendría pronunciarlas. La retendrían allí lo menos una hora, mientras se investigaba su acusación.

Registrarían a Dennis y encontrarían las bragas. Las cuales se presentarían como prueba al alcaide Temoigne. Se imaginó al hombre examinando la prueba del delito, poniendo las bragas del revés y del derecho, con una expresión extraña en la cara...

No. Ella no diría nada.

Experimentó un ramalazo de culpabilidad. Siempre se había burlado de las mujeres que sufrían una agresión y no la denunciaban, permitiendo así que el asaltante quedara impune. Ahora ella estaba haciendo lo mismo.

Comprendió que Dennis contaba con eso. Había previsto cómo se sentiría Jeannie y jugó con la casi certeza de que saldría bien librado. La idea puso a Jeannie tan furiosa que por un momento consideró tirar de la manta sólo para impedir que Dennis se fuera de rositas. Luego vio mentalmente a Temoigne, a Robinson y a todos los demás hombres de la cárcel, que la contemplarían y pensarían «No lleva bragas», y se dio cuenta de que le resultaría demasiado humillante para soportarlo.

Qué inteligente era Dennis: tan inteligente como el hombre que había provocado el incendio en el gimnasio y violó a Lisa, tan inteligente como Steve...

—Parece usted un poco agitada —le comentó Robinson—. Supongo que no le gustan las ratas más que a mí.

Jeannie se rehizo. El mal trago estaba superado. Había sobrevivido, no sólo conservando la vida, sino también con los globos oculares intactos. Lo ocurrido, ¿era malo?, se preguntó. He podido acabar mutilada o violada. En cambio, sólo perdí una prenda interior. He de sentirme agradecida.

—Me encuentro perfectamente, gracias —respondió.

—En ese caso, la sacaré de aquí.

Abandonaron los tres el locutorio.

Una vez fuera, Robinson ordenó:

—Ve a buscar una fregona, Pinker.

Dennis sonrió a Jeannie: una sonrisa larga y cómplice, como si fueran amantes que hubiesen pasado la tarde juntos en la cama. Luego desapareció en el interior de la cárcel. La muchacha sintió un alivio inmenso al verle alejarse, pero seguía sufriendo los pinchazos de una repugnancia insistente, porque Dennis se llevaba su prenda íntima en el bolsillo. ¿Dormiría con aquellas bragas oprimidas contra la mejilla, como un niño con su osito de felpa? ¿O se envolvería el pene con ellas mientras se masturbaba, imaginándose que la estaba echando un polvo? Hiciera lo que hiciese, Jeannie se sentía participante obligada, nada voluntaria, con su intimidad violada y su libertad personal comprometida.

Robinson la acompañó hasta la puerta principal y le estrechó la mano. Jeannie atravesó la abrasada zona de aparcamiento, hacia el Chevrolet, mientras se decía: ¡Cómo me alegraré de salir de este lugar! Había conseguido la muestra del ADN de Dennis y eso era lo más importante.

Al volante del vehículo, Lisa estaba poniendo en marcha el aire acondicionado. Jeannie se dejó caer pesadamente en el asiento del pasajero.

—Pareces deshecha —observó Lisa, al tiempo que arrancaba.

—Para en la primera zona comercial que encontremos —pidió Jeannie.

—Claro. ¿Qué te hace falta?

—Ahora te lo digo —replicó Jeannie—. Pero no te lo vas a creer.

19

Después del almuerzo, Berrington se dirigió a un bar situado en un barrio tranquilo y pidió un martini.

La sugerencia que Jim Proust soltó como si tal cosa le había dejado estremecido. Berrington se daba cuenta de que cometió una estupidez al agarrar a Jim por la solapa y levantarle la voz. Pero no lamentaba aquel desahogo. Al menos podía tener la certeza de que Jim conocía con exactitud lo que pensaba él del asunto.

Los rifirrafes entre ellos no eran ninguna novedad. Recordaba su primera gran crisis, al principio de los setenta, cuando estalló el escándalo Watergate. Fue una época terrible: el conservadurismo estaba desacreditado, los políticos paladines de la ley y el orden resultaron ser unos corruptos maleantes y cualquier actividad clandestina, por muy bien intencionada que fuese, empezó de pronto a considerarse como una conspiración anticonstitucional. El pánico se apoderó de Preston Barck, que votó por abandonar el proyecto en pleno. Jim Proust le tildó de cobarde, argumentó coléricamente que no existía ningún peligro y propuso seguir adelante como una empresa conjunta CIA-ejército, tal vez extremando las medidas de seguridad, haciéndolas más estrictas. Sin duda estaría presto a asesinar a cualquier periodista investigador que fisgoneara en lo que llevaban entre manos. Fue Berrington quien sugirió la creación de una firma privada e indicó que debían distanciarse del gobierno. Ahora, de nuevo volvía a tocarle a él encontrar una vía de escape por la que salir de las dificultades.

En el local reinaba la penumbra y la temperatura era fresca. El televisor de encima del mostrador mostraba las imágenes de un culebrón, pero el sonido estaba apagado. La ginebra fría sosegó a Berrington. La irritación que en él había despertado Jim fue evaporándose gradualmente, hasta que sus pensamientos acabaron por centrarse en Jeannie Ferrami.

La alarma le había impulsado a hacer una promesa temeraria. Les dijo irreflexivamente a Jim y a Preston que haría un trato con Jeannie. Ahora tenía que cumplir aquel imprudente compromiso. Debía impedir que Jeannie continuase haciendo preguntas acerca de Steve Logan y Dennis Pinker.

Era un problema peliagudo. Aunque la había contratado y tramitado la concesión de su beca, no podía darle órdenes sin más ni más; como ya le dijo a Jim, la universidad no era el ejército. Jeannie era una colaboradora de la UJF, y la Genetico ya había abonado los fondos correspondientes a un año. A la larga, naturalmente, si se dispusiera de tiempo, podría ponerle una mordaza sin grandes problemas; pero eso ahora no bastaba. Había que pararle los pies de inmediato, antes de que descubriera lo suficiente como para estropearles todo el proyecto.

Tranquilo, se aconsejó, tranquilo.

El punto débil de la tarea de Jeannie era su utilización de bases de datos clínicos sin el permiso de los pacientes. Era la clase de asunto que los periódicos podían convertir en escándalo, al margen de si verdaderamente se había invadido o no la intimidad de alguien. Y a las universidades les aterraban los escándalos: causaban estragos en el capítulo de la recaudación de fondos.

Era una tragedia que aquel prometedor plan científico acabase en la ruina. Iba contra todo lo que representaba y defendía Berrington. Había alentado a Jeannie y ahora tenía que socavar su labor. Aquello la descorazonaría, y con razón. Berrington se dijo que la muchacha tenía genes perniciosos y que tarde o temprano se encontraría en dificultades; pero, con todo, hubiera deseado no tener que ser él la causa de su hundimiento.

Se esforzó en apartar de su mente el cuerpo de la joven. Las mujeres siempre habían sido su debilidad. No le tentaba ningún otro vicio: bebía con moderación, nunca jugaba y no entendía por qué la gente tomaba drogas. Quería a su esposa, Vivvie, pero a pesar de ello fue incapaz de resistirse al tentador encanto de otras mujeres, por lo que Vivvie acabó por dejarle, harta de verle mariposear con unas y con otras. Ahora, cuando pensaba en Jeannie se la imaginaba acariciándole, deslizando los dedos por su cabellera mientras le susurraba: «Has sido muy bueno conmigo, te debo tanto... ¿Cómo podré pagártelo alguna vez?».

Tales pensamientos le avergonzaban. Se suponía que era su patrocinador y su mentor, no su seductor.

Al mismo tiempo que el deseo, le abrasaba un ardiente resentimiento. Jeannie no era más que una muchacha, por el amor de Dios; ¿cómo podía constituir tal amenaza? ¿Cómo podía una jovencita con un aro en la nariz representar un peligro para él, para Preston y para Jim, precisamente cuando estaban a dos pasos de materializar la ambición de toda su vida? Era inconcebible que aquello se viniera abajo ahora; la idea le produjo un vértigo empavorecedor. Cuando no se imaginaba a sí mismo haciéndole el amor a Jeannie, sus fantasías le llevaban al acto de estrangularla.

Sin embargo, no estaba nada dispuesto a provocar un escándalo público que la pusiera en la picota. Controlar a la prensa era difícil. Existía la posibilidad de que empezasen investigando a Jeannie y terminasen investigándole a él. Esa sería una estrategia peligrosa. Pero no se le ocurría ninguna otra solución, aparte de la barbaridad del asesinato propuesta por Jim.

Apuró la consumición. El camarero le ofreció otro martini, pero Berrington declinó. Barrió el establecimiento con la mirada y localizó un teléfono público junto a la puerta de los servicios de caballeros. Introdujo su tarjeta American Express en la ranura y marcó el número de la oficina de Proust. Descolgó uno de los insolentes paniaguados de Jim.

—Despacho del senador Proust.

—Aquí, Berrington Jones...

—Me temo que en estos momentos el senador esté reunido.

Berrington pensó que realmente Jim debería aleccionar a sus secuaces para que se mostrasen un poco más amables.

—Vamos a ver, entonces, si podemos evitar interrumpirle —dijo—. ¿Tiene programada para esta tarde alguna cita con los medios de comunicación?

—No estoy seguro. ¿Me permite preguntarle por qué necesita usted saberlo, señor?

—No, joven, no se lo permito —replicó Berrington en tono irritado. Los ayudantes presuntuosos eran la maldición de la Colina del Capitolio—. Puede usted responder a mi pregunta, puede avisar a Jim Proust para que se ponga al aparato o puede usted perder su maldito empleo, ahora dígame, ¿qué prefiere?

—No se retire, por favor.

Hubo una larga pausa. Berrington pensó que desear que Jim enseñara a sus ayudantes a mostrarse cordiales era como esperar que un chimpacé instruyese a sus descendientes en el arte de comportarse correctamente en la mesa. El estilo del jefe suele extenderse a los miembros de su equipo: una persona de modales groseros siempre tiene empleados que se distinguen por su mala educación.

Por el teléfono llegó una nueva voz:

—Profesor Jones, el senador tiene previsto asistir dentro de quince minutos a la conferencia de prensa que va a celebrarse con motivo de la presentación del libro *Nueva esperanza para Norteamérica*, del congresista Dinkey.

Aquello era perfecto.

—¿Dónde?

—En el hotel Watergate.

—Dígale a Jim que estaré allí y asegúrese de que mi nombre figure en la lista de invitados, por favor.

Berrington colgó sin darle tiempo a responder.

Salió del bar y tomó un taxi para trasladarse al hotel. Era preciso tratar aquel asunto con delicadeza. Manipular a los medios de comunicación era bastante arriesgado: un buen reportero es muy capaz de percibir lo que hay debajo de la evidencia de una historia y empezar a hacer preguntas acerca de por qué se plantó allí. Pero cada vez que pensaba en los riesgos, Berrington se remitía a las recompensas y eso vigorizaba su ánimo.

Dio con el salón donde iba a celebrarse la conferencia de prensa. Su nombre no figuraba en la lista de invitados —los secretarios engreídos nunca son eficientes—, pero el publicista encargado de la promoción del libro reconoció su rostro y le dio la bienvenida, considerándole un aliciente adicional para las cámaras. Berrington se alegró de vestir la camisa a rayas Turnbull & Asser que tan distinguida aparecía en las fotos.

Tomó un vaso de Perrier y echó una ojeada al salón. Había un atril delante de una monumental ampliación de la cubierta del libro, así como una pila de folletos de prensa encima de una mesa lateral. Los equipos de televisión ponían a punto sus focos. Berrington divisó un par de periodistas a los que conocía, pero ninguno de ellos le mereció suficiente confianza.

No obstante, no cesaban de llegar más. Deambuló por la sala, intercambió frases insustanciales con otros asistentes y siguió vigilando la puerta de entrada. La mayor parte de los periodistas le conocía: aunque secundaria, no dejaba de ser una celebridad. Berrington no había leído el libro, pero Dinkey estaba suscrito a una agenda del ala derecha tradicional que era una versión suavizada de las ideas que Berrington compartía con Jim y Preston, por lo que tuvo la feliz satisfacción de declarar a los periodistas que avalaba sin reservas el mensaje de la obra de Dinkey.

Jim y Dinkey llegaron minutos después de las tres. Inmediatamente detrás de ellos iba Hank Stone, un veterano del *New York Times*. Calvo, de nariz roja, con el prominente barrigón desparramándose por encima de la cintura de los pantalones, desabrochado el cuello de la camisa, aflojado el nudo de la corbata, desgastadísimos los zapatos marrones, sin duda era el individuo de peor pinta de todo el cuerpo de prensa de la Casa Blanca.

Berrington se preguntó si Hank se plegaría a sus deseos.

Hank no tenía el menor conocimiento de creencias políticas. Berrington lo había conocido quince o veinte años atrás, cuando el periodista preparó un artículo sobre la Genetico. Desde que obtuvo el empleo en Washington, había escrito una o dos veces acerca de las ideas de Berrington y en numerosas ocasiones respecto a las de Jim Proust. Daba a las mismas un enfoque más sensacionalista que intelectual, como inevitablemente acostumbran a hacer los reporteros, pero nunca moralizaba al modo santurrón que suelen emplear los periodistas progresistas.

Hank trataría la información conforme a su valor: si pensaba que era una buena historia, la escribiría. ¿Pero podía confiarse en que no iba a profundizar más de la cuenta? Berrington no estaba seguro.

Saludó a Jim y estrechó la mano de Dinkey. Charlaron unos minutos, mientras Berrington oteaba el panorama con la esperanza de descubrir alguna perspectiva más prometedora. Pero ante su vista no apareció nadie mejor y dio comienzo la conferencia de prensa.

Sentado mientras los oradores pronunciaban sus parlamentos, Berrington contuvo su impaciencia. La verdad es que era muy poco el tiempo con que contaba. De tener unas cuantas fechas de margen es posible que encontrase alguien más apropiado que Hank, pero no sólo no contaba con unas fechas, sino que apenas disponía de unas pocas horas. Y un encuentro aparentemente fortuito como aquel era mucho menos sospechoso que concertar una cita e invitar a un periodista a almorzar.

Cuando concluyeron las disertaciones, Berrington seguía sin haber echado el ojo a alguien mejor que Hank.

Cuando los periodistas se dispersaban, Berrington le abordó.

—Hank, me alegro de haber tropezado contigo. Puede que tenga una buena crónica para ti.

—¡Estupendo!

—Trata del uso indebido de cierta información médica sacada de bases de datos.

Hank hizo una mueca.

—No es precisamente la clase de asunto que trabajo, Berry, pero sigue.

Berrington gruñó para sus adentros: Hank no parecía estar de talante receptivo. Sacó a relucir todo su encanto y tiró adelante:

—Creo que sí es un asunto de los que entran en tu terreno, porque eres capaz de ver el potencial que contiene, cosa que se le escaparía a un reportero corriente.

—Está bien, probemos.

—Primero, no estamos manteniendo esta conversación.

—Eso es un poco más prometedor.

—Segundo, puedes preguntarte por qué te estoy proporcionando la historia, pero no formularás ninguna pregunta de labios afuera.

—Cada vez mejor —dijo Hank, pero no hizo ninguna promesa.

Berrington decidió no seguir andándose por las ramas.

—En el departamento de psicología de la Universidad Jones Falls hay una joven investigadora llamada doctora Jean Ferrami. En la búsqueda de sujetos idóneos para su estudio, explora grandes bases de datos médicos sin permiso de las personas cuyos historiales figuran en los archivos.

Hank se pellizcó la colorada nariz.

—¿Es un asunto sobre ordenadores o sobre ética científica?

—No lo sé, el periodista eres tú.

El entusiasmo de Hank brillaba por su ausencia.

—No es lo que se dice una gran exclusiva sensacional.

«No empieces a hacerte el remolón, hijo de mala madre.» Berrington tocó el brazo de Hank en gesto amistoso.

—Hazme un favor, pregunta por ahí —dijo en tono persuasivo—. Ve a ver al presidente de la universidad, se llama Maurice Obell. Telefonea a la doctora Ferrami. Diles que se trata de un gran reportaje y veremos cómo responden. Creo que tendrás unas reacciones interesantes.

—No sé, no sé.

—Te prometo, Hank, que no perderás el tiempo.

«¡Di que sí, so cabrón, di que sí!»

—Está bien —accedió Hank, tras un breve titubeo.

Berrington trató de disimular su complacencia tras una expresión grave, pero no pudo evitar que en sus labios apareciera un leve sonrisita de triunfo.

Hank la captó y por su rostro cruzó un fruncimiento de recelo.

—No estarás utilizándome, ¿eh, Berry? ¿Estás tratando de valerte de mí para asustar a alguien, quizá?

Berrington sonrió jovialmente y pasó el brazo por los hombros del reportero.

—Confía en mí, Hank —dijo.

20

Jeannie compró un estuche de tres bragas blancas de algodón en un centro comercial de Walgren, en las afueras de Richmond. Se puso unas en los servicios de mujeres del Burger King contiguo. Se encontró entonces mucho mejor.

Era extraño lo indefensa que se había sentido sin aquella prenda íntima. Apenas podía pensar en otra cosa. Sin embargo, durante la época en que estuvo enamorada de Will Temple le encantaba ir de un lado para otro sin bragas. Le hacía sentirse eróticamente provocativa todo el día. Sentada en la biblioteca, trabajando en el laboratorio o simplemente mientras caminaba por la calle solía fantasear pensando en que Will iba a aparecer de pronto, de forma inopinada, enfebrecido por la pasión, y que le diría: «No disponemos de mucho tiempo, pero tengo que poseerte, ahora mismo, aquí mismo», y ella estaría dispuesta para él. Pero al no haber ningún hombre en su vida, necesitaba llevar ropa interior lo mismo que necesitaba llevar zapatos.

De nuevo convenientemente vestida, volvió al coche. Lisa condujo hasta el aeropuerto de Richmond-Williamsburg, donde devolvieron el automóvil de alquiler y cogieron el avión de regreso a Baltimore.

La clave del misterio debía de residir en el hospital donde nacieron Dennis y Steve, musitó Jeannie mientras despegaban. De una manera o de otra, dos gemelos idénticos habían acabado alumbrados por madres distintas. Era un argumento propio de cuento fantástico, pero algo así tenía que haber sucedido.

Repasó los papeles que llevaba en la cartera y comprobó los datos relativos al nacimiento de los dos sujetos. La fecha de nacimiento de Steve era el 25 de agosto. Con horror descubrió que la de Dennis era el 7 de septiembre, casi dos semanas después.

—Debe de haber un error —dijo—. No sé por qué no se me ocurrió cotejarlas antes.

Mostró a Lisa los contradictorios documentos.

—Podemos hacer una doble verificación —repuso Lisa.

—¿Se pregunta en alguno de los formularios en qué hospital nació el sujeto?

Lisa emitió una amarga risita.

—Creo que esa es una pregunta que no incluimos en los impresos.

—En estos casos, sin duda fue en un hospital militar. El coronel Logan está en el ejército y cabe imaginar que «el comandante» era soldado en la época en que Dennis vino al mundo.

—Lo comprobaremos.

Lisa no compartía la impaciencia de Jeannie. Para ella no se trataba más que de otro proyecto de investigación. Para Jeannie, sin embargo, lo era todo.

—Quisiera hacer una llamada ahora —exclamó impaciente—. ¿Lleva teléfono este avión?

Lisa enarcó las cejas.

—¿Estás pensando en llamar a la madre de Steve?

Jeannie percibió una nota de reproche en la voz de Lisa.

—Sí. ¿Por qué no debería hacerlo?

—¿Sabe ella que Steve está en la cárcel?

—Buen tanto. Lo ignoro. Maldita sea. No voy a ser yo quien le dé la mala noticia.

—Es posible que Steve haya telefoneado ya a su casa.

—Tal vez me acerque a la cárcel a ver a Steve. Eso está permitido, ¿no?

—Supongo que sí. Pero tendrán un horario de visitas, como los hospitales.

—Me presentaré allí, a ver si hay suerte. De cualquier modo, siempre puedo llamar a los Pinker. —Hizo una seña a la azafata que se acercaba por el pasillo—. ¿Hay teléfono en el avión?

—No, lo siento.

—Mala suerte.

La azafata sonrió.

—¿No te acuerdas de mí, Jeannie?

Jeannie la miró a la cara por primera vez y la reconoció automáticamente.

—¡Penny Watermeadow! —exclamó. Penny se había doctorado en lengua inglesa en Minnesota el mismo curso que Jeannie—. ¿Qué tal te va?

—Formidable. ¿Y tú qué haces?

—Estoy en la Jones Falls, enzarzada en un programa de investigación con algunos problemas. Tenía entendido que buscabas un trabajo académico.

—Lo buscaba, pero no lo encontré.

Jeannie se sintió un poco incómoda por el hecho de haber conseguido algo que su amiga no logró.

—Mal asunto.

—Ahora me alegro. Disfruto con este trabajo y pagan mejor que en la mayoría de las universidades.

Jeannie no la creyó. Le impresionaba desagradablemente ver a toda una doctora en lengua inglesa trabajando de azafata.

—Siempre creí que serías una profesora estupenda.

—Estuve dando clases una temporada en un instituto de enseñanza media. Hasta que me pegó un navajazo un alumno que discrepaba conmigo respecto a *Macbeth.* Me pregunté por qué lo hacía, por qué arriesgaba la vida por meter a Shakespeare en la cabeza de unos chicos que no veían la hora de volver a las calles para seguir con sus atracos y sacar dinero con el que comprarse *crack*.

Jeannie recordó el nombre del marido de Penny.

—¿Cómo está Danny?

—Se las arregla de maravilla, ahora es director de ventas. Lo que significa que tiene que viajar un montón, pero le compensa.

—Bien, qué alegría volver a verte. ¿Tu base está en Baltimore?

—En Washington, D.C.

—Dame tu número de teléfono. Te llamaré.

Jeannie le pasó un bolígrafo y Penny anotó su número de teléfono en una de las carpetas de Jeannie.

—Almorzaremos juntas —dijo Penny—. Será divertido.

—Apuesta a que sí.

Penny siguió adelante.

—Parece lista —comentó Lisa.

—Es muy inteligente. Estoy horrorizada. Ser azafata no tiene nada de malo, pero en el caso de Penny es como tirar por la ventana veinticinco años de estudios.

—¿La llamarás?

—Rayos, no. Sería negativo. Sólo serviría para recordarle las ilusiones y esperanzas que la animaban en aquellos tiempos. Resultaría muy penoso.

—Eso creo. Lo siento por ella.

—Yo también.

En cuanto tomaron tierra, Jeannie se encaminó a un teléfono público y llamó a los Pinker, a Richmond, pero comunicaban.

—Maldita sea —lamentó en tono quejumbroso. Esperó cinco minutos, lo intentó otra vez, pero continuaba sonando aquel enloquecedor zumbido de línea ocupada. Comentó—: Charlotte debe de estar llamando a su violenta familia para contarles todo lo referente a nuestra visita. Probaré más tarde.

El coche de Lisa estaba en el aparcamiento. Se dirigieron a la ciudad y Lisa dejó a Jeannie a la puerta de su casa. Antes de apearse, Jeannie preguntó:

—¿Puedo pedirte un gran favor?

—Claro. Aunque eso no significa que te lo vaya a conceder —sonrió Lisa.

—Empieza esta noche la extracción del ADN.

Lisa puso cara larga.

—Oh, Jeannie, hemos estado fuera todo el día. Tengo que comprar la cena...

—Ya lo sé. Y yo tengo que visitar la cárcel. Luego nos encontraremos en el laboratorio, digamos a... ¿te parece bien a las nueve?

—Vale —Lisa volvió a sonreír—. Siento curiosidad por saber qué sale de los análisis.

—Si empezamos esta noche, podríamos tener los resultados pasado mañana.

Lisa pareció dubitativa.

—Si tomamos algunos atajos, sí.

—¡Así me gusta!

Jeannie se apeó del coche y Lisa se alejó.

A Jeannie le hubiera gustado subir a su automóvil y dirigirse en seguida al cuartelillo de policía, pero decidió echar antes un vistazo a su padre, así que entró en la casa.

El hombre estaba viendo el programa *La rueda de la fortuna.*

—¡Hola, Jeannie, sí que vuelves tarde a casa! —saludó.

—He estado trabajando y aún no he terminado —dijo la muchacha—. ¿Qué tal día pasaste?

—Un poco aburrido, aquí solo.

A Jeannie le inspiró cierta lástima. Parecía no tener amigos. Sin embargo, su aspecto había mejorado respecto a la noche anterior. Había descansado, iba limpio y se había afeitado. Para almorzar sacó una pizza del frigorífico y se la calentó: los platos sucios estaban aún en el mostrador de la cocina. A punto de preguntarle quién se creía que iba a ponerlos en el lavavajillas, Jeannie se mordió la lengua.

Dejó la cartera y empezó a limpiar. Su padre no apagó la tele.

—He estado en Richmond, Virginia —informó.

—Estupendo, cariño. ¿Qué hay para cenar?

No, pensó Jeannie, esto no puede continuar. No voy a aguantar que me trate como trataba a mamá.

—¿Por qué no preparas algo?

Eso atrajo su atención. Apartó los ojos del televisor y miró a Jeannie.

—¡No sé cocinar!

—Yo tampoco, papá.

El padre frunció el ceño, pero al instante sonrió.

—¡Entonces saldremos a cenar fuera!

La expresión de su rostro era inolvidablemente familiar. Jeannie retrocedió veinte años con la imaginación. Patty y ella llevaban pantalones de mahón acampanados, ambas a juego. Vio a su padre, que entonces tenía el pelo oscuro y lucía patillas. Estaba diciendo: «¡Vamos al parque de atracciones! ¿Queréis algodón de azúcar? ¡Subid al coche!». Había sido el hombre más maravilloso del mundo. Los recuerdos de Jeannie dieron un salto de diez años. Ella vestía vaqueros de color negro y calzaba botas Doc Marten; el pelo de su padre era más corto y canoso. Decía: «Te llevaré a Boston con tus cosas, me agenciaré una furgoneta y aprovecharemos la ocasión para pasar un rato juntos; por el camino tomaremos unos de esos platos combinados de comida rápida, ¡será divertido! ¡Pasaré a buscarte a las diez en punto!». Le estuvo esperando todo el día, pero no apareció y, a la mañana siguiente, Jeannie tomó un autocar Greyhound.

Ahora, al ver en los ojos de su padre el mismo brillo de «¡será divertido!», Jeannie deseó con toda el alma poder regresar a los nueve años y creer todo lo que decía su padre. Pero ahora era una persona adulta y sin ningún remordimiento le preguntó:

—¿Cuánto dinero tienes?

El hombre se entristeció.

—Ni cinco, ya te lo dije.

—Yo tampoco. Así que no podemos ir a comer fuera. —Abrió el frigorífico. Tenía allí un repollo, unas cuantas mazorcas de maíz, un limón, un paquete de chuletas de cordero, un tomate y una caja medio vacía de arroz Uncle Ben. Lo sacó todo y lo puso encima del mostrador.

—Te diré lo que vamos a hacer —declaró—. Como aperitivo, tomaremos un poco de maíz fresco mezclado con mantequilla; después, chuletas de cordero sazonadas con cáscara de limón para darles gusto y acompañadas de ensalada y arroz. De postre, helado.

—¡Muy bien, eso es fantástico!

—Puedes empezar a prepararlo mientras estoy fuera.

El hombre se puso en pie y contempló los alimentos que Jeannie había sacado del frigorífico. Jeannie cogió la cartera.

—Estaré de vuelta poco después de las diez.

—¡Yo no sé guisar esto!—. El hombre cogió una mazorca.

Del estante de encima del frigorífico Jeannie cogió el ejemplar de *Un menú para cada día del año*, del Reader's Digest. Se lo tendió a su padre.

—No tienes más que leerlo —dijo. Le dio un beso en la mejilla y se marchó.

Mientras subía al coche y ponía rumbo al centro urbano confió en no haber sido demasiado cruel. Su padre pertenecía a una generación anterior; en su época, las normas eran distintas. Sin embargo, ella no podía ser su ama de casa, incluso aunque quisiera, porque tenía que conservar su empleo. Al proporcionarle un lugar en el que cobijarse durante la noche había hecho por él más de lo que él hiciera por ella durante la mayor parte de su vida. A pesar de todo, deseaba haberse marchado dejándole con mejor sabor de boca. Era un negado, pero era el único padre que tenía.

Aparcó el coche en un garaje y marchó a pie por el barrio chino hacia la comisaría de policía. El ostentoso vestíbulo tenía bancos de mármol y un mural con escenas de la historia de Baltimore. Comunicó al recepcionista que estaba allí para ver a Steve Logan, que se encontraba bajo custodia. Temía verse obligada a entablar una discusión, pero al cabo de unos minutos de espera una joven de uniforme la hizo pasar y la acompañó en el ascensor.

Le mostraron un cuarto del tamaño de una alacena. Paredes mondas y lirondas, con una ventanilla en la del fondo y un panel auditivo debajo de la misma. La ventanilla parecía dar a otra cabina semejante. No había forma de pasar algo de una habitación a otra sin hacer un agujero en la pared.

Jeannie miró por la ventanilla. Transcurridos cinco minutos llevaron a Steve. Cuando el muchacho entró en la cabina, Jeannie observó que iba esposado y con las piernas encadenadas una a la otra como si fuera peligroso. Al reconocerla, sonrió de oreja a oreja.

—¡Esta si que es una sorpresa agradable! —exclamó—. La verdad es que es lo único bonito que me ha sucedido en todo el día.

A pesar de su talante alegre presentaba un aspecto terrible: tenso y cansino.

—¿Cómo estás? —preguntó Jeannie.

—Un poco fastidiado. Me han metido en una celda con un asesino que tiene resaca de *crack*. No me atrevo a dormir.

Toda su compasión se volcó sobre él. Tuvo que recordarse que se suponía que era el individuo que violó a Lisa. Pero Jeannie no podía creerlo.

—¿Cuánto tiempo crees que te retendrán aquí?

—Un juez examinará mañana la solicitud de libertad bajo fianza. Si eso falla, puede que permanezca encerrado hasta que se conozca el resultado de la prueba de ADN. Al parecer eso lleva tres días.

La mención del ADN recordó a Jeannie su objetivo.

—Hoy he visto a tu hermano gemelo.

—¿Y...?

—No hay duda. Es tu vivo retrato.

—Tal vez fue él quien violó a Lisa Hoxton.

Jeannie movió la cabeza negativamente.

—Si se hubiese fugado de la cárcel el fin de semana, probablemente. Pero todavía está allí.

—¿No crees que pueda haber escapado y vuelto? Para hacerse con una coartada.

—Demasiado fantástico. Si Dennis se hubiera visto fuera de la cárcel, nada le habría inducido a volver.

—Me parece que tienes razón —concedió Steve, sombrío.

—He de hacerte un par de preguntas.

—Dispara.

—Primero, necesito confirmar tu fecha de nacimiento.

—Veinticinco de agosto.

Esa era la que Jeannie había anotado. Quizá tenía equivocada la de Dennis.

—¿Sabes por casualidad dónde naciste?

—Sí. En aquellos días, papá estaba destinado en Fort Lee, Virginia, y yo nací en el hospital militar de allí.

—¿Estás seguro?

—Segurísimo. Mamá habló de ello en su libro *Tener un hijo*. —Entornó los párpados para mirarla de una manera que a Jeannie le pareció familiar. Significaba que intentaba adivinarle el pensamiento—. ¿Dónde nació Dennis?

—Aún no lo sé.

—¿Pero nacimos a la vez?

—Por desgracia, la fecha de nacimiento que dio es el siete de septiembre. Pero puede que se trate de un error. Voy a confirmarlo. En cuanto vaya a mi despacho telefonearé a su madre. ¿Hablaste ya con tus padres?

—No.

—¿Prefieres que los llame yo?

—¡No! No quiero que sepan nada de esto hasta que el asunto se haya aclarado.

Jeannie arrugó el entrecejo.

—A juzgar por todas las noticias que tengo de ellos, parecen pertenecer a la clase de personas que te apoyarían.

—Claro que sí. Pero no quiero que pasen por toda esta angustia.

—Desde luego, sería bastante penoso para ellos. Pero tal vez prefiriesen estar enterados y así poder ayudarte.

—No, por favor, no les digas nada.

Jeannie se encogió de hombros. Allí había algo oculto que no le confesaba. Pero era una decisión de Steve.

—Jeannie... ¿cómo es?

—¿Dennis? A primera vista, igual que tú.

—¿Lleva el pelo largo o corto? ¿Tiene bigote, uñas mugrientas, acné, cojea...?

—Lleva el pelo corto como tú, es barbilampiño, tiene las manos limpias, su piel es clara. Podría haber sido tú.

—¡Vaya! —Steve pareció profundamente incómodo.

—La gran diferencia está en su comportamiento. Está incapacitado para relacionarse con el resto de la raza humana. No sabe.

—Es muy extraño.

—A mí no me lo parece. En realidad, confirma mi teoría. Ambos sois lo que yo llamo «pequeños salvajes». Tomé la expresión de una película francesa. La empleo para aplicarla a los chicos intrépidos, incontrolables, hiperactivos. Tales chicos son muy difíciles de integrar en la sociedad. Charlotte Pinker y su marido fracasaron con Dennis. Tus padres lo consiguieron contigo.

Eso no le tranquilizó.

—Pero interiormente, Dennis y yo somos iguales.

—Ambos habéis nacido salvajes.

—Pero yo tengo un tenue barniz de civilización.

Jeannie se dio cuenta de que estaba profundamente preocupado.

—¿Por qué te inquieta tanto?

—Quiero pensar que soy un ser humano, no un gorila domesticado.

La muchacha se echó a reír, pese a la expresión solemne de Steve.

—Los gorilas también tienen que aprender a ser sociables. Así lo hacen todos los animales que viven en grupo. De ahí es de donde procede el crimen.

Steve parecía interesado.

—¿De la vida en grupo?

—Claro. El delito es la ruptura de una regla social importante. Los animales solitarios no tienen reglas. Un oso invadirá la cueva de otro oso, robará su alimento y matará a sus oseznos. Los lobos no hacen esas cosas; si las hicieran, no vivirían en manadas. Los lobos son monógamos, unos cuidan los cachorros de los otros y respetan el espacio particular ajeno. Si un individuo quebranta las reglas, lo castigan; si reincide, lo expulsan de la manada o lo condenan a muerte.

—¿Y si viola normas sociales poco importantes?

—¿Como soltar una ventosidad en un ascensor? Eso lo llamamos faltas de educación. El único castigo es el reproche de los demás. Es asombroso lo efectivo que resulta.

—¿Por qué te interesan tanto las personas que violan las reglas?

Jeannie pensó en su padre. Ignoraba si ella llevaba o no sus genes criminales. Quizás ayudara a Steve saber que también a ella le preocupaba su herencia genética. Pero llevaba tanto tiempo mintiendo acerca de su padre que no le resultó fácil hablar de él ahora.

—Es un gran problema —dijo evasivamente—. A todo el mundo le interesa el crimen.

A su espalda se abrió la puerta y la joven funcionaria de policía miró al interior del cuarto.

—Se ha acabado el tiempo, doctora Ferrami.

—Muy bien —repuso Jeannie por encima del hombro—. Steve, ¿sabías que Lisa Hoxton es la mejor amiga que tengo en Baltimore?

—No, no lo sabía.

—Trabajamos juntas; es una experta.

—¿Cómo es?

—No es la clase de persona que formularía una acusación al buen tuntún.

Steve asintió con la cabeza.

—Pese a todo, quiero que sepas que no creo que lo hicieras tú.

Durante unos segundos Jeannie pensó que iban a saltársele las lágrimas a Steve.

—Gracias —articuló el muchacho bruscamente—. No tengo palabras para decirte lo mucho que eso significa para mí.

—Llámame cuando salgas. —Le dio su número de teléfono—. ¿Te acordarás?

—No hay problema.

A Jeannie le costaba trabajo retirarse. Dedicó a Steve lo que confió fuese una sonrisa de ánimo.

—Buena suerte.

—Gracias, aquí dentro la necesito.

Jeannie dio media vuelta y abandonó el minúsculo locutorio.

La mujer policía la acompañó hasta el vestíbulo. Caía la noche cuando Jeannie regresaba al garaje donde tenía el coche aparcado. Al desembocar en la autopista Jones Falls encendió los faros del viejo Mercedes. Aceleró rumbo al norte, deseosa de llegar cuanto antes a la universidad. Siempre conducía demasiado deprisa. Era hábil al volante, pero un tanto imprudente. Aunque se daba cuenta de ello, carecía de paciencia para ir sólo a noventa por hora.

El Honda Accord de Lisa ya estaba aparcado delante de la Loquería. Jeannie estacionó su vehículo junto a él y entró en el edificio. Lisa encendía en aquel momento las luces del laboratorio. El estuche frigorífico que contenía la muestra de sangre de Dennis Pinker estaba encima del banco.

El despacho de Jeannie se abría justo enfrente, al otro lado del pasillo. Abrió la puerta por el procedimiento de pasar su tarjeta por la ranura del lector de identificaciones y entró. Sentada ante el escritorio, llamó al domicilio de los Pinker, en Richmond.

—¡Por fin! —exclamó al oír la señal de tono al otro extremo de la línea.

Contestó Charlotte.

—¿Cómo está mi hijo? —quiso saber.

—De salud, muy bien —repuso Jeannie. Pensó que a duras penas le hubiera parecido un psicópata, hasta que sacó el cuchillo y me robó las bragas. Hizo un esfuerzo para pensar algo positivo y dijo—: Se mostró dispuesto a colaborar.

—Siempre ha tenido unos modales exquisitos —repuso Charlotte con el moroso deje sureño que usaba en sus manifestaciones más ofensivas.

—Señora Pinker, ¿puede usted confirmarme la fecha de nacimiento de Dennis?

—Nació el día siete de septiembre —lo dijo como si debiera ser una fiesta nacional.

No era la respuesta que le hubiera gustado a Jeannie.

—¿En qué hospital?

—En aquella época estábamos en Fort Bragg, Carolina del Norte.

Jeannie contuvo una decepcionada maldición.

—El comandante estaba entrenando reclutas para Vietnam —declaró

Charlotte orgullosamente—. La Comandancia Médica Militar tiene un hospital en Bragg. En él vino Dennis al mundo.

A Jeannie no se le ocurrió nada más que decir. El misterio seguía tan insondable como siempre.

—Señora Pinker, quiero repetirle mi agradecimiento por su amable colaboración.

—Ya sabe dónde me tiene, para lo que guste.

Jeannie volvió al laboratorio.

—Aparentemente —dijo a Lisa—, Steve y Dennis nacieron con trece días de diferencia, en distintos estados. La verdad, no lo entiendo.

Lisa abrió una caja nueva de probetas.

—Bueno, hay una prueba incontrovertible. Si tienen el mismo ADN, son gemelos idénticos, digan lo que digan los demás respecto a su nacimiento.

Sacó dos tubitos de cristal de dentro de la caja. Tenían una longitud de poco más de cinco centímetros. Su fondo era cónico y una tapa cubría la boca de los tubos. Abrió un paquete de etiquetas, escribió «Dennis Pinker» en una y «Steve Logan» en otra, las pegó en los tubos y los colocó en un estante.

Rompió el sello del recipiente de la sangre de Dennis y vertió una gota en una de las probetas. Después cogió del refrigerador un frasquito de sangre de Steve e hizo lo propio.

Mediante una graduada pipeta de precisión —un tubo con ampolleta en un extremo— añadió una ínfima cantidad de cloroformo a cada probeta. Después tomó una nueva pipeta y añadió una similar cantidad exacta de fenol.

Cerró las dos probetas y las puso en la batidora, donde se agitaron durante unos segundos. El cloroformo disolvería la grasa y el fenol fracturaría las proteínas, pero las largas moléculas en doble hélice del ácido desoxirribonucleico se mantendrían intactas.

Lisa volvió a poner los tubos en el estante.

—Es todo lo que podemos hacer de momento, hasta dentro de unas horas —dijo.

El fenol disuelto en agua se disgregaría del cloroformo despacio. Se formaría un menisco dentro del tubo, en el límite. El ADN sería la parte acuosa, que se podría retirar de la pipeta para la siguiente fase de la prueba. Pero habría que esperar hasta la mañana.

Sonó un teléfono en alguna parte. Jeannie frunció el entrecejo; parecía repicar en su despacho. Cruzó el pasillo y descolgó el auricular.

—¿Sí?

—¿Doctora Ferrami?

Jeannie odiaba a las personas que lo primero que hacían al llamar por teléfono era enterarse de quién estaba al aparato, antes de presentarse. Era como llamar a la puerta de una casa y preguntar al que la abre: «¿Quién diablos es usted?». Hizo retroceder garganta abajo las ganas de soltar una respuesta sarcástica y dijo:

—Soy Jeannie Ferrami. ¿Quién llama, por favor?

—Naomi Freelander, del *New York Times*. —Sonaba como una fumadora empedernida, entrada ya en la cincuentena—. Tengo unas preguntas que formularle.

—¿A estas horas de la noche?

—Trabajo las veinticuatro horas del día. Y parece que usted también.

—¿Cuál es el motivo de su llamada?

—Investigo con vistas a un artículo sobre ética científica.

—¡Ah! —Jeannie pensó de inmediato en la circunstancia de que Steve ignorase que pudiera ser un hijo adoptado. Era un problema ético, aunque no insoluble... pero seguramente el *Times* no sabría nada del asunto—. ¿Qué es lo que le interesa?

—Tengo entendido que ha explorado usted bases de datos clínicas en busca de sujetos apropiados para su estudio.

—Oh, sí, vale —Jeannie se tranquilizó. Por aquel lado no tenía motivo alguno de preocupación—. Bueno, he ideado un mecanismo de búsqueda que explora los datos informáticos y localiza parejas cuyos miembros se corresponden. Mi propósito es encontrar gemelos idénticos. Mi programa informático puede utilizarse en cualquier clase de banco de datos.

—Pero usted ha tenido acceso a archivos médicos con el fin de utilizar ese programa.

—Es importante definir qué entiende usted por acceso. He puesto un cuidado especial en no invadir la intimidad de nadie. Jamás he llegado a ver los detalles médicos de ninguna persona. El programa no imprime los historiales.

—¿Qué imprime?

—Los nombres de los dos individuos, su dirección y número de teléfono.

—Pero imprime los nombres por parejas.

—Naturalmente, ese es el quid.

—De modo que si usted usara, digamos, una base de datos de electroencefalogramas, ésta le informaría de que las ondas cerebrales de John Smith son las mismas que las de Jim Fitz.

—Las mismas o similares. Pero no me daría ningún otro dato relativo a la salud del hombre.

—Sin embargo, en el caso de que usted supiese previamente que John Smith era un esquizofrénico paranoide, llegaría a la conclusión de que Jim Fitz también lo era.

—Jamás sabríamos una cosa así.

—Puede que conozcan a John Smith.

—¿Cómo?

—Podría ser su conserje o algo por el estilo.

—¡Oh, venga ya!

—Cabe esa posibilidad.

—¿Por ahí van a ir los tiros de su reportaje?

—Quizás.

—Muy bien, eso es teóricamente posible, pero las probabilidades son tan ínfimas que cualquier persona razonable lo descartaría.

—Eso es discutible.

Jeannie pensó que la periodista estaba firmemente decidida a ver un atropello, a pesar de los hechos; empezó a preocuparse. Ya tenía suficientes problemas sin que los malditos profesionales de la noticia se le echaran encima.

—¿Hasta qué punto es real todo esto? —dijo—. ¿Ha tropezado usted con alguien que considere que se ha violado su intimidad?

—Me interesa la potencialidad.

Una sospecha asaltó a Jeannie.

—De todas formas, ¿quién le ha indicado que me llame?

—¿Por qué lo pregunta?

—Tiene que haber alguna razón para que me formule esas preguntas. Me gustaría saber la verdad.

—No puedo decírselo.

—Eso es muy interesante —repuso Jeannie—. Le he hablado con cierta amplitud de mi investigación y de mis métodos. No tengo nada que ocultar. Pero usted no puede decir lo mismo. Parece sentirse, bueno, avergonzada, sospecho. ¿Se avergüenza del procedimiento que ha empleado para enterarse de lo referente a mi proyecto?

—No me avergüenzo de nada —replicó, brusca, la periodista.

Jeannie se dio cuenta de que empezaba a enojarse. ¿Quién se creía que era aquella mujer?

—Bueno, pues alguien está avergonzado. De no ser así, ¿por qué no quiere decirme quién es ese hombre? O esa mujer.

—Debo proteger mis fuentes.

—¿De qué? —Jeannie comprendía que lo mejor era dejarlo correr. Nada se ganaba enemistándose con la prensa. Pero la actitud de aquella mujer era insufrible—. Como ya le he dicho, mis métodos no tienen nada de incorrecto y no amenazan la intimidad de nadie. ¿Por qué, pues, ha de mantenerse en secreto la identidad de su informante?

—La gente tiene motivos...

—Da la impresión de que las intenciones de su informador eran perversas, ¿no le parece?

Al tiempo que lo decía, Jeannie estaba pensando: ¿por qué iba a querer alguien hacerme esta jugada?

—Sobre eso no puedo hacer ningún comentario.

—Nada de comentarios, ¿eh? —la voz de Jeannie rezumaba sarcasmo—. Recordaré esa frase.

—Doctora Ferrami, quisiera darle las gracias por su colaboración.

—Ni se le ocurra —replicó Jeannie, y colgó.

Permaneció un buen rato contemplando el teléfono.

—Y ahora, ¿a qué infiernos viene todo esto? —articuló.

MIÉRCOLES

21

Berrington durmió mal.

Pasó la noche con Pippa Harpenden. Pippa era una secretaria del departamento de Física. Un sinfín de profesores, incluidos varios casados, le habían propuesto salir, pero Berrington fue el único al que no dio calabazas. Berrington se había vestido de punta en blanco, la llevó a un restaurante discreto y pidió un vino de calidad exquisita. Disfrutó de las envidiosas miradas de hombres de su edad que cenaban allí acompañados de sus viejas y nada agraciadas esposas. Se la llevó después a casa, encendió unas velas, se puso un pijama de seda y le hizo el amor despacio, hasta que Pippa jadeó de placer.

Pero Berrington se despertó a las cuatro de la madrugada y empezó a pensar en todas las cosas que podían torcerse y hundir su plan. Hank Stone se había pasado la tarde anterior trasegando copa tras copa del vino barato que ofrecía el editor; lo mismo podía haberse olvidado por completo de la conversación mantenida con Berrington. Si la recordaba, era posible que los jefes de redacción de *The New York Times* decidiesen que no valía la pena cubrir la historia. Acaso efectuaran algunas indagaciones y llegaran a la conclusión de que no había nada malo en lo que Jeannie estaba haciendo. O simplemente podían actuar con excesiva lentitud y echar una mirada al asunto al cabo de una semana, cuando ya fuese demasiado tarde.

Cuando Berrington llevaba un buen rato dando vueltas en la cama, agitándose y removiéndose, Pippa murmuró:

—¿Te encuentras bien, Berry?

Acarició la larga cabellera rubia de la joven y emitió unos alentadores y soñolientos ruidillos. Hacer el amor a una mujer hermosa constituía normalmente un consuelo para cualquier cantidad de preocupaciones, pero adivinaba que aquella noche no iba a funcionar. Tenía demasiadas cosas en la cabeza. Hubiera sido un alivio contar a Pippa sus problemas —era una chica inteligente, se mostraría tierna y comprensiva—, pero él no podía revelar a nadie tales secretos.

Al cabo de unos minutos, se levantó y fue a correr un poco. A su regreso, Pippa se había ido, no sin dejarle una nota de agradecimiento, envuelta en una negra media de nailon.

El ama de llaves llegó unos minutos antes de las ocho de la mañana y le preparó una tortilla a la francesa. Marianne era una joven delgada y nerviosa, oriunda de la francesa isla caribeña de Martinica. Apenas hablaba inglés y le aterraba la posibilidad de que la repatriasen, temor que la hacía extraordinariamente sumisa. Era bonita y Berrington suponía que, en el caso de que le dijera que se la chupara, la chica creería que aquello formaba parte de sus obligaciones de criada para todo. Berrington no haría tal cosa, naturalmente; acostarse con el servicio no era su estilo.

Tomó una ducha, se afeitó y eligió para su representación de alta autoridad un traje gris marengo con rayas casi inapreciables, camisa blanca y corbata negra con pintitas rojas. Se puso en los puños de la camisa unos gemelos de oro con monograma, adornó el bolsillo de la pechera con un pañuelo blanco, de hilo, adecuadamente doblado, y se cepilló las punteras de los zapatos hasta dejarlas rutilantes.

Condujo hasta el campus, fue a su despacho y encendió el ordenador. Como la mayoría de las superestrellas académicas, daba pocas clases. Allí, en la Jones Falls, una lección magistral al año. Su tarea consistía en dirigir y supervisar la labor investigadora de los científicos del departamento y aportar el prestigio de su nombre a los artículos que escribían. Pero aquella mañana le era imposible concentrarse en nada, así que, mientras aguardaba a que sonase el teléfono, se dedicó a mirar por la ventana y ser simple espectador del reñido partido de dobles que cuatro jóvenes disputaban en la pista de tenis.

No tuvo que esperar mucho.

A las nueve y media llamó el presidente de la Universidad Jones Falls, Maurice Obell.

—Tenemos un problema —anunció.

Berrington se puso tenso.

—¿De qué se trata, Maurice?

—Acaba de telefonearme una lagarta de *The New York Times*. Dice que alguien de tu departamento está violando la intimidad de las personas. Una tal doctora Ferrami.

Gracias a Dios, pensó alborozadamente Berrington; ¡Hank Stone ha tirado adelante! Imprimió a su voz un tono solemne:

—Ya me temía que surgiese algo así —respondió—. En un minuto estoy contigo.

Colgó y continuó sentado unos instantes, entregado a la meditación. Era demasiado pronto para cantar victoria. El proceso no había hecho más que empezar. De lo que se trataba ahora era de conseguir que Maurice y Jeannie se condujesen tal como él deseaba.

Maurice parecía preocupado. Buen principio. Berrington tenía que encargarse de que siguiera así: preocupado. Era imprescindible que Maurice creyera que se produciría una catástrofe si Jeannie no dejaba inmediatamente de utilizar su programa de búsqueda en las bases de datos. Una vez decidiera Maurice que era preciso tomar medidas drásticas, Berrington tenía que asegurarse de que se mantuviera firme en su resolución.

Por encima de todo, debía impedir cualquier clase de compromiso. Por naturaleza, Jeannie no era muy dada a los compromisos, él lo sabía muy bien, pero con su futuro en juego, la muchacha probablemente intentaría cualquier cosa. Berrington tendría que echar leña al fuego del agravio de Jeannie y mantenerla en estado de combatividad.

Además, debía hacerlo sin dejar en ningún momento de parecer bien intencionado. Caso de que resultara evidente que intentaba ponerle la zancadilla a Jeannie, se despertarían las sospechas de Maurice. Tenía que dar la impresión de que apoyaba a la doctora.

Salió de la Loquería y cruzó el campus. Dejó atrás el Teatro Barrymore y la Facultad de Bellas Artes, camino de la Hillside Hall. En otro tiempo casa solariega del primer benefactor de la universidad, era actualmente el edificio administrativo. El despacho del presidente del centro universitario ocupaba el antiguo salón de la vieja casona. Berrington dedicó una amable inclinación de cabeza a la secretaria del doctor Obell y manifestó:

—Me espera.

—Pase, profesor, tenga la bondad —indicó la mujer.

Maurice estaba sentado ante el ventanal que dominaba el césped. Era un hombre de escasa estatura y pecho abombado, que volvió de Vietnam en una silla de ruedas, paralítico de cintura para abajo. A Berrington le resultaba fácil tratar con él, acaso porque ambos tenían un historial de servicio castrense común. También compartían la pasión por la música de Mahler.

A menudo, Maurice ofrecía el aire de persona abrumada. Para mantener en funcionamiento la UJF, debía sacar un millón de dólares anuales a benefactores particulares y empresas comerciales y, en consecuencia, le aterraba la publicidad negativa.

Dio la vuelta a la silla y rodó hasta su escritorio.

—Dijo que están preparando un gran reportaje sobre ética científica. Berry, no puedo permitir que la Jones Falls sea la primera que figure en ese trabajo con un ejemplo de ciencia poco ética. La mitad de los que nos otorgan donativos importantes se echarían atrás. Tenemos que hacer algo.

—¿Quién es esa individua?

Maurice consultó un cuaderno de notas.

—Naomi Freelander. Es la responsable de ética. ¿Sabías que los periódicos tienen responsables de ética? Yo no.

—No me sorprende que *The New York Times* lo tenga.

—No dejarán de actuar como la maldita Gestapo. Estaban a punto de mandar el reportaje a máquinas, dicen, pero ayer recibieron un soplo acerca de esa doctora Ferrami.

—Me gustaría saber de dónde les llegó ese aviso —dijo Berrington.

—Debe de haber por aquí más de un bastardo hijo de Satanás.

—Supongo.

Maurice suspiró.

—Dime que no es cierto, Berry. Dime que la doctora Ferrami no invade la intimidad de la gente.

Berrington cruzó las piernas e intentó parecer relajado, aunque lo cierto era que estaba sobre ascuas. Allí era donde tenía que avanzar por la cuerda floja.

—No creo que haga nada incorrecto —dijo—. Explora bases de datos clínicos y localiza a personas que ignoran que tienen hermanos gemelos. Es una muchacha muy inteligente, la verdad...

—¿Examina historiales médicos de personas sin su permiso?

Berrington fingió que respondía a regañadientes.

—Bueno... algo así.

—Entonces tendrá que dejarlo.

—Lo malo es que realmente necesita esa información para llevar a cabo su proyecto investigador.

—Quizá podamos ofrecerle alguna compensación.

Sobornarla era algo que a Berrington no se le había ocurrido. Dudaba de que diera resultado, pero nada se perdía con intentarlo.

—Buena idea.

—¿Es numeraria?

—Ingresó este semestre, como profesora auxiliar. Le faltan seis años al menos para alcanzar la permanencia. Pero podemos ofrecerle un aumento de sueldo. Sé que necesita el dinero, ella misma me lo dijo.

—¿Cuánto gana ahora?

—Treinta mil dólares al año.

—¿Cuánto crees que deberíamos ofrecerle?

—Tendría que ser una cantidad sustancial. Ocho o diez mil.

—¿Hay fondos para eso?

Berrington sonrió.

—Creo que podría convencer a la Genetico.

—Entonces eso es lo que haremos. Llámala ahora mismo, Berry. Si está en el campus, que se presente aquí en seguida. Zanjaremos este asunto antes de que la policía ética llame otra vez a nuestra puerta.

Berrington descolgó el auricular del teléfono de Maurice y marcó el número del despacho de Jeannie. Contestaron al instante.

—Jeannie Ferrami.

—Aquí, Berrington.

—Buenos días.

El tono de Jeannie era cauteloso. ¿Acaso adivinó su intención de seducirla la noche del lunes? Tal vez se estaba preguntando si planeaba intentarlo de nuevo. O quizás se había enterado ya del problema que estaba planteando *The New York Times.*

—¿Puedo verte ahora mismo?

—¿En tu despacho?

—Estoy en el del doctor Obell, en Hillside Hall.

Jeannie dejó escapar un suspiro de indignación.

—¿Es acerca de esa mujer llamada Naomi Freelander?

—Sí.

—Es una tontería absurda, supongo que lo sabes.

—Lo sé, pero hay que afrontarlo.

—Voy para allá.

Berrington colgó.

—Estará aquí dentro de un momento —transmitió a Maurice—. Parece que ya ha tenido noticias del *Times.*

Los minutos inmediatos iban a ser cruciales. Si Jeannie se defendía con eficacia, era posible que Maurice cambiase de estrategia. Berrington tendría que ingeniárselas para, sin parecer hostil a Jeannie, lograr que Maurice se mantuviera firme. Era una muchacha de temperamento fogoso, enérgica y segura, no del tipo conciliador, especialmente cuando consideraba que le asistía la razón. Era muy probable que se ganase la enemistad de Maurice sin la ayuda de Berrington. Pero, por si se daba el caso de que Jeannie se manifestase insólitamente suave y persuasiva, Berrington necesitaba un plan de retirada.

Un golpe de inspiración le indujo a proponer:

—Mientras esperamos a que venga, podemos redactar un borrador de comunicado de prensa.

—Esa es una buena idea.

Berrington tomó un cuaderno de notas y empezó a escribir. Necesitaba algo que Jeannie no pudiera aceptar, algo que hiriese su amor propio y la sacara de sus casillas. Escribió que la Universidad Jones Falls reconocía haber cometido errores. Presentaba sus excusas a todas aquellas personas cuya intimidad hubiera sido violada. Y prometía interrumpir el programa a partir de la fecha de hoy.

Tendió la nota a la secretaria de Maurice y le encargó que la pasara en seguida por el procesador de textos.

Jeannie llegó rebosante de efervescente indignación. Vestía una holgada camiseta verde esmeralda, ceñidos vaqueros negros y la clase de calzado al que tiempo atrás llamaban botas de mecánico y que ahora volvían a estar de moda. Llevaba su aro en la perforada nariz y la espesa cabellera negra recogida detrás de la cabeza. A Berrington le pareció monísima, pero su indumentaria no impresionaría al presidente de la universidad. A los ojos de éste, Jeannie parecería la clase de irresponsable subalterna académica susceptible de crear dificultades a la UJF.

Maurice la invitó a tomar asiento y le informó de la llamada del periódico. Sus modales eran rígidos. Berrington pensó que Maurice se sentía cómodo con los hombres maduros; pero las jóvenes con pantalones vaqueros ceñidos eran algo extraño para él.

—La misma mujer me llamó a mí —dijo Jeannie, sulfurada—. Esto es un disparate.

—Pero usted accede a bases de datos médicos —señaló Maurice.

—Yo no miro las bases de datos, eso lo hace el ordenador. Ningún ser humano ve historial clínico alguno. Mi programa se limita a sacar una relación de nombres y direcciones, agrupados por parejas.

—A pesar de todo...

—No vamos más allá sin antes pedir permiso a los sujetos potenciales. Ni siquiera les decimos que son gemelos hasta que han aceptado ser parte de nuestro estudio. ¿Qué intimidad se invade, pues?

Berrington simuló que la respaldaba.

—Ya te lo dije, Maurice —terció—. El *Times* está equivocado de medio a medio.

—Ellos no lo ven así. Y debo pensar en la reputación de la universidad.

—Créame si le digo que mi trabajo acrecentará esa reputación —aseveró Jeannie. Se había inclinado hacia delante y Berrington captó en su voz la pasión por los descubrimientos que impulsa a todos los buenos científicos—. Este es un proyecto de importancia trascendental. Soy la única persona que ha encontrado el modo de estudiar la genética de la criminalidad. Cuando publiquemos los resultados, será algo sensacional.

—Tiene razón —confirmó Berrington.

Era cierto. El estudio de Jeannie hubiera sido fascinante. Destruirlo constituía un acto desgarrador. Pero él no tenía otra opción.

Maurice denegó con la cabeza.

—Mi obligación es proteger del escándalo a la universidad.

—También es su obligación defender la libertad académica —replicó Jeannie con insensata temeridad.

Era una táctica equivocada. De pascuas a ramos, en otra época, sin duda hubo algunos presidentes de universidad que combatieron en defensa del derecho a difundir libremente la cultura, pero aquellos tiempos habían concluido. Ahora, los presidentes de universidad eran recaudadores de fondos, pura y simplemente. Lo único que conseguiría Jeannie mencionando la libertad académica era ofender a Maurice.

El doctor Obell se erizó.

—Jovencita, no necesito que me dé usted ninguna lección respecto a mis deberes presidenciales —dijo, sofocado.

Con gran satisfacción por parte de Berrington, Jeannie pasó por alto la puntada.

—¿Ah, no? —contestó a Maurice, sin apartarse del tema—. Aquí tenemos un conflicto directo. De una parte, una periodista al parecer con una historia mal orientada; de otra, una científica en pos de la verdad. Si un presidente universitario va a plegarse a esa clase de presión, ¿qué esperanza hay?

Berrington exultaba de júbilo. Jeannie estaba maravillosa, arreboladas las mejillas y fulgurantes las pupilas, pero cavaba su propia tumba. Cada palabra hacía aumentar la inquina de Maurice.

Luego, Jeannie pareció percatarse de lo que estaba haciendo, porque, de pronto, cambió de táctica.

—Por otra parte, ninguno de nosotros desea publicidad perniciosa para la universidad —observó en tono más apacible—. Comprendo perfectamente su preocupación, doctor Obell.

Maurice se suavizó automáticamente, al tiempo que crecía la disgustada desilusión de Berrington.

—Me hago cargo de que esto la sitúa en una posición difícil —dijo el presidente—. La universidad está dispuesta a ofrecerle una compensación, en forma de una subida de salario de diez mil dólares anuales.

La sorpresa apareció en el rostro de Jeannie.

—Eso te permitirá —intervino Berrington— sacar a tu madre de esa residencia que tanto te preocupaba.

Jeannie titubeó sólo unos segundos.

—Se lo agradezco profundamente —dijo—, pero eso no resolvería el problema. Subsiste el hecho de que debo conseguir gemelos para mi investigación. De no ser así, no habrá nada que estudiar.

Berrington ya pensaba que Jeannie no iba a dejarse comprar.

—Seguramente habrá algún otro sistema para encontrar sujetos convenientes para su estudio, ¿no? —aventuró Maurice.

—No, no lo hay. Necesito gemelos idénticos, que se hayan criado separadamente y uno de los cuales sea un delincuente. Lo cual parece demasiado pedir. Mi programa informático localiza personas que ni siquiera saben que tienen un hermano gemelo. No existe otro método para hacerlo.

—No lo había comprendido —dijo Maurice.

El tono era ya peligrosamente amistoso. En aquel momento entró la secretaria de Maurice y entregó a su jefe una hoja de papel. Era la nota de prensa que Berrington había esbozado. Maurice se la pasó a Jeannie, a la vez que manifestaba:

—Es preciso que formulemos hoy mismo una declaración de este tipo, si queremos eliminar el reportaje.

Jeannie leyó la nota y su cólera se reavivó.

—¡Pero esto es una barbaridad! —estalló—. No se ha cometido ningún error. No se ha violado la intimidad de nadie. ¡Hasta el momento nadie se ha quejado!

Berrington disimuló su delectación. No dejaba de ser paradójico que fuese tan apasionada y, sin embargo, tuviese la infinita paciencia y perseverancia que se requería para llevar a cabo la tediosa investigación científica que estaba desarrollando. La había visto trabajar con los sujetos seleccionados: nunca parecían irritarla ni fatigarla, ni siquiera se mostraba molesta cuando embrollaban las pruebas. Con ellos, las malas conductas le parecían tan interesantes como las buenas. Jeannie tomaba nota de cuanto decían y al final les daba sinceramente las gracias. Sin embargo, fuera del laboratorio, la menor provocación la convertía en una traca.

Berrington interpretó el papel de pacificador desasosegado.

—Pero, Jeannie, el doctor Obell considera que debemos hacer una declaración firme.

—No pueden decir que se interrumpe mi programa de ordenador —dijo Jeannie—. ¡Eso equivaldría a cancelar todo mi proyecto!

La expresión de Maurice se endureció.

—No puedo permitir que *The New York Times* publique un reportaje en el que se afirme que los científicos de la Jones Falls invaden la intimidad de las personas —dijo—. Nos costaría millones de dólares en donativos perdidos.

—Dé con un camino intermedio —rogó Jeannie—. Diga que está estudiando el problema. Nombre un comité. Si es necesario, crearemos un sistema de seguridad perfeccionado que garantice la intimidad.

Oh, no, pensó Berrington. Eso era alarmantemente razonable.

—Tenemos un comité de ética, naturalmente —dijo. Trataba de ganar tiempo—. Es un subcomité del claustro. —El claustro era la junta rectora de la universidad y la formaban todos los profesores numerarios, pero el trabajo lo realizaban los comités—. No puedes anunciar que les traspasas a ellos el problema.

—No vale —dijo Maurice bruscamente—. Todo el mundo sabrá que es un subterfugio.

—¡No quiere darse cuenta —protestó Jeannie— de que al insistir en la acción inmediata está descartando prácticamente cualquier debate reflexivo!

Berrington decidió que aquel era un buen momento para dar por concluida la reunión. Maurice y Jeannie estaban a matar, ambos atrincherados en sus posiciones. Había que cortarlo antes de que empezaran a pensar de nuevo en un compromiso.

—Buen punto, Jeannie —dijo Berrington—. Déjame hacer una proposición... si me lo permites, Maurice.

—Claro, oigámosla.

—Tenemos dos problemas independientes. Uno consiste en dar con el modo de que siga adelante la investigación de Jeannie sin que el escándalo caiga sobre la universidad. Eso es algo que tiene que resolver Jeannie, y que debatiremos luego largo y tendido. El segundo es cómo presentarán esto al mundo el departamento y la universidad. Ese es un asunto del que tenemos que tratar tú y yo, Maurice.

—Muy razonable —dijo Maurice, aparentemente aliviado.

—Gracias por reunirte con nosotros tan deprisa, Jeannie —manifestó Berrington.

La muchacha comprendió que aquello era una despedida. Se puso en pie, fruncido el ceño con perplejidad. Se daba cuenta de que le habían tendido una trampa, pero no conseguía imaginar en qué consistió.

—¿Me llamarás? —preguntó a Berrington.

—Desde luego.

—Muy bien. —Jeannie titubeó unos segundos antes de salir.

—Una mujer difícil —comentó Maurice.

Berrington se inclinó hacia delante, entrelazadas las manos y baja la mirada en actitud humilde.

—Creo que la culpa es mía, Maurice. —Maurice denegó con la cabeza, pero Berrington continuó—: Yo contraté a Jeannie Ferrami. Naturalmente, no tenía idea de que iba a desarrollar ese método de trabajo... pero, no obstante, la responsabilidad es mía y creo que soy yo el que tiene que sacarte de ésta.

—¿Qué propones?

—No puedo pedirte que te abstengas de difundir ese comunicado de prensa. No tengo derecho a hacerlo. No puedes poner un proyecto de investigación por encima del bienestar de toda la universidad. Eso lo comprendo.

Alzó la cabeza.

Maurice vaciló. Durante una fracción de segundo Berrington temió que sospechara que le estaba manipulando, arrinconando mediante una maniobra. Pero si tal idea cruzó por la mente del doctor Obell, no se asentó allí.

—Agradezco tus palabras, Berry. ¿Pero qué harás respecto a Jeannie?

Berrington se relajó. Parecía haberlo conseguido.

—Me parece que Jeannie es mi problema —confesó—. Déjamelo, pues, a mí.

22

Steve se desplomó en brazos del sueño durante las primeras horas de la madrugada del miércoles.

La sección de celdas estaba tranquila, *Gordinflas* roncaba y Steve llevaba ya veinticuatro horas sin pegar ojo. Hizo cuanto pudo por mantenerse despierto, pero todo lo que consiguió fue una duermevela en cuyo transcurso soñó que un juez benévolo le sonreía y decretaba: «Solicitud de fianza concedida, pongan en libertad a este hombre». Y él salía del tribunal a una calle inundada de sol. Sentado en el suelo de la celda, en su postura de costumbre, apoyada la espalda en la pared, se sorprendió varias veces dando cabezadas y despertándose bruscamente, hasta que, por último, la naturaleza se impuso a la fuerza de voluntad.

Dormía profundamente cuando un doloroso golpe en las costillas le obligó a despertarse sobresaltado. Jadeó y abrió los párpados. *Gordinflas* le había propinado un puntapié y se inclinaba sobre él, rezumantes de locura los ojos, mientras vociferaba:

—¡Me birlaste la droga, hijoputa! ¿Dónde la escondiste, dónde? ¿Si no me la sueltas en seguida, date por fiambre!

Steve reaccionó sin pensar. Se levantó del suelo como impulsado por un resorte, extendido y rígido el brazo derecho, e introdujo dos dedos en los ojos de *Gordinflas*. Éste soltó un grito de dolor y retrocedió. Steve siguió con su acoso, intentando atravesar con los dedos el cerebro de *Gordinflas* hasta llegar a la nuca. En alguna parte, muy lejos, sonó una voz que le pareció era la suya y que profería insultos.

Gordinflas retrocedió un paso más y cayó sentado violentamente sobre la taza del retrete. Se cubrió los ojos con las manos.

Steve pasó ambas manos por detrás del cuello de *Gordinflas*, le empujó la cabeza hacia delante y le asestó un rodillazo en la cara. Brotó la sangre por la boca de *Gordinflas*. Steve le agarró por la camisa, lo levantó de la taza del retrete y lo dejó caer contra el suelo. Se disponía a patearle, cuando la cordura volvió a él. Vaciló, con la vista sobre el sangrante *Gordinflas* tendido en el piso de la celda, y la roja neblina de la cólera empezó a aclararse.

—¡Oh, no! —articuló—. ¿Qué es lo que he hecho?

Se abrió de golpe la puerta de la celda e irrumpieron dos guardias, enarboladas las porras.

Steve alzó las manos frente a sí.

—Tranquilízate —dijo uno de los agentes.

—Ahora ya estoy tranquilo —respondió Steve.

Los policías lo esposaron y sacaron de la celda. Uno de ellos le propinó un puñetazo en el estómago, con todas sus fuerzas. Steve se dobló sobre sí mismo, boqueante.

—Eso es por si acaso tuvieras la insensata idea de querer armar más follón —explicó el policía.

Steve oyó el ruido que produjo la puerta de la celda al cerrarse y luego la voz de Spike, el carcelero, con su habitual talante burlón.

—¿Necesitas cuidados médicos, *Gordinflas*? Te lo digo porque hay un veterinario en la calle Baltimore Este.

Rió su propia broma.

Steve se enderezó, en tanto se recuperaba del puñetazo. No dejaba de dolerle, pero podía respirar. Miró a *Gordinflas* a través de los barrotes. El herido se frotaba los ojos, sentado en el suelo. La respuesta a Spike surgió de entre sus labios ensangrentados:

—Que te den por culo, mamón.

Steve se sintió aliviado: *Gordinflas* no estaba malherido.

—De todas formas, era hora de sacarte de aquí, jovencito universitario —se dirigió Spike a Steve—. Estos caballeros han venido para acompañarte al tribunal. —Consultó una hoja de papel—. Veamos a quién más le toca ir al Juzgado del Distrito Norte. Señor don Robert Sandiland, conocido por *Sniff*...

Sacó de las celdas a otros tres hombres y los encadenó junto con Steve. Luego, los dos policías los llevaron al aparcamiento y los hicieron subir a un autobús celular.

Steve confió en no volver nunca más a aquel sitio.

Aún estaba oscuro en la calle. Steve calculó que deberían ser las seis de la madrugada. Los juzgados no iniciaban sus sesiones hasta las nueve o las diez de la mañana, así que tendrían que esperar un buen rato. Estuvieron cruzando la ciudad cosa de quince o veinte minutos y luego franquearon la puerta del garaje del edificio de los juzgados. Se apearon del autobús celular y entraron en un sótano.

En torno de una zona central había ocho compartimentos enrejados. Cada celda de aquellas tenía un banco y un lavabo, pero eran más amplias que las de la comisaría de policía y metieron a los cuatro prisioneros en una que ya ocupaban otros seis hombres. Les quitaron las cadenas y las echaron encima de una mesa colocada en medio del cuarto. Había allí varios celadores, presididos por una mujer de color, alta, con uniforme de sargento y expresión desagradable.

Llegaron treinta prisioneros, o más, en el curso de la hora siguiente. Los acomodaron en las celdas, de doce en doce. Al presentarse un pequeño grupo de mujeres empezaron a sonar gritos y silbidos. Las alojaron en una celda del extremo de la sala.

Después de eso, no sucedió gran cosa durante varias horas. Llevaron los desayunos, pero Steve rechazó el suyo; no podía acostumbrarse a la idea de comer con el retrete a la vista. Algunos reclusos hablaban a voces, pero la mayor parte se mantenían silenciosos, con cara de pocos amigos. Las bromas y burlas entre presos y guardianes no eran tan obscenas como las del encierro anterior y Steve se preguntó ociosamente si ello no se debería a que el mando lo tenía allí una mujer.

Se dijo que las celdas aquellas no tenían nada que ver con las que se mostraban en la tele. Las prisiones de los telefilmes y de las películas solían parecer hoteles de segunda: nunca se veían retretes sin cortinas o mamparas, no se oían insultos o abusos verbales ni se reflejaban los vapuleos con que solía premiarse a quienes no se portaban como era debido.

Puede que aquel fuese su último día de cárcel. De creer en Dios, habría rezado con todo su fervor para que así fuera.

Se figuró que debían de ser las doce del mediodía cuando empezaron a sacar presos de las celdas.

A Steve le tocó en la segunda remesa. Volvieron a esposar y a encadenar juntos a diez hombres. Luego subieron al juzgado.

La sala era como una capilla metodista. Las paredes estaban pintadas de verde hasta el nivel de la cintura; a partir de ahí, de color crema. En el suelo, una alfombra verde. Había nueve filas de bancos de madera amarilla, bancos como los de una iglesia.

En el de la última fila estaban sentados los padres de Steve.

El sobresalto le dejó boquiabierto.

El padre llevaba su uniforme de coronel, con la gorra bajo el brazo. Permanecía con el busto erguido, recto como si estuviese de pie en posición de firmes. Tenía los ojos del típico color azul celta, pelo oscuro y la sombra de una barba cerrada sobre las mejillas recién rasuradas. Su rostro permanecía rígidamente inexpresivo, estrictamente contenida toda emoción. Sentada a su lado, la madre, menuda y regordeta, tenía la bonita y redonda cara hinchada a causa del llanto.

Steve deseó que se lo tragara la tierra. Para escapar de aquella situación hubiera vuelto de buen grado a la celda con *Gordinflas*. Se detuvo en seco, interrumpiendo el avance de toda la cuerda de presos, y contempló con aturdida angustia a sus padres, hasta que el guardia le dio un empujón y le obligó a seguir adelante, dando traspiés hasta el primer banco.

Una funcionaria estaba sentada en la parte delantera del tribunal, de cara a los reclusos. Un celador masculino montaba guardia en la puerta. Sólo había otro funcionario presente, un negro de unos cuarenta años, con gafas, chaqueta, corbata y pantalones azules. Preguntó su nombre a cada uno de los presos y fue comprobándolos con la lista que tenía en la mano.

Steve volvió la cabeza para mirar por encima del hombro. Todos los bancos destinados al público estaban vacíos, salvo el de sus padres. Agradeció el que su familia se preocupara lo suficiente como para hacer acto de presencia; ningún pariente de los demás presos lo hizo. Con todo, hubiese preferido pasar por aquella humillación sin testigo alguno.

Su padre se puso en pie y se adelantó hacia el estrado. El hombre de los pantalones azules le habló en tono oficial.

—¿Sí, señor?

—Soy el padre de Steve Logan. Quisiera hablar con él. —Lo dijo con un tono de voz autoritario—. ¿Puedo saber quién es usted?

—David Purdy, soy el encargado de la investigación preliminar.

Steve comprendió que fue así como sus padres se enteraron del asunto. Debía haberlo supuesto. La comisaria judicial le había dicho que un investigador comprobaría sus datos personales. El modo más sencillo de hacerlo consistía en ponerse en contacto con sus padres. Sintió una punzada de dolor al imaginarse aquella llamada telefónica.

¿Qué les había dicho el investigador?: «Tengo que comprobar la dirección de Steve Logan, que se encuentra bajo arresto en Baltimore, acusado de violación. ¿Es usted su madre?».

El padre estrechó la mano del funcionario y le saludó:

—¿Cómo está usted, señor Purdy?

Pero Steve sabía que su padre odiaba a aquel hombre.

—Adelante, puede usted hablar con su hijo, no hay inconveniente —concedió Purdy.

El padre asintió secamente. Pasó por el banco situado a espaldas de los presos y se sentó inmediatamente detrás de Steve. Apoyó la mano en el hombro del muchacho y lo apretó suavemente. Los ojos de Steve se llenaron de lágrimas.

—Yo no lo hice, papá —dijo.

—Ya lo sé, Steve —respondió su padre.

Su sencilla fe fue demasiado para Steve, que estalló en llanto. Una vez hubo empezado a llorar le resultó imposible dejarlo. El hambre y la falta de sueño le habían debilitado. Le agobiaba toda la tensión y los sufrimientos de los dos últimos días y las lágrimas fluyeron libre y copiosamente. Continuó sollozando y secándose el rostro con las manos esposadas.

Al cabo de unos instantes, el padre dijo:

—Hubiéramos querido traer un abogado, pero no tuvimos tiempo... sólo el justo para venir aquí.

Steve inclinó la cabeza. Sólo con que pudiera dominarse, sería su propio abogado.

Entraron dos chicas, acompañadas de una celadora. No iban esposadas. Se sentaron y rompieron a reír como tontas. Aparentaban unos dieciocho años.

—¿Cómo diablos sucedió todo esto? —preguntó a Steve su padre.

El intento de responder a la pregunta formulada ayudó a Steve a dejar de llorar.

—Debo parecerme al individuo que lo hizo —dijo. Se sorbió la nariz y tragó saliva—. La víctima me señaló en una rueda de reconocimiento. Y me encontraba por las cercanías cuando ocurrieron los hechos, eso ya se lo dije a la policía. La prueba de ADN demostrará mi inocencia, pero tarda tres días. Confío en obtener la libertad bajo fianza hoy.

—Hay que decirle al juez que estamos aquí —expresó el padre—. Eso probablemente sea algo a tu favor.

Steve se sintió como un chiquillo al que consolaba su padre. Llevó a su mente el recuerdo del día en que dispuso de su primera bicicleta. Debió de ser la fecha en que cumplió los cinco años. Era una bici de dos ruedas, que llevaba en la trasera otras dos más pequeñas, estabilizadoras, para evitar las caídas. La casa tenía un amplio jardín con una escalera de dos peldaños que llevaba al patio, situado a un nivel más bajo. «Ve por el césped y no te acerques a los escalones», le había dicho papá; pero lo primero que hizo el pequeño Stevie fue precisamente tratar de bajar aquellos peldaños montado en la bicicleta. Fue a parar al suelo, lastimándose y estropeando la bici. Tuvo la plena certeza de que papá se enfadaría mucho con él por haber desobedecido una orden directa. Papá le levantó del suelo, le curó las heridas con cuidado y aunque Stevie esperaba un estallido de indignación, este no se produjo. Papá nunca decía: «Ya te lo advertí». Sucediera lo que sucediese, los padres de Steve siempre estaban de su parte.

Entró el juez.

Era una atractiva mujer blanca, de unos cincuenta años, menuda y pulcra. Vestía toga negra y llevaba una lata de Coca Cola baja en calorías, que, al sentarse, depositó encima de la mesa.

Steve trató de leer en su expresión. ¿Era una mujer cruel o benévola? ¿Una señora de carácter afectuoso y mentalidad liberal, un alma de Dios, o una sargentona ordenancista que anhelaba en secreto enviarlos a todos a la silla eléctrica? Steve observó atentamente las azules pupilas de la juez, su nariz aguda, su cabellera morena veteada de hebras grises. ¿Tenía esposo con la barriga propia del bebedor de cerveza, un hijo crecido del que preocuparse y unos nietos a los que adoraba y con los que solía jugar revolcándose con ellos encima de la alfombra? ¿O vivía sola en un piso caro lleno de muebles modernos con agudas esquinas? Las clases de derecho que había recibido le informaron de las razones teóricas existentes para conceder o denegar las peticiones de fianza, pero ahora le parecían poco menos que improcedentes. Lo único que en realidad tenía importancia era si aquella mujer era bondadosa o no.

La juez recorrió con la vista la hilera de presos y saludó:

—Buenas tardes. Voy a examinar sus solicitudes de fianza.

Su voz era baja, pero clara, su dicción, precisa. A su alrededor, todo parecía exacto y ordenado..., salvo aquella lata de Coca Cola, un toque humano que despertó las esperanzas de Steve.

—¿Han recibido todos ustedes sus respectivos pliegos de cargos?

Todos los tenían. La juez recitó un escrito relativo a los derechos de los acusados y el modo de conseguir abogado.

Una vez concluido ese trámite, indicó:

—Cuando mencione su nombre, tengan la bondad de levantar la mano derecha... Ian Thompson.

Un preso levantó la mano. La juez leyó las acusaciones y las condenas que podían corresponderle. A Ian Thompson se le acusaba de haber desvalijado tres casas de un lujoso barrio de Roland Park. Era un joven hispano que llevaba el brazo en cabestrillo, que no manifestó el menor interés por su destino y al que parecía aburrirle todo el proceso.

Cuando la juez le dijo que tenía derecho a una vista preliminar y a un juicio con jurado, Steve aguardó con impaciencia si concedía o no la fianza a Ian Thompson.

Se puso en pie el encargado de la investigación preliminar. Expuso, hablando apresuradamente, que Thompson llevaba un año viviendo en el mismo domicilio, tenía esposa y un hijo, pero carecía de trabajo. También era heroinómano y tenía antecedentes delictivos. Steve no habría enviado a la calle a un hombre como aquel.

Sin embargo, la juez fijó una fianza de veinticinco mil dólares. El ánimo de Steve se elevó. Sabía que normalmente el acusado sólo ha de depositar el diez por ciento, en efectivo, de la fianza que se le establezca, así que Thompson se vería libre si lograba reunir dos mil quinientos dólares. Eso parecía indulgente de veras.

A continuación le tocó el turno a una de las chicas. Se había peleado con otra y se le acusaba de agresión. El investigador preliminar explicó a la juez que la joven vivía con sus padres y trabajaba en la sección de control de un supermercado próximo. Evidentemente no era en absoluto peligrosa y la juez declaró que salía fiadora bajo su propia responsabilidad, lo que significaba que no tenía que pagar cantidad alguna.

Era otra decisión benévola, y la moral de Steve subió un grado más.

A la demandada, por otra parte, se le ordenó que no se acercara al domicilio de la muchacha con la que tuvo la trifulca. Eso recordó a Steve que un juez podía añadir condiciones a la fianza. Él no tendría el menor reparo en mantenerse a distancia de Lisa Hoxton. Ignoraba por completo dónde vivía y el aspecto que pudiera tener, pero estaba dispuesto a aceptar cualquier condición que le facilitara la salida de la cárcel.

El siguiente acusado era un hombre blanco de mediana edad cuyo crimen consistía en haber enseñado el pene en plan exhibicionista a las clientes de la sección de artículos para la salud e higiene femenina de un *drugstore* RiteAid. Contaba con un largo historial de delitos similares. Vivía solo, pero llevaba cinco años residiendo en el mismo domicilio. Ante la sorpresa y desaliento de Steve, la juez le denegó la libertad bajo fianza. El hombre era bajito y delgado; a Steve le pareció un chiflado inofensivo. Pero quizá la juez, mujer al fin y al cabo, era particularmente implacable cuando se trataba de delitos sexuales.

La magistrada miró su papel y convocó:

—Steven Charles Logan.

Steve alzó la mano. «Por favor, déjame salir de aquí, por favor.»

—Se le acusa de violación en primer grado, lo que lleva implícita una posible condena a cadena perpetua.

Steve oyó a su espalda el grito sofocado de su madre.

La juez continuó leyendo los demás cargos y penas; luego, el encargado de la investigación preliminar se puso en pie. Recitó la edad de Steve, su domicilio y ocupación, y declaró que carecía de antecedentes penales y de adicciones a los estupefacientes. Steve pensó que parecía un ciudadano modelo en comparación con los acusados anteriores. Seguramente, la juez tenía que tomar nota de eso, ¿no?

Cuando Purdy terminó, Steve dijo:

—¿Puedo hacer uso de la palabra, señoría?

—Sí, pero tenga presente que puede ser perjudicial para usted contarme determinados datos acerca del crimen.

Steve se levantó.

—Soy inocente, señoría, aunque al parecer guardo cierta semejanza física con el violador, de manera que si usted me concede la libertad bajo fianza prometo no acercarme a la víctima, si lo estipulara usted como condición de tal fianza.

—Desde luego que lo estipularía.

Deseó pronunciar un buen alegato en petición de la libertad, pero todos los elocuentes discursos que había preparado mientras estaba en la celda habían desaparecido de su cabeza y no se le ocurría nada que decir. Dominado por la frustración, se sentó.

Detrás de él, su padre se puso en pie.

—Señoría, soy el padre de Steve, el coronel Charles Logan. Tendré mucho gusto en responder a cualquier pregunta que desee usted formularme.

La juez le dedicó una mirada glacial.

—No será necesario.

Steve se preguntó por qué la intervención de su padre parecía incomodar a la juez. Acaso sólo pretendía dejar bien claro que no iba a permitir que le impresionara su graduación militar. Puede que deseara decir: «En mi tribunal, todos son iguales, al margen de lo respetables y de clase media que puedan ser».

El padre de Steve volvió a sentarse.

La juez miró a Steve.

—Señor Logan, ¿conocía usted a la mujer con anterioridad al momento en que tuvo efecto el presunto delito?

—Nunca la he visto —respondió Steve.

—¿No la había visto antes?

Steve supuso que la juez se estaría preguntando si no habría estado él acechando a Lisa Hoxton durante algún tiempo, antes de atacarla.

—Eso no podría asegurarlo, no sé qué aspecto físico tiene —repuso Steve.

La juez pareció reflexionar durante unos segundos, sopesando aquella respuesta. Steve tuvo la impresión de estar aferrado a un saliente con la punta de los dedos. Una palabra de la juez, le salvaría de la caída. Pero si ella le denegaba la fianza, sería como desplomarse en el abismo.

Por fin, la mujer decretó:

—Se concede la libertad bajo una fianza que se fija en la suma de doscientos mil dólares.

El alivio inundó a Steve como una ola que se abatiera sobre él y todo su cuerpo se relajó.

—Gracias a Dios —murmuró.

—No se acercará a Lisa Hoxton, ni irá al 1321 de la avenida Vine.

Steve notó de nuevo la mano de su padre apretándole el hombro. Levantó sus manos esposadas y rozó los dedos huesudos del hombre.

Aún iban a transcurrir un par de horas antes de que se viera libre, lo sabía; pero eso ya no le importaba, ahora estaba seguro de que había conseguido la libertad. Se comería seis hamburguesas Big Mac y dormiría veinticuatro horas seguidas. Estaba loco por tomar un baño caliente, ponerse ropa limpia y recuperar su reloj de pulsera. Deseaba disfrutar a modo en compañía de personas que no dijeran «hijoputa» en cada frase.

Y se dio cuenta, no sin cierta sorpresa, que lo que anhelaba por encima de todo era llamar a Jeanni Ferrami.

23

Jeannie estaba de un humor de perros mientras volvía a su despacho. Maurice Obell era un cobarde. Una reportera agresiva había dejado caer unas cuantas insinuaciones carentes de base, nada más que eso, y el hombre se desmoronó. Y Berrington había resultado demasiado débil para defenderla con eficacia.

El programa informático de búsqueda constituía su creación más importante. Había empezado a desarrollarlo en cuanto se percató de que no llegaría muy lejos en su investigación del mundo de la criminalidad sin un sistema nuevo de localizar sujetos para el estudio. Le había dedicado tres años. Era su único éxito notable, aparte los campeonatos de tenis. Si estaba dotada de algún talento intelectual particular era su extraordinaria aptitud para la programación informática. Aunque estudiaba la psicología de los imprevisibles e irracionales seres humanos, lo realizaba mediante la manipulación de masas ingentes de datos sobre centenares de miles de individuos: era una tarea estadística y matemática. Pensaba que, si su mecanismo de búsqueda no era útil, ella resultaría ser también una calamidad. Lo mismo podía abandonar y pedir plaza de azafata, como Penny Watermeadow.

Le sorprendió encontrar a Annette Bigelow esperándola en la puerta del despacho. Annette era una graduada cuya tarea supervisaba Jeannie como parte de sus funciones pedagógicas. La doctora recordó en aquel momento que la semana anterior Annette había presentado su propuesta de trabajo anual y concertaron una cita para aquella mañana con objeto de tratar el tema. Jeannie decidió en principio cancelar la reunión; tenía cosas más importantes que hacer. Pero al ver la expresión ilusionada del rostro de la joven pensó en lo trascendentales que resultaban esas reuniones cuando una era estudiante, por lo que se obligó a sonreír a la chica.

—Lamento haberte hecho esperar —dijo—. Pongamos manos a la obra inmediatamente.

Por suerte, había leído la propuesta meticulosamente y tenía tomadas unas notas. Annette tenía la intención de rastrear los datos existentes sobre gemelos, con vistas a descubrir correlaciones en las zonas de los puntos de vista políticos y las actitudes morales. Se trataba de una idea interesante y el plan de Annette era científicamente sólido. Jeannie sugirió algunas mejoras de menor cuantía y dio el visto bueno para que la muchacha tirara adelante.

Cuando Annette se marchaba, Ted Ransome asomó la cabeza por el hueco de la puerta.

—Tienes cara de estar a punto de cortarle los cataplines a alguien —comentó.

—A ti no —sonrió Jeannie—. Entra y toma una taza de café.

Handsome Ransome (Ransome *el Hermoso*) era su favorito entre los varones del departamento. Profesor adjunto que estudiaba la psicología de la percepción, estaba felizmente casado y tenía dos hijos pequeños. Jeannie sabía que la encontraba atractiva, pero Ransome nunca se le insinuó. Entre ellos se producía una agradable vibración sexual que en ningún momento amenazó con convertirse en problema.

Jeannie accionó el interruptor de la cafetera situada junto al escritorio y le contó el asunto planteado por *The New York Times* y Maurice Obell.

—Pero queda en el aire la gran cuestión —concluyó—. ¿Quién le fue con el cuento al *Times*?

—Tiene que haber sido Sophie —apuntó Ransome.

Sophie Chapple era la única otra mujer del departamento de psicología de la facultad. Aunque se acercaba a la cincuentena y era profesora titular, consideraba a Jeannie una especie de rival y desde el principio del semestre no dejó de manifestar su envidia ni de quejarse de todo lo relacionado con Jeannie, desde sus minifaldas hasta la forma en que aparcaba el coche.

—¿Sería capaz de una faena así? —preguntó Jeannie.

—De mil amores.

—Supongo que tienes razón. —A Jeannie no cesaba de maravillarle la mezquindad de los científicos de primera fila. En cierta ocasión había visto a un admirado matemático propinar un puñetazo al físico más brillante de Estados Unidos por colarse en la cola de la cafetería—. Tal vez se lo pregunte.

Ransome enarcó las cejas.

—Te mentirá.

—Pero su culpabilidad puede delatarla.

—Habrá bronca.

—Ya hay bronca.

Sonó el teléfono. Jeannie descolgó e hizo una seña a Ted, indicándole que sirviera el café.

—Hola.

—Aquí, Naomi Freelander.

Jeannie vaciló.

—No sé si me apetece hablar con usted.

—Tengo entendido que ha dejado de utilizar bases de datos médicos en su proyecto de búsqueda.

—No es así.

—¿Qué significa eso de que no es así?

—Significa que no lo he dejado. Su llamada telefónica provocó cierto debate, pero no se ha adoptado ninguna decisión.

—Tengo aquí un fax de la oficina del presidente de la universidad. En él, la universidad pide disculpas a las personas cuya intimidad haya sido violada y les asegura que el programa se ha interrumpido.

Jeannie se quedó de piedra.

—¿Enviaron ese comunicado?

—¿No lo sabía usted?

—Vi un borrador y manifesté mi desacuerdo.

—Parece que han cancelado su programa sin decírselo.

—No pueden hacerlo.

—¿Qué quiere decir?

—Tengo un contrato con esta universidad. No pueden hacer lo que les salga de sus malditas narices.

—¿Me está diciendo que va a continuar usted con el proyecto, en franco desafío a las autoridades universitarias?

—Aquí no entra el desafío. No tienen potestad para darme órdenes. —Se percató de que Ted la estaba mirando. El hombre alzó una mano y la movió de derecha a izquierda en gesto negativo. Jeannie comprendió que Ted tenía razón; aquel no era modo de hablar a la prensa. Cambió de táctica. En tono más moderado, dijo—: Usted misma dijo que la violación de intimidad, en este caso, es potencial.

—Sí...

—Y ha fracasado rotundamente en su intento de encontrar una sola persona dispuesta a quejarse de mi programa. Pese a todo, no tiene escrúpulos en seguir intentando que se cancele mi proyecto.

—Yo no juzgo, informo.

—¿Sabe de qué va mi investigación? Intento descubrir qué es lo que convierte a la gente en criminales. Soy la primera persona que ha creado un método realmente prometedor para estudiar este problema. Si las cosas salen como espero, mi descubrimiento podría hacer de nuestro país un lugar mucho mejor para que crezcan en él sus nietos.

—No tengo nietos.

—¿Esa es su excusa?

—No necesito excusas...

—Tal vez no, ¿pero no obraría usted mucho mejor procurando descubrir un caso de violación de intimidad que realmente preocupase a alguien? ¿No sería ese, incluso, un reportaje mucho mejor para su periódico?

—Seré yo quien juzgue eso.

Jeannie suspiró. Se había esforzado al máximo. Rechinó los dientes y procuró poner fin a la conversación con un toque amistoso.

—En fin, le deseo suerte.

—Agradezco su colaboración, doctora Ferrami.

—Adiós. —Jeannie colgó y dijo—: ¡Zorra!

Ted le tendió una taza de café.

—Deduzco que han anunciado la cancelación de tu programa.

—No lo entiendo. Berrington me dijo que hablaríamos acerca de lo que íbamos a hacer.

Ted bajó la voz:

—No conoces a Berry tan bien como yo. Créeme, es una serpiente. Yo no lo perdería de vista.

—Tal vez fue un error —dijo Jeannie, deseosa de agarrarse a un clavo ardiendo—. Quizá la secretaria del doctor Obell envió el comunicado por equivocación.

—Es posible —concedió Ted—. Pero yo apuesto mi dinero sobre la teoría de la serpiente.

—¿Crees que debería llamar al *Times* y decir que la persona que contestó en mi teléfono era un impostor?

Ted se echó a reír.

—Lo que creo es que deberías presentarte en el despacho de Berry y preguntarle si tenía intención de enviar el comunicado antes de hablar contigo.

—Buena idea.

Jeannie se bebió el café y se levantó.

Ted fue hacia la puerta.

—Buena suerte. Estoy contigo.

—Gracias.

Jeannie pensó en darle un beso en la mejilla, pero decidió no hacerlo. Se alejó pasillo adelante y subió el tramo de escaleras que conducía al despacho de Berrington. La puerta estaba cerrada con llave. Continuó su camino, rumbo a la oficina de la secretaria que estaba al servicio de todos los profesores.

—¡Hola, Julie! ¿Dónde está Berry?

—Se marchó y dijo que hoy ya no volvería, pero me pidió que te diese cita para mañana.

Maldición. El hijo de mala madre la daba esquinazo. La teoría de Ted era acertada.

—¿A qué hora?

—A las nueve y media.

—Aquí estaré.

Bajó a su planta y entró en el laboratorio. Sentada ante el banco de trabajo, Lisa verificaba la concentración de los ADN de Steven y Dennis que tenía en las probetas. Había mezclado dos microlitros de cada muestra con dos mililitros de tintura fluorescente. La tintura brillaba en contacto con el

ADN y la intensidad del brillo indicaba la cantidad de ADN, que medía un fluorímetro dotado de un cuadrante que daba el resultado en nanogramos de ADN por microlitro de muestra.

—¿Cómo estás? —preguntó Jeannie.

—Muy bien.

Jeannie observó con atención el semblante de Lisa. Seguía en negativo, eso saltaba a la vista. Concentrada en la tarea, su expresión era impasible, pero se la apreciaba tensa bajo la superficie.

—¿Hablaste ya con tu madre?

Los padres de Lisa vivían en Pittsburgh.

—No quiero preocuparla.

—Para eso está. Llámala.

—Quizás esta noche.

Jeannie le contó la historia de la reportera de *The New York Time* mientras Lisa seguía con su trabajo: mezcló muestras de ADN con una enzima denominada endonucleasa de restricción. Estas enzimas destruyen el ADN extraño que pueda introducirse en el cuerpo. Actúan cortando la molécula larga de ADN en miles de fragmentos. Lo que las hacía tan útiles para los ingenieros genéticos era que las endonucleasas siempre seccionan el ADN en el mismo punto específico. Así que los fragmentos de dos muestras de sangre se podían comparar. Caso de corresponderse, la sangre era de un solo individuo o de gemelos idénticos. Si los fragmentos eran distintos, debían proceder de individuos diferentes.

Era como cortar dos centímetros de la cinta de casete de una ópera. Se toma un corte de cinco minutos del principio de dos cintas distintas: si la música de ambas piezas de cinta es un dúo que canta *Se a caso madama*, los trozos de cinta son de *Las bodas de Fígaro*. Para eludir la posibilidad de que dos óperas completamente distintas pudieran tener la misma secuencia de notas, era necesario comparar varios fragmentos, no sólo uno.

El proceso de fragmentación llevaba varias horas y no podía apresurarse: si el ADN no se fragmentaba en su totalidad, la prueba no resultaría.

A Lisa le causó bastante impacto el relato que le hizo Jeannie, pero no se mostró tan compasiva como la doctora esperaba. Tal vez era porque Lisa había sufrido un trauma devastador sólo tres días antes y, en comparación, la crisis de Jeannie parecía ser menos grave.

—Si hubieses de decir adiós a tu proyecto —dijo Lisa—, ¿qué otro estudio emprenderías?

—No tengo ni idea —replicó Jeannie—. No puedo imaginar que tenga que despedirme de éste.

Jeannie se daba cuenta de que Lisa era incapaz de identificarse afectivamente, de comprender ese anhelo que impulsa a los científicos. Para Lisa, ayudante de laboratorio, un proyecto de investigación era más o menos igual que otro.

Jeannie volvió a su despacho y telefoneó a la Residencia Bella Vista del

Ocaso. Con todo lo que le estaba ocurriendo a ella, se le había pasado por alto hablar con su madre.

—¿Podría ponerme con la señora Ferrami, por favor? —pidió.

—Están almorzando. —La respuesta fue brusca.

Jeannie vaciló.

—Bueno. ¿Tendría usted la bondad de decirle que ha llamado su hija y que volverá a hacerlo dentro de un rato?

—Sí.

Jeannie tuvo la sensación de que la mujer no estaba tomando nota del recado.

—Soy J-e-a-n-n-i-e —dijo—. Su hija.

—Sí, vale.

—Gracias, muy amable.

—De nada.

Jeannie colgó. Tenía que sacar a su madre de allí. Aún no había realizado ninguna gestión para conseguir clases que dar durante los fines de semana.

Consultó su reloj: poco más de las doce del mediodía. Cogió el ratón y miró la pantalla, pero parecía inútil seguir trabajando en un proyecto que podían cancelar. Dominada por una sensación de rabia e impotencia, decidió dar por concluida la jornada laboral.

Apagó el ordenador, cerró el despacho y abandonó el edificio. Aún tenía su Mercedes rojo. Subió al coche y palmeó el volante con una agradable sensación de familiaridad.

Trató de animarse. Tenía padre; lo cual no dejaba de ser un raro privilegio. Tal vez debiera pasar tiempo con él, disfrutar de la novedad de su compañía. Podrían darse un paseo hasta el puerto y caminar un poco juntos. Le compraría una chaqueta deportiva nueva en Brooks Brothers. Ella no tenía dinero, pero se la cargarían en cuenta. Qué diablos, para cuatro días que va a vivir una...

Se sentía mucho mejor al aparcar el automóvil ante su domicilio.

—Papá, ya estoy en casa —avisó mientras subía las escaleras. Al entrar en el salón notó que algo no encajaba. Al cabo de un momento reparó en que el televisor no estaba en su sitio. Quizá su padre lo trasladó al dormitorio para ver algún programa. Miró en el cuarto contiguo; su padre no estaba allí. Volvió a la sala de estar—. ¡Oh, no! —exclamó. La videograbadora también había desaparecido—. ¡No es posible que me hayas hecho esto, papá! —El estéreo había volado, lo mismo que el ordenador de encima del escritorio—. ¡No! ¡No puedo creerlo! —Corrió a su alcoba y abrió el joyero. El tachón nasal con el diamante de un quilate que le había regalado Will Temple brillaba por su ausencia.

Repicó el teléfono y Jeannie descolgó con gesto automático.

—Aquí, Steve Logan —dijo la voz—. ¿Cómo estás?

—Este es el día más espantoso de mi vida —Dijo Jeannie, y rompió a llorar.

24

Steve Logan colgó el teléfono.

Se había duchado, afeitado y puesto ropa limpia. Tenía el estómago lleno de la lasaña que le preparó su madre. Había contado a sus padres, con todo detalle, minuto a minuto, la prueba por la que pasó. Y aunque el muchacho les dijo que estaba seguro de que retirarían los cargos en cuanto se conociera el resultado de las pruebas de ADN, los padres insistieron en la conveniencia de que dispusiera de asesoría jurídica, y Steve iba a ir a ver a un abogado a la mañana siguiente. Todo el trayecto de Baltimore a Washington se lo pasó durmiendo en el asiento trasero del Lincoln Mark de su padre, y pese a que eso difícilmente podía compensar la noche y media que permaneció despierto, ahora se encontraba en perfectas condiciones.

Y quería ver a Jeannie.

Era un deseo que le acuciaba antes de telefonearla. Y ahora que conocía el apuro en que se encontraba la muchacha, el anhelo de verla era mucho más intenso. Se moría por abrazarla y asegurarla que todo iba a arreglarse.

También barruntaba que entre los problemas de Jeannie y los suyos existía una relación. A Steve le parecía que todo empezó a ir mal para ambos a partir del momento en que Jeannie le presentó a su jefe y Berrington reaccionó de aquel extraño modo.

Steve deseaba saber más respecto al misterio de sus orígenes. No había hablado a sus padres de aquella parte. Era demasiado singular e inquietante. Pero sentía la imperiosa necesidad de tratar el tema con Jeannie.

Volvió a coger el teléfono para llamarla otra vez, pero luego cambió de idea. Seguro que ella iba a decirle que no deseaba hablar con nadie. Las víctimas de la depresión suelen comportarse así, aunque necesiten de veras un hombro sobre el que llorar. Tal vez lo que podía hacer era presentarse sin más en la puerta de su casa y decirle:

—¡Ea, vamos a intentar animarnos mutuamente!

Se trasladó a la cocina. La madre estaba frotando el plato de la lasaña con un cepillo de alambre. El padre había ido a pasar una hora en el despacho. Steve empezó a poner cacharros en el lavavajillas.

—Mamá —dijo—, te va a parecer un poco extraño, pero...

—Vas a ir a ver a una chica —se le adelantó la madre.

Steve sonrió.

—¿Cómo lo sabías?

—Soy tu madre, soy telepática. ¿Cómo se llama?

—Jeannie Ferrami. Doctora Ferrami.

—¿Ahora soy una madre judía? ¿Se supone que he de sentirme impresionada por el hecho de que sea médico?

—Es doctora en ciencias, no en medicina.

—Si ya tiene el doctorado, debe de ser mayor que tú.

—Veintinueve años.

—Hummm. ¿Cómo es?

—Bueno, tirando a impresionante, ya sabes, alta y muy bien dotada, juega al tenis endiabladamente, pelo negro, ojos oscuros, nariz perforada con un delicado aro de plata, y es, en fin, fuerte, no tiene pelos en la lengua a la hora de decir de manera directa lo que cree que tiene que decir, pero también se ríe mucho, a gusto, yo la hice soltar carcajadas una par de veces, pero sobre todo es —buscó la palabra adecuada—, es pura *presencia*, cuando está delante, uno no puede mirar a otro sitio...

Se interrumpió.

Su madre se le quedó mirando y luego dijo:

—¡Ay, muchacho...! Te ha dado fuerte.

—Bueno, no necesariamente... —Se cortó—. Sí, tienes razón. Estoy loco por esa chica.

—¿Ella siente lo mismo por ti?

—Aún no.

Su madre le sonrió cariñosamente.

—Anda, ve a verla. Confío en que te merezca.

Steve la besó.

—¿Cómo te las arreglas para ser tan buen persona?

—Práctica —respondió la madre.

El coche de Steve estaba aparcado en la puerta; lo habían ido a recoger al campus de la Jones Falls y su madre lo condujo de vuelta a Washington. Desembocó en la I-95 y se dirigió de nuevo a Baltimore.

A Jeannie le vendría bien un poco de afectuosa solicitud. Cuando la llamó por teléfono, ella le contó que el presidente de la universidad la había traicionado y su padre la había robado. Necesitaba que alguien derrochase cariño sobre ella y esa era una labor que él estaba cualificado y deseoso de cumplir.

Mientras conducía se la imaginó sentada a su lado, riendo y diciendo cosas como: «Me alegro de que hayas vuelto a verme, haces que me sienta mucho mejor, ¿por qué no nos desnudamos y nos metemos en la cama?».

Hizo un alto en un centro comercial de un barrio de Mount Washington, donde compró una pizza de marisco, una botella de vino blanco de diez dólares, un recipiente de helado Ben & Jerry —sabor *Rainforest Crunch*— y diez claveles amarillos. Captó su atención un titular acerca de la Genetico, S.A. que destacaba en la primera plana de *The Wall Street Journal*. Recordó que era la empresa que había financiado la investigación de Jeannie sobre los gemelos. Al parecer estaba a punto de hacerse cargo de ella la Landsmann, una corporación alemana. Compró el periódico.

El deleite de sus fantasías se vio ensombrecido por la intranquilidad que le produjo de pronto la idea de que tal vez Jeannie hubiese salido después de haber hablado con él. O quizás estuviera en casa, pero se negase a abrir la puerta. O tal vez tuviera visita.

Se alegró al ver un Mercedes 230C rojo estacionado cerca del edificio. Luego se dijo que Jeannie podía haberse ido a pie. O en taxi. O en el coche de alguna amiga.

Tenía portero automático. Pulsó el timbre del telefonillo y miró el altavoz, deseando que emitiese algún ruido. No ocurrió así. Volvió a tocar el timbre. Se oyó un chasquido. El corazón le dio un salto en el pecho. Una voz irritada preguntó:

—¿Quién es?

—Steve Logan. He venido a levantarte el ánimo.

Una pausa prolongada.

—No tengo ganas de recibir visitas, Steve.

—Déjame al menos entregarte unas flores.

Jeannie no contestó. Está asustada, pensó Steve, y se sintió amargamente desilusionado. Ella le había dicho que le creía inocente, pero eso fue cuando se encontraba segura al otro lado de los barrotes. Ahora que él se encontraba ante su puerta y Jeannie estaba sola, la cosa ya no era tan fácil.

—No habrás cambiado de idea acerca de mí, ¿verdad? —dijo Steve—. ¿Aún crees que soy inocente? Si no es así, me iré.

Sonó un zumbido y se abrió la puerta.

Steve se dijo que no era mujer que resistiese un desafío.

El muchacho entró en un pequeño vestíbulo en el que había dos puertas. Una estaba abierta de par en par y conducía a una escalera. En lo alto de la misma se erguía Jeannie, con una camiseta de manga corta y luminoso color verde.

—Supongo que es mejor que subas —invitó.

No era la más entusiasta de las bienvenidas, pero Steve sonrió y subió la escalera con los regalos en una bolsa de papel. Jeannie le introdujo en una sala de estar con cocina americana. Steve observó que a la muchacha le gustaba el blanco y negro con salpicaduras de colores vivos. Tenía un sofá negro con cojines anaranjados, un reloj azul eléctrico en una pared blanca, pantallas de color amarillo brillante, y blanco mostrador de cocina con tazas de café rojas.

Dejó la bolsa encima del mostrador.

—Verás —dijo—, lo que te hace falta es comer algo. En cuanto lo hagas, te sentirás mejor. —Sacó la pizza—. Y un vaso de vino te rebajará la tensión. Luego, cuando estés preparada para concederte un tratamiento especial, puedes tomarte este helado directamente del envase de cartón, no tienes por qué ponerlo en un plato. Y cuando toda la comida y la bebida se haya acabado, aún te quedarán las flores. ¿Vale?

Le contempló como si fuera una criatura llegada de Marte.

—Y de todas formas —continuó Steve—, se me ocurrió que necesitabas además que viniese alguien aquí y te dijera que eres una persona maravillosa y especial.

A Jeannie se le llenaron los ojos de lágrimas.

—¡Vete a hacer puñetas! —exclamó—. ¡Yo nunca lloro!

Steve apoyó las manos en los hombros de Jeannie. Era la primera vez que la tocaba. Probó a acercársela. Ella no opuso resistencia. Casi sin atreverse a creer en su buena suerte, la abrazó. Era casi tan alta como él. Jeannie apoyó la cabeza en el hombro de Steve y los sollozos sacudieron su cuerpo. Él la acarició los cabellos. Era un pelo suave y espeso. Steve tuvo una erección, se le empinó como una manguera y se retiró un poco, confiando en que ella no lo hubiera notado.

—Todo se arreglará —dijo, abrazándola nuevamente—. Ya verás como las cosas se solucionan.

Jeannie permaneció en sus brazos durante un largo y delicioso momento. Steve notó la cálida tibieza de su cuerpo e inhaló su perfume. Se preguntó si debía atreverse a besarla. Vaciló, temeroso de que si precipitaba los acontecimientos, ella le rechazase. Luego, el instante pasó y Jeannie se apartó.

Se limpió la nariz con el faldón de la holgada camiseta y al hacerlo brindó a Steve un sensual vistazo al estómago liso y atezado por el sol.

—Gracias —articuló Jeannie—. Necesitaba un hombro sobre el que llorar.

Le descorazonó aquel tono un tanto despreocupado. Para él había sido un instante de intensa emoción; para ella, sólo un alivio de la tensión.

—Es parte del servicio —dijo Steve, irónico, y al instante se dijo que había perdido una magnífica ocasión de quedarse callado.

Jeannie abrió un aparador y sacó platos.

—Ya me siento mejor —dijo—. Comamos.

Steve se encaramó a un taburete ante el mostrador de la cocina. Cortó la pizza y descorchó la botella de vino. Disfrutó de la contemplación de los movimientos de la mujer por la casa: viéndola cerrar un cajón con un golpe de cadera, mirar con los párpados entrecerrados la tonalidad del vino que contenía la copa, coger el sacacorchos con sus dedos largos y hábiles. Recordó la primera chica de la que se había enamorado. Se llamaba Bonnie y tenía siete años, los mismos que él entonces; y Steve se había quedado mirando aquellos bucles rubio fresa y aquellos ojos verdes y pensó que era un milagro que pudiera existir alguien tan perfecto en el patio de la Escuela Primaria de

Spiller Road. Durante una temporada albergó la idea de que pudiera ser realmente un ángel.

No creía que Jeannie fuese un ángel, pero parecía envolverla una fluida gracia física que le hacía sentir la misma portentosa sensación.

—Tienes una tremenda capacidad de recuperación —comentó Jeannie—. La última vez que te vi tu aspecto era horrible. De eso hace sólo veinticuatro horas, pero pareces nuevo.

—Salí bastante bien librado. Sólo me duele un poco en el punto donde el detective Allaston me golpeó la cabeza contra la pared y la contusión que me produjo *Gordinflas* Butcher al patearme las costillas a las cinco de esta mañana, pero se me pasará en seguida, siempre y cuando no vuelvan a meterme en chirona.

Apartó esa idea de la cabeza. No iba a volver a la celda; la prueba de ADN lo eliminaría como sospechoso.

Le dio un repaso visual a la librería de Jeannie. Había muchos títulos ajenos a la narrativa. Biografías de Darwin, Einstein y Francis Bacon; unas cuantas novelistas femeninas que él no había leído: Erica Jong y Joyce Carol Oates; cinco o seis Edith Wharton, algunos clásicos modernos.

—¡Vaya, veo que tienes mi novela favorita de toda la vida! —comentó.

—Deja que adivine: *Matar un ruiseñor*.

Steve se quedó atónito.

—¿Cómo lo sabes?

—Vamos. El protagonista es un abogado que se enfrenta los prejuicios sociales para defender a un hombre inocente. ¿No es ese tu gran sueño? Además, no creo que hubieses elegido *The Women's Room*.

Steve sacudió la cabeza, resignado.

—Sabes muchas cosas acerca de mí. Le acobardas a uno.

—¿Cuál crees que es mi libro preferido?

—¿Se trata de una prueba?

—Apuesta algo.

—Ah... ejem, *Middlemarch*.

—¿Por qué?

—La protagonista es una mujer fuerte, independiente.

—¡Pero no hace nada! De cualquier modo, el libro que tenía en la cabeza no es ninguna novela. Te doy otra oportunidad.

Steve meneó la cabeza.

—No es novela. —Tuvo un golpe de inspiración—. Ya sé. La historia de un brillante y distinguido descubrimiento que explicaba algo crucial para la existencia del hombre. Apuesto a que es *La doble hélice*.

—¡Eh, muy bien!

Empezaron a comer. La pizza aún estaba caliente. Jeannie permaneció pensativamente silenciosa durante unos minutos, al cabo de los cuales comentó:

—Hoy realmente la he fastidiado a modo. Ahora me doy cuenta. Tenía que haber mantenido toda la crisis en tono menor. Tenía que haber repetido: «Bueno, quizá, podemos discutirlo, no me obliguen a tomar una decisión precipitada». En vez de hacer eso, desafié a la universidad y luego empeoré las cosas hablando con la prensa.

—La impresión que tengo de ti es que eres una persona nada inclinada al compromiso —dijo Steve.

Jeannie asintió.

—Una cosa es no ser dada al compromiso y otra es ser estúpida.

Le enseñó *The Wall Street Journal.*

—Esto puede explicar por qué en estos instantes tu departamento es hipersensible a la publicidad negativa. Tu patrocinador está a punto de traspasar la empresa.

Jeannie leyó el primer párrafo.

—Ciento ochenta millones de dólares, ¡caray! —Siguió leyendo mientras masticaba un trozo de pizza. Cuando acabó el artículo sacudió la cabeza—. Tu teoría es interesante, pero no me convence.

—¿Por qué no?

—Era Maurice Obell, no Berrington, quien parecía estar contra mí. Aunque Berrington pueda ser rastrero como una serpiente, según dicen. De todas formas, no soy tan importante. Para los patrocinadores de la Genetico no soy más que una parte ínfima de sus proyectos de investigación. Ni siquiera aunque mi trabajo violase verdaderamente la intimidad de las personas, sería eso suficiente escándalo para poner en peligro una operación de compraventa multimillonaria.

Steve se limpió los dedos con una servilleta de papel y cogió la fotografía enmarcada de una mujer con un niño de pecho. La mujer se parecía un poco a Jeannie, aunque tenía el pelo liso.

—¿Hermana tuya? —preguntó.

—Sí. Patty. Ya tiene tres hijos... todos varones.

—Yo no tengo hermanos ni hermanas —dijo Steve. Luego se acordó—. A menos que se cuente a Dennis Pinker. —Cambió la expresión de Jeannie y Steve dijo—: Me miras como a un espécimen.

—Perdona. ¿Probamos el helado?

—Pues claro.

Jeannie puso la cubeta encima de la mesa y sacó dos cucharas. Eso le pareció a Steve de perlas. Comer del mismo recipiente era un paso más hacia el beso. Jeannie comía con delectación. El muchacho se preguntó si haría el amor con el mismo glotón entusiasmo.

Steve tragó una cucharada de *Rainforest Crunch* y dijo:

—Me alegra infinito que creas en mí. Seguro que a los polis no les ocurre lo mismo.

—Si fueras un violador, mi teoría saltaría hecha pedazos.

—A pesar de todo, pocas mujeres me hubieran abierto la puerta de su casa por la noche. En especial si creyesen que tengo los mismos genes que Dennis Pinker.

—Yo dudé antes de hacerlo —confesó Jeannie—. Pero me has demostrado que tenía razón.

—¿Cómo?

Jeannie indicó los restos de la cena.

—Si una mujer atrae a Dennis Pinker, éste tira de cuchillo y la ordena que se quite las bragas. Tú trajiste una pizza.

Steve se echó a reír.

—Puede parecer divertido —dijo Jeannie—, pero existe un mundo de diferencia.

—Hay una cosa que debes saber acerca de mí —advirtió Steve—. Un secreto.

Ella dejó la cuchara.

—¿Qué?

—Una vez casi maté a alguien.

—¿Cómo?

Steve le contó la historia de su pelea con Tip Hendricks.

—Por eso me preocupaba tanto todo ese asunto acerca de mis orígenes —dijo—. No puedes imaginar lo inquietante que resulta que le digan a uno que es posible que papá y mamá no sean sus padres. ¿Y si resulta que mi verdadero padre es un asesino?

Jeannie denegó con la cabeza.

—Entablaste una pelea escolar que se te fue de las manos. Eso no te convierte en un psicópata. ¿Y qué me dices del otro chico? Ese tal Tip.

—Alguien lo mató cosa de un par de años después. Por entonces se dedicaba al tráfico de drogas. Tuvo una discusión con su proveedor y el individuo le descerrajó un tiro en la cabeza y lo dejó seco.

—El psicópata era él, supongo —dijo Jeannie—. Eso es lo que les suele ocurrir. Les es imposible evitar los jaleos. Un chicarrón fuertote como tú puede tener un encontronazo con la ley, pero sobrevive al incidente y sigue adelante, llevando una vida normal. En cambio Dennis estará entrando y saliendo de la cárcel hasta que alguien lo mate.

—¿Cuántos años tienes, Jeannie?

—No te ha gustado que te llame chicarrón fuertote.

—Tengo veintidós años.

—Yo veintinueve. Una gran diferencia de edad.

—¿Te parezco un crío?

—Verás, no lo sé, un hombre de treinta años probablemente no se habría pegado la paliza de venir desde Washington sólo para traerme una pizza. Eso es algo impulsivo.

—¿Lamentas que lo haya hecho?

—No. —Le tocó la mano—. Me alegra de verdad.

Steve ignoraba hasta dónde iba a llegar con ella. Pero Jeannie había llorado sobre su hombro. Pensó que una mujer no utiliza a un chico para eso.

—¿Cuándo sabrás algo seguro sobre mis genes? —preguntó.

Jeannie consultó su reloj.

—Es probable que el borrador ya esté terminado. Lisa hará la película por la mañana.

—¿Quieres decir que la prueba está concluida ya?

—Más o menos.

—¿No podemos echar un vistazo al resultado ahora? Se me hace muy duro esperar a ver si tengo o no el mismo ADN que Dennis Pinker.

—Supongo que sí que podemos —dijo Jeannie—. También a mí me corroe la curiosidad.

—¿A qué esperamos, pues?

25

Berrington Jones disponía de una tarjeta de plástico que le facultaba para abrir cualquier puerta de la Loquería.

Nadie más estaba enterado de ello. Con toda su inocencia los profesores numerarios imaginaban que sus cuartos eran privados. Sabían que los integrantes del personal de limpieza tenían llaves maestras. Lo mismo que los guardias de seguridad. Pero al profesorado nunca se le ocurrió que pudiera no ser muy difícil echar mano a una llave que se les proporcionaba incluso a los encargados de limpiar las instalaciones.

Con todo, Berrington no había utilizado nunca su llave maestra. Husmear era indigno: algo ajeno a su estilo. Pete Watlingson seguramente tendría fotos de chicos desnudos en el cajón de su escritorio; Ted Ransome indudablemente guardaría un poco de marihuana en alguna parte; era harto posible que Sophie Chapple tuviera un vibrador para consolarse durante las largas tardes solitarias, pero Berrington no quería saber nada de todo aquello. La llave maestra era sólo para las emergencias.

Aquella era una emergencia.

La universidad había ordenado a Jeannie que dejase de utilizar su programa informático de búsqueda y habían anunciado al mundo que se había suspendido el empleo de dicho programa, ¿pero cómo podía él tener la seguridad de que era así? No estaba en situación de ver los mensajes electrónicos que volaban por las líneas telefónicas de una terminal a otra. Durante toda la jornada no cesó de atormentarle la idea de que Jeannie pudiese estar examinando otra base de datos. Y a saber lo que podía encontrar.

De modo que Berrington había vuelto a su despacho y ahora estaba sentado ante su mesa, mientras el cálido crepúsculo se condensaba sobre los edificios de ladrillo rojo del campus. Golpeteaba con la tarjeta de plástico el ratón del ordenador, dispuesto a hacer algo que iba contra su instinto y contra todos sus principios.

Su dignidad era algo precioso. La había ido alimentando desde edad muy temprana. Ya de niño, en el colegio, sin un padre que le aleccionara acerca del modo de hacer frente a las riñas infantiles y con una madre excesivamente preocupada por la felicidad del chico, Berrington había ido creándose poco a poco un aire de superioridad, un aislamiento que le protegía. En Harvard había observado furtivamente a un compañero de clase perteneciente a una familia adinerada desde varias generaciones atrás. Tomó buena nota de los detalles de sus cinturones de cuero y pañuelos de hilo, de sus trajes de *tweed* y sus fulares de cachemira: aprendió la forma elegante de desdoblar la servilleta y manejar la silla ofreciendo asiento a una dama; se maravilló de la mezcla de naturalidad y deferencia con la que el muchacho trataba a los profesores, del encanto superficial y la frialdad subyacente en sus relaciones con los socialmente inferiores. Cuando Berrington inició su *master* ya estaba ampliamente preparado para convertirse en un brahmán.

Y era difícil desembarazarse de la capa de dignidad. Algunos profesores podían quitarse la chaqueta y saltar al campo para jugar un partido informal de fútbol americano, mezclándose con los estudiantes, pero Berrington era incapaz de ello. Los alumnos nunca le contaban chistes ni le invitaban a sus fiestas, pero tampoco se insolentaban con él, hablaban en clase o cuestionaban sus lecciones.

En cierto sentido, toda su vida, desde la fundación de la Genetico, había sido un engaño, pero él la llevaba con audacia y airosa arrogancia. Sin embargo, no era propio de él introducirse subrepticiamente en la habitación de otra persona y dedicarse a registrarla.

Consultó su reloj. El laboratorio ya estaría cerrado. La mayor parte de sus colegas se habrían ido ya, hacia sus casas o hacia el bar del Club de la Facultad. Era un momento tan bueno como cualquier otro. No existía hora alguna que garantizase que el edificio se encontrase totalmente vacío; los científicos trabajaban según su talante y a cualquier hora. De sorprenderle alguien, Berrington tendría que aguantar el tipo y echarle descaro.

Abandonó su despacho, bajó por la escalera y anduvo pasillo adelante hasta la puerta de Jeannie. No se veía a nadie. Introdujo la tarjeta en la ranura del lector y se abrió la puerta. Entró, encendió la luz y cerró tras de sí.

Era el despacho más pequeño del edificio. En realidad, se trataba de un pequeño almacén, pero Sophie Chapple insistió pérfidamente en asignárselo a Jeannie como despacho, sobre la base falaz de que para guardar las cajas de cuestionarios impresos que usaba el departamento se necesitaba una habitación más espaciosa. Era una estancia estrecha con una ventana insignificante. Sin embargo, Jeannie la había animado extraordinariamente con sólo dotarla de un par de sillas de madera pintadas de rojo brillante, una maceta con una palma larguirucha y la reproducción de un grabado de Picasso: una escena taurina con vívidos toques de amarillo y naranja.

Berrington cogió el retrato enmarcado de encima del escritorio. Era la fotografía en blanco y negro de un hombre bien parecido, con patillas y corbata ancha, junto a una joven de expresión decidida; los padre de Jeannie, allá por los setenta, supuso. Aparte la foto, el escritorio estaba completamente limpio de objetos. Chica ordenada.

Berrington se sentó y encendió el ordenador. Mientras el aparato cargaba, el hombre procedió a registrar los cajones. El de arriba contenía bolígrafos y cuadernos de notas. En otro encontró una caja de compresas y un par de pantis dentro de un paquete por abrir. Berrington odiaba los pantis. Le encantaba acariciar recuerdos adolescentes de ligueros y medias con costura. Además, los pantis eran malsanos, como los calzoncillos de jockey de nailon. Si el presidente Proust le nombrara jefe de sanidad, ordenaría incluir en los envoltorios de pantis un advertencia indicando que eran peligrosos para la salud. En el cajón siguiente había un espejo de mano y un cepillo con unos cuantos cabellos oscuros de Jeannie entre sus cerdas; en el último cajón, un diccionario de bolsillo y un libro en rústica titulado *A Thousand Acres*. Ningún secreto hasta entonces.

En la pantalla apareció el menú de Jeannie. Berrington cogió el ratón e hizo clic sobre la Agenda. Las citas eran previsibles: clases y conferencias, horas de laboratorio, partidos de tenis, salidas para ir de copas o al cine. Tenía previsto ir el sábado al Parque Oriole, de Camden Yards, para presenciar el partido de béisbol; Ted Ransome y su esposa la habían invitado a desayunar el domingo a media mañana; el lunes debía pasar la revisión del coche. Berrington no encontró ninguna referencia que dijese: «Explorar los archivos médicos de la Acme Insurance». Su lista personal de «varios» era igualmente vulgarísima: «Comprar vitaminas, llamar a Ghita, regalo de cumpleaños de Lisa, repasar el modem».

Salió del diario y empezó a mirar los archivos. Había ingentes cantidades de estadísticas y hojas de cálculo. Los archivos del procesador de textos eran más reducidos; algo de correspondencia, esbozos de cuestionarios, el borrador de un artículo. Recurrió a la utilidad de «Buscar palabra» para revisar todos los directorios de WP en busca del término «base de datos». Salió varias veces en el artículo, así como en las copias archivadas de tres cartas expedidas, pero ninguna de las referencias le informó del lugar donde Jeannie tenía intención de utilizar su programa de localización de sujetos.

—Vamos —dijo en voz alta—, tiene que haber algo, por el amor de Dios.

Jeannie contaba con un archivador, pero no contenía gran cosa; la doctora sólo llevaba allí unas semanas: Al cabo de un año o dos, el archivador estaría lleno de impresos rellenos, de datos de investigación psicológica. Ahora sólo había en un archivo unas pocas cartas, algunos memorándums en otro y fotocopias de artículos en un tercero.

En un armario encontró, boca abajo, una foto enmarcada de la propia Jeannie con un hombre alto y barbudo, ambos montados en bicicleta, junto a un lago. Berrington dedujo que se trataría de una aventura amorosa que había concluido.

Se sentía ahora aún más preocupado. Aquel era el despacho de una persona organizada, del tipo que lo planeaba todo por anticipado. Archivaba las cartas que recibía y copias de todas las que enviaba. Por fuerza debía haber allí algún indicio de lo que pensaba hacer en el futuro inmediato. No tenía motivo alguno para llevarlo en secreto; hasta aquel mismo día no surgió la menor sugerencia de que hubiese algo de lo que avergonzarse. Sin duda debía estar proyectando otro barrido de alguna base de datos. La única explicación posible para la ausencia de pistas consistía en suponer que efectuó los convenios por teléfono o personalmente, acaso con alguna amistad íntima. Y si tal era el caso, difícilmente iba él a encontrar algo escudriñando el despacho de Jeannie.

Oyó pasos en el corredor y se puso tenso. Se produjo el chasquido de una tarjeta al introducirse en el lector. La mirada impotente de Berrington fue a clavarse en la puerta. Nada podía hacer: le habían cogido con las manos en la masa, sentado ante el escritorio de la doctora Ferrami, con el ordenador encendido. No podía alegar que había entrado allí accidentalmente.

Se abrió la puerta. Esperaba ver a Jeannie, pero el que apareció en la entrada fue un guardia de seguridad.

El hombre le conocía.

—Ah, hola, profesor —dijo—. Vi la luz encendida y pensé que debía echar un vistazo. La doctora Ferrami acostumbra a tener la puerta abierta cuando está aquí.

A Berrington le costó un esfuerzo ímprobo no sonrojarse.

—Todo va bien —tranquilizó. «Nada de disculpas, nada de justificaciones»—. Me aseguraré de que dejo bien cerrada la puerta cuando haya terminado.

—Estupendo.

El guardia guardó silencio, a la espera de una explicación. Berrington apretó las mandíbulas. Transcurridos unos segundos, el guardia dijo:

—Bien, buenas noches, profesor.

—Buenas noches.

El guardia se marchó.

Berrington se relajó. «Ningún problema.»

Se cercioró de que el modem estaba conectado, pulsó el ratón sobre *America Online* y accedió al buzón de Jeannie. La terminal estaba programada para facilitarle automáticamente la contraseña. Jeannie tenía allí tres objetos postales. Los transfirió a la pantalla. El primero era una nota acerca del aumento de tarifas para la utilización de Internet. El segundo procedía de la universidad de Minnesota y decía:

> Estaré el viernes en Baltimore y me gustaría tomar una copa contigo en honor de los viejos tiempos. Un beso, Will.

Berrington se preguntó si Will sería el muchacho de la barba que aparecía en la foto de la bicicleta. Pasó a la tercera carta.

Le electrizó.

> Te tranquilizará saber que esta noche voy a explorar nuestro archivo de huellas digitales. Llámame. Ghita.

Era del FBI.

—Hija de puta —murmuró Berrington—. Nos vas a matar.

26

Berrington no se atrevió a contar por teléfono el asunto de Jeannie y el archivo de huellas dactilares del FBI. Los servicios de inteligencia controlaban infinidad de llamadas telefónicas. La vigilancia se hacía actualmente mediante ordenadores programados para proceder a la toma inmediata de la conversación en cuanto sonasen determinadas palabras y frases clave. Si alguien decía «plutonio», «heroína» o «matar al presidente», la computadora grabaría el diálogo y alertaría al oyente humano. Lo que menos necesitaba Berrington era que un escucha de la CIA empezara a preguntarse por qué el senador Proust se sentía tan interesado por los archivos de huellas dactilares del FBI.

De modo que subió a su plateado Lincoln Town Car y se lanzó por la carretera Baltimore-Washington a ciento cuarenta y cinco kilómetros por hora. Rebasaba con frecuencia el límite de velocidad. Lo cierto era que a Berrington le sacaban de sus casillas toda clase de reglas. Era una contradicción en su persona, lo reconocía. Odiaba a los participantes en las marchas por la paz y a los drogadictos, a los homosexuales y a las feministas, a los músicos de rock y a todos los inconformistas que se burlaban de las tradiciones estadounidenses. Sin embargo, al mismo tiempo, le ofendía toda persona que tratara de decirle dónde debía aparcar su coche, cuánto tenía que pagar a sus empleados o el número de extintores que estaba obligado a poner en su laboratorio.

Al volante de su automóvil, se preguntó qué tal serían los contactos de Jim Proust en los servicios de inteligencia. ¿Se trataba simplemente de un puñado de viejos soldados sentados en corro y dedicados a contar batallitas acerca de sus hazañas extorsionando a manifestantes antibélicos y asesinando a presidentes suramericanos? ¿O estaban todavía en primera línea de fuego? ¿Continuaban ayudando a otros, como la Mafia, y consideraban la devolución de un favor como un deber poco menos que religioso? ¿O ya se habían acabado aquellos tiempos? Había transcurrido una eternidad desde que Jim dejó la CIA; incluso era posible que estuviese ya completamente desconectado.

Era tarde, pero Jim se encontraba en su despacho del edificio del Capitolio, esperando a Berrington.

—¿Qué diablos ha pasado que no podías decirme por teléfono? —le preguntó.

—Esa chica está a punto de meter su programa informático en el archivo de huellas dactilares del FBI.

Jim se puso pálido.

—¿Le resultará?

—Le resultó con los historiales odontológicos, ¿por qué no va a funcionarle con las huellas dactilares?

—¡Santo Dios! —exclamó Jim, consternado.

—¿Cuántas huellas tienen en archivo?

—Más de veinte millones de juegos, me parece recordar. No es posible que todos sean criminales. ¿Cuántos delincuentes hay en Estados Unidos?

—No lo sé, quizá conservan también las huellas de los que han muerto. Mira, Jim, por el amor de Dios. ¿No puedes cortar de raíz lo que está sucediendo?

—¿Quién es su contacto en el FBI?

Berrington le tendió la salida impresa tomada del correo electrónico de Jeannie. Mientras Jim lo examinaba, Berrington miró a su alrededor. En las paredes de su despacho, Jim tenía fotos de sí mismo con todos y cada uno de los presidentes de Estados Unidos posteriores a Kennedy. Allí estaba el uniformado capitán Proust saludando a Lyndon Johnson; el comandante Proust, con la cabeza aún cubierta por una lisa cabellera rubia, estrechando la mano a Dick Nixon; el coronel Proust fulminando siniestramente con la mirada a Jimmy Carter; el general Proust compartiendo un chiste con Ronald Reagan, ambos riéndose a mandíbula batiente; Proust en traje de calle, subdirector de la CIA, en sesuda conversación con un George Bush de ceño fruncido; y el senador Proust, ahora calvo y con gafas, agitando el índice ante Bill Clinton. También había fotos de Proust bailando con Margaret Thatcher, jugando al golf con Bob Dole y montado a caballo, cabalgando junto a Ross Perot. Berrington tenía unas cuantas fotos similares, pero las de Jim formaban toda una maldita galería completa. ¿A quién trataba de impresionar? Era muy probable que a sí mismo. Verse continuamente con las personas más poderosas del mundo convencía a Jim de que era un personaje importante.

—Jamás oí aludir a alguien que se llame Ghinta Sumra —dijo Jim—. No puede tratarse de alguien que esté muy arriba.

—¿A quién conoces en el FBI? —se impacientó Berrington.

—¿Has visto alguna vez a los Creanes, David y Hilary?

Berrington denegó con la cabeza.

—Él es un director asistente, ella una alcohólica redimida. Ambos se andan por la cincuentena. Hace diez años, cuando yo llevaba la CIA, David trabajó para mí en la Directiva Diplomática: vigilaba todas las embajadas extranjeras y sus secciones de espionaje. Me caía bien. De cualquier modo, una tarde Hilary se emborrachó, salió por ahí en su Honda Civic y mató a una niña de seis años, una chica negra, en Beulah Road, cerca de Springfield. No se detuvo, siguió hasta un centro comercial, y llamó desde allí a Dave, que estaba en Langley. Él acudió a buscarla en su Thunderbird, la recogió, la llevó a casa y luego puso una denuncia, declarando que les habían robado el Honda.

—Pero algo salió mal.

—Hubo un testigo del accidente que estaba seguro de que el coche lo conducía una mujer blanca de edad mediana y un detective obstinado que sabía que son muy pocas las mujeres que roban automóviles. El testigo identificó de manera positiva a Hilary, la cual se vino abajo y confesó.

—¿Cómo acabó el asunto?

—Fui al fiscal del distrito. Quería meterlos a los dos en la cárcel. Le juré que aquel caso era una importante cuestión de seguridad nacional y le convencí para que retirara las acusaciones. Hilary empezó a ir a Alcohólicos Anónimos y no ha vuelto a beber desde entonces.

—Y a Dave lo transfirieron al Buró, donde se las ha arreglado bastante bien.

—Y, muchacho, están en deuda conmigo.

—¿Puede parar los pies a esa tal Ghita?

—Es uno de los nueve directores asistentes que despachan con el subdirector. No lleva la división de huellas dactilares, pero es un tipo bastante influyente.

—¿Pero puede hacerlo?

—¡No lo sé! Se lo pediré, ¿de acuerdo? Si puede, lo hará por mí.

—Muy bien, Jim —dijo Berrington—. Coge ese condenado teléfono y pídeselo.

27

Jeannie encendió la luz del laboratorio de psicología y entró en él, seguida de Steve.

—El lenguaje genético tiene cuatro letras —explicó la doctora—. A, C, G y T.

—¿Que representan...?

—Adenina, citosina, guanina y timina. Son los componentes químicos unidos a los largos filamentos centrales de la molécula del ADN. Forman palabras y frases del tipo de «Cada pie tiene cinco dedos».

—Pero el ADN de toda persona debe decir «Cada pie tiene cinco dedos».

—Buena observación. Tu ADN es similar al mío y al de todos los demás habitantes del planeta. Tenemos mucho en común con los animales, porque están hechos de las mismas proteínas que nosotros.

—¿Cómo puedes determinar, entonces, la diferencia entre el ADN de Dennis y el mío?

—Entre las palabras hay trozos que no significan nada, son jerigonza de relleno. Como espacios en una frase. Se los llama oligonucleótidos, pero todo el mundo los conoce por oligos. En el espacio entre «cinco» y «dedos» puede haber un oligo que diga TETEGEGECCCC, repetido.

—¿Todos tenemos TETEGEGECCCC?

—Sí, pero el número de repeticiones varía. Mientras que tú puedes tener treinta y un oligos TETEGEGECCCC entre «cinco» y «dedos», tal vez yo tenga doscientos ochenta y siete. Carece de importancia la cantidad que uno tenga, puesto que el oligo no significa absolutamente nada.

—¿Cómo comparas mis oligos con los de Dennis?

Jeannie le mostró una placa rectangular del tamaño y la forma de un libro.

—Cubrimos esta placa con un gel, tallamos unas muescas en la parte superior y vertemos muestras de tu ADN y del de Dennis en las muescas. Luego ponemos la placa aquí dentro. —Encima del banco había un pequeño depósito de cristal—. Sometemos el gel a una corriente eléctrica durante un par de horas. Eso hace que los fragmentos de ADN rezumen a través del gel en líneas rectas. Pero los fragmentos pequeños se desplazan más deprisa que los grandes. De modo que los tuyos, que tienen treinta y un oligos, acabarán por delante de los míos, con sus doscientos ochenta y siete.

—¿Cómo compruebas hasta dónde llegan en su desplazamiento?

—Usamos productos químicos llamados sondas. Se unen a oligos específicos. Supongamos que tenemos un oligo que atrae TETEGEGECCCC. —Le mostró un trozo de tela que parecía un paño de cocina—. Tomamos una membrana de nailon empapada en solución sonda y la extendemos sobre el gel para que absorba los fragmentos. Las sondas son también luminosas, de modo que marcarán una película fotográfica. —Miró el otro depósito—. Veo que Lisa ha extendido el nailon sobre la película. —Le echó un vistazo—. Me parece que ya se ha formado la muestra. Todo lo que hay que hacer es fijar la película.

Steve intentó ver la imagen de la película mientras Jeannie la lavaba en un recipiente que contenía algún producto químico. Jeannie la aclaró después bajo el chorro del grifo. La historia de Steve estaba escrita en aquella página. Pero lo único que el muchacho pudo distinguir fue el dibujo de una escala sobre la claridad del plástico.

Por último, Jeannie lo agitó para que se secara y lo puso delante de una caja de luz.

Steve se apresuró a escudriñarlo. La película aparecía surcada, desde la parte superior hasta el fondo, por una serie de líneas rectas, de unos tres milímetros de ancho, como pistas grises. Las pistas estaban numeradas en la parte inferior de la película, del uno al dieciocho. Dentro de las pistas había limpias marcas negras semejantes a guiones. Aunque eso no significaba nada para Steve.

—Las marcas negras indican hasta dónde han llegado tus fragmentos en su recorrido por las pistas —explicó Jeannie.

—Pero hay dos marcas negras en cada pista.

—Eso es porque tienes dos filamentos de ADN, uno de tu padre y otro de tu madre.

—Claro. La doble hélice.

—Exacto. Y tus padres tenían oligos diferentes. —Consultó las notas escritas en una hoja de papel y luego alzó la mirada—. ¿Estás seguro de que te encuentras preparado para esto..., tanto si el resultado es en un sentido como en otro?

—Desde luego.

—Muy bien. —Jeannie volvió a bajar la mirada—. La pista tres es tu sangre.

Había dos marcas, separadas cosa de dos centímetros y medio, hacia la mitad vertical de la película.

—La pista cuatro es un control. Probablemente sea mi sangre o la de Lisa. Las marcas deberían estar en posiciones completamente distintas.

—Lo están.

Las dos marcas se encontraban bastante juntas, en la parte inferior de la película, cerca de los números.

—La pista cinco es Dennis Pinker. ¿Están las marcas en la misma posición que las tuyas o en una posición distinta?

—En la misma —dijo Steve—. Coinciden perfectamente.

Jeannie le miró.

—Steve y tú sois gemelos —dijo.

No quería creerlo.

—¿Existe alguna posibilidad de error?

—Claro —repuso Jeannie—. Hay una probabilidad entre cien de que dos individuos sin conexión alguna puedan tener un fragmento del mismo ADN materno y paterno. Normalmente probamos cuatro fragmentos distintos, utilizando diferentes oligos y sondas. Eso reduce la posibilidad de error a una entre cien millones. Lisa efectuará tres pruebas más; cada una de ellas tarda medio día en realizarse. Pero sé cuál será el resultado. Y tú también lo sabes, ¿verdad?

—Supongo que sí. —Steve suspiró—. Vale más que empiece a creer eso. ¿De dónde diablos vengo?

La expresión de Jeannie era pensativa.

—Se me ha quedado en la cabeza una cosa que dijiste. «No tengo hermanos ni hermanas.» Por lo que has contado acerca de tus padres, parecen la clase de personas a las que les gustaría tener la casa llena de críos, tres o cuatro.

—Eso es cierto —dijo Steve—. Pero mamá tenía dificultades para concebir. Había cumplido los treinta y tres años y llevaba diez casada con papá cuando vine yo. Escribió un libro sobre eso: *Qué hacer cuando una no puede quedar embarazada*. Fue su primer superventas. Con el dinero que obtuvo compró una cabaña de verano en Virginia.

—Charlotte Pinker tenía treinta y nueve años cuando nació Dennis. Apuesto algo a que también tenía problemas de esterilidad. Me pregunto si eso no significará algo.

—¿Como qué?

—No lo sé. ¿Se sometió tu madre a alguna clase de tratamiento especial?

—No he leído el libro. ¿La llamo?

—¿Lo harías?

—De todas formas, ya es hora de que les hable de todo este misterio.

Jeannie indicó un escritorio.

—Usa el teléfono de Lisa.

Steve marcó el número de su casa. Le respondió su madre.

—Hola, mamá.

—¿Se alegró de verte?

—Al principio, no. Pero aún estoy con ella.

—Así pues, no te odia.

Steve miró a Jeannie.

—Odiarme, no, mamá, pero piensa que soy demasiado joven.

—¿Te está escuchando?

—Sí, y creo que empieza a sentirse incómoda, lo cual no deja de ser un principio. Mamá, estamos en el laboratorio, y tengo algo así como un rompecabezas. Parece que mi ADN es exactamente igual que el de otro sujeto que ella está estudiando, un individuo que se llama Dennis Pinker.

—No puede ser igual... tendríais que ser gemelos univitelinos.

—Lo cual sólo sería posible en el caso de que fuéramos hijos adoptados.

—Steve, tú no eres adoptado, si es eso lo que estás pensando. Y no eres gemelo de nadie. Dios sabe cómo me las hubiera arreglado para atender a dos de vosotros.

—¿Te aplicaron alguna clase de tratamiento especial de fertilidad antes de mi nacimiento?

—Sí, me lo aplicaron. El médico me recomendó un sitio de Filadelfia en el que habían atendido a cierto número de esposas de oficiales. Se llamaba Clínica Aventina. Me sometieron a un tratamiento de hormonas.

Steve se lo repitió a Jeannie, que garabateó el nombre en una hojita de *Post-it*.

—El tratamiento dio resultado —continuó la madre—, y ahí estás tú, fruto de todo ese esfuerzo, sentado en Baltimore y dándole la tabarra a una preciosa señora que te saca siete años, cuando deberías encontrarte aquí, en el Distrito de Columbia, cuidando de tu anciana madre de pelo blanco.

Steve soltó una carcajada.

—Gracias, mamá.

—Oye, Steve.

—Aquí sigo.

—No vuelvas muy tarde. Ya sabes que tienes que ver a un abogado por la mañana. Será mejor que salgas de este lío legal antes de empezar a preocuparte de tu ADN.

—No volveré tarde. Hasta luego.

Steve colgó.

—Llamaré a Charlotte Pinker ahora mismo —dijo Jeannie—. Espero que no se haya ido ya a dormir. —Hojeó rápidamente el listín telefónico de Lisa y luego cogió el auricular y marcó un número. Al cabo de un momento empezó a hablar—: Hola, señora Pinker. Aquí, la doctora Ferrami, de la Universidad Jones Falls... Muy bien, gracias, ¿y usted?... Confío en que no tenga inconveniente en que le haga una pregunta más... Bien, muy amable y comprensiva. Sí... Antes de quedar embarazada de Dennis, ¿siguió usted algún tratamiento de fertilidad? —Hubo una prolongada pausa y, a continuación, el semblante de Jeannie se iluminó a causa de la euforia exaltada—. ¿En Filadelfia? Sí, ya la conozco... Tratamiento hormonal. Es muy interesante, me sirve de gran ayuda. Gracias otra vez. Adiós. —Colgó el auricular y exclamó—: ¡Bingo! Charlotte fue a la misma clínica.

—Eso es fantástico —dijo Steve—. ¿Pero qué significa?

—Ni idea —confesó Jeannie. Volvió a coger el teléfono y marcó el 411—. ¿Cómo puedo comunicar con el servicio de información de Filadelfia?... Gracias. —Marcó una vez más—. La Clínica Aventina. —Una pausa. Miró a Steve y comentó—: Probablemente estará cerrada desde hace años.

Steve la contemplaba, como hipnotizado. El entusiasmo ponía viveza y color en el rostro de Jeannie, mientras su cerebro funcionaba a toda velocidad. Parecía embelesada. Steve deseó fervientemente poder hacer algo más para ayudarla.

De súbito, Jeannie cogió un lápiz y garabateó un número.

—¡Gracias! —dijo por el micrófono. Colgó—. ¡Aún está allí!

Steve parecía fascinado. El misterio de sus genes podía resolverse.

—Archivos —dijo—. La clínica debe de tener sus registros. Es posible que haya pistas.

—He de ir allí —manifestó Jeannie. Arrugó la frente, pensativa—. Tengo una nota firmada por Charlotte Pinker; podemos pedir a todas las personas entrevistadas que firmen también la suya, lo que me autorizará a examinar los historiales médicos. ¿Puedes conseguir que tu madre firme una esta noche y me la envíe por fax a la UJF?

—Pues claro.

Marcó una vez más, pulsando los números febrilmente.

—Buenas noches, ¿hablo con la Clínica Aventina?... ¿Tienen un jefe de servicio nocturno?... Muchas gracias.

Se produjo una larga pausa. Jeannie golpeteó el lápiz con impaciencia. Steve la contempló con ojos que irradiaban adoración. Por lo que a él concernía, no le importaba que aquello durase hasta la mañana.

—Buenas noches, señor Ringwood, le habla la doctora Ferrami del departamento de psicología de la Universidad Jones Falls. Dos de los sujetos de la investigación que estoy llevando a cabo fueron atendidos en su clínica hace veintitrés años y me sería de enorme ayuda echar un vistazo a sus historiales. Me han proporcionado la correspondiente autorización que puedo remitirle por fax anticipadamente... Eso me vendría de perlas... ¿Mañana le parece bien?... Digamos, ¿a las dos de la tarde?... Es usted muy amable... Así lo haré. Gracias. Adiós.

—Clínica de fertilidad —silabeó Steve meditativamente—. ¿No leí en ese artículo del *Wall Street Journal* que la Genetico posee clínicas de fertilidad?

Jeannie se le quedó mirando boquiabierta.

—¡Oh, Dios mío! —exclamó en voz baja—. Claro que las tiene.

—Me pregunto si no existirá alguna relación.
—Me juego algo a que la hay —dijo Jeannie.
—Si la hay, entonces...
—Entonces es muy posible que Berrington Jones sepa mucho más acerca de ti y de Dennis de lo que está dando a entender.

28

Había sido un día infame, pero al final había acabado bien, pensó Berrington al salir de la ducha.

Se contempló en el espejo. Estaba en una forma magnífica para sus cincuenta y nueve años; enjuto, derecho como una vela, con la piel ligeramente atezada y el estómago casi completamente liso. Tenía el vello púbico oscuro, pero ello era debido a que se lo teñía para evitar el embarazoso tono gris impuesto por los años. Para Berrington resultaba muy importante estar en condiciones de desnudarse delante de una mujer sin tener que apagar la luz.

Inició la jornada convencido de que le había puesto el pie en el cuello a Jeannie Ferrami, pero la muchacha demostró ser más dura de lo que él esperaba. No volveré a subestimarla, se dijo.

Por el camino de vuelta de Washington se había dejado caer por casa de Preston Barck para informarle de los últimos acontecimientos. Como siempre, Preston se mostró más preocupado y pesimista de lo que la situación requería. El talante de Preston afectó a Berrington hasta el punto de que regresó a su domicilio envuelto en negros nubarrones. Pero cuando entró en la casa el teléfono estaba sonando y Jim, expresándose en una clave improvisada, le confirmó que David Creane cortaría en seco la colaboración que el FBI pudiera prestar a Jeannie. Había prometido efectuar aquella misma noche las llamadas telefónicas precisas.

Berrington se secó con una toalla y se puso un pijama azul de algodón y un albornoz de rayas azules y blancas. Marianne, el ama de llaves, tenía la noche libre, pero en el frigorífico había una cazuela: pollo a la provenzal, de acuerdo con la nota que la mujer dejara escrita con su meticulosa e infantil caligrafía. Puso el recipiente en el horno y se sirvió un vasito de whisky Springbank. En el momento en que tomaba el primer sorbo, sonó de nuevo el teléfono.

Era su ex esposa, Vivvie.

—*The Wall Street Journal* dice que vas a ser rico —dijo.

Berrington se la imaginó: una rubia esbelta, sentada en la terraza de su casa de California, admirando la puesta del sol que se ocultaba bajo el horizonte del océano Pacífico.

—Supongo que quieres volver conmigo.

—Se me ocurrió, Berry. Lo pensé muy seriamente durante lo menos diez segundos. Después me di cuenta de que ciento ochenta millones de dólares no eran suficientes.

El comentario provocó la risa de Berrington.

—De verdad, Berry. Me alegro por ti.

Él sabía que era sincera. Vivvie poseía ahora una espléndida fortuna propia. Al dejarle se dedicó a los negocios inmobiliarios en Santa Bárbara y le fue de maravilla.

—Gracias.

—¿Qué vas a hacer con el dinero? ¿Dejárselo al chico?

El hijo de ambos estudiaba con vistas a obtener el título de contable colegiado.

—No le hará falta, ganará una fortuna ejerciendo la profesión de tenedor de libros. Puede que le ceda un poco a Jim Proust. Va a presentarse candidato a la presidencia.

—¿Qué conseguirás a cambio? ¿Quieres ser embajador de Estados Unidos en París?

—No, pero consideraría el cargo de jefe de la sanidad militar.

—¡Eh, Berry, vas en serio! Pero supongo que no deberías hablar demasiado por teléfono.

—Cierto.

—Tengo que dejarte, mi noviete acaba de llamar al timbre. Hasta pronto, Moctezuma.

Era una vieja broma familiar.

Berrington le respondió:

—Hasta dentro de un plis plas, carrasclás.

Colgó el teléfono.

Le pareció un sí es no es deprimente que Vivvie saliera de noche con alguien —no tenía idea de quién pudiera ser— mientras él se quedaba sentadito en casa a solas con un whisky. Aparte la que le produjo la muerte de su padre, la mayor tristeza que Berrington experimentó en su vida fue la que le causó el que Vivvie le dejara. No le reprochaba el que le abandonase; él le fue meticulosamente infiel. Pero la quería, y aún la echaba de menos, trece años después del divorcio. El hecho de que la culpa fuera exclusivamente de él aumentaba su tristeza. Bromear con Vivvie por teléfono le recordó cuánto se divertían juntos en los buenos tiempos.

Encendió el televisor y, mientras se calentaba la cena, se entretuvo viendo *Prime Time Live*. La fragancia de las hierbas que Marianne empleaba en sus guisos saturaba la estancia. Era una cocinera magnífica. Acaso porque la Martinica era posesión francesa.

Cuando retiraba del horno la cazuela, volvió a sonar el teléfono. En esa ocasión era Preston Barck. Parecía agitado.

—Acabo de hablar con Dick Minsky, de Filadelfia —anunció—. Jeannie Ferrami ha concertado una cita para mañana en la Clínica Aventina.

Berrington se dejó caer pesadamente en la silla.

—¡Por Cristo a lomos de un poni! —exclamó—. ¿Cómo diablos ha llegado a dar con la clínica?

—No lo sé. Dick no estaba allí, la llamada la tomó el jefe del servicio nocturno. Pero, al parecer, Jeannie Ferrami dijo que algunos de los sujetos de su estudio recibieron tratamiento allí años atrás y que deseaba examinar sus historiales médicos. Remitió por fax las autorizaciones y dijo que se presentaría en la clínica a las dos de la tarde. A Dios gracias, Dick telefoneó casualmente para otro asunto y el jefe del servicio de noche le comentó la cosa.

Dick Minsky había sido uno de los primeros empleados que contrató la Genetico, allá por los años setenta. Empezó encargándose de la sección de correos; ahora era director general de las clínicas. Nunca fue miembro del círculo interior —sólo Jim, Preston y Berrington pudieron pertenecer a ese club—, pero conocía los secretos mejor guardados de la empresa. La discreción era algo innato en él.

—¿Qué le dijiste a Dick que hiciera?

—Que cancelara la cita, naturalmente. Y que, si de todas formas la doctora apareciese, que se la quitase de encima sin más. Que le dijera que no podía ver los archivos.

Berrington sacudió la cabeza.

—No es suficiente.

—¿Por qué?

Berrington suspiró. Preston podía alcanzar el vacío absoluto en cuanto a imaginación.

—Bueno, si yo fuera Jeannie Ferrami, llamaría a la Landsmann, pediría que se pusiera al teléfono la secretaria de Michael Madigan y le aconsejaría que examinara los archivos de la Clínica Aventina, de los últimos veintitrés años, antes de cerrar el trato conducente a la toma de posesión. Eso induciría a Madigan a hacer preguntas, ¿no te parece?

—Bien, ¿qué propones? —preguntó Preston, picajoso.

—Creo que vamos a tener que desembarazarnos de todas las tarjetas de registro, desde los setenta.

Hubo unos instantes de silencio.

—Berry, esos archivos son únicos. Científicamente, su valor es incalculable.

—¿Crees que no lo sé? —replicó Berrington, abrupto.

—Tiene que haber otro medio.

Berrington suspiró. Aquello le hacía sentirse tan mal como a Preston. Había acariciado la ilusión de que algún día, dentro de muchos años, en el futuro, alguien escribiría la crónica de unos experimentos que abrieron nuevos caminos y se revelaría al mundo la audacia y la brillantez científica de los pioneros que los llevaron a cabo. Le destrozaba el corazón ver desaparecer aquella evidencia histórica bajo el peso de la culpa y el secreto. Pero eso era ahora inevitable.

—Mientras esos archivos existan, serán una amenaza para nosotros. Hay que destruirlos. Y lo mejor sería hacerlo ahora mismo.

—¿Qué vamos a decir al personal?

—Mierda, no lo sé, Preston, pero imagina algo por una vez en tu vida, santo Dios. Nueva estrategia de la gerencia en cuanto a documentación. No me importa lo que les digas, con tal de que empiecen a hacerlos trizas a primera hora de la mañana.

—Supongo que tienes razón. Conforme, entraré en contacto con Dick ahora mismo. ¿Quieres llamar a Jim y ponerle al corriente?

—Claro.

—Adiós.

Berrington marcó el número del domicilio de Jim Proust. Su esposa, una mujer delgadísima y con aire de persona siempre avasallada, descolgó el aparato y le pasó a Jim.

—Estoy en la cama, Berry, ¿qué infiernos pasa ahora?

Los tres empezaban a tratarse unos a otros con malos modos.

Berrington le informó de lo que le había comunicado Preston y de lo que habían decidido hacer.

—Una resolución acertada —encomió Jim—. Pero no bastará. Esa Ferrami puede llegar a nosotros por otros caminos.

Berrington sintió un espasmo de irritación. Nada era suficiente para Jim. Le propusieran lo que le propusiesen, Jim siempre deseaba una acción más enérgica, medidas más extremas. Luego superó el acceso de fastidio. Esa vez, Jim hablaba con sentido común, reflexionó. Jeannie había demostrado ser un auténtico sabueso, que cuando olfateaba una pista no se desviaba lo más mínimo en su seguimiento. Un simple revés no la impulsaría a darse por vencida.

—Estoy de acuerdo contigo —le dijo a Jim—. Y Steve Logan se encuentra fuera de la cárcel, me enteré hace un rato, así que no está completamente sola. A largo plazo, tendremos que enfrentarnos a ella.

—Hay que darle un susto de muerte.

—Por el amor de Dios, Jim...

—Ya sé que esto hace que aflore la debilidad que llevas dentro, Berry, pero debe hacerse.

—Olvídalo.

—Mira...

—Tengo una idea mejor, Jim, haz el favor de escucharme durante un minuto.

—Está bien, te escucho.
—Voy a hacer que la despidan.
Jim meditó unos instantes.
—No sé... ¿con eso lo solucionaremos?
—Seguro. Verás, la Ferrami imagina que ha tropezado con una anomalía biológica. Es la clase de descubrimiento con el que un científico joven puede hacer carrera. La muchacha no tiene idea de lo que subyace debajo de todo esto; cree que la universidad sólo teme la mala publicidad. Si Jeannie Ferrami pierde su empleo, no dispondrá de instalaciones ni de medios para continuar con su investigación, ni motivo alguno para aferrarse a ella. Además, estará demasiado ocupada buscando otro trabajo. Da la casualidad de que sé que necesita dinero.
—Tal vez tengas razón.
Berrington empezó a recelar. Jim mostraba una sospechosamente excesiva facilidad en estar de acuerdo con él.
—No estarás planeando hacer algo por tu cuenta y riesgo, ¿verdad? —preguntó.
Jim eludió la respuesta.
—¿Puedes hacer eso, puedes conseguir que la despidan?
—Desde luego.
—Pero tú me dijiste el martes que eso es una universidad, no el jodido ejército.
—Cierto, uno no puede gritar al personal para que hagan lo que se les ordena. Pero me he pasado en el mundo académico la mayor parte de los últimos cuarenta años. Sé cómo funciona la maquinaria. Cuando es realmente imprescindible, puedo desembarazarme de un profesor adjunto sin casi mover un dedo.
—Vale.
Berrington frunció el entrecejo.
—Estamos juntos en esto, ¿no, Jim?
—Exacto.
—De acuerdo. Que duermas bien.
—Buenas noches.
Berrington colgó el teléfono. Su pollo a la provenzal estaba frío. Lo arrojó al cubo de la basura y se metió en la cama.
Permaneció despierto largo tiempo, pensando en Jeannie Ferrami. A las dos de la madrugada se levantó y tomó un Dalmane. El somnífero hizo efecto y, por fin, se quedó dormido.

29

Hacía mucho calor aquella noche en Filadelfia. En el edificio de viviendas estaban abiertas de par en par todas las puertas y ventanas: ninguno de los cuartos tenía aire acondicionado. Los ruidos de la calle ascendían hasta el apartamento 5A del último piso: bocinazos, carcajadas, fragmentos de música. Sobre una barata mesa de pino, llena de señales de rasguños y quemaduras de cigarrillo, sonaba un teléfono.

El muchacho descolgó.

—Habla Jim —dijo una voz que parecía un ladrido.

—Hola, tío Jim, ¿cómo estás?

—Preocupado por ti.

—¿Y eso?

—Sé lo que ocurrió el domingo por la noche.

El chico titubeó, no muy seguro de lo que debía responder.

—Ya detuvieron a alguien por eso.

—Pero su amiguita cree que es inocente.

—¿Y...?

—Va a ir a Filadelfia mañana.

—¿Para qué?

—No lo sé a ciencia cierta. Pero creo que esa mujer es un peligro.

—Mierda.

—Puede que desearas hacer algo respecto a ella.

—¿Como qué?

—Eso es cosa tuya.

—¿Cómo puedo encontrarla?

—¿Conoces la Clínica Aventina? Está en tu barrio.

—Claro, en Chestnut, todos los días paso por delante.

—Se encontrará allí mañana a las dos de la tarde.

—¿Cómo la reconoceré?

—Alta, pelo oscuro, nariz perforada, de unos treinta años.

—Esas señas podrían ser las de un montón de mujeres.

—Probablemente conducirá un viejo Mercedes rojo.
—Eso reduce el número de candidatas.
—Ahora, piensa que el otro chaval está en libertad bajo fianza.
El muchacho enarcó las cejas.
—¿Y qué?
—Pues que si la moza sufriese un accidente, después de que alguien la viera en tu compañía...
—Comprendo. Darían por supuesto que yo era él.
—Siempre tuviste rapidez de reflejos, hijo mío.
El chico se echó a reír.
—Y tú siempre tuviste malas intenciones, tío.
—Una cosa más.
—Soy todo oídos.
—Es un bombón precioso. Así que disfrútala.
—Adiós, tío Jim. Y gracias.

JUEVES

30

Jeannie volvía a tener el sueño del Thunderbird.

La primera parte de ese sueño era algo que realmente le sucedió, cuando ella tenía nueve años y su hermana seis, y su padre estaba viviendo —brevemente— con ellos. Papá rebosaba dinero en aquellos días (hasta varios años después no comprendió Jeannie que aquella fortuna debió de ser el fruto de un robo fructífero). Su padre llevó a casa un Ford Thunderbird de carrocería azul turquesa y tapicería también del mismo color, a juego: para una niña de nueve años, el automóvil más bonito que pudiera imaginarse. Fueron a dar una vuelta, con Jeannie y Penny en el asiento delantero, entre papá y mamá. Cuando rodaban por la George Washington Memorial Parkway, papá se puso a Jeannie en el regazo y le permitió coger el volante.

En la vida real, Jeannie desvió el coche hacia el carril de la izquierda y se sobresaltó cuando el conductor de un vehículo que en aquel momento trataba de adelantarles tocó la bocina ruidosamente y papá dobló el volante y llevó el Thunderbird de nuevo al carril del que no debió haberse apartado. Pero en el sueño, el padre no estaba presente, Jeannie conducía sin ayuda y mamá y Patty permanecían sentadas a su lado, impertérritas, incluso aunque sabían que Jeannie era incapaz de ver nada por encima del salpicadero y que lo único que hacía era apretar, apretar y apretar el volante, cada vez con más fuerza, y esperar el impacto del choque, mientras los otros automóviles tocaban el timbre de la puerta cada vez con mayor estruendo.

Jeannie se despertó con las uñas hundidas en las palmas de las manos y los insistentes timbrazos de la puerta clavados en los oídos. Eran las seis de la mañana. Continuó tendida en la cama durante unos segundos, gozándose en el alivio que la inundó al darse cuenta de que sólo había sufrido una pesadilla. Luego saltó de la cama y se precipitó hacia el telefonillo del portero automático.

—¿Quién es?

—Ghita. Anda, despierta y déjame entrar.

Ghita vivía en Baltimore y trabajaba en la sede del FBI en Washington.

Jeannie pensó que sin duda iba camino de la oficina, para empezar a trabajar temprano. Pulsó el botón que abría la puerta de la calle.

Jeannie se pasó por la cabeza una camiseta de manga corta tan cumplida que casi le llegaba a las rodillas; una prenda bastante decente para recibir a una amiga. La Ghita que subió las escaleras era la imagen de un ejecutivo emergente de bien cortado traje sastre de hilo azul, pelo negro muy corto, pendientes de tachón, gafas enormes, de material ligero, y un ejemplar del *New York Times* bajo el brazo.

—¿Qué diablos está pasando? —preguntó Ghita sin preámbulos.

—No sé —dijo Jeannie—, acabo de despertarme.

Aquello sonaba a malas noticias, podía adivinarlo.

—Mi jefe me llamó anoche, muy tarde, y me ordenó que no tuviese ningún trato más contigo.

—¡No! —Jeannie necesitaba el resultado del FBI para demostrar que su método funcionaba, a pesar del rompecabezas de Steven y Dennis—. ¡Maldita sea! ¿Te dijo por qué?

—Alegó que tus sistemas violan la intimidad de las personas.

—No deja de ser insólito que el FBI se preocupe de una cosa tan insignificante como esa.

—Parece que *The New York Times* es de la misma opinión.

Ghita enseñó a Jeannie el periódico. El titular de un artículo proclamaba en primera página:

LA ÉTICA DE LA INVESTIGACIÓN GENÉTICA:
DUDAS, TEMORES Y UN CONFLICTO

Jeannie se temió que el «conflicto» fuese una referencia a su propia situación. Y estaba en lo cierto.

> Jean Ferrami es una joven decidida. En contra de los deseos de sus colegas científicos y del presidente de la Universidad Jones Falls de Baltimore (Maryland) insiste obstinadamente en seguir con su exploración de archivos médicos, en busca de gemelos.
>
> «Tengo un contrato —afirma—. No pueden darme órdenes.» Y las dudas que surgen respecto a la ética de su trabajo no hacen flaquear su determinación.

Una sensación de vértigo se aposentó de pronto en la boca del estómago de Jeannie.

—¡Dios mío, esto es terrible! —exclamó.

El reportaje pasaba luego a otro tema, la investigación sobre embriones humanos y Jeannie tuvo que llegar a la página diecinueve para encontrar otra referencia a su persona.

El caso de la doctora Jean Ferrami, del departamento de psicología de la Jones Fallas ha creado un nuevo quebradero de cabeza a las autoridades académicas. Pese a que el presidente de la universidad, el doctor Maurice Obell, y el eminente psicólogo profesor Berrington Jones coinciden en opinar que la labor de la doctora Jean Ferrami es inmoral, ella se niega a suspenderla... y cabe la posibilidad de que no puedan hacer nada para obligarla a ello.

Jeannie leyó hasta el final, pero el periódico no informaba de la insistencia de la doctora en que su trabajo era éticamente irreprochable. El enfoque se proyectaba exclusivamente sobre el sensacionalismo dramático de su desafío.

Era horrible y penoso que la atacasen de aquella manera. Se sentía dolida y ultrajada al mismo tiempo, como aquella vez, años atrás, en que un ladrón la derribó con un golpe y le arrebató el billetero en un supermercado de Minneapolis. Aunque sabía que la periodista era malévola y carecía de escrúpulos, Jeannie se sentía avergonzada, como si verdaderamente hubiese hecho algo malo. Y también se sentía expuesta a las burlas de todo el país.

—A partir de ahora me va a resultar dificilísimo encontrar a alguien dispuesto a dejarme explorar una base de datos —se lamentó, descorazonada—. ¿Quieres café? Necesito algo que me anime. No empiezo muchos días tan mal como hoy.

—Lo siento, Jeannie, pero yo también estoy en aprietos, por haber complicado al Buró en esto.

Cuando encendía la cafetera, una idea asaltó a Jeannie.

—Este artículo es inocuo, pero si tu jefe habló contigo anoche, no es posible que el periódico le sugiriese hacerte esa llamada.

—Tal vez supiera anticipadamente que se iba a publicar este artículo.

—Me pregunto quién pudo informarle.

—No lo dijo así exactamente, pero sí me aclaró que había recibido un telefonazo del Capitolio.

Jeannie frunció el entrecejo.

—Parece como si esto fuese algo político. ¿Por qué iba a interesarse tanto un congresista o senador en lo que estoy haciendo, hasta el punto de pedir al FBI que no colabora conmigo?

—Quizás se trataba sólo de una advertencia amistosa hecha por alguien que estaba enterado del artículo.

Jeannie negó con la cabeza.

—El artículo no menciona al Buró para nada. Nadie más sabe que estoy trabajando con los archivos del FBI. Ni siquiera se lo dije a Berrington.

—Trataré de averiguar la identidad del que hizo la llamada.

Jeannie miró el interior del frigorífico.

—¿Desayunaste ya? Hay bollos de canela.

—No, gracias.

—Me parece que yo tampoco tengo apetito. —Cerró la puerta del frigorífico. Estaba al borde de la desesperación. ¿Es que no podía hacer nada?—. Ghita, supongo que no podrás llevar a cabo mi exploración sin que lo sepa tu jefe, ¿verdad?

No albergaba muchas esperanzas de que Ghita accediese a ello, pero la respuesta de su amiga le sorprendió.

Enarcadas las cejas, Ghita dijo:

—¿No has visto el comunicado que te envié ayer por correo electrónico?

—Me fui temprano. ¿Qué decía?

—Que iba a efectuar esa exploración tuya anoche.

—¿Y la hiciste?

—Sí. Por eso he venido a verte. La hice anoche, antes de que me llamara mi jefe.

De pronto, Jeannie recobró la esperanza.

—¿Qué? ¿Y tienes los resultados?

—Te los envié por correo electrónico.

Jeannie estaba electrizada.

—¡Pero eso es fantástico! ¿Les echaste un vistazo? ¿Había muchos gemelos?

—Cantidad, veinte o treinta pares.

—¡Formidable! ¡Eso significa que mi sistema resulta!

—Pero le dije a mi jefe que no había ejecutado la exploración. Estaba asustada y mentí.

Jeannie frunció el ceño.

—Mal asunto. Quiero decir, ¿qué ocurrirá si lo descubre en algún momento, más adelante?

—Ahí voy yo. Tienes que destruir esa lista, Jeannie.

—¿Cómo?

—Si mi jefe se entera, estoy acabada.

—¡Pero no puedo destruirla! ¡No puedo hacerlo si demuestra que tengo razón!

El semblante de Ghita adoptó una expresión firme y determinada.

—Tienes que hacerlo.

—Eso es espantoso —gimió Jeannie, con aire desdichado—. ¿Cómo voy a eliminar algo que puede ser mi salvación?

—Me metí en esto para hacerte un favor —dijo Ghita, a la vez que agitaba el dedo índice—. ¡Ahora tienes que librarme del embrollo!

Jeannie no acababa de comprender que todo fuese culpa exclusivamente suya. Con un deje de acritud en el tono, replicó:

—No te dije que mintieras a tu jefe.

Eso enfureció a Ghita:

—¡Estaba asustada!

—¡Aguarda un momento! —pidió Jeannie—. Vamos a tranquilizarnos.

—Sirvió café en dos tazas y dio una a Ghita—. Supongamos que vas a trabajar esta mañana y le dices a tu jefe que hubo un malentendido. Que diste instrucciones indicando que se cancelara el rastreo, pero que posteriormente descubriste que ya lo habían efectuado y que de él resultó el correo electrónico.

Ghita cogió la taza de café, pero no lo bebió. Parecía al borde de las lágrimas.

—No puedes hacerte idea de lo que es trabajar para el FBI. Me encuentro frente a los hombres más machistas de la Norteamérica media. Siempre están buscando una excusa u otra para afirmar que las mujeres somos unas negadas, unas incapaces que no valemos para la profesión.

—Pero no te pueden despedir.

—Me has metido en un callejón sin salida.

Era verdad, Ghita no tenía ningún argumento para obligar a Jeannie a hacer lo que le pedía. Pero Jeannie trató de poner vaselina.

—Vamos, ese no es el camino.

Ghita no se suavizó.

—Sí, ese es el camino. Te estoy pidiendo que destruyas esa lista.

—No puedo.

—Entonces no hay más que hablar.

Ghita se dirigió a la puerta.

—No te vayas así —rogó Jeannie—. Somos amigas desde hace demasiado tiempo.

Ghita se marchó.

—¡Mierda! —exclamó Jeannie—. ¡Mierda!

La puerta de la calle se cerró de un portazo.

¿He perdido una de mis más viejas amigas?, se preguntó Jeannie.

Ghita la había abandonado. Jeannie comprendía sus motivos: se estaba ejerciendo una intensa presión sobre una joven que trataba de hacer carrera. Con todo, a quien se atacaba en realidad era a Jeannie, no a Ghita. La amistad de Ghita no había sobrevivido a la prueba de una crisis.

Jeannie se preguntó si otras amigas actuarían de la misma manera.

Acongojada, tomó una ducha rápida y empezó a ponerse prendas de ropa, rápidamente, un poco al tuntún. Luego se interrumpió y pensó. Iba a plantear batalla: era cuestión de arreglarse y ponerse lo mejor de su vestuario. Se quitó los vaqueros negros y la camiseta roja de manga corta. Se acicaló la cara meticulosamente: maquillaje de fondo, polvos, rímel y lápiz labial. Se puso un traje sastre negro, con blusa gris debajo, medias transparentes y zapatos de charol. Cambió el aro de la nariz por un tachón plano.

Se examinó ante el espejo de cuerpo entero. Se consideró peligrosa y se dijo que su aspecto era formidable.

—A matar, Jeannie, a matar —murmuró.

Salió de casa.

31

Al volante de su coche, durante el trayecto hacia la UJF, Jeannie iba pensando en Steve Logan. Le había llamado chicarrón fuertote, pero en realidad era más maduro de lo que muchos hombres adultos llegarían a ser. Ella había llorado sobre su hombro, de modo que, sin duda, confiaba inconscientemente en él hasta un nivel bastante profundo. Le gustó cómo olía, algo así como a tabaco antes de encenderlo. A pesar de la desolación que la embargaba no pudo por menos notar su erección, aunque Steve se esforzó en impedir que ella se diese cuenta. Resultaba halagador que el chico se excitase de aquel modo con sólo abrazarla, y Jeannie sonrió al recordar la escena. Era una lástima que Steve no tuviese diez o quince años más.

Le recordaba a su primer amor, Bobby Springfield. Ella tenía trece años y él quince. Ella no sabía casi nada acerca del amor y el sexo, pero la ignorancia del chaval en ese aspecto era idéntica y se embarcaron juntos en un viaje de descubrimiento. Jeannie se sonrojó al rememorar las cosas que llegaban a hacer los sábados por la noche en la última fila de la filmoteca. Lo incitante de Bobby, lo mismo que de Steve, era la sensación de arrebato apasionado. Bobby la deseaba con tal ardor, le inflamaba de tal modo acariciarle a ella los pezones o tocarle las bragas, que Jeannie se sentía enormemente poderosa. Durante una temporada abusó de ese poder, caldeándole hasta ponerlo al rojo vivo e incomodándole sólo para demostrar que podía hacerlo. Pero no tardó en comprender, incluso a la edad de trece años, que ese era un juego más bien tonto. Sin embargo, nunca perdió el sentido del peligro, el deleite que representaba jugar con un gigante encadenado. Y sentía lo mismo con Steve.

El muchacho no era más que algo bueno en el horizonte. Ella se encontraba en un apuro serio. Ahora no podía renunciar a su puesto en la UJF. Después de que *The New York Times* la había lanzado a la celebridad por haber desafiado a sus jefes, le iba a ser muy difícil encontrar otro empleo de carácter científico. Si yo fuese profesora, no se me ocurriría contratar a alguien susceptible de provocar esta clase de conflictos, pensó.

Pero era demasiado tarde para adoptar una postura cautelosa. Su única esperanza residía en mantenerse obstinadamente firme, utilizar los datos del FBI y obtener unos resultados científicos tan convincentes que el personal volviera a considerar su metodología y a debatir seriamente la ética de la misma.

Eran las nueve cuando detuvo su automóvil en la plaza de aparcamiento que tenía asignada. Mientras cerraba el vehículo y entraba en la Loquería notó en el estómago una sensación agria: demasiada tensión y nada de comida.

En cuanto entró en su despacho supo que alguien había estado allí.

No se trataba del personal de limpieza. Estaba familiarizada con los pequeños cambios que producían: las sillas movidas cosa de cuatro o cinco centímetros, los círculos de los vasos fregados, la papelera en el rincón que no le correspondía. Esto era diferente. Alguien se había sentado ante el ordenador. El teclado se encontraba en un ángulo impropio; el intruso o la intrusa lo había situado inconscientemente de la forma que tenía por costumbre. Había dejado el ratón en mitad de la alfombrilla, cuando ella siempre lo dejaba a un lado, junto al borde del teclado. Al mirar a su alrededor observó que la puerta de un armario estaba ligeramente abierta y que la esquina de una cuartilla asomaba por el borde de un archivador.

Habían registrado el despacho.

Al menos, se consoló, esto es obra de un aficionado. No daba la impresión de que fuese la CIA quien anduviera tras ella. A pesar de todo, se sintió profundamente inquieta, como si tuviera mariposas aleteando dentro del estómago, mientras se sentaba y encendía el ordenador. ¿Quién había estado allí? ¿Un miembro de la facultad? ¿Un estudiante? ¿Un guarda de seguridad sobornado? ¿Algún intruso? ¿Y con qué fin?

Habían introducido un sobre por debajo de la puerta. Llevaba en su interior una autorización firmada por Lorraine Logan, que Steve remitió por fax a la Loquería. Jeannie sacó de un archivo la de Charlotte Pinker y guardó ambas en una cartera de mano. Se las llevaría consigo a la Clínica Aventina.

Se sentó al escritorio y recuperó el correo electrónico. Sólo había un mensaje: el resultado de la exploración del FBI.

—Aleluya —musitó.

Transfirió la lista de nombres y direcciones con inmenso alivio. Estaba reivindicada; realmente, el rastreo encontró parejas. No veía el momento de empezar a revisarlos y comprobar si se daban más anomalías como la de Steve y Dennis.

Jeannie recordó que, con anterioridad, Ghita le había enviado por correo electrónico un mensaje en el que le anunciaba que iba a efectuar la exploración. ¿Qué pasó con él? Se preguntó si lo habría puesto en pantalla el fisgón de la noche anterior. Eso podría explicar la empavorecida llamada telefónica nocturna al jefe de Ghita.

Se disponía a echar una mirada a los nombres de la lista cuando sonó el teléfono. Era el presidente de la universidad.

—Aquí, Maurice Obell. Creo que sería conveniente que hablásemos sobre ese reportaje de *The New York Times*, ¿no le parece?

Se tensó el estómago de Jeannie. Ya estamos, pensó aprensivamente. Empieza el baile.

—Naturalmente —dijo—. ¿A qué hora le conviene que pase por su despacho?

—Confiaba en que pudiera venir ahora mismo.

—Me tendrá ahí dentro de cinco minutos.

Copió en un disquete los resultados del FBI y luego salió de Internet. Extrajo el disquete del ordenador y cogió un bolígrafo. Reflexionó unos segundos y luego escribió en la etiqueta COMPRAS.LST. Posiblemente sería una precaución innecesaria, pero la hizo sentirse mejor.

Dejó caer el disquete en la caja donde guardaba sus archivos de seguridad y salió del despacho.

El día empezaba a caldearse. Mientras cruzaba el campus se preguntó qué quería obtener de la entrevista con Obell. Su único objetivo era que le permitiesen continuar con la investigación. Necesitaba mostrarse dura y dejar bien claro que no iba a permitir que la avasallaran; pero lo ideal sería que se calmaran los ánimos, se apaciguara la irritación de las autoridades universitarias y el conflicto perdiera virulencia.

Se alegró de haberse puesto el traje negro, aunque por culpa de él estuviera sudando: le proporcionaba un aspecto más serio y maduro, además de infundirle autoridad. Sus altos tacones repicaron contra las losas al acercarse a Hillside Hall. La introdujeron directamente en el rebosante despacho del presidente.

Berrington Jones estaba sentado allí, con un ejemplar de *The New York Times* en la mano. Jeannie le sonrió, complacida de contar con un aliado. Berrington le correspondió con una glacial inclinación de cabeza.

—Buenos, días, Jeannie —dijo.

Maurice Obell ocupaba su sillón rodante, al otro lado de su enorme mesa. Con los modales bruscos de costumbre, declaró:

—Sencillamente, esta universidad no puede tolerar esto, doctora Ferrami.

No la invitó a sentarse, pero Jeannie no había ido allí a la defensiva, predispuesta a aguantar varapalo alguno, de modo que eligió una silla, se acercó a ella, tomó asiento y cruzó las piernas.

—Es una lástima que hayan comunicado a la prensa que habían cancelado mi proyecto, antes de comprobar si tenían derecho legal a hacerlo —dijo con toda la frialdad que le fue posible reunir—. Por mi parte, estoy de acuerdo con usted en que se ha puesto en ridículo a la universidad.

Obell se encrespó.

—No he sido yo quien ha puesto a la universidad en ridículo.

Aquello era bastante subido de tono, decidió Jeannie; era el momento de decirle que ambos estaban en el mismo bando. Descruzó las piernas lentamente.

—Claro que no —convino—. Lo cierto es que ambos nos precipitamos un poco y la prensa se aprovechó de ello.

Intervino Berrington:

—El daño ya está hecho, ahora... ya no sirve de nada poner paños calientes.

—No estaba poniendo paños calientes —replicó Jeannie. Volvió la cara hacia Obell y le dedicó una sonrisa—. Sin embargo, creo que deberíamos dejar de pelearnos.

De nuevo fue Berrington quien la contestó:

—Es demasiado tarde para eso.

—Estoy segura de que no —dijo Jeannie. Se extrañó de que Berrington hubiera dicho aquello. Tenía que desear la reconciliación; no era lógico que le interesase inflamar los ánimos. Mantuvo los ojos y la sonrisa sobre el presidente—. Somos personas razonables. Debemos ser capaces de encontrar una fórmula de compromiso que me permita a mí seguir con mi trabajo y a la universidad salvaguardar su dignidad.

Saltaba a la vista, claramente, que a Obell le seducía la idea, aunque enarcó las cejas y expuso:

—No acabo de ver cómo...

—Estamos perdiendo el tiempo lastimosamente —terció Berrington con impaciencia.

Era la tercera vez que intervenía para echar leña al fuego. Jeanni se tragó la irritada réplica que estuvo a punto de emitir. ¿Por qué se comportaba Berrington de aquel modo? ¿Acaso quería que ella suspendiera su investigación, que tuviese dificultades con la universidad y que la desacreditaran? Empezaba a dar esa impresión. ¿Fue Berrington quien se coló subrepticiamente en su despacho, transfirió al ordenador el correo electrónico y avisó luego al FBI? ¿Pudiera ser incluso la persona que, en primer lugar, informó a *The New York Times* y provocó todo aquel jaleo? Se quedó atónita ante la lógica perversa de tal idea y guardó silencio.

—Ya hemos decidido la línea de acción de la universidad —dijo Berrington.

Jeannie comprendió que se había equivocado respecto a la estructura de poder imperante en aquella estancia. El jefe era Berrington, no Obell. Berrington era el conducto por el que llegaban los millones para investigación procedentes de la Genetico, dinero que Obell necesitaba. A Berrington, Obell no le inspiraba miedo alguno; más bien era a la inversa. Ella se había dedicado a mirar al mono, cuando a quien tenía que observar era a la persona que accionaba la manivela del organillo.

Berrington ya había abandonado el simulacro de que era el presidente de la universidad quien empuñaba las riendas del asunto.

—No te hemos convocado aquí para pedirte opinión —dijo.

—¿Para qué, entonces? —preguntó Jeannie.

—Para despedirte —replicó Berrington.

Jeannie se quedó de piedra. Esperaba una amenaza de despido, pero no el propio despido. A duras penas podía asumirlo.

—¿Qué quieres decir? —preguntó estúpidamente.

—Quiero decir que estás despachada —dijo Berrington. Se alisó las cejas con la yema del dedo índice de la mano derecha, señal que indicaba lo satisfecho de sí mismo que se sentía.

Fue como si le asestaran un puñetazo. No pueden despedirme, pensó. Sólo llevo aquí unas cuantas semanas. Me las estaba arreglando a la perfección, trabajaba duro y a conciencia. Le caía bien a todo el mundo, salvo a Sophie Chapple. ¿Cómo ha ocurrido esto tan deprisa?

Trató de recapitular sus pensamientos.

—No podéis despedirme —aseveró.

—Acabamos de hacerlo.

—No. —Recobrada del sobresalto inicial, empezó a sentirse furiosa y a mostrarse desafiante—. Aquí no sois caciques de tribu. Hay unos trámites que cumplir.

Normalmente, las universidades no podían despedir a miembros del profesorado sin una especie de audiencia previa. Figuraba en su contrato, pero Jeannie no se había preocupado de comprobar las detalles. De súbito, adquirían una importancia vital para ella.

Maurice Obell suministró la información.

—Se celebrará una audiencia ante la comisión de disciplina del consejo de la universidad, naturalmente —dijo—. En circunstancias normales, es preciso avisar con cuatro semanas de anticipación; pero en vista de la publicidad nefasta que envuelve a este caso yo, en mi calidad de presidente, he recurrido al procedimiento de urgencia y la audiencia se celebrará mañana por la mañana.

A Jeannie le maravilló la rapidez con que habían actuado. ¿La comisión de disciplina? ¿El procedimiento de urgencia? ¿Mañana por la mañana? Aquello no iba a ser un debate. Se trataba más bien de un arresto. Medio esperó que Obell le leyera sus derechos.

El presidente hizo algo parecido. Empujó una carpeta a través de la mesa escritorio.

—Aquí tiene las normas relativas al procedimiento de la comisión. Puede representarla un abogado u otro jurista, siempre y cuando se lo notifique por adelantado al presidente de la comisión.

Jeannie se las arregló por fin para formular una pregunta razonable:

—¿Quién es el presidente?

—Jack Budgen —contestó Obell.

Berrington alzó la cabeza con brusca vivacidad.

—¿Eso ya está establecido así?

—Al presidente se le nombra por periodos anuales —explicó Obell—. Jack tomó posesión del cargo al principio del semestre.

—No lo sabía. —Berrington parecía molesto, y Jeannie no ignoraba el motivo. Jack Budgen era el compañero de tenis de Jeannie.

Era un detalle alentador: Jack sería justo con ella. No estaba todo perdido. Jeannie tendría la oportunidad de defenderse y defender sus métodos de investigación ante un grupo de académicos. Eso sería una debate serio y no la palabrería insustancial de *The New York Times*.

Además, contaba con el resultado del barrido del FBI. Empezó a preparar su defensa. Mostraría a la comisión los datos del FBI. Con un poco de suerte, dispondría de una o dos parejas que ignorasen que eran gemelos. Lo cual resultaría impresionante. A continuación explicaría las precauciones que tomaba para proteger la intimidad de los individuos...

—Creo que eso es todo —manifestó Maurice Obell.

Lo que equivalía a decirle que podía retirarse. Jeannie se puso en pie.

—Es una pena que lleguemos a esto —dijo.

—Tú lo has provocado —se apresuró a especificar Berrington.

Era como un niño de los que siempre andan buscando tres pies al gato. Por su parte, Jeannie carecía de paciencia para enzarzarse en controversias inútiles. Le lanzó una mirada despectiva y abandonó el despacho.

Mientras cruzaba el campus reflexionó tristemente que había fracasado por completo en el intento de conseguir sus objetivos. Deseaba alcanzar un acuerdo negociado y lo que logró fue armar una trapatiesta de catástrofe. Pero Berrington y Obell ya tenían adoptada su decisión antes de que ella entrara en el cuarto. La reunión sólo fue un mero formulismo.

Regresó a la Loquería. Al acercarse a su despacho observó con indignación que los de la limpieza habían dejado en el pasillo, junto a la puerta, una bolsa negra de basura. Los leería la cartilla inmediatamente. Pero cuando intentó abrir la puerta ésta parecía atascada. Introdujo la tarjeta varias veces en la ranura del lector, pero la puerta siguió sin abrirse. Estaba a punto de encaminarse a recepción y llamar a mantenimiento cuando una sospecha terrible surgió en su mente.

Miró dentro de la negra bolsa de plástico. No estaba llena de papeles ni de tazas de polietileno para café. Lo primero que vio fue su cartera de lona *Land's End*. También estaba allí la caja de kleenex que guardaba en el cajón de la mesa, así como un ejemplar en rústica de *A Thousand Acres*, de Jane Smiley, dos fotografías enmarcadas y su cepillo del pelo. Habían recogido todas sus cosas de la mesa y clausurado el despacho.

Estaba hundida. Aquel golpe resultaba todavía peor que lo sucedido en la oficina de Maurice Obell. Aquello sólo fueron palabras. Esto era verse desconectada de pronto de una gran parte de su vida. Este es mi despacho, pensó; ¿cómo pueden expulsarme así de él?

—¡Jodidos cabrones! —calificó en voz alta.

Debieron de hacerlo los de seguridad, mientras ella estaba en el despacho de Obell. Naturalmente, no se lo advirtieron; eso hubiera sido darle la oportunidad de que cogiera de allí lo que juzgase necesario de veras. Una vez más se había dejado sorprender por su crueldad implacable.

Era como una amputación. Le habían arrebatado su ciencia, su trabajo. Ahora no sabía qué hacer con su propia persona, no sabía adónde ir. Durante once años había sido una científica: como estudiante de bachillerato, de licenciatura, de doctorado, como alumna postdoctoral y como profesora adjunta. Ahora, de pronto, no era nada.

Mientras su moral descendía desde el abatimiento hasta la negra desesperación, se acordó del disquete con los datos del FBI. Registró el contenido de la bolsa de plástico, pero allí no había disquetes. Sus resultados, la espina dorsal de su defensa, estaban encerrados dentro del despacho.

Golpeó infructuosamente la puerta con los puños. Un estudiante que pasaba por allí, y al que tenía en la clase de estadística, la miró sorprendido y preguntó:

—¿Puedo ayudarle en algo, profesora?

Jeannie recordaba su nombre.

—Hola, Ben. Podrías echar abajo a patadas esta maldita puerta.

El muchacho examinó la puerta, con expresión dubitativa.

—No quería decir eso —se excusó Jeannie—. Me encuentro bien, gracias.

El estudiante se encogió de hombros y reanudó su camino.

No servía de nada seguir allí de pie con los ojos clavados en la puerta cerrada. Cogió la bolsa de plástico y entró en el laboratorio. Sentada ante su mesa, Lisa introducía datos en una computadora.

—Me han despedido —anunció Jeannie.

Lisa se la quedó mirando.

—¿Qué?

—Han cerrado a cal y canto mi despacho, dejándome fuera, después de meter mis cosas en esta jodida bolsa de basura.

—¡No me lo creo!

Jeannie sacó su cartera de la bolsa y extrajo el *New York Times*.

—Es a cuenta de esto.

Lisa leyó el primer párrafo y comentó:

—¡Pero esto es una sarta de chorradas!

Jeannie se sentó.

—Ya lo sé. Por eso me pregunto por qué Berrington finge tomárselo en serio.

—¿Crees que lo finge?

—Estoy segura. Es demasiado inteligente para dejarse embaucar por esta clase de basura. Tiene otro propósito. —Jeannie tamborileó en el suelo con los pies, hundida en el desvalimiento producto de la frustración—. Está dispuesto a hacer cualquier cosa, lo que sea, realmente debe encontrarse en una situación peligrosa... sin duda hay en juego algo importante para él.

Quizá debería buscar la respuesta en los archivos médicos de la Clínica Aventina de Filadelfia. Consultó su reloj. Tenía que estar allí a las dos; era cuestión de ponerse en marcha cuanto antes.

Lisa aún no lograba asimilar la noticia.

—No pueden despedirte así, sin más —dijo, indignada.

—Mañana por la mañana habrá una audiencia disciplinaria.

—Dios mío, van en serio.

—No te quepa la menor duda.

—¿Hay algo que yo pueda hacer?

Lo había, pero Jeannie no se atrevía a pedírselo. Miró a Lisa como justipreciándola. La ayudante de laboratorio llevaba una blusa de cuello alto, con un jersey holgado encima, a pesar del calor: se cubría todo el cuerpo, sin duda reaccionaba así a la violación. Su aire continuaba siendo solemne, como alguien recientemente ultrajada.

¿Resultaría su amistad tan frágil como la de Ghita? La respuesta aterraba a Jeannie. Si Lisa la dejaba en la estacada, ¿a quién podría recurrir? Pero tenía que ponerla a prueba, incluso aunque aquel fuera el peor momento posible.

—Podrías intentar colarte en mi despacho —dijo, vacilante—. Los resultados del FBI están allí.

Lisa no respondió en seguida.

—¿Cambiaron la cerradura o algo por el estilo?

—Es más sencillo que eso. Alteran el código electrónicamente, de forma que la tarjeta de una queda inservible. Apuesto a que en adelante también me va a ser imposible entrar en el edificio después de las horas laborables.

—Es duro aceptarlo; ha sucedido tan rápido...

A Jeannie no le hacía ninguna gracia apremiar a Lisa, coaccionarla para que se arriesgase . Se estrujó las neuronas en busca de alguna otra solución.

—Tal vez pueda colarme yo misma. Alguien del personal de limpieza podría facilitarme la entrada, pero sospecho que la cerradura tampoco responderá a sus tarjetas. Si no utilizo la habitación, no hay necesidad de limpiarla. Pero los de seguridad sí que podrán entrar.

—Esos no te ayudarán. Sabrán ya que se te ha prohibido el paso.

—Eso es verdad —concedió Jeannie—. Aunque no creo que tengan inconveniente en dejarte pasar a ti. Podrías decir que necesitas algo de mi despacho.

Lisa parecía estar sopesando pros y contras.

—Odio tener que pedírtelo —se disculpó Jeannie.

La expresión de Lisa cambió.

—¡Sí, qué diablos! —exclamó por fin—. Claro que lo intentaré.

A Jeannie se le formó un nudo en la garganta.

—Gracias —dijo. Se mordió el labio—. Eres una amiga.

Alargó el brazo por encima de la mesa y apretó la mano de Lisa.

Ésta se sintió algo violenta por la emoción de Jeannie.

—¿En qué parte de tu despacho está la lista del FBI? —preguntó, yendo a lo práctico.

—La información está en un disquete con la etiqueta de COMPRAS. LIST. Lo puse en una caja de disquetes que guardo en el cajón de mi mesa.

—Entendido. —Lisa frunció el entrecejo—. No consigo entender por qué están contra ti.

—Todo empezó con Steve Logan —explicó Jeannie—. Cuando Berrington lo vio aquí llegaron los problemas. Pero creo que estoy en el buen camino hacia la explicación del motivo.

Se puso en pie.

—¿Qué vas a hacer ahora?

—Voy a ir a Filadelfia.

32

Berrington miraba por la ventana de su oficina. Aquella mañana nadie utilizaba la pista de tenis. Con la imaginación, Berrington se representó a Jeannie allí. El primero o segundo día del semestre la había visto cruzar la pista a toda velocidad de un lado a otro, agitando el breve vuelo de su faldita corta y moviendo ágilmente sus piernas bronceadas, centelleantes las blancas zapatillas... Le había robado el corazón. Enarcó ahora las cejas y se preguntó por qué se había sentido tan fulminantemente cautivado por la figura y las cualidades atléticas de la muchacha. Ver a las mujeres practicar deporte no constituía para él ningún incentivo especial. Nunca hojeaba siquiera *American Gladiator*, a diferencia del profesor Gormley, de egiptología, quien, si había que hacer caso a los rumores, no se perdía ninguna de sus videocintas y releía los ejemplares, entrada la noche, a solas, en el estudio de su casa. Pero cuando Jeannie jugaba al tenis irradiaba una gracia singular. Era como contemplar a un león cuando, en una película sobre la naturaleza, salía disparado a toda velocidad; los músculos ondulaban vibrantes bajo la piel, los cabellos se agitaban al viento y el cuerpo se movía, se detenía, daba media vuelta, entraba de nuevo en acción con brusquedad repentina, asombrosa, sobrenatural. Era un espectáculo que hipnotizaba y, al contemplarlo, Berrington se sentía hechizado. Y ahora Jeannie amenazaba el fruto por el que él había trabajado toda la vida, y, sin embargo, deseaba poder verla jugar al tenis una vez más.

Resultaba enloquecedor que no pudiera despedirla por las buenas, incluso aunque esencialmente era él quien le pagaba el sueldo. La Universidad Jones Falls era el patrón que la empleaba y la Genetico ya les había adelantado el dinero. Un centro universitario no puede despedir a un profesor como un restaurante puede hacer con un camarero incompetente. Esa era la razón por la que no tuvo más remedio que pasar por todo aquel lío.

—Al diablo con ella —dijo en voz alta, y volvió hacia su mesa.

La reunión de por la mañana había ido sobre ruedas hasta que surgió la revelación acerca de Jack Budgen. Berrington se las había ingeniado previamente para poner a Maurice a tono y sacarlo de quicio, y luego consiguió evitar limpiamente todo acercamiento. Pero no dejaba de ser una mala noticia la de que el presidente de la comisión de disciplina sería el compañero de tenis de Jeannie. A Berrington se le pasó comprobar aquello por anticipado; dio por supuesto que podría ejercer alguna influencia sobre la elección y le dejó consternado enterarse de que el nombramiento ya estaba hecho.

Existía el grave peligro de que Jack considerase la historia desde el punto de vista de Jeannie.

Se rascó la cabeza, preocupado. Berrington nunca había alternado socialmente con sus colegas académicos: prefería la para él más sugestiva compañía de políticos y miembros de los medios de comunicación. Pero conocía el historial de Jack Budgen. Jack se había retirado del tenis profesional a los treinta años y volvió a la universidad para sacar un doctorado. Demasiado viejo para iniciar químicas, la carrera que deseaba, acabó convirtiéndose en administrador. Llevar el complejo de bibliotecas de la universidad y equilibrar las conflictivas exigencias de los departamentos rivales requería una naturaleza diplomática y servicial, y Jack se las arreglaba muy bien.

¿Cómo se podía catequizar a Jack? No era hombre tortuoso; más bien todo lo contrario: su carácter sencillo, tendente a la manga ancha, no estaba exento de ingenuidad. Se ofendería si Berrington le abordara y, de manera abierta o evidente, le ofreciese alguna clase de soborno. Pero puede que fuese factible influir en él obrando de modo discreto.

El propio Berrington había aceptado soborno en una ocasión. Cada vez que pensaba en ello se le revolvían los intestinos. Ocurrió al principio de su carrera, antes de que alcanzase la condición de profesor titular. A una estudiante la sorprendieron intentando un fraude: pagando a otra estudiante para que le preparase el ejercicio de final de trimestre. La transgresora se llamaba Judy Gilmore y era bonita de verdad. Había que expulsarla de la universidad, pero el director del departamento tenía atribuciones para imponer un castigo menos drástico. Judy acudió al despacho de Berrington para «tratar del problema». La chica cruzó y descruzó las piernas, le miró a los ojos con cara de cordero a medio degollar y se inclinó hacia delante para brindar a Berrington la oportunidad de echar una mirada al escote de la blusa y la transparencia del sostén de encaje. Berrington se mostró compasivo y prometió interceder por ella. La moza lloró y le dio las gracias; luego le cogió la mano, le besó en los labios y, como remate previo, le bajó la cremallera de la bragueta.

En ningún momento le propuso trato alguno. No le había ofrecido sexo antes de que él accediese a ayudarla y, después del revolcón por el suelo, la chica se vistió con toda la calma del mundo, se peinó, le dio un beso y abandonó el despacho. Pero al día siguiente, Berrington convenció al director del departamento para que no aplicase a la estudiante más castigo que una simple advertencia.

Berrington aceptó el soborno porque no fue capaz de confesarse que fuese tal. Judy le había pedido ayuda, él se la había concedido, la chica quedó embelesada por sus encantos masculinos e hicieron el amor. Con el paso del tiempo, Berrington había llegado a darse cuenta de que eso era puro sofisma. La oferta de sexo estuvo implícita desde el principio en el comportamiento de la joven, y cuando él prometió lo que se le pedía, Judy selló el trato sabiamente. A Berrington le gustaba pensar de sí mismo que era hombre de principios, no había hecho nada absolutamente vergonzoso.

Sobornar a alguien era casi tan infame como aceptar el soborno. Con todo, sobornaría a Budgen si podía. La idea le provocó una mueca de repugnancia, pero había que hacerlo. Estaba desesperado.

Lo iba a llevar a cabo imitando el ejemplo de Judy: proporcionaría a Jack la oportunidad de engañarse a sí mismo.

Berrington meditó unos instantes más y luego cogió el teléfono y llamó a Jack.

—Gracias por enviarme una copia del memorándum sobre el anexo de biofísica de la biblioteca —dijo a guisa de saludo.

Una pausa sorprendida.

—Ah, sí. Eso fue hace días... pero me alegro de que encontrases tiempo para leerlo.

Berrington apenas había echado un rápido vistazo al documento.

—Creo que tu propuesta tiene un mérito enorme. Te llamo para decirte que puedes contar con mi respaldo cuando llegue el momento de presentarlo ante la junta de asignación.

—Gracias. Te quedo muy reconocido.

—En realidad, es posible que consiga convencer a la Genetico para que ponga una parte de los fondos.

Jack se lanzó sobre la sugerencia sin vacilar.

—Podríamos llamar al anexo Biblioteca Genetico de Biofísica.

—Buena idea. Hablaré con ellos sobre el particular. —Berrington deseaba que Jack sacase a colación el tema de Jeannie. Tal vez pudiera llegar a ella por la vía tenis. Preguntó—: ¿Qué tal el verano? ¿Fuiste a Wimbledon?

—Este año no. Demasiado trabajo.

—Mala suerte. —Con cierta inquietud, Berrington fingió disponerse a colgar—. Hablaré contigo más adelante.

Como había supuesto, Jack le retuvo.

—Ejem... Berry, ¿qué opinas respecto a esa basura de la prensa? Acerca de Jeannie.

Berrington disimuló su alivio y habló como quitando importancia al asunto.

—Oh, eso... una tempestad en un vaso de agua.

—He intentado ponerme en contacto con ella, pero no está en su despacho.

—No te preocupes por la Genetico —dijo Berrington, aunque Jack no había mencionado para nada a la empresa—. Están tranquilos en lo que concierne a todo este asunto. Por suerte, Maurice Obell actuó rápida y decisivamente.

—¿Te refieres a la audiencia disciplinaria?

—Imagino que será un mero formulismo. Esa chica está poniendo a la universidad en una situación desairada, se niega a interrumpir sus trabajos y ha ido a la prensa. Dudo que ella se moleste siquiera en defenderse. Ya he dicho a los de la Genetico que tenemos la situación bajo control. En estos instantes nada amenaza las relaciones entre la universidad y ellos.

—Eso está bien.

—Naturalmente, si, por algún motivo, la comisión se pusiera de parte de Jeannie y contra Maurice, nos veríamos en dificultades. Pero no creo que eso sea muy probable... ¿no te parece?

Berrington contuvo la respiración.

—¿Sabes que soy el presidente de la comisión?

Jack había eludido la pregunta. «Maldito seas.»

—Sí, y me complace mucho que al cargo del procedimiento haya una cabeza fría como la tuya. —Aludió a la cabeza afeitada del profesor de filosofía—. Si Malcolm Barnet ocupara esa presidencia, Dios sabe lo que podría suceder.

Jack se echó a reír.

—El consejo tiene más sentido común que todo eso. A Malcolm no lo pondrían siquiera al frente del comité de aparcamientos... trataría de sacar partido utilizándolo como instrumento de trueque social.

—Pero contigo empuñando las riendas doy por sentado que la comisión apoyará al presidente.

De nuevo, la respuesta de Jack fue torturadoramente ambigua.

—No todos los miembros de la comisión son previsibles.

«Hijo de mala madre, ¿lo dices para acongojarme?»

—Pero la presidencia de la comisión no es una pieza de artillería sin punto de mira, de eso estoy seguro.

Berrington se secó una gota de sudor de la frente.

Hubo una pausa.

—Berry, sería un error por mi parte prejuzgar la decisión...

«¡Vete al infierno!»

—... pero creo que puedes decir a la Genetico que no tiene por qué preocuparse.

«¡Al fin!»

—Que quede esto estrictamente entre nosotros, claro.

—Desde luego.

—Entonces, te veré mañana.

—Adiós.

Berrington colgó. «¡Jesús, lo que le había costado!»

¿De verdad no se dio cuenta Jack de que acababa de comprarle? ¿Se había engañado a sí mismo? ¿O lo comprendió todo a la perfección, pero simplemente fingió estar *in albis*?

Eso carecía de importancia, siempre que condujese a la comisión por el derrotero adecuado.

Naturalmente, eso no podía ser el fin. El dictamen de la comisión tenía que ratificarse en una sesión plenaria del consejo. En aquella instancia, puede que Jeannie hubiera contratado a un abogado brillante y presentado una querella contra la universidad reclamando toda clase de compensaciones. El caso podría alargarse años y años. Pero las investigaciones de Jeannie quedarían de momento en suspenso, y eso era lo que importaba.

No obstante, el fallo de la comisión aún no estaba en el bote. Si al día siguiente por la mañana las cosas se torcían, era posible que Jeannie estuviese de nuevo en su despacho al mediodía, lanzada otra vez sobre la pista de los secretos culpables de la Genetico. Berrington se estremeció: Dios no lo permita. Se acercó un cuaderno de apuntes y escribió los nombres de los miembros de la comisión.

Jack Budgen	—	Biblioteca
Tenniel Biddenham	—	Historia del arte
Milton Powers	—	Matemáticas
Mark Trader	—	Antropología
Jane Edelsborough	—	Física

Biddenham, Powers y Trader eran hombres rutinarios, profesores con muchos años de ejercicio a sus espaldas y cuya carrera estaba ligada a la Jones Falls y dependía del prestigio y la prosperidad del centro. Podía confiarse en que respaldarían al presidente de la universidad. El garbanzo negro era la mujer, Jane Edelsborough.

Tendría que darle un toque en seguida.

33

Camino de Filadelfia por la I95, Jennie volvió a sorprenderse con la mente puesta otra vez en Steve Logan.

La noche anterior le había dado un beso de despedida en la zona de aparcamiento del campus de la Jones Falls. Lamentaba que aquel beso hubiera sido tan fugaz. Los labios de Steve eran carnosos y secos, la piel cálida. A Jeannie le gustaba la idea de volver a repetir aquello.

¿Por qué sentía tanta prevención respecto a la edad del chico? ¿Qué tenía de maravilloso el que los hombres fuesen mayores? Will Temple, de treinta y nueve años, la había dejado por una heredera descerebrada. Vaya con las garantías de la madurez.

Pulsó la tecla de búsqueda de la radio, a la caza de una buena emisora, y dio con Nirvana, que interpretaba *Come As You Are*. Siempre que pensaba en salir con un hombre de su edad, o más joven, la sacudía una especie de sobresalto, algo así como el temblor del peligro que acompañaba a una cinta de Nirvana. Los hombres mayores eran tranquilizadores; sabían qué hacer.

¿Soy yo?, pensó. ¿Jeannie Ferrami, la mujer que hace lo que le da la gana y dice al mundo que se vaya a tomar viento? ¿Necesito seguridad? ¡Fuera de aquí!

Sin embargo, era cierto. Quizá la culpa la tuviera su padre. Después de él, Jeannie nunca quiso tener en su vida otro hombre irresponsable. Por otra parte, su padre era la prueba viviente de que los hombres mayores podían ser tan irresponsables como los jóvenes.

Supuso que su padre estaría durmiendo en hoteluchos baratos de Baltimore. Cuando se hubiese bebido y jugado el dinero que le pagaran por el ordenador y el televisor —cosa que no tardaría mucho en suceder—, robaría alguna otra cosa o se pondría a merced de su otra hija, Patty. Jeannie le odiaba por haberle robado sus cosas. Sin embargo, el incidente había servido para sacar a la superficie lo mejor de Steve Logan. Había sido un príncipe. Qué diablos, pensó, la próxima vez que vea a Steve Logan volveré a besarle, y en esa ocasión será un beso de los buenos.

Se puso tensa y condujo el Mercedes a través del atiborrado centro de Filadelfia. Aquel podía ser el gran paso adelante. Podía encontrar la solución al rompecabezas de Steve y Dennis.

La Clínica Aventina estaba en la Ciudad Universitaria, al oeste del río Schuylkill, un distrito de edificios académicos y apartamentos de estudiantes. La propia clínica era un agradable inmueble entre los cincuenta que había en el recinto, rodeado de árboles. Jeannie estacionó el coche en un parquímetro de la calle y entró en el edificio.

Había cuatro personas en la sala de espera: una pareja joven, formada por una mujer que parecía en tensión y un hombre que era un manojo de nervios, y otras dos mujeres de aproximadamente la misma edad de Jeannie. Todos miraban revistas, sentados en un rectángulo de sofás. Una gorjeante recepcionista la indicó que tomara asiento y Jeannie cogió un fastuoso folleto de la Genetico, S.A. Lo mantuvo abierto sobre el regazo, sin leerlo; en vez de ello se dedicó a contemplar el sosegadamente insulso arte abstracto que decoraba las paredes del vestíbulo y a taconear nerviosa sobre el alfombrado suelo.

Aborrecía los hospitales. Como paciente sólo había estado una vez en uno. A los veintitrés años tuvo un aborto. El padre era un aspirante a director de cine. Jeannie dejó de tomar la píldora porque se habían separado, pero el hombre volvió al cabo de unos días, celebraron una reconciliación amorosa, sin tomar las precauciones oportunas, y ella quedó embarazada. La operación se llevó a cabo sin complicaciones, pero Jeannie se pasó varios días llorando y perdió todo el cariño que le inspiraba el director cinematográfico, aunque él estuvo a su lado, apoyándola, durante todo el proceso.

Acababa de realizar su primera película en Hollywood, un filme de acción. Jeannie fue sola a ver la cinta al cine Charles de Baltimore. El único toque de humanidad de la por otra parte maquinal historia de hombres que no paraban de dispararse unos a otros se daba cuando la novia del protagonista sufría un ataque de depresión, a raíz de un aborto, y echaba de su lado al héroe. Éste, un detective de la policía, se quedaba perplejo y destrozado. Jeannie lloró.

El recuerdo aún le hacía daño. Se puso en pie y empezó a pasear por la sala. Unos minutos después, emergió un hombre del fondo del vestíbulo y, en voz alta, llamó:

—¡Doctora Ferrami!

Era un individuo angustiosamente jovial, cincuentón, de calva coronilla y frailuno flequillo rojizo.

—¡Hola, encantado de conocerla! —aseguró con injustificado entusiasmo.

Jeannie le estrechó la mano.

—Anoche hablé con el señor Ringwood.

—¡Sí, sí! Soy colega suyo, me llamo Dick Minsky. ¿Cómo está usted?

Dick tenía un tic nervioso que le hacía pestañear violentamente cada cuatro o cinco segundos; a Jeannie le dio lástima.

La condujo hacia una escalera.

—¿A qué se debe su petición de informes, si me permite la pregunta?

—Un misterio clínico —explicó Jeannie—. Los hijos de las dos mujeres parecen ser gemelos idénticos, y sin embargo todo indica que no tienen ningún parentesco. La única relación que he podido descubrir es que ambas mujeres fueron tratadas aquí antes de su embarazo.

—¿Ah, sí? —articuló el hombre como si no la hubiese estado escuchando. A Jeannie le sorprendió; esperaba que el individuo se sintiera intrigado.

Entraron en un despacho.

—Se puede acceder por ordenador a todos nuestros archivos, siempre que se disponga de la clave correspondiente —dijo Dick Minsky. Se sentó ante una pantalla—. Los pacientes que le interesan, ¿son?...

—Charlotte Pinker y Lorraine Logan.

—No nos llevará ni un minuto.

Procedió a teclear los nombres.

Jeannie contuvo su impaciencia. Era posible que aquellos archivos no le revelasen absolutamente nada. Echó un vistazo a la estancia. Era un despacho demasiado amplio y suntuoso para un simple archivero. Dick debía de ser algo más que un simple «colega» del señor Ringwood, pensó.

—¿Qué función desempeña usted aquí, en la clínica, Dick? —dijo.

—Soy el director general.

Jeannie enarcó las cejas, pero el hombre no levantó la vista del teclado. ¿Por qué le atendía en su gestión una persona de las altas esferas? Al preguntárselo, una sensación de inquietud caracoleó en su ánimo como una voluta de humo.

Dick Minsky frunció el entrecejo.

—Qué extraño. La computadora dice que no hay ningún historial que corresponda a los nombres que me ha dado.

La intranquilidad de Jeannie cobró cuerpo. Están a punto de pegármela, pensó. La perspectiva de dar con la solución al rompecabezas volvía a perderse a la lejanía. Una oleada de desencanto se abatió sobre ella, hundiéndola en una hondonada de depresión.

El hombre hizo girar la pantalla para que Jeannie pudiera verla.

—¿Ha deletreado los nombres correctamente?

—Sí.

—¿Cuándo cree que ingresaron esas pacientes en la clínica?

—Hace veintitrés años, aproximadamente.

Alzó la cabeza para mirarla.

—Ah, querida —dijo Dick Minsky, y parpadeó—. En ese caso mucho me temo que haya hecho usted el viaje en balde.

—¿Por qué?

—No conservamos historiales tan antiguos. Es norma de nuestra empresa, según la política de la dirección en cuanto a documentos.

Jeannie le miró con los párpados entrecerrados.

—¿Tiran a la basura los historiales antiguos?

—Rompemos las fichas, sí, transcurridos veinte años, a menos, claro, que se readmita al paciente, en cuyo caso su historial se transfiere al ordenador.

Era una desilusión que dejaba hundido el ánimo de Jeannie y era también una pérdida de un tiempo precioso, que necesitaba para preparar su defensa en la audiencia de disciplina del día siguiente.

—Resulta muy extraño —expresó con amargura— que el señor Ringwood no me lo dijera cuando hablé anoche con él.

—La verdad es que debió hacerlo. Quizá no hizo usted ninguna alusión a las fechas.

—Estoy segura de que le especifiqué que las dos mujeres recibieron aquí tratamiento hace veintitrés años.

Jeannie recordaba que había añadido un año a la edad de Steve para que el periodo fuese el correcto.

—Entonces cuesta trabajo entenderlo.

Sin saber exactamente por qué, a Jeannie no le sorprendía demasiado el giro que tomaba el asunto. Con su exagerada afabilidad y su pestañeo nervioso, Dick Minsky era la personificación caricaturesca del hombre con una conciencia culpable.

El director de la clínica volvió a colocar la pantalla del ordenador en su posición original. Puso cara de lamentarlo profundamente y dijo:

—Me temo que no puedo hacer nada más por usted.

—¿Podría hablar con el señor Ringwood y preguntarle por qué no me dijo que las fichas se destruían?

—Me temo que Peter se ha puesto enfermo y hoy no ha venido.

—¡Qué extraordinaria coincidencia!

Minsky trató de parecer ofendido, pero el resultado fue una parodia lastimosa.

—Espero que no esté insinuando que intentamos ocultarle algo.

—¿Por qué iba yo a pensar tal cosa?

—No tengo ni idea. —Minsky se levantó—. Y ahora, me temo que no dispongo de más tiempo que dedicarle.

Jeannie se puso en pie y le precedió hacia la puerta. Dick Minsky la siguió escaleras abajo, hasta el vestíbulo.

—Buenos días —deseó, rígido el tono.

—Adiós —se despidió Jeannie.

Una vez en la calle titubeó. Rebosante de combatividad, sentía la tentación de hacer algo provocativo, de demostrarles que no podían manipularla hasta la anulación. Decidió curiosear un poco por allí.

La zona de aparcamiento estaba repleta de automóviles de médicos,

BMW y Cadillac último modelo. Dobló la esquina por un lado del edificio. Un negro de barba canosa limpiaba la basura con una ruidosa barredera. Por allí no había nada digno de atención o interés. Acabó delante de una tapia que cortaba la salida y volvió sobre sus pasos.

A través del cristal de la puerta de la fachada vio a Dick Minsky, todavía en el vestíbulo, que decía algo a la desenvuelta secretaria. Miraba con inquieta ansiedad mientras Jeannie pasaba por delante de la puerta.

Jeannie rodeó el edificio por la dirección contraria a la de la primera vez y fue a dar con el depósito de desechos. Tres hombres con las manos protegidas por gruesos guantes cargaban la basura en un camión. Esto es estúpido, pensó Jeannie. Se estaba comportando como un detective de novela dura de misterio. Iba a dar media vuelta cuando algo le llamó la atención. Los hombres levantaban sin esfuerzo las enormes bolsas de basura, de plástico marrón, como si no pesaran gran cosa. ¿Qué podía tirar la clínica que abultase tanto y pesara tan poco?

¿Papel cortado en tiras?

Oyó la voz de Dick Minsky. Parecía asustado.

—¿Tendría la bondad de marcharse ya, doctora Ferrami?

Jeannie dio media vuelta. Dick Minsky doblaba la esquina del edificio, acompañado de un hombre ataviado con el uniforme estilo policía que usaban los guardias de seguridad.

Ella se acercó con paso rápido al montón de bolsas.

—¡Eh! —gritó Dick Minsky.

Los basureros se la quedaron mirando, pero Jeannie prescindió de ellos. Rasgó una de las bolsas, introdujo la mano por el boquete y sacó un puñado de su contenido.

Comprobó que sostenía en la mano un fajo de tiras delgadas de tarjetas de color pardo. Al mirar con más atención aquellas tiras vio que tenían cosas escritas, unas con pluma, otras a máquina. Eras las destrozadas fichas de los historiales del hospital.

Sólo podía haber un motivo para que se llevaran tantas bolsas precisamente aquel día.

Habían destruido los archivos aquella mañana... sólo horas después de que ella hubiese llamado.

Dejó caer en el suelo los jirones de papel y se alejó. Uno de los basureros le chilló algo, indignado, pero Jeannie no le hizo caso.

Ya no había duda.

Se plantó delante de Dick Minsky, con las manos apoyadas en las caderas. Había estado mintiéndola y de ahí que ahora fuese una nerviosa calamidad humana.

—Tienen aquí un secreto vergonzoso, ¿verdad? —gritó Jeannie—. ¿Algo que tratan de ocultar por el sistema de destruir estos archivos?

El hombre estaba absolutamente aterrorizado.

—Claro que no —pudo articular—. Y esa sugerencia es ofensiva.

—Naturalmente que lo es —convino Jeannie. Su genio sacaba a la superficie lo mejor de ella. Apuntó al hombre con el enrollado folleto de la Genetico que aún llevaba en la mano—. Pero esta investigación es muy importante para mí, y obraría usted muy sensatamente convenciéndose de que quienquiera que me mienta va a acabar jodido, pero bien jodido, antes de que yo haya terminado.

—Por favor, lárguese —dijo Dick Minsky.

El guardia de seguridad la cogió del codo izquierdo.

—Ya me voy —se avino Jeannie—. No es preciso que me agarre.

El guardia no la soltó.

—Por aquí, tenga la bondad —dijo.

Era un hombre de edad mediana, con el pelo gris y una barriga voluminosa. Jeannie no estaba dispuesta a dejarse maltratar por él. Cerró la mano derecha sobre el brazo que la sujetaba. Los músculos del guardia eran más bien fofos.

—Haga el favor de soltarme —dijo Jeannie, y apretó. Sus manos eran más potentes y su presa era más fuerte que la de la mayoría de los hombres. El guardia intentó mantenerla cogida por el codo, pero el dolor que le producía la mano de Jeannie era excesivo para su capacidad de resistencia y al cabo de un momento la soltó—. Gracias —dijo Jeannie.

Se alejó. Se sentía mejor. Estuvo en lo cierto al suponer que en aquella clínica había una pista. Los esfuerzos que hicieron para impedir que ella averiguase allí algo constituían la confirmación más sólida posible de que ocultaban un secreto inconfesable. La solución al misterio se relacionaba directamente con aquel lugar. ¿Pero adónde la conducía eso?

Llegó a su coche, pero no subió a él. Eran las dos y media y aún no había almorzado. Estaba demasiado sobre ascuas para comer mucho, pero le hacía falta una taza de café. En la acera de enfrente se abría una cafetería, al lado de un centro evangélico. Parecía limpia y barata. Cruzó la calle y entró.

La amenaza que dirigió a Dick Minsky era mero farol; no podía hacer nada para perjudicarle. Irritarle tampoco le había servido de gran cosa. A decir verdad, se delató a sí misma al dejar claro que sabía que la estaban engañando. Los puso sobre aviso y ahora tendrían alta la guardia.

El silencio reinaba en el local, salvo en la parte donde unos cuantos estudiantes terminaban de almorzar. Jeannie pidió café y una ensalada. Mientras esperaba, abrió el folleto que había cogido en el vestíbulo de la clínica. Leyó:

> La Clínica Aventina fue fundada en 1972 por Genetico S.A., como centro pionero para la investigación y desarrollo de la fertilización humana *in vitro*, la creación de lo que la prensa llamó «niños probeta».

Y, de pronto, todo estuvo claro.

34

Jane Edelsborough era una viuda de cincuenta y poco años. Mujer escultural, pero desaliñada, vestía normalmente holgadas prendas étnicas y calzaba sandalias. Poseía un intelecto impresionante, pero nadie lo hubiera supuesto al verla. Era la clase de persona que a Berrington le resultaba incomprensible. Si uno era inteligente, pensaba, ¿por qué disimularlo presentándose como un idiota al vestir de modo tan zafio? Sin embargo, las universidades estaban llenas de personas así..., en realidad, él era una auténtica excepción, siempre tan de punta en blanco, tan esmerado y pulcro.

Hoy su aspecto era especialmente elegante, con su chaqueta de hilo hecha a la medida, el chaleco a juego y los pantalones ligeros de pata de gallo. Le dio un minucioso repaso a su imagen en el espejo de detrás de la puerta, antes de salir del despacho para el encuentro con Jane.

Se dirigió al Gremio de Estudiantes. Los profesores casi nunca comían en aquel establecimiento —Berrington no había entrado una sola vez en el local—, pero Jane estaba almorzando allí, según la parlanchina secretaria de física.

El vestíbulo del gremio estaba rebosante de muchachos en pantalones cortos formando cola para sacar dinero de los cajeros automáticos. Berrington entró en la cafetería y miró en torno. Jane ocupaba una mesa en un rincón del fondo. Leía un periódico y comía patatas fritas con los dedos.

El lugar era un complejo alimentario, como los que Berrington había visto en aeropuertos y centros comerciales, con su Pizza Hut, el mostrador donde servían helados y su Burger King, así como un restaurante de comidas rápidas convencional. Berrington cogió una bandeja y entró en el autoservicio de cafetería. Dentro de una vitrina con cristal delantero había unos pocos bocadillos exánimes y varios pastelillos lastimosos. Se estremeció; en circunstancias normales se hubiera puesto al volante y conducido hasta el siguiente estado antes que comer allí.

Aquella maniobra iba a resultarle difícil. Jane no era su clase de mujer favorita. Lo cual hacía aún más probable que ella dirigiese la audiencia disciplinaria hacia una ruta inconveniente. Tendría que ganarse su amistosa voluntad en muy breve espacio de tiempo. Para ello habría de recurrir al poder de seducción de todos sus encantos.

Adquirió una porción de pastel de queso y una taza de café y se encaminó hacia la mesa de Jane. No le llegaba la camisa al cuerpo, pero hizo cuanto pudo para parecer y sonar relajado.

—¡Jane! —exclamó—. ¡Qué agradable sorpresa! ¿Puedo acompañarte?

—Faltaría más —aceptó la mujer amablemente, y puso el periódico a un lado. Se quitó las gafas, lo que dejó al descubierto unos ojos de tono castaño oscuro con regocijadas patas de gallo, pero su pinta era un desastre: llevaba el largo pelo canoso atado con una especie de trapo descolorido y vestía una deformada blusa verde gris con manchas de sudor en las axilas—. No recuerdo haberte visto jamás por estos lares —dijo.

—Es la primera vez que vengo. Pero a nuestra edad es importante no dejarse dominar por la rutina de las costumbres... ¿no estás de acuerdo?

—Yo soy más joven que tú —hizo constar Jane sosegadamente—. Aunque supongo que nadie lo supondría.

—Seguro que sí. —Berrington le dio un mordisco al pastel de queso. La base era dura como una lámina de cartón y el relleno sabía a crema de afeitar sazonada al limón. Lo tragó con esfuerzo—. ¿Qué opinas de la biblioteca de biofísica que ha propuesto Jack Budgen?

—¿Has venido a verme para hablar de eso?

—No he venido aquí a verte, vine para probar la comida, y estoy arrepentido. Es una bazofia terrible. ¿Cómo puedes comer aquí?

Jane hundió la cuchara en lo que parecía alguna incógnita clase de postre.

—Ni siquiera me doy cuenta de lo que como, Berry, pienso en mi acelerador de partículas. Háblame de esa nueva biblioteca.

En otro tiempo, Berrington había sido igual que ella: un obseso del trabajo. Nunca se permitió ir por ahí con aspecto de vagabundo, a cuenta de ello, pero sí fue un joven científico que había vivido por la emoción del descubrimiento. Sin embargo, su existencia tomó otro rumbo. Sus libros fueron trabajos de divulgación de obras ajenas; en quince o veinte años no había escrito nada original. Se preguntó fugazmente si habría sido más feliz de elegir otra opción. La zarrapastrosa Jane, que engullía comida barata mientras le daba vueltas en la cabeza a problemas de física nuclear, tenía un aire de tranquilidad y satisfacción que Berrington jamás llegó a conocer.

Y no podía decirse que se las estuviera arreglando bien para encandilarla. Jane era demasiado lista. Tal vez debería halagarla intelectualmente.

—Creo que mereces que tus ingresos sean más altos. Eres el físico más veterano y competente del campus, uno de los científicos más distinguidos que tiene la UJF... debes participar en el proyecto de esta biblioteca.

—¿Es que va a materializarse?

—Creo que la Genetico está dispuesta a financiarla.

—Vaya, esa sí que es un pedazo de buena noticia. ¿Pero qué interés tienes tú?

—Hace treinta años me hice un nombre a base de empezar a preguntar qué características humanas se heredan y cuáles se aprenden. Gracias a mi trabajo y al de otros como yo, ahora sabemos que la herencia genética de los seres humanos es más importante que la instrucción y el entorno, a la hora de determinar un radio completo de rasgos psicológicos.

—Constitución, no educación.

—Exacto. Demostré que el ser humano es su ADN. A la generación joven le interesa el modo en que funciona este proceso. Que es el mecanismo a través del cual una combinación de sustancias químicas me proporciona ojos azules, en tanto otra combinación te los facilita a ti de un color castaño oscuro profundo, casi como el chocolate, supongo.

—¡Berry! —dijo Jane con una sonrisa irónica—. Si fuese una secretaria de treinta años y pechos provocativos podría pensar que tratas de ligarme.

Esto ya va mejor, se dijo Berrington. Por fin se había suavizado.

—¿Provocativos? —sonrió. Miró con deliberado descaro el busto de Jane y luego desvió la vista hacia su rostro—. Creo que uno es tan provocativo como se siente.

Ella se echó a reír, pero Berrington comprendió que estaba muy complacida. Por fin llegaba a alguna parte con ella. Y entonces Jane dijo:

—Tengo que irme.

Maldición. No podía conservar el dominio de aquella interacción. Debía recuperar su interés de inmediato. Se levantó, dispuesto a marcharse con ella.

—Probablemente habrá un comité que supervisará la creación de la nueva biblioteca —manifestó cuando abandonaban la cafetería—. Quisiera que me dieses tu opinión respecto a las personas susceptibles de formarlo.

—¡Cielos! Tendré que pensar luego en ello. Ahora he de dar una clase sobre antimateria.

Maldita sea, se me está escapando de entre las manos, pensó Berrington.

A continuación, Jane dijo:

—¿Podemos volver a hablar del asunto?

Berrington se agarró a aquel clavo ardiendo.

—¿Mientras cenamos, por ejemplo?

Jane pareció sorprendida.

—Está bien —aceptó al cabo de un momento.

—¿Esta noche?

La perplejidad se enseñoreó del rostro de Jane.

—¿Por qué no?

Eso le concedía al menos otra oportunidad. Aliviado, Berrington sugirió:

—Pasaré a recogerte a las ocho.

—De acuerdo.

Jane le dio su dirección, que él apuntó en un cuaderno de notas de bolsillo.

—¿Qué clase de platos te gustan? —le preguntó—. ¡Ah, no me contestes, ahora recuerdo que tu comida favorita es pensar en tu acelerador de partículas. —Salieron al ardiente sol. Berrington le dio un leve apretón en el brazo—. Hasta la noche.

—Berry —silabeó ella—, no andarás detrás de algo, ¿eh?

Él le dedicó un guiño.

—¿Qué es lo que tienes?

Jane se echó a reír y se alejó.

35

Niños probeta. Fertilización *in vitro*. Esa era la conexión. Jeannie lo veía ya todo claro.

Charlotte Pinker y Lorraine Logan habían recibido tratamiento contra la esterilidad en la Clínica Aventina. El centro médico fue un adelantado de la fertilización *in vitro*: proceso por el cual el espermatozoide del padre y el óvulo de la madre se unen en el laboratorio y de ello resulta el embrión que posteriormente se implanta en el útero de la mujer.

Los gemelos idénticos se dan cuando un embrión se divide por la mitad, en el útero, y produce dos individuos. Eso puede haber ocurrido en la probeta. Después, los dos gemelos de la probeta pueden implantarse en dos mujeres distintas. De ese modo, dos madres que no tuvieran ninguna relación entre sí podían alumbrar sendos gemelos idénticos. Bingo.

La camarera le sirvió la ensalada, pero Jeannie estaba demasiado exaltada para comerla.

Tenía la certeza de que al principio del decenio de los setenta los niños probeta no eran más que una teoría. Pero, evidentemente, la Genetico llevaba años de adelanto en la investigación.

Tanto Lorraine como Charlotte dijeron que se les había aplicado terapia de hormonas. Al parecer, la clínica les mintió respecto al tratamiento a que las había sometido.

En sí, eso ya era bastante malo, pero al profundizar un poco más en sus implicaciones, Jeannie comprendió que había algo aún peor. El embrión que se dividió podía haber sido el hijo biológico de Lorraine y Charles o el de Charlotte y el comandante..., pero no de ambos. A una de las dos mujeres se le había implantado el hijo de la otra pareja.

El corazón de Jeannie se saturó de horror y aversión al comprender que podían haber dado a ambas mujeres hijos de personas absolutamente desconocidas.

Se preguntó por qué la Genetico engañó a sus pacientes de aquella manera tan espantosa. La técnica no se había experimentado lo suficiente: quizá necesitaban cobayas humanas. Tal vez solicitaron permiso y se lo negaron. O puede que tuvieran algún otro motivo para actuar en secreto.

Fuera cual fuese la razón para mentir a las mujeres, Jeannie comprendía ahora por qué su investigación provocaba un pánico tan cerval a la Genetico. Fecundar a una mujer con un embrión extraño, sin que ella lo supiera, era tan inmoral como pudiera imaginarse. No era de extrañar que se esforzase tan desesperadamente por ocultarlo. Si Lorraine llegaba a enterarse algún día de lo que le hicieron se lo cobraría de un modo infernal.

Jeannie tomó un sorbo de café. Conducir hasta Filadelfia no había sido una pérdida de tiempo, después de todo. Aún no contaba con todas las respuesta, pero había resuelto el núcleo central del rompecabezas. Lo cual resultaba profundamente satisfactorio.

Alzó la mirada y se quedó de piedra al ver entrar a Steve.

Parpadeó, con la vista clavada en el muchacho. Vestía pantalones caqui y camisa azul suelta y abotonada hasta abajo y, una vez dentro, cerró la puerta a su espalda con el talón.

Le dirigió una amplia sonrisa y se puso en pie para recibirle con los brazos abiertos.

—¡Steve! —exclamó, encantada. Al recordar su resolución, le echó los brazos al cuello y le besó en la boca. El chico olía de un modo distinto, menos a tabaco y más a especias. Él se apretó contra Jeannie y le devolvió el beso. Jeannie oyó una voz femenina que comentaba:

—Dios mío, recuerdo cuando yo sentía lo mismo.

Y varias personas soltaron la carcajada.

Retiró el abrazo.

—Siéntate aquí. ¿Quieres comer algo? Comparte mi ensalada. ¿Qué estás haciendo aquí? No puedo creerlo. Debes de haberme seguido. No, no, conocías el nombre de la clínica y decidiste venir a encontrarte aquí conmigo.

—Sencillamente, deseaba que charlásemos un poco.

Steve se atusó las cejas con la yema del dedo índice. Algo en aquel gesto despertó cierta ambigua inquietud en el subconsciente de Jeannie —«¿A qué otra persona he visto hacer eso?»—, pero la arrinconó en el fondo de su cerebro.

—Te gusta dar sorpresas.

De pronto, Steve pareció nervioso.

—¿Ah, sí?

—Te gusta aparecer inesperadamente, ¿verdad?

—Supongo.

Jeannie volvió a sonreírle.

—Hoy estás un poco raro. ¿Qué intenciones tienes?

—Oye, me estás poniendo de un caliente tremendo y temo perder la compostura —dijo Steve—. ¿Por qué no nos vamos de aquí?

—Claro.

Jeannie puso un billete de cinco dólares sobre la mesa y se levantó.

—¿Dónde has dejado el coche? —preguntó al salir del local.

—Cojamos el tuyo.

Subieron al Mercedes rojo. Jeannie se abrochó el cinturón de seguridad, pero Steve no. Apenas había arrancado el vehículo, Steve se acercó a Jeannie en el corrido asiento delantero, le levantó el pelo y empezó a besarla en el cuello. A ella no dejaba de gustarle, pero se sintió un tanto violenta y dijo:

—Me parece que soy un poco demasiado mayorcita para hacer esto en un coche.

—Vale —se avino Steve. Dejó de besuquearla y volvió la cara al frente, pero dejó el brazo sobre los hombros de Jeannie. La mujer condujo hacia el este, por Chestnut. Cuando llegaban al puente, Steve dijo—: Tira hacia la autopista... quiero enseñarte una cosa.

Siguiendo las señales indicadoras, Jeannie torció a la derecha, por la avenida Schuylkill y se detuvo ante un semáforo en rojo.

La mano que descansaba sobre el hombro descendió y empezó a acariciarle los pechos. Jeannie notó que, en respuesta al contacto, el pezón se le puso rígido, aunque pese a ello, seguía sintiéndose incómoda. Era una sensación desairada, como notar que la meten mano a una en el metro.

—Me gustas, Steve —confesó—, pero vas demasiado deprisa para mí.

Él no contestó, pero sus dedos encontraron el pezón y lo oprimieron con fuerza.

—¡Ay! —se quejó Jeannie—. ¡Me has hecho daño! ¡Por san Pedro, ¿qué mosca te ha picado?!

Le apartó mediante un empujón con la mano derecha. El semáforo cambió a verde y Jeannie descendió por la rampa que desembocaba en la autopista Schuylkill.

—No sé a qué atenerme contigo —se lamentó el muchacho—. Primero me besas como una ninfómana y luego actúas como una frígida.

«¡Y yo imaginaba que este chico era maduro!»

—Mira, una chica te besa porque desea hacerlo. Pero eso no te da permiso para que hagas con ella lo que te pase por el forro. Y nunca debes hacerle daño.

Tomó la dirección sur de la autopista, que en aquel punto tenía dos carriles.

—A algunas chavalas les gusta que les hagan daño —afirmó Steve, al tiempo que apoyaba una mano en la rodilla de Jeannie.

Ella la apartó de allí.

—Veamos, ¿qué querías enseñarme? —trató de cambiar de conversación.

—Esto —dijo Steve, y le cogió la mano derecha. Un segundo después, Jeannie notó el pene desnudo, empalmado y caliente.

—¡Jesús! —Levantó la mano bruscamente. ¡Vaya, se había equivocado de medio a medio con aquel chico!—. ¡Apártate, Steve, y deja de actuar como un maldito adolescente!

La siguiente noticia la recibió en forma de golpe violento en la parte lateral de la cara.

Soltó un chillido y se desvió a un lado. Resonó el trompetazo de una bocina cuando el coche irrumpió en el carril contiguo delante de un camión Mack. Los huesos del rostro le ardían angustiosamente y paladeó el sabor de la sangre. Se esforzó en pasar por alto el dolor, en tanto recuperaba el dominio del vehículo.

Comprendió atónita que Steve le había dado un puñetazo.

Nadie había hecho jamás tal cosa.

—¡Hijo de perra! —le gritó.

—Ahora vas a hacerme un trabajito manual —repuso él—. Si no, te voy a hostiar hasta que la crisma se te caiga a pedazos.

—¡Vete a tomar por culo!

Por el rabillo del ojo Jeannie vio que Steve echaba el puño hacia atrás para descargar otro golpe.

Sin pensarlo, Jeannie pisó el freno.

Steve se vio impulsado hacia delante y el puñetazo no llegó a su objetivo. La cabeza del joven chocó contra el parabrisas. Los neumáticos llenaron el aire con su chirrido de protesta y una estirada limusina blanca se desvió como pudo para esquivar al Mercedes.

Mientras Steve recobraba el equilibrio, Jeannie soltó el freno. El coche se desplazó hacia delante. Jeannie pensó que si se detenía durante unos segundos en el carril de la izquierda, por el que se circulaba a velocidad de adelantamiento, Steve se asustaría hasta el punto de implorarle que reanudara la marcha. Pisó el freno otra vez, y él volvió a salir despedido hacia adelante.

En esa ocasión se recuperó antes. El Mercedes se detuvo. Turismos y camiones maniobraron para evitar la colisión y un clamor de bocinas los envolvió. Jeannie estaba aterrada; en cualquier momento, algún vehículo podía chocar con la parte posterior del Mercedes. Y su plan no dio resultado; Steve parecía no tener ningún miedo. Introdujo una mano por debajo de la falda, llegó a la cintura elástica de los pantis y tiró hacia abajo. Se oyó el ruido de la tela que se desgarra cuando las perneras se rompieron.

Jeannie intentó rechazarlo, pero Steve ya estaba encima. No iría a intentar violarla allí, en mitad de la autopista. Desesperada, Jeannie abrió la portezuela, pero no podía apearse del coche porque llevaba puesto el cinturón de seguridad. Trató de desabrochárselo, pero Steve le impedía llevar la mano hasta el cierre.

Por la rampa de acceso que había a la izquierda llegaban nuevos vehículos, que irrumpían en la autopista a más de noventa kilómetros por hora y pasaban centelleantes junto al Mercedes. ¿Es que ni un solo conductor iba a detenerse para ayudar a la mujer víctima de una agresión?

Mientras forcejeaba para quitarse de encima al atacante, el pie se levantó del pedal del freno y el coche se movió hacia adelante.

Quizás eso le desequilibrara, pensó. Ella tenía el control del automóvil; era su única ventaja. A la desesperada, pisó a fondo el pedal del acelerador.

El Mercedes arrancó con una sacudida. Chirriaron los frenos cuando un autobús de la Greyhound rozó milagrosamente el guardabarros. Steve se vio arrojado de nuevo al asiento y se distrajo brevemente, pero al cabo de unos segundos sus manos volvían a estar sobre Jeannie, separando los pechos del sujetador e introduciéndose por debajo de las bragas, mientras Jeannie intentaba conducir. Estaba frenética. A Steve parecía tenerle sin cuidado el que ambos pudieran morir por su culpa. ¿Qué infiernos podía hacer ella para pararle los pies?

Dobló bruscamente el volante hacia la izquierda y la maniobra lanzó a Steve contra la portezuela de su lado. El Mercedes se libró por un pelo de chocar con un camión de basura y, durante una sobrecogedora fracción de segundo, Jeannie vio el rostro petrificado del conductor, un hombre de edad con bigote gris; a continuación torció el volante en sentido contrario y el coche evitó el peligro al desviarse repentinamente.

Steve volvía a meterle mano. Jeannie aplicó los frenos y luego pisó el acelerador, pero el muchacho soltó una risotada al verse zarandeado, como si estuviera disfrutando en un auto de choque de la feria. Y en seguida volvió a la carga.

Con el brazo derecho, Jeannie le asestó un golpe con el codo, seguido de un puñetazo, pero eran intentos carentes de fuerza, ya que al mismo tiempo manejaba el volante, y lo único que consiguió fue distraerle durante unos pocos segundos más.

¿Cuánto tiempo podía durar aquello? ¿Es que no hay coches patrulla en esta ciudad?

Observó por el rabillo del ojo que en aquel momento pasaban por una salida de la autopista. Por el borde de la calzada, unos metros detrás de ella, circulaba un antiguo Cadillac azul celeste. En el último momento, Jeannie torció el volante de golpe. Rechinaron los neumáticos, el Mercedes se inclinó sobre dos ruedas y Steve cayó encima de ella sin poderlo evitar. El Cadillac azul se desvió para eludir el choque, se elevó en el aire un coro de bocinas ultrajadas y Jeannie oyó acto seguido el estrépito de carrocerías que se estrellaban unas contra otras y el sonido como de xilófono que producían los cristales al romperse. Las ruedas de su costado descendieron de nuevo y aterrizaron sobre el asfalto con un ruido sordo que lanzó estremecimientos a lo largo y ancho del esqueleto de la muchacha. Ya estaba en la rampa de salida de la autopista. El automóvil coleó, amenazando con chocar contra los parapetos de hormigón de ambos lados, pero Jeannie consiguió enderezarlo.

Aceleró por la larga rampa de salida. En cuanto el coche recuperó la estabilidad, Steve coló la mano entre las piernas de Jeannie y trató de introducir los dedos por debajo de las bragas. Ella se retorció, con la intención de impedírselo. Le lanzó un vistazo a la cara. Steve sonreía, desorbitados los ojos, jadeando y sudando a causa de la excitación sexual. Se lo estaba pasando en grande. Aquello era demencial.

No se veía ningún coche por delante ni por detrás. La rampa concluía en un semáforo que en aquellos momentos estaba verde. A la izquierda había un cementerio. Jeannie vio una señal que indicaba hacia la derecha y decía: «Bulevar del Municipio». Tomó esa dirección, con la esperanza de llegar a un centro urbano con las aceras llenas de gente. Consternada, descubrió que aquella calle era un desolado desierto de casas y zonas de servicio abandonadas. Por delante, el semáforo cambió a rojo. Si se detenía, estaba lista.

Steve ya tenía la mano por debajo de las bragas.

—¡Para! —ordenó. Lo mismo que ella, comprendía que, si la violaba allí, existían muchas probabilidades de que nadie interviniese.

Ahora la estaba haciendo daño, empujaba y le pinchaba con los dedos, pero mucho peor que el dolor era el miedo a lo que la esperaba. Aceleró furiosamente, rumbo a la luz roja.

Por la izquierda surgió una ambulancia, que dobló delante del Mercedes. Jeannie pisó el freno con todas sus fuerzas y giró el volante para esquivarla, al tiempo que pensaba frenéticamente: «Si ahora chocase, al menos tendría ayuda al alcance de la mano».

De súbito, Steve retiró las manos del cuerpo de Jeannie. La muchacha disfrutó de un instante de bendito alivio. Pero Steve cogió la palanca del cambio de marchas y puso el motor en punto muerto. El coche perdió velocidad repentinamente. Jeannie volvió a meter la marcha, pisó a fondo el pedal del acelerador y adelantó a la ambulancia.

¿Cuánto tiempo vamos a seguir así?, se preguntó Jeannie. Tenía que llegar a algún lugar habitado, donde hubiese gente en la calle, antes de detener el coche o antes de estrellarse. Pero Filadelfia parecía haberse convertido en un paisaje lunar.

Steve agarró el volante y trató de desviar el automóvil hacia la acera. Jeannie dio un tirón rápido para devolverlo a su dirección original. Patinaron las ruedas traseras y la bocina de la ambulancia protestó indignada.

Steve volvió a intentarlo. Esa vez fue más hábil. Llevó la palanca de cambios a punto muerto con la mano izquierda y aferró el volante con la derecha. El automóvil redujo la velocidad y subió por el bordillo de la acera.

Jeannie retiró las manos del volante, las apoyó en el pecho de Steve y le empujó con todas sus fuerzas. La potencia física de la mujer sorprendió a Steve, que se vio impulsado hacia atrás. Jeannie puso la marcha y hundió el pedal del acelerador. El Mercedes volvió a salir disparado hacia delante como un cohete, pero Jeannie se daba cuenta de que no podría mantener aquella lucha durante mucho tiempo más. En cualquier segundo, Steve conseguiría detener el coche y ella se encontraría atrapada allí dentro con él. Steve recobró el equilibrio mientras Jeannie entraba en una curva por la izquierda. El muchacho agarró el volante con ambas manos y Jeannie pensó: «Esto es el fin, ya no puedo aguantar más». Luego el automóvil acabó de doblar la curva y el paisaje urbano cambió radicalmente.

Se encontraron frente a una calle muy concurrida, con un hospital ante el que se congregaba un numeroso grupo de personas, una hilera de taxis y, junto a la acera, un puesto de comida china.

—¡Sí! —exclamó Jessie triunfalmente.

Pisó el freno. Steve tiró del volante y ella volvió a colocarlo en su posición anterior. El Mercedes dio un coletazo y se detuvo en mitad de la calzada. Una docena de taxistas que se encontraban ante el puesto de comida china se volvieron a mirar.

Steve abrió la portezuela, se apeó y huyó a la carrera.

—¡Gracias a Dios! —susurró Jeannie.

Segundos después, Steve había desaparecido.

Jeannie continuó sentada, jadeante. El violador se había marchado. La pesadilla había concluido.

Uno de los taxistas se acercó y asomó la cabeza por la ventanilla del asiento del pasajero. Precipitadamente, Jeannie compuso su vestimenta.

—¿Se encuentra bien, señora? —preguntó el hombre.

—Supongo que sí —respondió ella, sin resuello.

—¿A qué diablos venía todo esto?

Jeannie sacudió la cabeza.

—Le aseguro que me gustaría saberlo —dijo.

36

Sentado en lo alto de una pequeña tapia, junto al domicilio de Jeannie, Steve aguardaba a la muchacha. Hacía calor, pero el mozo aprovechaba la sombra de un gigantesco arce. Jeannie vivía en un tradicional barrio obrero de hileras de casas adosadas. Adolescentes que acababan de salir de un colegio cercano volvían a casa, riendo, peleándose y comiendo caramelos. No hacía mucho tiempo que él era también un chaval como ellos: ocho o nueve años.

Pero ahora estaba inquieto y desesperado. Aquella tarde, su abogado había ido a hablar con la sargento Delaware de la Unidad de Delitos Sexuales. La detective le dijo que tenía ya los resultados de la prueba de ADN. Las muestras de ADN del esperma extraído de la vagina de Lisa Hoxton coincidían exactamente con el ADN de la sangre de Steve.

Estaba destrozado. Había tenido la absoluta certeza de que la prueba del ADN iba a poner fin a aquella angustia.

Se daba cuenta de que su abogado ya no le creía inocente. Mamá y papá sí, pero estaban desconcertados; ambos tenían suficientes conocimientos como para comprender que las pruebas de ADN eran extraordinariamente fiables.

En sus peores momentos se preguntaba si no tendría alguna clase de doble personalidad. Tal vez existía otro Steve que tomaba las riendas, violaba mujeres y luego le devolvía su cuerpo. De ese modo, él ignoraría lo que había hecho. Recordó, alarmado, que durante su pelea con Tip Hendrick, hubo unos cuantos segundos en los que perdió el control de la razón. Y también había estado decidido a hundir los dedos en el cerebro de *Gordinflas* Butcher. ¿Era su *alter ego* quien hacía esas cosas? En realidad, no lo creía así. Debía existir otra explicación.

El rayo de esperanza lo representaba el misterio que los envolvía a él y a Dennis Pinker. Dennis tenía el mismo ADN que Steve. Algo no encajaba allí. Y la única persona que podía poner en claro el enigma era Jeannie Ferrami.

Los chiquillos de la escuela desaparecieron dentro de sus casas y el sol se ocultó tras la hilera de viviendas del otro lado de la calle. Hacia las seis de la tarde, el Mercedes rojo aparcó en un hueco, a unos cincuenta metros de distancia, y Jeannie se apeó del vehículo. De momento no vio a Steve. Abrió el maletero y sacó del mismo una gran bolsa de basura de plástico negro. Después cerró el automóvil y echó a andar por la acera, en dirección a Steve. Iba vestida más bien elegante, con traje sastre de falda negra, pero estaba despeinada y Steve notó en sus andares un cansino abatimiento que le llegó al alma. Se preguntó qué le habría ocurrido para que ofreciese aquel aspecto de derrota. Aunque aún resultaba espléndida y la contempló con el ánimo saturado de deseo.

Cuando la tuvo cerca de sí, Steve se irguió, sonriente, y avanzó un paso hacia ella.

Jeannie le miró, fijó la vista y le reconoció. Una expresión de horror apareció en el rostro de la mujer.

Se quedó boquiabierta y luego emitió un grito.

Steve se detuvo en seco. Preguntó, hecho un lío:

—¿Qué ocurre, Jeannie?

—¡Apártate de mí! —chilló Jeannie—. ¡No me toques! ¡Ahora mismo llamo a la policía!

Anonadado, Steve alzó las manos en gesto defensivo.

—Claro, claro, lo que tú digas. No voy a tocarte, ¿conforme? ¿Qué diablos te pasa?

En la puerta del domicilio de Jeannie apareció un vecino de la casa compartida. Debía de ser el ocupante del apartamento de la planta baja, se figuró Steve. Era un anciano de color, que llevaba camisa de cuadros y corbata.

—¿Todo va bien, Jeannie? —dijo—. Me pareció oír gritar a alguien.

—Fui yo, señor Olivier —dijo Jeannie con voz temblona—. Este sinvergüenza me agredió en mi propio coche, en Filadelfia.

—¿Que te agredí? —exclamó Steve, incrédulo—. ¡Yo no haría semejante cosa!

—Lo hiciste hace un par de horas, hijo de Satanás.

Steve se sintió dolido. Que le acusaran de brutalidad le molestaba. Vete a hacer gárgaras. Hace años que no he estado en Filadelfia.

Intervino el señor Olivier.

—Este joven caballero lleva más de dos horas sentado en esa tapia, Jeannie. Esta tarde no ha estado en Filadelfia.

Jeannie parecía indignada y a punto de tildar de embustero a su bonachón vecino.

Steve observó que no llevaba medias; sus piernas al aire resaltaban de modo extraño entre la formal indumentaria que vestía. Un lado del rostro estaba ligeramente hinchado y enrojecido. El enfado de Steve se evaporó. Alguien la había atacado. Deseaba con toda el alma abrazarla y consolarla. El hecho de que ella le tuviese miedo aumentaba la aflicción del muchacho.

—Te hizo daño —dijo—. El malnacido.

Cambió la cara de Jeannie. La expresión de terror desapareció. Se dirigió al vecino:

—¿Llegó aquí hace dos horas?

El hombre se encogió de hombros.

—Hace una hora y cuarenta minutos, quizá cincuenta.

—¿Está seguro?

—Jeannie, si estaba en Filadelfia hace dos horas ha tenido que volver aquí en el Concorde.

Jeannie miró a Steve.

—Debió de ser Dennis.

Steve anduvo hacia ella. Jeannie no retrocedió. Steve alargó el brazo y con la yema de los dedos rozó la mejilla hinchada.

—Pobre Jeannie —compadeció.

—Creí que eras tú —las lágrimas afluyeron a los ojos de Jeannie.

La acogió en sus brazos. Poco a poco, el cuerpo de Jeannie fue perdiendo rigidez y acabó por apoyarse en Steve confiadamente. Él le acarició la cabeza y después enroscó los dedos entre las ondas de la espesa mata de pelo oscuro. Cerró los ojos y pensó en lo fuerte y esbelto que era el cuerpo de Jeannie. Apuesto a que Dennis también se llevó alguna magulladura, pensó. Así lo espero.

El señor Olivier tosió.

—¿Les apetecería una taza de café, jóvenes?

Jeannie se despegó de Steve.

—No, gracias —declinó—. Voy a cambiarme de ropa.

La tensión estaba escrita en su rostro, pero eso la hacía aparecer más encantadora. Me estoy enamorando de esta mujer, pensó Steve. No es sólo que desee acostarme con ella... aunque eso también. Quiero que sea mi amiga. Quiero ver la tele con ella, acompañarla al supermercado y darle cucharadas de jarabe cuando esté resfriada. Quiero contemplarla mientras se cepilla los dientes, se pone los vaqueros y unta la mantequilla en la tostada. Quiero que me pregunte qué tono naranja de lápiz de labios le sienta mejor y qué hojas de afeitar debería comprar y que a qué hora volveré a casa.

Se preguntó si tendría valor para decirle todo eso.

Jeannie cruzó el porche hacia la puerta. Steve titubeó. Se moría por seguirla, pero necesitaba que ella le invitase.

Jeannie dio media vuelta en el umbral.

—Venga, vamos —dijo.

La siguió escaleras arriba y entró tras ella en el vestíbulo. Jeannie dejó caer encima de la alfombra la bolsa negra de plástico. Entró en la minúscula cocina, se sacudió los zapatos de los pies y luego, ante los atónitos ojos de Steve, los soltó dentro del cubo de la basura.

—Jamás volveré a ponerme estas malditas prendas —afirmó en tono furibundo.

Se quitó la chaqueta y la arrojó al mismo sitio que los zapatos. Después, mientras Steve la miraba incrédulo, se desabotonó la blusa, se la quitó y la echó también al cubo de la basura.

Llevaba un sencillo sostén negro de algodón. Steve pensó que no iría a quitárselo delante de él. Pero Jeannie se llevó las manos a la espalda, lo desabrochó y también lo tiró a la basura. Tenía unos pechos firmes, más bien pequeños, de erectos pezones castaños. Se veía una tenue señal roja en la parte de los hombros donde los tirantes del sostén habían apretado un poco más de la cuenta. A Steve se le secó la garganta.

Jeannie se bajó la cremallera y dejó que la falda fuese a parar al suelo. Llevaba sólo unas bragas tipo bikini. Steve la contempló boquiabierto. Aquel cuerpo era perfecto: hombros firmes, senos estupendos, vientre liso y piernas largas y bien torneadas. Jeannie se quitó las bragas, hizo un fardo junto con la falda y lo metió todo en el cubo de la basura. Su vello púbico era una espesa masa de rizos negros.

Miró a Steve durante unos segundos, con incertidumbre en la expresión, casi como si no estuviese segura de lo que pudiera estar haciendo allí. Luego dijo:

—Tengo que ducharme.

Desnuda, pasó por su lado. Steve volvió la cabeza y se la comió con los ojos, observó vorazmente su espalda y absorbió los detalles de los omoplatos, la estrecha cintura, la rotundez curvilínea de las caderas y los músculos de las piernas. Era tan adorable que hacía daño.

Jeannie salió de la estancia. Al cabo de un momento Steve oyó el rumor del agua corriente.

—¡Jesús! —jadeó. Se sentó en el sofá tapizado de negro. ¿Qué significaba aquello? ¿Era alguna clase de prueba? ¿Qué trataba Jeannie de decir?

Sonrió. Vaya cuerpo maravilloso, tan fuerte y esbelto, tan armonioso y perfectamente proporcionado. Ocurriera lo que ocurriese, jamás olvidaría aquella magnífica figura.

Estuvo duchándose un buen rato. Steve se dio cuenta de que, con el dramatismo de la acusación a él se le olvidó darle la desconcertante noticia. Por fin, el rumor del agua cesó. Un minuto después Jeannie volvía a la habitación, envuelta en un albornoz rosa fucsia y con el pelo húmedo aplastado sobre la cabeza. Tomó asiento en el sofá, junto a él, y preguntó:

—¿Lo he soñado o me desnudé delante de ti?

—De sueño, nada —repuso Steve—. Tiraste toda tu ropa al cubo de la basura.

—Dios mío. No sé qué me ha pasado.

—No tienes por qué excusarte. Me alegro de que confiaras en mí hasta ese extremo. No puedo explicarte lo que significa para mí.

—Debes de pensar que me falta un tornillo.

—No, pero creo que probablemente estabas conmocionada por lo que te sucedió en Filadelfia.

—Quizá sea eso. Sólo recuerdo que sentía la imperiosa necesidad de desembarazarme en seguida de la ropa que llevaba cuando ocurrió.

—Puede que este sea el momento de abrir la botella de vodka que guardas en la nevera.

Jeannie negó con la cabeza.

—Lo que realmente me apetece es un té de jazmín.

—Deja que te lo prepare. —Steve se levantó y pasó al otro lado del mostrador de la cocina—. ¿Por qué llevas de un lado a otro esa bolsa de basura?

—Hoy me han despedido. Metieron todos mis efectos personales en esta bolsa, la dejaron en el pasillo y cerraron la puerta con llave.

—¿Qué? —Steve no podía creerlo—. ¿Cómo ha sido eso?

—*The New York Times* ha publicado hoy un artículo en el que dice que el empleo por mi parte de bases de datos viola la intimidad de las personas. Pero creo que lo que ocurre es que Berrington Jones utiliza ese artículo como excusa para deshacerse de mí.

Steve ardía de indignación. Deseaba protestar, salir en defensa de Jeannie, salvarla de aquella artera persecución.

—¿Pueden despedirte así, sin más?

—No, mañana por la mañana se celebrará una audiencia ante la comisión de disciplina del consejo de la universidad.

—Tú y yo estamos pasando una semana increíblemente mala.

Steve se disponía a informarle del resultado de la prueba de ADN cuando Jeannie descolgó el teléfono.

—Necesito el número de la penitenciaría Greenwood, que está en las proximidades de Richmond (Virginia) —pidió a Información. Mientras Steve llenaba de agua el hervidor, Jeannie garabateó el número y volvió a marcar—. ¿Podría ponerme con el alcaide Temoigne? Soy la doctora Ferrami... Sí, espero... Gracias... Buenas tardes, alcaide, ¿cómo estás?... Yo muy bien, gracias... Esto puede parecerte una pregunta idiota, pero ¿sigue Dennis Pinker aún en la cárcel?... ¿Estás seguro? ¿Lo has visto con tus propios ojos?... Gracias... Ah, y tú cuídate también. Adiós... —Jeannie alzó la cabeza y miró a Steve—. Dennis continúa en la cárcel. El alcaide habló con él hace una hora.

Steve puso una cucharada de té de jazmín en la tetera y buscó dos tazas.

—Jeannie, los polis tienen el resultado de la prueba de ADN.

Jeannie se puso rígida.

—¿Y...?

—El ADN de la vagina de Lisa coincide con el ADN de mi sangre.

Con voz desolada, Jeannie preguntó:

—¿Estás pensando lo mismo?

—Alguien que se parece a mí y que tiene mi mismo ADN violó el domingo a Lisa Hoxton. Ese mismo individuo te agredió hoy en Filadelfia. Y no era Dennis Pinker.

Con los párpados apretados, Jeannie concluyó:

—Sois tres.

—¡Por Jesucristo! —Steve se sentía desesperado—. Pero eso resulta todavía más inverosímil. La policía jamás lo creerá. ¿Cómo es posible que suceda una cosa como ésta?

—Un momento —dijo Jeannie, alterada—. No sabes lo que he descubierto esta tarde, antes de tropezarme con tu doble. Tengo una explicación.

—Santo Dios, esperemos que eso sea verdad.

La expresión de Jeannie reflejaba inquietud.

—Te va a parecer asombroso, Steve.

—No me importa, sólo quiero entenderlo.

Jeannie introdujo la mano en la bolsa de basura de plástico negro y sacó la cartera de lona.

—Mira esto.

Tomó el folleto a todo color abierto por la primera página. Se lo tendió a Steve, que leyó el párrafo inicial:

> La Clínica Aventina fue fundada en 1972 por Genetico S.A., como centro pionero para la investigación y desarrollo de la fertilización humana *in vitro*, la creación de lo que la prensa llamó «niños probeta».

—¿Crees que Dennis y yo somos niños probeta? —preguntó Steve.

—Sí.

Una extraña sensación de asco se aposentó en la boca del estómago de Steve.

—Eso es pura fantasía. ¿Pero qué explica?

—Los gemelos idénticos podrían concebirse en el laboratorio y luego implantarse en úteros de madres distintas.

Se hizo más acusada en Steve la sensación de repugnancia.

—Pero el espermatozoide y el óvulo ¿proceden de mi padre y mi madre o de los Pinker?

—No lo sé.

—Así que puede darse el caso de que los Pinker sean mis verdaderos padres. ¡Dios!

—Hay otra posibilidad.

Por la cara de preocupación que había puesto Jeannie comprendió Steve que la muchacha temía también sobresaltarle. El cerebro de Steve dio un salto hacia delante y adivinó lo que ella iba a decir.

—Tal vez el espermatozoide y el óvulo no procedían de mis padres ni de los Pinker. Yo podría ser hijo de unos absolutos extraños.

Jeannie no contestó, pero la expresión solemne de su rostro indicó a Steve que había dado en el clavo.

Se sintió desorientado. Era como una pesadilla en la que él se veía de pronto desplomándose en el vacío.

—Es duro de aceptar —confesó. El hervidor automático se apagó solo y, para hacer algo con las manos, Steve echó agua hirviendo en la tetera—. Nunca me he parecido mucho físicamente a ninguno de mis padres. ¿Me parezco a alguno de los Pinker?

—No.

—Entonces lo más probable es que se trate de perfectos desconocidos.

—Steve, nada de todo eso anula el hecho de que tu madre y tu padre te han querido siempre, te han criado y ahora mismo darían su vida por ti. Es un hecho incuestionable.

A Steve le temblaban las manos mientras vertía té en dos tazas. Dio una a Jeannie y se sentó en el sofá, junto a la mujer.

—¿Cómo te explicas lo del tercer gemelo?

—Si en la probeta hay dos mellizos, lo mismo puede haber tres. El proceso es el mismo: uno de los embriones vuelve a dividirse. Sucede en la naturaleza, así que supongo que también puede darse en el laboratorio.

Steve continuaba teniendo la impresión de que caía dando vueltas en el aire, pero ahora empezó a tener un nuevo sentimiento: alivio. La historia que contaba Jeannie era extraña, pero al menos proporcionaba una explicación racional a la circunstancia de que le hubieran acusado de dos crímenes brutales.

—¿Saben algo de esto mi padre y mi madre?

—No creo. Tu madre y Charlotte Pinker me dijeron que habían ido a la clínica para recibir un tratamiento de hormonas. Por aquellas fechas no se practicaba la inseminación *in vitro*. En esa técnica, la Genetico marchaba varios años por delante de todos los demás. Y creo que hacían pruebas con ella sin informar a sus pacientes de que las estaban llevando a cabo.

—No me extraña que la Genetico esté asustada —dijo Steve—. Ahora comprendo por qué Berrington trata tan desesperadamente de desacreditarte.

—Sí. Lo que hicieron fue realmente algo falto de ética. Comparado con ello, la invasión de la intimidad parece una insignificancia. No sólo fue inmoral, sino que podría representar la ruina financiera para la Genetico.

—Es un agravio... una afrenta civil. Lo dimos el año pasado en la escuela de leyes. —En el fondo de su cerebro pensaba: ¿por qué diablos le estoy hablando de agravios...? Lo que de veras deseo decierle es que me he enamorado de ella—. Si la Genetico ofrecía a una mujer tratamiento hormonal y luego le implantaba el feto de otra persona sin informarla de ello, eso significaba quebrantamiento por fraude del contrato implícito.

—Pero eso sucedió hace mucho tiempo. ¿No hay un estatuto de limitaciones por el que prescribiría el delito?

—Sí, pero se empieza a contar a partir de la fecha del descubrimiento del fraude.

—Sigo sin ver cómo podría eso arruinar a la empresa.

—Es un caso ideal para reclamar daños y perjuicios. Eso significa que el dinero no es sólo para compensar a la víctima, por el coste, digamos, de la educación y crianza del hijo de otra persona, sino también para castigar a las personas que cometieron el delito y garantizar en lo posible que otras escarmienten en cabeza ajena y se asusten lo suficiente como para no perpetrarlo a su vez.

—¿Cuánto?

—Si la Genetico abusara a sabiendas del cuerpo de una mujer en beneficio de fines secretos... estoy seguro de que cualquier abogado que conociese su profesión lo bastante como para ganarse el pan ejerciéndola pediría tranquilamente cien millones de dólares.

—Según ese artículo que apareció ayer en *The Wall Street Journal*, la compañía en peso sólo vale ciento ochenta millones.

—Así que estarían arruinados.

—¡Puede que ese juicio tardara años en celebrarse!

—¿Pero no te das cuenta? ¡La simple amenaza del proceso sabotearía la operación de compraventa!

—¿Por qué?

—La posibilidad de que la Genetico corra el peligro de tener que pagar una fortuna en daños y perjuicios reduce el valor de sus acciones. El traspaso se aplazaría por lo menos hasta que la Landsmann evaluase la suma a que ascenderían sus responsabilidades.

—¡Vaya! Entonces no es sólo su reputación lo que está en juego. También pueden perder todo ese dinero.

—Exacto. —La mente de Steve volvió a proyectarse sobre sus propios problemas—. Nada de esto me sirve —dijo, y de pronto volvió a apoderarse de su ánimo un tenebroso pesimismo—. Necesito ponerme en situación de demostrar tu teoría del tercer gemelo. El único modo de hacerlo es encontrarle. —Se le ocurrió una idea—. ¿Existe la posibilidad de utilizar tu sistema informático de búsqueda? ¿Comprendes lo que quiero decir?

—Desde luego.

Steve se entusiasmó.

—Si una exploración dio conmigo y con Dennis, otra puede descubrirnos a mí y al tercero, a Dennis y al tercero o a los tres.

—Sí.

Jeannie no parecía tan animada como debiera estarlo.

—¿Puedes hacerlo?

—Después de este torbellino de publicidad negativa me va a ser muy difícil encontrar a alguien dispuesto a permitirme usar su base de datos.

—¡Maldita sea!

—Pero hay una posibilidad. He logrado hacerme con un barrido del archivo de huellas dactilares del FBI.

La moral de Steve se elevó como un cohete.

—Seguro que Dennis figura en sus archivos. ¡Si al tercer gemelo le han tomado alguna vez las huellas digitales, ese barrido lo sacará a la superficie! ¡Eso es magnífico!

—Pero los resultados están en un disquete que se encuentra en mi despacho.

—¡Ah, no! ¡Y te han prohibido la entrada!

—Así es.

—Rayos, echaré abajo la puerta. Pongámonos en marcha, ¿a qué esperamos?

—Puedes acabar otra vez en la cárcel. Y quizás haya un medio más fácil.

Steve se tranquilizó mediante un esfuerzo.

—Tienes razón. Tiene que haber otro medio de conseguir ese disquete.

Jeannie cogió el teléfono.

—Le pedí a Lisa Hoxton que intentase entrar en mi despacho. Veamos si lo ha logrado. —Marcó un número—. Hola, Lisa, ¿cómo estás?... ¿Yo? Pues no demasiado bien. Escúchame, esto te va a parecer increíble. —Resumió lo que había descubierto—. Sé que cuesta trabajo creerlo, pero lo podré demostrar si consigo echarle mano al disquete... ¿No podrías entrar en mi despacho? ¡Mierda! —Jeannie puso cara larga—. En fin, gracias por intentarlo. Ya sé que que te arriesgaste. Te lo agradezco de todo corazón... Sí. Adiós.

Colgó y dijo:

—Lisa intentó convencer al guardia de seguridad para que la dejase entrar. Casi lo había logrado, pero el hombre consultó con su superior y por poco lo despiden.

—¿Qué vamos a intentar ahora?

—Si en la audiencia de mañana por la mañana me reintegran a mi empleo, entraré de nuevo en mi despacho como si no hubiera ocurrido nada.

—¿Quién es tu abogado?

—No tengo abogado, nunca lo necesité.

—Apuesta algo a que la universidad va a disponer del abogado más caro de la ciudad.

—Mierda. No puedo permitirme el lujo de un abogado.

Steve apenas se atrevía a exponer lo que le pasaba por la cabeza.

—Bueno... yo soy abogado.

Jeannie le contempló con aire especulativo.

—Sólo he pasado un año en la facultad de derecho, pero en los ejercicios de abogacía mis notas han sido las más altas de la clase.

Le emocionaba la idea de defenderla frente al poder de la Universidad Jones Falls. Pero ¿no pensaría Jeannie que era demasiado joven e inexperto? Se esforzó en leer en el cerebro de la muchacha, pero fracasó. Ella seguía mirándole. Steve le devolvió la mirada, clavando la suya en los ojos oscuros de Jeannie. Pensó que podía estar haciéndolo indefinidamente.

Al final, Jeannie se inclinó y le besó en los labios, leve y fugazmente.

—Diablo, Steve, eres auténtico —dijo.

Fue un beso muy rápido, pero resultó eléctrico. Steve se sintió grande. No estaba muy seguro de lo que Jeannie quería decir con «auténtico», pero debía de ser bueno.

Tendría que justificar la fe que despositaba en él. Empezó a pensar en la audiencia.

—¿Tienes alguna idea acerca de las reglas de la comisión, los trámites que se siguen en la audiencia?

Ella introdujo la mano en la bolsa de lona y le tendió una carpeta de cartulina.

Steve examinó el contenido. Las normas eran una mezcla de la tradición de la universidad y jerga legal moderna. Entre las infracciones por las que se podía despedir a un miembro del profesorado figuraban la blasfemia y la sodomía, pero la que a Jeannie le daba la impresión de ser la más importante era tradicional: llevar la infamia y el descrédito a la universidad.

Realmente, la comisión de disciplina no tenía la última palabra; simplemente presentaba una recomendación al consejo, cuerpo de gobierno de la universidad. Eso merecía la pena saberlo. Si a la mañana siguiente Jeannie perdía, el consejo podía servirle como tribunal de apelación.

—¿Tienes una copia del contrato? —preguntó Steve.

—Claro. —Jeannie se acercó a un pequeño escritorio del rincón y abrió un cajón—. Aquí está.

Steve lo leyó rápidamente. En la cláusula doce Jeannie accedía a acatar la decisiones del consejo de la universidad. Eso le dificultaría legalmente desobedecer la decisión definitiva.

Volvió a las reglas de la comisión de disciplina.

—Aquí dice que tienes que notificar al presidente, por adelantado, tu deseo de que te represente un abogado u otra persona —observó Steve.

—Ahora mismo llamamos a Jack Budgen —repuso Jeannie—. Son las ocho..., estará en casa.

Cogió el teléfono.

—Aguarda —pidió Steve—. Tracemos antes el plan de los términos en que vamos a planetar la conversación.

—Tienes razón. Tú piensas estratégicamente y yo no.

Steve se sintió complacido. Aquel consejo legal se lo había dado como abogado suyo y Jeannie lo consideró provechoso.

—Ese hombre tiene tu destino en sus manos. ¿Cómo es?

—Es el bibliotecario jefe y mi contrincante en el tenis.

—¿El que jugaba contigo el domingo?

—Sí. Es más un administrador que un pedagogo académico. Y un buen jugador táctico, pero en mi opinión nunca tuvo el instinto asesino que impulsa a un tenista hasta la cima.

—Vale, o sea que mantiene contigo cierta relación competitiva.

—Supongo que sí.

—Ahora bien, ¿qué impresión queremos darle? —Enumeró con los dedos—. Uno: queremos parecer optimistas y seguros del triunfo. Estás deseando verte en la audiencia. Eres inocente, te alegras de tener la oportunidad de demostrarlo y tienes una fe ciega en que la comisión verá la verdad en el fondo del asunto, bajo la sabia dirección de Budgen.

—Muy bien.

—Dos: estás desamparada. Eres una muchacha débil, indefensa...

—¿Bromeas?

Steve sonrió.

—Tacha eso. Eres una profesora universitaria novata y te enfrentas a Berrington y Obell, dos astutos veteranos, duchos en el arte de hacer su santa voluntad en la Universidad Jones Falls. Rayos, ni siquiera puedes permitirte contratar a un abogado. ¿Budgen es judío?

—No lo sé. Puede que sí.

—Espero que lo sea. Las minorías están más predispuestas a revolverse contra el sistema. Tres: la historia de por qué Berrington te está acosando ha de salir a la luz. Es un tanto asombrosa, pero hay que contarla.

—¿En qué puede ayudarme explicar eso?

—Sugiere la idea de que es muy posible que Berrington tenga algo que ocultar.

—Muy bien. ¿Algo más?

—No creo.

Jeannie marcó el número y le tendió el teléfono.

Steve lo tomó rezumando turbación. Era la primera llamada que efectuaba como representante jurídico de alguien. «Quiera Dios que no lo eche todo a perder.»

Mientras escuchaba el timbre de tono, intentó evocar la forma de jugar al tenis de Jack Budgen. Steve se había concentrado en Jeannie, naturalmente, pero recordaba la figura de un hombre en bastante buena forma, calvo, de unos cincuenta años, que se movía con agilidad y jugaba con picardía. Budgen había vencido a Jeannie, pese a que ella era más joven y fuerte. Steve se prometió no subestimarle.

Una voz tranquila y cultivada contestó al teléfono:

—Dígame.

—¿Profesor Budgen?, me llamo Steve Logan.

Hubo una breve pausa.

—¿Le conozco, señor Logan?

—No, señor. Le llamo, en su calidad de presidente de la comisión de disciplina de la Universidad Jones Falls, para informarle de que mañana acompañaré a la doctora Ferrami. Aguarda impaciente que se celebre la audiencia y desea quitarse de encima cuanto antes esas acusaciones.

El tono de Budgen fue frío:

—¿Es usted abogado?

Steve comprobó que recobraba el aliento con rapidez, como si hubiese estado corriendo y ahora realizase un esfuerzo para mantener la calma.

—Estoy en la facultad de Derecho. La doctora Ferrami no puede permitirse el lujo de contratar a un abogado. Sin embargo, haré cuanto esté en mi mano para ayudarle en el presente caso y, si mi actuación es deficiente, tendré que ponerme a merced de usted. —Hizo una pausa para ofrecer a Budgen la oportunidad de intercalar un comentario amistoso o, aunque sólo fuera, un gruñido de simpatía; pero no hubo más que gélido silencio. Steve continuó—: ¿Puedo preguntarle quién representará a la universidad?

—Tengo entendido que han contratado a Henry Quinn, de Harvey Horrocks Quinn.

Steve se quedó sobrecogido. Era una de las firmas más antiguas de Washington. Trató de que su voz sonase relajada.

—Un bufete WASP* extraordinariamente respetable —comentó, con una risita.

—¿De veras?

El encanto de Steve no daba resultado con aquel hombre. Había llegado el momento de enseñar las uñas.

—Tal vez debiera mencionarle una cosa. Nos vamos a ver obligados a contar el verdadero motivo por el cual Berrington Jones ha actuado así contra la doctora Ferrami. Bajo ninguna clase de condiciones aceptaremos la cancelación de la audiencia. Eso dejaría suspendida sobre su cabeza la nube de la duda. La verdad ha de salir a la superficie, me temo.

—No tengo noticia de ninguna propuesta de cancelación de la audiencia.

Claro que no tenía noticia. No existía tal propuesta. Steve siguió adelante con su farol.

—Pero si surgiera una, le ruego tome nota de que será inaceptable para la doctora Ferrami. —Decidió cortar la conversación antes de meterse en excesivas profundidades—. Profesor, muchas gracias por su cortesía. Estoy deseando verle a usted por la mañana.

—Adiós.

Steve colgó.

—¡Joder! Vaya témpano de hielo.

Jeannie parecía perpleja.

—Normalmente no es así. Tal vez sólo se mostraba protocolario.

Steve tenía la casi plena certeza de que Budgen ya había adoptado la determinación de ser hostil a Jeannie, pero no se lo dijo a la mujer.

—De todas formas, ya le he transmitido nuestros tres puntos. Y he descubierto que la Universidad Jones Falls ha contratado a Henry Quinn.

—¿Es bueno?

* White, Anglo-Saxon, Protestant. El paradigma del ser estadounidense, según la tradición aristocrática de la Costa Este. (*N. del E.*)

Era legendario. Pensar que iba a actuar contra Henry Quinn había dejado a Steve como un carámbano. Pero no quería deprimir a Jeannie.

—Quinn solía ser muy bueno, pero es posible que su mejor momento haya pasado ya.

Jeannie aceptó aquella opinión.

—¿Qué debemos hacer ahora?

Steve la miró. El albornoz rosa dejaba una abertura en la parte del escote y el muchacho vislumbró un seno anidado entre los pliegues de la suave tela de rizo.

—Deberemos repasar las preguntas que van a formularte en la audiencia —dijo Steve en tono pesaroso—. Esta noche nos queda por hacer un montón de trabajo.

37

Jane Edelsborough estaba infinitamente mejor desnuda que vestida.

Yacía tendida sobre una sábana de color rosa pálido, bajo la claridad de la llama de una vela perfumada. Su piel suave y diáfana resultaba más atractiva que los tonos turbios, de tierra fangosa, de la ropa que solía ponerse. Las prendas que le gustaba vestir tendían a ocultar su cuerpo; era una especie de amazona, de pechos rozagantes y amplias caderas. Era corpulenta, pero le sentaba bien.

Echada en la cama, sonreía lánguidamente a Berrington mientras éste se ponía sus calzones azules.

—¡Vaya, eso fue más estupendo de lo que esperaba! —comentó Jane.

Berrington pensaba lo mismo, pero no era lo bastante tonto como para confesarlo. Jane conocía numeritos que normalmente él tenía que enseñar a las mujeres más jóvenes que solía llevarse a la cama. Se preguntó ociosamente dónde habría aprendido Jane a follar tan bien. Estuvo casada en otro tiempo; su marido, fumador de cigarrillos, había muerto de cáncer de pulmón diez años antes. Debieron de disfrutar juntos de una vida sexual fantástica.

La había gozado de tal modo que no tuvo necesidad de recurrir a su fantasía de costumbre, en la que imaginaba hacer el amor a una beldad famosa, Cindy Crawford, Bridget Fonda o la princesa Diana, y en la que, rematado el coito, la belleza en cuestión, tendida a su lado, le susurraba al oído: «Gracias, Berry, ha sido el mejor polvo que me han echado jamás, eres magnífico, muchas gracias».

—¡Me siento tan culpable! —dijo Jane—. Ha pasado mucho tiempo desde la última vez que hice algo tan depravado.

—¿Depravado? —preguntó Berrington, que se estaba atando los cordones de los zapatos—. No sé por qué. Eres libre, blanca y mayor de edad, como solíamos decir. —Ella hizo una mueca: la frase «libre, blanca y mayor de edad» era entonces políticamente incorrecta—. De todas formas, eres libre e independiente —se apresuró a añadir.

—Oh, lo depravado no fue la fiesta carnal —declaró desmayadamente—.

Es que me consta que lo hiciste sólo porque formo parte de la comisión de la audiencia de mañana.

Berrington se petrificó en el acto de ponerse la corbata rayada.

Jane continuó:

—¿Se supone que soy tan ingenua como para pensar que me viste en el otro extremo de la cafetería de estudiantes y te sentiste hechizado por mi magnetismo sexual? —Le sonrió tristemente—. No tengo el menor magnetismo sexual, Berry, al menos para alguien tan superficial como tú. Por fuerza debías de tener un motivo ulterior y tardé apenas cinco segundos en imaginar qué podía ser.

Berrington se sentía como un imbécil. No sabía qué decir.

—Ahora bien, en tu caso, tú sí que tienes magnetismo sexual. Rayos. Tienes encanto y un hermoso cuerpo, sabes vestir y hueles bien. Y, por encima de todo, cualquiera se da cuenta a primera vista que realmente te gustan las mujeres. Puedes manipularlas y explotarlas, pero también las adoras. Eres el perfecto plan para una noche y gracias.

Como remate de sus palabras, Jane cubrió con la sábana su cuerpo desnudo, se dio media vuelta y, tendida de costado, cerró los ojos.

Berrington acabó de vestirse con toda la rapidez que pudo.

Antes de marcharse, se sentó en el borde de la cama. Jane abrió los ojos. Berrington le preguntó:

—¿Me apoyarás mañana?

Ella se incorporó y, sentada, le besó amorosamente.

—Antes de tomar una decisión tendré que escuchar las declaraciones y la exposición de pruebas —dijo.

Berrington apretó los dientes.

—Es terriblemente importante para mí, mucho más de lo que te figuras.

Jane asintió comprensivamente, pero su respuesta fue implacable:

—Sospecho que también es muy importante para Jeannie Ferrami.

Él le oprimió el seno izquierdo, suave y firme.

—¿Pero quién es más importante para ti... Jeannie o yo?

—Sé lo que es ser una joven profesora en una universidad dominada por los hombres. Se trata de algo que nunca olvidaré.

—¡Mierda! —Berrington retiró la mano.

—Podrías pasar aquí la noche, ya sabes. Luego lo repetiríamos por la mañana.

Berrington se levantó.

—Tengo demasiadas cosas en la cabeza.

Jane cerró los ojos.

—Demasiado malo.

Berrington se marchó.

Tenía aparcado el coche en el camino de entrada a la casa de Jane, a continuación del Jaguar de la mujer. El Jaguar debió ponerme sobre aviso, pensó

Berrington; es un síntoma de que Jane es mucho más de lo que uno ve a simple vista. Le había utilizado, pero lo disfrutó. Se preguntó si a veces las mujeres experimentaban lo mismo después de que él las hubiese seducido.

Mientras conducía rumbo a su domicilio pensó, sin tenerlas todas consigo, en la audiencia del día siguiente. Tenía de su parte a los cuatro miembros masculinos de la comisión, pero había fracasado en su objetivo de arrancarle a Jane la promesa de que le respaldaría. ¿Había alguna otra cosa que él pudiera hacer? En aquella fase tan avanzada parecía que no.

Al llegar a casa se encontró un mensaje de Jim Proust en el contestador automático. Por favor, más malas noticias, no, pensó. Se sentó ante el escritorio del estudio y llamó a Jim a su casa.

—Aquí, Berry.

—Lo del FBI se ha jodido —anunció Jim de buenas a primeras.

La moral de Berrington se hundió todavía más.

—Cuéntame.

—Se les dijo que cancelaran la búsqueda, pero la orden no llegó a tiempo.

—¡Maldición!

—Se le envió el resultado por correo electrónico.

El miedo se adueñó de Berrington.

—¿Quién figuraba en esa lista?

—No lo sé. El Buró no hizo copia.

Aquello era intolerable.

—¡Tenemos que saberlo!

—Tal vez tú puedas averiguarlo. Es posible que esa lista se encuentre en su despacho.

—Se le cerró la puerta a cal y canto. —Una idea cargada de esperanza se encendió de pronto en el cerebro de Berrington—. Es posible que no haya recogido su correo.

Su moral recibió un leve impulso ascendente.

—¿Puedes hacerlo?

—Pues claro. —Berrington consultó su Rolex de oro—. Iré a la universidad ahora mismo.

—Llámame en cuanto sepas algo.

—Apuesta a que sí.

Volvió a subir a su coche y se dirigió a la Universidad Jones Falls. El campus estaba desierto y sumido en la oscuridad. Aparcó delante de la Loquería y entró en el edificio. Introducirse sigilosamente en el despacho de Jeannie le resultó aquella segunda vez mucho menos embarazoso. Qué diablos, había demasiado en juego para preocuparse de su dignidad.

Encendió el ordenador y accedió al correo electrónico. Había una misiva. «Por favor, Dios santo, permite que sea la lista del FBI.» Transfirió el mensaje. Comprobó con desilusión que se trataba de otro recado, una nota de su amigo de la Universidad de Minnesota:

¿Recibiste mi correo electrónico de ayer? Estaré mañana en Baltimore y me encantaría de verdad volver a verte, aunque sólo fuera unos minutos. Llámame, haz el favor. Besos, Will.

Jeannie no había recibido aquel mensaje del día anterior, porque Berrington lo había descargado y luego lo borró. Tampoco iba a recibir éste. ¿Pero dónde estaba la lista del FBI? Debía de haberla descargado ayer por la mañana, antes de que la seguridad la hubiese dejado fuera de su despacho.

¿Dónde la había grabado? Berrington registró el disco duro, buscando documentos con las palabras «FBI», «F.B.I.», con puntos, y «Buró Federal de Investigación». No encontró nada. Echó un minucioso vistazo a la caja de disquetes que Jeannie guardaba en un cajón, pero sólo contenía copias de seguridad de documentos del ordenador.

—Esta mujer guarda copias de seguridad hasta de su maldita lista de la compra —susurró Berrington.

Utilizó el teléfono de Jeannie para llamar de nuevo a Jim.

—Nada —resumió bruscamente.

—¡Tenemos que saber quién figura en esa lista! —rugió Jim.

Berrington comentó sarcásticamente:

—Qué vamos a hacer, Jim... ¿secuestrar y torturar a Jeannie?

—Ella debe de tener la lista, ¿no?

—No está en su correo electrónico, de modo que la ha descargado.

—Lo que quiere decir que, como no está en su despacho, debe de tenerla en casa.

—Lógico. —Berrington comprendió adónde quería ir a parar—. Puedes ordenar... —Se resistía a decir por teléfono: «que el FBI registre su domicilio»—. ¿Puedes hacer que lo comprueben?

—Creo que sí. David Creane fracasó en la entrega, por lo que supongo que me debe un favor. Le llamaré.

—Mañana por la mañana sería un buen momento. La audiencia es a las diez, Jeannie se pasará allí un par de horas.

—Entendido. Me encargaré de que lo hagan. ¿Pero qué pasa si lo lleva en su maldito bolso de mano? ¿Qué vamos a hacer en ese caso?

—Ni idea. Buenas noches, Jim.

—Buenas noches.

Después de colgar, Berrington permaneció sentado un momento y contempló la estrecha estancia, animada por los audaces y brillantes colores con que la había alegrado Jeannnie. Si las cosas se torcieran por la mañana, la muchacha estaría sentada ante aquella mesa a la hora del almuerzo, con su lista del FBI, preparada para reanudar su investigación y para buscarle la ruina a tres hombres buenos.

Eso no debe ocurrir, pensó desesperadamente; eso no debe ocurrir.

VIERNES

38

Jeannie se despertó en la reducida sala de estar de paredes blancas, acostada encima del negro sofá, en brazos de Steve, y vestida sólo con el albornoz de tela de rizo color rosa fucsia.

«¿Cómo llegué aquí?»

Se habían pasado la mitad de la noche ensayando con vistas a la audiencia. A Jeannie el corazón le dio un vuelco en el pecho: su destino iba a decidirse aquella mañana.

«¿Pero cómo es que estoy aquí recostada en su regazo?»

Hacia las tres había bostezado y cerrado los ojos un momento.

«¿Y entonces...?»

Debió de quedarse dormida.

Y en algún instante Steve fue al dormitorio, cogió de la cama la colcha de rayas azules y rojas y la había arropado con ella, puesto que Jeannie se encontraba abrigada bajo la prenda.

Pero Steve no podía ser responsable del modo en que ella estaba tendida, con la cabeza sobre el muslo del chico y el brazo alrededor de su cintura. Sin duda lo hizo durante el sueño. Resultaba un poco embarazoso, con la cara pegada a la entrepierna. Se preguntó qué pensaría Steve de ella. Su conducta había sido bastante excéntrica, por no decir otra cosa. Desnudarse ante sus ojos y luego quedarse dormida encima de él; se estaba comportando como lo haría con un amante con el que llevase conviviendo mucho tiempo.

«Bueno, tengo una excusa para actuar de un modo tan alucinante: he tenido una semana alucinante.»

Se había visto maltratada por el patrullero McHenty, robada por su padre, acusada por *The New York Times*, amenazada con un cuchillo por Dennis Pinker, despedida por los mandamases de la universidad y agredida en su propio coche. Se sentía damnificada.

Le dolía un poco el rostro en la zona donde recibió el puñetazo el día anterior, pero las heridas no era meramente físicas. El ataque había magullado también su psique. Al recordar el forcejeo en el Mercedes, la cólera volvió a su ánimo y deseó poder echarle las manos al cuello a aquel individuo. Incluso mientras recordaba la escena, sintió como en sordina un zumbido de infelicidad, como si su vida tuviese menos valor a causa de aquel ataque.

Era sorprendente que aún pudiese confiar en algún hombre; asombroso que pudiera quedarse dormida en un sofá con un chico que tenía exactamente el mismo aspecto físico que uno de sus agresores. Pero ahora podía estar incluso más segura de Steve. Ningún otro hubiera pasado la noche así, a solas con una muchacha, sin tratar de forzarla.

Jeannie frunció el entrecejo. Steve había hecho algo durante la noche, ella lo recordaba de un modo ambiguo, un detalle bonito. Sí: era el recuerdo entre sueños de una mano grande que la acariciaba el pelo rítmicamente; le parecía que durante bastante tiempo, mientras ella dormía, tan a gusto como un gato mimado.

Sonrió, se removió y Steve preguntó al instante:

—¿Estás despierta?

Jeannie bostezó y se estiró.

—Lo siento, me quedé dormida encima de ti. ¿Te encuentras bien?

—Alrededor de las tres de la madrugada la circulación sanguínea de mi pierna izquierda se interrumpió, pero me acostumbré en seguida y ya está.

Jeannie se incorporó para verle cara a cara. Tenía la ropa arrugada, el pelo desgreñado y le había crecido un poco de barba rubia, pero daba la impresión de encontrarse lo bastante en forma como para comer.

—¿Dormiste algo?

Steve dijo que no con la cabeza.

—Disfrutaba demasiado contemplándote.

—No me digas que ronco.

—No, no roncas. Se te escapa un poco de saliva, nada más.

Se tocó ligeramente una manchita de humedad de la pernera.

—¡Oh, qué rabia! —Jeannie se levantó. Su mirada fue a detenerse en la esfera del reloj azul que colgaba de la pared: las ocho y media. Puntualizó, alarmada—: No nos queda mucho tiempo. La audiencia empieza a las diez.

—Dúchate mientras preparo un poco de café —se brindó Steve, magnánimo.

Jeannie se le quedó mirando. Era un chico irreal.

—¿Te ha traído Santa Claus?

Steve se echó a reír.

—De acuerdo con tu teoría, he salido de una probeta. —Su expresión se tornó solemne de nuevo—. Quién sabe, qué diablos.

El talante de Jeannie se oscureció, a tono con el de Steve. La mujer entró en la alcoba, dejó caer el albornoz en el suelo y se metió en la ducha. Mientras se lavaba la cabeza, empezó a darle vueltas en las meninges a la dura lucha que había mantenido a lo largo de los últimos diez años: el esfuerzo para conseguir las becas; los intensivos entrenamientos tenísticos combinados con las largas horas desgastándose los codos sobre los libros; la recalcitrante chinchorrería del director de su tesis doctoral. Había trabajado como un robot para llegar a donde había llegado, todo porque quería ser una científica y ayudar a la raza humana a entenderse mejor a sí misma. Y ahora Berrington Jones estaba a punto de arrojárselo todo por la ventana.

La ducha consiguió que se sintiera mejor. Cuando se frotaba el pelo con una toalla, sonó el teléfono. Cogió el supletorio que tenía junto a la cama.

—¿Sí?

—Soy Patty, Jeannie.

—¡Hola, hermanita! ¿Qué hay?

—Se ha presentado papá.

Jeannie se sentó en la cama.

—¿Cómo está?

—Sin un centavo, pero sano.

—Acudió primero a mí —dijo Jeannie—. Llegó el lunes. El martes tuvimos un pequeño altercado, porque no le hice la cena. El miércoles se largó, con mi ordenador, mi televisor y mi estéreo. Ya se debe de haber fundido o jugado el dinero que le dieran por ello.

Patty dejó escapar un grito sofocado.

—¡Oh, Jeannie, eso es terrible!

—Sí, no es justo. Así que pon bajo llave lo que tengas de valor.

—¡Robar a su propia familia! ¡Oh, Dios, si Zip se entera, lo pondrá de patitas en la calle!

—Patty, tengo problemas todavía más graves. Hoy me han despedido del trabajo.

—¿Por qué, Jeannie?

—No tengo tiempo para explicártelo ahora, pero te llamaré más tarde.

—De acuerdo.

—¿Has hablado con mamá?

—A diario.

—Ah, estupendo, eso hace que me sienta mejor. Yo hablé con ella una vez, pero cuando volví a llamarla me dijeron que estaba almorzando.

—La gente que contesta al teléfono allí es realmente poco servicial. Hemos de sacar a mamá de esa residencia cuanto antes.

«Si me despiden definitivamente hoy, se va a pasar allí una larga temporada.»

—Hablaré con ella después.

—¡Buena suerte!

Jeannie colgó. Observó que tenía una humeante taza de café en la mesilla de noche. Meneó la cabeza, sorprendida. No era más que una taza de café, pero la dejaba atónita el modo en que Steve adivinó que le hacía falta. Ser atento y complaciente era natural en él. Y no quería nada a cambio. Según la experiencia de Jeannie, en las contadas ocasiones en que un hombre ponía las necesidades de una mujer por delante de las suyas, esperaba que ella actuase durante un mes como una geisha en señal de agradecimiento.

Steve era distinto. «Si hubiese conocido la existencia de esta versión de hombres, habría encargado uno hace años.»

Ella lo había hecho todo sola, a lo largo de su vida adulta. Su padre nunca estaba a mano para ayudarla. Mamá siempre había sido fuerte, pero al final su fortaleza se había convertido en un problema casi tan difícil como la debilidad de papá. La madre tenía planes para Jeannie y bajo ninguna circunstancia deseaba renunciar a ellos. Deseaba que Jeannie fuese peluquera. Hasta le consiguió un empleo, quince días antes de que Jeannie cumpliera los dieciséis años, un trabajo consistente en lavar cabezas y barrer el suelo del Salón Alexis, de Adams-Morgan. La aspiración de Jeannie de alcanzar el doctorado en ciencias le resultaba a la madre absolutamente incomprensible. «¡Podrías ser una estilista de primera antes de que las demás chicas logren la licenciatura!», había dicho mamá. Jamás pudo entender por qué Jeannie cogió una rabieta y se negó a echar siquiera una mirada al salón.

Hoy no estaba sola. Contaba con el apoyo de Steve. No importaba que el chico careciese del título preciso: un abogado estrella de Washington no era obligatoriamente la mejor opción para impresionar a cinco profesores. Lo importante era que estaría allí.

Se puso el albornoz y le llamó:

—¿Quieres ducharte?

—Desde luego. —Entró en el dormitorio—. Lástima no haberme traído una camisa limpia.

—Yo no tengo camisas de hombre... Un momento, claro que sí.

Se acordó de la abotonada blanca Ralph Lauren que le prestaron a Lisa a raíz del incendio. Pertenecía a alguien del departamento de matemáticas. Jeannie la había enviado a la lavandería y ahora estaba en el armario, envuelta en celofán. Se la pasó a Steve.

—Es de mi talla, diecisiete treinta y seis —dijo Steve—. Perfecto.

—No me preguntes de dónde ha salido, es una larga historia —comentó Jeannie—. Creo que también debo de tener por aquí una corbata. —Abrió un cajón y sacó la corbata de seda azul con pintas que a veces se ponía con una blusa blanca, con el fin de dar a su aspecto un díscolo toque masculino—. Aquí está.

—Gracias.

Steve pasó al diminuto cuarto de baño.

Jeannie experimentó una ramalazo de desencanto. Había esperado con cierta ilusión verle quitarse la camisa. Hombres, pensó; los enclencuchos se quedan en pelotas sin que se lo insinúen siquiera; los tíos cachas son tímidos como monjas.

—¿Me prestas la maquinilla de afeitar? —voceó Steve.

—Claro, como si estuvieras en tu casa.

«Comunicado interior: Dale al sexo con este mozo antes de que se pase y se convierta en un hermano para ti.»

Buscó su mejor traje chaqueta, el negro, para ponérselo aquella mañana, y se acordó entonces de que el día anterior lo había tirado a la basura. «Maldita estúpida», murmuró para sí. Probablemente podría recuperarlo sin problemas, pero estaría arrugado y manchado. Tenía una estilizada chaqueta azul eléctrico; se la pondría con una camiseta blanca, de manga corta, y unos pantalones negros. Era un conjunto algo más llamativo de la cuenta, pero serviría.

Se sentó frente al espejo y procedió a maquillarse. Steve salió del cuarto de baño, completa y elegantemente convencional con la camisa y la corbata.

—En el congelador hay bollos de canela —indicó Jeannie—. Si tienes hambre, puedes descongelarlos en el microondas.

—Fantástico —acogió Steve—. ¿Tú quieres algo?

—Estoy demasiado tensa para comer. Aunque no le haría ascos a otra taza de café.

Steve le llevó el café cuando Jeannie terminaba de maquillarse. Ella se lo bebió rápidamente y se vistió. Cuando entró en la sala de estar, él estaba sentado ante el mostrador de la cocina.

—¿Encontraste los bollos?

—Faltaría más.

—¿Qué ha sido de ellos?

—Dijiste que no tenías hambre, así que me los comí todos.

—¿Los cuatro?

—Ejem... La verdad es que había dos paquetes.

—¿Te has zampado ocho bollos de canela?

Pareció sentirse de pronto un tanto incómodo.

—Estaba hambriento.

Jeannie se echó a reír.

—Vamos.

Cuando se disponía a marchar, Steve la cogió de un brazo.

—Un momento.

—¿Qué?

—Jeannie, es bonito ser amigos y a mí me encanta de veras andar por ahí contigo, ya sabes, pero tienes que comprender que no es eso todo lo que quiero.

—Ya lo sé.

—Me estoy enamorando de ti.

Ella le miró a los ojos. El chico era sincero.

—También yo me siento cada vez más ligada a ti —dijo, un tanto a la ligera.

—Quiero hacer el amor contigo, y lo deseo tanto que me duele.

Podría estar escuchando esto todo el santo día, pensó Jeannie.

—Oye —dijo—, si follas como devoras, soy tuya.

Steve puso cara larga y Jeannie se dio cuenta de que había dicho una inconveniencia.

—Lo siento —se excusó—. No pretendía hacer un chiste.

Steve se encogió de hombros a guisa de «no importa».

Ella le cogió la mano.

—Escucha, lo primero que vamos a hacer es salvarme a mí. Luego te salvaremos a ti. Y después nos divertiremos un poco.

Steve le apretó la mano.

—De acuerdo.

Salieron.

—Vayamos juntos en mi coche —propuso Jeannie—. Después te traeré aquí y coges el tuyo.

Subieron al Mercedes. Empezó a sonar la radio cuando Jeannie puso el motor en marcha. Al integrarse en el tránsito de la calle 41, Jeannie oyó al locutor citar el nombre de Genetico y subió el volumen.

—Se espera que el senador Jim Proust, antiguo director de la CIA, confirme hoy que aspira a que le nombren candidato republicano para las elecciones presidenciales que se celebrarán el año próximo. Su campaña promete: un diez por ciento del impuesto de utilidades sufragado por la abolición de la asistencia social. La financiación de su campaña no representará ningún problema, aseguran los comentaristas, ya que cuenta con obtener sesenta millones de dólares procedentes de la ya acordada operación de venta de su compañía de investigación clínica, la Genetico... Deportes, los Philadelphia Rams...

Jeannie apagó la radio.

—¿Qué opinas de eso?

Steve sacudió la cabeza con desaliento.

—Las apuestas no cesan de subir —comentó—. Si descubrimos el pastel de la verdadera historia de la Genetico y la operación de compraventa se va al traste, Jim Proust no podrá costearse la campaña presidencial. Y Proust es un mal bicho de cuidado: antiguo espía, ex agente de la CIA, opuesto al control de armas, antiesto, antiaquello, antitodo. Te has plantado en el camino de unas gentes peligrosas, Jeannie.

Ella rechinó los dientes.

—Lo cual hace que aún valga más la pena luchar contra ellas. Me eduqué gracias a la asistencia social, Steve. Si Proust llega a presidente, las muchachas como yo siempre serán peluqueras.

39

Había una pequeña manifestación frente al Hillside Hall, el edificio que albergaba las oficinas administrativas de la Universidad Jones Falls. Treinta o cuarenta estudiantes, femeninos en su mayoría, se agrupaban delante de la escalinata. Era un protesta pacífica y disciplinada. Al acercarse, Steve leyó una pancarta:

¡READMISIÓN FERRAMI YA!

Parecía un buen presagio.

—Han venido a apoyarte —le dijo a Jeannie.

Jeannie se aproximó un poco más y la satisfacción puso en su rostro unas pinceladas de rubor.

—Pues sí. Dios mío, alguien me aprecia, después de todo.

Otro cartel rezaba:

LA U
NO PUEDE HACER
ESTO A
JF

Se elevaron gritos de entusiasmo cuando vieron a Jeannie. La muchacha se encaminó hacia el grupo, sonriente. Steve la siguió, orgulloso de ella. Ningún otro profesor hubiera suscitado tan espontáneo apoyo entre los estudiantes. Jeannie estrechó la mano de los hombres y besó a las mujeres. Steve observó que una preciosa rubia le miraba fijamente.

Jeannie abrazó a una mujer mayor que formaba parte del grupo.

—¡Sophie! —exclamó—. ¿Qué puedo decir?

—Buena suerte ahí dentro —deseó la mujer.

Jeannie se separó de los concentrados, radiante, y Steve y ella se dirigieron al edificio.

—Bueno —constató Steve—, esas personas creen que deberías conservar tu empleo.

—No tengo palabras para expresarte lo mucho que eso significa para mí —repuso Jeannie—. Esa mujer mayor es Sophie Chapple, profesora del departamento de psicología. Suponía que me odiaba. No puedo creer que estuviera ahí, respaldándome.

—¿Quién era aquella preciosidad de la primera fila?

Jeannie le dirigió una mirada curiosa.

—¿No la has reconocido?

—Estoy casi seguro de que no la he visto en la vida, pero ella no me quitaba ojo. —Luego lo adivinó—. ¡Oh, Dios, debe de ser la víctima!

—Lisa Hoxton.

—No es extraño que me mirara así.

Steve no pudo evitar volver la cabeza. Lisa era una joven guapa y vivaracha, bajita y más bien regordeta. El doble de Steve la había atacado, la derribó sobre el suelo y la obligó a mantener con él una relación sexual. En el interior de Steve se retorció un pequeño nudo de repugnancia. Aquella moza no era más que una chica normal, y ahora un recuerdo de pesadilla la acosaría a lo largo de toda su vida.

El edificio administrativo era un enorme y arcaico caserón. Jeannie condujo a Steve a través del marmóreo vestíbulo, cruzaron el umbral de una puerta señalada con el rótulo de Antiguo Comedor y entraron en una sombría sala de estilo señorial: alto techo, estrechas ventanas góticas y sólidos muebles de roble, de gruesas patas. Frente a una chimenea de piedra labrada había una larga mesa.

Cuatro hombres y una mujer de edad mediana estaban sentados a aquella mesa. En el individuo calvo que ocupaba el centro reconoció Steve al rival de Jeannie en el partido de tenis, Jack Budgen. Supuso que aquella era la comisión: el grupo que tenía en sus manos el destino de Jeannie. Respiró hondo.

Se inclinó por encima de la mesa, estrechó la mano a Jack Budgen y dijo:

—Buenos, días, doctor Budgen. Soy Steve Logan. Hablamos ayer.

Un extraña intuición se adueñó de su ánimo y se encontró rezumando una relajada confianza que era la antítesis de lo que sentía. Fue estrechando la mano a los miembros de la comisión, cada uno de los cuales le dijo su nombre.

Dos hombres más estaban sentados en el extremo de la mesa, por el lado más próximo a la puerta. El individuo menudo, de terno azul marino, era Berrington Jones, a quien Steve había conocido el lunes anterior. El caballero enjuto, de pelo rojizo y traje cruzado, negro y a rayas, tenía que ser Henry Quinn. Steve estrechó la mano a ambos.

Tras lanzarle una mirada desdeñosa, Quinn le preguntó:

—¿Qué títulos jurídicos tiene usted, joven?

Steve le dedicó una sonrisa amistosa y le respondió en voz baja, tanto que no le pudo oír nadie más, aparte Quinn.

—Vete a hacer puñetas, Henry.

Quinn dio un respingo como si acabara de recibir un golpe, y Steve pensó: «Eso te quitará las ganas, viejo cabrón, de volver a tratarme con arrogancia».

Acercó una silla a Jeannie y ambos tomaron asiento.

—Bien, tal vez debamos empezar —dijo Jack—. Esta sesión es informal. Creo que todos han recibido una copia de la rúbrica, de modo que conocemos las reglas. Presenta las acusaciones el profesor Berrington Jones, que propone el despido de la doctora Jeanni Ferrami sobre la base de que ha desprestigiado a la Universidad Jones Falls.

Mientras Jack hablaba, Steve estudió a los miembros de la comisión, buscando en sus rostros algún indicio de simpatía. No encontró el menor detalle tranquilizador. Sólo la mujer, Jane Edelsborough, parecía dispuesta a mirar a Jeannie; los demás no sostendrían su mirada. Para empezar, cuatro en contra, una a favor, pensó Steve. No se presentaba nada bien la cosa.

—El señor Quinn representará a Berrington —manifestó Jack.

Quinn se puso en pie y abrió su cartera de mano. Steve observó que la nicotina de los cigarrillos le había dejado amarillenta la punta de los dedos. El hombre sacó un puñado de fotocopias ampliadas del artículo del *New York Times* referente a Jeannie y fue entregando una de ellas a cada persona de la sala. Como resultado, la mesa quedó cubierta de hojas de papel que decían LA ÉTICA DE LA INVESTIGACIÓN GENÉTICA: DUDAS, TEMORES Y UN CONFLICTO. Era un eficaz recordatorio visual de las complicaciones que Jeannie había ocasionado. Steve lamentó que no se le hubiera ocurrido llevar también unos cuantos papeles que repartir, aunque sólo fuera para tapar con ellos los que había distribuido Quinn.

Aquel sencillo y efectivo movimiento de apertura que había realizado Quinn intimidó a Steve. ¿Qué posibilidades tenía de competir con un hombre que probablemente contaba con treinta años de experiencia jurídica en los tribunales? No puedo ganar este caso, pensó Steve, sumido en un repentino pánico.

Quinn empezó a hablar. Su voz era rigurosa y precisa, sin el más leve asomo de acento. Hablaba despacio y en tono pedante. Steve confiaba en que cometiese algún error que detectase automáticamente aquel jurado de intelectuales que no necesitaban que las cosas se les deletreasen en palabras monosilábicas. Quinn resumió la historia de la comisión de disciplina y explicó la posición de la misma en el gobierno de la universidad. Definió el verbo «desprestigiar» y sacó una copia del contrato de Jeannie. Steve empezó a sentirse mejor a medida que Quinn iba desgranando su perorata.

Por fin, dio por concluido el preámbulo y se dispuso a interrogar a Berrington. Empezó por preguntarle cuándo tuvo noticias por primera vez de la existencia del programa informático de búsqueda creado por Jeannie.

—El pasado lunes por la tarde —contestó Berrington.

Refirió la conversación que él y Jeannie mantuvieron. Su relato coincidía con la versión que Jeannie había contado a Steve.

Luego, Berrington dijo:

—En cuanto comprendí con claridad su técnica, le dije que, en mi opinión, lo que estaba haciendo era ilegal.

—¿Qué? —estalló Jeannie.

Quinn hizo caso omiso y preguntó a Berrington:

—¿Cuál fue la reacción de la doctora Ferrami?

—Se puso muy furiosa...

—¡Maldito embustero! —gritó Jeannie.

Berrington enrojeció ante la acusación.

Intervino Jack Budgen:

—Por favor, nada de interrupciones —dijo.

Steve clavó la vista en la comisión. Todos sus miembros miraban a Jeannie; apenas podían evitarlo. Apoyó una mano en el brazo de la muchacha, como si pretendiera contenerla.

—¡Está diciendo mentiras con todo el descaro del mundo! —protestó indignada Jeannie.

—¿Qué esperabas? —dijo Steve en voz baja—. Su juego es la agresividad.

—Lo siento —murmuró Jeannie.

—No lo sientas —le aconsejó Steve al oído—. Sigue así. Verán que tu indignación es auténtica.

Berrington continuó:

—Se mostró irritable, justo como ahora. Me dijo que podía hacer lo que le diese la gana, que tenía un contrato.

Uno de los hombres de la comisión, Tenniel Biddenham, frunció el ceño siniestramente: saltaba a la vista que le fastidiaba que un miembro subalterno del profesorado restregase por la cara su contrato al profesor que estaba por encima de él. Steve comprendió que Berrington era listo. Sabía cómo darle la vuelta al asunto de modo que un punto en contra suya se tornara a su favor.

Quinn preguntó a Berrington:

—¿Qué hizo usted?

—Bueno, comprendí que podía equivocarme. No soy abogado, así que decidí procurarme asesoramiento jurídico. Si mis temores se confirmaban, podría mostrar a la doctora Ferrami pruebas independientes. Pero si resultaba que lo que ella estaba haciendo no causaba perjuicio a nadie, yo podría abandonar el asunto sin que hubiese enfrentamiento de ninguna clase.

—¿Y recibió usted ese asesoramiento jurídico?

—Tal como se desarrolló todo, me vi rebasado por los acontecimientos.

Antes de que tuviese tiempo de consultar a un abogado, *The New York Times* se enteró del caso.

—Chorradas —susurró Jeannie.

—¿Estás segura? —le preguntó Steve.

—Desde luego.

Steve tomó nota.

—Tenga la bondad de decirnos qué sucedió el miércoles —pidió Quinn a Berrington.

—Mis peores temores se hicieron reales. El presidente de la universidad, Maurice Obell, me llamó a su despacho y me pidió que le explicara por qué estaba recibiendo virulentas llamadas de la prensa relativas a la investigación que se estaba llevando a cabo en mi departamento. Redactamos un borrador de comunicado de prensa como base de discusión y convocamos a la doctora Ferrami.

—¡Jesucristo! —musitó Jeannie.

Berrington prosiguió:

—Ella se negó en redondo a hablar del comunicado de prensa. De nuevo abrió la caja de los truenos, insistió en que haría lo que le viniese en gana, y se marchó hecha un basilisco.

Steve lanzó una mirada interrogadora a Jeannie, que dijo en voz baja:

—Una mentira muy hábil. Me presentaron la nota de prensa como un hecho consumado.

Steve asintió con la cabeza, pero decidió no sacar a relucir aquel punto en el contrainterrogatorio. De todas formas, los miembros de la comisión probablemente opinarían que Jeannie no debió de salir del despacho de Obell hecha una fiera.

—La periodista nos dijo que la edición se cerraba al mediodía y esa era su hora límite —continuó Berrington en tono normal—. El doctor Obell comprendió que la universidad tenía que decir algo definitivo, y debo confesar que, por mi parte, estaba de acuerdo con él al ciento por ciento.

—¿Y el comunicado de prensa tuvo el efecto que esperaban?

—No. Fue un fracaso absoluto. Pero porque la doctora Ferrami lo saboteó por completo. Dijo a la reportera que pasaba de nosotros y que no podíamos hacer absolutamente nada al respecto.

—¿Alguien ajeno a la universidad hizo comentarios referentes a la historia?

—Ciertamente.

Algo relativo al modo en que Berrington respondió a la pregunta hizo sonar un timbre de alarma en la cabeza de Steve, que tomó unas notas.

—Recibí una llamada telefónica de Preston Barck, presidente de la Genetico, firma que es una importante benefactora de la universidad y, particularmente, financia todo el programa de investigación de los gemelos —prosiguió Berrington—. Como es lógico, le preocupaba la forma en que se invertía su dinero. El artículo daba la impresión de que las autoridades universitarias se veían impotentes. Preston llegó a preguntarme: «De cualquier modo, ¿quién dirige ese maldito colegio?». Fue muy embarazoso.

—¿Era esa su principal preocupación? ¿La incomodidad de verse desobedecido por un miembro subalterno del profesorado?

—Claro que no. El problema principal lo constituía el perjuicio que el trabajo de la doctora Ferrami pudiera causar a la Jones Falls.

Un movimiento inteligente, pensó Steve. En el fondo de sus corazones a todos los miembros de la comisión les sentaría como un tiro que los desafiara un profesor auxiliar, y Berrington se había ganado su simpatía. Pero Quinn había actuado con rapidez para situar la queja en peso en un nivel mental más alto, de modo que pudieran decirse que al despedir a Jeannie, no sólo castigaban a un subordinado rebelde, sino que también protegían a la universidad.

—Una universidad —dijo Berrington— ha de ser sensible a las cuestiones de la intimidad personal. Los donantes nos dan dinero y los estudiantes compiten por las plazas que tenemos aquí, porque ésta es una de las instituciones educativas más venerables de la nación. La simple insinuación de que somos negligentes en la defensa de los derechos civiles de las personas es muy perjudicial.

Era una formulación expuesta con elocuencia y sosiego y que todo el grupo aprobaría. Steve inclinó la cabeza para manifestar que también la suscribía, con la esperanza de que los miembros de la comisión se percatasen al final de que aquel no era el punto que se debatía.

Quinn preguntó a Berrington:

—En ese punto, ¿a cuántas opciones se enfrentaba?

—Exactamente a una. Teníamos que dejar bien claro que no convalidábamos la violación de la intimidad por parte de los investigadores universitarios. Y también necesitábamos demostrar que poseíamos la autoridad precisa para obligar a cumplir nuestras propias reglas. El modo de hacerlo era despedir a la doctora Ferrami. No existía otra alternativa.

—Gracias, profesor —dijo Quinn, y se sentó.

Steve se sentía pesimista. Quinn era todo lo hábil que podía esperarse de él e incluso algo más. Berrington se había manifestado convincente. Había presentado la imagen de un hombre razonable y preocupado que se esforzaba al máximo para tratar con una subordinada negligente e iracunda. Resultaba todavía más creíble al existir un enlace con la realidad: Jeannie tenía muy mal genio.

Pero esa no era la verdad. Eso era todo lo que tenía para él. Jeannie estaba en lo cierto. Era cuestión de demostrarlo.

—¿Tiene alguna pregunta, señor Logan? —dijo Jack Budgen.

—Desde luego —repuso Steve. Hizo una pausa para ordenar sus ideas.

Aquella era su fantasía. No estaba en una sala de tribunal, ni siquiera era abogado, pero estaba defendiendo a una persona desvalida frente a la injusticia de una institución poderosa. Lo tenía todo en contra, pero la verdad estaba de su parte. Era lo que había soñado.

Se puso en pie y miró a Berrington con dureza. Si la teoría de Jeannie era cierta, el hombre tenía que sentirse extraño en aquella situación. Debía de ser como el doctor Frankestein interrogado por su propio monstruo. Steve deseaba jugar un poco con eso, sacudir la compostura de Berrington, antes de empezar a hacerle las preguntas materiales.

—Usted me conoce, ¿verdad, profesor? —dijo Steve.

Berrington pareció alarmarse un poco.

—Ah... creo que nos vimos el lunes, sí.

—Y lo sabe todo acerca de mí.

—No..., no acabo de entenderle.

—En el laboratorio me sometieron durante un día completo a toda clase de pruebas, así que posee usted una gran cantidad de información sobre mí.

—Ahora sé adónde quiere ir a parar, sí.

El desconcierto había tomado carta de naturaleza en Berrington.

Steve se situó detrás de la silla de Jeannie, para que todos pudieran verla. Era mucho más difícil pensar mal de alguien que le devuelve a uno la mirada con expresión abierta y sin miedo.

—Profesor, permítame empezar con la primera declaración que ha hecho, según la cual acudió en busca de consejo jurídico tras su conversación el lunes con la doctora Ferrami.

—Sí.

—¿De veras no había visto a ningún abogado?

—No, los acontecimientos me rebasaron.

—¿No concertó ninguna cita con un abogado?

—No tuve tiempo...

—En los dos días que transcurrieron entre su conversación con la doctora Ferrami y el doctor Obell referente a *The New York Times*, ¿ni siquiera indicó a su secretaria que concertase una cita con un abogado?

—No.

—¿Ni preguntó a nadie o habló con sus colegas, para que le sugiriesen el nombre de un jurisconsulto apropiado?

—No.

—En realidad, esta afirmación no está usted en condiciones de autentificarla.

Berrington sonrió pleno de confianza.

—Sin embargo, tengo fama de hombre honesto.

—La doctora Ferrami recuerda la conversación con toda claridad.

—Bueno.

—Dice que usted no hizo mención alguna a problemas legales ni a cuestiones de privacidad; lo único que a usted le preocupaba era el funcionamiento del programa de búsqueda.

—Quizás se le ha olvidado.

—O quizás es la memoria de usted la que se equivoca. —Steve se dio cuenta de que se había apuntado aquel tanto y cambió súbitamente de rumbo—. La reportera del *New York Times*, la señora Freelander, ¿dijo cómo llegó a su conocimiento el trabajo de la doctora Ferrami?

—Si lo hizo, el doctor Obell no me lo mencionó.

—De modo que usted no lo preguntó.

—No.

—¿No se le ocurrió preguntarse cómo pudo enterarse la periodista del asunto?

—Supongo que di por supuesto que los reporteros tienen sus fuentes.

—Puesto que la doctora Ferrami no ha publicado nada acerca de este proyecto, la fuente tiene que haber sido algún particular.

Berrington vaciló y lanzó una mirada a Quinn, en petición de ayuda. Quinn se puso en pie.

—Señor —se dirigió a Jack Budgen—, al testigo no se le puede pedir que haga especulaciones.

Budgen asintió.

—Pero ésta es una audiencia no oficial —dijo Steve—... no tenemos por qué ceñirnos estrictamente a los rígidos procedimientos de una sala de justicia.

Jane Edelsborough habló por primera vez:

—A mí me parecen interesantes y pertinentes esas preguntas, Jack.

Berrington la obsequió con una mirada siniestra y la mujer ejecutó un leve encogimiento de hombros en plan de excusa. Fue un intercambio íntimo y Steve se preguntó qué relación existiría entre ellos.

Budgen aguardó, tal vez con la esperanza de que algún otro miembro de la comisión manifestase un punto de vista contraria y le facilitara una toma de decisión como presidente; pero nadie pronunció palabra.

—Muy bien —articuló tras la pausa—. Continúe, señor Logan.

A duras penas podía creer Steve que estaba ganando su primera querella jurídica. A los profesores no les hacía ninguna gracia que un aspirante a abogado les dijese qué sistema de interrogatorio era o no era legítimo. La tensión le había secado la garganta. Con mano temblorosa, se sirvió un vaso de agua de la jarra de cristal a su disposición.

Bebió un sorbo, se encaró de nuevo con Berrington y dijo:

—La señora Freelander tenía un conocimiento algo más que general del trabajo de la doctora Ferrami, ¿no es cierto?

—Sí.

—Sabía exactamente cómo, mediante la exploración de bases de datos, localizaba la doctora Ferrami gemelos que se hubiesen criado por separado. Se trata de una técnica nueva, ideada y desarrollada por la doctora Ferrami y que sólo conoce usted y unos pocos colegas más del departamento de psicología.

—Si usted lo dice...

—Por ello, todo parece indicar que la información procedió del departamento, ¿no?

—Es posible.

—¿Qué motivo podría tener un colega suyo para crear publicidad negativa para la doctora Ferrami y su tarea?

—Realmente no podría decírselo.

—Pero parece que es obra de un rival innoble y tal vez envidioso... ¿no cree?

—Quizás.

Steve asintió, satisfecho. Se daba cuenta de que estaba entrando a buen ritmo en el meollo del asunto. Empezó a tener la sensación de que podía ganar el caso, a pesar de todo.

No empieces a regalarte el ego, se aconsejó. Ganar algún punto que otro no es ganar el caso.

—Vayamos a la segunda aseveración que hizo usted. Cuando el señor Quinn le preguntó si personas ajenas a la universidad le hicieron comentarios sobre la historia publicada en el periódico, usted respondió: «Ciertamente» ¿Se mantiene usted en esa declaración?

—Sí.

—Exactamente, ¿cuántas llamadas telefónicas recibió usted de donantes, aparte de la de Preston Barck?

—Bien, hablé con Herb Abrahams...

Steve adivinó que no sabía por dónde iba. Trataba de disimular.

—Perdone que le interrumpa, profesor. —Berrington pareció sorprendido, pero dejó de hablar—. ¿Le llamó el señor Abrahams o viceversa?

—Ejem, creo que fui yo quien le llamó a él.

—Volveremos sobre eso dentro de un momento. Primero, díganos cuántos benefactores importantes le llamaron a usted para manifestarle su procupación por las alegaciones del *New York Times*.

Fue evidente que Berrington empezaba a ponerse nervioso.

—No estoy seguro de que me llamara nadie para hablarme específicamente de eso.

—¿Cuántas llamadas recibió de estudiantes potenciales?

—Ninguna.

—¿Le llamó alguien para hablarle del artículo?

—Me parece que no.

—¿Recibió usted correspondencia tratando del tema?

—Aún no.

—No parece que haya armado mucho escándalo, pues.

—No creo que pueda usted sacar esa conclusión.

Era una respuesta muy poco convincente y Steve hizo una pausa para que calase bien. Berrington parecía incómodo. La comisión se mantenía alerta, pendiente de cada detalle de aquella contienda dialéctica. Steve miró a Jeannie. La esperanza había iluminado el rostro de la muchacha.

Steve continuó:

—Hablemos de la única llamada telefónica que recibió usted, la de Preston Barck, presidente de la Genetico. La presentó usted como si se tratara de la llamada de un donante preocupado por el modo en que se empleaba su dinero, pero el señor Preston Barck es algo más que eso, ¿no es cierto? ¿Cuándo lo conoció usted?

—Durante mi estancia en Harvard, hace cuarenta años.

—Debe de ser uno de sus amigos más antiguos.

—Sí.

—Y es también su socio comercial.

—Sí.

—La compañía está en proceso de traspaso a la Landsmann, una corporación farmacéutica alemana que va a tomar posesión de ella.

—Sí.

—Sin duda, el señor Barck obtendrá un montón de dinero como resultado de esa venta.

—Sin duda.

—¿Cuánto?

—Creo que eso es confidencial.

Steve optó por no presionar más respecto a la suma. La resistencia a dar la cifra ya le resultaba bastante perjudicial a Berrington.

—Otro amigo suyo también va a hacer su agosto: el senador Proust. Según la noticia publicada hoy, va a utilizar su parte para financiarse una campaña presidencial en las próximas elecciones.

—No he visto las noticias de la mañana.

—Pero Jim Proust es amigo suyo, ¿verdad? Debe de estar enterado de que se presenta candidato a la presidencia.

—Creo que todo el mundo sabía que estaba pensando en ello.

—¿Usted también va a obtener dinero de esa venta?

—Sí.

Steve se apartó de Jeannie y fue hacia Berrington, de forma que todos los ojos se clavasen en él.

—Así que es usted accionista, no sólo consejero.

—Es bastante corriente ser ambas cosas.

—Profesor, ¿cuánto sacará usted de esa operación?

—Opino que eso es privado.

Steve no estaba dispuesto a dejar que esa vez se saliera con la suya.

—Sea como fuere, la cantidad que se va a pagar por la compañía es de ciento ochenta millones de dólares, según *The Wall Street Journal*.

—Sí.

—Ciento ochenta millones de dólares —repitió Steve la cifra. Dejó pasar unos segundos, el tiempo suficiente para que se creara un silencio preñado de sugerencias. Era una cantidad que los profesores jamás verían, y deseaba dar a los miembros de la comisión la idea de que Berrington no era uno de ellos, sino un ser de un género completamente distinto—. Usted es una de las tres personas que se repartirán ciento ochenta millones de dólares.

Berrington asintió con la cabeza.

—De forma que tenía usted un motivo inmenso para ponerse nervioso al enterarse de lo que decía el artículo del *New York Times*. Su amigo Preston vende la empresa, su amigo Jim se presenta para presidente y usted está a punto de hacer una fortuna. ¿Está seguro de que la reputación de la Jones Falls era lo que tenía en la cabeza cuando despidió a la doctora Ferrami? ¿O eran las otras preocupaciones? Sea franco, profesor... se dejó dominar por el pánico.

—Desde luego yo...

—Leyó un artículo periodístico hostil, imaginó que la operación de venta se desvanecía en el aire y reaccionó precipitadamente. Dejó que *The New York Times* le asustara y reaccionó precipitadamente.

—Hace falta algo más que *The New York Times* para asustarme a mí, joven. Actué rápida y decididamente, pero no precipitadamente.

—No hizo el menor intento de descubrir la fuente de información del periódico.

—No.

—¿Cuántos días dedicó usted a investigar la verdad o, por otra parte, las alegaciones del reportaje?

—No llevó mucho tiempo...

—¿Horas más que días?

—Sí...

—¿O realmente transcurrió menos de una hora antes de que tuviese aprobada la nota de prensa comunicando que se había cancelado el programa de la doctora Ferrami?

—Estoy completamente seguro de que se tardó más de una hora.

Steve se encogió de hombros enfáticamente.

—Seamos rumbosos y pongamos dos horas. ¿Ese espacio de tiempo era suficiente? —Se volvió y señaló a Jeannie con un ademán, a fin de que todos la miraran—. ¿Tras dos horas decidió usted arrojar por la borda el programa de investigación de una joven científica? —El dolor era visible en el rostro de Jeannie. Steve sintió un angustioso ramalazo de compasión por ella. Pero tenía que jugar con los sentimientos y las emociones de la muchacha, por el bien de Jeannie. Hurgó en la herida con el cuchillo—. ¿En dos horas averiguó usted lo suficiente para adoptar la decisión de destruir el trabajo de años? ¿Lo suficiente como para poner fin a una carrera prometedora? ¿Lo suficiente como para arruinar la vida de una mujer?

—Le pedí que se defendiera —dijo Berrington en tono indignado—. ¡Perdió los estribos y salió de la habitación!

Steve vaciló levemente, y luego optó por adoptar un riesgo teatral.

—¡Salió de la habitación! —remedó con burlón asombro—. ¡Salió de la habitación! Usted le enseñó un comunicado de prensa que anunciaba la cancelación del programa. Nada de investigar la fuente de donde procedía el reportaje periodístico ni de evaluar la validez de las alegaciones, no se dedicó ningún tiempo a debatir el asunto, el oportuno proceso brilló por su ausencia. Usted simplemente le manifestó a esta joven científica que acababa de arruinar su vida, ¿y todo lo que ella hizo fue salir de la habitación? —Berrington abrió la boca con ánimo de decir algo, pero Steve lo pasó por alto—. Cuando pienso en la injusticia, en la ilegalidad, en la pura insensatez de lo que hizo usted el miércoles por la mañana, profesor, no consigo imaginar cómo pudo la doctora Ferrami contenerse y autodisciplinarse para limitar su reacción a esa simple, aunque elocuente protesta. —Regresó en silencio a su asiento y luego dio media vuelta, se encaró con la comisión y remató—: No haré más preguntas.

Jeannie tenía baja la mirada, pero Steve le dio un apretón en el brazo. Se inclinó hacia ella para preguntarle:

—¿Cómo estás?

—Bien.

Steve le palmeó la mano. Le entraron ganas de decir: «Creo que hemos ganado», pero eso hubiera sido tentar al destino.

Quinn se levantó. Parecía impertérrito. Debería mostrarse un poco más preocupado, después de presenciar cómo Steve hacía picadillo a su cliente. Pero sin duda formaba parte de su competencia profesional mantenerse imperturbable por mal que marchara su caso.

Tomó la palabra:

—Profesor, si la universidad no hubiera suspendido el programa de investigación de la doctora Ferrami y no la hubiese despedido, ¿habría supuesto eso alguna diferencia en cuanto a la compra de Genetico por parte de la Landsmann?

—Absolutamente ninguna.

—Gracias. No hay más preguntas.

Una intervención bastante eficaz, pensó Steve acerbamente. Le había pegado un buen pinchazo a su contrainterrogatorio. Se esforzó en evitar que Jeannie viera la decepción que decoraba su rostro.

Era el turno de Jeannie y Steve se puso en pie y la condujo por los caminos de su testimonio. Describió con calma y tranquilidad su programa de investigación y explicó la importancia de encontrar gemelos que se hubieran criado separados y que fuesen delincuentes. Detalló las precauciones que tomaba para asegurarse de que ningún dato clínico se conociese antes de que ellos firmasen la correspondiente autorización.

Esperaba que Quinn la interrogaría con la intención de demostrar que existía alguna minúscula probabilidad de que, por accidente, pudiera revelarse información confidencial. Steve y Jeannie lo habían ensayado la noche anterior, con Steve interpretando el papel de abogado de la acusación. Pero, ante su sorpresa, Quinn no hizo ninguna pregunta. ¿Temía que Jeannie se defendiera con excesiva habilidad? ¿O confiaba en que el veredicto estaba ya decidido a su favor?

Quinn expuso primero su argumentación. Repitió buena parte del testimonio de Berrington y, de nuevo, fue más tedioso de lo que Steve juzgaba inteligente. La parte final, las conclusiones, resultó sin embargo bastante breve.

—Ésta es un crisis que nunca debió producirse —dijo—. Las autoridades universitarias han procedido sensatamente en todo momento. Fue la impetuosa irreflexión y la intransigencia de la doctora Ferrami lo que ocasionó todo este drama. Naturalmente, tiene un contrato y ese contrato rige las relaciones entre ella y la institución que la emplea. Pero, después de todo, el profesorado decano está obligado a supervisar al profesorado más joven; y los miembros de éste, si tienen un mínimo de sentido común, atenderán los prudentes consejos de los mayores y más expertos que ellos. La terca rebeldía de la doctora Ferrami hizo que un problema degenerara en crisis, y la única solución para esa crisis consiste en que ella abandone la universidad.

Se sentó.

Le tocaba a Steve pronunciar su argumentación. Se había pasado la noche ensayándola. Se levantó.

—¿Qué promueve la Universidad Jones Falls?

Hizo una pausa para darle alas al efecto dramático.

—La respuesta puede expresarse en una palabra: saber. Si deseáramos una definición sucinta del papel de la universidad en la sociedad estadounidense, podríamos decir que su función es buscar el saber y difundir el saber.

Miró uno por uno a todos los miembros de la comisión, invitándoles a mostrarse de acuerdo. Edelsborough asintió con la cabeza. Los demás permanecieron impávidos.

—De vez en cuando —continuó Steve—, esa función se ve atacada. Nunca faltan personas que desean ocultar la verdad, por una u otra razón: motivos políticos, prejuicios religiosos —miró a Berrington— o lucro comercial. Creo que todos ustedes están de acuerdo en que la independencia intelectual de la universidad es decisiva para su reputación. Esa independencia, evidentemente, tiene que mantener un equilibrio respecto a otras obligaciones, tales como la necesidad de respetar los derechos civiles de los individuos. Sin embargo, una defensa vigorosa del derecho de la universidad a buscar el saber acrecentaría su reputación entre todas las personas inteligentes.

Agitó una mano para indicar la universidad.

—Jones Falls es importante para cuantos están aquí. La reputación de un académico puede aumentar o disminuir junto con la de la institución en la que trabaje. Les pido que piensen en el efecto que tendrá su veredicto sobre la reputación de la Universidad Jones Falls como institución académica libre e independiente. ¿Va a dejarse amedrentar la universidad por el ataque frívolo de un diario? ¿Va a cancelarse un programa de investigación científica a cambio de que se remate sin problemas la operación de compraventa de una empresa? Espero que no. Confío en que la comisión impulsará el buen nombre de la Universidad Jones Falls demostrando que lo que importa aquí es un valor sencillo: la verdad.

Contempló a los miembros de la comisión y dejó que sus palabras calasen. Le fue imposible pronosticar, por la expresión de sus rostros, si el discurso les había impresionado o no. Al cabo de un momento, se sentó.

—Gracias —dijo Jack Budgen—. ¿Tendrían la bondad todos ustedes, salvo los miembros de la comisión, de retirarse de la sala mientras deliberamos?

Steve sostuvo la puerta a Jeannie, mientras salía, y la siguió al pasillo. Abandonaron el edificio y se detuvieron a la sombra de un árbol. Jeannie estaba pálida a causa de la tensión.

—¿Qué opinas? —preguntó.

—Hay que ganar —dijo él—. Tenemos razón.

—¿Qué voy a hacer si perdemos? —aventuró Jeannie—. ¿Mudarme a Nebraska? ¿Buscarme un trabajo de maestra de escuela? ¿Hacerme azafata aérea, como Penny Watermeadow?

—¿Quién es Penny Watermeadow?

Antes de que tuviera tiempo de contestar, Jeannie vio algo por encima del hombro de Steve que la hizo titubear. Steve volvió la cabeza. Henry Quinn estaba a su espalda, fumando un cigarrillo.

—Estuviste muy agudo e inteligente ahí dentro —dijo Quinn—. Espero que no pienses que soy arrogante si digo que he disfrutado una barbaridad intercambiando ingenio contigo.

Jeannie produjo un ruido de desagrado y se alejó.

Steve se mostró más objetivo. Se suponía que los abogados eran así, amistosos con sus oponentes, fuera de la sala de tribunal. Además, era posible que algún día llamase a la puerta de Quinn para solicitarle un empleo.

—Gracias— dijo cortésmente.

—Desde luego, presentaste el mejor de los argumentos —prosiguió Quinn, con una franqueza que sorprendió a Steve—. Por otra parte, en un caso como éste, la gente vota en interés propio, y todos esos miembros de la comisión son profesores veteranos. Les resultará muy duro apoyar a una joven en contra de alguien de su propio grupo, al margen de los argumentos.

—Son todos intelectuales —alegó Steve—. Tienen un compromiso con la razón.

Quinn asintió.

—Puede que estés en lo cierto. —Dirigió a Steve una mirada especulativa y preguntó—: ¿Tienes idea de lo que realmente se debatía aquí?

—¿Qué quiere decir? —preguntó Steve, cauto.

—Salta a la vista que hay algo que aterra a Berrington, y no es la publicidad negativa. Me preguntaba si la doctora Ferrami y tú sabríais de qué se trata.

—Creo que lo sabemos —repuso Steve—. Pero no podemos demostrarlo, aún.

—Sigue intentándolo —aconsejó Quinn. Dejó caer el cigarrillo y lo aplastó con la suela del zapato—. No permita Dios que Jim Proust sea presidente.

Se alejó.

Con que esas tenemos, pensó Steve; nos ha salido un progresista encubierto.

Apareció Jack Budgen en la entrada e hizo un gesto indicándoles que volvieran. Steve cogió a Jeannie del brazo y regresaron adentro.

Examinó los rostro de los miembros de la comisión. Jack Budgen sostuvo su mirada. Jane Edelsbourough le dedicó una sonrisita.

Esa era una buena señal. La esperanzas de Steve se remontaron hacia las alturas.

Todos se sentaron.

Jack Budgen revolvió sus papeles innecesariamente.

—Agradecemos a ambas partes las facilidades que han dado para que esta audiencia haya podido desarrollarse con dignidad. —Hizo una pausa solemne—. Nuestra decisión es unánime. Recomendamos al consejo de esta universidad el despido de la doctora Jean Ferrami. Gracias.

Jeannie hundió la cabeza entre sus manos.

40

Cuando por último Jeannie estuvo sola, se arrojó encima de la cama y estalló en lágrimas.

Lloró durante largo rato. Golpeó las almohadas, gritó a la pared y pronunció las palabrotas más obscenas que conocía; después hundió la cara en la colcha y lloró todavía más. Las sábanas se humedecieron con las lágrimas y se llenaron de negros churretones de rímel.

Al cabo de un rato, se levantó, se lavó la cara y preparó café.

«No es como si te hubiesen detectado un cáncer —se dijo—. Vamos, compórtate.» Pero era muy duro. No iba a morirse, desde luego, pero había perdido todo por lo que consideraba que merecía la pena vivir.

Pensó en cómo era a los veintiuno. Aquel mismo año se había licenciado *summa cum laude* y había ganado el torneo del Mayfair Lites. Se vio en la pista, con la copa levantada en el tradicional gesto de triunfo. Tenía el mundo a sus pies. Al volver ahora la mirada hacia atrás tuvo la sensación de que era una persona distinta la que sostenía aquel trofeo.

Sentada en el sofá, bebió café. Su padre, el muy desgraciado, le había robado el televisor, así que ni siquiera podía ver los culebrones para distraerse y apartar su mente de la angustia que le abrumaba. Se hubiera atiborrado de bombones, de tener alguna caja por allí. Pensó en coger una buena borrachera, pero eso la deprimiría aún más. ¿Ir de compras? Probablemente se echaría a llorar en el probador y, de todas formas, estaba todavía más arruinada que antes.

El teléfono sonó hacia las dos.

Jeannie no le hizo caso.

Sin embargo, la persona que llamaba insistió de tal modo que, al final, Jeannie se hartó de oír el timbre y acabó por descolgar.

Era Steve. Después de la audiencia había vuelto a Washington para reunirse con su abogado.

—Ahora estoy en su bufete —dijo—. Estamos hablando de emprender una acción legal contra la Jones Falls para recuperar tu lista del FBI. Mi familia correrá con los gastos. Creen que merece la pena apurar las posibilidades de dar con el tercer gemelo.

—Me importa una mierda el tercer gemelo —profirió Jeannie.

Sucedió una pausa, al cabo de la cual Steve dijo:

—Para mí es importante.

Jeannie suspiró. «Con todas las calamidades que me abruman, ¿se da por supuesto que debo preocuparme de Steve?» Luego se dominó. «Él se preocupó por mí, ¿no?» Se sintió avergonzada.

—Perdóname, Steve —se excusó—. Me estoy compadeciendo a mí misma. Claro que voy a ayudarte. ¿Qué quieres que haga?

—Nada. El abogado planteará el caso ante el tribunal, siempre y cuando le des permiso.

Jeannie empezó de nuevo a pensar.

—¿No es un poco arriesgado? Quiero decir que supongo que a la Universidad Jones Falls le notificarán nuestra petición. Y Berrington sabrá entonces dónde está la lista. Y se apoderará de ella antes de que nosotros podamos recuperarla.

—Tienes razón, maldita sea. Espera un momento, que se lo digo.

Al cabo de unos instantes sonó otra voz por el teléfono.

—Aquí Runciman Brewer, doctora Ferrami, en estos momentos estamos conferenciando con Steve. ¿Dónde se encuentran esos datos?

—En un cajón de mi mesa, grabados en un disquete con el rótulo de COMPRAS.LST.

—Podemos solicitar que se nos permita acceder a su despacho sin especificar qué estamos buscando.

—Me temo que, en ese caso, borrarán toda la información de mi ordenador y de todos los disquetes.

—No se me ocurre ninguna idea mejor.

—Lo que necesitamos es un ladrón profesional —oyó que decía Steve.

—¡Oh, Dios mío! —exclamó Jeannie.

—¿Qué?

Papá.

—¿Qué ocurre, doctora Ferrami? —preguntó el abogado.

—¿Puede retener esa solicitud al tribunal? —dijo Jeannie.

—Sí. De todas formas, no empezaría a rodar hasta el lunes. ¿Por qué?

—Acabo de tener una idea. Veamos si la puedo poner en práctica. Si no me resulta factible, la semana que viene nos lanzaremos por el camino de la legalidad. ¿Steve?

—Aquí estoy todavía.

—Llámame luego.

—Cuenta con ello.

Jeannie colgó.

Su padre podía colarse en el despacho.

En aquel momento se encontraba en casa de Patty. Estaba sin blanca, así que no podía ir a ninguna parte. Y tenía una deuda con ella. Oh, vamos, se lo debía.

Si lograba encontrar al tercer gemelo, Steve quedaría libre de toda sospecha. Y si le fuera posible demostrar al mundo lo que Berrington y sus camaradas habían hecho en los años setenta, tal vez ella recuperara su empleo.

¿Podía pedirle a su padre que hiciera aquello? Iba en contra de la ley. Si las cosas salían mal, él podía acabar en la cárcel. Claro que estaba arriesgándose continuamente; pero en esa ocasión sería por culpa de ella.

Trató de convencerse de que no lo atraparían.

Sonó el timbre de la entrada. Jeannie cogió el telefonillo.

—¿Sí?

—¿Jeannie?

Era una voz familiar.

—Sí —contestó. ¿Quién es?

—Will Temple.

—¿Will?

—Te envié una nota por correo electrónico, ¿no la recibiste?

¿Qué diablos estaba haciendo Will Temple allí?

—Pasa —permitió Jeannie, y pulsó el botón.

Subió la escalera vestido con pantalones de dril castaño y polo de color azul marino. Llevaba el pelo corto, y aunque conservaba la barba rubia que tanto le gustaba a Jeannie, en vez de larga y revuelta como la lucía entonces ahora era una barba de chivo bien cuidada y recortada. La heredera le había hecho pasar por el tubo del acicalamiento.

Jeannie no pudo decidirse a permitir que la besara en la mejilla; le había hecho demasiado daño. Tendió la mano Will invitándole a estrechársela y nada más.

—Esto sí que es una sorpresa —dijo—. Hace dos días que no puedo recoger mi correo electrónico.

—Asisto a una conferencia en Washington —explicó Will—. Alquilé un coche y me vine para acá.

—¿Quieres un poco de café?

—Seguro.

—Siéntate.

Jeannie empezó a preparar el café. Will miró a su alrededor.

—Bonito apartamento.

—Gracias.

—Diferente.

—Quieres decir distinto a nuestro antiguo domicilio. —El salón de su piso de Minneapolis era un espacio amplio y desordenado, repleto de sofás, guitarras, ruedas de bicicleta y raquetas de tenis. Aquella sala que ocupaba Jeannie ahora era en comparación un modelo de armonía.

—Supongo que reaccioné contra todo aquel caos.

—En aquella época parecía gustarte.

—Entonces, sí. Las cosas cambian.

Will asintió y enfocó otro tema de conversación.

—He leído lo que dicen de ti en *The New York Times*. Ese artículo era basura.

—Pero me lo dedicaron especialmente. Hoy me han despedido.

—¡No!

Jeannie sirvió café, se sentó frente a Will y le contó el desarrollo de la audiencia. Cuando hubo terminado, Will quiso saber:

—Ese muchacho, Steve... ¿vas en serio con él?

—No lo sé. Tengo una mentalidad liberal.

—¿No salís en plan formal?

—No, a pesar de que él sí quiere hacerlo, y la verdad es que el chico me va. ¿Sigues tú con Georgina Tinkerton Ross?

—No. —Will meneó la cabeza pesarosamente—. En realidad, Jeannie, he venido a decirte que romper contigo es la mayor equivocación que he cometido en mi vida.

A Jeannie le conmovió la tristeza que denotaba. Una parte de ella se sentía complacida por el hecho de que lamentase haberla perdido, pero tampoco deseaba que Will fuese desdichado.

—Fuiste lo mejor que me ha ocurrido nunca —confesó Will—. Eres fuerte, pero también buena. E inteligente: tengo que tener a alguien inteligente. Nos compenetrábamos. Nos queríamos.

—Me dolió mucho en aquellos días —dijo Jeannie—. Pero ya lo he superado.

—Yo no estoy muy seguro de poder decir lo mismo.

Jeannie le dirigió una mirada apreciativa. Era alto y corpulento, no tan guapo como Steve, pero atractivo de un modo algo más bronco. Jeannie tanteó su libido, como un médico que palpara una contusión, pero no hubo respuesta, allí no quedaba el menor rastro del agobiante deseo físico que en otro tiempo le inspiraba el robusto cuerpo de Will.

Había ido a pedirle que volviese con él, eso estaba claro. Y Jeannie sabía cuál era la contestación. Ya no le deseaba. Había llegado con una semana de retraso, más o menos.

Sería mucho más clemente evitarle el mal trago de la humillación que representaría el que se declarase y luego rechazarle. Jeannie se levantó.

—Will, tengo algo importante que hacer y he de salir zumbando. Me gustaría haber recibido tus mensajes, en cuyo caso tal vez hubiéramos podido pasar más tiempo juntos.

Will captó la indirecta implícita en aquellas palabras y su semblante se entristeció un poco más.

—Mala suerte —dijo. Se puso en pie.

Jeannie le tendió la mano, decidida, para el apretón de despedida.

—Gracias por dejarte caer por aquí.

El hombre tiró de ella para darle un beso. Jeannie le ofreció la mejilla. Will la rozó suavemente con los labios y deshizo el abrazo.

—Desearía poder reescribir el guión —comentó contrito—. Pondría un final más feliz.

—Adiós, Will.

—Adiós, Jeannie.

Ella siguió mirándolo mientras Will bajaba la escalera y salía por la puerta.

Sonó el teléfono. Jeannie descolgó.

—Dígame.

—Que te despidan no es lo peor que puede pasarte.

Era un hombre; la voz se oía ligeramente sofocada, como si hablase a través de algo colocado sobre el micrófono para disimularla.

—¿Quién es? —preguntó Jeannie.

—Deja de meter las narices en lo que no te importa.

¿Quién demonios era aquel individuo? ¿A qué venía aquello?

—El que te abordó en Filadelfia se suponía que iba a matarte.

Jeannie contuvo el aliento. De súbito se sintió muy asustada.

La voz continuó:

—Se embarulló un poco y estropeó el asunto. Pero puede volver a visitarte.

—¡Oh, Dios...! —musitó Jeannie.

—Ándate con ojo.

Se produjo un clic y luego el zumbido de tono. El hombre había colgado.

Jeannie hizo lo propio y se quedó con la vista clavada en el teléfono.

Nunca la había amenazado nadie con matarla. Era espantoso saber que otro ser humano deseaba poner fin a su vida. Estaba paralizada. «¿Qué se espera que hagas?»

Se sentó en el sofá y luchó para recobrar su fuerza de voluntad. Tuvo la impresión de que se venía abajo y de que optaría por abandonar. Se sentía demasiado apaleada y magullada para seguir contendiendo con aquellos oscuros y poderosos enemigos. Eran demasiado fuertes. Podían conseguir que la despidieran, ordenar que la atacasen, registrar su despacho, sustraerle el correo electrónico; parecían estar en condiciones de hacer cualquier cosa. Quizá realmente podían incluso matarla.

¡Era tan injusto! ¿Qué derecho les asistía? Ella era una buena científica y habían aniquilado su carrera. Deseaban ver a Steve encarcelado por la violación de Lisa. La estaban amenazando a ella de muerte. Empezó a hervirle la sangre. ¿Quiénes se creían que eran? No iba a permitir que le destrozasen la vida unos canallas arrogantes que creían tener patente de corso para manipularlo todo en beneficio propio y pisotear a todos los demás. Cuanto más pensaba en ello, mayor era su indignación. No voy a permitirles ganar esta batalla, se dijo. Tengo capacidad para hacerles daño..., debo tenerla, porque, de no ser así, no hubieran considerado necesario advertirme y amenazar con matarme. Y voy a hacer uso de ese poder. Me tiene sin cuidado lo que me pueda ocurrir, siempre y cuando les ponga las cosas difíciles a esos individuos. Soy inteligente, estoy decidida a todo y soy Jeannie Ferrami, así que mucho cuidado, el que avisa no es traidor, hijos de mala madre, que ahí voy yo.

41

El padre de Jeannie estaba sentado en el sofá del desordenado salón de Patty, con una taza de café en el regazo, mientras veía *Hospital General* y daba buena cuenta de un trozo de pastel de zanahoria.

Al entrar allí y verle, a Jeannie se le subió la sangre a la cabeza.

—¿Cómo pudiste hacer una cosa así? —vociferó—. ¿Cómo pudiste robar a tu propia hija?

El hombre se puso en pie tan bruscamente que derramó el café y se le escapó de la mano el pastel.

Patty entró inmediatamente después de Jeannie.

—Por favor, no hagas una escena —rogó su hermana—. Zip está a punto de llegar a casa.

—Lo siento, Jeannie —habló el padre—, estoy avergonzado.

Patty se arrodilló y empezó a limpiar el café del suelo con un puñado de kleenex. En la pantalla, un apuesto doctor con bata de cirujano besaba a una mujer preciosa.

—¡Sabes que estoy sin blanca! —insistió Jeannie en su gritos—. Sabes que estoy intentando reunir el dinero suficiente para ingresar en una residencia decente a mamá... ¡a tu esposa! ¡Y a pesar de todo, vas y me robas mi jodido televisor!

—¡No deberías emplear ese lenguaje...

—¡Jesús, dame fuerzas!

—Lo siento.

—No lo entiendo. Sencillamente, no lo entiendo.

—Déjale en paz, Jeannie —terció Patty.

—Pero es que tengo que saberlo. ¿Cómo pudiste hacerme una cosa como esa?

—Está bien, te lo diré —replicó el padre, con un repentino acceso de energía que sorprendió a Jeannie—. Te diré por qué lo hice. Porque perdí las agallas. —Se le llenaron los ojos de lágrimas—. Robé a mi propia hija porque estoy demasiado asustado para robar a cualquier otra persona, ahora ya lo sabes.

Su aspecto era tan patético que la cólera de Jeannie se evaporó automáticamente.

—¡Oh, papá, lo siento! —dijo—. Siéntate, traeré la aspiradora.

Recogió la volcada taza de café y la llevó a la cocina. Volvió con la aspiradora y limpió las migas de pastel. Patty acabó de eliminar del suelo las manchas de café.

—No os merezco, chicas, lo sé —reconoció el padre, al tiempo que se sentaba de nuevo.

—Te traeré otra taza de café —ofreció Patty.

El cirujano del televisor decía: «Vayámonos, tú y yo solos, a algún lugar maravilloso», y la beldad respondía: «¿Y tu esposa?», lo que obligaba al médico a poner una cara muy larga. Jeannie apagó el aparato y se sentó junto a su padre.

—¿Qué has querido dar a entender cuando dijiste que has perdido las agallas? —preguntó, curiosa—. ¿Qué ha pasado?

El hombre suspiró.

—Cuando salí de la cárcel fui a echarle un vistazo, en plan reconocimiento del terreno, a un edificio de Georgetown. Se trataba de un pequeño negocio, una sociedad de arquitectos que acababa de reequipar completamente su estudio con algo así como quince o veinte ordenadores personales y otros aparatos por el estilo, impresoras y máquinas de fax. El tipo que suministró el equipo me dio el soplo y me propuso el asunto: iba a comprarme los aparatos y se los volvería a vender a la empresa cuando cobrara el dinero del seguro. El golpe me proporcionaría diez mil dólares.

—No quiero que mis chicos oigan esto —dijo Patty. Se cercioró de que no estaban en el pasillo y cerró la puerta del salón.

—¿Qué salió mal? —le preguntó Jeannie a su padre.

—Llevé la furgoneta, en marcha atrás, a la parte posterior del edificio, desconecté la alarma antirrobo y abrí la puerta del andén de carga. Entonces empecé a pensar en lo que ocurriría si apareciese por allí un polizonte. En los viejos tiempos eso siempre me había importado un rábano, pero calculo que han pasado diez años desde la última vez que hice un trabajo así. De todas formas, estaba tan arrugado que empecé a temblar. Entré en el edificio, desenchufé un ordenador, lo saqué, lo cargué en la furgoneta y me largué a toda pastilla. Al día siguiente fui a tu casa.

—Y me robaste.

—No tenía intención de hacerlo, cariño. Creí que me ayudarías a levantar cabeza y a encontrar alguna clase de trabajo legal. Luego, cuando te fuiste, la vieja vocación se apoderó de mí. Estaba allí sentado, con la cadena estereofónica ante los ojos, y entonces pensé que podría sacar un par de cientos de pavos por ella, y quizás otros cien por el televisor, así que arramblé con los aparatos. Te juro que después de venderlos me entraron ganas de suicidarme.

—Pero no te suicidaste.

—¡Jeannie! — se escandalizó Patty.

—Tomé unos tragos —siguió explicando el padre—, me lié en una partida de póquer y por la mañana estaba otra vez en la más negra miseria.

—Así que viniste a ver a Patty.

—No te haré eso a ti, Patty. No se lo haré a nadie nunca jamás. Voy a ir por el camino recto.

—¡Más te vale! —dijo Patty.

—He de hacerlo, no tengo más remedio.

—Pero todavía no —dijo Jeannie.

Los dos se la quedaron mirando. Patty preguntó nerviosamente:

—Jeannie, ¿de qué estás hablando?

—Tienes que hacer un trabajo más —dijo Jeannie a su padre—. Para mí. Un robo con escalo. Esta noche.

42

Empezaba a oscurecer cuando llegaron al campus de la Jones Falls.

—Es una lástima que no tengamos un coche más discreto —comentó el padre, mientras Jeannie conducía el Mercedes rojo hacia el aparcamiento destinado a estudiantes—. Un Ford Taurus estaría bien, o un Buick Regal. Se ven cincuenta de esos al día, nadie los recuerda.

Se apeó del vehículo, con una deslucida cartera de cuero marrón en la mano. La camisa de cuadros y los arrugados pantalones, junto con la alborotada pelambrera y los deslustrados zapatos, inducían a cualquiera a tomarle por un profesor del centro.

Jeannie se sentía extraña. Estaba enterada desde años atrás de que su padre era un ladrón, pero ella nunca había cometido un delito más grave que el de conducir a ciento diez kilómetros por hora. Ahora estaba a punto de entrar ilegalmente en un edificio. Era como cruzar una frontera significativa. No creía hacer nada malo, pero, con todo, la imagen que tenía de sí misma vacilaba un poco. Siempre se había tenido por una ciudadana respetuosa de la ley. Siempre le pareció que los delincuentes, incluido su padre, pertenecían a otra especie. Ahora se estaba integrando en el gremio de los criminales.

Casi todos los estudiantes y profesores se habían ido a casa, pero aún quedaban unas cuantas personas yendo por allí de un lado para otro: pedagogos que trabajaban hasta tarde, alumnos que asistían a alguna reunión o acontecimiento social, bedeles que echaban la llave y guardias de seguridad que cumplían sus rondas. Jeannie confió en no tropezarse con alguien que la conociese.

Estaba tensa como una cuerda de guitarra, a punto de saltar. Temía por su padre más que por ella misma. Caso de que los sorprendieran, sería profundamente humillante para ella, pero nada más; los tribunales no la envían a una a la cárcel por entrar a la fuerza en el propio despacho de una y robar un disquete. Pero a su padre, con los antecedentes que tenía le iban a caer unos cuantos años. Sería anciano cuando saliera de la cárcel.

Empezaron a encenderse las farolas de la calle y las luces exteriores de los edificios. Jeannie y su padre dejaron atrás la pista de tenis, donde dos mujeres jugaban bajo la claridad de los focos. Jeannie recordó la escena cuando Steve le dirigió la palabra por primera vez, el domingo anterior. Se lo había quitado de encima automáticamente, pero el muchacho no dejó de mostrarse confiado y satisfecho de sí mismo. ¡Qué equivocada estuvo en su primera impresión del chico!

Indicó con la cabeza el Pabellón de Psicología Ruth W. Acorn.

—Es ahí —dijo—. Todo el mundo lo llama la Loquería.

—Sigue andando al mismo ritmo de marcha —aconsejó el hombre—. ¿Cómo se entra por la puerta frontal?

—Se abre con una tarjeta de plástico, lo mismo que la puerta de mi despacho. Puedo conseguir que alguien me preste una.

—No hace falta. Me molestan los cómplices. ¿Por dónde se va a la parte posterior?

—Te lo enseñaré.

Un sendero cruzaba el césped de la otra parte lateral de la Loquería, hacia la zona de aparcamiento destinada a los visitantes. Jeannie lo siguió, hasta desembocar en el patio pavimentado de la parte trasera del edificio. Su padre recorrió con mirada profesional la elevación que había detrás.

—¿Qué es esa puerta? —señaló.

—Creo que es una salida de incendios.

El hombre asintió con la cabeza.

—Probablemente tendrá un travesaño al nivel de la cintura, la clase de barra que abre la puerta si uno la empuja.

—Creo que sí. ¿Vamos a entrar por ahí?

—Sí.

Jeannie recordó que por dentro había un letrero que decía: «PUERTA DOTADA DE SISTEMA DE ALARMA».

—Dispararás la alarma —advirtió.

—De eso, ni hablar —respondió su padre. El hombre miró en torno—. ¿Pasa mucha gente por aquí detrás?

—No. De noche, sobre todo, no suele venir nadie.

—Muy bien. Manos a la obra.

Depositó la cartera en el suelo, la abrió y extrajo de ella una cajita de plástico negro, con una esfera. Pulsó un botón y lo mantuvo apretado mientras recorría con la cajita el marco de la puerta, fija la mirada en la esfera. La aguja empezó a oscilar al llegar la cajita a la esquina superior derecha de la puerta. El padre de Jeannie emitió un gruñido de satisfacción.

Devolvió la cajita al interior de la cartera y sacó otro aparato similar, junto con un rollo de cinta aislante. Fijó el aparato a la esquina superior derecha de la puerta y accionó un interruptor. Empezó a oírse un leve zumbido sordo.

—Eso confundirá a la alarma antirrobo —dijo.

Tomó un largo trozo de alambre que tiempo atrás había sido un colgador de camisas de los que usan en las lavanderías. Lo dobló con cuidado hasta que adoptó la adecuada forma retorcida e insertó una punta en la rendija de la puerta. Movió el alambre durante unos segundos y luego dio un tirón.

La puerta se abrió.

No sonó la alarma.

Recogió la cartera y entró en el edificio.

—Espera —dijo Jeannie—. Esto no está bien. Cierra la puerta y volvamos a casa.

—Ea, vamos, no tengas miedo.

—No puedo hacerte esto. Si te cogen, vas a estar en la cárcel hasta los setenta años.

—Jeannie, quiero hacerlo. He sido para ti un padre infecto durante demasiado tiempo. Es mi ocasión de ayudarte, para variar. Tiene mucha importancia para mí. Vamos, por favor.

Jeannie entró.

Su padre cerró la puerta.

—Indícame el camino.

Jeannie subió corriendo por la escalera de incendios hasta la segunda planta y luego recorrió el pasillo y llegó a su despacho. Señaló la puerta.

El padre sacó de la cartera otro instrumento electrónico. Éste llevaba una placa metálica del tamaño de una tarjeta de cuenta, unida mediante cables. Intrudujo la placa en el lector de instrumentos y accionó el interruptor del instrumento.

—Prueba toda posible combinación —explicó.

A Jeannie le maravilló lo fácilmente que su padre había entrado en un edificio que disponía de un sistema de seguridad con los últimos adelantos.

—¿Quieres que te diga una cosa? —declaró el hombre—. ¡No tengo ni pizca de miedo!

—Jesucristo, pues yo sí —confesó Jeannie.

—No, en serio, he recuperado el valor, quizá porque tú vienes conmigo. —Sonrió—. Vaya, podríamos formar equipo.

Ella movió negativamente la cabeza.

—Olvídalo. No aguantaría la tensión.

Se le ocurrió que era posible que Berrington hubiese entrado allí y se hubiese llevado el ordenador y todos los disquetes. Habría sido espantoso que hubieran corrido aquel riesgo tan terrible para nada.

—¿Cuánto tardarás? —preguntó, impaciente.

—Cuestión de un segundo.

Al cabo de un momento, la puerta giró suavemente sobre sus goznes.

—¿No vas a pasar? —incitó el padre, orgulloso.

Jeannie entró y encendió la luz. Su computadora seguía encima de la mesa. Jeannie abrió el cajón de la mesa. Allí estaba su caja de disquetes de seguridad. La examinó a toda velocidad. El disquete de COMPRAS.LST se encontraba dentro. Lo cogió.

—Gracias a Dios.

Ahora que lo tenía en su poder no le era posible perder un segundo en leer la información que contenía. Aunque anhelaba desesperadamente verse fuera de la Loquería, le tentación de echar un vistazo al archivo en aquel preciso instante era muy fuerte. En casa no tenía ordenador; papá lo había vendido. Para leer el disco iba a tener que pedir prestada un ordenador. Lo que requeriría tiempo y explicaciones.

Decidió arriesgarse.

Encendió el ordenador de su escritorio y aguardó a que concluyera el proceso de arranque.

—¿Qué estás haciendo? —le preguntó su padre.

—Quiero leer el archivo.

—¿No puedes hacerlo en casa?

—En casa no tengo ordenador, papá. Lo robaron.

El hombre no captó la ironía.

—Date prisa, pues. —Se llegó a la ventana y miró afuera.

Parpadeó la pantalla y Jeannie pulsó el botón del ratón sobre el programa de WP. Deslizó el *floppy* en la disquetera y encendió la impresora.

Las alarmas se dispararon instantáneamente.

Jeannie creyó que se le había paralizado el corazón. El ruido era ensordecedor.

—¿Qué ha pasado? —gritó.

Su padre estaba blanco de pánico.

—Debe de haber fallado ese maldito emisor, o quizás alguien lo ha quitado de la puerta —voceó a su vez el hombre—. Estamos listos, Jeannie, ¡a correr!

Jeannie estaba loca por arrancar el disquete de la computadora y salir disparada, pero se obligó a pensar fríamente. Si ahora la cogían y le quitaban el disquete, lo habría perdido todo. Tenía que ver la lista mientras pudiera. Agarró a su padre del brazo.

—¡Sólo unos segundos más!

Él miró por la ventana.

—¡Maldición, ese parece un guardia de seguridad!

—¡Tengo que imprimir esto! ¡Espérame!

Su padre temblaba como una hoja.

—No puedo, Jeannie, no puedo, ¡perdóname!

Cogió su cartera y emprendió la huida a todo correr.

Jeannie sintió lástima por él, pero ahora no podía abandonar. Pasó al directorio A, puso en pantalla el archivo del FBI e hizo clic sobre la palabra «Imprimir».

No sucedió nada. La impresora todavía se estaba cargando. Soltó un taco.

Se acercó a la ventana. Dos guardias de seguridad entraban en el edificio por la puerta de la fachada.

Cerró la puerta del despacho.

Clavó la mirada en la impresora de chorro de tinta.

—Vamos, vamos, venga.

Por fin, la impresora emitió un chasquido, empezó a zumbar y succionó una hoja de papel de la bandeja.

Jeannie sacó el disquete de la disquetera y se lo guardó en el bolsillo de la chaqueta azul eléctrico.

La impresora expulsó cuatro hojas de papel y se detuvo.

Con el corazón saltándole demencialmente en el pecho, Jeannie arrebató las páginas a la bandeja y examinó las líneas impresas.

Había treinta o cuarenta parejas de nombres. La mayoría eran masculinos, pero eso no tenía nada de extraño: casi todos los crímenes los cometen hombres. En algunos casos, la dirección era una cárcel. La lista era exactamente lo que Jeannie había esperado. Buscó los nombres de «Steve Logan» o «Dennis Pincker».

Ambos figuraban allí.

Y estaban ligados a un tercero: Wayne Stattner.

—¡Sí! —exclamó Jennie, exultante.

Había una dirección de la ciudad de Nueva York y el número telefónico 212.

Contempló el nombre. Wayne Stattner. Era el individuo que había violado a Lisa allí mismo, en el gimnasio, y que atacó a Jeannie en Filadelfia.

—Hijo de puta —musitó la muchacha con acento vengativo—. Vamos a cazarte.

Lo primero era escapar de allí con la información. A puñados, se metió los papeles en el bolsillo, apagó la luz y abrió la puerta.

Oyó voces en el pasillo. Se elevaban por encima del gemido de la alarma, que seguía ululando. Era demasiado tarde. Volvió a cerrar la puerta, cautelosamente. Notó débiles las piernas y se pegó al paño de la puerta, a la escucha.

Oyó la voz de un hombre que gritaba:

—Estoy seguro de haber visto luz en uno de esos despachos.

—Será mejor que los registremos todos —replicó otra voz.

A la tenue claridad que una farola de la calle proyectaba a través de la ventana, Jeannie recorrió con la mirada el ámbito de la pequeña estancia. Ningún sitio donde esconderse.

Abrió la puerta unos centímetros. No vio ni oyó nada. Asomó la cabeza. Por el hueco de una puerta abierta, en el extremo del pasillo, salía un chorro de luz. Jeannie aguardó, ojo avizor. Salieron los guardias de seguridad, apagaron la luz, cerraron la puerta y entraron en la pieza contigua, que era el laboratorio. Registrarlo les iba a llevar un minuto. ¿Podría escabullirse sin ser vista y alcanzar la escalera?

Jeannie salió al pasillo y cerró tras de sí la puerta, con mano temblorosa.

Echó a andar corredor adelante. Tuvo que recurrir a toda su fuerza de voluntad para no echar a correr.

Pasó por delante de la puerta del laboratorio. No pudo resistir la tentación de echar una ojeada al interior. Los dos guardias estaban de espaldas; uno miraba dentro de un armario de artículos de escritorio y el otro observaba con curiosidad una hilera de películas con pruebas de ADN colocadas sobre el cristal de una caja de luz. No la vieron.

Faltaba poco para conseguirlo.

Llegó al final del pasillo y empujó la puerta batiente.

Cuando estaba a punto de franquearla, una voz gritó:

—¡Eh! ¡Usted! ¡Alto!

Hasta el último nervio de su cuerpo se puso rígido, dispuesto a lanzarse a la carrera, pero Jeannie se dominó. Dejó que el batiente de la puerta volviera a su lugar, giró sobre sus talones y sonrió.

Los guardias corrieron por el pasillo hacia ella. Eran dos hombres de poco menos de sesenta años, probablemente policías retirados.

Jeannie tenía la garganta seca y le costaba un trabajo ímprobo respirar.

—Buenas noches —dijo—. ¿En qué puedo servirles, caballeros?

El ruido de la alarma cubrió el temblor de su voz.

—Se ha disparado una alarma en el edificio —informó uno.

Era una estupidez decir aquello, pero Jeannie lo pasó por alto.

—¿Creen que hay un intruso?

—Es muy posible. ¿Ha visto u oído algo fuera de lo normal, profesora?

Los guardias daban por sentado que era miembro del claustro de la universidad, lo cual le beneficiaba.

—La verdad es que me pareció oír ruido de cristales rotos. Me pareció que venía del piso de arriba, aunque no estoy segura.

Los guardias intercambiaron una mirada.

—Lo comprobaremos —dijo uno.

El otro era más desconfiado.

—¿Puedo preguntarle que lleva en el bolsillo?

—Unos papeles.

—Evidente. ¿Me permite verlos?

Jeannie no estaba dispuesta a entregárselos a nadie; eran demasiado preciosos. Improvisando, fingió estar de acuerdo y luego cambiar de idea.

—Claro —articuló, y se los sacó del bolsillo. Luego los dobló y los volvió a poner donde los había sacado—. Pensándolo bien, creo que no, no le voy a permitir verlos. Son personales.

—Debo insistir. Durante nuestra formación se nos dijo que en un lugar como éste los papeles pueden ser tan valiosos como cualquier otra cosa.

—Me temo que no voy a permitirle leer mi correspondencia particular sólo porque se haya disparado una alarma en un edificio de la universidad.

—En tal caso, no tengo más remedio que pedirle que me acompañe a nuestra oficina de seguridad y hable con mi supervisor.

—Está bien —fingió avenirse Jeannie—. Les espero fuera.

De espaldas, retrocedió rápidamente, cruzó la puerta y se precipitó escaleras abajo.

Los guardias corrieron tras ella.

—¡Aguarde!

Se dejó alcanzar por ellos en el vestíbulo de la planta baja. Uno la cogió de un brazo mientras el otro abría la puerta. Salieron al aire libre.

—No hace falta que me sujete así.

—Lo prefiero —repuso el guardia. Resoplaba como consecuencia del esfuerzo de la persecución por la escalera.

Jeannie había estado allí antes. Agarró la muñeca de la mano que la retenía y apretó con todas sus fuerzas. El guardia se dolió:

—¡Ay! —y la soltó.

Jeannie se lanzó pies para que os quiero.

—¡Eh! ¡So zorra! ¡Alto!

Emprendieron la persecución.

No contaban con la más remota posibilidad. Jeannie era veinticinco años más joven que ellos y estaba tan preparada como un caballo de carreras. A medida que sacaba ventaja a los dos hombres y se alejaba de ellos, el miedo iba abandonándola. Corrió como el viento, sin dejar de reírse. La persiguieron durante unos metros y luego abandonaron la empresa. Jeannie volvió la cabeza y los vio doblados sobre sí mismos, jadeantes.

Siguió corriendo hasta el aparcamiento.

Su padre la esperaba junto al coche. Jeannie abrió el vehículo y subieron. Atravesó el aparcamiento con las luces de los faros apagadas.

—Lo siento, Jeannie —se lamentó el padre—. Pensé que aunque fuese incapaz de hacerlo por mí, quizá podría hacerlo por ti. Pero es inútil. Lo he perdido. No volveré a robar nunca más.

—¡Esa es una noticia estupenda! —dijo Jeannie—. ¡Y he conseguido lo que quería!

—Quisiera haber sido mejor padre para ti. Me parece que ya es demasiado tarde para empezar a serlo.

Jeannie condujo a través del campus y, al desembocar en la calle, encendió los faros.

—No es demasiado tarde, papá. Realmente no lo es.

—Tal vez. Lo intenté por ti, de todas formas lo intenté, ¿verdad?

—¡Lo intentaste y lo conseguiste! Me facilitaste la entrada. Yo sola no lo hubiera podido hacer.

—Sí, supongo que tienes razón.

Jeannie volvió a casa velozmente. Se moría de ganas de comprobar el número de teléfono de la lista impresa. Si lo habían cambiado, tendría un problema. Deseaba oír la voz de Wayne Stattner.

En cuanto entró en su apartamento fue derecha al teléfono y marcó el número.

Respondió una voz masculina:

—¿Diga?

Una simple palabra no le permitió llegar a ninguna conclusión.

—¿Podría hablar con Wayne Stattner, por favor? —preguntó.

—Desde luego, Wayne al aparato, ¿quién le llama?

Sonaba exactamente igual que la voz de Steve. Cabrón de mierda, ¿por qué me rasgaste los pantis? Contuvo su resentimiento y dijo:

—Señor Stattner, pertenezco a una empresa de investigación de mercado que le ha elegido a usted como beneficiario de una oferta muy especial que...

—¿Váyase a la mierda y muérase! —soltó Wayne, y colgó.

—Es él —dijo Jeannie a su padre—. Incluso tiene el mismo timbre de voz que Steve, sólo que Steve es mucho más educado.

En pocas palabras explicó a su padre toda la historia. El hombre la cogió a grandes rasgos y le pareció algo así como sorprendente.

—¿Qué vas a hacer ahora?

—Llamar a la policía.

Marcó el número de la Unidad de Delitos Sexuales y preguntó por la sargento Delaware.

Su padre sacudió la cabeza estupefacto.

—Me va a costar Dios y ayuda acostumbrarme a la idea de colaborar con la policía. Te garantizo que confío en que esa sargento sea distinta a todos los detectives con los que me he tropezado.

—Creo que probablemente lo es...

No esperaba encontrar a Mish en su despacho: eran las nueve de la noche. Su intención consistía en dejarle un recado para que se lo transmitieran. Por suerte, sin embargo, Mish se encontraba aún en el edificio.

—Estaba poniendo al día mi papeleo burocrático —explicó—. ¿Qué sucede?

—Steve Logan y Dennis Pinker no son gemelos.

—Pero creí...

—Son trillizos.

Hubo una larga pausa. Cuando Mish volvió a hablar, su tono era cauteloso.

—¿Cómo lo sabes?

—¿Recuerdas que te conté cómo di con Steve y Dennis... a través de la revisión de una base de datos, buscando parejas con historiales semejantes?

—Sí.

—Esta semana repasé el archivo de huellas dactilares del FBI en busca de huellas que fueran similares. En el programa me han salido Steve, Dennis y un tercer individuo en un grupo.

—¿Tienen huellas dactilares idénticas?

—Idénticas con exactitud, no. Similares. Pero acabo de llamar al tercer sujeto. Su voz era igual que la de Steve. Estoy dispuesta a apostarme el cuello a que se parecen como dos gotas de agua. Debes creerme, Mish.

—¿Tienes una dirección?

—Sí. De Nueva York.

—Dámela.

—Con una condición.

La voz de Mish se endureció.

—Estás hablando con la policía, Jeannie. Nada de imponer condiciones, te limitas a responder a nuestras malditas preguntas y a otra cosa. Ahora, dame esa dirección.

—Tengo que darme una satisfacción. Quiero verle.

—Lo que quieres es ir a la cárcel, esa es la cuestión en lo que a ti concierne en estos momentos, porque si no quieres verte entre rejas, dame esas señas.

—Quiero que vayamos a verle las dos juntas. Mañana.

Otra pausa.

—Debería meterte en el talego por proteger a un delincuente.

—Podríamos coger el primer avión que salga para Nueva York mañana por la mañana.

—Vale.

SÁBADO

43

Cogieron el vuelo USAir a Nueva York a las 6,40 de la mañana.

Jeannie se sentía pletórica de esperanza. Aquello podía representar para Steve el fin de la pesadilla. La noche anterior le había telefoneado para ponerle al corriente de los acontecimientos y el muchacho se mostró enajenado. Quiso ir a Nueva York con ellas, pero Jeannie sabía que Mish no iba a permitirlo. Prometió llamarle en cuanto tuviese más noticias.

Mish mantenía una especie de escepticismo tolerante. Le resultaba muy difícil de creer la historia de Jeannie, pero tenía que comprobarla.

Los datos de Jeannie no revelaban el motivo por el cual las huellas dactilares de Wayne Stattner estaban en el archivo del FBI, pero Mish lo había verificado durante la noche y le contó a Jeannie la historia cuando despegaron del Aeropuerto Internacional BaltimoreWashington. Cuatro años antes, los preocupados padres de una niña de catorce años que había desaparecido siguieron la pista de su hija hasta el apartamento de Stattner en Nueva York. Le acusaron de secuestro. Él lo negó, alegando que no había obligado a la niña a ir con él. La propia chica dijo que estaba enamorada de Stattner. Wayne sólo tenía entonces diecinueve años, así que no hubo procesamiento.

El caso sugería que Stattner necesitaba dominar mujeres, pero para Jeannie no encajaba de modo absoluto en la psicología de un violador. Sin embargo, Mish dijo que no existían normas estrictas.

Jeannie no le había hablado a Mish del sujeto que la agredió en Filadelfia. Sabía que Mish no iba a aceptar su palabra de que aquel hombre no era Steve. Mish hubiera querido interrogar personalmente a Steve, y eso era lo último que al muchacho le hacía falta. En consecuencia, Jeannie también se abstuvo de mencionar al hombre que le telefoneó el día anterior para amenazarla de muerte. No se lo había contado a nadie, ni siquiera a Steve; no deseaba proporcionarle más preocupaciones.

Jeannie quería caerle bien a Mish, pero entre ellas siempre había una barrera de tensión. Como miembro de la policía, Mish esperaba que todo el mundo hiciera lo que se le ordenase, y eso era algo que Jeannie detestaba en una persona. En un intento de acercarse a ella, Jeannie le preguntó cómo le dio por ingresar en la policía.

—Solía trabajar de secretaria y encontré empleo en el FBI —respondió Mish—. Estuve allí diez años. Empecé a darme cuenta de que podía hacer el trabajo mejor que el agente a cuyas órdenes estaba. De modo que presenté mi solicitud para recibir formación de policía. Ingresé en la academia, me hice agente de uniforme y luego me presenté voluntaria para misiones secretas en la brigada antidroga. Aquello era escalofriante, pero demostré que tenía valor y resistencia.

Durante un momento, Jeannie se sintió algo distante de su compañera. Jeannie solía fumar un poco de hierba de vez en cuando y le fastidiaban las personas que querían encarcelarla a la gente por ello.

—Después me trasladé a la Unidad de Abusos contra la Infancia —continuó Mish—. No duré mucho allí. Nadie dura mucho allí. Es un trabajo importante, pero una no puede aguantar mucho esa clase de cosas. Acabaría loca. Así que al final vine a parar a Delitos Sexuales.

—No parece una mejora sustancial.

—Por lo menos, las víctimas son adultas. Y al cabo de un par de años me ascendieron a sargento y me pusieron al cargo de la unidad.

—Opino que todos los detectives que se encargaran de casos de violación deberían ser mujeres —dijo Jeannie.

—No estoy muy segura de compartir tu idea.

Palabras que sorprendieron a Jeannie.

—¿No crees que las víctimas se explayarían más hablando con mujeres?

—Las víctimas de más edad, puede; las que hayan pasado de los setenta, pongamos.

Jeannie se estremeció ante la idea de que violasen a frágiles ancianas.

—Pero, francamente —continuó Mish—, la mayor parte de las víctimas contarían su experiencia a una farola.

—Los hombres siempre piensan que ellas se lo buscan.

—Pero la denuncia de una violación ha de ponerse en duda en algún punto, si ha de haber un juicio imparcial. Y cuando se llega a esa clase de interrogatorio, las mujeres son capaces de comportarse con más brutalidad que los hombres, especialmente con otras mujeres.

A Jeannie le resultaba eso difícil de creer y se preguntó si no estaría Mish defendiendo a sus colegas masculinos ante una intrusa.

Cuando se quedaron sin temas de conversación, Jeannie se sumió en una especie de ensimismamiento. Se preguntaba qué le reservaría el futuro. No le cabía en la cabeza la idea de que tal vez no pudiese continuar desarrollando labores científicas durante el resto de su vida. En su sueño del futuro se veía como una anciana famosa, con pelo gris y genio de cascarrabias, pero conocida en todo el mundo. Y a los estudiantes se les decía: «No se comprendió la conducta criminal humana hasta la publicación, en el año 2000, del revolucionario libro de la doctora Ferrami». Ahora, sin embargo, eso no iba a suceder. Y ella necesitaba una nueva fantasía.

Llegaron a La Guardia poco después de las ocho y tomaron un destartalado taxi amarillo que las adentró por Nueva York. El vehículo tenía los muelles de la suspensión en un estado realmente deplorable y no paró de dar botes y traqueteos a lo largo del trayecto por Queens y el Midtown Tunnel, hasta Manhattan. Jeannie se hubiera sentido incómoda en un Cadillac: se dirigía a ver al hombre que la había atacado en su propio automóvil y notaba el estómago como un caldero de ácido hirviente.

La dirección de Wayne Stattner resultó ser un impresionante edificio del centro de la ciudad, al sur de la calle Houston. La mañana era soleada y en las calles ya había gente que compraba bollos, tomaba capuchinos en los bares de las aceras y miraban los escaparates de las galerías de arte.

Un detective de la comisaría número uno las estaba esperando, en un Ford Escort aparcado en doble fila y con una de las puertas posteriores abollada. Les estrechó la mano y se presentó malhumoradamente como Herb Reitz. Jeannie supuso que hacer de canguro de detectives forasteros le parecía al hombre algo así como denigrante.

—Te agradecemos que hayas acudido a ayudarnos en sábado —Mish acompañó sus palabras con una sonrisa cálida y coqueta.

El hombre se suavizó un poco.

—No hay problema.

—Si alguna vez necesitas que te echen una mano en Baltimore, no tienes más que recurrir a mí personalmente.

—Dalo por hecho.

Jeannie se mordió la lengua para no intervenir: «¡Por los clavos de Cristo, vayamos a lo nuestro!».

Entraron en el edificio y subieron al último piso en un montacargas lentísimo.

—Un apartamento por planta —informó Herb—. Es un sospechoso con pasta. ¿Qué hizo?

—Violación —dijo Mish.

El montacargas se detuvo. La puerta se abría directamente a otra puerta, de forma que no podían apearse hasta que esa otra puerta, la del piso, se abriera. Mish pulsó el timbre. Sucedió un largo silencio. Herb mantuvo abiertas las puertas del montacargas. Jeannie rezó para que Wayne no se hubiera ido a pasar fuera de la ciudad el fin de semana; ella no resistiría el anticlímax. Mish volvió a llamar y mantuvo el dedo sin levantarlo del timbre.

Por fin llegó una voz del interior:

—¿Quién coño llama?

Era él. La voz congeló de horror a Jeannie.

—Policía —dijo Herb—, esa es el coño que llama. Abra la puerta.

Wayne Sattner cambió el tono:

—Por favor, muestre su tarjeta de identidad delante del panel de cristal que tiene frente a usted.

Herb puso su insignia delante de la mirilla.

—Muy bien, un momento.

Eso es, pensó Jeannie. Ahora voy a echarle la vista encima.

Abrió la puerta un joven despeinado y descalzo, envuelto en un ajado albornoz negro de felpa.

Jeannie le miró con fijeza, desorientada.

Era el doble de Steve..., salvo que tenía el pelo negro.

—¿Wayne Stattner? —preguntó Herb.

—Sí.

Debió de teñírselo, pensó Jeannie. Debió de teñírselo ayer o el jueves por la noche.

—Soy el detective Herb Reitz, de la comisaría número uno.

—Siempre he colaborado con la policía, Herb —dijo Wayne. Miró a Mish y a Jeannie. Ésta no captó el más leve aleteo de reconocimiento en su rostro—. ¿No quieren pasar?

Entraron. El recibidor, carente de ventanas, estaba pintado de negro, con tres puertas rojas. En un rincón se erguía un esqueleto humano del tipo de los que se suelen usar en las escuelas de medicina, pero aquel tenía la boca amordazada con un pañuelo escarlata y unas esposas de acero de la policía sujetaban los huesos de sus muñecas.

Wayne los condujo por una de las puertas rojas a un desván espacioso y de techo alto. Negras cortinas de terciopelo cubrían las ventanas y lámparas de pie iluminaban la estancia. Una bandera nazi de tamaño natural ocupaba una pared. Una colección de látigos llenaban un paragüero, expuestos bajo la luz de un foco. Una gran pintura al óleo, que representaba una crucifixión, descansaba en un caballete de pintor; al acercarse, Jeannie vio que la figura crucificada no era Cristo, sino una voluptuosa mujer de larga cabellera rubia. Se estremeció de asco.

Aquel era el hogar de un sádico: no podría resultar más evidente ni aunque lo anunciaran en la puerta con un letrero.

Herb miraba a su alrededor, despidiendo asombro por los ojos.

—¿Qué hace usted para ganarse la vida, señor Stattner?

—Soy propietario de dos clubes nocturnos de Nueva York. Con franqueza, precisamente ese el motivo por el que siempre estoy tan predispuesto a cooperar con la policía. He de tener las manos inmaculadamente limpias, con vistas al negocio.

Herb chasqueó los dedos.

—Naturalmente, señor Stattner. Leí algo sobre usted en un artículo de la revista *New York*. «Jóvenes millonarios de Manhattan.» Debí haber reconocido el nombre.

—¿No quieren sentarse?

Jeannie echó a andar hacia un asiento y luego vio que se trataba de una silla eléctrica de las que se emplean en las ejecuciones. Optó por cambiar de destino, hizo una mueca y se sentó en otra.

—Le presento a la sargento Michelle Delaware, de la policía de la ciudad de Baltimore —dijo Herb.

—¿Baltimore? —Wayne se manifestó soprendido. Jeannie no le quitaba ojo, por si en su rostro aparecía algún indicio de miedo, pero parecía buen actor. Stattner preguntó, sarcástico—: ¿Pero se cometen delitos en Baltimore?

—Se ha teñido el pelo, ¿verdad? —terció Jeannie.

Mish le disparó una centelleante mirada de fastidio. Jeannie estaba allí para observar, no para interrogar al sospechoso.

Sin embargo a Wayne no le importó la pregunta.

—Muy lista al notarlo.

Tenía yo razón, pensó Jeannie, exultante. Es él. Al mirarle las manos las recordó mientras le desgarraban a ella la ropa. Tú lo hiciste, hijo de perra, pensó.

—¿Cuándo se lo tiñó? —insistió.

—Cuando tenía quince años —respondió Stattner.

«Embustero.»

—El negro siempre ha estado de moda, desde que tengo uso de razón.

«Tu pelo era rubio el jueves, cuando pusiste tus manazas en mi falda, y el domingo, cuando violaste a mi amiga Lisa en el gimnasio de la Universidad Jones Falls.»

¿Pero por qué está mintiendo? ¿Sabía que teníamos un sospechoso de pelo rubio?

—¿A qué viene todo esto? —dijo Stattner—. ¿El color de mi pelo es una pista? Adoro los misterios.

—No le entretendremos mucho tiempo —manifestó Mish vivamente—. Sólo necesitamos saber dónde estaba usted el domingo pasado, a las ocho de la tarde.

Jeannie se preguntó si tendría coartada. Para él habría sido facilísimo declarar que estuvo jugando a las cartas con algunos tipos de los bajos fondos, a los que luego pagaría para que confirmasen sus palabras, o decir que había estado en la cama con alguna furcia, la cual perjuraría lo que fuese a cambio de un chute de droga.

Pero, ante la sorpresa de Jeannie, el muchacho dijo:

—Eso es fácil. Estaba en California.

—¿Alguien puede corroborarlo?

Se echó a reír.

—Más o menos, un millón de personas, supongo.

Jeannie empezó a presentir la catástrofe. No era posible que contase con una verdadera coartada. Tenía que ser el violador.

—¿Qué quiere decir? —preguntó Mish.

—Asistía a los Emmy.

Jeannie recordó que el televisor de la habitación que ocupaba Lisa en el hospital retransmitía la cena de los Premios Emmy. ¿Cómo podía ser que Wayne hubiese estado en la ceremonia? Difícilmente habría podido presentarse en el aeropuerto en el tiempo que tardó Jeannie en llegar al hospital.

—No obtuve ningún premio, naturalmente —añadió—. No estoy en ese negocio. Pero sí se lo dieron a Salina Jones, y es una vieja amiga.

Lanzó un vistazo hacia la pintura al óleo y Jeannie comprendió que la mujer del cuadro era la actriz que interpretaba el papel de Babe, la hija del quisquilloso Brian, el del restaurante de la comedia de situación *Too Many Cooks*. Sin duda había posado.

—Salina ganó el premio a la mejor actriz de comedia —informó Wayne—, y la besé en ambas mejillas cuando bajó del escenario con el trofeo en la mano. Fue un momento divino, que las cámaras de televisión captaron y difundieron automáticamente por todo el mundo. Lo tengo en vídeo. Y hay una foto en el número de la revista *People* de esta semana.

Señaló una revista que estaba encima de una carpeta.

Jeannie la cogió. Había en ella un retrato de Wayne, increíblemente elegante con su esmoquin, besando a Salina mientras la muchacha sostenía la estatuilla del Emmy.

El pelo de Wayne era negro.

El pie de la foto decía: «Wayne Stattner, empresario de clubes nocturnos de Nueva York, felicita a su antigua amante Salina Jones tras recibir ésta en Hollywood, el domingo por la noche, el Emmy por *Too Many Cooks*».

Como coartada no podía ser más inexpugnable.

¿Cómo era posible?

—Bien, señor Stattner —dijo Mish—, no es preciso que le robemos más tiempo.

—¿Qué pensaban que pude haber hecho?

—Investigamos una violación que tuvo lugar en Baltimore el domingo por la noche.

—Yo no estaba —dijo Wayne.

Mish miró la crucifixión y el muchacho siguió la dirección de sus ojos.

—Todas mis víctimas son voluntarias —declaró Wayne, y dedicó a Mish una larga y sugestiva mirada.

La detective se sonrojó y dio media vuelta.

Jeannie estaba desolada. Todas sus esperanzas se habían volatilizado. Pero su cerebro continuaba trabajando y cuando se disponían a salir, dijo:

—¿Puedo preguntarle una cosa?

—Faltaría más —accedió Wayne, siempre atento.

—¿Tiene hermanos o hermanas?

—Soy hijo único.

—En la época en que usted nació, su padre estaba en el ejército, ¿me equivoco?

—No, era instructor de pilotos de helicóptero en Fort Bragg. ¿Cómo pudo adivinarlo?

—¿Sabe usted si su madre tenía dificultades para concebir?

—Son preguntas muy extrañas para una agente de policía.

—La doctora Ferrami —explicó Mish— es una científica de la Universidad Jones Falls. Sus investigaciones están directamente relacionadas con el caso en que trabajo.

—¿Le dijo alguna vez su madre —preguntó Jeannie— que recibiera tratamiento de fertilidad?

—A mí no.

—¿Le importaría si se lo preguntara?

—Está muerta.

—Lo lamento. ¿Y su padre?

Wayne se encogió de hombros.

—Podría usted llamarle.

—Me gustaría.

—Reside en Miami. Le daré el número.

Jeannie le tendió una pluma. Wayne escribió un número en una página de la revista *People* y rasgó la esquina.

Fueron hacia la puerta.

—Gracias por su colaboración, señor Stattner —dijo Herb.

—A su disposición en todo momento.

Mientras bajaban en el ascensor, Jeannie dijo desconsolada:

—¿Crees en su coartada?

—La comprobaré —repuso Mish—. Pero tiene todo el aspecto de ser sólida.

Jeannie sacudió la cabeza.

—No puedo creer que sea inocente.

—Es tan culpable como Satanás... pero no de ésto.

44

Steve aguardaba junto al teléfono. Permanecía sentado en la amplia cocina de la casa de sus padres en Georgetown y, a la espera de la llamada de Jeannie, se dedicó a observar cómo preparaba su madre el rollo de carne picada. Steve se preguntó si Jeannie y la sargento Delaware encontrarían a Wayne Stattner en sus señas de Nueva York. Se preguntó también si el sospechoso confesaría haber violado a Lisa Hoxton.

La madre cortaba cebollas. Se había quedado aturdida y atónita cuando le dijeron por primera vez lo que le hicieron en la Clínica Aventina en diciembre de 1972. En realidad no acababa de creérselo, pero lo había aceptado provisionalmente, para no estropear el argumento, mientras hablaban con el abogado. La noche anterior, Steve estuvo hasta muy tarde sentado con sus padres, comentando la extraña historia. La madre se indignó; el que unos médicos experimentasen con pacientes sin permiso de éstos era algo que la ponía furiosa. Uno de los caballos de batalla de su columna, al que aludía con frecuencia, era el derecho de las mujeres a controlar su propio cuerpo.

Sorprendentemente, el padre se lo tomó con más calma. Steve hubiera esperado de él una reacción más enérgica en cuanto al aspecto vesánico de todo aquel asunto. Pero el padre se manifestó infatigablemente racional, le dio vueltas y vueltas a la lógica de Jeannie, especuló con otras explicaciones posibles del fenómeno de los trillizos y al final llegó a la conclusión de que probablemente la muchacha estaría en lo cierto. No obstante, reaccionar con tranquilidad formaba parte del código del padre. No le indicaba a uno necesariamente lo que el hombre sentía o pensaba en su fuero interno. En aquel preciso instante, el hombre estaba en el jardín, regando apaciblemente un macizo de flores, lo que no era óbice para que estuviese hirviendo bajo la superficie.

La madre empezó a freír las cebollas y a Steve se le hizo la boca agua al percibir el olor.

—Rollos de carne picada con puré de patatas y salsa de tomate —comentó—. Uno de mis platos favoritos.

La mujer sonrió.

—Cuando tenías cinco años me lo pedías a diario.

—Ya me acuerdo. En aquella pequeña cocina de Hoover Tower.

—¿Te acuerdas de eso?

—Sí. Me acuerdo de la mudanza y de lo extraño que me resultó tener una casa en vez de un piso.

—Eso fue en cuanto empecé a ganar dinero con mi primer libro, *Qué hacer cuando una no puede quedar embarazada*. —Suspiró—. Si sale a la luz la verdad acerca de cómo quedé embarazada, ese libro va a parecer un camelo de pronóstico.

—Confío en que todas las personas que lo compraron no te exijan que les devuelvas el dinero.

La madre echó la carne picada en la sartén, junto con las cebollas, y se secó las manos.

—Me he pasado toda la noche pensando en todo este asunto y ¿sabes una cosa? Me alegro de que me hicieran lo que me hicieron en la Clínica Aventina.

—¿Cómo es eso? Anoche estabas que te subías por las paredes.

—Y en cierto sentido aún me tiene furiosa el que me manipularan como a un chimpancé de laboratorio. Pero he comprendido algo sencillo. Si no hubiesen hecho experimentos conmigo, no te habría alumbrado. Aparte de eso, no importa ninguna otra cosa.

—¿No te importa el que no sea realmente tuyo?

Ella le rodeó con los brazos.

—Eres mío, Steve. Eso nada puede cambiarlo.

Sonó el teléfono y Steve lo arrancó de la horquilla.

—¡Dígame!

—Aquí, Jeannie.

—¿Cómo ha ido todo? —preguntó Steve casi sin aliento—. ¿Estaba allí?

—Sí, y es tu doble, salvo que lleva el pelo teñido de negro.

—Dios mío... somos tres.

—Sí. La madre de Wayne ha muerto, pero acabo de hablar con el padre, que vive en Florida, y me confirmó que su mujer recibió tratamiento en la Clínica Aventina.

Era una buena noticia, pero la voz de Jeannie irradiaba desánimo y Steve controló su euforia.

—No pareces todo lo animada que deberías.

—Tiene una coartada para el domingo.

—¡Mierda! —Las esperanzas de Steve naufragaron de nuevo—. ¿Cómo es posible? ¿Qué clase de coartada?

—A toda prueba. Estaba en la entrega de los Emmy en Los Ángeles. Hay fotografías.

—¿Se dedica al cine?

—Es propietario de clubes nocturnos. Es una celebridad de segunda.

Steve comprendió por qué estaba Jeannie tan abatida. Su descubrimiento de Wayne había sido algo genial..., pero no los permitía avanzar un solo metro. Steve se sintió tan desconcertado como alicaído.

—¿Quién violó a Lisa, pues?

—¿Recuerdas lo que dice Sherlock Holmes? «Una vez has eliminado lo imposible, lo que queda, por improbable que resulte, tiene que ser la verdad.» ¿O quizás es Hércules Poirot quien lo dice?

A Steve, el corazón se le había congelado. ¿No creería Jeannie que fue él, Steve, quien violó a Lisa?

—¿Y cuál es la verdad?

—Hay cuatro gemelos.

—¿Cuatrillizos? Jeannie, esto es para volverse loco.

—Exactamente cuatrillizos, no. Me resulta imposible creer que este embrión se dividiera en cuatro por accidente. Tuvo que ser deliberado, parte del experimento.

—¿Eso es posible?

—Lo es en la actualidad. Habrás oído hablar de la clonación. En el decenio de los setenta no pasaba de ser una idea. Pero parece que la Genetico iba varios años por delante del resto de los que trabajaban ese campo... tal vez porque actuaban en secreto y podían experimentar con seres humanos.

—Estás diciendo que soy un clon.

—Tienes que serlo. Lo lamento, Steve. Ya sé que te estoy dando una noticia desastrosa. Es una suerte que tengas los padres que tienes.

—Sí. ¿Cómo es ese chico, Wayne?

—Horroroso. Está pintando un cuadro que representa a Salina Jones crucificada y desnuda. Yo no veía la hora de salir de aquel apartamento.

Steve guardó silencio. «Uno de mis clones es un asesino; otro, un sádico, y el hipotético número cuatro es un violador. ¿Eso dónde me sitúa a mí?»

—El concepto clónico —dijo Jeannie— explica también por qué tenéis todos distintas fechas de nacimiento. Los embriones se guardaban en el laboratorio durante diversos periodos de tiempo antes de implantarlos en el útero de las mujeres.

«¿Por qué tuvo que ocurrirme esto a mí? ¿Por qué no podía ser yo como todos los demás?»

—Están cerrando el vuelo, tengo que irme.

—Quiero verte. Me daré un paseo en coche hasta Baltimore.

—Conforme. Adiós.

Steve colgó el teléfono.

—Lo has pillado, ¿no? —le dijo a su madre.

—Sí. Ese chico se parece a ti, pero tiene una coartada, de modo que ella cree que debéis de ser cuatro y que, por lo tanto, sois clones.

—Si somos clones, he de ser como ellos.

—No. Tú eres distinto, porque tú eres mío.

—Pero no lo soy. —Vio la contracción que el dolor disparó a través de las facciones de su madre, pero él también sufría—. Soy hijo de dos perfectos desconocidos seleccionados por los investigadores científicos al servicio de la Genetico. Esa es mi estirpe.

—Tienes que ser distinto a los demás, puesto que te comportas de una manera distinta.

—¿Pero qué demuestra que mi naturaleza sea distinta a la de ellos? ¿O es que he aprendido a disimularlo, como un animal domesticado? Lo que soy ¿es obra tuya? ¿O de la Genetico?

—No lo sé, hijo mío —dijo la madre—. Sencillamente, no lo sé.

45

Tras ducharse y lavarse la cabeza, Jeannie se arregló los ojos detenidamente. Decidió no pintarse los labios ni aplicarse colorete. Se puso un jersey de color púrpura y cuello en uve y un par de ceñidos pantalones grises. Nada de ropa interior ni de calzado. Se colocó su joya nasal favorita, un pequeño zafiro engastado en plata. La imagen que reflejó el espejo era de sexo en oferta.

—¿A la iglesia, señorita? —dijo en voz alta. Se dedicó un guiño pícaro y pasó a la sala de estar.

Su padre había vuelto a marcharse. Prefería estar en casa de Patty, donde contaba con sus tres nietos para entretenerse. Patty había ido a recogerle mientras Jeannie estaba en Nueva York.

Ella no tenía nada que hacer, excepto esperar a Steve. Trató de no pensar en la gran desilusión de la jornada. Era suficiente. Tenía hambre; durante todo el día lo único que tomó fue café. Dudaba entre comer algo o esperar a que llegase Steve. Sonrió al recordar la voracidad con que se desayunó los ocho bollos de canela. ¿Eso había ocurrido el día anterior? ¿Sólo? Parecía haber pasado una semana.

De pronto se dio cuenta de que no tenía nada en el refrigerador. ¡Sería espantoso que llegase Steve y ella no pudiera darle de comer! Se calzó apresuradamente un par de botas Doc Marten y se precipitó a la calle. Condujo hasta el 7-Eleven de la esquina de Falls Road y la calle 36 y compró huevos, tocino, leche, una hogaza de pan de siete cereales, ensalada preparada, cerveza Dos Equis, un helado Ben & Jerry's Rainforest Cruch y cuatro paquetes más de bollos de canela congelados.

Cuando se encontraba en la caja se le ocurrió que cabía la posibilidad de que Steve se presentase mientras ella estaba ausente. ¡Incluso podía marcharse otra vez! Salió de la tienda con los brazos cargados de comestibles y condujo de vuelta a casa como una posesa, imaginándose a Steve aguardándola impaciente en la puerta del edificio.

No había nadie delante de su casa ni el menor rastro del herrumbroso

Datsun. Subió al piso y puso en el refrigerador todo lo que había comprado. Sacó los huevos del envase de cartón y los colocó en la bandeja, abrió el paquete de seis botellines de cerveza, llenó el depósito de la cafetera y la dejó a punto de preparar el café. Luego volvió a quedarse sin nada que hacer.

Se le ocurrió que estaba comportándose de una manera atípica. Hasta entonces, nunca se había preocupado de si un hombre pudiera tener o no tener hambre. Su actitud normal, incluso con Will Temple, consistió siempre en dar por supuesto que si él tenía apetito, con prepararse algo personalmente, listo, y si la nevera estaba vacía, él mismo debería bajar a la tienda y, si la encontraba cerrada, buscar otra que estuviese abierta. Pero ahora se veía dominada por un ataque de espíritu casero. Steve le había causado un impacto mucho más fuerte que ningún otro hombre, a pesar incluso de que sólo lo conocía desde unas cuantas fechas atrás...

El timbre de la puerta de la calle retumbó como un estallido.

Jeannie se puso en pie de un salto, con el corazón bailándole en el pecho, y articuló por el telefonillo:

—¿Sí?

—¿Jeannie? Soy Steve.

Apretó el botón que abría la puerta. Permaneció inmóvil un momento, sintiéndose muy tonta. Se comportaba como una adolescente. Vio a Steve subir la escalera con su camiseta de manga corta y sus holgados pantalones. El rostro del muchacho reflejaba el dolor y la decepción de las últimas veinticuatro horas. Le echó los brazos al cuello y lo oprimió con fuerza contra sí. El robusto cuerpo del chico estaba rígido y tenso.

Le condujo al salón. Steve se sentó el sofá y Jeannie encendió la cafetera. Se sentía muy unida a él. No habían hecho lo que se considera normal: salir, ir a restaurantes y al cine juntos, que era el plan que siempre se había trazado Jeannie para conocer a un hombre. En vez de eso, lucharon hombro con hombro en varias batallas, trataron de resolver misterios juntos y juntos se vieron acosados por enemigos medio ocultos. Lo cual hizo que su amistad se fraguara con extraordinaria rapidez.

—¿Quieres café?

—Preferiría hacer manitas —dijo Steve.

Jeannie se sentó a su lado en el sofá y le tomó la mano. Steve se inclinó hacia ella. La muchacha alzó la cara y Steve la besó en la boca. Era su primer beso auténtico. Jeannie le apretó la mano y entreabrió los labios. El sabor de la boca de Steve le hizo pensar en humo de madera. Durante unos segundos, su pasión se extravió mientras ella trataba de determinar si se había limpiado los dientes; pero en seguida recordó que sí lo había hecho y entonces se relajó. Steve le acariciaba los pechos por encima de la lana del jersey: aquellas manos enormes eran soprendentemente delicadas. Jeannie le imitó, deslizando las palmas de sus manos sobre el pecho de Steve.

Se calentó la cosa a velocidad de vértigo.

Steve se retiró para mirarla. Contempló el rostro de Jeannie como si quisiera grabar a fuego en su memoria las facciones de la muchacha.

Pasó la yema de los dedos por las cejas, los pómulos, la punta de la nariz y los labios de Jeannie con tanta suavidad como si temiera romper algo. Sacudió la cabeza ligeramente de un lado a otro, como si no pudiera creer lo que veía.

Jeannie percibió en su mirada un profundo anhelo. Aquel hombre la deseaba con todo su ser. Y el mismo afán se apoderó de ella. La pasión estalló como un repentino viento del sur, abrasador y tempestuoso. Jeannie tuvo la sensación de que se fundía en sus propios lomos, algo que no experimentaba desde hacía año y medio. De pronto, lo deseó todo: el cuerpo de Steve encima del suyo, la lengua de Steve dentro de su boca y las manos de Steve por todas partes.

Tomó la cabeza del muchacho, atrajo su rostro y le besó de nuevo, esa vez con la boca abierta. Se echó hacia atrás en el sofá hasta que el cuerpo de Steve se encontró medio tendido sobre el suyo, con el peso del chico oprimiéndole el pecho.

Al cabo de uno momento, Jeannie le empujó, jadeante, y dijo:

—Al dormitorio.

Se zafó de él y le precedió camino de la alcoba. Se quitó el jersey pasándoselo por encima de la cabeza y lo arrojó al suelo. Steve entró en el cuarto y cerró la puerta a su espalda con el talón. Al verla desnuda, se desprendió de la camiseta con rápido movimiento.

Todos hacen lo mismo, pensó Jeannie. Todos cierran la puerta con el talón.

Steve se descalzó, se soltó el cinturón y se quitó los pantalones azules. Su cuerpo era perfecto, hombros anchos, pecho musculoso y caderas estrechas enfundadas en calzoncillos blancos.

«¿Pero cuál de ellos es?»

Steve avanzó hacia ella y Jeannie retrocedió dos pasos.

Aquel individuo dijo por teléfono: «Puede volver a visitarte».

Steve frunció el entrecejo.

—¿Qué ocurre?

Jeannie estaba repentinamente asustada.

—No puedo hacerlo —dijo.

Steve respiró hondo y expulsó el aire con fuerza.

—¡Estupendo! —exclamó. Desvió la mirada—. ¡Esta sí que es buena!

Jeannie cruzó los brazos sobre el pecho, cubriéndose los senos.

—No sé quién eres.

Steve comprendió.

—¡Oh, Dios mío! —Se sentó en la cama, de espaldas a ella, y sus amplios hombros se inclinaron con desánimo. Pero podía tratarse de una actuación teatral—. Crees que soy el que conociste en Filadelfia.

—Creí que él era Steve.

—¿Pero por qué iba a fingir que era yo?

—Eso no importa.

—Él no lo hubiera hecho sólo con la esperanza de echar un polvo furtivo —dijo Steve—. Mis dobles tienen modos muy peculiares de gozarla, pero éste no figura en su repertorio. Si él quisiera follarte, te amenazaría con un cuchillo, te rasgaría las medias o prendería fuego al edificio, ¿no te parece?

—Recibí una llamada telefónica —explicó Jeannie, temblorosa—. Anónima. Dijo: «El que te abordó en Filadelfia se suponía que iba a matarte. Se embarulló un poco y estropeó el asunto. Pero puede volver a visitarte». Por eso tienes que marcharte ahora.

Recogió el jersey del suelo y se lo puso precipitadamente. No le hizo sentirse ni tanto así más segura.

Había compasión en los ojos de Steve.

—Pobre Jeannie —dijo—. Esos cabrones te han metido el miedo en el cuerpo. Lo siento.

Se levantó y se puso los pantalones.

De pronto, Jeannie tuvo la certeza de que estaba equivocada. El clon de Filadelfia, el violador, nunca hubiera vuelto a vestirse en aquella situación. La habría arrojado encima de la cama, le habría arrancado la ropa e intentado tomarla por la fuerza. Este hombre era diferente. Era Steve. Sintió un casi irresistible deseo de echarse en sus brazos y hacer el amor con él.

—Steve...

Él sonrió.

—Me llamo.

¿Pero no sería ese el propósito de su actuación? Una vez hubiera ganado su confianza, estuviesen desnudos en la cama y él tendido encima, ¿no cambiaría y revelaría su verdadera naturaleza, la naturaleza que se perecía por ver a las mujeres aterrorizadas y sumidas en el dolor? La sacudió un estremecimiento de pánico.

No estaba bien. Desvió la mirada.

—Vale más que te vayas —dijo.

—Podías preguntarme cosas.

—Vale. ¿Dónde vi a Steve por primera vez?

—En la pista de tenis.

Era la contestación correcta.

Pero los dos, Steve y el violador, estaban aquel día en la Universidad Jones Falls.

—Pregúntame otra cosa.

—¿Cuántos bollos de canela se comió Steve el viernes por la mañana?

Steve sonrió.

—Ocho. Me avergüenza confesarlo.

Jeannie sacudió la cabeza, desconfiadamente.

—Puede que hayan puesto micrófonos ocultos en esta casa. Registraron mi despacho y descargaron mi correo electrónico. Es posible que nos estén escuchando en este momento. No es bueno. No conozco a Steve Logan hasta ese punto, y lo que yo sé otros también pueden saberlo.

—Supongo que tienes razón —convino Steve, y se puso de nuevo la camiseta de manga corta.

Se sentó en la cama y se calzó los zapatos. Jeannie se fue al salón, ya que no deseaba seguir en el dormitorio viendo cómo se vestía. ¿Estaba cometiendo un terrible error? ¿O era el acto más inteligente de cuantos jamás había realizado? Sintió el dolor de la privación en los riñones; deseaba desesperadamente hacer el amor con Steve. Sin embargo, el pensamiento de encontrarse en la cama con alguien como Wayne Stattner la hacía temblar de miedo.

Steve salió del dormitorio, completamente vestido. Jeannie le miró a los ojos, buscó en ellos algo, algún detalle que aclarara su dudas, pero no lo encontró. «No sé quién eres, ¡sencillamente no lo sé!»

Steve le leyó el pensamiento.

—Es inútil, no puedo sacarte de dudas. La confianza es la confianza, y cuando se pierde se ha perdido. —Dejó ver momentáneamente su resentimiento—. ¡Qué jarro de agua fría, qué jodido jarro de agua fría!

Su rabia aterró a Jeannie. Ella era fuerte, pero Steve lo era más. Deseó verle fuera del piso, y rápido.

Steve notó su perentoriedad.

—De acuerdo, ya me voy —dijo. Se encaminó a la puerta—. Te darás cuenta de que él no se marcharía.

Ella asintió con la cabeza.

—Pero hasta que no haya salido de aquí —Steve expresó en palabras lo que Jeannie estaba pensando—, no puedes estar segura. Y si me voy y luego vuelvo, eso tampoco contaría. Para que sepas que soy yo, tengo que marcharme de verdad.

—Sí.

Ahora tenía la plena certeza de que aquel era Steve, pero las dudas reaparecerían a menos que se fuera real y definitivamente.

—Necesitamos una clave secreta, para que sepas que soy yo.

—Exacto.

—Pensaré algo.

—Muy bien.

—Adiós —se despidió Steve—. No intentaré besarte.

Bajó la escalera.

—Telefonéame —alzó la voz por encima del hombro.

Jeannie continuó inmóvil, como petrificada, hasta que oyó el golpe de la puerta de la calle al cerrarse.

Se mordió el labio. Tenía ganas de llorar. Fue al mostrador de la cocina y se sirvió una taza de café. Levantó la taza hacia sus labios, pero le resbaló entre los dedos, cayó y fue a estrellarse contra las baldosas del suelo, donde se hizo añicos.

—¡Leches! —exclamó Jeannie.

Se le doblaron las piernas y se desplomó encima del sofá. Tenía la sensación de haber estado en terrible peligro. Ahora comprendía que tal peligro era imaginario, pero, a pesar de todo, agradecía profundamente el que hubiera quedado atrás. Sentía el cuerpo henchido de un deseo insatisfecho. Se tocó la entrepierna: los pantalones estaban húmedos.

—Pronto —jadeó—. Pronto.

Pensó en cómo se desarrollarían las cosas la próxima vez que se encontraran, cómo le abrazaría, le besaría y le pediría perdón; y cómo la perdonaría él, derrochando ternura. Y mientras se imaginaba todo aquello, las yemas de los dedos pulsaron los puntos debidos y al cabo de unos instantes un espasmo de placer recorrió todo su cuerpo.

Luego durmió un rato.

46

Humillación era el sentimiento que agobiaba a Berrington.

Había derrotado a Jeanie Ferrami una y otra vez, pero en ningún momento pudo sentirse satisfecho de ello. Jeannie le obligó a moverse sigilosamente como un ladrón de tres al cuarto. Había tenido que filtrar vergonzantemente a un periódico una historia abyecta, colarse rastrero como una serpiente en el despacho de la mujer y registrar los cajones de su mesa. Ahora espiaba su casa. El miedo le obligaba a actuar así. Su mundo parecía desmoronarse en torno suyo. Estaba desesperado.

Jamás hubiera pensado que estaría haciendo aquello unas semanas antes de cumplir los sesenta años: sentado en su automóvil, aparcado junto a la acera, dedicado a vigilar la puerta de la casa de otra persona como un mugriento detective particular. ¿Qué pensaría su madre? Aún vivía, era un dama esbelta, elegante y bien vestida, de ochenta y cuatro años, que residía en una pequeña población de Maine, escribía cartas al periódico local y se mostraba firmemente decidida a mantenerse en su puesto de encargada de arreglar las flores de la Iglesia Episcopaliana. Se estremecería de bochorno si se enterara de la situación a que se veía reducido su hijo.

Que Dios no permitiera que le viese algún conocido. Tenía buen cuidado en evitar cruzar su mirada con la de los peatones que pasaban por allí. Por desgracia, su coche era realmente llamativo. Lo consideraba un automóvil sólo discretamente distinguido, pero no había muchos Lincoln Town Cars aparcados en la calle donde estaba: los coches favoritos de los vecinos de aquel barrio eran provectos utilitarios japoneses y Pontiac Firebirds amorosamente conservados. Con su peculiar cabellera gris, el propio Berrington no era la clase de persona que se fundía en el paisaje y pasaba inadvertida. Durante cierto tiempo tuvo ante sí un plano de la ciudad, desplegado encima del volante, a guisa de camuflaje, pero aquel vecindario era amable y dos personas golpearon suavemente el cristal de la ventanilla y se ofrecieron a indicarle la dirección que estuviese buscando, así que Berrington volvió a guardar el plano. Se consoló diciéndose que en una zona de rentas tan bajas resultaba poco probable que viviera alguien importante.

En aquellos instantes no tenía la menor idea de lo que Jeannie pudiera estar tramando. El FBI no había logrado encontrar la lista en su apartamento. Berrington tuvo que imaginar lo peor: la lista había conducido a Jeannie a otro clon. En tal caso, el desastre no estaba muy lejos. Berrington, Jim y Preston contemplaban de cerca el inmediato desenmascaramiento público, la deshonra y la ruina.

Fue Jim quien sugirió que Berrington espiase el domicilio de Jeannie.

—Tenemos que saber qué se lleva esa mujer entre manos, quién entra y sale de su casa —había dicho Jim, y Berrington se mostró de acuerdo, aunque a regañadientes.

Se había apostado allí temprano y no sucedió nada hasta alrededor del mediodía, cuando fue a recoger a Jeannie una mujer de color en la que Berrington reconoció a uno de los detectives que investigaban la violación. El lunes le había entrevistado a él brevemente. A Berrington le pareció atractiva. Consiguió recordar su nombre: sargento Delaware.

Había llamado a Proust desde el teléfono público del McDonald de la esquina y Proust le prometió ponerse en contacto con su amigo del FBI para averiguar a quién habían ido a ver. Berrington se imaginó al hombre del FBI diciendo: «La sargento Delaware entró en contacto hoy con un sospechoso al que mantenemos bajo vigilancia. Por razones de seguridad no puedo revelar más detalles, pero nos resultaría de gran utilidad saber con exactitud qué hizo la sargento esta mañana y en qué caso está trabajando».

Cosa de una hora después, Jeannie salió a toda prisa, tan provocativamente sexual con su jersey púrpura que a Berrington se le partió el corazón. No siguió al coche de la mujer; pese al miedo que le abrumaba no se atrevió a caer en semejante indignidad. Pero la vio volver al cabo de unos minutos cargada con un par de bolsas de papel de las que utilizan las tiendas de comestibles. A continuación llegó uno de los clones, presumiblemente Steve Logan.

No permaneció mucho tiempo en el piso. De haber estado en su piel, pensó Berrington, con Jeannie vestida como iba vestida, él, Berrington, se hubiera quedado toda la noche y la mayor parte del domingo.

Consultó el reloj del coche por vigésima vez y decidió llamar de nuevo a Jim. Era posible que hubiese recibido ya noticias del FBI.

Berrington se apeó del automóvil y anduvo hasta la esquina. El olor de las patatas fritas le hizo notar que tenía hambre, pero le repateaba los hígados comer hamburguesas en envases de polietileno. Se proveyó de una taza de café negro y se llegó al teléfono público.

—Fueron a Nueva York —le informó Jim.

Era lo que se temía Berrington.

—Wayne Stattner —dijo.

—Sí.

—Mierda. ¿Qué hicieron?

—Le pidieron cuentas de sus movimientos durante el domingo pasado y cosas por el estilo. Él estuvo en los Emmy. Su retrato había aparecido en la revista *People*. Fin de la historia.

—¿Alguna indicación acerca de lo que Jeannie pueda estar planeando hacer en el futuro inmediato?

—No. ¿Qué pasa por ahí?

—No gran cosa. Desde aquí veo la puerta. La chica hizo unas compras, Steve Logan vino y se marchó, nada. Tal vez se les hayan agotado las ideas.

—Y tal vez no. Todo lo que sabemos es que tu plan de despedirla no le ha cortado las alas; sigue dando guerra.

—Está bien, Jim, no hace falta que me lo restregues por las narices. Un momento..., ahora sale.

Jeannie se había cambiado de ropa: vestía pantalones blancos y una espléndida blusa azul sin mangas que dejaba al aire sus fuertes brazos.

—Síguela —dictó Jim.

—Al diablo con esto. Está subiendo a su coche.

—Tenemos que saber adónde va, Berry.

—¡No soy ningún polizonte, maldita sea!

Una niña que se dirigía al lavabo de señoras con su madre dijo:

—Ese hombre grita, mamá.

—Chist, cariño —la acalló la madre.

Berrington bajó la voz:

—Acaba de arrancar.

—¡Sube a tu condenado coche!

—Que te zurzan, Jim.

—¡Síguela! —Jim cortó la comunicación.

Berrington colgó el teléfono.

El Mercedes rojo de Jeannie pasó por delante de él y torció hacia el sur por la Falls Road.

Berrington echó a correr hacia su automóvil.

47

Jeannie observó atentamente al padre de Steve. Charles tenía el pelo negro y una sombra de barba cerrada cubría sus mandíbulas. Su expresión era austera y sus modales rigurosamente precisos. Pese a que era sábado y había estado trabajando en el jardín, llevaba pantalones oscuros planchados a la perfección y camisa de manga corta. No se parecía a Steve en ningún sentido. Lo único que Steve habría podido heredar de él era el gusto por la ropa de tipo tradicional. La mayoría de los estudiantes de Jeannie llevaban prendas de mahón, en muchos casos rotas y deshilachadas, y de cuero negro, pero Steve se inclinaba por el caqui y las camisas clásicas de cuello cerrado.

Steve aún no había llegado a casa y Charles aventuró que seguramente se habría dejado caer por la biblioteca de la facultad de Derecho para documentarse acerca de los precedentes judiciales de violaciones. La madre de Steve descansaba en la cama. Charles preparó limonada y Jeannie y él salieron al patio de la casa de Georgetown y se acomodaron en sillas de jardín.

Jeannie se había despertado de una ligera siesta con una brillante idea iluminándole la parte delantera del cerebro. Acababa de ocurrírsele subconscientemente un modo de dar con el cuarto clon. Pero necesitaría la ayuda de Charles. Y no estaba segura de que él estuviese muy predispuesto a hacer lo que iba a pedirle.

Charles le pasó un vaso alto y frío, se sirvió otro y se sentó.

—¿Puedo tutearte? —preguntó.

—Por favor —asintió ella.

—Y espero que hagas lo mismo.

—Claro.

Sorbieron un poco de limonada.

—Jeannie... —preguntó luego Charles—, ¿de qué va todo esto?

Ella dejó el vaso.

—Creo que se trata de un experimento —contestó—. Berrington y Proust permanecieron en el ejército hasta poco después de haber fundado la

Genetico. Sospecho que la empresa empezó siendo originalmente la tapadera que ocultaba un proyecto militar.

—He sido soldado durante toda mi vida de adulto y no me cuesta nada creer casi cualquier cosa del ejército, por demencial que sea. Pero ¿qué interés podían tener en los problemas de fertilidad femenina?

—Piensa en esto: Steve y sus dobles son todos altos, fuertes, apuestos y físicamente perfectos. También son muy inteligentes, aunque su propensión a la violencia es un obstáculo en el camino de sus aspiraciones. Pero Steve y Dennis tienen un cociente intelectual que se sale de la escala y me parece que a los otros dos les ocurre tres cuartos de lo mismo: Wayne ya es millonario a la edad de veintidós años y el cuarto hasta ahora ha sido por lo menos lo bastante listo como para eludir completamente la detección.

—¿Adónde te lleva todo eso?

—No lo sé. Me pregunto si no trataría el ejército de crear el soldado perfecto.

No era más que una hipótesis gratuita y lo dijo como por casualidad, pero electrificó a Charles.

—¡Oh, Dios mío! —exclamó, y una expresión de sobresaltado entendimiento se extendió por su rostro—. Me parece que recuerdo haber oído hablar de eso.

—¿Qué quieres decir?

—Allá por los años setenta circuló un rumor por todo el estamento militar. La gente comentaba que los rusos tenían un programa de reproducción humana. Estaban fabricando soldados perfectos, atletas perfectos, jugadores de ajedrez perfectos, de todo. No faltó quien opinara que nosotros deberíamos hacer lo mismo. Otros afirmaban que ya lo estábamos haciendo.

—¡Eso es! —Jeannie se dio cuenta de que por fin las piezas empezaban a encajar—. Seleccionaban un hombre y una mujer sanos, agresivos, inteligentes y rubios, y los convencían para que donasen el espermatozoide y el óvulo con los que formar el embrión. Pero en lo que realmente estaban interesados era en la posibilidad de duplicar el soldado perfecto una vez lo hubiesen creado. La parte crucial del experimento era la división múltiple del embrión y la implantación en las madres anfitrionas. Y funcionaba. —Enarcó las cejas—. Me pregunto qué sucedió a continuación.

—Puedo contestar a eso —dijo Charles—. Watergate. Todos esos locos proyectos secretos se cancelaron después.

—Pero la Genetico se legitimó, como la Mafia. Y dado que descubrieron realmente el modo de crear niños probeta, la empresa resultó rentable. Los beneficios financiaban las inversiones en ingeniería genética que realizaron a partir de entonces. Sospecho que mi propio proyecto probablemente forma parte de su gran plan.

—¿Qué es?

—Una raza de norteamericanos perfectos: inteligentes, agresivos y rubios. —Se encogió de hombos—. Es una vieja idea, pero que ahora es posible merced a la genética moderna.

—Entonces, ¿por qué venden la compañía? Eso no tiene sentido.

—Quizá sí lo tenga —articuló Jeannie pensativamente—. Cuando se presentó la oferta pública de compra, tal vez vieron la ocasión de cambiar la marcha, de meter la quinta velocidad. El dinero que reciban por la venta financiará la campaña de Proust como candidato a la presidencia. Si consiguen llegar a la Casa Blanca, podrán llevar a cabo cuantas investigaciones deseen... y poner en práctica sus ideas.

Charles asintió con la cabeza.

—El *Washington Post* de hoy publica un artículo sobre las ideas de Proust. No creo que me gustara vivir en la clase de mundo que propugna. Si todos fueran soldados agresivos, ¿quién escribiría los poemas, interpretaría los blues y participaría en las marchas antibélicas de protesta?

Jeannie alzó las cejas. Era un pensamiento sorprendente en boca de un soldado de carrera.

—Hay más que eso —dijo—. Las modificaciones humanas tienen un propósito. Existe una razón por la que los hijos somos diferentes de cada uno de nuestros padres. La evolución es cuestión de ensayo y error. Uno no puede evitar los experimentos fallidos de la naturaleza sin eliminar también los éxitos.

Charles suspiró.

—Todo lo cual significa que no soy el padre de Steve.

—No digas eso.

El hombre abrió su billetero y sacó una foto.

—Tengo que confesarte una cosa, Jeannie. Ni por asomo sospeché nunca esta cuestión de los chicos clónicos, pero a menudo he mirado a Steve y me he preguntado si en él hay algo de mí.

—¿No lo ves?

—¿Algún parecido?

—No me refiero a parecido físico. Pero Steve posee un profundo sentido del deber. A ninguno de los otros clones les importa lo más mínimo el deber. ¡Eso lo ha heredado de ti!

La expresión de Charles continuó siendo lúgubre.

—Hay algo malo en él. Lo sé.

Jeannie le tocó el brazo.

—Escúchame. Steve era lo que yo llamo un chico salvaje: desobediente, impulsivo, temerario, rebosante de energía, ¿no es así?

Charles sonrió tristemente.

—Eso es verdad.

—También lo fueron Dennis Pinker y Wayne Stattner. A tales chicos casi resulta imposible educarlos para que vayan por el camino recto. Por eso Dennis es un asesino y Wayne un sádico. Pero Steve no es como ellos... y tú eres la razón de que no lo sea. Sólo unos padres dotados de la máxima paciencia, entrega y comprensión pueden educar a tales niños y convertirlos en seres humanos normales. Y Steve es normal.

—Rezo para que estés en lo cierto.

Charles abrió el billetero para poner de nuevo la foto en su sitio. Jeannie le detuvo.

—¿Puedo verla?

—Desde luego.

Jeannie examinó la imagen. Era una foto tomada recientemente. Steve llevaba una camisa de cuadros azules y el pelo un poco demasiado largo. Sonreía tímidamente a la cámara.

—No tengo ninguna foto suya —se lamentó Jeannie al tiempo que se la devolvía a Charles.

—Quédate ésta.

—No puedo. Tú la llevas junto al corazón.

—Tengo un millón de fotos de Steve. Pondré otra en la cartera.

—Gracias, te lo agradezco de verdad.

—Pareces muy encariñada con él.

—Le quiero, Charles.

—¿En serio?

Jeannie asintió.

—Cuando pensé que podían meterle en la cárcel por esa violación, deseé brindarme para que me encerrasen en su lugar.

Charles esbozó una sonrisa forzada.

—Yo también.

—Eso es amor, ¿verdad?

—Seguro que sí.

Jeannie se sintió un tanto cohibida. No había tenido intención de contarle todo aquello al padre de Steve. En realidad, ni siquiera lo sabía ella misma; las palabras le salieron así, y entonces comprendió que respondían a un hecho cierto.

—¿Qué siente Steve por ti?

Jeannie sonrió.

—Podría ser modesta...

—No hace falta.

—Está loco por mí.

—No me sorprende. No sólo porque seas bonita, que lo eres, sino porque también eres fuerte: cosa que salta a la vista. Steve necesita a alguien fuerte..., sobre todo cuando esa acusación pende sobre su cabeza.

Jeannie le dirigió una mirada calculadora. Era el momento de formularle la petición.

—Hay algo que podrías hacer, ¿sabes?

—Dime de qué se trata.

Jeannie había ensayado su discurso durante todo el trayecto a Washington.

—Si pudiera revisar otra base de datos, puede que localizara al verdadero violador. Pero después de toda la publicidad aparecida en *The New York Times*, ninguna agencia del gobierno ni compañía de seguros va a arriesgarse a trabajar conmigo. A menos...

—¿Qué?

Jeannie se inclinó hacia delante en la silla de jardín.

—La Genetico experimentó con esposas de soldados que les enviaron hospitales militares. Por lo tanto, la mayor parte de los clones probablemente nacieron en hospitales militares.

Charles asintió lentamente.

—Hace veintidós años, a los niños se les debía dar de alta en los registros clínicos del ejército. Esos historiales médicos puede que aún existan.

—Estoy seguro. El ejército nunca tira nada.

Las esperanzas de Jeannie subieron un grado. Pero había otro problema.

—En aquella época, tanto tiempo atrás, los archivos se llevaban a base de documentos de papel. ¿Pueden haberlo pasado al ordenador?

—Estoy seguro de ello. Es el único sistema de almacenarlo todo.

—Entonces es posible encontrarlo —Jeannie dominó su exaltación.

Charles parecía absorto. Jeannie le miró fijamente.

—¿Puedes conseguir que acceda a esos archivos, Charles?

—Exactamente, ¿qué necesitas hacer?

—Tengo que cargar mi programa en el ordenador y dejar que revise todos los ficheros.

—¿Cuánto tiempo llevará?

—No hay modo de saberlo. Depende del volumen de la base de datos y de la potencia del ordenador.

—¿Interfiere en la recuperación normal de datos?

—Puede retrasarla.

Charles frunció el entrecejo.

—¿Lo harás? —apremió Jeannie, impaciente.

—Si nos cogen, será el fin de mi carrera.

—¿Lo harás?

—¡Demonios, sí!

48

Steve se emocionó al ver a Jeannie sentada en el patio, bebiendo limonada y charlando animadamente con Charles, como si fueran viejos amigos. Eso es lo que quiero, pensó; quiero a Jeannie formando parte de mi vida. Entonces podré afrontar lo que venga.

Cruzó el césped, desde el garaje, sonriente, y dejó un beso suave en los labios de Jeannie.

—Parecéis dos conspiradores —comentó.

Jeannie le explicó lo que estaban planeando y Steve dejó que sus esperanzas volvieran a renacer.

—No soy precisamente un genio de la informática —confesó Charles a Jeannie—. Me hará falta tu ayuda para instalar el programa.

—Iré contigo.

—Apuesto a que no llevas encima el pasaporte.

—Pues no.

—No puedo introducirte en el centro de datos si no llevas identificación.

—Nada me impide ir a casa y recogerlo.

—Te acompañaré yo —terció Steve—. Tengo el pasaporte arriba. Estoy seguro de que puedo instalar ese programa.

El padre lanzó a Jeannie una mirada interrogadora.

La muchacha asintió.

—El proceso es sencillo. Si surge algún fallo técnico, me llamáis desde el centro de datos y os transmitiré las instrucciones precisas.

—Vale.

Charles entró en la cocina y volvió con el teléfono. Marcó un número.

—Don, aquí, Charlie. ¿Quién ganó ese partido de golf?... Sabía que eras capaz de lograrlo. Pero la semana que viene te sentaré las costuras, prepárate. Escucha, necesito un favor, algo más bien fuera de lo corriente. Quiero comprobar el historial médico de mi chico, desde el día en que... Sí, le pasa algo raro, no es que ponga su vida en peligro, pero es serio, y puede que haya alguna pista en los datos iniciales del historial. ¿Podrías arreglar las cosas para que el servicio de seguridad me permita entrar sin problemas en la Comandancia del Centro de Datos?

Durante la larga pausa inmediata, Steve no pudo leer nada en el rostro de su padre. Por último, éste dijo:

—Gracias, Don. Realmente te quedo muy reconocido.

Steve lanzó un puñetazo al aire.

—¡Estupendo!

El padre se llevó el índice a los labios y luego dijo por el teléfono:

—Steve irá conmigo, estaremos ahí dentro de quince o veinte minutos, si todo va bien... Gracias otra vez.

Colgó.

Steve subió rápidamente a su cuarto y volvió con su pasaporte.

Jeannie llevaba los disquetes en una bolsita de plástico. Se la tendió a Steve.

—Metes en la disquetera el que lleva el número uno y aparecerán las instrucciones en la pantalla.

Steve miró a su padre.

—¿Listo?

—Vamos.

—Buena suerte —deseó Jeannie.

Subieron al Lincoln Mark VIII y partieron rumbo al Pentágono. Estacionaron el coche en la mayor zona de aparcamiento del mundo. En el Medio Oeste había ciudades más pequeñas que el aparcamiento del Pentágono. Subieron un tramo de escalera hasta la entrada de una segunda planta.

Cuando Steve contaba trece años había recorrido el lugar en una visita programada en la que el guía era un joven alto con un corte de pelo imposiblemente corto. El edificio consistía en cinco plantas circulares concéntricas enlazadas por diez corredores como los radios de una rueda. Había cinco pisos y ningún ascensor. Antes de que hubieran transcurrido cinco segundos ya había perdido por completo el sentido de la orientación. El detalle principal que recordaba era que en medio del patio central había una construcción llamada Ground Zero que era una caseta donde vendían perritos calientes.

Su padre le condujo ahora por delante de una barbería cerrada, un restaurante y una entrada que llevaba a un punto de control de seguridad. Steve mostró su pasaporte, le registraron como visitante y le entregaron un pase que tuvo que colgarse en la pechera de la camisa.

El sábado por la tarde había relativamente pocas personas por allí y los pasillos se encontraban desiertos, a excepción de algún que otro funcionario, casi todos de uniforme, que trabajaba hasta tarde, y un par de carretillas motorizadas de golf de las que se emplean para transportar objetos voluminosos y personalidades de alto copete. La última vez que Steve estuvo allí se sintió tranquilizado por el poderío monolítico que irradiaba el edificio: todo aquello estaba allí para protegerle. Ahora su opinión era distinta. En algún punto de aquel laberinto de círculos y pasillos se había tramado una conjura, la maquinación que le creó a él y a sus fantasmales dobles. El almiar burocrático existía para ocultar la verdad que él estaba buscando, y los hombres y mujeres con uniforme de la armada, del ejército de tierra y de las fuerzas aéreas eran ahora sus enemigos.

Recorrieron un pasillo, subieron por una escalera y rodearon otra rotonda para llegar a un nuevo punto de seguridad. Pasarlo les llevó más tiempo. Tuvieron que teclear el nombre y apellidos, así como la dirección completa de Steve, y aguardar un par de minutos para que el ordenador diese el visto bueno. Por primera vez en su vida, Steve tuvo conciencia de que el control de seguridad estaba dedicado a él; era el único a quien se buscaba. Se sintió furtivo y culpable, aunque no había hecho nada. Fue una sensación extraña. Pensó que los criminales debían de experimentar aquella sensación continuamente. Y también los espías, los contrabandistas y los esposos adúlteros.

Siguieron adelante, doblaron varias esquinas más y llegaron ante un par de puertas cristaleras. Al otro lado de ellas, cosa de una docena de soldados jóvenes permanecían sentados frente a monitores de ordenador, dedicados a teclear datos o a introducir documentos, escritos sobre papel, en aparatos de reconocimiento óptico de caracteres. Un guardia situado en la parte exterior de la puerta comprobó el pasaporte de Steve y luego les franqueó el paso.

Entraron en una estancia de suelo alfombrado, silenciosa, carente de ventanas, con una iluminación suave y en la que reinaba esa atmósfera insustancial propia del aire purificado. Un coronel se encargaba de la dirección de aquel departamento, un hombre de pelo gris y bigote fino como la línea que traza un lapicero. No conocía al padre de Steve pero los estaba esperando. Les habló en tono enérgico mientras los acompañaba a la terminal que iban a utilizar: tal vez consideraba su visita un fastidioso inconveniente.

—Tratamos de localizar los registros e historiales clínicos de niños nacidos en hospitales militares alrededor de veintidós años atrás —le dijo el padre de Steve.

—Esos archivos no se conservan aquí.

La moral de Steve fue a parar al suelo. No era posible que la derrota cayera sobre ellos con tanta facilidad.

—¿Dónde los conservan?

—En St. Louis.

—¿No se puede acceder a ellos desde aquí?

—Necesitará un permiso de prioridad para utilizar el enlace de transmisión de datos. No lo tiene, ¿verdad?

—No había contado con que surgiera este problema, coronel —repuso Charles en tono de malhumor—. ¿Quiere que vuelva a llamar al general Krohner? Puede que no nos agradezca el que le molestemos innecesariamente un sábado por la tarde, pero lo haré si usted insiste.

El coronel contrapesó las consecuencias de un quebrantamiento menor de las ordenanzas con el riesgo de irritar a un general.

—Supongo que todo estará bien. La línea está libre ahora y a veces necesitamos probarla en algún momento durante el fin de semana.

—Gracias.

El coronel llamó a una mujer con uniforme de teniente y se la presentó: Caroline Gambol. Tendría unos cincuenta años, encorsetada y con exuberante exceso de carnes, sus modales eran los típicos de una directora de algo. El padre de Steve le repitió lo que ya había dicho al coronel.

La teniente Gambol advirtió:

—¿Está usted enterado de que estos archivos están sujetos a la ley de derecho a la intimidad, señor?

—Sí, y contamos con la debida autorización.

La teniente se sentó ante la terminal y empezó a tocar teclas. Al cabo de unos minutos preguntó:

—¿Qué clase de búsqueda desean operar?

—Tenemos nuestro propio programa de búsqueda.

—Sí, señor. Me encantará introducírselo.

El padre miró a Steve. El muchacho se encogió de hombros y tendió los disquetes a la mujer.

—Mientras cargaba el programa, la teniente miró a Steve con curiosidad.

—¿Quién hizo este programa?

—Una profesora de Jones Falls.

—Muy inteligente —dijo la mujer—. En la vida había visto nada parecido. —Alzó los ojos hacia el coronel, que miraba la pantalla por encima del hombro de la teniente—. ¿Y usted, coronel?

El hombre denegó con la cabeza.

—Ya está cargado. ¿Ordeno la búsqueda?

—Adelante.

La teniente Gambol pulsó la tecla de Intro.

49

Una corazonada impulsó a Berrington a arrancar en pos del negro Lincoln Mark VIII cuando el coche del coronel Logan emergió del camino de entrada a la casa de Georgetown. No estaba muy seguro de que Jeannie estuviese en aquel coche; sólo había podido ver al coronel y a Steve en los asientos delanteros, pero se trataba de un cupé y era harto posible que la muchacha viajase en la parte de atrás.

Se alegraba de tener algo que hacer. La combinación de inactividad y tensa angustia era algo de lo más tedioso. Le dolía la espalda y tenía las piernas entumecidas. Le costaba trabajo aguantarse las ganas de abandonarlo todo y marcharse. Podía estar sentado en un restaurante con una buena botella de vino o en casa, regalándose los oídos con la *Novena Sinfonía* de Mahler, versión *compact disc*, o entregado a la gozosa tarea de desnudar a Pippa Harpenden. Pero luego pensó en las recompensas que le reportaría la venta de la Genetico. Para empezar, el dinero: sesenta millones de dólares era su parte. Después la posibilidad del poder político, con Jim Proust en la Casa Blanca y él mismo desempeñando el cargo de jefe de la sanidad militar. Por último, si el éxito los acompañaba, una Norteamérica nueva y distinta para el siglo XXI, unos Estados Unidos como solían ser, fuertes, valientes y puros. De modo que rechinó los dientes y perseveró en el sucio ejercicio del fisgoneo a escondidas.

Durante cierto tiempo le fue relativamente fácil seguir a Logan a través del escaso y lento tránsito de Washington. Se mantuvo dos coches por detrás del que perseguía, como en las películas de detectives. El Mark VIII es elegante, pensó Berrington por pensar algo. Tal vez debiera cambiarlo por su Town Car. El sedán tenía presencia, pero era un típico coche para la gente de edad mediana: el cupé era más dinámico. Luego recordó que el lunes por la noche sería rico. Podría comprar un Ferrari, si lo que deseaba era parecer dinámico.

El Mark VIII dejó atrás un semáforo, dobló una esquina, el semáforo se puso rojo, el coche que iba delante de Berrington se detuvo y Berrington perdió de vista el automóvil de Logan. Soltó una palabrota y se inclinó sobre la bocina. Le había ocurrido por estar pensando en las musarañas. Sacudió la cabeza para despabilarse un poco. El aburrimiento de tanto vigilar socavaba su concentración. Cuando el semáforo cambió a verde, dobló la esquina, chirriantes las ruedas, y pisó el acelerador a fondo.

Al cabo de un momento avistó al cupé negro, que esperaba a que cambiase un semáforo, y respiró más tranquilo.

Rodearon el Lincoln Memorial y cruzaron luego el Potomac por el puente de Arlington. ¿Se dirigían al Aeropuerto Nacional? Tomaron el Bulevar Washington y Berrington comprendió que su destino debía de ser el Pentágono.

Los siguió por el desvío y entró tras ellos en el inmenso aparcamiento del Pentágono. Encontró un hueco en el siguiente carril, apagó el encendido del motor y observó. Steve y su padre se apearon del coche y se encaminaron al edificio.

Echó un vistazo al Mark VIII. No quedaba nadie en su interior. Sin duda Jeannie se quedó en la casa de Georgetown. ¿Qué se llevarían entre manos Steve y su padre? ¿Y Jeannie?

Recorrió treinta o treinta y cinco metros por detrás de los dos hombres. Odiaba aquello. Le aterraba la posibilidad de que le descubriesen. ¿Qué pasaría si se daba de bruces con Steve y su padre? Sería insoportablemente humillante.

Agradeció el que ninguno de ellos mirase hacia atrás. Subieron un tramo de escalones y entraron en el edificio. Berrington continuó tras ellos hasta que llegaron a una barrera de seguridad y no tuvo más remedio que volver sobre sus pasos.

Encontró un teléfono público y llamó a Jim Proust.

—Estoy en el Pentágono. Seguí a Jeannie hasta la casa de Logan y luego a Steve Logan y a su padre hasta aquí. Esto me preocupa, Jim.

—El coronel trabaja en el Pentágono, ¿no?

—Sí.

—Podría ser algo inocente.

—¿Pero por qué ir a su despacho el sábado por la tarde?

—Para jugar al póquer en la oficina general, si recuerdo bien mis días en el ejército.

—Uno no se lleva a su chico para jugar una partida de póquer, no importa la edad que tenga el chico.

—¿Qué daño puede hacernos el Pentágono?

—Archivos.

—No —dijo Jim—. El ejército no llevaba registro alguno de lo que hacíamos. Tengo la absoluta certeza de ello.

—Hay que enterarse de lo que están haciendo. ¿Tienes algún modo de averiguarlo?

—Supongo que sí. Si no tengo amigos en el Pentágono, no los tengo en ninguna parte. Haré algunas llamadas. Manténte en contacto.

Berrington colgó y se quedó mirando el teléfono. La frustración era enloquecedora. Todo por lo que había batallado en la vida estaba ahora en peligro y ¿qué hacía él? Seguir a unas personas como un vulgar y sórdido detective. Pero es que no podía hacer ninguna otra cosa. Rabiando de impaciencia, dio media vuelta y regresó hacia el punto donde le aguardaba el coche.

50

Sumido en una fiebre expectante, Steve esperaba. Si aquello salía bien, conocería la identidad del violador de Lisa Hoxton y tendría la oportunidad de demostrar su inocencia. Pero ¿y si no funcionaba? Era posible que la búsqueda no diera resultado, que los archivos médicos se hubiesen perdido o los hubieran borrado de la base de datos. Los ordenadores siempre están dando mensajes decepcionantes: «No se encuentra el archivo», «Fuera de memoria» o «Fallo de protección generalizado».

La terminal emitió un timbrazo. Steve miró la pantalla. La búsqueda había concluido. En la pantalla apareció una lista de nombres y direcciones relacionados por parejas. El programa de Jeannie funcionaba. ¿Pero estaban los clones en la lista?

Dominó su impaciencia. La prioridad máxima era sacar una copia de la lista.

Encontró en un cajón un estuche de disquetes vírgenes preformateados e introdujo uno en la disquetera. Copió la lista en el disquete, lo extrajo de la máquina y se lo guardó en el bolsillo posterior de los vaqueros.

Sólo entonces empezó a leer los nombres.

Ninguno de ellos le era conocido. Los fue desplazando por la pantalla: parecía haber varias páginas. Sería más fácil mirarlos impresos en papel. Llamó a la teniente Gambol.

—¿Puedo imprimir desde esta terminal?

—Desde luego —accedió ella, amablemente—. Puede utilizar esa impresora de láser. —La teniente Gambol se acercó a la impresora y le indicó el modo de hacerlo.

Steve permaneció ante la impresora de láser y obaservó ávidamente las páginas a medida que iban saliendo. Esperaba ver su propio nombre relacionado junto con otros tres: Dennis Pinker, Wayne Stattner y el del individuo que había violado a Lisa Hoxton. El padre miraba también la lista por encima del hombro de Steve.

La primera página sólo contenía parejas, no grupos de tres o cuatro.

El nombre «Steven Logan» apareció hacia la mitad de la segunda página. El padre lo localizó al mismo tiempo que Steve.

—Ahí estás —dijo con emoción contenida.

Pero algo no iba bien. Había demasiados nombres formando un grupo. Junto con «Steve Logan», «Dennis Pinker» y «Wayne Stattner» figuraban también «Henry Irwin King», «Per Ericson», «Murray Claud», «Harvey John Jones» y «Georges Dassault». La euforia de Steve se convirtió en frustración.

El padre frunció el entrecejo.

—¿Quiénes son todos esos?

—Hay ocho nombres —contó Steve.

—¿Ocho? —repitió el padre—. ¿Ocho?

Steve lo comprendió entonces.

—Son los que creó la Genetico. Ocho.

—¡Ocho clones! —exclamó el padre asombrado—. ¿Qué diablos creían que estaban haciendo?

—Me pregunto por medio de qué clave los ha localizado el programa de búsqueda —dijo Steve. Miró la última hoja salida de la impresora. Al pie de la misma decía:

«Característica común: Electrocardiograma.»

—Exacto, ahora me acuerdo —dijo Charles Logan—. Te hicieron un electrocardiograma cuando tenías una semana. Nunca supe por qué.

—Nos lo hicieron a todos. Y los gemelos idénticos tienen corazones similares.

—Aún no puedo creerlo —articuló el padre—. Hay en el mundo ocho chicos exactamente iguales a ti.

—Mira estas direcciones —observó Steve—. Todas corresponden a bases del ejército.

—La mayor parte de esas personas no residirán ahora en esas señas. ¿Proporciona el programa alguna otra información?

—No. Tal como está no viola la intimidad de las personas.

—¿Cómo los localizaremos, entonces?

—Se lo preguntaré a Jeannie. En la universidad tienen en CDROM todas las guías telefónicas. Si eso falla, recurren a los registros de permisos de conducir, referencias de las agencias de crédito y otras fuentes.

—Al diablo con la intimidad —dijo el padre—. Voy a sacar los historiales clínicos completos de todos estos chicos, a ver si nos proporcionan alguna pista más.

—A mí me vendría bien una taza de café —dijo Steve—. ¿Se puede conseguir aquí?

—En el centro de datos no se permiten bebidas. Los líquidos suelen causar estragos en los ordenadores. Hay una pequeña área de servicio con cafetera automática y máquina de Coca Cola al doblar la esquina.

—En seguida vuelvo.

Steve salió del centro de datos; dedicó una inclinación de cabeza al centinela de guardia en la puerta. El área de servicio tenía un par de mesas y unas cuantas sillas, así como diversas máquinas automáticas expendedoras de soda y golosinas. Se engulló dos barritas de Snicker, se bebió una taza de café y emprendió el regreso al centro de datos.

Se detuvo delante de las puertas de cristal. Dentro había varias personas, incluidos un general y dos miembros armados de la policía militar. El general estaba discutiendo con el padre de Steve, y el coronel del bigote que parecía un trazo de lapicero parecía hablar al mismo tiempo que ellos. Aquel lenguaje corporal puso a Steve en guardia. Algo malo ocurría. Entró en la sala y se mantuvo junto a la puerta. El instinto le aconsejó que no llamara la atención sobre sí.

Oyó decir al general:

—Tengo mis órdenes, coronel Logan, y está usted bajo arresto.

Steve se quedó helado.

¡Cómo habían llegado a ese punto? No se trataba sólo de que hubieran descubierto que su padre curioseaba los historiales médicos de determinadas personas. Eso podía ser una cuestión bastante seria, pero difícilmente un delito lo bastante grave como para provocar el arresto. Allí había algo más. De una manera o de otra, aquello lo había montado la Genetico.

¿Qué debo hacer?

Su padre manifestaba, irritado:

—¡No tiene ningún derecho!

El general vociferó:

—¡No me venga con lecciones acerca de mis malditos derechos, coronel!

No se iba a ganar nada si Steve irrumpía dispuesto a participar en la discusión. Tenía en el bolsillo el disquete con la lista de nombres. Su padre estaba en dificultades, pero sabía cuidar de sí mismo. Steve comprendió que lo que debía hacer era retirarse de allí con la información.

Dio media vuelta y franqueó las puertas cristaleras.

Anduvo con paso vivo, tratando de dar la impresión de que sabía adónde iba. Se sentía como un fugitivo. Se estrujó la memoria, tratando de recordar el camino que había seguido en la ida por aquel laberinto. Dobló un par de esquinas y cruzó un control de seguridad.

—¡Un momento, señor! —le dio el alto el guardia.

Steve se detuvo y dio media vuelta, con el corazón lanzado a toda velocidad.

—¿Sí? —articuló, intentando que su voz sonara como la de alguien atareado e impaciente por volver a su trabajo.

—Debo registrar su salida en la computadora. ¿Me permite su identificación?

—Naturalmente —Steve le tendió el pasaporte.

El guardia comprobó que la fotografía coincidiese con la efigie de Steve y tecleó su nombre en el ordenador.

—Gracias, señor —dijo, al tiempo que le devolvía el pasaporte.

Steve se alejó pasillo adelante. Un control más y estaría fuera.

Oyó a su espalda la voz de Caroline Gambol:

—¡Señor Logan! ¡Un momento, por favor!

Steve miró por encima del hombro. La mujer corría hacia él por el pasillo, rojo el semblante, entre resoplidos.

—¡Oh, mierda!

Dobló una esquina del pasillo lanzado a todo correr y encontró una escalera. Se precipitó peldaños abajo hasta el piso siguiente. Tenía los nombres susceptibles de librarle del cargo de violación; no iba a permitir que nadie le impidiera salir de allí con los datos, ni siquiera el ejército de Estados Unidos.

Para abandonar el edificio era preciso llegar al círculo E, el exterior. Apretó el paso por uno de los corredores radiales y atravesó el círculo C. Un carrito de golf cargado con artículos de limpieza se acercaba desde la dirección contraria. Cuando se hallaba a medio camino del círculo D, Steve oyó de nuevo la voz de la teniente Gambol.

—¡Señor Logan! —Aún le seguía. La mujer gritó por el amplio pasillo—: ¡El general quiere hablar con usted!

Un hombre de las fuerzas aéreas miró con curiosidad desde el lado interior de la puerta de una oficina. Por suerte eran relativamente pocas las personas que se encontraban por allí en sábado por la tarde. Steve vio una escalera y subió por ella. Eso debería rezagar a la más que gordezuela teniente.

En el piso inmediatamente superior corrió por el pasillo hacia la planta circular D, dejó atrás dos esquinas, y descendió de nuevo. Ni rastro de la teniente Gambol. Steve pensó, con alivio, que se la había quitado de encima.

Tenía casi la plena certeza de que se encontraba en el nivel de salida. Anduvo por el círculo D en dirección contraria a la de las agujas de reloj, hacia el siguiente pasillo. Le pareció familiar: por allí había pasado. Siguió el corredor rumbo al exterior y llegó al control de seguridad por el que había entrado. Casi estaba libre.

Entonces vio a la teniente Gambol.

Se encontraba con el guardia en el puesto de control, arrebolada y sin resuello.

Steve dejó escapar una maldición. No la había dado esquinazo después de todo. La mujer se limitó a ir directamente a la salida y llegar antes que él.

Decidió echarle desfachatez a la situación.

Se acercó al guardia y se quitó el distintivo de visitante.

—Siga conservándolo —dijo la teniente Gambol—. Al general le gustaría hablar con usted.

Steve dejó el distintivo encima del mostrador. Disimulando el miedo bajo un falso despliegue de confianza en sí mismo, declaró:

—Me temo que no dispongo de tiempo. Adiós, teniente, y gracias por su colaboración.

—Debo insistir —repuso ella.

Steve fingió impaciencia:

—No está en situación de insistir —dijo—. Soy civil; usted no puede darme órdenes. No llevo encima ninguna propiedad militar, como puede ver. —Confió en que el disquete que guardaba en el bolsillo trasero no asomara y quedase a la vista—. Sería ilegal por su parte intentar detenerme.

La teniente se dirigió al guardia, hombre de unos treinta años, ocho o diez centímetros más bajo que Steve.

—No le deje salir —ordenó.

Steve sonrió al guardia.

—Si me toca, soldado, será agresión. Justificaría el que yo le golpeara con mis puños y, créame, lo haré.

La teniente Gambol miró en torno, a la busca de refuerzos, pero las únicas personas que andaban por allí eran dos mujeres de la limpieza y un electricista que trabajaba en la instalación.

Steve anduvo hacia la entrada.

La teniente Gambol gritó:

—¡Alto!

A su espalda, Steve oyó vocear al guardia:

—¡Alto o disparo!

Steve se volvió y vio que el guardia empuñaba una pistola y le encañonaba con ella.

El personal de la limpieza y el electricista se inmovilizaron, a la expectativa.

Al guardia le temblaban ostensiblemente las manos mientras apuntaba a Steve con la pistola.

Steve notó que se le agarrotaban los músculos mientras bajaba la vista sobre el cañón del arma. Logró salir de su parálisis mediante un esfuerzo. Estaba seguro de que un guardia del Pentágono no dispararía contra un civil desarmado.

—No me disparará —dijo—. Sería un asesinato.

Dio media vuelta y echó a andar hacia la puerta.

Fue el paseo más largo de su vida. La distancia era sólo de tres o cuatro metros, pero tuvo la impresión de que tardaba años en recorrerla. Le pareció que la piel de la espalda le ardía de esperanzada anticipación.

En el momento en que su mano tocaba la puerta retumbó un disparo.

Alguien lanzó un alarido.

Por el cerebro de Steve centelleó un pensamiento: «Ha disparado por encima de mi cabeza», pero no miró hacia atrás. Se lanzó a través del vano de la puerta y bajó a todo correr los peldaños del largo tramo de escalera. Mientras estaba dentro del edificio había caído la noche y las encendidas farolas iluminaban la zona de aparcamiento. Oyó gritos a su espalda, y luego otro disparo. Llegó al pie de la escalera y se desvió, abandonando el camino para adentrarse entre los arbustos.

Salió a una calzada y siguió corriendo. Llegó a una hilera de paradas de autobús. Dejó de correr para ir al paso. Un autobús se detenía en una de las paradas. Se apearon dos soldados y una mujer de paisano subió al vehículo. Steve lo abordó inmediatamente detrás de la mujer.

El autobús arrancó.

El autobús abandonó la zona de aparcamiento, desembocó en la autopista y dejó atrás el Pentágono.

51

En cuestión de un par de horas Jeannie concibió una simpatía enorme por Lorraine Logan.

La madre de Steve era bastante más corpulenta de lo que parecía en la foto que coronaba la columna periodística de su consultorio sentimental. Sonreía de modo casi permanente, lo que prodigaba las arrugas en su mofletudo rostro. Para apartar de la imaginación de Jeannie y de la suya las preocupaciones que inquietaban a ambas, habló de los problemas de las personas que le escribían al consultorio: parientes políticos dominantes, maridos violentos, novios impotentes, jefes de manos largas, hijas que consumían drogas. Fuera cual fuese el tema, Lorraine siempre se las arreglaba para decir algo que inducía a Jeannie a pensar: «Claro..., ¿cómo no me había dado cuenta antes?».

Sentadas en el patio, mientras el día refrescaba, aguardaban impacientes el regreso de Steve y su padre. Jeannie le contó el caso de la violación de Lisa.

—Durante todo el tiempo que le sea posible, tratará de comportarse como si no hubiera ocurrido nada —dijo Lorraine.

—Sí, precisamente es lo que hace ahora.

—Esa fase puede durar seis meses. Pero tarde o temprano comprenderá que ha de dejar de negarse que ha sucedido y acostumbrarse a vivir con ello. Esta etapa suele iniciarse cuando la mujer trata de reanudar su vida sexual y descubre que no siente lo mismo que sentía. Entonces es cuando me escriben.

—¿Qué les aconsejas?

—Asesoramiento, asistencia psicológica. La solución no es fácil. La violación lastima el alma de la mujer y hay que reparar el daño.

—Es lo que le recomendó la policía.

Lorraine enarcó las cejas.

—Un detective listo.

—Una detective —sonrió Jeannie.

Lorraine se echó a reír.

—Luego reprochamos a los hombres que adopten posiciones sexistas. Te lo pido por favor, no le cuentes a nadie el lapsus que se me acaba de escapar.

—Lo prometo.

Hubo un breve silencio, al cabo del cual dijo Lorraine:

—Steve te quiere.

Jeannie asintió.

—Sí, creo que sí.

—Una madre puede adivinar esas cosas.

—Así que ha estado enamorado antes.

—No se te escapa nada, ¿eh? —sonrió Lorraine—. Sí, lo estuvo. Pero sólo una vez.

—Háblame de la chica... si crees que a él no le importaría.

—Conforme. Se llamaba Fanny Gallaher. Tenía ojos verdes y rizada cabellera pelirroja. Vivaracha y un poco irresponsable, era la única chica del instituto a la que Steve «no le hacía tilín». Él la anduvo persiguiendo, y ella insistiendo en resistirse, a lo largo de varios meses. Pero al final Steve acabó conquistándola y estuvieron saliendo durante cosa de un año.

—¿Crees que se acostaban juntos?

—Sé que lo hicieron. Solían pasar aquí la noche. No soy partidaria de obligar a los chicos a darse achuchones en los aparcamientos.

—¿Y los padres de ella?

—Hablé con la madre de Fanny. Opinaba lo mismo que yo.

—Yo perdí la virginidad a la edad de catorce años en el callejón que había detrás de un sórdido club de rock. Fue una experiencia tan deprimente que no volví a mantener relaciones sexuales hasta los veintiuno. Me gustaría que mi madre se hubiese parecido más a ti en ese aspecto.

—No creo que tenga mucha importancia, en realidad, el que los padres sean rígidos o de manga ancha, en tanto mantengan una actitud coherente. Los chicos pueden adaptarse a unas reglas más o menos estrictas, siempre y cuando las conozcan y sepan hasta dónde pueden llegar. La tiranía arbitraria es lo que los confunde.

—¿Por qué rompieron Steve y Fanny?

—Él tuvo un problema... Probablemente debería contártelo él personalmente.

—¿Te refieres a la pelea con Tip Hendricks?

Lorraine alzó las cejas.

—¡Te lo ha contado! Dios mío, realmente confía en ti.

Oyeron detenerse un coche delante de la casa. Lorraine se levantó y fue hasta la esquina del edificio para mirar hacia la calle.

—Steve ha venido en taxi —informó en tono cargado de perplejidad.

Jeannie se puso en pie.

—¿Qué aspecto tiene?

Antes de que Lorraine pudiese responder, Steve ya estaba en el patio.

—¿Dónde está tu padre? —le preguntó Jeannie.

—Han arrestado a papá.

—¡Oh, Dios! —exclamó Jeannie—. ¿Por qué?

—No lo sé seguro. Creo que los individuos de la Genetico averiguaron, o supusieron, nuestras intenciones, y tocaron algunas teclas. Enviaron a dos números de la policía militar para detenerle. Pero yo conseguí escapar.

—Steve, hay algo que te callas —dijo Lorraine, recelosa.

—Un guardia hizo dos disparos.

Lorraine emitió un leve grito.

—Creo que apuntó por encima de mi cabeza. De todas formas, estoy bien.

Jeannie tenía la boca seca. Le horrorizaba la idea de las dos balas silbando por encima de la cabeza de Steve. ¡Podía haber muerto!

—No obstante, el barrido funcionó. —Steve extrajo el disquete de su bolsillo de atrás—. Aquí está la lista. Y espera a ver y oír lo que hay.

Jeannie tragó saliva.

—¿Qué?

—No hay cuatro clones.

—¿Cómo es eso?

—Son ocho.

Jeannie se quedó boquiabierta.

—¿Sois ocho?

—Hemos encontrado ocho electrocardiogramas idénticos.

La Genetico había dividido el embrión siete veces e implantó en ocho mujeres, sin informarlas de ello, hijos de desconocidos. Era una prepotencia increíble.

Pero se habían confirmado las sospechas de Jeannie. Aquello era lo que Berrington trataba de ocultar tan desesperadamente. Cuando se hiciese pública aquella noticia, la deshonra caería sobre la Genetico y se reivindicaría a Jeannie.

Y Steve quedaría libre de toda acusación.

—¡Lo conseguiste! —exclamó. Le echó los brazos al cuello. Y entonces se le ocurrió una pega—. ¿Pero cuál de los ocho cometió la violación?

—Tendremos que descubrirlo —dijo Steve—. Y no va a ser fácil. La dirección que tenemos de cada uno de ellos es la del lugar donde vivían sus padres en la fecha en que los chicos nacieron. Casi con toda seguridad estarán caducadas.

—Podemos rastrearlas. Esa es la especialidad de Lisa. —Jeannie se puso en pie—. Será mejor que vuelva a Baltimore. Esto va a llevar casi toda la noche.

—Iré contigo.

—¿Y tu padre? Tienes que arrancarlo de las manos de la policía militar.

—Haces falta aquí, Steve —corroboró Lorraine—. Ahora mismo llamo a nuestro abogado, tengo su número particular, pero tú tendrás que contarle lo sucedido.

—Está bien —se avino Steve de mala gana.

—Tengo que llamar a Lisa antes de salir, para que esté a punto —dijo Jeannie. El teléfono descansaba encima de la mesa del patio—. ¿Puedo?

—Naturalmente.

Marcó el número de Lisa. El teléfono sonó cuatro veces en el otro extremo de la línea y luego se produjo la típica pausa previa a la puesta en funcionamiento del contestador automático.

—Maldita sea —se lamentó Jeannie, mientras escuchaba el mensaje de Lisa. Cuando concluyó, Jeannie dijo—: Llámame, Lisa, por favor. En este momento salgo de Washington; estaré en casa alrededor de las diez. Ha sucedido algo importante de veras.

Colgó.

—Te acompañaré a tu coche —se ofreció Steve.

Jeannie se despidió de Lorraine, quien le dio un caluroso abrazo.

Fuera, Steve le tendió el disquete.

—Cuídalo —recomendó—. No hay ninguna copia y tampoco tendremos otra oportunidad.

Jeannie lo guardó en el bolso de mano.

—No te preocupes. También es mi futuro.

Le besó largo y apretado.

—¡Muy bien! —dijo Steve al cabo de un momento—. ¿Podríamos repetirlo pronto un montón de veces?

—Sí. Pero procura no arriesgarte mientras llega el momento. No me gustaría perderte. Ten cuidado.

—Me encanta que te preocupes por mí —sonrió Steve—. Casi merece la pena.

Ella volvió a besarle; con suavidad esta vez.

—Te llamaré.

Subió al coche y arrancó.

Condujo a bastante velocidad y antes de una hora ya estaba en casa.

Se sintió decepcionada al no encontrar ningún recado de Lisa en el contestador. Se preguntó, inquieta, si no estaría Lisa dormida o enfrascada viendo la tele, sin molestarse en escuchar los mensajes. «Que no cunda el pánico», se dijo. Salió corriendo y condujo hasta el domicilio de Lisa, un edificio de apartamentos en Charles Village. Pulsó el timbre del portero automático, pero no hubo respuesta. ¿Adónde diablos habría ido Lisa? No tenía un novio con el que salir el sábado por la noche. «Por favor, Dios santo, que no se haya ido a Pittsburg a ver a su madre.»

Lisa ocupaba el 12B. Jeannie tocó el timbre del 12A. Tampoco le contestaron. Hirviendo de frustración, probó con el 12C.

Una voz masculina que rezumaba mala uva preguntó:

—¿Sí, quién es?

—Perdone que le moleste, pero soy amiga de Lisa Hoxton, su vecina del piso de al lado y necesito con verdadera urgencia ponerme en contacto con ella. ¿Por un casual no sabe usted dónde está?

La voz malhumorada replicó:

—¿Dónde te crees que estás, joven... en la aldea de Hicksville? Ni siquiera sé qué aspecto tiene esa vecina.

—¿De dónde es usted, de Nueva York? —se dirigió Jeannie, furiosa, al insensible altavoz.

Volvió a casa, conduciendo como si participase en una carrera, y llamó al contestador automático de Lisa.

—Lisa, por favor, llámame en el preciso instante en que llegues, sea la hora de la madrugada que sea. Estaré esperando junto al teléfono.

A partir de ahí, ya no podía hacer nada más. Sin Lisa, ni siquiera le era posible entrar en la Loquería.

Tomó una ducha y se envolvió en su albornoz color fucsia. Le pareció que tenía apetito y pasó por el microondas un bollo de canela congelado, pero comer le revolvía el estómago, así que lo arrojó y bebió un café con leche. Le hubiera gustado tener el televisor para distraerse.

Sacó la foto de Steve que le había dado Charles. Tendría que buscarle marco. Le puso un imán y la pegó en la puerta del frigorífico.

Se animó entonces a mirar sus álbumes de fotografías. Sonrió al ver a su padre con traje marrón a rayas blancas, de anchas solapas y pantalones acampanados, de pie junto a un Thunderbird color turquesa. Había varias páginas dedicadas a Jeannie con blanca vestimenta de tenis, mientras alzaba en triunfo diversos escudos y copas de plata. Allí estaba mamá empujando un anticuado cochecito de ruedas en el que iba Patty. Y allí estaba Will Temple tocado con un sombrero de vaquero, haciendo el ganso y provocando las carcajadas de Jeannie...

Sonó el teléfono.

Jeannie dio un salto y el álbum de fotografías fue a parar al suelo mientras ella cogía el auricular.

—¿Lisa?

—Hola, Jeannie. ¿Qué es esa emergencia tan importante?

Jeannie se dejó caer en el sofá, débil de gratitud.

—¡Gracias a Dios! Te estoy llamando desde hace horas, ¿dónde anduviste?

—Fui al cine con Catherine y Bill. ¿Es eso un crimen?

—Lo siento. No tengo derecho a someterte al tercer grado...

—Está bien. Soy tu amiga. Puedes echarme los perros si quieres. Yo haré lo mismo contigo algún día.

Jeannie se echó a reír.

—Gracias. Escucha. Tengo una lista de cinco nombres de personas que pueden ser dobles de Steve. —Quitaba importancia al caso deliberadamente; lo cierto era que apenas podía tragar saliva—. Necesito rastrearlos, localizarlos esta noche. ¿Me ayudarás?

Hubo una pausa.

—Jeannie, casi me vi en un aprieto serio cuando intenté entrar en tu despacho. Faltó muy poco para que al guardia de seguridad y a mí nos despidieran. Me gustaría ayudarte, pero necesito este empleo.

Un ramalazo de gélida aprensión surcó el ánimo de Jeannie.

«No, no puedes dejarme en la estacada, ahora que estoy tan cerca, no.»

—Por favor.

—Estoy asustada.

Una determinación feroz sustituyó al temor. «Rayos, no voy a permitir que te escabullas de esto así como así.»

—Casi estamos a domingo, Lisa. —«No me gusta hacerte esto, pero no me queda otro remedio.» Hace ocho días entré en un edificio en llamas para ir en tu busca.

—Lo sé, lo sé.

—También yo estaba asustada entonces.

Un prolongado silencio.

—Tienes razón —dijo Lisa por último—. Está bien. Lo haré.

Jeannie contuvo un grito de triunfo.

—¿Cuánto tardarás en llegar allí?

—Quince minutos.

—Nos encontraremos en la entrada.

Jeannie colgó. Entró corriendo en el dormitorio, dejó caer el albornoz sobre el suelo y se puso unos vaqueros negros y una camiseta azul turquesa. Se echó sobre los hombros una cazadora Levis negra y se precipitó escaleras abajo.

Salió de casa a medianoche.

DOMINGO

52

Llegó a la universidad antes que Lisa. Dejó el coche en la zona de aparcamiento destinada a visitantes, puesto que no deseaba que vieran su llamativo Mercedes estacionado delante de la Loquería, y luego atravesó a pie el oscuro y desierto campus. Mientras esperaba impaciente delante de la fachada del edificio lamentó no haber hecho un alto en el camino para comprar algo de comer. No había tomado nada sólido en todo el día. Soñó melancólica y sucesivamente en una hamburguesa con queso y patatas fritas, en un trozo de pizza con pimientos, en un pastel de manzana con helado de vainilla y hasta en una inmensa ensalada César de ajos tiernos. Por fin apareció Lisa al volante de su pulcro Honda blanco.

Se apeó del coche y tomó a Jeannie de las manos.

—Estoy abochornada —dijo—. No debí dar ocasión de que me recordases lo estupenda amiga que eres.

—Pero te comprendo —repuso Jeannie.

—Lo siento.

Jeannie la abrazó.

Entraron y encendieron las luces del laboratorio. Jeannie conectó la cafetera mientras Lisa accionaba el dispositivo de arranque de su ordenador. Resultaba extraño verse en el laboratorio en mitad de la noche. Aquel antiséptico escenario blanco, las luces brillantes y las máquinas silenciosas le hicieron pensar en un depósito de cadáveres.

Supuso que probablemente recibirían la visita de un guardia de seguridad, tarde o temprano. Después del allanamiento protagonizado por Jeannie, no quitarían ojo a la Loquería y, desde luego, iban a ver las luces encendidas. No tenía nada de extraño que los científicos trabajasen en el laboratorio a las horas más insólitas, y no habría ningún problema, a menos que uno de los vigilantes hubiese visto a Jeannie la noche anterior y la reconociese.

—Si se presenta un guardia de seguridad a ver qué pasa, me esconderé en el armario del material de escritorio —dijo a Lisa—. Sólo por si se da el caso de que el guardia en cuestión sea alguien que sepa que en teoría no debo estar aquí.

—Espero que le oigamos acercarse antes de que llegue y nos sorprenda —dijo Lisa, nerviosa.

—Tendríamos que preparar alguna clase de alarma.

Jeannie ansiaba llevar a cabo cuanto antes la búsqueda de los clones, pero contuvo su impaciencia; eso de la alarma sería una precaución razonable. Lanzó una pensativa mirada por el laboratorio y sus ojos tropezaron con un jarroncito de flores que adornaba el escritorio de Lisa.

—¿Tienes en mucho aprecio ese florero de cristal? —preguntó.

Lisa se encogió de hombros.

—Lo conseguí en un mercadillo. Puedo comprar otro.

Jeannie retiró las flores y vació el agua en un fregadero. De un estante tomó un ejemplar de *Gemelos idénticos educados en ambientes distintos*, de Susan L. Farber. Se dirigió al extremo del pasillo, donde la doble hoja de una puerta batiente daba paso a la escalera. Tiró de las hojas de la puerta un poco hacia adentro, utilizó el libro para inmovilizarlas allí y luego colocó el jarrón en equilibrio encima del canto superior de las puertas, a caballo entre ambas hojas. Nadie podía pasar por allí sin que el florero cayese y se hiciera añicos contra el suelo.

Lisa miró a Jeannie y dijo:

—¿Y si me preguntan por qué hice una cosa así?

—Les contestas que no te hacía ninguna gracia que alguien se te acercara sigilosamente —repuso Jeannie.

Lisa asintió con la cabeza, satisfecha.

—Dios sabe que tengo todos los motivos del mundo para estar paranoica.

—Vamos a lo nuestro.

Regresaron al laboratorio y dejaron la puerta de par en par a fin de tener la certeza de que oirían el ruido de los cristales rotos. Jeannie insertó el precioso disquete en la computadora de Lisa e imprimió los resultados del Pentágono. Allí estaban los nombres de ocho criaturas cuyos electrocardiogramas eran tan semejantes como si pertenecieran a una misma persona. Ocho minúsculos corazones que latían exactamente del mismo modo. De una manera o de otra, Berrington se las ingenió para que los hospitales del ejército hiciesen aquella prueba a los niños. Sin duda se remitieron copias a la Clínica Aventina, donde permanecieron hasta que el viernes pasado procedieron a despedazarlas. Pero Berrington se olvidó, o acaso nunca pensó en ello, de que el ejército podía conservar los gráficos originales.

—Empecemos con Henry King —propuso—. El nombre completo es Henry Irwin King.

Encima de su mesa, Lisa tenía dos unidades de CDROM, una encima de la otra. Tomó dos discos de un cajón de la mesa e introdujo uno en cada unidad.

—En esos dos discos tenemos todos los teléfonos de domicilios particulares de Estados Unidos —dijo—. Y disponemos de logical que nos permite pasar los dos discos simultáneamente.

En el monitor apareció una pantalla de Windows.

—Por desgracia —añadió Lisa—, la gente no siempre pone su nombre completo en la guía telefónica. Veamos cuántos H. King hay en Estados Unidos.

Tecleó:

H* KING

pulsó el ratón sobre Cuenta. Al cabo de un momento apareció una ventana de Cuenta con el número 1.129.

Jeannie se descorazonó.

—¡Nos pasaremos la noche entera si hemos de llamar a todos esos números!

—Espera, podemos hacer otra cosa mejor.

Lisa tecleó:

HENRY I. KING O HENRY IRWIN KING

e hizo clic sobre el icono de Búsqueda: el dibujo de un perro. Instantes después aparecía una lista en la pantalla.

—Tenemos tres Henry Irwin King y diecisiete Henry I. King. ¿Cuál es su última dirección conocida?

Jeannie consultó lo impreso.

—Fort Devens (Massachussetts).

—Muy bien. Tenemos un Henry Irwin King en Amherst y cuatro Henry I. King en Boston.

—A llamarlos.

—¿No has reparado en que es la una de la madrugada?

—No puedo esperar hasta mañana.

—La gente no querrá hablar contigo a estas horas de la noche.

—Ten la seguridad de que sí —dijo Jeannie. Sabía que iba a tener problemas. No estaba preparada para esperar hasta la mañana siguiente. Aquello era demasiado importante—. Diré que soy de la policía y que sigo la pista de un asesino en serie.

—Eso tiene que ir contra la ley.

—Dame el número de Amherst.

Lisa puso en pantalla la lista y pulsó F2. El modem de la computadora produjo una rápida sucesión de series de bips. Jeannie cogió el teléfono.

Oyó varios timbrazos y luego una voz soñolienta que contestaba:

—¿Sí?

—Aquí, la detective Susan Farber, del Departamento de Policía de

Amherst —anunció. Medio esperaba oír decir: «Y un cuerno», pero no hubo respuesta y continuó vivamente—: Lamentamos molestarle en plena noche, pero se trata de una cuestión policial urgente. ¿Hablo con Henry Irwin King?

—Sí... ¿Qué ocurre?

Parecía tratarse de la voz de un hombre de mediana edad, pero Jeannie insistió para estar segura.

—Sólo es una encuesta rutinaria.

Eso fue un error.

—¿Rutinaria? —el malhumor destilaba a grandes dosis de la voz del hombre—. ¿A estas horas de la noche?

—Investigamos un delito grave —improvisó Jeannie apresuradamente— y necesitamos eliminarle a usted de la lista de sospechosos, señor. ¿Podría darme la fecha y lugar de su nacimiento?

—Nací en Greensfield (Massachussetts), el cuatro de mayo de 1945.

—¿No tiene un hijo que lleve el mismo nombre que usted?

—No, tengo tres hijas. ¿Pudo ya volver a dormir?

—No será preciso que le molestemos más. Gracias por colaborar con la policía, y que descanse usted bien. —Jeannie colgó y lanzó a Lisa una mirada triunfal—. ¿Ves? Habló conmigo. No le hizo mucha gracia, pero contestó a mis preguntas.

Lisa se echó a reír.

—Doctora Ferrami, tiene usted grandes cualidades para dar el pego.

Jeannie sonrió.

—Lo único que se necesita es cara dura. Vayamos a por los Henry I. King. Yo llamo a los dos primeros y tú a los dos últimos.

Sólo una de ellas podía utilizar el sistema automático de marcar. Jeannie buscó un cuaderno de notas, escribió los dos números, cogió un teléfono y marcó manualmente. Respondió una voz masculina y Jeannie le soltó su alocución:

—Aquí, la detective Susan Farber, de la policía de Boston...

—¿Qué coño pretende llamándome a estas horas de la noche? —rugió la voz del hombre—. ¿Sabe usted quién soy?

—Supongo que Henry King...

—Supone que acaba de perder su jodido empleo, tonta del culo —bramó el hombre—. ¿Ha dicho Susan Qué...?

—Sólo necesito comprobar su fecha de nacimiento, señor King...

—Póngame ahora mismo con el teniente.

—Señor King...

—¡Obedezca!

—Maldito gorila —calificó Jeannie, y colgó. Temblaba de pies a cabeza—. Confío en que no voy a pasarme la noche en conversaciones como ésta.

Lisa también había colgado ya.

—El mío era un jamaicano, como su acento demostraba —dijo—. Deduzco que el tuyo era un tipo desagradable.

—A tope.

—Podríamos dejarlo ahora y continuar por la mañana.

Jeannie no iba a dejarse vencer por la grosería de un tipo maleducado.

—Diablos, no —dijo—. Puedo resistir un poco de abuso verbal.

—Lo que tú digas.

—Por su voz he calculado una edad muy superior a los veintidós años, así que podemos olvidarlo. Probemos con los otros dos.

Hizo acopio de ánimo y marcó de nuevo.

El tercer Henry King aún no se había ido a la cama; como fondo se oían en la habitación voces y música.

—¿Sí, quién es?

Sonaba como si tuviera la edad adecuada, y las esperanzas de Jeannie se revitalizaron. Repitió su simulacro de una detective en funciones, pero su interlocutor se mostró receloso.

—¿Cómo sé que es usted de la policía?

La voz tenía el mismo tono que la de Steve y el corazón de Jeannie se perdió un par de latidos. Aquel podía ser uno de los clones. ¿Pero cómo iba a entendérselas con sus sospechas? Decidió echarle descaro.

—Podría llamarme usted aquí, al cuartelillo de policía —sugirió temerariamente.

Una pausa.

—No, olvídelo —dijo el hombre.

Jeannie volvió a respirar.

—Soy Henry King —declaró el sujeto—. Todos me llaman Hank. ¿Qué es lo que quiere?

—¿Podría primero comprobar su fecha y lugar de nacimiento?

—Nací en Fort Devens hace exactamente veintidós años. Precisamente es mi cumpleaños. Bueno, lo fue ayer, sábado.

¡Era él! Jeannie ya había encontrado a un clon. Ahora era cuestión de establecer si el domingo pasado se encontraba en Baltimore. Se esforzó en eliminar de su voz todo asomo de emoción al preguntar:

—¿Podría decirme cuándo viajó usted fuera del estado por última vez?

—Déjeme recordar, ocurrió en agosto. Fui a Nueva York.

A Jeannie el instinto le dijo que el hombre decía la verdad, pero continuó interrogándole.

—¿Qué hizo usted el domingo pasado?

—Estuve trabajando.

—¿En qué trabaja?

—Bueno, soy estudiante del Instituto Tecnológico de Massachussetts, pero los domingos atiendo la barra del Café Nota Azul, de Cambridge.

Jeannie tomó nota.

—¿Y fue allí donde estuvo el domingo pasado?

—Sí. Serví por lo menos a cien personas.

—Gracias, señor King. —Si eso era verdad, no se trataba del violador de Lisa—. ¿Tiene inconveniente en darme el número de teléfono de ese local para que pueda verificar su coartada?

—No me acuerdo de ese número, pero viene en la guía. ¿Qué se presupone que he hecho?

—Estamos investigando un caso de incendio premeditado.

—Me alegro de tener coartada.

Le resultaba desconcertante oír la voz de Steve y saber que escuchaba a un perfecto desconocido. Le hubiera gustado poder ver a Henry King, comprobar con sus propios ojos el parecido entre Steve y él. De mala gana, dio fin a la conversación.

—Gracias otra vez, señor. Le ruego me perdone. Buenas noches. —Colgó e infló las mejillas, deshinchadas como consecuencia del desencanto—. ¡Vaya!

Lisa había estado escuchando.

—¿Le encontraste?

—Sí, nació en Fort Devens y tiene hoy veintidós años. Es el Henry King que estamos buscando, sin el menor género de duda.

—¡Buen trabajo!

—Pero parece contar con una coartada. Dice que estaba trabajando en un bar de Cambridge. —Consultó su cuaderno de notas—. El Nota Azul.

—¿Lo comprobaremos?

Se había despertado el instinto cazador de Lisa, cuya perspicacia era aguda.

Jeannie asintió.

—Es tarde, pero supongo que un bar tendría que estar abierto, sobre todo un sábado por la noche. ¿Puedes sacar de tu CDROM el número de teléfono?

—Sólo tenemos los de domicilios particulares. Los teléfonos comerciales están en otro juego de discos.

Jeannie llamó a Información, obtuvo el número del Nota Azul y lo marcó. Respondieron casi inmediatamente.

—Al habla la detective Susan Farber, de la policía de Boston. Póngame con el encargado, por favor.

—El encargado está al aparato, ¿ocurre algo malo?

El hombre hablaba con acento hispano y parecía intranquilo.

—¿Tiene un empleado llamado Henry King?

—¿Hank, sí, qué ha hecho ahora?

Sonaba como si Henry King hubiese tenido anteriormente sus más y sus menos con la ley.

—Puede que nada. ¿Cuándo le vio por última vez?

—Hoy, quiero decir ayer, sábado, trabajó en el turno de cuatro de la tarde a medianoche.

—¿Podría jurarlo, si fuese necesario, señor?

—Eh, sin problemas. —Al encargado pareció aliviarle lo suyo enterarse de que aquello era todo cuanto deseaban de él. Jeannie pensó que si ella fuese policía de verdad no le quedaría más remedio que sospechar que el hombre tenía una conciencia culpable—. Llame cuando quiera —dijo el encargado, y colgó.

—La coartada se sostiene —confesó Jeannie, desilusionada.

—No te desanimes —dijo Lisa—. Lo hemos hecho muy bien al eliminarle tan deprisa..., en especial tratándose de un nombre tan corriente. Veamos qué pasa con Per Ericson. No serán muchos los que se llamen así.

La lista del Pentágono indicaba que Per Ericson había nacido en Fort Rucker, pero veintidós años después no existía ningún Per Ericson en Alabama. Lisa probó:

P* ERICS?ON

y por si acaso llevaba dos *s*, probó luego:

P* ERICS$N

para incluir las posibilidades de «Ericsen» y «Ericsan», pero el ordenador no encontró nada.

—Inténtalo en Filadelfia —sugirió Jeannie—. Allí es donde me agredió.

En Filadelfia había tres. El primero resultó ser un tal Peder, el segundo la anciana voz cascada y frágil de un contestador automático, y el tercero una mujer, Petra. Jeannie y Lisa empezaron a abrirse camino a través de todos los P. Ericson de Estados Unidos: había treinta y tres en la lista.

El segundo P. Ericson de Lisa hizo una demostración de su talante malhumorado e injurioso y la muchacha tenía el semblante blanco como el papel cuando colgó el teléfono, pero se tomó una taza de café y luego siguió adelante con determinación.

Cada llamada constituía un pequeño drama. Jeannie tenía que recurrir a todo su desparpajo para hacerse pasar por agente de policía. Era angustioso preguntarse si lo que oiría a continuación por el aparato no iba a ser la voz de un individuo que diría: «Ahora me vas a hacer una paja, si no quieres que te deje baldada de una paliza». Luego estaba la tensión de mantener la falsa identidad de un detective de la policía frente al escepticismo o la brusquedad de las personas que contestaban el teléfono. Y la mayor parte de las llamadas concluían en decepción.

Cuando Jeannie colgaba, tras la sexta llamada infructuosa, oyó decir a Lisa:

—Oh, lo lamento profundamente. Nuestros datos sin duda no están al día. Perdone la intromisión, señora Ericson. Buenas noches. —Dejó el auricular en la horquilla con aire de persona destrozada. Manifestó en tono solemne—: Cumplía todos los requisitos. Pero falleció el invierno pasado. La persona con la que estaba hablando era su madre. Se me echó a llorar cuando le pregunté por él.

Jeannie se preguntó en aquel momento qué personalidad tendría. ¿Era como Dennis, un psicópata, o era como Steve?

—¿Cómo murió?

—Al parecer era un campeón de esquí y se rompió el cuello cuando intentaba algo peligroso.

Un muchacho audaz, sin miedo.

—Suena como si fuese nuestro hombre.

A Jeannie no se le había ocurrido la posibilidad de que no estuviesen vivos los ocho. Comprendió ahora que debía de haber más de ocho implantes. Incluso actualmente, cuando la técnica está bien establecida, muchos implantes no «prenden». Y también era probable que algunas de las madres hubiesen abortado. La Genetico podía haber hecho sus experimentos con quince o veinte mujeres, e incluso más.

—Es duro hacer estas llamadas —dijo Lisa.

—¿Quieres que nos tomemos un respiro?

—No. —Lisa se había animado—. Lo estamos haciendo muy bien. Ya hemos descartado a dos de los cinco y aún no son las tres de la madrugada. ¿Quién viene ahora?

—George Dassault.

Jeannie empezaba a creer que encontrarían al violador, pero no tuvieron tanta suerte con ese nombre. En Estados Unidos sólo había siete George Dassault, pero tres de ellos no contestaron al teléfono. Ninguno tenía relación con Baltimore o Filadelfia —uno estaba en Buffalo, otro en Sacramento y otro en Houston—, pero eso no quería decir nada. Lo único que podían hacer era seguir adelante. Lisa imprimió la relación de números de teléfono para poder intentarlo después.

Surgió otra pega.

—Me parece que no tenemos ninguna garantía de que el hombre al que estamos buscando se encuentre en el CDROM —dijo Jeannie.

—Eso es verdad. Puede que no tenga teléfono. O que su número no figure en la guía.

—Podía figurar con algún seudónimo, *Pincho* Dassault o *Capirotazo* Jones.

Lisa rió entre dientes.

—Podría ser un cantante de rap que hubiera cambiado su nombre por el de Sorbete de Nata Cremosa.

—Podría ser un luchador que se presentara como Billy Acero.

—Podría ser un escritor de novelas del Oeste que firmara Macho Remington.

—O de literatura pornográfica bajo el alias de Heidi Latigazo.

—Pijo Presto.

—Henrietta Chichi.

El estrépito de cristales rotos interrumpió bruscamente sus risas. Jeannie salió disparada de su taburete y se zambulló en el armario de artículos de escritorio. Cerró la puerta desde dentro y permaneció inmóvil, aguzado el oído.

Oyó a Lisa decir nerviosamente:

—¿Quién es?

—Seguridad —llegó la voz de un hombre—. ¿Dejó usted ese jarro de cristal ahí?

—Sí.

—¿Puedo preguntarle por qué?

—Para que nadie se me acercara furtivamente, sin que yo me diese cuenta. Una se pone nerviosa cuando está trabajando aquí tan tarde.

—Bueno, pues yo no voy a barrer los trozos de cristal. No pertenezco al personal de limpieza.

—Me parece muy bien, déjelos donde están.

—¿Está usted sola, señorita?

—Sí.

—Echaré un vistazo.

—Como si estuviera en su casa.

Jeannie aferró el picaporte con las dos manos. Si el hombre intentaba abrir la puerta, ella lo impediría.

Le oyó andar por el laboratorio.

—¿Qué clase de trabajo está haciendo, de todas formas?

Su voz sonaba muy cerca de Jeannie. La de Lisa le llegó de más lejos.

—Me encantaría pegar la hebra un rato, pero sucede que no tengo tiempo, lo que sí tengo es una barbaridad de trabajo.

«Si no tuviese tanto trabajo, tío, no estaría aquí en plena noche, así que, ¿por qué no te largas y la dejas que lo haga?»

—Está bien, no pasa nada. —La voz sonaba justo delante de la puerta del armario—. ¿Qué hay aquí dentro?

Jeannie apretó con fuerza el picaporte y empujó hacia arriba, dispuesta a resistir la posible presión.

—Ahí es donde guardamos los cromosomas de virus radiactivos —dijo Lisa—. Probablemente es completamente seguro, aunque puede entrar si no está cerrado con llave.

Jeannie contuvo una carcajada histérica. Los cromosomas de virus radiactivos era un camelo inexistente.

—Creo que pasaré de ello —dijo el guardia de seguridad. Jeannie estaba a punto de soltar el picaporte cuando notó una repentina presión. Tiró hacia arriba con todas sus fuerzas. El guardia constató—: Está cerrado, de todas formas.

Sucedió una pausa de silencio. Cuando el hombre volvió a hablar, su voz sonó distante y Jeannie se relajó.

—Si se siente sola, venga a la garita de vigilancia. Le prepararé una taza de café.

—Gracias —respondió Lisa.

La tensión de Jeannie empezó a suavizarse, pero la cautela le aconsejó seguir donde estaba, a la espera de que el terreno se despejase definitiva y totalmente. Al cabo de un par de minutos, Lisa abrió la puerta.

—Ahora está saliendo del edificio —informó.

Volvieron a los teléfonos.

Murray Claud era otro nombre poco corriente y lo localizaron en seguida. Jeannie hizo la llamada. Murray Claud padre le dijo, con voz preñada de amargura y perplejidad, que su hijo estaba en la cárcel de Atenas desde hacía tres años, a raíz de una pelea tabernaria a navajazo limpio, y no lo dejarían en libertad hasta el mes de enero, lo más pronto.

—Ese chico podría haber sido cualquier cosa —explicó el hombre—. Astronauta. Premio Nobel. Estrella cinematográfica. Presidente de Estados Unidos. Es inteligente, tiene encanto y buena presencia. Y todo lo ha tirado por la ventana. Sencillamente lo ha tirado por la ventana.

Jeannie comprendió el dolor de aquel padre. Estuvo tentada de contarle la verdad, pero no estaba preparada y, de cualquier modo, tampoco disponía de tiempo. Se prometió volverle a llamar, otro día, y proporcionarle todo el consuelo que pudiera ofrecerle. Luego colgó.

Dejaron a Harvey Jones el último porque sabían que iba a ser el más difícil.

La moral de Jeannie descendió hasta quedar a la altura del barro cuando comprobó que había casi un millón de Jones en Estados Unidos y que H. era una inicial de lo más corriente. El segundo nombre era John. Había nacido en el Hospital Walter Reed, de Washington, D. C., así que Jeanne y Lisa empezaron por llamar a todos los Harvey Jones, a todos los H. J. Jones y a todos los H. Jones de la guía telefónica de Washington. No encontraron uno solo que hubiese nacido aproximadamente veintidós años atrás en el Walter Reed; pero, lo que aún era peor, acumularon una larga lista de posibles: gente que no contestó al teléfono.

De nuevo Jeannie empezó a dudar de las posibilidades de éxito de aquella tarea. Habían dejado sin resolver tres George Dassault y ahora veinte o treinta H. Jones. Su enfoque era teóricamente sólido, pero si las personas no respondían a su llamada, no podían interrogarlas. Empezaba a tener la vista borrosa y los nervios de punta a causa del exceso de café y la falta de sueño.

A las cuatro de la madrugada Lisa y ella la emprendieron con los Jones de Filadelfia.

A las cuatro y media, Jeannie lo encontró.

Pensó que iba a ser otro de los posibles que quedarían aplazados.

El teléfono sonó cuatro veces y acto seguido se produjo la característica pausa y el no menos característico chasquido de un contestador automático. Pero la voz del contestador le resultó sobrecogedoramente familiar.

—Llama usted al domicilio de Harvey Jones —decía el mensaje, y a Jeannie se le erizaron los pelos de la nuca. Era como escuchar a Steve: el mismo timbre de voz, dicción, expresiones, todo era de Steve—. En este momento no puedo ponerme al teléfono, de modo que tenga la bondad de dejar su recado después de que deje de sonar la señal.

Jeannie colgó y comprobó la dirección. Era un piso de la calle Spruce, en la Ciudad Universitaria, no muy lejos de la Clínica Aventina. Se dio cuenta de que le temblaban las manos. Era porque deseaba con toda su alma cerrarlas alrededor de la garganta de aquel individuo.

—He dado con él —le dijo a Lisa.

—Oh, Dios mío.

—Es un contestador automático, pero la voz es la suya, y vive en Filadelfia, cerca de donde me asaltaron.

—Déjame escucharla. —Lisa marcó el número. Al escuchar el mensaje, sus mejillas rosadas se tornaron blancas. Dijo—: Es él. Puedo volver a oírle ahora. «Quítate esas bonitas bragas», dijo. ¡Oh, Dios!

Jeannie descolgó el teléfono y llamó a la comisaría de policía.

53

Berrington se pasó toda la noche del sábado sin pegar ojo.

Permaneció en la zona de aparcamiento del Pentágono, sin perder de vista el negro Lincoln Mark VIII del coronel Logan, hasta la medianoche, hora en que llamó a Proust y se enteró de que habían arrestado a Logan, pero que Steve logró escapar, presumiblemente en metro o en autobús, dado que no lo hizo en el automóvil de su padre.

—¿Qué hacían en el Pentágono? —le preguntó a Jim.

—Fueron a la Comandancia del Centro de Datos. Ahora precisamente trataba de descubrir qué era con exactitud lo que se llevaban entre manos. Mira a ver si puedes localizar al chico o a la Ferrami.

Berrington ya no tenía inconveniente en dedicarse a la vigilancia. La situación era desesperada. No era el momento de enarbolar la bandera de la dignidad; si fallaba en la tarea de frenar en seco a Jeannie, no le quedaría dignidad alguna que defender.

Al volver a la casa de Logan se la encontró oscura y desierta; el Mercedes rojo de Jeannie había desaparecido. Esperó cosa de una hora, pero no se presentó nadie. Dando por supuesto que la muchacha habría vuelto a su casa, regresó a Baltimore y recorrió en ambos sentidos la calle donde vivía Jeannie, pero el coche de la joven tampoco estaba allí.

Asomaba la aurora cuando se detuvo delante de su domicilio en Roland Park. Entró en casa y telefoneó a Jim, pero no obtuvo respuesta ni en su domicilio ni en la oficina. Berrington se tendió en la cama, y continuó allí vestido, con los párpados cerrados, pero aunque estaba exhausto, la preocupación le mantuvo despierto.

Se levantó a las siete y volvió a llamar a Jim, pero no consiguió ponerse en contacto con él. Tomó una ducha, se afeitó y se puso unos pantalones de algodón negros y un polo a rayas. Se bebió un vaso largo de zumo de naranja de pie en la cocina. Miró la edición dominical del *Baltimore Sun*, pero los titulares no le dijeron absolutamente nada; era como si estuviesen escritos en finés.

Proust llamó a las ocho.

Jim se había pasado la mitad de la noche en el Pentágono, con un amigo que era general, interrogando al personal del centro de datos, con el pretexto de que investigaba una brecha en la seguridad. Al general, un amigote de los tiempos en que Jim estaba en la CIA, sólo le dijo que Logan trataba de sacar a la luz una operación secreta realizada en los setenta y que él, Jim, pretendía impedírselo.

El coronel Logan, que continuaba arrestado, no decía nada, salvo «Quiero hablar con mi abogado». No obstante, los resultados del barrido de Jeannie estaban en la terminal de la computadora y Steve los había utilizado; eso permitió a Jim enterarse de lo que descubrieron.

—Supongo que tú debiste encargar electrocardiogramas de todos los niños —dijo Jim.

Berrington lo había olvidado, pero ahora volvió a su memoria.

—Sí, los encargamos.

—Logan los encontró.

—¿Todos?

—Los ocho.

Era la peor de todas las noticias posibles. Los electrocardiogramas, como los de gemelos univitelinos, eran tan semejantes como si se hubiesen tomado a una misma persona en diferentes fechas. Steve y su padre, así como seguramente Jeannie, debían de saber ya que Steve era uno de ocho clones.

—¡Rayos! —exclamó Berrington—. Hemos mantenido esto en secreto durante veintidós años, y ahora esa maldita chica va y lo descubre.

—Te dije que deberíamos haberla hecho desaparecer.

Sometido a presión, Jim era de lo más insultante. Y después de pasarse una noche en blanco, a Berrington no le sobraba paciencia.

—Si vuelves a pronunciar lo de «Te dije», te vuelo la maldita cabeza, lo juro.

—¡Está bien, está bien!

—¿Lo sabe Preston?

—Sí. Dice que estamos acabados, pero siempre lo dice.

—Está vez podría tener razón.

La voz de Jim adoptó un tono de patio de armas:

—Tú puedes estar a un paso de darte por vencido, Berry, pero yo no —rechinó—. Sea como sea, hemos de mantener la tapa bajada hasta la conferencia de prensa de mañana. Si nos las arreglamos para conseguirlo, la venta se consumará.

—¿Pero qué pasará después?

—Después dispondremos de ciento ochenta millones de dólares, y no sabes la enorme cantidad de silencio que se compra con eso.

Berrington deseó creerle.

—Ya que eres tan listo, ¿qué crees que deberíamos hacer ahora?

—Hemos de averiguar cuánto saben. Nadie tiene la certeza de que, cuando salió del Pentágono, Steve Logan llevase en el bolsillo una copia de la lista de nombres y direcciones. La teniente del centro de datos jura que no, pero su palabra no me basta. Ahora bien, esas direcciones tienen veintidós años de antigüedad. Y esta es mi pregunta: contando sólo con los nombres, ¿puede Jeannie Ferrami seguir la pista de los clones y dar con ellos?

—La respuesta es sí —repuso Berrington—. En el departamento de psicología somos expertos en eso. Tenemos que hacerlo constantemente, rastrear gemelos idénticos. Si esa lista llegó anoche a manos de Jeannie Ferrami, a estas horas ya habrá encontrado a alguno de ellos.

—Me lo temía. ¿Hay algún modo de comprobarlo?

—Supongo que puedo llamarlos y descubrir si han tenido noticias de ella.

—Tendrás que ser discreto.

—Me sacas de quicio, Jim. A veces te comportas como si fueras el único fulano, en todo Estados Unidos, que sólo tiene medio jodido cerebro. Claro que seré discreto. Volveré a llamarte.

El golpe que dio al colgar resonó estruendoso.

Los nombres y números de teléfono de los clones, escritos en una clave sencilla, estaban relacionados en su *Wizard*. Lo sacó de un cajón del escritorio y lo abrió.

Les había seguido la pista a lo largo de los años. Se sentía hacia ellos mucho más paternal que Preston o Jim. Al principio, escribía cartas desde la Clínica Aventina, pidiendo información, con el pretexto de ponerse al corriente en los estudios sobre el tratamiento de hormonas. Con posterioridad, cuando esa excusa resultó inverosímil, recurrió a diversos subterfugios, tales como fingirse agente de la propiedad inmobiliaria que llamaba para preguntar si tenían intención de vender la casa o hacerse pasar por vendedor de libros que deseaba saber si los padres estarían interesados en adquirir una obra en la que figuraban todas las becas disponibles para los hijos de antiguos miembros del estamento militar. Había observado con creciente consternación que la mayoría de los muchachos evolucionaban de la condición de niños brillantes pero desobedientes a la de audaces delincuentes juveniles y a la de esclarecidos adultos inestables. Eran desdichados subproductos de un experimento histórico, pero él se sentía culpable a cuenta de los muchachos. Lloró cuando Per Ericson se mató mientras realizaba peligrosos ejercicios de esquí en una ladera de Vail.

Contempló la lista mientras trataba de imaginar un pretexto plausible para llamar. Luego cogió el teléfono y marcó el número del padre de Murray Claud. El teléfono sonó y sonó, pero no respondió nadie. Al final, Berrington se figuró que aquel era el día en que el hombre iba a la cárcel a visitar a su hijo.

A continuación llamó a George Dassault. Esa vez tuvo más suerte. Descolgó el auricular una joven voz conocida.

—¿Sí, quién es?

—Aquí, la Bell Telephone, señor —dijo Berrington—: Estamos comprobando la existencia de llamadas fraudulentas. ¿Ha recibido usted alguna fuera de lo normal en las últimas veinticuatro horas?

—No, no puedo decirlo. Pero he estado ausente de la ciudad desde el viernes, así que no me encontraba aquí para responder al teléfono.

—Gracias por colaborar en nuestro estudio, señor. Adiós.

Jeannie podía tener el nombre de George, pero no había entrado en contacto con él. Claro que eso era poco concluyente.

Berrington probó entonces con Hank King, de Boston.

—¿Sí, quién es?

Era asombroso, reflexionó Berrington, todos contestaban al teléfono de la misma forma carente de simpatía. Puede que no hubiese un gen que suavizase los modales telefónicos. Pero la investigación de mellizos estaba plagada de tales fenómenos.

—Aquí la AT y T —dijo Berrington—. Estamos realizando un estudio relativo al uso fraudulento del teléfono y desearíamos saber si ha recibido usted alguna llamada extraña o sospechosa en el curso de las últimas veinticuatro horas.

La voz de Hank tenía dificultades con las palabras.

—Dios, la juerga ha sido tan tremenda, que no podría recordarlo —Berrington puso los ojos en blanco. Claro, ayer fue el cumpleaños de Hank. Estaba seguro de que se emborrachó o se drogó. O las dos cosas—. ¡No, espere un momento! Hubo algo. Ahora me acuerdo. Fue en medio de la jodida noche. Ella dijo que estaba en la policía de Boston.

—¿Ella? —Muy bien podía haber sido Jeannie, pensó Berrington, con la premonición de una mala noticia.

—Sí, era una mujer.

—Dio su nombre. Eso nos permitiría determinar su autenticidad.

—Claro que lo dio, pero no lo recuerdo. Sarah o Carol o Margaret... o Susan, eso es, detective Susan Farber.

Eso lo establecía. Susan Farber era la autora de *Gemelos idénticos educados en ambientes distintos*, único libro sobre el tema. Jeannie había empleado el primer nombre que se le vino a la cabeza. Lo que significaba que tenía la lista de nombres. Berrington se sintió aterrado.

—¿Qué dijo, señor?

—Me preguntó mi fecha y lugar de nacimiento.

Eso le confirmaría que estaba hablando con el verdadero Henry King.

—Me pareció que era como un poco raro —continuó Hank—. ¿Se trata de algún tipo de estafa?

Acuciado por la situación, Berrington inventó automáticamente:

—Realizaba una prospección de datos para una compañía de seguros. Es ilegal, pero lo hacen. AT y T lamenta las molestias que hayamos podido ocasionarle, señor King, y le agradecemos la cooperación que nos ha prestado en nuestro estudio.

—Claro.

Berrington colgó, absolutamente desolado. Jeannie tenía los nombres. Que los localizase a todos sólo era cuestión de tiempo.

Berrington se hallaba ante la situación más comprometida de su vida.

54

Mish Delaware se negó en redondo a subirse a un coche y trasladarse a Filadelfia para entrevistar a Harvey Jones.

—Ya hicimos lo mismo ayer, cariño —respondió a Jeannie, cuando ésta consiguió hablar con ella por teléfono, a las siete y media de la mañana—. Mi nieta cumple hoy un año. Tengo una vida particular, ¿sabes?

—¡Pero te consta que estoy en lo cierto! —protestó Jeannie—. Tuve razón en el caso de Wayne Stattner... era un doble de Steve.

—Salvo por el pelo. Y el individuo tenía coartada.

—¿Qué vas a hacer, entonces?

—Voy a llamar a la policía de Filadelfia, hablaré con alguien de la Unidad de Delitos Sexuales de allí y le pediré que vaya a verle. Enviaré por fax el retrato electrónico de identificación facial. Ellos comprobarán si Harvey Jones se parece al sujeto del retrato y le preguntarán si puede dar cuenta de sus movimientos en la tarde del domingo pasado. Si los resultados son «Sí» y «No», respectivamente, tendremos un sospechoso.

Jeannie colgó el teléfono con un golpe furioso. ¡Después de haber pasado por todo lo que había pasado! ¡Después de haber estado toda la noche siguiendo la pista y localizando a los clones!

Si de algo estaba segura era de que no iba a quedarse cruzada de brazos, a la espera de que la policía hiciese algo. Decidió ir a Filadelfia y echarle una mirada a Harvey. No le abordaría ni le dirigiría la palabra. Aparcaría el coche delante de su casa y comprobaría si la abandonaba. Caso de fallar eso, podría hablar con sus vecinos y enseñarles la foto de Steve que Charles le había dado. De una manera o de otra, se las arreglaría para determinar que era el doble de Steve.

Llegó a Filadelfia alrededor de las diez y media. En la Ciudad Universitaria había familias negras que vestían con elegancia y se congregaban fuera de las iglesias evangelistas y adolescentes ociosos que fumaban en los porches de las vetustas casas, pero los estudiantes aún estaban en la cama y su presencia en el barrio sólo la denunciaban los desvencijados Toyotas y los abollados Chevrolets cubiertos de pegatinas que jaleaban gráficamente a equipos deportivos de las facultades y a las emisoras de radio de la localidad.

El edificio donde vivía Harvey Jones era una casa victoriana enorme y destartalada, dividida en apartamentos. Jeannie encontró un espacio libre en un aparcamiento, al otro lado de la calle, y observó la puerta de la fachada durante un rato.

A las once entró en el edificio.

El inmueble se aferraba tenazmente a sus últimos vestigios de respetabilidad. Una zarrapastrosa alfombra ascendía por la escalera y en los alféizares de las ventanas se veían jarrones baratos con flores de plástico cubiertas de polvo. Avisos de papel, escritos a mano con la esmerada caligrafía de una mujer de edad, rogaban a los inquilinos que cerrasen las puertas sin dar golpes, que atasen bien las bocas de las bolsas de plástico en que echaban la basura y que no dejasen que los niños jugaran por los pasillos.

Vive aquí, pensó Jeannie, y notó un hormigueo en la piel. Me pregunto si estará ahora en su casa.

La dirección de Harvey era el 5B, que estaba en el último piso. Llamó a la primera puerta de la planta baja. Un hombre de turbia mirada, larga pelambrera y enmarañada barba salió descalzo a abrir.

Jeannie le mostró la foto. El hombre sacudió negativamente la cabeza y cerró de un portazo. Le recordó al residente del edificio de Lisa que le había dicho: «¿Dónde te crees que estás, joven... en la aldea de Hicksville? Ni siquiera sé qué aspecto tiene esa vecina».

Jeannie apretó los dientes y subió a pie los cuatro pisos, hasta la última planta de la casa. En la puerta del apartamento 5B había un marquito de metal con una tarjeta que decía simplemente «Jones». La puerta no tenía ningún otro rasgo distintivo.

Jeannie permaneció unos segundos allí quieta, atento el oído. Lo único que pudo percibir fue los asustados latidos de su propio corazón. Ningún ruido llegaba del interior del piso. Probablemente no estaba allí.

Llamó con los nudillos a la puerta del 5A. Se abrió al cabo de un momento y en el hueco apareció un hombre blanco muy entrado en años. Llevaba un traje a rayas que en otro tiempo debió de ser llamativo y su pelo tenía un color tan rojizo que por fuerza tenía que ser producto del tinte. El anciano parecía cordial.

—Hola —dijo.

—Hola. ¿Está su vecino en casa?

—No.

Jeannie se sintió aliviada y decepcionada a la vez. Sacó la foto de Steve que le había dado Charles.

—¿Se parece a este chico?

El hombre tomó la foto y la contempló con los párpados entornados.

—Sí, es él.

«¡Tenía razón! ¡Estaba en lo cierto! ¡Mi programa informático de búsqueda funciona!»

—Un tipazo de hombre, ¿verdad?

El vecino era homosexual, supuso Jeannie. Un viejo sarasa elegantón. Jeannie sonrió.

—Opino lo mismo. ¿Tiene usted idea de dónde puede estar esta mañana?

—Se va casi todos los domingos. Suele marcharse hacia las diez y vuelve pasada la hora de la cena.

—¿Salió el domingo pasado?

—Sí, damita, creo que sí.

«Es él, tiene que ser él.»

—¿Sabe usted adónde va?

—No.

«Pero yo sí. Va a Baltimore.»

El hombre continuó:

—No habla mucho. A decir verdad, no habla nada. ¿Es usted detective?

—No, aunque me siento como si lo fuera.

—¿Qué ha hecho el mozo?

Jeannie vaciló. Luego pensó: «¿Por qué no contarle la verdad?».

—Creo que es un violador.

El hombre no dio muestras de sorprenderse.

—No me cuesta nada creerlo. Es un chico extraño. He visto jovencitas salir de ahí llorando. Sucedió eso en dos ocasiones.

—Me gustaría poder echar un vistazo al interior.

Tal vez encontrase algo que lo relacionara con la violación.

El vecino le dirigió una mirada pícara.

—Tengo la llave.

—¿De veras?

—Me la dio el inquilino anterior. Éramos buenos amigos. Después de que dejara el piso, no la devolví. Y este muchacho no cambió la cerradura cuando se mudó aquí. Supongo que se figura que es demasiado alto y fuerte para que intenten robarle.

—¿Me dejaría usted entrar?

Titubeó el hombre.

—También yo siento cierta curiosidad por echar una mirada. ¿Pero y si vuelve mientras estamos dentro? Es un cachas enorme... No me gustaría nada que se pusiera furioso conmigo.

La idea también le puso a Jeannie la piel de gallina, pero la curiosidad era más fuerte aún que el temor.

—Correré el riesgo si lo corre usted —dijo.

—Espere aquí. En seguida vuelvo.

¿Qué iba a encontrar dentro? ¿Un templo dedicado al sadismo como el piso de Stattner? ¿Un antro repelente lleno de comida a medio consumir y ropa sucia? ¿La limpieza llevada a las últimas consecuencias por una personalidad obsesiva?

Reapareció el vecino.

—A propósito, me llamo Maldwyn.

—Yo Jeannie.

—Mi verdadero nombre es Bert, la verdad, pero es un nombre que tiene muy poca gracia, ¿no le parece? Siempre me he llamado a mí mismo Maldwyn.

Introdujo una llave en la cerradura de la puerta del 5B y entró.

Jeannie hizo lo propio.

Era el típico apartamenteo de un estudiante, un estudio con cocina americana y cuarto de baño minúsculo. Estaba amueblado con un diverso surtido de trastos de desecho; un aparador de pino, una mesa pintada, tres sillas de distintos juegos, un sofá hundido y un televisor grande, viejo, de modelo antiguo. Hacía bastante tiempo que no se limpiaba y la cama estaba revuelta. Era decepcionantemente típico.

Jeannie cerró tras de sí la puerta del apartamento.

—No toque nada, sólo mire... —advirtió Maldwyn—, no quiero que sospeche que he entrado aquí.

Jeannie se preguntó qué esperaba encontrar. ¿Un plano del edificio del gimnasio, el cuarto de la sala de máquinas de la piscina con la anotación de «La violé aquí»? No se había llevado ninguna prenda interior de Lisa como recuerdo grotesco. Tal vez la estuvo acechando y fotografiando durante semanas antes de calzársela. Cabía la posibilidad de que tuviese una pequeña colección de artículos fetiche birlados: un lápiz de labios, una cuenta de un restaurante, el envoltorio de una barrita de caramelo, propaganda de la que se envía por correo, con la dirección en el sobre.

Mientras examinaba el cuarto, empezó a entender con cierto detalle la personalidad de Harvey. En una pared había un encarte central, arrancado de una revista masculina, en el que aparecía la imagen de una mujer desnuda, con el vello púbico afeitado y la carne de los labios de la vagina atravesados por un aro. Jeannie se estremeció.

Inspeccionó la librería. Vio *Los 120 días de Sodoma*, del marqués de Sade, y una serie de cintas de vídeo clasificadas X, con títulos como *Dolor* y *Extremo*. Había también algunos textos sobre economía y temas comerciales; al parecer Harvey cursaba un máster de administración de empresas.

—¿Puedo echar un vistazo a su guardarropa? —preguntó. No deseaba que Maldwyn se molestase.

—Claro, ¿por qué no?

Abrió cajones y armarios. Las ropas de Harvey eran como las de Steve, un tanto conservadoras para su edad: pantalones clásicos y polos, chaquetas deportivas de *tweed*, camisas, zapatos de cordones y mocasines. El frigorífico estaba vacío de alimentos, pero tenía dos paquetes de seis botellines de cerveza y una botella de leche: Harvey comía fuera. Debajo de la cama encontró una bolsa de deporte con una raqueta de *squash* y una toalla sucia.

El desencanto cundió en Jeannie. Allí era donde vivía el monstruo, pero no era ningún palacio de perversión, sólo una estancia sucia y desordenada, con cierta repugnante pornografía.

—Se acabó —le dijo a Maldwyn—. No estoy segura de lo que buscaba, pero no está aquí.

Y entonces la vio.

Colgada de un gancho, detrás de la puerta del apartamento, había una gorra roja de béisbol.

La moral de Jeannie se elevó hacia la estratosfera. «Tenía razón, he pillado a este hijo de puta ¡y ahí está la prueba!» Se acercó. La palabra SEGURIDAD figuraba impresa con letras blancas en la parte frontal de la gorra. Jeannie no pudo resistir la tentación de ejecutar una victoriosa danza de guerra por el apartamento de Harvey Jones.

—Ha encontrado algo, ¿eh?

—El muy canalla llevaba puesta esa gorra cuando violó a mi amiga. Salgamos de aquí.

Abandonaron el apartamento y cerraron la puerta. Jeannie estrechó la mano de Maldwyn.

—No puedo agradecérselo lo suficiente. Esto es importante de verdad.

—¿Qué va a hacer ahora? —preguntó el hombre.

—Volver a Baltimore y llamar a la policía —respondió Jeannie.

Mientras regresaba a casa por la I95, se puso a pensar en Harvey Jones. ¿Por qué iba a Baltimore los domingos? ¿A ver a una novia? Tal vez, pero la explicación más probable era que sus padres viviesen allí. Muchos estudiantes llevaban a casa la ropa sucia los fines de semana. Seguramente estaría ahora en la ciudad, degustando la carne asada que hubiese preparado la madre o viendo por la tele un partido de fútbol junto a su padre. ¿Asaltaría a otra chica por el camino de vuelta a su casa?

¿Cuántas familias Jones había en Baltimore: mil? Ella conocía a un Jones, claro: su antiguo jefe, el profesor Berrington Jones...

«Oh, Dios mío. Jones.»

La impresión resultó tan fuerte que tuvo que ceñirse al borde de la interestatal.

«Harvey Jones podía ser hijo de Berrington.»

Recordó de súbito el pequeño gesto que Harvey hizo en la cafetería de Filadelfia, la primera vez que se lo encontró. Se había atusado las cejas con la yema del dedo índice. En aquel momento le intrigó un poco, porque le pareció que aquel gesto lo había visto antes. No logró recordar a quién le vio realizarlo y pensó vagamente que debió de ser Steve o Dennis, dado que los clones suelen tener ademanes idénticos. Pero ahora se acordaba. Era Berrington. Berrington se alisaba las cejas con la yema del dedo índice. En aquel acto había algo que irritaba a Jeannie, algo fastidiosamente presuntuoso o quizá vanidosamente arrogante. No era un gesto que todos los clones tuviesen en común, como cerrar las puertas con el talón cuando entraban en un cuarto. Harvey lo había aprendido de su padre, como expresión de autosuficiencia.

Probablemente Harvey estaría en aquellos instantes en casa de Berrington.

55

Preston Barck y Jim Proust llegaron a casa de Berrington hacia el mediodía y se sentaron en el estudio con unas cervezas. Ninguno había dormido gran cosa, y su aspecto era lamentable. Marianne, el ama de llaves, preparaba el almuerzo dominical y el aroma apetitoso de sus guisos llegaba a ráfagas desde la cocina, pero nada podía levantar el alicaído ánimo de los tres socios.

—Jeannie habló con Hank King y con la madre de Per Ericson —informó Berrington, hundido en el pesimismo—. No he tenido ocasión de comprobar si también lo hizo con algún otro, pero los habrá localizado antes de mucho tiempo.

—Seamos realistas —dijo Jim—: ¿Exactamente qué puede haber hecho esa chica antes de mañana a estas horas?

Preston Barck estaba en plan suicida.

—Te diré lo que haría yo en su lugar —dijo—. Me encantaría montar una demostración pública de lo que hubiese descubierto, de forma que, si pudiera, cogería a dos o tres de los muchachos, me los llevaría a Nueva York y me plantaría en el programa *Buenos días, América*. A la Televisión le vuelven loca los gemelos.

—Dios no lo permita —dijo Berrington.

Se detuvo un coche fuera. Jim miró por la ventana y anunció:

—Un viejo Datsun herrumbroso.

—Empieza a gustarme la idea original de Jim —dijo Preston—. Hacerlos desaparecer.

—¡No habrá ninguna muerte! —chilló Berrington.

—No grites, Berry —dijo Jim con sorprendente calma—. A decir verdad, supongo que fanfarroneaba un poco al hablar de hacer que eliminasen a la gente. Quizás hubo una época en la que tenía poder para ordenar que matasen a alguien, pero realmente ahora ya no es así. En los últimos días he pedido algunos favores a viejos amigos, y aunque me los han prestado sin poner pegas, comprendo que todo tiene un límite.

Berrington pensó: «Gracias a Dios».

—Pero tengo otra idea —dijo Jim.

Sus dos socios se lo quedaron mirando.

—Nos acercamos discretamente a cada una de las ocho familias. Confesamos los errores que cometimos en la clínica durante los primeros días. Decimos que no se causó ningún daño pero que deseamos evitar la publicidad sensacionalista. Les ofrecemos un millón de dólares como compensación. Será pagadero en diez años y les diremos que los pagos se suspenderán en el momento en que hablen..., en cuanto se lo cuenten a alguien: a la prensa, a Jeannie Ferrami, a los científicos, a cualquiera.

Berrington afirmó despacio con la cabeza.

—Santo Dios, eso sí que puede salir bien. ¿Quién va decir no a un millón de dólares?

—Lorraine Logan —replicó Preston—. Quiere demostrar la inocencia de su hijo.

—Exacto. No lo haría ni por diez millones.

—Todo el mundo tiene su precio —dijo Berrington, que había recuperado su característica prepotencia—. De todas formas, poco podemos hacer sin la colaboración de uno o dos de los otros.

Preston decía que sí con la cabeza. También Berrington vislumbraba el alborear de una nueva esperanza. Podía haber un modo de frenar el movimiento emergente de los Logan. Pero existía un obstáculo más serio.

—¿Y si Jeannie se presenta al público antes de las veinticuatro horas? —sugirió—. Lo más probable sería que la Landsmann aplazase la toma de posesión en tanto se investigaban los alegatos. Y entonces no dispondríamos de ningún millón de dólares que lanzar como carnaza.

—Tenemos que enterarnos de sus intenciones: cuánto ha descubierto hasta ahora y qué planes está tramando.

—No se me ocurre ningún modo de hacerlo —dijo Berrington.

—A mí sí —afirmó Jim, sonriendo—. Conocemos una persona que podría fácilmente ganarse su voluntad y averiguar con exactitud qué le bulle en la cabeza.

La rabia empezó a crecer dentro de Berrington.

—Sé lo que estás pensando...

—Ahí llega ya —dijo Jim.

Sonaron unos pasos en el vestíbulo y segundos después entraba el hijo de Berrington.

—¡Hola, papá! —saludó—. ¿Qué tal, tío Jim? ¿Cómo te va, tío Preston?

Berrington le contempló con una mezcla de orgullo y pesar. Parecía un chico maravilloso con sus pantalones de pana azul marino y su jersey de algodón azul celeste. De cualquier modo, ha heredado mi estilo de vestir, pensó Berrigton. Dijo:

—Tenemos que hablar, Harvey.

Jim se puso en pie.

—¿Quieres una cerveza, chico?

—Claro —aceptó Harvey.

Jim Proust tenía una fastidiosa tendencia a alentar en Harvey las malas costumbres.

—Olvida la cerveza —saltó Berrington—. Jim, ¿por qué no os vais Preston y tú al salón y nos dejáis a nosotros dos echar unas parrafadas?

El salón era una estancia rigurosamente protocolaria que Berrington jamás utilizaba.

Salieron Preston y Jim. Berrington se puso en pie y abrazó a Harvey.

—Te quiero, hijo —declaró—. Incluso aunque seas un bicho malo.

—¿Soy un bicho malo?

—Lo que le hiciste a esa pobre chica en el sótano del gimnasio fue una de las cosas más infames que puede hacer un hombre.

Harvey se encogió de hombros.

Santo Dios, no he logrado inculcarle el sentido del bien y del mal, pensó Berrington. Pero era demasiado tarde para tales lamentaciones.

—Siéntate y escúchame un momento —dijo.

Harvey se sentó.

—Tu madre y yo intentamos durante años tener un hijo, pero teníamos problemas —explicó—. En aquella época, Preston trabajaba en la fertilización *in vitro*, método en el que el espermatozoide y el óvulo se unen en el laboratorio y después el embrión se implanta en el útero.

—¿Me estás diciendo que soy un niño probeta?

—Eso es secreto. Jamás debes decírselo a nadie, en toda tu vida. Ni siquiera a tu madre.

—¿Ella no lo sabe? —articuló Harvey, atónito.

—Hay algo más que eso. Preston tomó un embrión vivo y lo dividió, formando así gemelos.

—¿Ese muchacho al que detuvieron por la violación?

—Lo dividió más de una vez.

Harvey asintió. Todos tenían la misma inteligencia viva y rápida.

—¿Cuántas?

—Ocho.

—¡Joder! Y supongo que el esperma no procedía de ti.

—No.

—¿De quién?

—De un teniente del ejercito destinado en Fort Bragg: alto, fuerte, bien constituido, inteligente, agresivo y guapo.

—¿Y la madre?

—Una mecanógrafa de West Point, igualmente bien dotada.

Una sonrisa torcida contorsionó el agraciado rostro del muchacho.

—Mis verdaderos padres.

Berrington hizo una mueca.

—No, ellos no son tus padres —dijo—. Te gestaste en el vientre de tu madre. Ella te alumbró y, créeme, fue doloroso. Te vimos dar los primeros pasos vacilantes, forcejear con el cubierto para conseguir meterte en la boca la primera cucharada de puré de patatas y balbucear tus primeras palabras.

Berrington observaba atentamente el semblante de su hijo, pero no pudo adivinar si el chico le creía o no.

—Diablos, nuestro cariño hacia ti fue creciendo más y más, mientras tú te hacías cada vez menos adorable. Todos los malditos años nos llegaba el mismo informe del colegio: «Es muy agresivo, no ha aprendido aún a compartir, pega a los otros chicos, tiene dificultades en los deportes de equipo, alborota la clase, debe aprender a respetar a los integrantes del sexo contrario». Cada vez que te expulsaban de un colegio, teníamos que emprender una penosa peregrinación para rogar e implorar que te admitiesen en otro. Contigo lo intentamos a base de mimos, de golpes, de retirarte los privilegios. Te llevamos a tres psicólogos infantiles distintos. Nos amargaste la vida.

—¿Estás diciendo que destrocé vuestro matrimonio?

—No, hijo, de eso me encargué yo solito. Lo que trato de decirte es que te quiero, hagas lo que hagas, exactamente igual que los demás padres quieren a sus hijos.

Harvey seguía turbado.

—¿Por qué me cuentas todo eso ahora?

—Seleccionaron a Steve Logan, uno de tus dobles, como sujeto de estudio en mi departamento. Como puedes imaginar, me llevé un sobresalto de todos los diablos cuando le vi allí. Luego la policía lo detuvo por la violación de Lisa Hoxton. Pero una de las profesoras, Jeannie Ferrami, empezó a recelar algo. Para abreviar, te diré que está siguiéndote la pista. Quiere demostrar la inocencia de Steve Logan. Y probablemente desea también sacar a la luz toda la historia de los clones y arruinarme.

—¿Es la mujer a la que abordé en Filadelfia?

Berrington se quedó de piedra.

—¿Que la abordaste?

—Tío Jim me llamó y me encargó que le diera un susto.

Berrington montó en cólera.

—El muy hijo de perra, voy a arrancarle la puta cabeza de encima de los hombros...

—Cálmate, papá, no pasó nada. Sólo dimos un paseo en su coche. Es mona la chica, a su modo.

Le costó un buen esfuerzo, pero Berrington se dominó.

—Tu tío Jim siempre ha sido un irresponsable en su actitud hacia ti. Le encanta tu insensatez, sin duda porque también él es un lanzado soplagaitas.

—A mí me cae bien.

—Vamos a hablar de lo que debemos hacer. Necesitamos enterarnos de las intenciones de Jeannie Ferrami, especialmente en lo que se refiere a las veinticuatro horas inmediatas. Hemos de averiguar si tiene alguna prueba que te relacione con Lisa Hoxton. Sólo se nos ha ocurrido un modo de llegar a ella.

Harvey asintió.

—Quieres que vaya a hablarle, haciéndome pasar por Steve Logan.

—Sí.

Harvey sonrió.

—Suena divertido.

Berrington gruñó.

—No cometas ninguna tontería, por favor. Sólo habla con ella.

—¿Quieres que vaya ahora mismo?

—Sí, hazme el favor. No sabes lo que me molesta pedirte que hagas esto..., pero has de hacerlo por ti tanto como por mí.

—Tranquilo, papá... ¿qué puede pasar?

—Tal vez me preocupe demasiado. Supongo que no entraña un gran peligro ir al piso de una chica.

—¿Y si el verdadero Steve estuviese allí?

—Echa una mirada a los coches aparcados en la calle. Steve tiene un Datsun como el tuyo; esa es otra razón por la que la policía estaba tan segura de que era el autor de la violación.

—¡Te estás quedando conmigo!

—Sois como gemelos idénticos, elegís las mismas cosas. Si ves su coche en la calle, no subas. Me llamas y trataremos de idear algún modo de hacerle salir de la casa.

—Supongamos que se presenta cuando yo estoy allí.

—Vive en Washington.

—Está bien. —Harvey se levantó—. ¿Cuál es la dirección?

—La chica vive en Hampden. —Berrington escribió las señas en una tarjeta y se la tendió—. Ve con cuidado, ¿de acuerdo?

—Claro. Hasta pronto, Moctezuma.

Berrington sonrió forzadamente.

—Hasta dentro de un plis plas, carrasclás.

56

Harvey recorrió la calle de Jeannie en ambos sentidos, al tiempo que buscaba con la vista un coche como el suyo. Había cantidad de automóviles vetustos, pero no localizó ningún Datsun herrumbroso de color claro. Steve Logan no andaba por los alrededores.

Encontró un hueco cerca de la casa de Jeannie, aparcó y cortó el encendido del motor. Permaneció un rato sentado en el coche. Iba a necesitar todos sus recursos mentales. Se alegró de no haber bebido aquella cerveza que le ofreció tío Jim.

No dudaba que Jeannie le tomaría por Steve, puesto que ya lo hizo antes una vez, en Filadelfia. Steve y él eran físicamente idénticos. Pero la conversación sería algo más peliagudo. La muchacha aludiría a un sinfín de cosas que teóricamente él debía conocer. Estaría obligado a responder a ellas sin demostrar ignorancia. Debía conservar la confianza de la muchacha el tiempo suficiente para descubrir las pruebas que tenía contra él y lo que proyectaba hacer con lo que había averiguado. Sería muy fácil cometer algún desliz y traicionarse.

Pero mientras meditaba sobriamente en el amedrentador desafío que constituía suplantar a Steve, a duras penas lograba contener su emoción ante la perspectiva de volver a ver a Jeannie. Lo que hubiera hecho con ella en el coche habría sido el más apasionante encuentro sexual de que hubiera disfrutado nunca. Incluso más alucinante que el de encontrarse en el vestuario de mujeres con todas ellas dominadas por el pánico. Se excitaba cada vez que se ponía a soñar en desgarrarle la ropa mientras el automóvil rodaba haciendo eses de un borde a otro de la autopista.

Se daba perfecta cuenta de que ahora tenía que concentrarse en la tarea. No debía pensar en el semblante contraído por el miedo de la muchacha ni en sus fuertes piernas retorciéndose y agitándose. Tenía que arrancarle la información y luego retirarse. Pero nunca, en toda su vida, había sido capaz de comportarse de manera razonable.

Jeannie telefoneó a la policía nada más llegar a casa. Sabía que Mish no iba a estar en el cuartelillo, pero dejó recado para que la detective la llamase con la máxima urgencia.

—¿No dejó usted también un mensaje urgente a primera hora de esta mañana? —le preguntaron.

—Sí, pero éste es otro, tan importante como aquel.

—Haré cuanto esté en mi mano para transmitirlo —manifestó la voz escépticamente.

La siguiente llamada la hizo a la casa de Steve, pero no descolgaron el teléfono. Supuso que estarían con el abogado, intentando conseguir la libertad de Charles, y que Steve la llamaría en cuanto le fuera posible.

Se sentía desilusionada; estaba deseando dar a alguien la buena noticia.

La emoción de haber dado con el apartamento de Harvey se disipó y Jeannie empezó a sentirse deprimida. Volvió a pensar en lo peligrosa que era su situación frente al futuro, sin dinero, sin empleo y sin forma humana de ayudar a su madre.

Se preparó un desayuno tardío como método para animarse. Se hizo tres huevos revueltos, puso en la parrilla el tocino entreverado que compró el día anterior para Steve y se lo comió acompañado de tostadas y café. Cuando dejaba los platos en el fregadero sonó el timbre del portero automático.

—Cogió el telefonillo.

—¡Hola!

—¿Jeannie? Soy Steve.

—¡Entra! —acogió ella, eufórica.

Steve llevaba un jersey de algodón del mismo color que sus ojos, y parecía estar en buena forma para comer. Jeannie le besó y lo apretó contra sí, dejando que sus senos se oprimieran debidamente sobre el pecho de Steve. Las manos del chico se deslizaron espalda abajo hasta las nalgas de Jeannie y la apretó también contra su cuerpo. Steve volvía a oler distinto: se había aplicado alguna clase de loción para después del afeitado con perfume de herbario. También sabía distinto, algo así como si hubiera bebido té.

Al cabo de un momento, Jeannie se separó.

—No vayamos demasiado aprisa —jadeó. Deseaba saborear aquello—. Sentémonos. ¡Tengo muchas cosas que contarte!

El chico se sentó en el sofá y ella se acercó al frigorífico.

—¿Vino, cerveza, café?

—Vino me parece de perlas.

—¿Crees que estará bueno?

¿Qué diablos quería decir con eso de «¿Crees que estará bueno?».

—No sé —respondió.

—¿Cuánto tiempo hace que la descorchamos?

«Muy bien, compartieron una botella de vino, pero no se la acabaron, así que volvieron a ponerle el corcho, la guardaron en el frigorífico y ahora ella se pregunta si el vino estará bien. Pero quiere que sea yo quien decida.»

—Veamos, ¿qué día fue?

—El miércoles; hace cuatro días.

El chico ni siquiera sabía si se trataba de vino tinto o blanco.

«Mierda.»

—Demonios, echa un poco en un vaso y lo probaremos.

—Genial idea.

Jeannie vertió un poco de vino en una copa y se lo tendió. Él lo saboreó.

—Se deja beber —dijo el muchacho.

Jeannie se inclinó por encima del respaldo del sofá.

—Deja que lo pruebe. —Le besó en los labios y dijo—: Abre la boca, quiero catar el vino. —Él rió entre dientes e hizo lo que le pedía. Jeannie le introdujo la punta de la lengua en la boca. «Dios mío, esta mujer es realmente provocativa.»—. Tienes razón —dijo Jeannie—. Se deja beber.

Se echó a reír, llenó la copa del chico e hizo lo propio con la suya.

El falso Steve empezó a sentirse a gusto.

—Pon algo de música —sugirió.

—¿En qué?

Él no tenía idea de lo que Jeannie estaba diciendo. «Oh, Cristo, acabo de meter la pata.» Miró en torno: nada de estéreo. «Tonto.»

—Mi padre me robó el estéreo, ¿no te acuerdas? —dijo Jeannie—. No tengo ningún aparato para poner música. Un momento, claro que tengo uno. —Pasó a la habitación contigua (el dormitorio, seguramente) y volvió con uno de esos receptores de radio sumergibles que se cuelgan en la ducha—. Es una tontería, mamá me lo dio unas Navidades, antes de que empezara a volverse majareta.

«El padre le robó el estéreo, la madre está pirada... ¿de qué clase de familia procede?»

—Suena fatal, pero es lo único que tengo. —Lo encendió—. Siempre está sintonizado en la 92Q.

—Veinte principales en línea —dijo el muchacho automáticamente.

—¿Cómo lo sabes?

«Ah, mierda, Steve no conocería las emisoras de radio de Baltimore.»

—La cogí en el coche cuando venía.

—¿Qué clase de música te mola?

«No tengo ni idea de los gustos de Steve, pero supongo que tú tampoco, así que la verdad servirá.»

—Me va el *rap gangsta*... Snoop Doggy Dog, Ice Cube, esa clase de rollo.

—Oh, leches, haces que me sienta una carrozona de mediana edad.

—¿Qué te mola a ti?

—Los Ramones, los Sex Pistols, los Damned. Quiero decir cuando era chica, una chica de verdad, una *punki* gamberra, ya sabes. Mi madre oía toda esa charanga horrible de los sesenta que a mí nunca me dijo nada. Luego, cuando me anduve por los once años, de pronto, ¡zas! Talking Heads. ¿Te acuerdas de Psycho Killer?

—Desde luego que no.

—Vale, tu madre tenía razón, soy demasiado vieja para ti. —Se sentó junto a él. Le puso la mano sobre el hombro y luego la deslizó por dentro del jersey azul celeste. Le acarició el pecho y le frotó los pezones con la punta de los dedos. Le gustó—. Me alegro de que estés aquí —dijo.

Él también deseaba tocarle los pezones, pero tenía cosas más importantes que hacer. Recurrió a toda su fuerza de voluntad para decir:

—Es preciso que hablemos en serio.

—Tienes razón. —Jeannie se irguió en el sofá y tomó un sorbo de vino—. Tú primero. ¿Sigue tu padre bajo arresto?

«Jesús, ¿qué tengo que decir?»

—No, primero tú —se escabulló—. Dijiste que tenías muchas cosas que contarme.

—Vale. Número uno: sé quién violó a Lisa. Se llama Harvey Jones y vive en Filadelfia.

«¡Cristo Todopoderoso!» Harvey tuvo que esforzarse al máximo para mantener impávida la expresión. «Gracias a Dios que he venido aquí.»

—¿Hay pruebas de que sea él quien lo hizo?

—Estuve en su apartamento. El vecino de al lado me abrió la puerta con un duplicado de la llave y me facilitó la entrada.

«A ese jodido marica le voy a romper el asqueroso cuello.»

—Encontré la gorra de béisbol que llevaba el domingo pasado. Estaba colgada de un gancho, detrás de la puerta.

«¡Jesús! Debí haberla tirado. ¡Pero quién iba a imaginarse que alguien iba a seguirme la pista y a dar conmigo!»

—Lo has hecho asombrosamente bien. —Steve se mostraría entusiasmado con tales noticias; le libraba de toda sospecha—. No sé cómo darte las gracias.

—Ya se me ocurrirá algo —Jeannie le dedicó una sonrisa pícaramente sensual.

«¿Podré volver a Filadelfia a tiempo de desembarazarme de esa gorra antes de que se presente allí la policía?»

—Todo esto se lo habrás contado ya a la policía, ¿no?

—No. Dejé un mensaje para Mish, pero aún no me ha llamado.

«¡Aleluya! Aún tengo una oportunidad.»

—No te preocupes —continuó Jeannie—. Ignora por completo que estemos ya encima de él. Pero no has oído lo mejor. ¿A quién más conocemos que se llame Jones?

«¿Digo "Berrington"? ¿Se le ocurriría a Steve decirlo?»

—Es un apellido muy corriente...

—¡Berrington, desde luego! ¡Creo que Harvey se ha criado como hijo de Berrington!

«Se supone que debo mostrarme sorprendido.»

—¡Increíble! —exclamó Harvey.

«¿Qué rayos he de hacer ahora? Tal vez papá tenga alguna idea. He de contarle todo esto. Necesito una excusa para llamarle por teléfono.»

Jeannie le tocó la mano.

—¡Eh, mírate las uñas!

«Venga, cojones, ¿qué pasa ahora?»

—¿Qué tienen de malo?

—¡Te crecen rápido! Cuando saliste de la cárcel estaban rotas y como dientes de sierra. ¡Ahora las tienes largas!

—Todo se me cura en seguida.

Jeannie le dio la vuelta a la mano y le lamió la palma.

—Hoy estás caliente —comentó Harvey.

—¡Oh, Dios! Me paso de insinuante, ¿verdad? —Otros hombres le habían dicho lo mismo. Desde que llegó, Steve estuvo frío y reservado, y ella comprendía ahora el motivo—. Sé por qué lo dices. Toda la semana pasada te estuve dando largas y ahora tienes la sensación de que trato de devorarte para cenar.

Él asintió.

—Sí, más o menos.

—Simplemente es que soy así. Una vez me decido por un hombre, voy al grano y a por todas. —Dio un bote y saltó fuera del sofá—. De acuerdo, daré marcha atrás. —Se fue a la cocina y cogió una sartén. Era tan grande y pesada que necesitó las dos manos para levantarla—. Ayer compré comida para ti. ¿Estás hambriento? —La sartén tenía cierta cantidad de polvo, Jeannie no cocinaba mucho, y la limpió con un paño de cocina—. ¿Te apetecen unos huevos?

—En realidad, no. Pero, cuéntame, ¿fuiste *punki*?

Jeannie dejó la sartén.

—Sí, durante una temporadita. Ropa rota y deshilachada, pelo verde.

—¿Drogas?

—Solía darle a las anfetas en el colegio, cuando tenía dinero.

—¿Qué partes de tu cuerpo te perforaste?

Jeannie se estremeció al recordar de pronto el encarte que tenía Harvey Jones en la pared, el desnudo de mujer con el vello púbico afeitado y un aro atravesándole los labios de la vagina.

—Sólo la nariz —dijo—. Dejé lo *punki* por el tenis cuando tenía quince años.

—Conocí una chica que tenía un aro en el pezón.

Los celos picaron a Jeannie.

—¿Te acostaste con ella?

—Claro.

—Cabrito.

—Venga ya, ¿creías que era virgen?

—¡No me pidas que sea racional!

El muchacho alzó las manos en ademán defensivo.

—Vale, no te lo pediré.

—Aún no me has dicho que ha pasado con tu padre. ¿Lo pusieron en libertad?

—¿Por qué no llamo a casa y nos enteramos de las últimas noticias?

Si le oía marcar un número de siete cifras, se daría cuenta de que estaba haciendo una llamada urbana, cuando su padre, Berrington, había mencionado que Steve Logan vivía en Washington, D.C. Mantuvo la horquilla baja, apretándola, en tanto marcaba tres cifras al azar, como si fueran las del prefijo, después soltó la horquilla y marcó el número de su padre.

Berrington contestó y Harvey dijo:

—Hola, mamá.

Apretó con fuerza el auricular, mientras confiaba en que su padre no dijese: «¿Quién es? Se ha equivocado de número». Pero su padre se hizo cargo instantáneamente de la situación.

—¿Estás con Jeannie?

«Bien hecho, papá.»

—Sí, te llamo para saber si papá ha salido ya de la cárcel.

—El coronel Logan sigue arrestado, pero no está en la cárcel. Lo retiene la policía militar.

—Malo, esperaba que lo hubiesen liberado ya.

Vacilante, el padre preguntó:

—¿Puedes decirme... algo?

A Harvey no dejaba un segundo de atormentarle la tentación de mirar a Jeannie y comprobar si se estaba tragando su comedia. Pero comprendía que tal mirada le iba a revestir de un aire de culpabilidad que a ella no le pasaría inadvertido, de modo que se obligó a seguir con la vista fija en la pared.

—Jeannie ha hecho maravillas, mamá. Ha descubierto al verdadero violador. —Se esforzó con toda el alma en infundir a su voz un tono complacido—. Se llama Harvey Jones. En este momento estamos esperando que un detective la llame para darle la noticia.

—¡Jesús! ¡Eso es espantoso!

—Sí, lo que se dice formidable de verdad.

«¡No seas tan irónico, estúpido!»

—Al menos estamos prevenidos. ¿Puedes impedir que hable con la policía?

—Creo que tendré que hacerlo.

—¿Qué hay respecto a la Genetico? ¿Tiene algún plan para hacer público lo que ha averiguado acerca de nosotros?

—Aún no lo sé.

«Déjame colgar antes de que se me escape algo que me delate.»

—Has de enterarte como sea. Eso también es importante.

—¡Está bien!

—Vale. Bueno, confío en que papá salga pronto. Llámame si se produce alguna novedad.

—¿Es seguro?

—No tienes más que preguntar por Steve.

Se echó a reír como si hubiera hecho un chiste.

—Jeannie podría reconocer mi voz. Pero puedo decirle a Preston que haga él la llamada.

—Exacto.

—Muy bien.

—Adiós.

Harvey colgó.

—Debo llamar otra vez a la policía —dijo Jeannie—. Quizá no se hayan percatado de lo urgente que es esto.

Cogió el teléfono.

Harvey comprendió que iba a tener que matarla.

—Pero antes dame un beso —pidió la muchacha.

Se deslizó entre sus brazos, apoyada la espalda en el mostrador de la cocina. Abrió la boca para acoger el beso de Steve. Él le acarició el costado.

—Bonito jersey —murmuró, y su enorme manaza se cerró sobre el seno de Jeannie.

La inmediata respuesta del pezón fue ponerse rígido, pero Jeannie no sintió todo el deleite que esperaba. Trató de relajarse y disfrutar de un momento con el que llevaba tiempo soñando. Steve introdujo las manos por debajo del jersey de Jeannie, que arqueó ligeramente la espalda mientras él tomaba ambos pechos. Como siempre, Jeannie se sintió incómoda durante unos segundos, temerosa de que decepcionaran al muchacho. A todos los hombres con los que se había acostado le encantaron sus tetas, pero Jeannie seguía albergando la idea de que eran demasiado pequeñas. Al igual que los otros, Steve no manifestó el menor indicio de insatisfacción. Le levantó el jersey, agachó la cabeza sobre los senos y empezó a chupar los pezones.

Jeannie bajó la mirada sobre él. La primera vez que un chico le hizo aquello, Jeannie pensó que era absurdo, una regresión a la infancia. Pero pronto empezó a encontrarle el gusto e incluso disfrutaba haciéndoselo al hombre. Ahora, sin embargo, no funcionaba. El cuerpo respondía al estímulo, pero una especie de duda incordiaba desde un punto recóndito del cerebro y le impedía concentrarse en el placer. Se sentía molesta consigo misma. «Ayer lo estropeé todo al portarme como una paranoica, ahora no voy a repetir el número otra vez.»

Steve percibió su desasosiego. Se enderezó y dijo:

—No estás cómoda. Vamos a sentarnos en el sofá.

Dando por supuesta la conformidad de Jeannie, se sentó. Ella le imitó. Steve se alisó las cejas con la yema del dedo índice y alargó la mano hacia Jeannie.

Ella retrocedió bruscamente.

—¿Qué pasa? —se extrañó Steve.

«¡No! ¡No es posible!»

—Tú... tú..., eso que has hecho... con la ceja.

—¿Qué hice?

Saltó fuera del sofá como impulsada por un resorte.

—¡Miserable! —gritó Jeannie—. ¿Cómo te atreves...?

—¿Qué coño está pasando? —protestó el muchacho, pero su simulación carecía de firmeza. Por la expresión de su rostro, Jeannie comprendió que sabía perfectamente lo que pasaba.

—¡Fuera de mi casa! —chilló.

Él trató de mantener el tipo.

—¿Primero te deshaces en carantoñas y ahora te pones así?

—Sé quién eres, hijo de puta. ¡Eres Harvey!

Dejó de fingir.

—¡Cómo lo supiste?

—Te alisaste la ceja con la yema del dedo, exactamente igual que Berrington.

—Bueno, ¿qué importa? —dijo Harvey, y se puso en pie—. Puesto que somos idénticos, puedes imaginar que soy Steve.

—¡Fuera, vete de aquí a tomar por...

Harvey se tocó la bragueta, para señalar la erección.

—Ahora que hemos llegado tan lejos, no me voy a largar con este calentón de huevos.

«¡Oh, santo Dios, estoy en un brete! Este tipo es un animal.»

—¡No te acerques!

Harvey avanzó hacia ella, sonriente.

—Voy a arrancarte esos vaqueros tan ajustados que llevas y a echar un vistazo a lo que hay debajo.

Jeannie recordó a Mish diciendo que los violadores disfrutan con el miedo de las víctimas.

—No me asustas —afirmó, tratando de que su voz sonara tranquila. «Pero si me tocas, juro que te mataré.»

Harvey actuó con aterradora rapidez. La cogió como un rayo, la levantó en vilo y la arrojó contra el suelo.

Sonó el teléfono.

Jeannie gritó:

—¡Socorro! ¡Señor Oliver! ¡Socorro!

Harvey cogió el paño de encima del mostrador de la cocina y se lo metió sin contemplaciones en la boca, magullándole los labios. Amordazada, Jeannie empezó a toser. Harvey le sujetó las muñecas para impedirle quitarse el paño de la boca. Ella intentó expulsarlo con la lengua, pero no podía, era demasiado grande. ¿Habría oído el señor Oliver su grito? Era viejo y solía tener muy alto el volumen del televisor.

El teléfono seguía repicando.

Harvey enganchó la mano en la cintura del vaquero. Jeannie se retorció para zafarse. Él le sacudió un bofetón con tal violencia que le hizo ver las estrellas. Mientras Jeannie permanecía aturdida, Harvey le soltó las muñecas y le quitó los pantalones y las bragas.

—¡Joder, sí que tienes un coño peludo! —ponderó.

Jeannie se quitó el paño de cocina de la boca y chilló:

—¡Socorro, ayúdenme, socorro!

Harvey le tapó la boca con su manaza, sofocando los gritos, y se dejó caer sobre ella. Jeannie se quedó sin aliento. Durante unos segundos estuvo impotente, bregando por aspirar algo de aire. Los nudillos de Harvey le hicieron daño en los muslos mientras la mano del violador forcejeaba torpemente con la bragueta. Él empezó luego a removerse encima de ella, a la búsqueda de la vía de acceso. Jeannie se contorsionó a la desesperada, intentando zafarse, pero él pesaba demasiado.

El teléfono continuaba sonando. Y entonces se le unió también el timbre de la puerta de la calle.

Harvey no se detuvo.

Jeannie abrió la boca. Los dedos de Harvey se deslizaron entre sus dientes. La muchacha mordió con fuerza, con toda la fuerza que pudo, mientras se decía que no le importaría romperse los dientes sobre los huesos del agresor. Una ráfaga de sangre cálida chorreó en su boca y oyó a Harvey soltar un alarido de dolor a la vez que retiraba la mano.

El timbre de la puerta volvió a sonar, prolongada e insistentemente.

Jeannie escupió la sangre de Harvey y gritó de nuevo:

—¡Socorro! —a pleno pulmón—. ¡Socorro, socorro, socorro! ¡Qué alguien me ayude!

Escaleras abajo resonó un golpe estruendoso, seguido de otro y, a continuación, el chasquido de madera que se astilla.

Harvey se puso en pie y se agarró la mano herida.

Jeannie rodó sobre sí misma, se levantó y retrocedió tres pasos, apartándose de él.

Se abrió de golpe la puerta del apartamento. Harvey giró en redondo, quedando de espaldas a Jeannie.

Steve irrumpió en la estancia.

Steve y Harvey se quedaron mirando el uno al otro, durante un congelado instante de estupefacción.

Eran exactamente iguales. ¿Qué ocurriría si se enzarzasen en una pelea? Tenían el mismo peso, estatura, fortaleza y perfección física. Un combate entre ellos podía durar eternamente.

Movida por un impulso instintivo, Jeannie cogió la sartén con ambas manos. Imaginó que se disponía a aplicar un pelotazo cruzado con su famoso revés a dos manos, apoyó todo el peso del cuerpo en la pierna adelantada, coordinó las muñecas y volteó en el aire, con todas sus fuerzas, la pesada sartén.

Alcanzó a Harvey en la parte posterior de la cabeza, en la coronilla.

El golpe produjo un ruido sordo, repulsivo. A Harvey parecieron reblandecérsele las piernas. Cayó de rodillas, balanceante.

Como si se precipitara hacia la red para coronar la jugada con una volea, Jeannie levantó la sartén al máximo, enarbolada en la mano derecha, y la abatió violentamente sobre la cabeza de Harvey.

Éste puso los ojos en blanco, se desplomó de bruces y se estrelló contra el piso.

—Vaya —dijo Steve—, me alegro de que no te equivocaras de gemelo.

Jeannie empezó a temblar. Dejó caer la sartén y se sentó en un taburete de la cocina. Steve la rodeó con sus brazos.

—Se acabó —dijo.

—No, no se ha acabado —replicó ella—. No ha hecho más que empezar.

El teléfono aún seguía sonando.

57

—Lo dejaste fuera de combate —comentó Steve—. ¿Quién es ese cabrón?

—Harvey Jones —respondió Jeannie—. Hijo de Berrington Jones.

Steve se quedó de piedra.

—¿Berrington crió a uno de los ocho clones como hijo suyo? Vaya, que me aspen.

Jeannie contempló la inconsciente figura tendida en el suelo.

—¿Qué vamos a hacer ahora?

—Para empezar, ¿por qué no contestas al teléfono?

Automáticamente, Jeannie descolgó. Era Lisa.

—Casi me ocurrió a mí también lo que a ti —dijo Jeannie sin preámbulo.

—¡Oh, no!

—El mismo individuo.

—¡No puedo creerlo! ¿Me dejo caer por tu casa ahora?

—Gracias, me gustaría.

Jeannie colgó. Le dolía todo el cuerpo a causa del impacto cuando Harvey la lanzó contra el suelo y le escocía la boca en los puntos donde le había rozado el paño metido a la fuerza. Aún tenía en el paladar el sabor de la sangre de Harvey. Llenó un vaso de agua, se enjuagó la boca y lo escupió en el fregadero.

—Estamos en un punto peligroso, Steve. La gente con la que nos enfrentamos tiene amigos muy influyentes.

—Ya lo sé.

—Es posible que intenten matarnos.

—A mí me lo dices.

La idea hizo que a Jeannie le costara trabajo pensar. Se dijo que no debía permitir que el miedo la paralizase.

—¿Crees que si prometo no contar a nadie lo que sé, tal vez me dejen en paz?

Steve reflexionó un instante y luego repuso:

—No, no lo creo.

—Ni yo tampoco. Así que no tengo más opción que luchar.

Sonaron pasos en la escalera y el señor Oliver asomó la cabeza por el hueco de la puerta.

—¿Qué infiernos ha pasado aquí? —preguntó. Sus ojos fueron del inconsciente Harvey tendido en el suelo a Steve, para volver otra vez a Harvey—. Vaya, ésta sí que es buena.

Steve recogió los Levi negros y se los tendió a Jeannie, que se embutió en ellos rápidamente, para cubrir sus desnudeces. Si el señor Oliver se dio cuenta, era demasiado discreto para hacer el menor comentario. Señaló a Harvey y dijo:

—Este debe de ser el sujeto de Filadelfia. No me extraña que pensaras que era tu novio. ¡Tienen que ser gemelos!

—Voy a atarle antes de que vuelva en sí —dijo Steve—. ¿Tienes una cuerda a mano, Jeannie?

—Yo tengo cordón eléctrico —ofreció el señor Oliver—. Traeré mi caja de herramientas.

Salió del cuarto.

Jeannie abrazó a Steve agradecidamente. Tenía la sensación de que acababa de despertarse de una pesadilla.

—Creí que eras tú —manifestó—. Fue como ayer, pero esta vez no me volví paranoica, esta vez era verdad.

—Dijimos que estableceríamos una clave secreta, pero luego no volvimos a hablar del asunto.

—Podemos hacerlo ahora. Cuando me abordaste en la pista de tenis el domingo pasado dijiste: «Yo también juego un poco al tenis».

—Y tú, como eres así de modesta, respondiste: «Si sólo juegas un poco al tenis, lo más probable es que no estés en mi división».

—Ese es el código. Si uno pronuncia la primera frase, el otro tiene que contestar con el resto del diálogo.

—Hecho.

Regresó el señor Oliver con la caja de herramientas. Dio media vuelta a Harvey y procedió a maniatarle por delante, con las palmas una contra otra, pero dejando sueltos los meñiques.

—¿Por qué no le ata las manos a la espalda? —quiso saber Steve.

El señor Oliver pareció un poco vergonzoso.

—Si me disculpa por mencionarlo, le diré que así podrá sostenerse la pilila cuando tenga que hacer pis. Lo aprendí en Europa, durante la guerra. —Empezó a ligar los pies de Harvey—. Este bigardo no causará más problemas. Y ahora, ¿qué piensan hacer respecto a la puerta de la calle?

Jeannie miró a Steve.

—La dejé bastante destrozada —confesó éste.

—Lo mejor será llamar a un carpintero —sugirió Jeannie.

—Tengo algo de madera en el patio —dijo el señor Oliver—. La remendaré lo suficiente como para que podamos dejarla cerrada esta noche. Mañana buscaremos a alguien que haga un buen trabajo con ella.

Jeannie se sintió profundamente agradecida.

—Gracias, muchas gracias, es usted muy amable.

—Ni lo menciones. Esto es lo más interesante que me ha sucedido desde la Segunda Guerra Mundial.

—Le ayudaré —se brindó Steve.

El señor Oliver denegó con la cabeza.

—Vosotros dos tenéis un montón de cosas de las que discutir, ya lo veo. Como, por ejemplo, si llamáis o no a la policía para que se haga cargo de este fulano que tenéis amarrado encima de la alfombra.

Sin esperar respuesta, cogió su caja de herramientas y se fue escaleras abajo.

Jeannie puso en orden sus pensamientos.

—Mañana se venderá la Genetico por ciento ochenta millones de dólares y Proust emprenderá la ruta presidencial. Mientras tanto, estoy sin empleo y con mi reputación por los suelos. Nunca volveré a realizar ninguna tarea científica. Pero con lo que sé podría darle la vuelta a ambas situaciones.

—¿Cómo harías tal cosa?

—Bueno... Podría publicar en la prensa un comunicado en el que explicara el asunto de los experimentos.

—¿No necesitarías alguna clase de prueba?

—Harvey y tú juntos constituiríais una prueba bastante espectacular. Sobre todo si consiguiera que aparecieseis juntos en televisión.

—Sí... en *Sesenta minutos* o algún programa por el estilo. Me gusta la idea. —Volvió a poner cara larga—. Pero Harvey no colaborará.

—Pueden filmarlo atado. Luego llamamos a la policía y también pueden filmar eso.

Steve asintió.

—Lo malo es que tú probablemente tengas que actuar antes de que la Landsmann y la Genetico concluyan la operación de compraventa. Una vez tuvieran el dinero estarían en condiciones de eliminar cualquier publicidad negativa que pudiésemos generar. Y su conferencia de prensa será mañana por la mañana, según *The Wall Street Journal.*

—Tal vez deberíamos celebrar nuestra propia conferencia de prensa.

Steve chasqueó los dedos.

—¡Ya lo tengo! Nos colaremos en su conferencia de prensa.

—Rayos, sí. Entonces quizá la gente de la Landsmann decida no firmar los papeles y la absorción se cancelará.

—Y Berrington se quedará sin todos esos millones de dólares.

—Y Jim Proust se quedará sin su campaña por la presidencia.

—Debemos estar locos —puntualizó Steve realista—. Esas son algunas de las personas más poderosas de Estados Unidos y estamos aquí hablando de reventarles la fiesta.

Llegó de abajo el ruido de los martillazos indicadores de que el señor Oliver empezaba a arreglar la puerta.

—Odian a los negros, ya sabes —dijo Jeannie—. Todos esos disparates acerca de los genes buenos y los ciudadanos de segunda categoría son simplemente paparruchas en clave, una cortina de humo. Esos individuos son fanáticos de la supremacía de los blancos y disfrazan sus intenciones con ciencia moderna. Quieren convertir al señor Oliver en ciudadano de segunda. Al diablo con ellos, no me voy a quedar quietecita en actitud contemplativa.

—Nos hace falta un plan —dijo Steve, yendo a lo práctico.

—Muy bien, ahí va —dijo Jeannie—. Lo primero que tenemos que hacer es averiguar dónde va a celebrarse la conferencia de prensa de la Genetico.

—Seguramente en un hotel de Baltimore.

—Podemos llamarlos a todos, si es preciso.

—Probablemente deberíamos alquilar una habitación en ese hotel.

—Buena idea. Luego nos colamos en la conferencia de prensa, nos plantamos en mitad de la sala y les soltamos un buen parlamento a los medios de comunicación que cubran el acto.

—Te acallarán.

—Debería llevar preparada una nota de prensa, lista para soltarla allí. Y entonces entras tú con Harvey. Los gemelos son fotogénicos y todas las cámaras os enfocarán.

Steve frunció el entrecejo.

—El que nos presentes allí a Harvey y a mí, ¿qué demostrará?

—El hecho de que seáis idénticos proporcionará la clase de impacto dramático que inducirá a los periodistas a disparar sus preguntas. No costará mucho tiempo cerciorarse de que tenéis madres distintas. Una vez captaran eso, sabrán que hay un misterio por descubrir, lo mismo que me pasó a mí. Y ya sabes cómo investiga la prensa a los candidatos presidenciales.

—Sin embargo, resulta indudable que tres serían mejor que dos —dijo Steve—. ¿Crees que podríamos lograr que alguno de los otros apareciese en la conferencia?

—Podemos intentarlo. Invitarlos a todos, con la esperanza de que se presente al menos uno.

En el suelo, Harvey abrió los ojos y emitió un gemido.

Jeannie casi se había olvidado de él. Al mirarlo, esperó que tuviese una buena herida en la cabeza. Después se sintió culpable y lamentó ser tan vengativa.

—Teniendo en cuenta cómo le he sacudido, probablemente debería verle un médico.

Harvey se recobró en seguida.

—Desátame, puta asquerosa —barbotó.

—Olvidémonos del médico —dijo Jeannie.

—Suéltame ahora mismo o te juro que en cuanto esté libre te rebanaré los pezones con una navaja barbera.

Jeannie le metió en la boca el paño de cocina.

—Cierra el pico, Harvey —dijo

—Va a ser muy interesante —comentó Steve, pensativo— eso de introducirle a hurtadillas en una habitación de hotel.

Llegó de la planta baja la voz de Lisa, que saludaba al señor Oliver.

Al cabo de un momento entraba en el cuarto, vestida con pantalones azules y calzada con pesadas botas Doc Marten. Miró a Steve y a Harvey y exclamó:

—¡Dios mío, es cierto!

Steve se puso en pie.

—Yo soy el que señalaste en la rueda de identificación —dijo—. Pero el que te asaltó fue él.

—Harvey intentó repetir conmigo lo que te hizo a ti —explicó Jeannie—. Steve llegó justo a tiempo y echó abajo la puerta de la calle.

Lisa se acercó al tendido Harvey. Lo miró fijamente durante un buen rato; luego, pensativamente, echó hacia atrás la pierna para cobrar impulso, y le descargó un puntapié en las costillas, con todas sus fuerzas. La puntera de las pesadas botas Doc Marten chasqueó sobre el costado de Harvey, que emitió un gemido y se retorció de dolor.

Lisa repitió la patada.

—¡Jolines! —dijo, al tiempo que sacudía la cabeza—. ¡Qué a gusto se queda una!

En un dos por tres, Jeannie puso a Lisa al corriente de los acontecimientos de la jornada.

—¡La cantidad de cosas que han pasado mientras dormía! —exclamó Lisa, asombrada.

—Llevas un año en la UJF, Lisa... —dijo Steve—, me extraña que no hayas visto nunca al hijo de Berrington.

—Berrington no alterna con sus colegas académicos —respondió ella—. Es una celebridad demasiado importante. Es absolutamente posible que en la Universidad Jones Falls nadie haya visto nunca a Harvey.

Jeannie bosquejó un plan para reventar la conferencia de prensa.

—Tal como dijimos, nuestra confianza subiría muchos enteros si asistiese al acto alguno de los otros clones.

—Bueno, Per Ericson ha muerto y Dennis Pinker y Murray Claud están en la cárcel; pero aún nos quedan tres posibilidades: Henry King, en Boston, Wayne Stattner, en Nueva York, y George Dassault... que podría encontrarse en Buffalo, Sacramento o Houston, no sé donde, pero podríamos intentar otra vez localizarlos. Tengo los números de teléfono de todos.

—Yo también —dijo Jeannie.

—Podríamos consultar los vuelos por CompuServe —dijo Lisa—. ¿Dónde está tu ordenador, Jeannie?

—Me lo robaron.

—Llevo mi PowerBook en el maletero, iré a buscarlo.

Mientras Lisa estaba ausente, Jeannie comentó:

—Tendremos que estrujarnos las meninges para idear el modo de convencer a esos chicos para que vuelen a Baltimore. Es difícil, avisándoles con tan poco tiempo. Y tendremos que ofrecernos a pagarles el billete y los demás gastos. No estoy muy segura de que mi tarjeta de crédito dé para tanto.

—Tengo una tarjeta American Express que me dio mi madre para urgencias imprevistas. Sé que ella considerará esto una urgencia imprevista.

—Tienes una madre estupenda —observó Jeannie con cierta envidia.

—Eso es verdad.

Regresó Lisa y conectó su ordenador al modem de Jeannie.

—Un momento —dijo Jeannie—. Organicemos el asunto.

58

Jeannie redactó el comunicado de prensa, Lisa accedió a WorldSpan Travelshopper y tomó nota de los vuelos y Steve se hizo con un ejemplar de las Páginas Amarillas y empezó a telefonear a los hoteles más importantes, con la pregunta: «¿Tienen programada para mañana una conferencia de prensa de la Genetico, S.A. o de la Landsmann?».

Al cabo de tres intentos, se le ocurrió que tal vez la conferencia no iba a tener lugar en un hotel. Quizá la celebraran en un restaurante o en algún sitio más exótico, como a bordo de un barco; o acaso la sede de la Genetico, situada al norte de la ciudad, dispusiera de un salón de actos lo bastante amplio. Pero en la séptima llamada, un empleado amable dijo:

—Sí, es en la Sala Regencia, a mediodía, señor.

—¡Estupendo! —se animó Steve. Jeannie le dirigió una mirada interrogativa y Steve sonrió e hizo el signo de la victoria con el pulgar hacia arriba—. ¿Podría reservar una habitación para esta noche, por favor?

—Le paso con Reservas. Tenga la bondad de esperar un momento.

Steve alquiló la habitación, que pagó con la tarjeta American Express de su madre. Cuando colgó, Lisa dio su informe:

—Hay tres vuelos que podrían traernos a Henry King a tiempo de asistir a la conferencia, todos son de la USAir. Salen a las seis y veinte, a las siete cuarenta y a las nueve cuarenta y cinco. Todos ellos tienen plazas disponibles.

—Encarga un asiento para el de las nueve cuarenta y cinco —dijo Jeannie.

Steve pasó a Lisa la tarjeta de crédito y la muchacha tecleó los datos.

—Aún no sé cómo voy a convencerle para que venga —confesó Jeannie.

—¿No dijiste que es estudiante y que trabaja en un bar? —preguntó Steve.

—Sí.

—Seguro que anda a la cuarta pregunta. Déjame intentar una cosa. ¿Qué número tiene?

Jeannie se lo dio.

—Lo llaman Hank —aclaró.

Steve marcó el número. Nadie contestó al teléfono. Steve sacudió la cabeza, decepcionado.

—No hay nadie en casa.

Jeannie se mostró momentáneamente alicaída; luego chasqueó los dedos.

—Tal vez esté trabajando en el bar.

Dio a Steve el número y éste lo marcó. Contestó un hombre con acento hispano.

—Nota Azul...

—¿Me puede poner con Hank?

—Se supone que está trabajando, ¿sabe? —replicó el hombre en tono irritado.

Steve sonrió a Jeannie y le informó, tapado el micro: «¡Aquí lo tenemos!»

—Es muy importante, no le entretendré prácticamente nada.

Al cabo de un minuto llegó por la línea una voz exactamente como la de Steve.

—¿Sí, quién es?

—Hola, Hank, me llamo Steve Logan y tenemos algo en común.

—¿Vende algo?

—Tu madre y la mía recibieron tratamiento en un lugar llamado Clínica Aventina, antes de que tú y yo naciéramos. Puedes comprobarlo con ella.

—Sí, ¿y qué?

—Para abreviar: he demandado a la clínica por diez millones de dólares y me gustaría que te unieras a mi querella.

Una pausa reflexiva.

—No sé si lo que dices es verdad o no, colega, pero tampoco tengo dinero para entablar un juicio.

—Correré con los gastos del proceso. No quiero tu dinero.

—¿Por qué me llamas, entonces?

—Porque mi caso tendrá mucha más fuerza contigo a bordo.

—Será mejor que me escribas y me des los detalles...

—Ese es el problema. Te necesito aquí en Baltimore, en el hotel Stouffer, mañana al mediodía. He convocado una conferencia de prensa, previa al litigio, y quiero que asistas a ella.

—¿Quién quiere ir a Baltimore? Vaya, no es Honolulú.

«Sé un poco serio, tío capullo.»

—Tienes reservada una plaza en el vuelo de la USAir que despega de Logan a las diez menos cuarto. El billete ya está pagado, puedes comprobarlo con la línea aérea. Recógelo en el aeropuerto.

—¿Estás ofreciéndome compartir diez millones de dólares contigo?

—Ah, no. Tú recibirás tus propios diez millones.

—¿En qué basas tu demanda?

—Quebrantamiento por fraude de contrato implícito.

—Estudio comercio. ¿No hay un estatuto de limitaciones sobre eso? ¿No prescribe ese delito? Algo que sucedió hace veintitrés años...

—Hay un estatuto de limitaciones, pero el caso empieza a contar a partir de la fecha del descubrimiento del fraude. Que en este caso fue la semana pasada.

Al fondo, una voz hispana gritó:

—¡Eh, Hank, tienes esperando a cien clientes!

Hank dijo a través del teléfono:

—Empiezas a parecer un poco más convincente.

—¿Eso significa que vas a venir?

—Leches, no. Significa que lo pensaré cuando salga del trabajo esta noche. Ahora tengo que servir consumiciones.

—Puedes llamarme al hotel —dijo Steve, pero demasiado tarde: Hank ya había colgado.

Jeannie y Lisa le miraban expectantes.

Steve se encogió de hombros.

—No sé —dijo el muchacho en tono poco optimista—. No sé si le he convencido o no.

—Tendremos que esperar, a ver si le da por presentarse —dijo Lisa.

—¿Cómo se gana la vida Wayne Stattner?

—Es dueño de clubes nocturnos. Probablemente ya tiene diez millones.

—En tal caso lo suyo será picarle la curiosidad. ¿Tienes su número?

—No.

Steve llamó a Información.

—Si es una celebridad puede que no figure en la guía.

—Tal vez haya un número comercial. —Le respondieron y dio el nombre. Al cabo de un momento tuvo el número. Llamó y consiguió la respuesta de un contestador automático. Dijo—: Hola, Wayne, me llamo Steve Logan y como notarás en seguida mi voz es exactamente igual a la tuya. Eso se debe a que, lo creas o no, tú y yo somos idénticos.

»Mido metro ochenta y ocho, peso ochenta y seis kilos y nos parecemos como dos gotas de agua. Es probable que también tengamos otras más cosas en común: soy alérgico a las nueces australianas, no tengo uñas en los dedos pequeños de los pies y cuando me quedo pensativo me rasco el dorso de la mano izquierda con los dedos de la derecha. Y ahora viene lo sorprendente: no somos gemelos. Somos varios. Uno cometió un delito el domingo pasado en la Universidad Jones Falls, por eso recibiste ayer la visita de la policía de Baltimore. Y mañana al mediodía nos vamos a reunir en el hotel Stouffer de Baltimore. Ya sé que resulta extraño, pero todo es verdad. Llámame al hotel, a mí o a la doctora Ferrami, o si te parece, preséntate allí sin más. Será interesante. —Colgó y miró a Jeannie—. ¿Qué te parece?

La muchacha se encogió de hombros.

—Es un individuo que puede permitirse el lujo de darse sus caprichos. Tal vez se sienta intrigado. Y un propietario de clubes nocturnos no tendrá nada especialmente apremiante que hacer el lunes por la mañana. Por otra parte, a mí no me induciría a coger el avión un recado telefónico como ese.

Sonó el teléfono y Steve lo descolgó automáticamente:

—¡Diga!

—¿Puedo hablar con Steve?

La voz no era familiar.

—Al aparato.

—Aquí tío Preston. Ahora te paso con tu padre.

Steve no tenía ningún tío Preston. Enarcó las cejas, desconcertado. Al cabo de unos segundos llegó otra voz por el teléfono.

—¿Hay alguien contigo? ¿Está ella escuchando?

De súbito, Steve lo comprendió. La perplejidad dio paso al desconcierto. No sabía cómo reaccionar.

—Un momento. —Cubrió el micrófono con la mano y anunció a Jeannie—: ¡Creo que es Berrington Jones! Y me ha tomado por Harvey. ¿Qué rayos tengo que hacer?

Jeannie extendió las manos en ademán de absoluta perplejidad.

—Improvisa —fue su escueta recomendación.

—¡Vale, muchas gracias! —Steve se llevó el aparato al oído—. Ejem, sí, Steve al habla.

—¿Qué ocurre? ¡Llevas horas ahí!

—Supongo que sí...

—¿Has averiguado ya qué trama Jeannie?

—Ejem... sí.

—Entonces vuelve aquí y cuéntanoslo.

—De acuerdo.

—No estarás atrapado de alguna manera, ¿verdad?

—No.

—Supongo que te la has estado follando.

—Si tú lo dices...

—¡Ponte de una vez los jodidos pantalones y vuelve a casa! ¡Estamos todos en un buen lío!

—De acuerdo.

—Ahora, cuando cuelgues, dices que alguien que trabaja para el abogado de tus padres ha llamado para decirte que se te necesita en Washington lo antes posible. Esa es la excusa, te proporciona el motivo que justificará las prisas. ¿Conforme?

—Muy bien. Me tendréis ahí en seguida.

Berrington colgó y Steve hizo lo propio.

Steve hundió los hombros, aliviado.

—Creo que se la pegué.

—¿Qué ha dicho? —preguntó Jeannie.

—Fue muy interesante. Parece que enviaron aquí a Harvey para que se enterara de tus intenciones. Les inquieta lo que puedas hacer con las cosas que sabes.

—¿Les? ¿A quiénes?

—A Berrington y a alguien llamado tío Preston.

—Preston Barck, el presidente de la Genetico. ¿Por qué llamaron?

—Impaciencia. Berrington se hartó de esperar. Sospecho que él y sus compinches confiaban en averiguar qué pensabas hacer para luego idear la respuesta adecuada. Me dijo que fingiera que tenía que ir a Washington para ver al abogado y que, una vez fuera de aquí, me dirigiera a su casa, a la de Berrington, a toda velocidad.

Jeannie pareció preocupada.

—Mal asunto. Cuando Harvey no se presente, Berrington comprenderá que algo marcha mal. Los de la Genetico tomarán sus precauciones. Y cualquiera sabe lo que pueden hacer: trasladar la conferencia de prensa a otro lugar, reforzar la vigilancia para que no podamos acceder al local donde se celebre e incluso cancelarla y firmar los documentos en el bufete de un abogado.

Steve contempló el suelo, con la frente surcada de arrugas reflexivas. Se le había ocurrido una idea, pero no se atrevía a exponerla. Por último, dijo:

—En ese caso, Harvey debe volver a casa.

Jeannie negó con la cabeza.

—Ha estado ahí tirado todo el rato y ha oído cuanto hemos dicho. Se lo contará de pe a pa.

—No, si voy yo en su lugar.

Jeannie y Lisa se le quedaron mirando, pasmadas.

Steve no había ultimado el plan; pensaba en voz alta.

—Iré a casa de Berrington y me haré pasar por Harvey. Les tranquilizaré.

—Es muy arriesgado, Steve. No sabes nada acerca de su vida. Ni siquiera sabes dónde está el lavabo.

—Si Harvey pudo engañarte a ti, supongo que yo puedo engañar a Berrington —Steve trató de demostrar más confianza de la que sentía.

—Harvey no me engañó. Le descubrí.

—Te la pegó durante un rato.

—Menos de una hora. Tú tendrías que estar con ellos más tiempo.

—No mucho. Normalmente, Harvey vuelve a Filadelfia el domingo por la tarde, lo sabemos. Estaré aquí de vuelta para la medianoche.

—Pero Berrington es el padre de Harvey. Es imposible.

Steve no ignoraba que Jeannie tenía razón.

—¿Tienes una idea mejor?

Tras un prolongado momento de meditación, Jeannie dijo:

—No.

59

Steve se puso los pantalones de pana azul y el jersey azul celeste de Harvey, cogió el Datsun de éste y se dirigió a Roland Park. Había oscurecido cuando llegó a la casa de Berrington. Aparcó detrás de un Lincoln Town Car y permaneció unos instantes en el asiento, a fin de hacer acopio de valor.

Tenía que actuar sin fallos. Como descubrieran su impostura, Jeannie estaría acabada. Pero no contaba con ninguna base, ninguna información sobre la que proceder. Debería mantener continuamente alerta los cinco sentidos, ser sensible a lo que pudiera surgir, no perder la calma en el caso de alguna metedura de remo. Deseó ser actor.

¿De qué talante se encontraría Harvey?, se preguntó. Su padre le había llamado a casa más bien de manera perentoria. El chico debería estár pasándoselo bomba con Jeannie. Pensó que estaría de un humor de perros.

Suspiró. No podía aplazar por más tiempo el temido instante. Se apeó del coche y anduvo hacia la puerta frontal.

Había varias llaves en el llavero de Harvey. Steve escudriñó la cerradura de la puerta de entrada a la casa. Le pareció distinguir la palaba «Yale». Buscó una llave Yale. Antes de que la hubiera seleccionado Berrington abrió la puerta.

—¿Qué haces ahí como un pasmarote? —preguntó enojado—. Entra de una vez.

Steve entró.

—Ve al estudio —ordenó Berrington.

«¿Dónde rayos está el estudio?» Steve combatió como pudo la oleada de pánico. Era una casa suburbana en serie, estilo rancho, de dos niveles, típica construcción de los setenta. A su izquierda, pasado un arco, vio un salón con mobiliario tirando a elegante y en el que no había nadie. Al frente había un pasillo con varias puertas, que, aventuró, darían paso a los dormitorios. A su derecha tenía dos puertas cerradas. Probablemente, una de ellas sería la del estudio..., ¿pero cuál?

—Ve al estudio —repitió Berrington, como si fuera posible que no le hubiese oído la primera vez.

Steve eligió una puerta al azar.

Se equivocó. Era un lavabo.

Berrington le lanzó una mirada cargada de irritación.

Steve vaciló un segundo, pero recordó al instante que teóricamente debía de estar de mal humor.

—Puedo echar una meada primero, ¿no? —saltó. Sin esperar contestación, entró y cerró la puerta.

Era el aseo de los invitados, con una taza de inodoro y un lavabo. Se inclinó por encima de la taza y se echó un vistazo en el espejo.

—Tienes que estar loco —le dijo a su imagen.

Tiró de la cadena, se lavó las manos y salió.

Oyó voces masculinas que sonaban más al interior de la casa. Abrió la puerta siguiente a la del lavabo: aquel era el estudio. Entró, cerró la puerta a su espalda y lanzó una rápida ojeada a la estancia. Había una mesa escritorio, un archivador de madera, numerosas estanterías, un televisor y algunos sofás. Encima de la mesa vio la fotografía de una mujer rubia, de unos cuarenta años, vestida con prendas pasadas de moda, parecían de veinte años. Llevaba un niño en brazos. «¿La ex esposa de Berrington? ¿Mi «madre»?» Abrió los cajones del escritorio, una tras otro, y examinó su interior; después miró en el archivador. Había una botella de whisky escocés Springbank y unos vasos de cristal en el departamento inferior, casi como si pretendieran tenerlos escondidos allí. Tal vez se trataba de un capricho de Berrington. Acababa de cerrar el cajón del archivador cuando se abrió la puerta y entró Berrington, seguido por otros dos hombres. Steve reconoció al senador Proust, cuya enorme cabeza calva y su no menos inmensa nariz le eran familiares por haberle visto en los noticiarios de la televisión. Supuso que el hombre de pelo negro y aire tranquilo sería el «tío» Preston Barck, el presidente de la Genetico.

Recordó que él, Harvey, estaba de muy mal humor.

—No hacía falta que me obligaseis a venir aquí tan condenadamente deprisa.

Berrington adoptó un tono conciliador.

—Acabamos de terminar de cenar —dijo—. ¿Quieres algo? Marianne puede prepararte una bandeja.

La tensión había puesto un nudo en el estómago de Steve, pero seguramente Harvey querría cenar y Steve deseaba parecer lo más natural posible, de modo que simuló aplacarse un poco y dijo:

—Claro, tomaré un bocado.

—¡Marianne! —llamó a voces Berrington. Al cabo de un momento apareció en el vano de la puerta una bonita muchacha negra, de aspecto nervioso. Berrington le ordenó—: Tráele a Harvey un poco de cena en una bandeja.

—Ahora mismo, *monsieur* —articuló la joven sosegadamente.

Steve la observó retirarse; tomó nota mental de que atravesaba el salón camino de la cocina. Supuso que el comedor estaría también en esa dirección, a no ser que comiesen en la cocina.

Proust se inclinó hacia delante.

—Bueno, chico, ¿qué averiguaste?

Steve se había inventado un ficticio plan de acción para Jeannie.

—Me parece que podéis tranquilizaros, al menos de momento —explicó—. Jeannie Ferrami intenta demandar judicialmente a la Universidad Jones Falls por despido improcedente. Cree que durante el proceso tendrá la oportunidad de citar la existencia de los clones. Hasta entonces no tiene plan ninguno de hacerlo público. Está citada el miércoles con el abogado.

A los tres hombres pareció quitárseles un peso de encima.

—Una demanda por despido improcedente —comentó Proust—. Eso llevará un año por lo menos. Tenemos tiempo de sobra para hacer lo que debemos hacer.

«Qué equivocados estáis, arteros hijos de puta.»

—¿Te enteraste de algo acerca del caso de Lisa Hoxton?

—Sabe quién soy y cree que fui yo quien lo hizo, pero no tiene ninguna prueba. Probablemente piensa acusarme, pero opino que lo considerarán una acusación lanzada a ciegas por una antigua empleada vengativa.

Berrington asintió.

—Eso está bien, pero a pesar de todo te hará falta un abogado. Ya sabes lo que vamos a hacer. Te quedarás aquí esta noche... De todas formas, es demasiado tarde para conducir hasta Filadelfia.

«¡No quiero pasar la noche aquí!»

—No sé...

—Por la mañana me acompañarás a la conferencia de prensa e inmediatamente después iremos a ver a Henry King.

«¡Es demasiado arriesgado!»

«No te dejes dominar por el pánico, piensa.»

«Si me quedase aquí, conocería con absoluta exactitud y en todo momento lo que tramaran estos facinerosos. Eso bien vale cierto grado de riesgo. Supongo que no puede suceder gran cosa mientras estoy dormido. Podría hacer una llamada sigilosa a Jeannie, para informarle de lo que está en marcha.» Tomó una decisión instantánea.

—Conforme —se avino.

—Bueno, hemos estado sentaditos aquí, preocupándonos como locos, por nada en absoluto —dijo Proust.

Barck no corrió tanto a aceptar la buena noticia.

—¿No se le ocurrió a la chica demandar a la Genetico y sabotear su venta? —dijo, receloso.

—Es lista, pero no creo que tenga mucho de mujer de negocios —dijo Steve.

Proust hizo un guiño y preguntó:

—¿Qué tal es en el catre, eh?

—Acalorada —respondió Steve, con una sonrisa, y Proust soltó una rugiente carcajada.

Entró Marianne con una bandeja: pollo en rodajas, una ensalada con cebollas, pan y una Budweiser. Steve le sonrió.

—Gracias —dijo—. Tiene un aspecto suculento.

Al dirigirle Marianne una mirada sorprendida, Steve comprendió que seguramente Harvey no le daba las «gracias» con demasiada frecuencia. Observó que Preston Barck había fruncido el ceño. «¡Cuidado, cuidado! No lo estropees ahora que los tienes donde querías tenerlos. Todo lo que tienes que hacer es aguantar una hora más, que es lo que falta para irse a dormir.»

Empezó a comer.

—¿Te acuerdas —dijo Barck— que te llevé al hotel Plaza de Nueva York cuando tenías diez años?

Steve estaba a punto de decir «Sí» cuando captó la expresión de perplejidad que reflejaba el rostro de Berrington. «¿Me está sometiendo a prueba? ¿Desconfía Barck?»

—¿El Plaza? —preguntó a su vez, fruncido el entrecejo. Aparte de eso, la única respuesta que podía dar era—: Caray, tío Preston, no me acuerdo de eso.

—Tal vez fue el chico de mi hermana —se echó atrás Barck.

«Uffff.»

Berrington se puso en pie.

—Toda esta cerveza me está haciendo orinar como un caballo —dijo. Salió del estudio.

—Necesito un whisky —manifestó Proust.

—Mira en el último departamento del archivador —sugirió Steve—. Ahí es donde papá suele guardarlo.

Proust se acercó al archivador y tiró del cajón.

—¡Bien dicho, chaval! —jaleó. Sacó la botella y unos vasos.

—Conozco ese escondite desde que tenía doce años —confesó Steve—. Por esas fechas fue cuando empecé a meterle mano.

Proust dejó escapar una sonora risotada. Steve lanzó a Barck una mirada de reojo. La expresión de desconfianza había desaparecido de su rostro. Sonreía.

60

El señor Oliver sacó un descomunal pistolón que guardaba desde la Segunda Guerra Mundial.

—Se lo quité a un prisionero germano —explicó—. En aquellas fechas no se permitía llevar armas a los soldados de color.

Estaba sentado en el sofá de Jeannie y encañonaba a Harvey con el arma.

Al teléfono, Lisa trataba de localizar a George Dassault.

—Voy a registrarme en el hotel —dijo Jeannie— y dar una batida de reconocimiento.

Puso unas cuantas cosas en una maleta y condujo rumbo al hotel Stouffer, mientras pensaba en cómo se las arreglaría para introducir a Harvey en una habitación sin que los miembros de la seguridad del hotel se percatasen de la jugada.

El Stouffer tenía garaje subterráneo; lo cual era un buen principio. Jeannie dejó allí el automóvil y cogió el ascensor. Observó que sólo llevaba al vestíbulo, no a las habitaciones. Para llegar a éstas era preciso tomar otro ascensor. Pero todos los ascensores estaban juntos en un pasillo que partía del vestíbulo principal, no eran visibles desde la recepción y para trasladarse del ascensor del garaje a los de las habitaciones sólo se tardaría escasos segundos. ¿Llevarían a Harvey en peso, lo tendrían que arrastrar o se mostraría dispuesto a colaborar e iría andando? Le resultó difícil aventurarlo.

Se inscribió, fue a la habitación, dejó la maleta, volvió a salir del cuarto al instante y regresó a su apartamento.

—¡Ya he entrado en contacto con George Dassault! —anunció Lisa, exultante, en cuanto vio entrar a Jeannie.

—¡Eso es formidable! ¿Dónde?

—Localicé a su madre en Buffalo y me dio su número de Nueva York. Es actor e interviene en una obra experimental de las que se representan en cafés y pequeñas salas de Broadway.

—¿Vendrá mañana?

—Sí. Dijo: «Me haré un poco de publicidad». Le concerté el vuelo y he quedado con encontrarme con él en el aeropuerto.

—¡Eso es maravilloso!

—Tendremos tres clones; en televisión parecerá increíble.

—Si podemos colar a Harvey en el hotel. —Jeannie se volvió hacia el señor Oliver—. Podemos evitar al portero del hotel dejando el coche en el garaje subterráneo. El ascensor sólo llega a la planta baja. Tienes que apearte allí y luego coger otro para subir a las habitaciones. Pero la batería de ascensores queda bastante escondida.

El señor Oliver manifestó, dubitativo:

—Con todo y con eso, vamos a tener que obligarle a estar calladito durante sus buenos cinco o incluso diez minutos, mientras lo trasladamos desde el coche hasta la habitación. ¿Y qué pasará si alguno de los huéspedes del hotel lo ve maniatado? Puede que les dé por hacer preguntas o por avisar a la seguridad.

Jeannie miró a Harvey, atado, amordazado y tirado en el suelo. El chico no le quitaba ojo y era todo oídos.

—He pensado en todo eso y se me han ocurrido algunas ideas —dijo Jeannie—. ¿Es posible volver a atarle los tobillos de forma que pueda andar pero no muy deprisa?

—Claro.

Mientras el señor Oliver lo hacía, Jeannie entró en su dormitorio. Sacó del armario un *sarong* de colores que había comprado para la playa, un chal, un pañuelo y una careta de Nancy Reagan que le habían dado en una fiesta y que se le olvidó tirar.

El señor Oliver estaba poniendo en pie a Harvey. En cuanto estuvo erguido, Harvey lanzó un golpe al señor Oliver con las manos atadas. Jeannie jadeó y Lisa dejó escapar un grito. Pero el señor Oliver parecía estar esperando aquello. Esquivó el golpe con facilidad y sacudió a Harvey en el estómago con la culata del arma de fuego. Harvey emitió un gruñido, se dobló sobre sí mismo y el señor Oliver le asestó otro culatazo, pero esa vez en la cabeza. Harvey cayó de rodillas. El señor Oliver volvió a enderezarlo. Harvey optó entonces por mostrarse más dócil.

—Quiero vestirlo —dijo Jeannie.

—Adelante —dijo el señor Oliver—. Yo sólo me quedaré a su lado y le sacudiré de vez en cuando para convencerle de que debe colaborar.

Nerviosamente, Jeannie ciñó el *sarong* alrededor de la cintura de Harvey y lo ató como si fuera una falda. No tenía las manos todo lo firmes que deseaba; estar tan cerca de Harvey le producía repulsión. La falda era larga, cubría los tobillos de Harvey y ocultaba los cables que le trababan. Le echó el chal sobre los hombros y prendió con imperdibles las puntas en torno a las muñecas de Harvey, de forma que pareciese que las sujetaba con las manos, como una anciana. Acto seguido, enrolló el pañuelo, lo puso sobre la boca y lo anudó en la nuca, para evitar que cayese el paño de cocina. Por último, colocó encima la careta de Nancy Reagan para ocultar la mordaza.

—Ha ido a un baile de disfraces, vestido como Nancy Reagan, y está borracho —determinó Jeannie.

—Queda pero que muy bien —alabó el señor Oliver.

Sonó el teléfono. Jeannie descolgó:

—¡Dígame!

—Aquí Mish Delaware.

Jeannie se había olvidado por completo de la detective. Habían transcurrido catorce o quince horas desde que intentó desesperadamente ponerse en contacto con ella.

—Hola.

—Tenías razón. Lo hizo Harvey Jones.

—¿Cómo lo sabes?

—La policía de Filadelfia se dio bastante prisa en poner manos a la obra. Se presentaron en su piso. No estaba allí, pero un vecino les franqueó la entrada. Encontraron la gorra y comprobaron que encajaba perfectamente con la descripción que tenían.

—¡Estupendo!

—Voy a arrrestarle, pero no sé dónde está. ¿Y tú?

Jeannie miró a Harvey, vestido como una Nancy Reagan de metro ochenta y ocho de estatura.

—Ni idea —repuso—. Pero puedo decirte dónde estará mañana al mediodía.

—Soy toda oídos.

—Sala Regencia, hotel Stouffer, en una conferencia de prensa.

—Gracias.

—Mish, ¿me harías un favor?

—¿Cuál?

—No le detengas hasta que haya acabado la conferencia de prensa. Es realmente importante para mí que él esté allí.

Mish titubeó, para, por último, conceder:

—De acuerdo.

—Gracias. Te quedo muy reconocida. —Jeannie colgó—. Venga, llevémoslo al coche.

—Ve delante y abre las puertas. Yo me encargo de llevarle —dijo el señor Oliver.

Jeannie cogió las llaves, corrió escaleras abajo y salió a la calle. Era noche cerrada, pero las estrellas que brillaban en el cielo y la tenue iluminación de los faroles proporcionaban bastante claridad. Jeannie miró a lo largo de la calle. En dirección opuesta caminaban despacio, cogidos de la mano, una pareja vestida con rotos pantalones vaqueros. Al otro lado de la calzada, un hombre con sombrero de paja paseaba a un perro labrador canelo. Verían con toda claridad lo que pasaba. ¿Mirarían? ¿Se interesarían?

Jeannie aplicó la llave y abrió una portezuela trasera.

Harvey y el señor Oliver salieron de la casa, muy juntos. El señor Oliver empujaba a su prisionero, Harvey iba dando traspiés. Lisa salió tras ellos y cerró la puerta de la casa.

Durante un momento, la escena sorprendió a Jeannie por lo absurda. Una risa histérica le burbujeó garganta arriba. Se llevó el puño a la boca para silenciarla.

Harvey llegó al coche y el señor Oliver le dio el empujón final. Harvey cayó sobre el asiento trasero. El señor Oliver cerró de golpe la portezuela.

A Jeannie se le pasó el instante de hilaridad. Volvió a mirar a las otras personas de la calle. El hombre del sombrero de paja contemplaba la micción de su perro sobre el neumático de un Subaru. La pareja de jóvenes no había vuelto la cabeza.

«Hasta ahora, de maravilla.»

—Iré detrás con él —dijo el señor Oliver.

—Muy bien.

Jeannie se puso al volante y Lisa ocupó el asiento de copiloto.

La noche de domingo el centro urbano estaba tranquilo. Entraron en el aparcamiento subterráneo del hotel y Jeannie dejó el automóvil lo más cerca que pudo del ascensor, para reducir en lo posible la distancia que tenían que recorrer llevando a rastras a Harvey. El garaje no estaba desierto. Tuvieron que esperar dentro del coche a que una pareja vestida de tiros largos se apeara de un Lexus y emprendiera el ascenso al hotel. Luego, cuando no hubo nadie a la vista, salieron del vehículo.

Jeannie cogió una llave inglesa del maletero, se la enseñó amenazadoramente a Harvey y la guardó en el bolsillo de sus pantalones azules. El señor Oliver llevaba al cinto, oculto bajo los faldones de la camisa, el pistolón de sus tiempos guerreros. A tirones, sacaron a Harvey del coche. Jeannie esperaba que de un momento a otro se tornase violento, pero Harvey anduvo pacíficamente hasta el ascensor.

Les llevó un buen rato llegar.

Una vez allí, lo metieron dentro del ascensor y Jeannie pulsó el botón que los subiría al vestíbulo.

En marcha hacia el ascensor, el señor Oliver le lanzó otro viaje al estómago de Harvey.

Jeannie se sobresaltó: no había habido provocación.

Harvey gimió y se dobló por la cintura en el momento en que se abrían las puertas. Dos hombres que esperaban el ascensor se quedaron mirando a Harvey. El señor Oliver dirigió los tumbos de Harvey, al tiempo que decía:

—Perdón, caballeros, este joven tiene una copa de más.

Los dos hombres se apresuraron a apartarse.

Esperaron otro ascensor libre. Pusieron a Harvey en él y Jeannie oprimió el botón de la octava planta. Suspiró aliviada cuando se cerraron las puertas.

Llegaron a su piso sin incidente alguno. Harvey se estaba recobrando del último golpe del señor Oliver, pero casi habían llegado a su destino. Jeannie encabezó la marcha hacia la habitación que había alquilado. Al llegar a ella vieron consternados que la puerta estaba abierta. Del picaporte colgaba una tarjeta que decía: «Estamos arreglando la habitación». La doncella debía de estar haciendo la cama o algo así. Jeannie gimió.

De pronto, Harvey empezó a debatirse, a emitir gritos guturales de protesta y a revolverse violentamente con las manos atadas. El señor Oliver intentó arrearle un mandado, pero Harvey le hizo un regate y dio tres pasos por el corredor.

Jeannie se agachó delante de él, agarró con ambas manos la cuerda que le sujetaba los tobillos y dio un tirón. Harvey trastabilló. Jeannie dio otro tirón, pero esta vez sin resultado. «Dios, lo que pesa.» Harvey levantó las manos con intención de golpearla. La muchacha asentó las piernas y dio otro tirón con todas sus fuerzas. Harvey perdió pie y fue a parar al suelo con cierto estrépito.

—Santo Dios, ¿qué ocurre, en nombre del cielo? —se oyó una voz remilgada. La doncella, una mujer negra de alrededor de sesenta años y ataviada con inmaculado uniforme, había salido del cuarto.

El señor Oliver se arrodilló junto a la cabeza de Harvey y le alzó los hombros.

—Este joven se ha corrido una juerga por todo lo alto —explicó—. Ha soltado hasta la primera papilla sobre el capó de mi limusina.

«Lo capto. Se ha convertido en nuestro chófer, en honor de la doncella.»

—¿Una juerga? —respondió la mujer—. A mí me parece más bien que en lo que se ha liado es en una pelea.

El señor Oliver se dirigió a Jeannie:

—¿Tendría usted la bondad de levantarle los pies, señora?

Jeannie lo hizo así.

Pusieron en pie a Harvey. El muchacho se retorció. El señor Oliver hizo como que se le escapaba, pero levantó la rodilla y Harvey cayó sobre ella y se quedó sin resuello.

—¡Tenga cuidado, puede hacerle daño! —advirtió la doncella.

—Levantémoslo otra vez, señora —pidió Oliver.

Lo cogieron y lo llevaron dentro del cuarto. Lo depositaron muy cerca de las dos camas.

La doncella entró en la habitación tras ellos.

—Espero que no vomite aquí.

El señor Oliver le sonrió.

—¿Cómo es que no la he visto antes por estos pagos? No hay joven guapa que se le pase por alto a estos ojitos míos, pero no recuerdo haberla visto a usted.

—No se pase de listo —dijo ella, pero sonreía—. No soy ninguna joven.

—Yo tengo setenta y uno, y usted no puede haber pasado un día de los cuarenta y cinco.

—He cumplido los cincuenta y nueve, demasiado vieja para escuchar sus bobadas.

El señor Oliver la tomó de la mano y la condujo amablemente fuera de la habitación.

—Vamos, casi he terminado ya con esta gente. ¿Quiere dar un paseo en mi limusina?

—¿Ese coche cubierto de vómitos? ¡Ni hablar! —rió la doncella.

—Podría limpiarlo.

—En casa me espera un marido que, si le oyera a usted hablar así, habría algo más que vómitos en su capó, don Limu.

—¡Oh, oh! —el señor Oliver alzó las manos en gesto defensivo—. No he pretendido ofender a nadie.

Hizo una bonita representación cómica de miedo, retrocedió hacia el interior del cuarto y cerró la puerta.

Jeannie se dejó caer en una silla.

—Dios todopoderoso, lo conseguimos —dijo.

61

Tan pronto hubo terminado de cenar, Steve se levantó y dijo:

—Necesito una ración de sueño.

Deseaba retirarse lo antes posible a la habitación de Harvey. Una vez estuviera solo tendría la seguridad de que no iban a descubrirle.

La reunión tocó a su fin. Proust se echó al coleto el resto de su whisky y Berrington acompañó a los invitados a sus coches.

Steve vio la oportunidad de llamar a Jeannie y contarle lo que estaba sucediendo. Descolgó el auricular y llamó a información. Tardaban una barbaridad en responder. «¡Vamos, vamos!» Por fin consiguió que le atendieran y pidió el teléfono del hotel. Se equivocó de número la primera vez y le contestaron de un restaurante. Volvió a marcar, frenéticamente, y consiguió por último hablar con el hotel.

—¿Podría ponerme con la doctora Jean Ferrami? —preguntó.

Berrington regresó al estudio en el preciso momento en que Steve oía la voz de Jeannie.

—¡Diga!

—Hola, linda, aquí, Harvey —se presentó.

—Steve, ¿eres tú?

—Sí, he decidido pasar la noche en casa de papá; es un poco tarde para volver a casa. El trayecto es muy largo.

—Por el amor de Dios, Steve, ¿te encuentras bien?

Tengo algunos asuntos que resolver, pero no es nada que no pueda manejar. ¿Qué tal día has pasado, cariño?

—Ya hemos logrado colarlo en el hotel. No resultó fácil, pero lo hicimos. Lisa ha entrado en contacto con George Dassault. Prometió venir, así que es posible que contemos con tres, por lo menos.

—Muy bien. Ahora me voy a dormir. Espero verte mañana, cariño.

—Bien. Buena suerte.

—Lo mismo digo. Buenas noches.

Berrington le hizo un guiño.

—¿Una nena calentona?

—Efusiva.

Berrington sacó unas píldoras y se las tomó con un sorbo de whisky escocés. Al observar que Steve dirigía la vista hacia la botella, explicó:

—Dalmane. Con todo este jaleo, necesito algo que me ayude a dormir.

—Buenas noches, papá.

Berrington rodeó con sus brazos los hombros de Steve.

—Buenas noches, hijo —deseó—. No te preocupes, saldremos de ésta.

Steve pensó que Berrington realmente quería a su despreciable hijo y durante unos segundos se sintió irracionalmente culpable por engañar a un padre amantísimo.

Y entonces se dio cuenta de que no sabía dónde estaba su dormitorio.

Abandonó el estudio y avanzó unos pasos por el pasillo que supuso llevaba a los dormitorios. No tenía idea de cuál sería la puerta correspondiente al cuarto de Harvey. Volvió la cabeza para cerciorarse de que Berrington no podía verle desde el estudio. Con gesto rápido, abrió la puerta que tenía más cerca, esforzándose desesperadamente en hacerlo en silencio.

Era un cuarto de baño completo, con ducha y bañera.

Cerró la puerta con suavidad.

Probó con la que estaba enfrente. Se abría a una amplia alcoba, con cama de matrimonio y numerosos armarios. Un traje a rayas, en una bolsa de lavandería de limpieza en seco, colgaba de un tirador. No le pareció que Harvey vistiera trajes a rayas. Se disponía a cerrar la puerta sin hacer ruido cuando le sobresaltó oír la voz de Berrington, inmediatamente detrás de él.

—¿Necesitas algo de mi cuarto?

Dio un respingo culpable. Durante un momento se quedó mudo. «¿Qué diablos puedo decir?» Las palabras acudieron luego a sus labios.

—No tengo nada que ponerme para dormir.

—¿Desde cuándo te ha dado por ponerte pijama?

La voz de Berrington lo mismo podía ser recelosa que simplemente perpleja; Steve no fue capaz de determinarlo.

Improvisó a lo loco:

—Pensé que podía ponerme una camiseta grande de manga corta.

—Nada te caerá bien con esos hombros, hijo mío —dijo Berrington, y, ante el alivio de Steve, soltó una carcajada.

Steve se encogió de hombros.

—No importa.

Siguió adelante. Al final de pasillo había dos puertas, una frente a otra: el cuarto de Harvey y el de la criada, presumiblemente.

«¿Pero cuál es de cuál?»

Steve remoloneó un poco, con la esperanza de que Berrington desapareciese dentro de su dormitorio antes de que él, Steve, efectuara su elección.

Cuando llegó al final del pasillo volvió la cabeza. Berrington estaba observándole.

—Buenas noches, papá —dijo Steve.

—Buenas noches.

«¿Derecha o izquierda? No hay forma de adivinarlo. Es cuestión de elegir una a la buena de Dios.»

Steve abrió la puerta de su derecha.

Camiseta de rugby en el respaldo de una silla, un disco compacto de Snoop Doggy Dog encima de la cama. *Playboy* sobre la mesa escritorio.

«La habitación de un chico. Gracias a Dios.»

Entró y cerró la puerta tras de sí, con el talón.

Apoyó la espalda contra el paño de la puerta, débil de puro alivio.

Al cabo de un momento se desvistió y se metió en la cama. Se sentía muy extraño en el lecho de Harvey, en el cuarto de Harvey y en la casa del padre de Harvey. Apagó la luz y yació despierto, mientras escuchaba los ruidos de aquella casa extraña. Durante cierto tiempo oyó rumor de pasos, puertas que se cerraban y grifos que dejaban correr el agua, luego el silencio se enseñoreó del lugar.

Se sumió en un sueño ligero, del que despertó súbitamente. «Había alguien más en la habitación.»

Percibió el olor característico de un perfume de flores, mezclado con el de ajos y especias; luego vio cruzar por delante de la ventana la silueta de la figura menuda de Marianne.

Antes de que tuviera tiempo de pronunciar palabra, la muchacha se había metido en la cama con él.

—¡Eh! —susurró Steve.

—Voy a hacerte una mamada como a ti te gusta —dijo Marianne, pero Steve captó el miedo en su voz.

—No —replicó Steve, que la rechazó cuando ella se deslizaba bajo la ropa de la cama en dirección a la entrepierna.

—Por favor, no me hagas daño esta noche, por favor, Arvey —rogó. Tenía acento francés.

Steve lo comprendió todo. Marianne era una inmigrante y Harvey la había aterrorizado de tal modo que la pobre muchacha no sólo hacía cuanto él la ordenaba sino que incluso se anticipaba también a sus exigencias. ¿Cómo era posible que pudiera pegar impunemente a aquella infeliz cuando Berrington, su padre, estaba en la habitación contigua? ¿Es que la chica no hacía ningún ruido? Entonces Steve recordó las pastillas del somnífero. Berrington dormía tan profundamente que los gritos de Marianne no le despertarían.

—No voy a hacerte ningún daño, Marianne —dijo—. Relájate.

Ella empezó a besarle en la cara.

—Sé bueno, por favor, sé bueno. Haré todo lo que quieras, pero no me pegues.

—Marianne —dijo Steve en tono severo—. Tranquilízate.

Ella se quedó rígida.

Steve le pasó un brazo por los delgados hombros. La piel de la muchacha era suave y cálida.

—Quédate aquí un momento y cálmate —recomendó Steve, al tiempo que le acariciaba la espalda—. Nadie volverá a hacerte daño, te lo prometo.

Marianne seguía tensa, a la espera de los golpes, pero luego fue relajándose poco a poco. Se acercó más a Steve.

Él tuvo una erección, no podía evitarlo. Se daba cuenta de que no le iba a costar nada hacer el amor. Acostado allí, con aquel cuerpo tembloroso entre los brazos, la tentación era muy fuerte. Nadie lo sabría nunca. Sería una verdadera delicia acariciar a aquella chica hasta despertar su libido. Marianne se sentiría sorprendida y complacida cuando la amasen tan suave y consideradamente. Ambos se besarían y acariciarían durante toda la noche.

Steve suspiró. Pero estaría mal hecho. Ella no actuaba por propia voluntad. Le habían llevado a aquella cama la inseguridad y el miedo, no el deseo.

«Sí, Steve, puedes jodértela... y explotarás a una inmigrante asustada que cree que no tiene otra salida. Y eso sería abyecto. Tú despreciarías a un hombre capaz de cometer tal infamia.»

—¿Te sientes mejor ya? —preguntó.

—Sí...

Ella le tocó la cara, y luego le besó suavemente en la boca. Steve mantuvo los labios firmemente apretados, pero le acarició el pelo afectuosamente.

Marianne le miró en la semioscuridad.

—Tú no eres él, ¿verdad? —dijo.

—No —respondió Steve—. No soy él.

Al cabo de unos segundos, la muchacha se había ido.

Steve seguía con su erección.

«¿Por qué yo no soy él? ¿Por el modo en que me educaron?

»Diablos, no.

»Podía habérmela follado. Podía ser Harvey. Yo no soy él porque opté por no serlo. Mis padres no tomaron esa decisión en este momento: la tomé yo. Gracias por vuestra ayuda, papá y mamá, pero he sido yo, no vosotros, quien envió a esa chica a su habitación.

»Berrington no me creó, ni tampoco me creasteis vosotros.

»Me hice yo.»

LUNES

62

Steve se despertó sobresaltado.

«¿Dónde estoy?»

Alguien le tenía cogido por los hombros y le estaba sacudiendo, un hombre con pijama rayado. Era Berrington Jones. Tras un instante de desorientación, Steve recordó los últimos acontecimientos.

—Haz el favor de vestirte como es debido para la conferencia de prensa —dijo Berrington—. Encontrarás en el armario la camisa que dejaste aquí hace quince días. Marianne se encargó de ponértela a punto. Ve a mi cuarto y elige la corbata que quieres que te deje.

Salió de la habitación.

Berrington hablaba a su hijo como si éste fuera un chico difícil y desobediente, reflexionó Steve al tiempo que saltaba de la cama. La frase no pronunciada de «No discutas, hazlo y punto», se añadía implícitamente al final de cada manifestación paterna. Pero aquellos modales bruscos facilitaban a Steve la conversación. Podía salir del paso respondiendo con monosílabos sin correr el peligro de delatar su ignorancia.

Eran las ocho de la mañana. En calzoncillos, se dirigió por el corredor hacia el cuarto de baño. Tras tomar una ducha, se afeitó con una maquinilla que encontró disponible en el armario del lavabo. Lo hizo todo muy despacio, para aplazar al máximo el momento en que tendría que arriesgarse a hablar con Berrington.

Con una toalla alrededor de la cintura, entró en el cuarto de Berrington, de acuerdo con las órdenes recibidas. Berrington no estaba allí. Steve abrió el armario. Las corbatas eran señoriales e incluso ostentosas, de rayas y de lunares, todas de seda brillante, ninguna lo que se dice moderna. También había *foulards*. Cogió una de franjas horizontales. Miró el surtido de calzones de Berrington. Aunque era mucho más alto que éste, tenían la misma talla de cintura. Eligió un par de color azul.

Cuando estuvo vestido hizo acopio de ánimo para volver a afrontar la prueba del engaño. Sólo unas cuantas horas más y todo habría concluido. Tenía que seguir evitando despertar las sospechas de Berrington hasta unos minutos después del mediodía, cuando Jeannie interrumpiese la conferencia de prensa.

Respiró hondo y salió.

El olor a tocino frito le guió hacia la cocina. Marianne estaba ante el fogón. Miró a Steve con ojos desorbitados. Una momentánea oleada de pánico inundó a Steve: si Berrington observaba la expresión de Marianne puede que le preguntase qué ocurría..., en cuyo caso era muy probable que, dado lo aterrada que estaba la pobre chica, se lo contase. Pero Berrington estaba viendo el programa de la CNN en un pequeño televisor y no pertenecía a la clase de persona que se interesa por el servicio.

Steve tomó asiento y Marianne le sirvió café y zumo. Dirigió a la muchacha una sonrisa tranquilizadora.

Berrington alzó una mano para imponer silencio —gesto innecesario, porque Steve no tenía la más mínima intención de decir nada— y el presentador leyó una nota acerca de la venta de la Genetico:

—Michael Madigan, director de la Landsmann de Estados Unidos, declaró anoche que, una vez completada satisfactoriamente la fase de revelación, la transacción se firmará hoy públicamente durante una conferencia de prensa que va a celebrarse en Baltimore. Las acciones de la Landsmann habían subido cincuenta *pfennigs* en la bolsa de Francfort a primera hora de la mañana. La General Motors...

Sonó el timbre de la puerta y Berrington pulsó el botón que dejaba mudo el televisor. Miró por la ventana de la cocina y dijo:

—Ahí fuera hay un coche de la policía.

Una sospecha terrible irrumpió en la mente de Steve. Cabía la posibilidad de que Jeannie se hubiera puesto en contacto con Mish Delaware y le hubiese contado lo que averiguó respecto a Harvey, en cuyo caso tal vez la policía decidió detener a Harvey. Y a Steve le iba a costar Dios y ayuda convencerles de que él no era Harvey Jones, cuando vestía ropas de Harvey, estaba sentado en la cocina del padre de Harvey y comía bollos de arándano preparados por la cocinera del padre de Harvey.

No deseaba volver a la cárcel. Pero eso no era lo peor. Si le arrestaban ahora, se perdería la conferencia de prensa. Y si no se presentaba ninguno de los otros clones, Jeannie sólo dispondría de Harvey. Y un único gemelo no demostraba nada.

Berrington se levantó y fue hacia la puerta.

—¿Qué pasará si vienen por mí? —preguntó Steve.

Marianne parecía encontrarse al borde de la muerte.

—Les diré que no estás aquí —repuso Berrington. Salió de la estancia.

Steve no oyó la conversación que se desarrollaba en la puerta. Permaneció petrificado en su silla, sin comer ni beber. Marianne estaba inmóvil como una estatua delante del fogón, con una espátula de cocina en la mano.

Al final, volvió Berrington.

—Anoche robaron en las casas de tres de nuestros vecinos —informó—. Supongo que nosotros tuvimos suerte.

Durante la noche, Jeannie y el señor Oliver fueron turnándose y, mientras uno vigilaba a Harvey el otro se acostaba, pero ninguno de los dos descansó gran cosa. Sólo Harvey durmió a modo, entre ronquidos que emitía desde el otro lado de la mordaza.

Por la mañana utilizaron el cuarto de baño también por turnos. Jeannie se puso las prendas que había llevado en la maleta, blusa blanca y falda negra, con las que tal vez tuviera suerte y la tomasen por una azafata.

Pidieron el desayuno al servicio de habitaciones. No podían dejar que el camarero entrase en el cuarto, ya que vería a Harvey atado encima de la cama. El señor Oliver firmó el recibo en la puerta, con la explicación:

—Mi esposa no se ha vestido aún, yo mismo llevaré el carrito.

Permitió a Harvey tomar un vaso de zumo de naranja, se lo llevó hasta los labios mientras Jeannie se situaba detrás, preparada para golpearle con la llave inglesa si el muchacho intentaba algo.

Jeannie esperaba impaciente la llamada de Steve. ¿Qué le habría ocurrido? Steve pasó la noche en casa de Berrington. ¿Logró dar el pego a éste durante todo el tiempo?

Lisa llegó a las nueve, con un montón de comunicados de prensa, y luego partió rumbo al aeropuerto para recibir a George Dassault y a cualquier otro de los clones que pudiera presentarse.

Ninguno de los tres había llamado.

Steve telefoneó a las nueve y media.

—He de darme prisa —dijo—. Berrington está en el cuarto de baño. Todo va bien, iré a la conferencia de prensa con él.

—¿No sospecha nada?

—No... aunque he pasado por algunos momentos con el corazón en un puño. ¿Cómo está mi doble?

—En plan sumiso.

—Tengo que colgar.

—¿Steve?

—¡Rápido! ¿Qué?

—Te quiero.

Jeannie colgó. «No debería haberlo dicho; se supone que una chica ha de hacerse de rogar un poco. Bueno, al diablo.»

A las diez efectuó una batida de reconocimiento por la Sala Regencia. La estancia se encontraba en un rincón, tenía una pequeño recibidor y una puerta que daba a una antecámara. Ya había allí una relaciones públicas, que disponía un telón de fondo con el logotipo de la Genetico destinado a los objetivos de las cámaras de televisión.

Jeannie echó una rápida ojeada por la sala y volvió a la habitación.

Llamó Lisa desde el aeropuerto.

—Malas noticias —dijo—. El vuelo de Nueva York llegará con retraso.

—¡Oh, Dios! —lamentó Jeannie—. ¿Han dado señales de vida alguno de los otros, Wayne o Hank?

—No

—¿Cuánto retraso lleva el avión de George?

—Se le espera a las once treinta.

—Aún puedes llegar a tiempo.

—Si conduzco como el rayo...

Berrington salió de su cuarto a las once, terminando de ponerse la chaqueta. Vestía traje azul de rayas blancas, con chaleco, sobre una camisa blanca de puños con gemelos, pasada de moda pero impresionante.

—En marcha —dijo.

Steve se había puesto una chaqueta deportiva de *tweed* perteneciente a Harvey. Le caía a la perfección, naturalmente, el propietario lo mismo podía ser el propio Steve.

Salieron. Llevaban encima demasiada ropa para aquella época del año. Subieron al Lincoln plateado y encendieron el aire acondicionado. Berrington condujo a bastante velocidad, rumbo al centro urbano. Con gran alivio por parte de Steve, no se habló mucho durante el trayecto. Berrington aparcó en el garaje del hotel.

—La Genetico ha contratado un equipo de relaciones públicas para este acontecimiento —comunicó a Steve mientras se dirigían al ascensor—. Nuestro departamento de publicidad interno nunca ha tenido que llevar un asunto tan importante como éste.

Cuando se encaminaban a la Sala Regencia les salió al paso una mujer elegantemente tocada y vestida con traje de chaqueta negro.

—Soy Caren Beamish, de Comunicación Total —saludó, radiante—. ¿Quieren pasar a la sala de personalidades?

Les mostró una salita en la que se servían canapés y bebidas.

Steve se sentía ligeramente inquieto; le hubiera gustado echar un vistazo a la disposición de la sala de conferencias. Pero quizá diese lo mismo. Mientras Berrington siguiera pensando, hasta la aparición de Jeannie, que él era Harvey, ninguna otra cosa tenía importancia.

Seis o siete personas se encontraban ya en la sala de personalidades, Proust y Barck entre ellas. A Proust le acompañaba un joven musculoso de traje negro con todo el aspecto de guardaespaldas. Berrington presentó Steve a Michael Madigan, jefe de operaciones de la Landsmann en América del Norte.

Nerviosamente, Berrington engulló una copa de vino blanco. Steve se hubiera tomado un martini —tenía más razones que Berrington para estar asustado—, pero no le quedaba más remedio que mantener las ideas claras y no podía bajar la guardia un segundo. Consultó el reloj que había retirado de la muñeca de Harvey. Eran las doce menos cinco. «Sólo cinco minutos más. Y cuando esto haya terminado, entonces me tomaré el martini a gusto.»

Caren Beamish batió palmas para reclamar atención y dijo:

—¿Dispuestos, caballeros? —Se produjo una serie de murmullos aquiescentes e inclinaciones de cabeza—. Entonces les agradeceré que, salvo quienes hayan de ocupar el estrado, se dirijan todos a sus asientos, por favor.

«Eso es. Lo he conseguido. Se acabó.»

Berrington volvió la cabeza hacia Steve y dijo:

—Hasta pronto, Moctezuma.

Se le quedó mirando, expectante.

—Claro —repuso Steve.

Berrington sonrió.

—¿Que quieres decir con eso de «claro»? Completa la muletilla.

Steve se quedó helado. Ignoraba por completo a qué se refería Berrington. Al parecer se trataba de alguna especie de estribillo como «Luego nos vemos, caimán», pero era una broma privada. Evidentemente, existía una contestación, pero no era «Hasta luego, cocodrilo». ¿Qué podría ser? Steve soltó una maldición para sus adentros. La conferencia de prensa estaba a punto de iniciarse... ¡necesitaba mantener su ficción sólo unos pocos segundos más!

Berrington frunció el entrecejo, confundido, con la vista clavada en él.

Steve notó que la frente se le perlaba de sudor.

—No puedes haberlo olvidado —dijo Berrington, y Steve vio surgir la sospecha en sus pupilas.

—Claro que no —respondió Steve precipitadamente..., con demasiada precipitación, porque al instante se dio cuenta de que se había comprometido.

El senador Proust era ya todo oídos.

—Pues completa la frase —instó Berrington.

Steve observó que lanzaba un rápido vistazo al escolta de Proust y que el hombre se ponía visiblemente tenso.

A la desesperada, Steve aventuró:

—Hasta dentro de una hora, Eisenhower.

Sucedió un momentáneo silencio.

—¡Esa sí que es buena! —exclamó entonces Berrington, y soltó una carcajada.

Steve se relajó. Aquel debía de ser el juego: dar una respuesta distinta cada vez. Dio gracias al cielo. Para disimular su alivio, se retiró un paso.

—Empieza el espectáculo, todo el mundo a su sitio —manifestó la relaciones públicas.

—Por aquí —le indicó Proust a Steve—. Tú no te sientas en el estrado.

Abrió una puerta y Steve cruzó el umbral.

Se encontró en unos lavabos. Dio media vuelta y dijo:

—No, esto es...

El guardaespaldas de Proust estaba inmediatamente detrás de Steve. Antes de que el muchacho supiese lo que ocurría, el escolta le había aplicado una dolorosa llave nelson.

—Al menor ruido que hagas, te rompo el jodido brazo —amenazó.

Berrington entró en los servicios detrás del gorila. Jim Proust le siguió y cerró la puerta.

El guardaespaldas mantenía inmovilizado al muchacho.

A Berrington le hervía la sangre.

—Joven desgraciado de mierda —siseó—. ¿Quién cojones eres? Steve Logan, supongo.

El chico pretendió mantener el engaño.

—¿Pero qué haces, papá?

—Olvídalo, el juego ha terminado... Veamos ahora, ¿dónde está mi hijo?

El chico no respondió.

—¿Qué diablos está pasando, Berry? —quiso saber Jim.

Berrington trató de imponer calma.

—Éste no es Harvey —le dijo a Jim—. Es alguno de los otros, probablemente el chico Logan. Debe de haber estado suplantando a Harvey desde ayer por la noche. Y Harvey sin duda está encerrado en alguna parte.

Jim palideció.

—¡Eso significa que lo que nos dijo acerca de las intenciones de Jeannie Ferrami era un cuento para embaucarnos!

Berrington asintió, torvo.

—Probablemente Jeannie Ferrami ha proyectado alguna clase de protesta durante la conferencia de prensa.

—¡Mierda! —exclamó Proust—. ¡Delante de las cámaras no!

—Eso es lo que haría yo en su lugar... ¿tú no?

Proust reflexionó durante un momento.

—¿No se vendrá abajo Madigan?

Berrington sacudió la cabeza.

—No podría decirlo. Parecería un tanto memo, cancelar la absorción en el último minuto. Por otra parte, aún parecería más estúpido pagar ciento ochenta millones de dólares por una empresa a la que van a demandar judicialmente, reclamándole hasta el último penique que tenga. Puede optar por cualquiera de los dos caminos.

—¡Entonces es cuestión de encontrar a Jeannie Ferrami y cortarle el paso!

—Puede que se haya registrado en el hotel. —Berrington arrebató de la horquilla el teléfono que se encontraba junto al sanitario—. Aquí, el profesor Jones. Llamo desde la Sala Regencia donde se celebra la conferencia de prensa de la Genetico —habló con el tono de voz más autoritario de su amplio registro—. Estamos esperando a la doctora Ferrami..., ¿podría decirme qué habitación ocupa?

—Lo siento, señor, pero no se nos permite dar por teléfono el número de las habitaciones —Berrington estaba a punto de estallar, cuando la telefonista añadió—: ¿Desea que le pase con ella?

—Sí, desde luego. —Oyó el zumbido del tono. Al cabo de un momento le llegó una voz que parecía pertenecer a un hombre de edad. Berrington improvisó—: La ropa que entregó usted para la lavandería está lista, señor Blemkinsop.

—No he dado ropa alguna a la lavandería.

—Oh, lo siento, señor... ¿cuál es su habitación?

Berrington contuvo el aliento.

—La ochocientos veintiuno.

—Buscaba la ochocientos doce. Perdone.

—No pasa nada.

Berrington colgó.

—Están en la habitación ochocientos veintiuno —anunció, emocionado—. Apuesto a que encontraremos allí a Harvey.

—La conferencia de prensa está a punto de empezar —dijo Proust.

—Es posible que lleguemos demasiado tarde. —Berrington titubeó, indeciso. No deseaba retrasar un solo segundo el anuncio de la operación, pero no tenía más remedio que anticiparse a los planes que pudiera haber tramado Jeannie. Al cabo de un momento se dirigió a Jim—. ¿Por qué no vas al estrado y te sientas allí con Madigan y Preston? Yo haré lo posible por encontrar a Harvey y detener a Jeannie Ferrami.

—De acuerdo.

Berrington miró a Steve.

—Me sentiría más feliz si pudiese llevar conmigo a tu escolta. Pero no podemos dejar suelto a Steve.

Terció el guardaespaldas:

—No hay problema, señor. Puedo esposarle a una cañería.

—Magnífico. Hágalo.

Berrington y Proust regresaron a la salita de personalidades. Madigan les contempló con cierta curiosidad en la mirada.

—¿Ocurre algo malo, caballeros?

—Una insignificante cuestión de seguridad, Mike —dijo Proust—. Berrington se encargará de solucionarla mientras nosotros seguimos adelante con el anuncio de la operación.

Madigan no se sentía satisfecho del todo.

—¿Seguridad?

—Una mujer a la que despedí la semana pasada, Jean Ferrami, está en el hotel —informó Berrington—. Es posible que intente poner alguna clase de impedimento. Voy a cortarle el paso.

Eso fue suficiente para Madigan.

—Está bien, continuemos con lo nuestro.

Madigan, Barck y Proust pasaron a la sala de conferencias. El guardaespaldas salió de los servicios. Berrington y él apresuraron el paso por el corredor y pulsaron el botón de llamada del ascensor. La aprensión y la inquietud dominaban a Berrington. No era hombre de acción..., nunca lo había sido. La clase de combate a la que estaba acostumbrado era la que tenía lugar en el seno de las comisiones universitarias. Confió en que no tuviera que enzarzarse en una pelea a puñetazo limpio.

Llegaron a la planta octava y corrieron hasta la habitación ochocientos veintiuno. Berrington llamó a la puerta. Se oyó una voz masculina:

—¿Quién es?

—Servicio de habitaciones —respondió Berrington.

—Todo está bien, gracias, señor.

—Tengo que revisar su cuarto de baño, abra, por favor.

—Vuelva más tarde.

—Hay un problema, señor.

—Estoy muy ocupado en este momento. Vuelva dentro de una hora.

Berrington miró al guardaespaldas.

—¿Puede echar la puerta abajo a patadas?

El hombre puso cara de sentirse complacidísimo. Después miró por encima del hombro de Berrington y vaciló. Al seguir la dirección de su mirada, Berrington vio a una pareja de edad que salía del ascensor cargada con bolsas de compras. La pareja anduvo despacio por el pasillo en dirección a la ochocientos veintiuno. Berrington aguardó a que pasaran. Se detuvieron delante de la ochocientos treinta. El marido dejó las bolsas en el suelo, buscó la llave, la introdujo en la cerradura y abrió la puerta. Por fin, la pareja desapareció dentro de la habitación.

El guardaespaldas descargó una patada contra la puerta.

El bastidor crujió y se astilló. Dentro del cuarto sonaron pasos rápidos.

El escolta de Proust repitió la patada y la puerta se abrió.

Irrumpió el hombre en la habitación, seguido de Berrington.

Se detuvieron en seco a la vista de un negro de edad que los apuntaba con un pistolón anticuado.

—Levanten las manos, cierren la puerta y estírense en el suelo, boca abajo, si no quieren que los deje secos a tiros —ordenó el hombre de color—. Por el modo en que han invadido este cuarto, no habrá jurado en Baltimore que me considere culpable de haberles matado.

Berrington alzó las manos.

De súbito, una figura salió catapultada desde la cama. Berrington tuvo el tiempo justo de ver que se trataba de Harvey, con las muñecas ligadas y alguna clase de mordaza sobre la boca. El viejo desvió el cañón de la pistola hacia él. A Berrington le aterró la posibilidad de que descerrajase un tiro a su hijo. Gritó:

—¡No!

El viejo actuó con una fracción de segundo de retraso. Las atadas muñecas de Harvey golpearon la pistola, que se le cayó de la mano al hombre. El gorila se lanzó de un salto sobre ella y la recogió de la alfombra. Se enderezó y apuntó al viejo.

Berrington volvió a respirar.

El anciano levantó los brazos despacio.

El guardaespaldas cogió el teléfono de la habitación.

—Envíen a alguien de seguridad a la habitación ochocientos veintiuno —dijo—. Hay aquí un huésped con una pistola.

Berrington echó una mirada por el cuarto. No había ni rastro de Jeannie.

Jeannie se apeó del ascensor, vestida con su blusa blanca y su falda negra y cargada con una bandeja en la que llevaba el té que había pedido al servicio de habitaciones. Los latidos de su corazón le sonaban como el redoble sobre un bombo. Entró en la Sala Regencia con el paso vivaz de una camarera.

En el pequeño vestíbulo, dos mujeres con las listas de invitados permanecían sentadas al otro lado de sus mesitas. Era de suponer que nadie iba a entrar sin invitación, pero Jeannie daba por supuesto que tampoco se le iba a ocurrir a nadie poner pegas a una camarera con una bandeja. Se obligó a sonreír al portero mientras se encaminaba a la puerta interior.

—¡Eh! —exclamó el hombre.

Jeannie se volvió en el umbral.

—Ahí dentro tienen café y bebidas de sobra.

—Esto es té de jazmín, un pedido especial.

—¿Para quién es?

Jeannie pensó a toda velocidad.

—Para el senador Proust.

Rezó para que estuviese allí.

—Bueno, vale. Adelante.

Jeannie volvió a sonreír, abrió la puerta y entró en la sala de conferencias.

Al fondo, tres hombres vestidos con elegantes trajes permanecían sentados ante una mesa colocada en una tarima. Tenían frente a sí un rimero de documentos legales. Uno de los miembros del trío dirigía su parlamento a los asistentes. El auditorio estaba formado por unas cuarenta personas armadas de cuadernos de notas, pequeñas grabadoras y cámaras de televisión manuales.

Jeannie anduvo hacia el frente. De pie, a un lado de la tarima había una mujer con traje chaqueta negro y gafas. Llevaba una insignia en la que se leía:

CAREN BEAMISH
¡COMUNICACIÓN TOTAL!

Era la relaciones públicas que Jeannie había visto anteriormente disponiendo el telón de fondo. Miró a Jeannie con curiosidad, pero no intentó detenerla; sin duda asumió —tal como Jeannie pretendía— que alguien había pedido una consumición al servicio de habitaciones.

Cada uno de los hombres del estrado tenía delante de sí una tarjeta con su nombre. Jeannie reconoció al senador Proust, que se encontraba a su derecha. A la izquierda estaba Preston Barck. El situado en el centro, que estaba haciendo uso de la palabra, era Michael Madigan.

—La Genetico no es sólo una empresa dedicada al apasionante sector de la biotecnología... —peroraba en tono tedioso.

Jeannie sonrió y depositó la bandeja delante de él. Madigan la miró levemente sorprendido e interrumpió su discurso durante un momento.

Jeannie se volvió de cara al auditorio.

—He de hacer un anuncio muy especial —declaró.

Steve se encontraba sentado en el suelo de los servicios, con la mano izquierda esposada al tubo de desagüe del lavabo; le dominaban la rabia y la desesperación. Berrington le había descubierto apenas unos segundos antes de se le acabara el tiempo. El hombre estaría ahora lanzado a la búsqueda de Jeannie y, si la encontraba, probablemente destrozaría todo el plan de la muchacha. Steve tenía que liberarse y correr a avisarla.

En su parte superior, el tubo estaba unido a la pieza de la base del lavabo. El tubo formaba una S y luego desaparecía al hundirse en la pared. Contorsionándose, Steve apoyó el pie en el tubo, echó hacia atrás la pierna y propinó una patada. El sanitario en pleno se estremeció a causa del impacto. Repitió la patada. La argamasa que rodeaba el tubo, allí donde éste se hundía en la pared, empezó a desmenuzarse. Repitió los golpes varias veces. La argamasa caía, pero el tubo continuaba firme.

Decepcionado, escudriñó el punto donde el tubo se unía a la parte inferior del lavabo. Tal vez aquella junta fuese más débil. Agarró el tubo con las dos manos y lo sacudió frenéticamente. De nuevo, todo tembló, pero no se quebró nada.

Miró el trozo de tubería en forma de S. Sobresalía una tuerca alrededor del tubo inmediatamente encima de la curva. Los fontaneros la desenroscaban para desatascarla, pero utilizaban la herramienta adecuada. Steve cerró la mano izquierda en torno a la tuerca y trató con todas sus fuerzas de desenroscarla. Le resbalaron los dedos y se despellejó los nudillos dolorosamente.

Golpeó la parte inferior del lavabo. Estaba fabricado a base de un mármol artificial sólido. Volvió a observar el punto donde la tubería conectaba con el orificio del desagüe. Si pudiese romper aquella placa le sería posible quitar el tubo. Entonces no tendría dificultad ninguna en pasar las esposas por el extremo del tubo y verse libre.

Cambió de postura, echó la pierna hacia atrás y empezó otra vez a dar patadas.

—Hace veintitrés años —dijo Jeannie—, la Genetico realizó experimentos ilegales e irresponsables con ocho mujeres estadounidenses ajenas a lo que se estaba haciendo con ellas. —Jeannie empezó a recuperar el aliento rápidamente y se esforzó en hablar con normalidad y proyectar su voz hacia el auditorio—. Todas esas mujeres eran esposas de oficiales del ejército.

Buscó a Steve con la mirada, pero no lo encontró. ¿Dónde diablos se habría metido? Se suponía que iba a estar allí... ¡era la prueba!

Con voz temblorosa, Caren Beamish protestó:

—Este es un acto privado, haga el favor de marcharse inmediatamente.

Jeannie no le hizo caso.

—Las mujeres acudieron a la clínica de la Genetico en Filadelfia para recibir tratamiento de hormonas contra la baja fertilidad. —Dejó que saliera a la superficie su indignación—: Y sin su permiso se las fecundó con embriones de perfectos desconocidos.

Surgió un murmullo de comentarios entre los periodistas reunidos en la sala. Jeannie tuvo la certeza de que había despertado su interés.

—Preston Barck —alzó Jeannie la voz—, en teoría un científico responsable, estaba tan obsesionado con su obra pionera en el terreno de la clonación que dividió un embrión siete veces, creando así ocho embriones idénticos, los cuales implantó en ocho mujeres, sin que éstas llegaran a sospecharlo.

Jeannie localizó a Mish Delaware. La detective estaba sentada en la parte de atrás y miraba con expresión ligeramente divertida. Pero Berrington no se encontraba en la sala. Eso era sorprendente... y preocupante.

En el estrado, Preston Barck se puso en pie y habló:

—Damas y caballeros, les pido disculpas por este incidente. Se nos había advertido que era posible que se produjese una alteración.

Jeannie siguió adelante:

—El atropello se ha mantenido en secreto durante veintitrés años. Los tres hombres que lo perpetraron, Preston Barck, el senador Proust y el profesor Berrington Jones, no han dudado nunca en hacer lo posible para mantenerlo oculto todo el tiempo que pudieran, como sé por propia y amarga experiencia.

Caren Beamish estaba hablando por un teléfono del hotel. Jeannie la oyó decir:

—Que venga aquí inmediatamente alguien del maldito servicio de seguridad, por favor.

Debajo de la bandeja, Jeannie llevaba un manojo de ejemplares del comunicado de prensa que redactó y que Lisa había fotocopiado.

—Todos los detalles están en esta nota de prensa —dijo, y empezó a distribuirlas mientras seguía hablando—: Los ocho embriones se desarrollaron y nacieron, y siete de ellos están vivos actualmente. Los reconocerán, porque todos ellos son idénticos.

A juzgar por la expresión de los rostros de los periodistas, Jeannie comprendió que los tenía donde deseaba tenerlos. Al lanzar un vistazo al estrado observó que Proust tenía cara de pocos amigos y que Preston Barck daba la impresión de desear que le fulminase una muerte instantánea.

Aproximadamente en aquel momento se suponía que iba a irrumpir en la sala el señor Oliver con Harvey, de forma que todos pudieran comprobar que tenía el mismo aspecto físico que Steve y posiblemente también que George Dassault. Pero no había el menor indicio de ninguno de ellos. «¡No lleguéis demasiado tarde!»

Jeannie continuó con su conferencia particular:

—Pensarían ustedes que eran gemelos univitelinos, a decir verdad tienen ADN idénticos, pero los alumbraron ocho madres distintas. Yo realizo un estudio sobre los gemelos y el rompecabezas de los gemelos que tenían madres distintas fue lo que en principio me impulsó a investigar esta vergonzosa historia.

Se abrió de golpe la puerta del fondo de la sala. Jeannie miró hacia allí, con la esperanza de ver a uno de los clones. Pero el que irrumpió en la Sala Regencia fue Berrington. Jadeante, como si llegara corriendo, Berrington manifestó:

—Damas y caballeros, esta señora sufre un colapso nervioso y últimamente ha sido despedida de su empleo. Era investigadora en un proyecto de la Genetico y actúa ahora llevada por su resentimiento hacia la empresa. La seguridad del hotel acaba de detener en otra planta a un cómplice suyo. Por favor, continúen con nosotros mientras los guardias de seguridad acompañan a esta persona fuera del edificio y luego reanudaremos nuestra conferencia de prensa.

Jeannie se quedó de una pieza. ¿Dónde estaban el señor Oliver y Harvey? ¿Y qué había sido de Steve? Su discurso y su nota de prensa no tenían ningún valor si no lo respaldaban pruebas. Sólo disponía ya de unos segundos. Algo se había torcido terriblemente. De alguna manera, Berrington se las había arreglado para tirar por tierra su plan.

Un guardia de seguridad uniformado entró en la sala e intercambió unas palabras con Berrington.

Desesperada, Jeannie recurrió a Michael Madigan. La expresión del hombre era gélida y Jeannie supuso que pertenecía a la clase de individuos a los que le fastidiaban las interrupciones de su monótona y organizada rutina. A pesar de todo, lo intentó.

—Veo que tiene usted delante toda la documentación legal, señor Madigan —dijo—. ¿No cree que debería verificar esta historia antes de firmar? Suponga por un momento que tengo razón... ¡imagínese por cuánto dinero le van a demandar judicialmente esas ocho mujeres!

Madigan repuso suavemente:

—No tengo por costumbre tomar decisiones comerciales basadas en informes de majaretas.

Los periodistas soltaron la carcajada, y Berrington empezó a dar muestras de sentirse más confiado. El guardia de seguridad se acercó a Jeannie.

La muchacha se dirigió al auditorio:

—Esperaba poder mostrarle dos o tres clones, a modo de evidencia. Pero... no se han presentado.

Los reporteros soltaron otra carcajada, y Jeannie comprendió que se había convertido en el hazmerreír del acto. Todo había terminado y había perdido...

El guardia la cogió firmemente de un brazo y la empujó hacia la puerta. Jeannie hubiera podido resistirse, pero era inútil.

Pasó por delante de Berrington y observó su sonrisa. Notó que los ojos amenazaban con llenársele de lágrimas, pero se las tragó y mantuvo alta la cabeza. Iros todos al infierno, pensó; algún día descubriréis que estaba en lo cierto.

A su espalda, oyó que Caren Beamish decía:

—Señor Madigan, ¿desea usted reanudar su parlamento?

Cuando Jeannie y el guardia de seguridad llegaban a la puerta, ésta se abrió para dar paso a Lisa.

Boquiabierta, Jeannie vio que inmediatamente detrás de ella iba uno de los clones.

Debía de ser George Dassault. ¡Había venido! Pero uno no era suficiente. ¡Si apareciese Steve, o el señor Oliver con Harvey!

Luego, con cegadora alegría, vio entrar un segundo clon. Debía de ser Henry King. Se zafó del guardia de seguridad.

—¡Miren! —chilló—. ¡Miren ahí!

No había terminado de decirlo cuando entró un tercer clon. Su cabellera negra le informó de que se trataba de Wayne Stattner.

—¡Miren! —gritó Jeannie—. ¡Ahí los tienen! ¡Son idénticos!

Todas las cámaras se alejaron de la tarima para enfocar a los recién llegados. Centellearon los fogonazos de los *flashes* cuando los fotógrafos se lanzaron a tomar instantáneas de lo que ocurría.

—¡Se lo dije! —manifestó Jeannie triunfalmente a los periodistas—.

¡Pregunten ahora por sus padres. No son trillizos... ¡sus madres no han llegado a conocerse entre sí! Pregúntenles. ¡Vamos, pregúntenles!

Se dio cuenta de que su eufórica agitación era un tanto excesiva e hizo un esfuerzo para calmarse, pero le resultaba difícil con lo feliz que se sentía. Varios reporteros saltaron de sus asientos y se aproximaron a los clones para entrevistarlos. El guardia volvió a coger a Jeannie del brazo, pero la mujer se hallaba ahora en el centro de una multitud y no podía moverse.

Oyó al fondo la voz de Berrington, que se elevaba por encima del runrún de los periodistas.

—¡Damas y caballeros, por favor, ¿pueden prestarme un poco de atención? —Empezó sonando irritada, pero no tardó en trocarse francamente colérica—. ¡Nos gustaría continuar con la conferencia de prensa!

No resultó. La jauría acababa de olfatear una historia de verdad y habían perdido todo interés por los discursos.

Por el rabillo del ojo Jeannie observó que el senador Proust se escabullía silenciosamente de la sala.

Un joven le puso un micrófono delante y preguntó a Jeannie:

—¿Cómo descubrió el caso de los experimentos?

Jeannie dijo por el micrófono:

—Soy la doctora Jean Ferrami y desempeño funciones científicas en el departamento de psicología de la Universidad Jones Falls. En el curso de mi trabajo me tropecé con este grupo de personas que parecen ser gemelos idénticos, pero que no tienen ninguna relación. Investigué. Berrington Jones intentó despedirme al objeto de impedir que descubriese la verdad. A pesar de ello, logré averiguar que los clones son el resultado de un experimento militar realizado por la Genetico.

Efectuó un reconocimiento visual de la sala.

¿Dónde estaría Steve?

Steve aplicó una patada más y la tubería de desagüe saltó de la parte inferior del lavabo entre una lluvia de argamasa y esquirlas de mármol. Tiró del tubo, lo apartó de la base del lavabo y sacó la manilla por el hueco. Una vez libre, se puso en pie.

Hundió la mano izquierda en el bolsillo para ocultar las esposas que le colgaban de la muñeca y abandonó el cuarto de aseo.

La sala de personalidades estaba vacía.

Al no saber con certeza lo que encontraría en la sala de conferencias, salió al pasillo.

Contigua a la sala de personalidades había una puerta con el rótulo «Sala Regencia». Más allá, corredor adelante, uno de sus dobles estaba esperando el ascensor.

—¿Quién sería? El hombre se frotaba las muñecas, como si las tuviese doloridas; y tenía una señal roja que le cruzaba ambas mejillas, como si hubiese tenido allí una mordaza muy apretada. Aquel era Harvey, que se pasó la noche atado como un fardo.

El muchacho levantó la cabeza y captó la mirada de Steve.

Los dos se contemplaron mutuamente durante un momento. Era como mirarse en un espejo. Steve trató de profundizar, de ir más allá de la apariencia de Harvey, de leer en su rostro, mirar en su corazón y ver el cáncer que ponía maldad en su persona. Pero no pudo. Lo único que vio fue un hombre exactamente igual que él, que había avanzado por la misma carretera y luego tomó un ramal distinto.

Apartó los ojos de Harvey y entró en la Sala Regencia.

Era un pandemónium. Jeannie y Lisa estaban en medio de un hormiguero de cámaras. Vio junto a ella a un..., no dos, tres clones. Empezó a abrirse camino hacia la muchacha.

—¡Jeannie! —llamó.

Ella alzó la cabeza, en blanco la expresión.

—¡Soy Steve! —se identificó él.

Mish Delaware estaba al lado de Jeannie.

—Si estás buscando a Harvey —se dirigió Steve a Mish—, lo tienes ahí fuera, esperando el ascensor.

—¿Puedes decirme quién es éste? —le preguntó Mish a Jeannie.

—Desde luego. —Jeannie miró a Steve y dijo—: «Yo también juego un poco al tenis».

Steve sonrió.

—«Si sólo juegas un poco al tenis, lo más probable es que no estés en mi división.»

—¡Gracias a Dios! —exclamó Jeannie. Le echó los brazos al cuello. Steve sonrió, inclinó la cara sobre la de ella y se besaron.

Las cámaras les enfocaron, destelló un océano de fogonazos, y aquella fue la fotografía de primera página que publicaron a la mañana siguiente todos los periódicos del mundo.

MES DE JUNIO SIGUIENTE

63

Prados del Bosque era como un hotel de otros tiempos, anticuado y distinguido. Paredes recubiertas de papel floreado, chucherías de porcelana en vitrinas encristaladas y alguna que otra mesa de patas zanquivanas. Saturaba su atmósfera una mezcla de olores, pero ninguno de desinfectante, y el personal se dirigía a la madre de Jeannie llamándola «señora Ferrami», y no «María» o «querida». La madre disponía de una pequeña *suite*, con un saloncito para recibir visitas en el que podía sentarse y tomar el té.

—Este es mi marido, mamá —presentó Jeannie. Steve dedicó a la señora Ferrami su sonrisa más encantadora y le estrechó la mano.

—¡Qué chico más guapo! —alabó la madre—. ¿En qué trabajas, Steve?

—Estudio Derecho.

—Derecho. Esa es una buena carrera.

Intercalados en sus largos periodos de confusión mental, la señora Ferrami tenía destellos de racionalidad.

—Papá asistió a nuestra boda —dijo Jeannie.

—¿Cómo está tu padre?

—Muy bien. Ya es demasiado viejo para robar a la gente, así que ahora la protege. Ha montado su propia empresa de seguridad. Se las arregla bastante bien.

—Hace veinte años que no le veo.

—No, le has visto hace poco, mamá. Viene a verte. Pero te olvidas. —Jeannie cambió de tema—. Tienes buen aspecto. —La madre llevaba una blusa de algodón rayada. Le habían hecho la permanente y las uñas estaban recién manicuradas—. ¿Te encuentras aquí a gusto? Es mejor que Bella Vista, ¿no crees?

La madre puso cara de preocupación.

—¿Cómo vas a pagarlo, Jeannie? Yo no tengo dinero.

—He conseguido un nuevo empleo, mamá. Puedo permitírmelo.

—¿De qué empleo se trata?

Jeannie sabía que no iba a entenderlo, pero de todas formas, pacientemente, se lo contó:

—Soy directora de investigación genética en una importante compañía que se llama Landsmann.

Michael Madigan le ofreció el cargo después de que alguien le explicara el programa de búsqueda creado por Jeannie. El salario era tres veces superior al que cobraba en la Jones Falls. E incluso el trabajo resultaba todavía más estimulante, en la vanguardia de la investigación genética.

—Eso es estupendo —dijo la madre—. ¡Ah! Antes de que se me olvide... Vi una foto tuya en el periódico. La guardé.

Rebuscó en el interior de su bolso de mano y sacó un recorte de prensa doblado. Lo desplegó y se lo dio a Jeannie.

Jeannie ya lo había visto, pero lo examinó como si fuera algo nuevo para ella. Aparecía en la foto durante la investigación del congreso relativa a los experimentos de la Clínica Aventina. La comisión investigadora aún no había terminado su informe, pero no existían muchas dudas acerca de sus conclusiones.

El interrogatorio de Jim Proust, televisado a todo el país, constituyó para el hombre una humillación pública como jamás se había visto. Proust bramó, fanfarroneó y mintió, pero a cada palabra que pronunciaba su culpabilidad era más evidente. Al término del interrogatorio, presentó su dimisión como senador.

A Berrington no se le permitió dimitir, sino que la comisión de disciplina de la Jones Falls lo despidió sin más. Jeannie se enteró de que se había trasladado a California, donde vivía a costa de una pequeña pensión que le pasaba su ex esposa.

Preston dimitió del cargo de presidente de la Genetico, empresa que se liquidó para pagar las compensaciones que se concedieron a las ocho madres de los clones. Se apartó una pequeña cantidad para destinarla a pagar el asesoramiento que se prestaría a cada uno de los clones a fin de ayudarles a sobrellevar su trastornada historia.

A Harvey Jones le sentenciaron a cinco años de cárcel por violación e incendio premeditado.

—El periódico dice que tuviste que declarar —observó la madre—. No estarás metida en algún lío, ¿eh?

Jeannie intercambió una sonrisa con Steve.

—Durante una semana, allá por el mes de septiembre, sí que estuve en dificultades, mamá. Pero al final todo acabó bien.

—Eso es bueno.

Jeannie se levantó.

—Tenemos que irnos ya. Estamos en nuestra luna de miel. Hemos de coger un avión.

—¿Adónde vais?

—A un pequeño centro turístico del Caribe. Dicen que es el sitio más bonito de todo el mundo.

Steve estrechó la mano de la madre de Jeannie y ésta le dio un beso de despedida.

—Que lo pases muy bien, cariño —deseó la madre cuando abandonaban la estancia—. Te lo mereces.

Esta obra, publicada por
GRIJALBO,
se terminó de imprimir en los talleres
de Hurope, S. L., de Barcelona,
el día 12 de marzo
de 1997